KB218763

김내성 연구

│ 지은이 │

이영미(李英美, Lee, Young-mee), 성공회대학교 겸임교수
최애순(崔愛洵, Choi, Ae-soon), 고려대학교 강사
최승연(崔丞娟, Choi, Seungyoun), 단국대학교 강사
김종수(金鍾洙, Kim, Jong-soo), 경희대학교 한국어학과 교수
정종현(鄭鍾賢, Jeong, Jong-hyun), 동국대학교 문화학술원 전임연구원
이호걸(李昊杰, Lee,Ho-geol), 부산외국어대학교 영상미디어학과 초빙교수
고선희(高先希, Ko, Seon-hee), 서울예술대학 초빙교수, 방송작가
김현주(金鉉珠, Kim, Hyun-ju), 한양대학교 조교수
이선미(李善美, Lee, Sun-mi), 동국대학교 BK연구교수

김내성 연구

초판 인쇄 2011년 11월 25일 **초판 발행** 2011년 12월 5일
지은이 이영미 최애순 최승연 김종수 정종현 이호걸 고선희 김현주 이선미
펴낸이 박성모 **펴낸곳** 소명출판 **출판등록** 제13-522호
주소 서울시 서초구 서초동 1621-18 란빌딩 1층
전화 02-585-7840 **팩스** 02-585-7848 **전자우편** somyong@korea.com **홈페이지** www.somyong.co.kr

값 23,000원
ISBN 978-89-5626-632-9 93810
ⓒ 2011, 이영미 최애순 최승연 김종수 정종현 이호걸 고선희 김현주 이선미

김내성 연구

A Study on Kim, Nae-sung

이영미 · 최애순 · 최승연 · 김종수 · 정종현 · 이호걸 · 고선희 · 김현주 · 이선미

소명출판

연구를 하는 것이 하염없이 더듬적거리는 것이란 사실을 모르는 바는 아니었지만, 대중예술 연구에 들어서면서부터는 이를 더욱 뼈저리게 느끼고 있다.

이번에 출간하는 『김내성 연구』도 그러하다. 대중소설, 영화, 대중극, 방송극, 대중가요 등 여러 분야에 관심을 가진 연구자들이 대중예술에 대해 함께 공부해보고자 모여 더듬적거린 결과이다. 여러 해 전에 『딱지본 대중소설의 발견』도 신파에 대한 자료를 찾다가 우연히 발견한 딱지본 대중소설을 함께 읽었고, 아무도 연구하지 않은, 그러나 의미 있는 대상이라 생각해 연구를 시작한 것이 단행본까지 가게 된 것이었다. 작품적 완성도로 보아서는 상당히 질 낮은 딱지본 대중소설을 계속 읽다가 지겨워져 있던 차에 몇몇이 추천한 『청춘극장』, 『마인』 등 김내성의 장편을 읽고 하도 즐거워 환호작약했고, 내친 김에 단행본으로 출간된 장편소설을 모두 뒤져 함께 읽었다. 그에 대해 본격적인 연구가 필요하다고 생각하고 있었지만, 김내성 공부를 하는 첫 시작 지점에서는 그가 지닌 대중예술사적 위상은 거의 짐작하지 못한 채였다. 그러나 공부를 해가면서, 그가 1930년대 후반에 출발하여 1950년대 최고의 대중소설 작가로 이른바 '빅3'에 꼽히는 중요

작가라는 사실을 알게 되었고, 이후 정비석과 박계주 등 같은 시대의 작가를 공부하면서 그 생각은 더욱 확실해졌다.

이 책은, 이러한 김내성의 전모를 밝히고자 시도한 최초의 연구서라 자부할 수 있다. 여태껏 김내성에 대한 연구자의 관심이 없었던 것은 아니나, 추리소설『마인』을 비롯한 몇몇 작품에만 몰려 있었다. 그런 점에서 초기작인『사상의 장미』,『백가면』부터 친일적 작품『태풍』을 거쳐 유작인『실락원의 별』까지 전 시기의 장편소설을 대상으로 한 연구서로는 이 책이 처음인 셈이다. 공부를 함께 했던 멤버들은 2009년 대중서사학회에서 김내성 탄생 100주년을 기념한 심포지엄을 열어 이영미, 최애순, 최승연, 김종수, 이호걸, 고선희, 김현주가 논문을 발표했고, 이후 이에 자극받아 정종현, 이선미 두 분이 논문을 잇달아 발표했다. 이 책은 이 논문들을 모두 한데 묶은 것이다.

게으른 손들로 논문을 채우고 다듬느라 단행본 출간 시기가 다소 늦어져 이래저래 기다리고 계실 분들에게 송구스럽다. 함께 글을 쓰지는 않았지만 함께 공부하며 머리를 맞대고 고민한 여러 연구자분들에게 각별한 고마움을 느낀다. 연구란 것이 결국은 혼자 감당하는 외로운 일이기는 하지만, 그래도 그 길에서 서로 자극을 주고받는 동료들이 없으면 얼마나 팍팍할 것인가.

2011, 늦여름
필자들을 대표하여 이영미가

●차례●

추리와 연애, 과학과 윤리_김내성의 작품세계

| 이영미 |

1. 머리말

이 글은 소설가 김내성의 작품세계를 장편소설을 중심으로 살펴보고자 하는 글이다. 1930년대 후반에 작품 활동을 시작한 이래 1950년대에 가장 인기 있는 소설가 중의 한 명으로 꼽히는 김내성은, 특히 추리소설 분야에서는 독보적 존재이다. 또한 그의 작품은 1950년대 대중소설가들 중에서도 상당히 오랫동안 거듭 재출간될 정도로 긴 생명력을 지녔다. 정비석의 작품이, 『자유부인』과 역사소설을 제외하고는 비교적 짧은 수명을 지녔던 것에 비해, 김내성의 작품들은 1980년대까지 전집물이 발간되고 『쌍무지개 뜨는 언덕』은 아직도 유통되며, 최근까지 그의 작품을 원작으로 한 텔레비전 드라마가 제작되었다(KBS, 〈인생화보〉, 2003). 이것만으로도 한국 대중문학사, 대중예술사, 한국문학사에서 매우 중요하게 다루어져야 하는 대상이라 할 수 있다.

　　그러나 대부분의 대중소설가가 그러하듯 기존의 문학연구자의 관심 밖에 있었고, 문학사는 물론이거니와 1960년대 이후의 문학전집에서도 거의 배제되어 있던 작가이다. 대중예술에 대한 학술적 관심이 높아지고 연구 성과가 나오는 1990년대 후반에 들어서서야 비로소 그는 학술적인 조명의 대상이 되기 시작하였다. 김내성에 대한 학술적 관심은 주로 식민지 시대의 추리소설, 특히 『마인』으로 집중되어 있다. 김내성에 대한 연구는 재일 학자 이건지에 의해 먼저 이루어지기 시작했으며,[1] 한용환이 김내성이라는 대중소설가를 발판삼아 본격문학 중심의 문학사에 대한 반성을 촉구한[2] 이후, 주로 『마인』에 대한 분석이 많이 나왔다. 김창식, 윤정헌 등이 『마인』을 집중 분석했으며,[3] 이정옥이 1930년대 대중소설과 한국 장르문학을 전반적으로 다루면서 역시 『마인』을, 조성면은 식민지 시대의 단편 추리소설을 모은 단편집 『비밀의 문』을 심도 있게 다루었다.[4] 최근에는 연구가 『마인』 이외의 작품으로 확대되는 경향을 보이는데, 정혜영은 기존 연구

1　이건지, 「金來成という歪んだ鏡」, 『現代思想』, 1995.2.
2　한용환, 「통합된 문화적 현상으로서의 김내성 소설」, 『동악어문논집』 32집, 동악어문학회, 1997.12.
3　김창식, 「추리소설 형성기의 동향과 김내성의 『마인』」, 대중문학연구회 편, 『추리소설이란 무엇인가』, 『추리소설이란 무엇인가』, 국학자료원, 1997; 윤정헌, 「김내성 탐정소설 연구─『마인』을 중심으로」, 『문예비평연구』 4집, 1999.
4　이정옥, 『1930년대 한국 대중소설의 이해』, 국학자료원, 2000; 조성면, 『대중문학과 정전에 대한 반역』, 소명출판, 2002.

자들이 주목하지 않았던 일제 말의 첩보물을 분석하고 식민지 시대 김내성 작품을 서지적으로 분석하는 등 활발한 연구를 전개하고 있고,[5] 최애순이 추리소설에 대한 지속적인 관심의 일환으로 김내성의 작품을 다루고 있다.[6] 그러나 이러한 연구들은 대개 김내성의 식민지 시대 추리소설에 집중되어 있으며, 해방 후 연애소설을 포함한 김내성의 작품세계 전반을 다룬 작가론적 성격의 연구는 가장 이른 시기에 나온 정세영의 연구[7]가 유일하다. 그러나 이 논문은 주요 작품만 대상으로 하여 심층적인 작가세계의 분석에 도달하기는 힘들었다고 보인다. 해방 후 작품 중 『청춘극장』을 다룬 연구로는, 해방 후 대중소설을 포괄적으로 다룬 김복순의 논문이 있다.[8] 최근 계간 『판타스틱』에서 김내성 특집을 마련하여 잘 정돈된 연보와 미발표 작품 등을 수록하는 등, 연구자들의 관심이 김내성으로 모이고 있는 조짐이 있어, 앞으로 연구의 진전이 기대된다.

이 글은 이러한 연구 성과를 바탕으로 하여, 김내성의 전 시기 모든 장편소설을 중심으로 그의 작품세계의 흐름과 특성에 대해 포괄적으로 고찰하고자 한다. 특히 장편소설은 대중성이라는 측면에서 대중소설의 가장 핵심적인 부분이므로, 김내성이라는 작가가 당대의

---

5   정혜영, 「김내성과 탐정문학－일제시대 창작 작품에 대한 서지학적 연구를 중심으로」, 『한국현대문학연구』 20집, 한국현대문학회, 2006; 정혜영, 「방첩소설 「매국노」와 식민지 탐정문학의 운명」, 『한국현대문학연구』 24집, 한국현대문학회, 2008; 정혜영, 「근대를 향한 왜곡된 시선－김내성의 「살인예술가」를 중심으로」, 『현대소설연구』 31집, 한국현대소설학회, 2006.

6   최애순, 「1930년대 탐정의 의미 규명과 탐정소설의 특성 연구」, 『동양학』 42집, 단국대 동양학연구소, 2007.8; 최애순, 「30년대 모험탐정소설과 김내성 『백가면』의 관계 연구」, 『동양학』 44집, 단국대 동양학연구소, 2008.8.

7   정세영, 「김내성소설론」, 동국대 석사논문, 1992.

8   김복순, 「해방 후 대중소설의 서사방식(상)」, 『인문과학연구논총』 19집, 1999.

독자대중들의 취향과의 교호 속에서 어떤 족적을 남기고 있는가를 살펴볼 수 있는 대상이라고 판단하였다. 따라서 이 글에서 다루고자 하는 것은 김내성 연구에 있어서, 단편소설과 수필, 문학론까지를 포함하는 포괄적인 작가론에 이르는 가장 중요한 디딤돌이라고 생각한다.

2. 김내성 장편소설 개요

김내성은 1909년 평양 대동군 월내리에서 소지주 김영한의 차남으로 출생하여 한문서당과 강남공립보통학교, 평양약송공립보통학교를 거쳐 평양공립고등보통학교를 졸업하였다(1930). 평양고보 재학 중에 코난 도일을 비롯하여 일본의 탐정소설 작가 에도가와 란뽀江戶川亂步를 접하며 추리소설에 흥미를 갖기 시작했다. 13세 때 집안어른의 권유로 조혼했던 다섯 살 연상의 첫 아내와 평양고보를 졸업할 즈음 이혼하고, 1931년 일본 와세다대학 제이고등학원 독문과 입학, 1933년 전공을 바꾸어 와세다대학 법학부에 진학 등 성인으로서의 자기 선택을 시작하였다. 일본유학 중인 1935년 일본 탐정문학 전문잡지『프로필』에 단편「타원형의 거울」을 일본어로 발표함으로써 본격적인 추리문학 작가로 활동을 시작하였으며, 1936년 귀국하여 김영순과 재혼하고『조선일보』에 단편「가상범인」을 연재함으로써(일본어로 발표한 바 있는「탐정소설가의 살인」을 개제), 조선에서도 작가로 본격적인 첫 발을 내딛는다. 1938년 『조선일보』 출판부에 입사하여 『조광』 편집에 간여했으며, 1941년 퇴사 후 화신백화점 문방구 책임자로 근무하였다. 1944년 심장병 정양을 위해 함경남도 석왕사 부근으로 이주하였고 거기에서 해방을 맞았다. 1946년 서울로 돌아와 개벽사에서 근무하기도 했으나 두 달 만에 퇴사했으며, 활발한 작품을 쓰고 발표했다. 1957년 「실낙원의 별」 등을 연재하던 중 뇌일혈로 쓰러져 별세했다.

그는 전 분야에서 대중예술의 새로운 경향이 도드라지는 1930년대 중후반에 활동을 시작하여 1950년대에 원숙한 대표작을 내보이는 식민지세대 대중예술 창작자들과 같은 연배라 할 수 있다. 문학 분야의 대중소설에서, 1930년대 후반에 활동을 시작하여 1950년대에 최고의 전성기를 맞는 작가로는 정비석(1911~1991), 박계주(1913~1966), 장덕조(1914~2003), 최인욱(1920~1972) 등이 있으며, 김내성 역시 바로 이들과 같은 세대라 할 만하다. 이들은 1920년대의 대중예술 창작자들과는 다른 경험을 지닌 세대라 할 수 있다. 즉 1920년대까지의 대중예술 창작자들과 달리 이 시대에 새롭게 등장한 신예 창작자들은, 1910년을 전후한 시기에 태어나 10살 이전에 초등교육부터 일본식 신식교육을 받고, 어린 나이에 3·1운동을 겪음으로써 비판적 사회의식이 상대적으로 적으며, 일본유학과 전문교육을 통해 일본의 최신 경향을 직접 학습(문헌이나 작품을 통한 간접적 학습과는 다른)하고 돌아온 세대, 1930년대의 일본과 조선 대도시의 가장 화려한 근대성을 만끽한 세대인 것이다. 나이로 보아 이들이 활발하게 활동하기 시작하는 시기는 바로 1930년대 중후반이 될 수밖에 없는데, 이 시기가 한국 대중예술사에서 중요한 시기로 부각되는 것은 이러한 요인 역시 배제할 수 없다. 우리말을 표현매체로 하는 문학의 경우는 유학을 통한 새로운 예술 경향 학습의 중요성이 상대적으로 적을 수 있겠으나, 다른 분야의 대중예술로 시야를 넓혀보면 앞서 지적한 이 세대의 특성은 훨씬 더 도드라진다. 1934~1935년에 일본유학 음악학도인 손목인이 〈타향〉, 〈목포의 눈물〉을 발표함으로써 〈낙화유수〉의 창작자인 김서정(김영환)의 시대는 끝이 나고, 영화에서도 1935년 발성영화의 시대가 시작되면서 박기채 감독 등 일본 영화계에서 연출 수업을 한 영화인들의 주도로 연출부터 연기에 이르기까지 작품경향이 바뀌면서 이전 세대인 나운규조차 〈오몽녀〉로 이 트렌드에 적응하지 않으면 살아남을 수 없는 시대가 된다.[9] 김서정은 대중가요의 조선인 작사·작곡의 시대를 연 사람이며 나운규도 한국영화의 새로운 시대를 연 사람이지만, 김서정은 변사이자 영화감독으로 체계적 음악수업을 받지 않았으며 나운규 역시 체계적 영화수업을 받은 바 없었다. 그에 비해 1930년대 중반의 새로운 시대를 연 손목인, 박기채 등은 그 아래 세대로 일본에서 체계적인 예술수업을 통해 일본의 최신 대중예술 경향을 민감하게 받아들인 세대이다. 김내성이 1930년대 후반 일본 탐정소설계에서 등단한 것과 상당히 유사한 특성을 보이고 있는 것이다. 요컨대 김내성의 활동을 시작하는 1930년대 중·후반은 한국 대중예술사의 전 분야에서 새로운 경향이 정립된 시기로, 김내성과 김내성 세대는 카프와 국내 사회주의운동의 몰락과 언론·출판자본의 상업화라는 경향이라는 정치·경제적 요인이 만들어낸 1930년대 중반 대중예술의 새로운 발흥과 조응하는 새로운 세대였던 셈이다.

---

9   이순진, 「조선 무성영화의 활극성과 공연성에 대한 연구」, 중앙대 박사논문, 2008, 200~204면.

그의 첫 장편소설은 일본어 작품인 단편 「운명의 거울」, 「가상범인」의 뒤를 이어 일본어로 쓴 1936년『사상의 장미』이다. 김내성의 장편소설을 창작과 번안 작품을 간추려 목록화하면 다음과 같다(외국의 지명이나 이름이 그대로 남아있는 단순한 번역 작품은 제외하였다).[10]

1936, 「사상의 장미」(일본어 작품으로 식민지 시대에는 발표되지 않았으며, 1955년 신태양출판사에서 우리말로 단행본을 출간)[11]

1937, 「백가면」, 『소년』, 1937.6~1938.5(1937년 한성도서 단행본으로 출간)

1937, 「황금굴」, 『동아일보』, 1937.11.1~1937.12.31(1944년 조선출판사에서 단행본 간행)

1939, 『마인』, 『조선일보』, 1939.2.14~10.11(1939년 조광사에서 단행본 간행)

1942, 「태풍」, 『매일신보』, 1942.11.21~1943.5.2(1944년 매일신보사에서 단행본 간행)

1943, 「매국노」, 『신시대』, 1943.7~9(미완)

1946~7, 「진주탑」, 서울방송국 입체낭독소설(1947년에 백조사에서 단행본으로 출간되었다. 번안소설)[12]

1949, 「결혼전야」, 『부인』 1949.1, 4, 7(미완)

1949, 「청춘극장」, 『한국일보』(1949년부터 1952년까지 청운사 등에서 단행

---

10 이 목록은, 박진영, 「연보 및 작품목록」(『판타스틱』 봄호, 2009.3)을 참조했다.
11 이에 대하여는, 단행본『사상의 장미』(신태양출판사, 1955)의 서문에서 밝혔다.
12 알렉상드르 뒤마의 『몽테크리스토 백작』의 번안물로, 인물 이름은 물론 공간적 배경까지 식민지 시대의 조선으로 설정한 작품이다. 해방 직후 양산백이라는 필명으로 방송소설로 집필되어 이백수의 낭독으로 인기를 모으며 낭독되었다(『KBS연감 62』, 한국방송문화협회, 1961.12, 57면). 이 단행본은 방송된 이후에 출간된 것이다. 김내성 사후인 1958년 7월부터 9월까지, KBS에서 매일연속극의 형태로 다시 제작하여 방송하였음을 미루어 보아(임희재 연출) 이 시기 이 작품이 얼마나 큰 인기를 얻었는지 짐작할 수 있다.

본 총5권 간행)

1949, 「쌍무지개 뜨는 언덕」, 『소년』 1949.12~(1953년 학원사에서 단행본 출간)[13]

1952, 「인생화보」, 『평화신문』, 1952.1~(1953년 청운사에서 단행본 간행)

1952, 「꿈꾸는 바다」, 『새벗』 1952.7~1953.2(1953년 새벗에서 단행본 간행)[14]

1954, 「백조의 곡」, 『여성계』(1957년 여원사에서 단행본 출간)[15]

1954, 『사상의 장미』, 『신태양』, 1954.8~(1955년 신태양사에서 단행본 출간)

1954, 「애인」, 『경향신문』, 1954.12~1955.6(1955년 육영사에서 단행본 출간)

1955, 『황금박쥐』, 『학원』 1955.4~1956.5(1957년 학원사에서 단행본 출간)[16]

1955, 「붉은 나비」, 『아리랑』 1955.3~1955.9(번안소설)[17]

1956, 「도깨비 감투」, 『학원』 1956.7~1957.4(미완, 1978년 한진출판사에서 단행본 출간)[18]

---

13 1953년 10월 신문 광고에, 『황금박쥐』, 『검은 별』, 『쌍무지개 뜨는 언덕』이 '학원명작선집' 시리즈로 기획되었다는 점으로 미루어 추정한 것으로, 실물은 확인할 수 없다. 박진영, 「연보 및 작품 목록」에서는 1958년 문성당 간행으로 정리하고 있다.

14 연재와 단행본 출간에 관한 사항은, 한진출판사 단행본의 머리말에 수록된, 김내성의 머리말(1953년 2월에 쓴 것으로 단행본 초판본의 머리말로 추정되나 초판본 간행 출판사는 알 수 없다)에 의거한 것이다. 이 작품은 『걸리버 여행기』의 발상을 빌어온 것임을 작가가 머리말에서 밝히고 있다.

15 당시 신문광고에 의하면 『아리랑』, 1955년 9월호에 수록되어 있다는 기록이 있어, 연재 지면에 관한 한, 좀 더 정교한 확인을 요한다.

16 박진영에 의하면, 『황금박쥐』는 1946년 방송극으로 집필된 『똘똘이의 모험』을 발전시킨 것이라고 한다. 1946년에 출간된 방송대본 『똘똘이의 모험(상)—박쥐편』(영문사)과 『황금박쥐』의 전반부가 거의 흡사하다는 주장인데, 필자는 아직 이 책을 입수하지 못해 확실한 비교를 하지 못했다. 박진영의 이러한 주장이 옳다면, 『똘똘이의 모험』이 『톰소여의 모험』을 번안한 것이므로, 『황금박쥐』 역시 번안적 성격이 강하다고 할 수도 있으나, 『톰소여의 모험』에서 『황금박쥐』로의 변환이 직접적 번안은 아니므로 큰 영향을 받은 별도의 작품으로 보는 것이 옳을 듯하다. 박진영, 「연보 및 작품목록」, 『판타스틱』 봄호, 2009.3, 177면.

17 엠스카 버로네스 올츠이의 소설을 번안한 것이라고 작가가 연재 첫 회분 앞머리에 밝히고 있다.

1956, 「실낙원의 별」, 『경향신문』, 1956.6~1957.12(미완, 1957년 정음사에서 단행본 출간)[19]

20년 남짓한 기간 동안 무려 19편의 장편을 발표하였으니, 대중소설가의 다작 경향을 감안한다 하더라도 결코 적은 수가 아니다. 이 외에 대표적인 번역물로는, 「괴암성」(모리스 르블랑, 『조광』, 1941.1~7.10. 『보굴왕』이라는 제목으로 1948년 평범사에서 간행. 공간적 배경은 그대로 두고 인물의 이름만 동양식 이름으로 바꾸었다), 『마심불심』(에밀 까보리오, 해왕사, 1948. 인물 이름은 동양식으로 바꾸었다), 「비밀의 가면」(포르튀네 뒤 보아고베, 『소년』, 1949.3~11. 1949년 청운사에서 단행본 간행), 「검은 별」(존스톤 맥컬리, 『학원』, 1953.9~1955.2. 1954년 학원사에서 단행본 간행) 등이 있다.

장편을 중심으로 크게 시기를 나누어 보면, 제1기는 식민지 시대로, 넓은 의미의 추리소설(범죄 혹은 첩보소설을 포함하여)에 치중하던 시기이다. 제2기는 해방 후부터 1950년대 초까지로, 3회 연재로 중단되어 버린 「결혼전야」를 제외하고는, 대작인 『청춘극장』과 아동·청소년물 『쌍무지개 뜨는 언덕』이 있을 뿐이어서 작품의 수가 적은 시기이다.

---

18 한진출판사 1978년에 간행된 단행본에는 두 개의 머리말이 수록되어 있다. 「원작자의 말」은 연재를 시작하며 쓴 글로 추정되는데, 지은이가 1956년 봄이라고 글 쓴 시기를 밝히고 있다. 바로 뒤에 수록된 또 다른 머리말인 「이어 쓰면서」는, 미완인 이 작품의 뒷부분을 쓴 소설가 염재만이 쓴 것으로, 이 작품이 『학원』에 1956년 봄부터 1957년 봄까지 10회를 연재하다가 중단된 사정을 밝히고 한진출판사 측의 제의와 부인 김영순의 허락 아래 뒷부분을 이어 씀으로써 단행본 출간이 가능해졌음을 밝히고 있다.

19 완성하지 못한 뒷부분은, 김내성이 남긴 작품 메모를 바탕으로 장녀 김문혜가 집필했다. 최근 김내성의 삼남인 김세헌은, 대중서사학회의 김내성 탄생 100주년 기념 학술대회 '김내성 소설의 추리, 연애, 모험, 그리고 이상(理想)의 세계'(서강대 다산관, 2009.4.11)에서, 김내성 생전에 집에 자주 드나들던 문사들이 장녀 김문혜를 도와 함께 정리·집필했다고 이야기한 바 있다.

대신 이 시기에는 「몽테크리스토 백작」의 번안물인 『진주탑』을 방송소설로 집필하고, 『톰소여의 모험』의 번안물인 『똘똘이의 모험』의 마지막 집필자로 참여하는 등, 방송 분야에서 장편의 작품을 쓴 시기이기도 하다. 제3기는 1952년 이후로 소수의 작품을 제외하고는 성인 대상의 연애소설과 아동·청소년 대상의 추리·모험물로 양분되는 작품 경향을 보여준 시기이다.

3. 시기별 작품세계와 변화

1) 추리와 첩보—제1기의 작품세계

식민지 시대인 이 시기는 단편 추리소설을 통해 습작기를 거친 김내성이 본격적인 장편 추리소설을 집중적으로 쓰던 시기이다. 이 시기에 발표한 장편 6편(미발표 소설 포함)은 모두 넓은 의미의 추리소설(첩보물, 모험물 등 다양한 경향을 범박하게 아우른)이다.

이 시기 그의 대표작 『마인』에 이르기 이전에 쓴 두 편의 장편 중 하나는, 다소 단순한 구조의 아동·청소년물 『백가면』이며, 다른 하나는 일본어본 미발표 소설 『사상의 장미』이다. 우리말 단행본으로 판단하건대 『사상의 장미』는 긴 분량이나 완성도에도 불구하고 여러 면에서 김내성이 자신의 작품세계를 모색하던 시기의 습작이라는 느낌이 강하다. 서문에서 작가는, 추리소설이란 그것이 지닌 독특한 매력에도 불구하고 인물의 내면을 그릴 수 없다는 본원적 한계를 지니고 있고 그것이야말로 이른바 '문예작품'다운 면모를 지닐 수 없도록 만든다고 지적하면서, 이러한 문제를 해결하기 위해 범인을 비롯한 인물의 내면 묘사를 강화한 작품을 시도한다고 밝히고 있다.[20] 작가의 이러한 고민은, 한편으로 추리의 논리성과 함께 인간의 내면에 대한 탐구를 중시하던 김내성의 작품세계의 소산인 동시에, 당시 일본 추리문학계의 영향이기도 하다. 즉 김내성은 해방 이후 추리소설로부터 물러나 연애소설에 힘을 쏟는데, 여기에는 추리물에 대한 김내성 자신의 결핍감이 크게 작용하고 있다고 할 수 있다. 그런데 다른 한편 이미 일본에서는 이러한 추리물의 한계를 탈피하고자 논리적 추리 자체보다도 범죄자의 심리나 분위기 등의 형상화에 치중하는 작품이 창작되고 이러한 부류를 '변격탐정소설變格探偵小說'이라는 개념으로 지칭하는 등, 추리소설에 대한 이러한 인식이 상식화되어 있는 상황이었다.[21] 김내성이 영향을 많이 받은 에도가와 란포의 작품에도 이러한 변격추리소설이 많으며 김내성 단편의 태반이 변격추리소설이다. 그런데 이러한 변격추리소설은 주로 '에로'와 '그로'의 특성을 강하게 띠고 있는 것이 보통이며 『사상의 장미』 역시 김내성 작품 중에는 에로틱한 편이라 할 수 있다 그런데(뒤에서 다시 이야기하겠지만) 이러한 '에로 · 그로'는 김내성과 잘 맞지 않은 탓인지 이 작품의 '에로 · 그로'는 어설프다. 즉 『사상의 장미』는 당대 추리소설계의 흐름 속에

---

20 김내성, 「자서(自序)」, 『사상의 장미』(전편), 신태양출판사, 1995.5, 10~12면.
21 이건지, 「일본의 추리소설 – 반문학적 형식」, 대중문학연구회 편, 『추리소설이란 무엇인가』, 국학자료원, 1997, 128~134면.

서 자신의 작품세계를 구축해가던 시기의 모색의 흔적이라 판단된다. 이 작품을 거치면서 그는 본격추리물과 첩보물 등 자신에게 적합한 경향을 찾아가고 있었고, 그 결과『마인』과『태풍』등의 성과를 보여준 것이라 추측할 수 있다.

흔히 많은 연구자들이 인정하듯『마인』을 이 시기 김내성의 대표작으로 꼽는 것에 이의를 달기는 힘들다. 하지만 이 시기 6편을 두루 살펴보면,『마인』은 이 시기 대표작이면서도 다른 작품에 비해 돌출적 특성 또한 많이 지니고 있다.『마인』은 이 시기의 장편 추리소설 중 수수께끼형의 본격적 추리소설의 문법에 가장 충실한 작품으로, 모험물 · 첩보물 · 범죄물[22]의 성격이 강한『백가면』,『황금굴』로부터『태풍』,「매국노」까지의 작품들[23]과 상당한 차이를 보이고 있다. 여배우 주은몽의 살인 미수 사건을 첫 부분에 제시하고, 동일 범인에 의한 계속적인 살인 사건이 전개되는 '범죄의 서사'와, 탐정 유불란이 범인을 찾아가는 '추리의 서사'를 병행시키며[24] 수수께끼 같은 연쇄 살인사건을 잘 짜인 구성으로 풀어가는『마인』은 김내성의 작품세계

---

22 범죄의 동기와 추이를 분석하는 것에 치중하는 것으로 추리의 요소가 있기는 하나 흥미의 제1요소로 삼지 않는다(이상우,『이상우의 추리소설 탐험』, 한길사, 1991, 48~49면). 김내성도『사상의 장미』의 서문에서, 흔히 추리소설 작가들이 인물의 내면을 강화하기 위해서는 '탐정소설'의 불편한 굴레를 벗어버리고 '범죄소설'을 집필하는 경향이 있다고 이야기한다(김내성,「자서(自序)」,『사상의 장미』(전편), 신태양출판사, 1955, 10면).

23 이 중 특히 첩보물의 특성은 4편 모두에서 나타나고 있어 주목된다. 정혜영은 첩보물인 '방첩소설'「매국노」를 분석하면서,『마인』등 탐정문학 창작에 주력하던 작가가 갑작스레 스파이물의 창작으로 변환했다고 지적하였지만, 사실『마인』이전에 첩보물인『백가면』이 발표된 것을 생각하면 첩보물이 김내성의 방향전환의 산물이라기보다는 이 시기의 중심적인 작품세계의 하나로 보는 것이 온당하다.『백가면』의 발표 시기가 1937년임을 생각하면, 이 역시 정혜영이 지적한 1935년 이후 '스파이 담론' 급증 현상이 나타난 시기의 소산이라고 할 수 있으며, 첩보물로서는 매우 앞선 작품이라고 할 만하다.

24 이정옥, 앞의 책, 140면.

에서 다소 돌출적이라 할 만하다.

『마인』의 독특함은 비단 김내성의 세계에서만이 아니라, 우리나라 추리소설, 더 나아가 대중소설을 통틀어도 통용되는 평가일 것이다(이 점이 후대 연구자와 후배 추리소설 작가들이 『마인』을 특히 중시하는 요인일 듯도 하다).『마인』이전은 물론, 그 이후에도 오랫동안 이 정도의 논리적 짜임새를 가진 작품을 찾기 힘들 정도이기 때문이다. 그리고 그 독특함은 어찌 보면 20세기 초중반의 한국 사회와 그 소설이 매우 부조화함을 의미하는 것일 수도 있다. 즉『마인』은, 사설탐정이 존재하지 않는 시대에, 게다가 논리적인 추리적 사유와 행동이 익숙하지 않은 1930년대 식민지 조선에서 불쑥 튀어나온 소설이라는 것이다. 김내성의 장편 추리소설에는 '유불란'이라는 탐정 캐릭터가 설정되어 있다. 본격적인 장편을 시도하며 탐정의 설정이 불가피해졌을 것이며,『사상의 장미』에서 검사 시보試補인 '유준'을 거쳐『백가면』에 이르면 '유불란'이라는 탐정 인물이 자리를 잡는다. 그러나 이 사설탐정의 설정부터가 식민지 조선에서는 비현실적이다.『태풍』에서 유불란이 조선인이지만 서양인 같은 용모를 지니고 있는 것을 묘사되는 것도 이러한 인물 설정의 비현실성과 무관하지 않다. 그는 조선인이면서도 전혀 조선적이지 않은 인물, 조선인다운 면모를 두드러지게 만들면 너무도 어색해지는 인물인 것이다. 이 시대는, 애정과 가족의 이야기를 중심으로 하는 대중서사물에서 흔히 음모 편지 하나에 쉽사리 속아 넘어가고, 뻔한 음모에도 자신의 결백을 해명하거나 논리적으로 타인을 설득하지 못하여 신파적 눈물을 흘리며, 본격문학에서는 논리나 추론을 무력화하는 정치·경제적 권력에 짓눌린 지식인을 흔히 그리던 시대였다. 이러한 시대와, 사설탐정이라는 민간인이 논리와 과학적 사고로 강력 범죄의 실마리를 풀어간다는 추리소설의 설정은 매우 큰 간극이 있다. 이러한 간극의 불편함은 『마인』 곳곳에서 나타난 서양적 요소의 과도함으로도 잘 드러난다. 첫 살인미수사건이 벌어지는 곳은 1930년대 서울의 리얼리티와 동떨어진 서양식 가장무도회장으로,[25] 서구적 가장假裝을 한 참석자들 틈에 도화역자導化役者, 즉 피에로의 분장을 한 범인이 뒤섞여 있어 매우 서구적 분위기를 만들어낸다. 현재의 감각으로 보자면, 서술자가 사건과 추리의 진행과정을 지나치게 친절하게 설명하는 것도, 당대 독자들이 꽉 짜인 작품의 논리를 제대로 따라오지 못할 것을 우려한 작가의 배려라고 보인다.

추리물이 바탕하고 있는 공평무사한 근대적 법질서에 대한 믿음 역시 당대 조선사회의 대중의 사회심리와는 부조화하다. 1960년대까지도 우리나라 대중서사물에서는 냉혹한 근대적인 법질서의 논리에 짓눌리는 선한 주인공의 이야기가 횡행하였다.[26] 추리물에서 범죄의 실체를 밝히고 범인을 잡는 주인공이란 기본적으로 공적 영역에서 일반 시민의 안녕과 행복을 지키는 인물이거나, 공적인 치안 서비스가 미처 해결해주지 못하는 개인적이고 은밀한 요구를 수행하는 사설탐정이다. 그러나 사설탐정을 설정한 경우일지라도 그가 수행하는 수사는 누구에게나 보편타당한 근대적 논리와 법질서의 공평무사함을 전제로 하고 있다. 하지만 이 시기 우리나라 대중서사 주인공의 대부분에게는, 가족이나 애인 같은 사적 관계의 사람들의 안녕과 행복을

---

25 이에 대하여는 조성면도 지적한 바 있으며(조성면, 앞의 책, 82~83면), 전봉관은 이 시기 조선에서 사립탐정이나 이 정도의 가면무도회가 불가능했음을 설명한다. 전봉관, 「『마인』 속 경성과 경성문화」, 『판타스틱』 봄호, 2009.3, 212~227면.

26 이영미, 「신파성, 반복과 차이─1950년대 악극·영화·방송극」, 권보드래 외, 『아프레 걸 사상계를 읽다』, 동국대 출판부, 2009, 301~303면.

위해서라면 공공의 법질서를 어길 수도 있다는 사고(예컨대 영화 〈풍운 아〉, 〈낙화유수〉, 〈반도의 봄〉 등에서는 친구를 위해 선한 주인공이 횡령·절도를 한다)가 일반적이며, 근대적 법질서는 천륜·인륜·인정 따위에는 아 랑곳 않는 냉혹한 것으로 그려진다. 어쩔 수 없이 공적 질서로부터 일 탈하는 선한 인물형이 일반적이며, 공적 질서에 대한 믿음을 바탕으 로 이를 수호하는 인물형은 드물다.

즉 여러 모로『마인』은 태생적으로 그 시대 그 사회와 불화하는 작품이다. 사회의 바탕이 없음에도 불구하고 높은 작품적 완성도의 성취가 가능했던 이유는, 말할 것도 없이 외국의 전범적 작품에 대한 학습과 모방이었다. 모리스 르블랑에 대한 오마주인 '유불란'이란 작 명에서도 드러나듯이,『마인』을 비롯한 이 시기의 추리소설은 외국 에서 정립된 기존 추리소설의 문법과 관습을 학습한 결과물이었고, 식민지적 근대의 당대 조선사회와 부조화하면서 버걱거리고 있다.

그런 점에서 이 시기『마인』이외의 추리소설이 수수께끼형의 본격 추리소설의 틀을 벗어나, 첩보물이나 모험물, 범죄물 등의 다양 한 요소를 뒤섞어 쓰고 있음은 어찌 보면 당연해 보인다.[27] 이들은 건 조한 논리의 수수께끼형보다는 감정과 내면갈등이 강하게 개입될 수 있어 작가와 수용자에게 편안한 틀일 수 있는 것이다.

김내성 추리소설에서는 거의 예외 없이, 원수에 의해 해외(대개 인도로 설정된다)로 쫓겨나 해적 틈에서 죽을 고생을 한 인물이 엄청난 재산을 가지고 돌아와 복수를 하는 이야기가 자주 등장한다. 이는 모 험물과 범죄물의 성격을 강하게 지닌 뒤마의『몽테크리스토 백작』의

27 또한 정혜영이 작품의 흠결로 지적한바,『마인』이 추리소설적이지 못하고 치정에 얽힌 복수의 이야기로 지나치게 흐르고 있다는 점 역시 이러한 맥락에서 설명할 수 있다.

영향으로 보인다.[28]『마인』의 백문호,『백가면』의 박지용 등 '몽테크리스토'형의 인물들은 유불란을 긴장시키는 미지의 인물이지만 결국 정체가 밝혀진 후에는 유불란에게 도움을 주는 선인으로 설정되어 있다. 즉 작가는 수수께끼형 추리소설 못지않게, 착한 주인공이 억울한 일을 당하지만 이를 극복하고 돌아와 지략을 통해 논리적으로 복수를 하는 이야기에 심취해 있었다고 보이는데, 공포·분노·격정 같은 강렬한 감정을 동반하는 이런 이야기가 수수께끼형의 건조한 논리성보다는 훨씬 당대 대중들에게도 호소력이 있었을 것이라 추측된다. 한편 첩보물은 스파이에 의해 교란되는 공적 질서를 수호하는 이야기로, 일제 말 전쟁으로 치닫던 정치적 상황의 소산이기도 하다. 중일전쟁 이후 일본에서도 국민끼리의 살상사건을 그리는 추리소설이 시국에 맞지 않는다는 이유로 추리소설 전문 잡지가 폐간되고 1941년에는 란포의 거의 전 작품이 발행금지 되었다는 정황[29]을 생각하면, 1937년부터 본격적인 장편을 발표하는 김내성이 친일적인 첩보물을 창작하면서 자신의 입지를 유지했음은 추리소설 작가로서는 어쩔 수 없는 선택일 수도 있었을 것이다. 하지만 단지 정치적 외압으로만 설명될 수 없는 측면이 존재한다. 즉『마인』이 결여한 현실성을 보완할 수 있다는 점에서 생각할 여지가 있는 것이다. 이들 첩보물의 공적 질서는 일반 대중들의 안녕과 인간다운 삶을 위한 공평무사한 법질서(당대 대중들이 절실하게 실감하기 어려운)가 아니라, 영국·미국·

---

28 『태풍』에서는 아예 첫 부분부터 유불란이 프랑스의 마르세즈를 찾아 '몽테크리스토'라는 술집에서 술을 마시고『몽테크리스토 백작』의 배경이 된 섬을 방문하는 등 그에 대한 존경심을 노골적으로 표현하고 있다.

29 이건지, 앞의 글, 125~127면.

러시아 등 적성국가의 준동으로부터 국가(일본)[30]의 이익과 대동아공
영권의 논리를 수호하는 매우 현실적인 질서이기 때문이다. 『백가
면』과『태풍』,「매국노」에서 유불란은 동양 최고의 과학자 강영제 박
사(혹은 외과의사 오영세)의 신무기 설계도를 빼내려는 적성국 스파이와
맞서 싸우며, 이 시기 작품의 스파이들은 여전히 장개석의 힘이 남아
있는 중국에서 국제도시 상해를 거점으로 움직인다. 이것은 경성부
의 경찰과 어떤 관계를 맺으며 살인미수사건을 수사하는지 도대체
현실적으로 납득할 수 없는 『마인』의 유불란보다 훨씬 더 설득력 있
는 설정인 것이다. 그리고 이 지점에서 탐정 유불란은 드디어 그 존재
의 현실적 근거를 획득한다. 즉「매국노」에서 유불란은 '애국방첩협
회' 회장이라는 직함을 지님으로써,[31] 범인의 수사에 개입할 현실적
인 지위를 획득하게 되는 것이다(물론 그렇다고 해서 탐정이 스파이 색출에
적극적으로 나서는 설정이 그리 현실적이지는 않으며, 따라서 실제의 수사의 상당
부분에서 유불란은 배제되어 있고 그 결과 탐정의 역할은 축소된다).

　　이런 정황을 고려하면, 완성도는 다소 떨어지지만 김내성 추리
소설에 계속 등장하는 여러 요소들이 마치 '종합선물세트'처럼 모여
있는 『태풍』을 또 다른 대표작으로 꼽을 만하다. 『태풍』은, '광산왕'
오창세가 당한 의문의 사고를 통해, 이를 수사해가던 헌병대 아끼야
마 대위와 그 친구 유불란이 강영제 박사의 세계적인 신무기 설계도
를 빼내려는 국제적인 스파이의 준동을 밝히고 막아내는 이야기이

30　『태풍』에서부터는 유불란, 강영제 등의 '조선인'의 국적을 '일본인'으로 명기하고 있다.
31　정혜영은 '애국방첩협회'의 설정이 1938년 결성되었던 '조선방공협회'를 모델로 한 듯
　　하다고 지적하였다. 정혜영,「방첩소설「매국노」와 식민지 탐정문학의 운명」,『한국현
　　대문학연구』24집, 한국현대문학회, 2008, 292면.

다.[32] 이 작품에는, 유불란 중심의 추리물적 성격과 『몽테크리스토 백작』의 몇몇 모티브들(외딴 섬에 유폐, 시체 바꿔치기를 이용한 탈출, 국내에 돌아와 부호로 활동, 옛 애인이자 원수의 아내가 되어 있는 여자와 만남, 원수와 애인의 아들과의 결투 등)을 그대로 차용한 백상도의 복수담, 여기에 스파이단의 첩보 활동 등이 복잡하게 얽혀 있다. 또한 과학기술을 노리는 스파이, 성경책 암호, 해적, 비밀에 싸여 있거나 보물이 있는 섬, 인도 등 그의 작품에 나오는 여러 요소들이 거의 대부분 등장하고 있다. 단 『태풍』에서는 이러한 여러 요소가 뒤섞임으로써 다소 난삽한 것이 흠이다. 초반부에서는 문제적 사건의 제기가 너무 늦게 이루어지고, 중후반부에서는 건조한 탐정 이야기와 감정적 열도가 높은 백상도 이야기가 뒤섞이며, 특히 첫 부분에서 등장한 유불란이 사라졌다가, 마지막 1/3 지점에서 재등장하여 사건을 수습하는 역할만 담당하는 것 등은 작품의 일관성을 크게 해치는 요소 중의 하나이다.

　　요컨대 식민지 시대의 김내성은 본격적인 장편 추리소설에 집중하였고, 본격 추리소설의 문법에 비교적 충실한 『마인』은 물론 『백가면』, 『태풍』, 「매국노」 등 첩보와 모험 이야기에 집중하는 작품세계를 보여주고 있다. 그것은 수수께끼형 추리소설인 『마인』의 건조한 논리성이 불편했던 당시 사람들의 사유방식과 생활체계, 그리고 그로부터 완벽하게 자유롭지 못했던 김내성 자신의 특성과 무관하지 않다고 보인다.

　　따라서 이 시기의 추리소설이 외래 양식 학습의 영향을 강하게 받은 것은 분명하지만, 그렇다고 해서 당대 조선사회에서 나름의 존

32　유불란은 물론 강영제, 아끼야마 등도 『백가면』, 「매국노」 등에 반복적으로 등장하는 고정화된 캐릭터 이름이다.

재 근거가 있었음을 완전히 부정할 수 없다. 추리소설의 문법이 그 시기 조선사회와 부조화하면서 버걱거리고 있었지만, 그래도 김내성에게 식민지 후반기인 이 시대에 유일하게 추리소설이 가능했던 것은, 두 가지 이유로 설명할 수 있을 것이다. 첫째, 식민지 시대 중 가장 서양적인 생활을 영위하던 1930년대 중·후반의 대도시 경성이, 추리소설의 근거가 되는 근대적 논리성의 태부족 현상이라는 추리소설의 이상과 삶의 현실 간의 간극을 다소 완화시켜 주고 있다는 점이다. 즉 적어도 식민지 후반기, 모던하기 이를 데 없던 경성에서 중산층 이상들의 삶은, 식민지 시대 어느 시기 어느 곳보다도 가장 근대적인 논리성과 근접한 시공간이었을 것이다. 특히 범행을 벌인 범인이 몸을 숨기고 탐정이 이를 탐지해가는 공간은 익명성이 보장되는 근현대의 대도시여야만 가능하고, 그것이 당시 경성과 가장 근접했다고 볼 수 있다.[33] 그런 점에서 유불란이 결정적으로 문제의 단서를 쥐게 되는 곳을 농촌인 '평안남도 X천'으로 설정한 것은 흥미롭다. 둘째, 그나마 식민지 후반기의 사회는 일제의 법질서의 안정감이 적어도 사회의 표면에서는 이루어지고 있었다는 점을 들 수 있다. 피지배민족인 조선인의 입장에서 생각하자면 그것은 부도덕한 억압일 수 있겠지만, 앞서 이야기한 바와 같이 이 시대는 식민지 시대 초기와 달리 이미 지배권력의 안정감이 확고해진 시대였고, 그것의 안정성에 대한 대중들의 의심이 깃들기 힘든 시대였다. 이러한 안정성은 김내성의 작품을 읽는 대중들이, 범죄는 범인을 검거함으로써 해결되는 것이라는 태

---

33 「매국노」의 첫 부분은, 낯선 사람들이 오가는 국제적 항구 인천의 부둣가와 호텔, 선원들이 들락거리는 서양적 분위기의 선술집으로, 역시 상당한 익명성이 보장되는 근대적 공간이다.

도를 가질 수 있게 하였다고 추측해 볼 수 있다. 이는 해방 후 전쟁에 이르는 시기의 극도의 혼란기와 대비해서 보면 확실한 차이가 있는 것이다.

어쩌면 이는 해방 후 추리적 요소가 점차 줄어드는 변화와 관련하여 생각할 만한 대목이라 보인다. 즉 한편으로 추리소설의 논리성에 대한 불편함, 인간의 내면이나 감정과 격정을 제대로 드러낼 수 없다는 결핍감이, 김내성으로 하여금 해방 후 추리소설을 포기하고 연애소설로 몸을 옮기게 만든 동인이었을 것이다. 그리고 다른 한편으로 보자면, 식민지 후반기의 경성에서 만끽할 수 있었던 그나마의 근대성과 안정적 법질서의 근간이 해방과 분단, 전쟁을 겪으며 뿌리째 흔들리면서, 범죄에 대한 작가의 태도가 변화하였고, 따라서 추리소설을 포기하게 되었다는 추측이 가능한 것이다. 하지만 한 작가의 작품세계가 한꺼번에 변화할 수는 없는 법이어서, 제2기와 제3기로 넘어가면서 추리적 요소는 점진적으로 축소되는 양상을 빚는다. 즉 여전히 첩보물을 쓴 경험은 해방 후 『청춘극장』이 지닌 첩보물적인 성격으로, 추리적 요소는 『쌍무지개 뜨는 언덕』이나, 『인생화보』 등으로 계승된다.

2) 추리서사와 애정서사의 결합―제2기의 작품세계

이 시기는 해방 후부터 6·25전쟁 초기까지의 시기로, 물리적 시간으로 보거나 장편의 수로 보거나 그리 긴 기간이 아니다. 일제 말 함경도 석왕사 부근으로 요양을 갔다가 1946년에 서울로 돌아온 김내성은 몇 편의 단편과 『진주탑』, 〈똘똘이의 모험〉 등 방송용 번안물을 집 필하다가 1949년부터 『청춘극장』의 연재를 시작하였다. 이 작품은 이 시기 최고의 인기 소설이 되었고, 전5권으로 출간된 이 책은 당시 최 고의 베스트셀러 반열에 올랐다.[34] 이 번안물이 추리소설임에 비해, 창작물은 미완의 장편 『결혼전야』,[35] 아동・청소년물인 『쌍무지개 뜨는 언덕』, 그리고 이 시기의 대표작인 『청춘극장』이 모두 가족과 연 애의 이야기를 다룬 작품이다. 김내성이 해방 후 작품세계를 추리물 에서 애정물로 급격히 옮겨간 것을 확실히 보여주고 있다. 하지만 그 이후 시기와 비교해 보면, 『청춘극장』이나 『쌍무지개 뜨는 언덕』 모 두 상당히 추리적인 요소를 지니고 있다는 점에서, 이 시기는 추리물 중심의 시기에서 연애물로 집중하는 시기로 넘어가는 과도기적인 양 상을 띤다고 할 수 있다.

즉 『청춘극장』은 연애소설적 성격을 강하게 지니고 있음에도 불 구하고, 첩보물・범죄물 등의 요소도 강하게 띠고 있어, 단지 시기적 으로서만이 아니라 작품경향으로서도 추리물과 연애물의 중간에 존

---

34 전쟁 중에도 1만 부가 팔려나갔고(한용환, 앞의 글, 285면), 15만 질이 팔렸다고 이야기 도 있는데(양평, 『베스트셀러 이야기』, 우석, 1985, 51면; 김영희, 「제1공화국 시기 수용 자의 매체 접촉 경향」, 『한국언론학보』 47권 6호, 한국언론학회, 2003.12, 314면에서 재 인용), 정확한 근거를 밝히지 않은 것이라 판매부수에 관한 한 다소 불분명하다. 그러나 영화화된 작품에 대한 평이 그리 뛰어나지 않았음에도 불구하고 이 작품은 무려 세 차 례나 영화화되었고(1958, 홍성기 감독; 1967, 강대진 감독; 1975, 변장호 감독) 텔레비전 드라마로도 여러 번 리메이크된 것만으로도 당대 이 작품의 인기와 지명도는 짐작할 만하다.
35 『결혼전야』는 현재 제1회와 제3회만 확인할 수 있는데, 이로 미루어 보면 『백조의 곡』 의 내용과 상당 부분 일치한다. 단 인물의 이름이 형우, 정주, 남숙 등으로 『백조의 곡』 과 일치하지는 않으며, 기타 세부사항도 다르다. 즉 『결혼전야』는 『백조의 곡』과 같은 작품이라고 볼 수는 없으며, 작가가 1949년에 중단된 『결혼전야』의 발상을 이용하여 후에 『백조의 곡』을 창작한 것으로 보는 것이 타당하다.

재하는 작품이라 할 만하다. 특히, 이제 막 지나온 역사를 반추하는 대작의 규모를 지님으로써, 김내성의 작품으로서는 물론 이 시기의 다른 작가의 작품에서도 찾아볼 수 없는 독보적 위치를 지니게 되었다.

　이 작품은 와세다대학생 백영민의 사랑 이야기를 중심으로 하고 그의 세 동창생 이야기를 옆으로 펼쳐놓아 이야기를 몰고 가는 작품이다. 백영민과 독립운동가의 딸로 가문의 정혼자인 허운옥, 백영민의 연인이자 친일 부호의 딸인 오유경의 삼각관계(여기에 일본인 여간첩 나미에도 백영민을 사랑한다), 여기에 오유경과 허운옥을 모두 사랑하게 되는 젊은 의사 김준혁의 삼각관계, 허운옥을 겁탈하려다 실패하고 계속 따라다니는 일본 헌병 박준길과 그의 마수로부터 허운옥을 보호해주는 김준혁의 삼각관계, 백영민의 동창생 신성호와 그의 애인인 기생 박분이가 오유경의 아버지 오창윤의 첩이 되는 삼각관계 등 복잡하게 얽힌 여러 개의 애정갈등이 작품의 기본을 이룬다. 결국 백영민이 두 여자 사이에서 헤매는 중, 허운옥은 감옥으로 가고 혼자 아이를 낳은 오유경은 아이가 죽자 자살한다. 그리고 해방이 되어 허운옥은 풀려나나 백영민은 유경의 무덤 앞에서 자살한다. 가문의 정혼자와 애인 사이의 갈등, 기생과 지식인의 사랑 등은, 식민지 시대 이래 수없이 반복되어 온 대중서사물의 단골 패턴이다. 그런데 『청춘극장』은 여기에 역사적 배경을 덧붙임으로써 갈등의 강도를 높인다. 허운옥을 독립운동가의 딸로, 허운옥을 노리는 색마 박준길을 악질 헌병으로 설정했으며, 여기에 백영민·장일수·신성호라는 중학 동창생 삼총사와 이들을 미워하는 동창생 최달근의 각기 다른 인생행로(백영민은 학병, 장일수는 독립운동가, 신성호는 무기력한 문학가가 되고, 최달근은 일본 헌병이 되어 장일수와 허운옥을 쫓는다)를 통해 일제 말기의 정치·사회적 상황을 폭넓게 펼쳐놓는다. 그럼으로써 이들의 사랑 이야기는 단지 사적인 이야기에 그치는 것이 아니라, 격정적인 역사적 흐름의 한 부분으로 의미화된다. 이들 인물들은 열심히 연애를 한 것인 동시에 열심히 이 격동의 역사를 '살아낸' 것이다.

　어찌 보면 이 방식이야말로 이제 막 지나보낸 식민지 시대에 대한 대중서사적인 응답이라 할 만하다. 누구도 친일 시비에서 자유롭기 힘든 일제 말기를 형상화하는 일은 쉽지 않으며, 특히 한 가지 쟁점에 집중하는 단편이 아니라 삶의 다양한 면모를 감싸 안아야 하는 장편에서는 더더욱 그러하다. 일제 말, 시기에 대한 본격소설적 대응은 자신들의 역사적 과오와 양심의 문제, 당면한 사회적 과제 등에 대해 본질적인 질문을 던지는 정면승부의 방식일 터이지만, 대중서사물은 이러한 지적인 긴장감을 감당할 수 없다. 굴욕적으로 살아왔다는 부끄러움과 그래도 죽지 않고 살아냈다는 자부심을 모두 조금씩 지니고 이제 다시 당면한 생존의 문제와 직면해야 하는 대중들은, 역사에 대한 책임의식을 감당할 능력도 의사도 없다. 이들이 막 지나보낸, 고통스럽고도 불편한 한 시대를 정리하는 방식은, 해방과 단독정부 수립이 이루어진 시대의 새로운 사회적 대의명분을 전제로 한 상태에서, 그 시대를 함께 고통스럽게 살아온 자신들 모두를 시대의 피해자로 (역사적 과오와 그로 인한 굴욕까지도 피해로 포용함으로써) 그려내는 것이다. 사적 갈등을 전면배치하고 역사적 배경을 그 사적 갈등을 강화하는 요소로 결합함으로써, 이들의 사적 갈등은 모두 시대의 아픔이 된다. 따라서 이러한 작품은 너무도 민감하고 복잡한 문제라서 본격예술 작품에서는 다소 꺼릴 수밖에 없었던 그 시대의 가장 고통스러운 사건들(예컨대 학병, 독립운동 등)을 모두 소재로 채택할 수 있게 된다. 이 문제들은 모두 시대의 아픔일 뿐이라 의미화됨으로써, 작가나 독자는 이에 대한 정치적·역사적 평가를 할 부담으로부터 살짝 비켜날 수 있게 되기 때문이다. 역사의 흐름과 뒤범벅된 사적 갈등은, 한 시대와 함께 종결된다. 즉 『청춘극장』에서 식민지 시대가 끝나고 사적 갈등도 해결해야 하는 시점에서 주인공들은 죽는다. 식민지 시대와 태평양전쟁이 끝남으로써 이들의 고통스러운 사랑과 청춘도 끝이 나며, 이로써 이들 청춘의 사랑을 공적인 역사와 한 덩어리로 만드는 것은 완결된다. 『청춘극장』은 바로 이러한 방식의 대중서사물이며, 이로써 이후 격동의 역사와 연애를 직조해나가는 수많은 대중서사물의 전범적인 작품이 되었다 할 수 있다.

특히 이 작품이 시작된 시기에 주목할 필요가 있다. 과연 1945년부터 1948년 사이에 이런 작품이 나오는 것을 상상할 수 있을까? 즉 이 작품은 태평양전쟁은 물론 해방기도 끝나고 남한에서는 단독정부가 수립되어 지배적 정치이데올로기와 권력구도가 비교적 확연하게 드러난 새로운 시기, 이전과는 전혀 다른 방식의 문학적 대응을 할 수 있게 된 시기의 소산이었을 수 있다. 『청춘극장』에서 일본 공권력의 앞잡이만을 악인으로 설정하고 전근대적 가부장인 아버지는 물론 친일 부호인 오창윤조차 품격 있는 인물로 포용하는 '정치적' 밑그림을 그려낸 후, 그 위에서 당대 사회에 대한 정면승부(해방기에 주로 이루어졌던)와는 전혀 다른 방식으로 일제 말기를 낭만적으로 소환하는 연애물적 구도를 만들어낸 것은, 한 시대의 뜨거움이 다소 가라앉은 시대에 매우 적절한 대중서사적 대응이었던 것이다.

흥미로운 것은 바로 이 지점에서, 김내성이 지닌 추리서사의 창작 역량이, 연애물과 역사적 배경을 탁월하게 엮어내도록 만드는, 중요한 힘으로 작용한다는 점이다.[36] 공권력의 힘이 악으로 설정되었으므로, 당연히 탐정의 존재는 사라지고 대신 선한 인물들이 범죄자가 되어 쫓기는 범죄물적 성격을 지니게 되며, 여기에 일본인 여자 스파이를 설정하여 일본과 중국을 넘나들면서 활동하는 첩보물로서의 재미를 부가한다. 이러한 첩보물적인 성격은, 연애의 사건조차도 비교적 치밀하게 짜이도록 만들며, 따라서 암울한 시대 속의 고통스러운 연애에서 칙칙하고 무거운 분위기를 제거하고, 긴박한 사건의 속도감 있는 전개를 즐기면서 읽도록 만든다. 그러나 이러한 추리물적인 요소는 다분히 부차적이어서, 이후 작품에서는 점차 약화될 수밖에 없다.

3) 윤리와 애욕의 연애물―제3기의 작품세계

이 시기는 6·25전쟁의 한복판으로부터 시작하여 김내성이 타계할 때까지의 시기로, 한 작품을 제외하고는 성인 대상의 연애물과 아동·청소년 대상의 추리·모험물로 작품이 양분되는 시기이다. 추리·탐험물의 질은 이전 시기보다 떨어져 있으며, 아동·청소년용 작품에서도 추리보다는 모험의 비중이 훨씬 커지고 있다. 또한 성인 대상의 추리물로 유일한 「붉은 나비」도 수수께끼형 추리가 아니라 범죄물·첩보물의 성격을 지니는데, 그나마 「붉은 나비」는 순수 창작 작품이 아니라 번안 작품이다. 이로 미루어 보아 논리적 추리에 대한 작가의 의지나 관심은 점점 떨어지는 것으로 판단해도 좋을 듯하다.

---

36 김복순도 『청춘극장』이 추리기법을 적극적으로 사용하였음을 지적하였다. 김복순, 「해방 후 대중소설의 서사방식(상)」, 『인문과학연구논총』 19집, 1999 참조

(1) 연애소설—윤리에서 애욕으로

　『청춘극장』이 독립운동이나 학병 징집 등 역사 속의 공적인 활동이 중요한 부분으로 자리하고 있는 것에 비해, 이 시기의 작품들은 이러한 요소가 거의 제거되어 있다. 특히 이 시기 첫 작품인『인생화보』에서는 추리적 요소가 다소 남아 있으나『백조의 곡』부터는 거의 사라진다. 이 시기의 장편 연애물은 모두 4편으로, 발표 순서대로『인생화보』와『백조의 곡』을 한 짝으로,『애인』,『실낙원의 별』을 한 짝으로 묶어보는 것이 가능하다.『인생화보』,『백조의 곡』은 성실하고 순결한 여염집 지식인 여성과 겉으로 보기에는 타락한 것처럼 보이는 여성을 대조시키면서, 전쟁으로 생겨난 강퍅한 시대를 살아가는 연인들의 이전투구를 그린 작품이라면,『애인』,『실낙원의 별』에서는 소극적이고 인내하는 여성과 발랄한 아프레걸의 대조가 두드러짐으로써 '어떤 사랑이 더 진실한가'라는 사랑 자체에 대한 탐구가 본격화되고 있다고 할 수 있다.

　　앞서 이야기했듯이 범죄를 논리적으로 해결하는 이야기에서, 윤리와 성실, 사랑과 욕망 등의 문제로 작품세계를 옮겨간 현상은, 당시 한국 사회와 추리물의 근대적 논리성과의 부조화, 추리물에서는 다루기 힘든 인간의 내면과 감정을 깊이 있게 다루고 싶은 작가의 의지 등의 소산인 동시에, 다른 한편 사회가 급격히 변화함으로써 작가가 범죄에 대한 태도를 변화시킬 수밖에 없었기 때문이라고 보인다. 해방으로부터 시작해서 전쟁으로 이어진 이 시기는 국가와 법률, 제도 등 사회의 근간이 뒤흔들리면서 재정립되는 시기였다. 아무리 보수적 상식을 지니고 있는 작가와 대중들이라 할지라도, 범죄란 것을 논리적으로 수사하고 범인을 검거하여 제거하면 해결되는 것이라는 식으로 단순히 생각할 수 없는 시대가 되었다. 식민지 시대 후반기에 대중들이 느끼던 강고한 법질서나 세계질서의 안정성이 완벽하게 깨어지면서, 여러 인간·사회세력의 물리적인 힘과 욕망, 생존의 의지 등이 적나라하게 충돌하는 시기였던 것이다. 이제 범죄는, 그것의 의미를 일목요연하게 정리해주던 법질서의 문제가 아니라, 욕망과 윤리, 사회적 환경 등의 문제로 인식될 수밖에 없게 되었다. 이런 상황에서 범죄를 그저 공공적 정의나 질서의 문제로 단순히 치부할 수 없게 되었고, 추리물의 설 자리가 점점 줄어든 것은 당연한 일이다. 누구나 강력범이나 파렴치범이 될 수 있으며, 비윤리적인 범죄적 행동을 저질러도 처벌받거나 손가락질 당하지 않으며, 오히려 법 없이도 살 만한 사람은 무능력자로 취급을 받을 수도 있는 극도로 불안정한 사회에서, 범죄는 단순히 수사로 해결할 수 없는 것이 되어 버린 것이다. 김내성이 이제 범죄와 질서에 대한 관심을 윤리와 진실성, 욕망 등의 문제로 발전시킨 것은 어찌 보면 당연한 것일 수 있다. 1950년대의 첫 작품인『인생화보』가 범죄를 윤리의 문제와 연결 지은 작품이라는 것은 주목할 만하다.

『인생화보』는, 주인공 지식인 신형우의 양옆에, 거의 양공주처럼 험한 일을 하며 살아가는 양공주형 아프레걸 이애림과 성실한 애인 형숙을 배치하고, 애림을 노리는 호색한 사업가인 동생 신형식을 설정한다. 이러한 기본적인 애정 갈등을 진행시키면서, 비윤리적으로 보이는 양공주형 아프레걸이 실상 신형우 가족의 비윤리성(피난 중 돈가방을 가로챈 행동)이 만들어낸 결과라는 엄청난 진실이 밝혀지는 과정을 추리적 기법으로 차근차근 펼쳐낸다. 정도의 차이는 있지만『인생화보』와『백조의 곡』두 작품 모두, 연애 이야기를 전면에 배치하면서 이면에 윤리의 문제를 제기한다.『인생화보』에서는, 작은 욕심과 실수가 타인에게 결정적인 타격을 입힐 수 있다는 사실을 눈 감는 비윤리적 세태와, 그 잘못을 깨닫고 끝까지 자신을 처벌하는 윤리적인 주인공과, 표면적으로 비윤리적으로 보일지라도 '생활의 곡예사'로 성실한 삶을 살아가는 양공주형 인물들을 배치하여, 가해 / 피해, 윤리 / 비윤리를 얽히게 함으로써 주제의식을 전면화한다. 그러나『백조의 곡』에서는 이 문제의식이 그저 인물의 성격에 의해서만 유지되어 윤리라는 주제의식은 다소 허약해진다. 이 작품의 주요 인물들, 즉 지식인 고영훈과 시쳇말로 '쿨하다'고 할 만한 현대여성 한은주는 물론 전쟁으로 인해 일시적으로 윤리적 감각을 상실하고 고영훈을 유혹하는 유부녀 백연숙조차도, '애욕의 방랑성'과 소유욕으로부터 완전히 자유롭지는 못하더라도 이를 반성하며 욕망을 누르고 타인의 진정한 사랑을 도와주는 인물들이며(백연숙조차 말미에서는 그 허망함을 깨닫고 물러선다), 윤리의 문제는 그저 윤리적인 인물과 그들의 대사로 전달될 뿐이다.

즉『인생화보』에서『백조의 곡』으로 넘어가면서 사회적 환경과 윤리의 문제의 관계에 대한 천착이 약화되는 경향을 보이는 것이다. 하지만 이후의 두 작품에 비하자면『인생화보』는 물론『백조의 곡』까지도, 사랑의 진실성이나 방식만이 아니라 윤리와 성실성의 문제가 주인공을 지배하는 중요한 태도라는 점에서 이후 작품과 다소 구별된다. 주인공은 진실한 사랑을 중시하지만 윤리와 성실함을 더 우위에 두고 행동하며, 윤리적 고결함 때문에 진실한 사랑을 희생하는 것조차 마다하지 않는다. 결말에서도 부도덕한 일가가 화재로 몰락하는 처벌로 귀결되도록 한 것, 혹은 인물들의 윤리적 자각으로 애정 문제가 해결되는 것으로 처리하는 것 역시, 작품이 윤리의 문제에 중심을 두고 있음을 보여준다.

그러나 마지막의 두 작품인 『애인』과 『실낙원의 별』에서는 드디어 남자주인공이 때때로 윤리·성실성을 저버리고 내면적으로 진실한 사랑을 선택한다. 대신 윤리의 문제를 본격적으로 제기하는 사회적 환경의 문제(전쟁 등)는 소거되어 있다. 단 『애인』에서는 그 선택이 소극적인 인고의 여인상을 향하고 있다면, 『실낙원의 별』에서는 지적이고 적극적인 아프레걸로도 향하고 있다는 점에서 차이를 보인다.

『애인』에서는 '애욕', '사랑', '윤리'의 세 형의 남성 인물을 배치하고 주인공(소설가 임지운)을 '사랑'을 대표하는 인물로 배치한다. 여성인물형은 애욕과 사랑의 중간에 아프레걸 이석란, 사랑과 윤리의 중간에 첫사랑이자 소극적인 인고의 여인 오영심을 설정하여, 임지운이 진정한 사랑을 찾아가는 과정을 그린다. 소년소녀 시절 먼발치로 바라보며 순수한 사랑의 꿈을 키우다 우연히 이루지 못한 임지운과 오영심은, 성인이 되어 각기 다른 짝과 만나 결혼에까지 이르지만, 결국은 그 첫사랑 때문에 현실 속의 모든 것을 잃고 둘만의 사랑으로 회귀한다. 작품은 현실 속의 모든 것을 다 잃은 두 남녀가 눈 덮인 산으로 올라가는 것으로 끝을 맺는다. 이들의 사랑은 죽음 속에서만 이루어지는 셈인데, 이는 현실 속의 윤리를 거부할 수 없는 두 인물이 순수한 사랑을 선택할 수 있는 유일한 길이다. 윤리에서 출발하여 진실한 사랑으로 옮아온 작가답게 그는 애욕보다는 윤리 쪽에 우호적인 태도를 보이지만, 그럼에도 불구하고 『인생화보』, 『백조의 곡』과 비교해 보자면 애욕에 비해 훨씬 더 너그러워진 것도 사실이다. 전작의 애욕의 인물형은 호구지책을 위한 양공주이거나 어리석은 집착을 지닌 인물로 그려지는 것과 달리,『애인』의 아프레걸 이석란은 다소 미숙하지만 지적이고 매혹적인 인물로 그려져 있다는 점에서 그러하다.

『실낙원의 별』에서는 이보다 훨씬 더 애욕에 대해 호의적이다. 이 작품에서는 남자주인공인 소설가 강석운에 세 명의 여자, 진실한 사랑을 지지하나 성실, 윤리, 안정감을 대표하는 아내 김옥영(늘 푸른 화초 야스데로 상징), 자유, 적극성, 깊은 정신적 교감과 정열적 진실한 사랑을 갖춘 여대생 고영림(정열적이고 외향적인 아름다움의 칸나로 상징), 평생 강석운을 짝사랑하며 몰래 선물만 보내는 여자 한혜련(작고 수줍은 봉선화로 상징)의 세 여자를 배치한다. 흥미로운 것은 이들 모두 윤리와 애욕이 아닌, 진실한 사랑의 지지자이며 상대방의 내면을 깊이 이해하는 여자들이며, 따라서 한 남자를 같이 사랑한다는 '동서애'[37]적 친근감을 지닌다는 점이다. 게다가 『애인』에서는 일탈적 사랑에 대한 거리두기가 분명했던 것에 비해,『실낙원의 별』에서는 각각의 진실한 사랑들 중에서 좀 더 강렬하고 일탈적인 사랑에의 충동을(매매춘이나 강간에 준하는 행위와 구별지으며) 진지하게, 나름대로 긍정적으로 그리고 있다. 물론 자신에게 진실되고 충실한 사랑이 가족윤리와 충돌하여 타인의 행복을 파괴할 수 있음을 보여주고(강석운은 연재소설을 포기하고 영림과 애정의 도피행각을 벌이고 이에 충격 받은 아내는 아이들을 놓아둔 채

---

37 흔히 여성끼리의 우애를 '자매애'라는 말로 표현하는바, '자매애'는 가부장제 사회의 피억압자인 여성끼리의 연대성의 측면이 부각되는 용어이다. 그러나 김내성 작품에서 나타나는 여성끼리의 공감은 한 남자에 대한 존경과 애정을 공유하는 여자들끼리 투기하지 않고 우애와 공감의 태도를 가짐으로써 가부장제적 질서를 강고히 해주는 특성을 지니고 있다는 점에서 '자매애'라는 용어로 표현하는 것은 적합하지 않다. 오히려 이는 의 좋은 처첩간의 관계를 연상시킨다는 점에서, '동서애'라는 표현이 적합하다고 판단되었다.

집을 나간다), 주인공은 궁극적으로는 가족의 안정 속으로 되돌아오는 대중소설다운 보수적 결말을 맺기는 한다. 그럼에도 불구하고 영림이 이러한 정열적이고 진실한 불륜의 사랑을 자신의 성장의 과정으로 긍정적으로 받아들인다는 점은 이전의 작품에서는 찾아보기 힘든 점이다.

즉, 이 시기의 연애소설은 윤리와 애욕의 극단 안에서 진실한 사랑을 탐색하는 작품들이라 할 수 있다. 뒤로 갈수록 사회적 배경에 대한 관심, 추리서사의 요소가 퇴조하며, 윤리를 갖춘 진실한 사랑에서 출발하여 진실한 애욕을 긍정하는 방향으로 나아가는 것을 볼 수 있는데, 그럼으로써 김내성의 작품세계는 아프레걸로 대표되는 자유롭고 욕망에 충실한 새로운 인물형에 대한 관심이 최고조에 대한 시대의 일반적 경향에 근접하고 있었던 것으로 보인다. 그가 『실낙원의 별』을 쓰던 1956~1957년은 영화 〈자유부인〉의 바람에서도 확인되듯 여대생과 직장 여성은 물론이거니와 주부까지도 자유와 욕망을 긍정하는 흐름에 동참하고 있던 때로, 이 흐름은 1956~1957년에 정점에 달한다. 1958년 이후 이러한 흐름은 다소 꺾이는 양상이 나타나는데,[38] 김내성은 흐름의 정점에서 급작스럽게 타계함으로써 이후 변화를 보여주지 못한 채 끝나버렸다. 만약 그가 더 오래 살았다면 윤리와 욕망의 문제를 어떻게 해결했을까. 자못 궁금하다.

---

38 이선미, 「젊은 여원, 여성상의 비등점」, 권보드래 외, 앞의 책, 272~286면; 이영미, 「신파성, 반복과 차이」, 위의 책, 318~324면.

(2) 아동·청소년 대상 추리모험물과 질적 퇴락

이 시기 김내성의 아동·청소년물의 창작은 매우 활발했다. 그러나 김내성의 작품세계 전체와 비추어 볼 때 그것이 지닌 의미가 그리 심대하다고는 할 수 없다. 무엇보다도 작품의 질이 그리 뛰어나지 않으며, 발전적인 새로운 변화가 없이 기존 작품의 요소들을 재조립하는 양상을 보여주고 있기 때문이다.

김내성의 이 시기 작품 중에서 추리소설은 「붉은 나비」 한 작품을 제외하고는, 오직 아동·청소년물에서만 나타나고 있어, 김내성에게 추리소설의 중요성은 크게 떨어지는 것으로 판단된다. 다음 몇 가지 점에서 이는 더욱 두드러진다. 첫째, 특히 아동·청소년물에서조차 뒤로 갈수록 추리적 요소가 크게 약화되고 모험물의 경향이 강해진다. 『황금박쥐』는 『황금굴』과 흡사하나 『보물섬』류의 모험기의 성격이 강해져 있다. 『도깨비 감투』는 가면을 쓴 도둑이라는 이전 추리물의 인물형을 설화적 세계와 접목시킨 작품으로, 후반부에는 추리가 사라지고 모험만 남으며, 『꿈꾸는 바다』는 추리적 요소를 완전히 제거한 작품이다(『꿈꾸는 바다』는 『걸리버 여행기』의 발상을 단순화하여 모방한 모험물이다).

둘째, 이 시기 가장 추리소설적인 『황금박쥐』는 기존 작품에서 전혀 나아가지 못했다. 즉 이 작품은 『황금굴』, 『백가면』과, 소년탐정, 숨겨진 보물 / 신무기, 외국 스파이 / 도둑, 차와 배를 이용한 추격전, 비밀수첩과 암호문 풀기 등의 요소를 공유하고 있다.

즉 이 시기의 추리모험물은 식민지 시대의 구도에서 전혀 더 나아가지 못하고 있을 뿐 아니라, 오히려 추리적 논리성은 크게 저하하는 경향을 보이고 있다. 이는 그 추리와 모험이 지니는 현실적 근거를 상실한 것과 무관하지 않아 보인다. 즉 『백가면』과 『황금굴』이 이른바 대동아공영권이라는 식민지 후반기의 세계질서 속에서 일정한 현실성을 획득했고, 이를 바탕으로 스파이 잡는 추리와 대동아공영권의 심상지리 속의 인도양을 모험의 장소로 선택할 수 있었던 것에 비해, 해방과 분단으로 이어진 이 시기는 이러한 상상력을 더 이상 발전시킬 아무런 현실적 근거가 없었던 것이다. 작가의 관심이 추리모험물로부터 멀어지고 질적 하락은 불가피한 일이었다.

이런 상황에도 불구하고 아동·청소년 대상의 작품에서 추리모험물이 양적으로 증가한 것은 흥미로운 일인데, 양적 증가와 질적 하락이라는 이 현상을 설명할 수 있는 것은 오로지 공교육이 대폭 증대된 1950년대의 사회적 조건이다. 즉 전쟁 이후 새로운 세대인 아동과 청소년에 대한 새로운 인식이 생기고 교육받는 아동·청소년의 수가 늘어난 현상은, 『학원』, 『학생계』 등의 청소년 잡지와 아동·청소년 대상의 작품에 대한 수요를 급증시켰고, 김내성은 창작과 번역 등을 통해 이러한 수요에 부응하고 있었던 것으로 보인다.

한편 이 시기, 성인 독자를 겨냥한 유일한 추리물인 「붉은 나비」 역시 크게 보아서는 이전의 작품의 성과에서 더 나아가지 못하고 있다. 단 아동·청소년 대상의 추리물이 식민지 시대 구도를 고스란히 반복하는 것과 달리 「붉은 나비」는 식민지로부터 벗어난 시기에 식민지 시대를 배경으로 쓴 작품이라는 점에서 초점의 변화가 불가피하게 나타나고 있다. 「붉은 나비」는 중국에서 활동하는 정체불명의 독립운동가 '붉은 나비'와 중국의 부호 백운아와 결혼하여 사는 조선 최고의 미인이자 재원인 주목란, 그리고 주목란의 약점을 잡아 붉은 나비를 잡으려는 일본 밀정 노무라가 갈등하는 첩보물인데, 김내성의 식민지 시대 전작인『태풍』이 만들어놓은 복잡한 구조와 스케일에 비하자면 그 중 에피소드 하나 정도 규모를 지닌 훨씬 단순한 작품이다. 하지만『태풍』과 비교하여 분명히 달라진 지점은 실정법을 어기고 경찰의 눈을 피하면서 임무를 수행하는 이야기를 전면에 내세우면서 탐정의 변형인 밀정이 패배하는 이야기라는 점이다. 이는 말할 것도 없이, 해방 후 정치적인 피아彼我와 선악이 뒤바뀌어 마치『청춘극장』에서처럼 범죄사건의 해결 주체가 주인공이 아니라 실정법을 어기면서 임무를 수행하는 자를 작품의 중심에 세울 수밖에 없기 때문이다. 결국 작품은 일본 밀정 노무라를 따돌리고 독립운동가 이수영을 안전하게 국외로 도피시키는 데에 성공하는 반일운동 단체 수장인 붉은 나비(백운아)의 영웅적 이야기가 핵심이다. 하지만 줄거리는 영웅 붉은 나비가 아니라, 일본 밀정 노무라에게 약점을 잡혀 붉은 나비에 대한 정보를 넘기는 간첩 노릇을 할 수 밖에 없었던 주목란과, 붉은 나비를 잡기 위해 추적하는 노무라의 행동과 심리를 따라가도록 되어 있다. 피해자이자 가해자인 간첩 인물형은,『태풍』,「매국노」부터 등장한 바 있지만, 식민지로부터의 해방에서 분단에 이르는 엄청난 정치적 격변을 겪으면서 자신의 의지와 무관하게 이쪽 편과 저쪽 편을 오락가락 할 수밖에 없었던 당시 사람들의 체험이 일정 정도 반영된 것이라는 점에서 주목할 만하다. 하지만 작품은 범법자이자 영웅인 백운아의 작전과 내면을 전면에 배치하지 않고, 붉은 나비가 남편 백운아인 줄을 뒤늦게 깨닫고 그를 노무라의 추적으로부터 피하게 도와주기 위하여 사건 주변을 따라다니기만 하는 주목란을 중심으로 전개됨으로써, 수수께끼형 추리로나 모험으로나 모두 어정쩡해진 측면이 크다.

이 시기 김내성의 연애소설이 연재가 끝나자마자 바로 단행본으로 발매된 것에 비해, 「붉은 나비」만 유독 단행본으로 출간되지 않았다는 점을 그저 우연이라 할 수는 없을 것이다.

4. 장편소설로 본 김내성 작품세계의 특성

1) 대중소설 작가로서의 특성－대중서사의 관습과 보수적 상식

여태까지 김내성의 작품세계의 흐름과 변화양상을 장편소설을 중심으로 살펴보았다. 이를 바탕으로 작가 김내성의 작품세계가 어떠한 특성을 지니고 있는가를 생각해볼 차례이다. 그 특성은 몇 가지로 구분하여 설명할 필요가 있다.

우선 그의 특성 중, 일반적인 대중소설 작가들이 공유하는 특성이 있다. 그중 가장 대표적인 것은 대중서사의 문법 속에서 사유한다는 점이다. 앞서 살펴보았듯이 그의 장편소설은 거의 예외 없이 대중서사의 문법을 전제로 한 작품들이다. 뿐만 아니라 본격소설들이 종종 대중성 획득을 위해 대중서사의 문법을 차용하는 것과 달리, 김내성의 장편들은 대중서사 자체의 재미가 본격예술적인 주제적 심화를 압도하고 있다. 특히 우리나라의 사회적 조건이 무르익지 않은 상태에서 서사의 문법을 훈련해야 했던 추리소설로부터 출발했던 그의 문학 수업 방식이, 당대 사회에 대한 본질적 질문으로부터 출발하지 않고, 이미 구축된 대중서사의 문법 속에서 출발하는 그의 특성을 강화시켰을 것이다.

그는 대중문학에 대한 자신의 입장을 밝힌 바 있다. 「대중문학과 순수문학-행복한 소수자와 불행한 다수자」[39]에서 김내성은, 대중문학이 문학적 교양이 적은 '불행한 다수자' 속에서 생활하되, 그들에게 뒤서지 말고 '일보'만 '전진'하여 대중의 문학적 교양을 끌어올리는 문학이라고 이야기한다. 이 정도의 자부심을 지니고 있으니 대중예술의 문법을 적극적으로 쓰는 것에 거리낌이 없는 것은 당연하다. 중요한 것은, 그것이 단지 차용 수준이 아니라 김내성의 본질이라는 것이다.

단 김내성의 작품은 대중서사의 문법 중 당대 사람들에게 그다지 일반적이지 않은 추리서사를 선택하고 있다는 점에서 매우 독특하다. 또한 애정서사의 경우에도, 대부분 문단이라 지칭할 수 있는 활동영역 안에 있던 대중소설들이 일반적으로 그러하듯, 대중극이나 영화, 딱지본 대중소설에서와 달리 신파성으로부터 상당히 벗어난 인물형이 주를 이룬다는 특성이 있다. 뒤에서 이야기하겠지만, 대중적인 신파성을 상당히 벗어나 있는 애정서사와, 다른 작가들에 비해 독특하다 할 만한 추리서사를 쓴다는 그의 특성은, 그를 대중예술 작가 중 품격을 유지하는 작가로 자리하도록 만든 요인 중 하나이다.

둘째로, 이러한 대중서사의 틀 속에 당대적 관심사를 담으며, 그에 대한 사유의 수준이 그 시기의 보수적 상식에 준한다는 점이다. 역시 대중예술 작가들이 일반적으로 지니는 특성 중 하나이다. 막 지나

---

39 김내성, 「대중문학과 순수문학-행복한 소수자와 불행한 다수자」, 『경향신문』, 1948.11.9.

보낸 식민지 시대에 대한 대중적 관심, 전쟁의 피해로 인한 고통과 윤리성, 전후 아프레걸과 자유주의적 사랑 등, 김내성의 작품은 그 시대의 지적 관심이 모이는 영역을 놓치지 않는다. 그러나 이러한 당대적 관심사나 사회에 대한 인식의 질은 그것의 본질에 대한 심도 있는 천착이나 비판적 사회의식과 다르고, 표피적이나마 촌철살인의 세태비판을 날리는 정비석 같은 날카로움조차 지니지 않는다. 김내성은 당대적 관심을 본질적인 문제제기로 이어가지 않으며, 세태와 모럴에 대한 상식적 관심에 머문다. 뿐만 아니라 그 상식적인 사회적 관심이 매 시기의 보수적 상식에 준한다는 점도 주목할 만하다. 1940년대의 국가주의와 대동아공영권의 논리, 해방 후의 반일 민족주의, 도처에서 발견되는 인도 등 제3세계에 대한 제국주의적 편견, 가족주의, 상식적 윤리성 등, 일반적으로 그 시대에 통용되는 건전한 보수적 상식에서 크게 벗어나지 않는다.

대중서사의 관습적 틀에 크게 의존하고 당대 보수적 상식에 머물고 있다는 김내성의 특성은, 본격문학의 가치기준으로 보자면 치명적인 결함이 아닐 수 없다. 그러나 대중예술에서 이는 일반적인 특성이다. 서민대중들의 예술적 관습에 크게 의존하는 현상은 근대 이후 상업화된 대중예술뿐 아니라 전근대시대의 서민예술에까지 적용될 수 있는 본질적 특성이며, 당대의 보수적 사회의식을 지닌다는 특성은 근대 이후의 상업화된 대중예술이 지니는 일반적 특성이다. 대중예술 연구에 있어서 이러한 일반적 특성을 당연한 것으로 간주해 버리는 것은 문제이지만, 그렇다고 해서 본격예술의 기준으로 평가절하하는 것 역시 타당하다 할 수 없다.[40] 이 대목에서 요구되는 것은 대중예술의 일반적 특성을 충분히 이해하면서 각 작가와 작품들이 보여주는 편차와 독특한 특성을 세밀하게 짚어내는 일이다. 그것이 이루어져야만 대중예술사 안에서 특정 작가와 작품이 지닌 위상을 설명해낼 수 있기 때문이다.

2) 김내성만의 독특함, 과학과 윤리

(1) 논리와 감정의 쌍두마차

김내성은 추리서사와 애정서사의 문법 모두에 능한, 매우 드문 경우이다. 애정서사와 추리서사는 매우 다른 취향을 바탕으로 하고 있어서, 이 양쪽에 모두 능하다는 것은 매우 특이한 지점이다. 애정서사는 가족을 중심으로 한 사적 세계, 감정과 관계의 회복을 중심으로 한다는 특성을 지니고, 추리서사는 가족 이외의 사회적 영역이 중심이 되며 이성적이고 논리적인 인식과 진실 규명에 초점이 맞춰진다. 매우 상투화된 젠더 인식에 의해 판단할 때, 애정서사가 여성적이고 추리서사가 남성적이라고 보는 것도, 이 두 가지가 얼마나 대조적인 것인가를 말해준다. 즉 김내성은 세계가 인과율에 따라 이성적으로 움직이고 있고, 그 인과성은 객관적으로 관찰·측정되는 과학적 태도를 통해 추론될 수 있는 성격의 것임을 확신하는 작가인 동시에, 주관적인 인간의 감정이나 정서적 움직임, 내면의 고통과 흔들림 등을 중시하는 작가인 것이다.

---

40 이영미, 『한국대중가요사』, 민속원, 2006, 24~45면.

김내성이 추리소설에서 수수께끼형 추리소설 외의 것에 더 많은 호감을 보이고 있다는 점에 대해 앞서 지적한 바 있는데, 이 역시 논리·이성의 영역과 감정·관계의 영역을 모두 중시하는 그의 특성과 관계있다고 보인다. 즉 수수께끼형 추리서사는 이미 발생한 사건을 건조하고 논리적으로 탐지하여 범인을 밝히는 것이어서, 인물 내적인 심리나 감정, 인간관계 등의 영역을 제대로 다루기 어렵기 때문이다. 첫 장편인 『사상의 장미』에서부터 인물의 내적 심리나 미스테릭한 분위기를 중시하는 변격추리소설에 관심을 보였고, 이후에도 사건의 개요를 독자들에게 거의 다 알려준 채 주인공이 지략을 이용하여 위기를 극복해나가는 과정을 보여줌으로써 주인공의 내면의 묘사, 격정적인 감정의 변화와 내적 갈등의 묘사를 할 수 있는 범죄물이나, 애국주의적 감정을 건드리는 첩보물에 적극적인 관심을 보인 것도 이런 그의 특성이 드러난 것으로 설명할 수 있다.

　　물론, 앞서 지적한 바와 같이, 이러한 김내성의 특성은 김내성 개인의 특성인 동시에, 인물의 감정이 배제된 논리 중심의 작품을 불편해하는 우리나라 수용자들의 취향과도 무관하지 않아 보인다. 본격적인 산업화 시대에 들어선 1960년대 이후에도 치밀한 논리에 근거한 건조한 작품에 대해 우리나라 수용자들이 적잖이 불편해하는 현상이 상당 기간 유지되었기 때문이다. 흔히 '물기가 없다'는 평은 작가에게 치명적으로 느껴졌고, 소설가 이청준이나 극작가 이강백 같은 논리적이고 건조한 작가들의 작품은 결코 대중적이지 못했다. 애정물에 비해 상대적으로 건조할 수밖에 없는 추리소설을 쓰면서 느꼈을 김내성의 결핍감은 충분히 이해할 만하다.

　　추리서사와 애정서사, 이 두 가지 경향 사이에 우열을 나누는 것은 부질없어 보인다. 이는 취향의 문제이기 때문이다. 1950년대 애정물이 당대에 높은 인기를 얻은 것에 비해 지금의 연구자들이 주로 초기의 『마인』에 주목하는 것, 이토록 흥미로운 추리소설을 쓰던 김내성이 『청춘극장』 이후 애정물로 돌아선 것에 대해 한용환이 드러내는 아쉬움[41] 등은, 우리나라 문학계에서 애정서사에 비해 추리서사를 능숙하게 구사하는 작가가 희귀하다는 점에 기인한 것으로 보는 것이 옳다고 보인다.

(2) 논리적이며 입체적인 시공간 인식과 인물 형상화

이성·논리와 감정·주관성, 이 양쪽을 모두 갖춘 김내성의 특질이 가장 잘 드러나는 지점은, 그의 독특한 시공간 인식과 그에 기초한 인물 형상화이다. 김내성은 구체적이고 미시적인 영역에서의 시공간 운용 방식이 매우 논리적이고 입체적이다. 그것은 애정물처럼 당대적 리얼리티를 강하게 지니고 있는 작품은 물론이거니와 당대 리얼리티와 상당한 거리가 있는 추리물에서도 마찬가지로 드러난다. 또 『마인』처럼 논리적인 시공간 인식이 필수불가결한 추리물에서는 물론이거니와(추리물의 범인 추격 장면에서 설정된 서울 거리의 이동 경로는 매우 구체적이고 사실적이며 논리적이다), 반드시 그럴 필요가 없는 애정물에서도 확연히 드러난다. 오히려 이런 애정물에서조차 논리적이고 입체적으로 시공간을 치밀하게 짜 맞춘다는 점에서, 이 경우에 그의 특

---

[41] 한용환, 앞의 글, 376면.

성이 더 잘 드러나 보인다고 할 수 있다. 예컨대 그의 마지막 작품이자 애정물 중에서도 애욕에 대한 긍정의 태도가 가장 강한 『실낙원의 별』의 초반부는,[42] 강석운과 김옥영, 고영림, 강석운의 부모, 고사장

---

42 시공간 변화에 초점을 맞추어 정리하면 다음과 같다. ① 창경원 벚꽃이 한창인 봄, 어느 일요일, 오전 10시 무렵, 소설가 강석운이 자택에서 나와 혜화동에서 버스를 기다린다. 강석운은 견지동의 출판사 사장을 만나러 가는 길이다. ② 돈암동 쪽에서 벚꽃놀이 가는 손님을 잔뜩 태운 버스가 도착하고, 영림이 내리다가 차장의 불친절 때문에 싸움이 벌어지며, 그 바람에 강석운은 그 버스를 타지 못한다. ③ 영림은 정릉에 있는 아버지의 '작은집'에서 오는 길이며, 평소에 흠모하던 강석운의 집을 찾아가던 중이었다. 강석운을 알아보고 택시에 태워 견지동까지 간다. 원남동, 구름다리, 안국동로터리를 지나 견지동에서 내린다. 일을 마친 후 오후 4시 경에 다동의 호수다방에서 만나자고 한다. ④ 강석운이 일이 끝난 것은 오후 1시 경이고, 3시간의 여유 시간이 생겼다. 종로네거리 종각 앞에서, 을지로 쪽을 향해 바삐 걸어가는 아내 김옥영을 발견하고 몰래 미행한다. ⑤ 아내 김옥영이 을지로의 다방으로 들어가자, 다방에서 함께 경영하는 옆 꽃가게로 들어가 커튼 너머로 다방 안을 훔쳐본다. 김옥영은 어느 보이가 전해주는 쪽지를 받고서는 반가운 얼굴로 일어나 찻값을 치르고 나간다. 아내에 대한 의심으로 눈에 불꽃이 튀어 황급히 이를 따라가려고 나서던 강석운이 꽃집의 화분 하나를 깨고, 돈 만환 한 뭉치를 내고 거스름돈은 이따가 받으러 오겠다며 따라 나간다. ⑥ 보이와 김옥영이 함께 탄 '깜자주 자가용'(닷지 55년 산)을, 강석운은 시보레 택시를 잡아타고 뒤쫓아간다. 차는 을지로로터리를 삥 돌아 을지로 2가 쪽으로 좌회전하여 내무부 앞을 지날 때에, 두 차 사이에는 십여 대의 차가 있다. 강석운은 초조하여 그 짧은 시간에 별별 생각을 다 한다. ⑦ 닷지는 을지로 3가에서 수도극장 쪽으로 빠지고 수도극장 앞 골목으로 접어든다. 강석운은 그 쪽에 요정이나 중국집이 있다는 생각을 하며 택시로 따라간다. 김옥영은 중국집 북경루 앞에서 내리고 강석운도 따라 내린다. ⑧ 김옥영은 북경루 안으로 들어가고, 강석운은 차 안에서 우동을 먹고 있는 닷지 운전수에게 물어 그 차의 주인이 어느 회사 사장이라는 말을 듣는다. ⑨ 북경루에 후들거리는 다리로 들어간 강석운은, 보이에게 2층에 있다는 김옥영에게 자신의 명함을 전달해달라고 한다. 명함을 받은 김옥영은 아래층으로 내려오고, 강석운은 아내가 자기 부모와 함께 식사를 하고 있다는 사실을 알게 된다. 오전에 갑자기 시부모가 김옥영에게 찾아와 영화구경 하고 명동에서 점심 먹자고 하였고, 김옥영은 영화 구경을 사양하고 수도극장 1회 상영이 끝나는 시간에 맞추어 기다림다방에서 1시에 만나기로 했다. 김옥영은 12시 10분에 나서 종로 2가의 단골 양재점에서 딸 경숙의 스커트를 확인하고 을지로까지 걸어 기다림다방으로 갔다. 그런데 시부모는 극장에서 정릉 옆집의 고사장 부부를 만나 먹으러 북경루에 들어갔고, 보이와 고사장 차를 보내 며느리를 북경루로 부른 것이다. ⑩ 세 쌍이 점심을 마치고 헤어진 3시 경부터 강석운은 천천히 을지로에서 다동으로 걷기 시작했고, 아까 그 꽃집에서 자신이 깨어 분갈이를 한 야스데를 확인하고 귀가 길에 찾아가겠다는 말을 남기고 다동 호수다방에 가서 고영림을 만난다.

부부의 오전 10시부터 오후 1시 직후까지의 움직임을, 치밀하게 시간과 공간의 이동을 계산하며 짜나간다. 이들의 동선과 시간의 흐름은 마치 현실 속의 움직임을 몇 대의 카메라로 추적하여 편집해 놓은 것처럼 정교하다. 이런 구체적이고 논리적인 시공간 운용은, 김내성 작품의 도처에서 발견된다. 이 대목의 바로 뒤에는, 고영림이 이 날 계획을 어그러뜨리면서 강석운을 만남으로써 고영림 주변의 인물들이 각기 어떤 행동을 하는가 하는 이야기가 또 이렇게 치밀하게 짜여 있다.

일반화의 오류가 없지 않으나, 우리나라 소설가들이 이야기를 풀어가는 방식이 선線적이라면, 김내성 소설의 방식은 중층적이고 입체적이다. 즉 김내성 작품에서 어떤 사건은 특정한 시공간을 점하고 있고, 같은 시간에 다른 공간에서 벌어지고 있는 일과 밀접한 연관을 지니는 것으로 설정되어 있다. 즉 인물들의 공간 이동과 시간 이동이 치밀하게 계산되어 입체적으로 짜 맞추어져 있다. 이에 관한 한 당대 어느 소설가보다도(본격소설까지 포함하여) 뛰어나다. 본격소설까지를 통틀어 본다 해도 건조하고 논리적으로 사건을 전개시키는 염상섭 정도나 이에 필적한다 할까.[43]

미시적인 시공간의 운용이 논리적이고 치밀하므로, 당연히 그 속에서 움직이는 인물들의 행동 역시 인과성과 개연성이 치밀하게 설정될 수밖에 없고 따라서 인물의 성격은 입체적이 된다. 즉 왜 그 인물들이 그 시간과 그 공간에서 그렇게 움직이는지를 치밀하게 설명해내므로, 인물의 심리적 개연성의 묘사는 치밀해질 수밖에 없는 것이다.

---

43 염상섭 소설이 추리소설적 특성을 지니고 있음을 밝힌 연구로는, 김학균, 「염상섭 소설의 추리소설적 성격 연구」,(서울대 박사논문, 2008)가 있다. 이 논문은 염상섭이 추리소설적 성격을 통해 약간의 대중성을 획득하고 있음을 분석하고 있다.

위에서 설명한 『실낙원의 별』에서는 김옥영이 갑작스러운 시부모의 방문으로 예정 없는 외출을 하게 되고, 그 때문에 강석운은 아내가 자신을 속이고 평소에는 가기 싫어하던 다방에까지 출입을 하는 것을 보고 불륜을 의심하게 되는 과정이 매우 개연적이어서 이를 통해 두 사람의 성격에 대한 정보가 매우 많이 드러나게 된다. 특히 시공간의 흐름 속에 있는 인물 행동의 속도감과, 그 속에서 인물이 갖게 되는 심리의 변화와 사유의 내용(예컨대 강석운이 아내를 급박하게 추격할 때의 심리와, 점심 후에 천천히 걸을 때의 심리의 차이에 따라 사유의 내용이 달라지는 것 등)의 일치 역시 치밀하다. 물론 이러한 특성이 모든 작품에 고른 질로 나타나는 것은 아니며, 다소 거칠게 쓰인 아동·청소년용 작품에서는 이러한 특성이 훨씬 적게 발현된다.

시공간을 논리적으로 치밀하게 운용하여 놀라운 입체성을 만들어내고, 그것이 인물 성격의 입체성과 행동의 개연성을 크게 높여주고 있다는, 이러한 특성이야말로 김내성 소설이 지닌 매우 독특한 지점이다. 어찌 보면 이는 근대소설과 근대희곡의 기본적인 특성이기도 한데, 단 우리나라 작품에서 이러한 논리성을 이 정도로 갖춘 작가가 드물다는 현실이 김내성을 독특하게 보이게 만드는 요인일 수 있다. 즉 이는 본격문학 작가들조차도 도달하고 싶어 하는 서구적 의미의 근대적 합리성이기도 하다(실제로 이런 특성이 그리 대중적이지 않기 때문에, 획득되었을 때에 얼마나 만족스러울지는 의심스럽기는 하지만). 김내성 소설이 수십 년이 지난 이후의 독자들에게도 낡았다는 느낌을 주지 않고 읽히는 이유, 그리고 본격문학적 가치기준에서 보아도 나름의 품격을 지닌 대중소설이라고 평가될 수 있는 이유 중의 하나가 바로 이 지점이라 할 수 있다.

(3) 윤리와 성실에 대한 깊은 신뢰

앞서 지적했듯이 김내성의 사회의식은 매 시기의 보수적 상식에 준하며, 이는 대중예술이 보여주는 일반적인 특성이기도 하다. 그런데 김내성의 작품은 특히 개인이 지니는 상식적 도덕성, 예컨대 진실함, 성실함 등에 대한, 마음으로부터 우러나오는 깊은 신뢰와 동의가 엿보인다. 이는 같은 시대의 인기 대중소설 작가 정비석과는 매우 다른 지점이다. 정비석은 표면적인 도덕성과 사회비판에도 불구하고, 기본적으로 돈과 권력과 성욕을 중심으로 세상이 움직인다는 점에 깊이 동의하며 그들의 관계 맺음을 즐겁게 관찰하고 추적한다는 점에서 김내성과 크게 다르다. 물론 김내성의 작품도 대중예술의 본질인 대중의 욕망을 충실히 묘사하며 따라가는 측면이 있다. 그러면서도, 대중예술 작품들이 흔히 보여주는 방식인, 표면적으로만 도덕성의 껍질을 쓰고 있는 것과는 달리, 작품의 곳곳에서 도덕성에 대해 작가가 마음속 깊이 동의하고 있음이 드러난다. 적어도 그의 작품에는 표면적인 윤리적 언표에도 불구하고 권력욕, 물욕, 성욕 등이 노골적으로 드러나 표면적 주제를 압도해버리는 현상이 심각하게 드러나지 않는다.

물론 그렇다고 해서 도덕성 자체에 대한 본질적인 질문을 던지는 본격예술적 태도를 갖는 것은 아님은 앞에서 지적한 바이다. 그의 윤리는 당대의 건전한 보수적 상식에 머물며, 따라서 그 시대의 상식이 가질 수밖에 없는 미덕과 한계를 고스란히 지닌다. 시대의 흐름에 따라 국가주의적 윤리성이나 남성중심적 태도 역시 고스란히 드러낸다. 예컨대 그가 주인공과 연애관계에 있는 여성 인물형을 단순한 욕망의 추종자나 팜므파탈로 그리지 않고 내면적으로 나름대로 진실한 인물로 그려내는 것은 분명 인간의 윤리성에 대한 신뢰 때문이겠지만, 다른 한편 그로써 남성 주인공과 애정관계를 맺는 여성 인물을 '동서애'적 관계로 설정하는 것은 확실히 이 시대의 남성들이 흔히 지니는 남성중심적 젠더의식의 소산일 수 있는 것이다. 한편, 보수적 상식이 시대에 따라 변화함에 따라 그의 윤리적 기준도 변화한다. 『인생화보』에서 『실낙원의 별』까지의 윤리의식 변화는 결코 작은 폭이 아니나, 그 시대의 상식과 유행으로 볼 때에 유별난 것이 아니다. 정비석에 비추어 그의 그것은 결코 극단적인 비윤리성으로 치우치지 않으며, 애욕은 늘 진실한 사랑이 전제될 때에만 인정된다. 변화하기는 하지만 역시 조심스럽게 보수적이다.

어쩌면 이런 특성이 아동·청소년물을 쉽게 쓰는 이유일 수도 있을 듯하다. 아동·청소년물이 일반 작품에 비해 훨씬 강한 상식적 도덕성을 요구받으며 바로 이 지점이 작가들의 창작의 걸림돌이 되기도 하는데, 이런 태도의 김내성이라면 너무도 흔쾌히 그 상식적 도덕성에 동의하며 작품을 쓸 수 있었을 터이기 때문이다. 한편 그가 『사상의 장미』 같은 병적 심리에 치중하는 란포식의 변격추리소설로 깊이 들어가지 못한 것도, 이러한 병적 심리나 이른바 '에로·그로'에 대한 탐닉이 자신의 본령이 아니기 때문인 것으로 보인다.

(4) 과학과 윤리

이렇게 정리하고 보면 대중소설가 김내성이 지닌 특성은, 이성·논리가 중시되는 추리서사와 감정·관계가 중시되는 애정서사

모두에 능하며, 이 두 가지와 밀접한 관련을 지닌 과학적이고 논리적인 시공간의식과 윤리·성실의 인간관계를 중시하는 특성으로 요약할 수 있다.

특히 과학적이고 논리적인 시공간의식, 윤리·성실의 인간관계에 대한 중시, 이 두 가지 특성이 단지 추리물과 애정물로 나뉘어 나타나고 있는 것이 아니며, 전 작품에 고루 나타나는 특징이라는 점이 주목을 요한다. 추리물에서 특징적으로 지니고 있는 입체적이고 논리적인 시공간의식은 추리물에 그치지 않고 전 작품에 영향을 주었으며, 애정물에서는 윤리와 성실을 중시하는 특성이 도드라지면서 그 윤리와 성실의 태도가 추리물에 이르러서는 에로·그로에 탐닉하지 않는 다소 보수적이고 상식적인 건전성(때때로 애국주의적으로까지 나타나는)으로 나타나는 양상을 띠는 것이다. 아주 범박하게 단순화하면 그의 작품 전반에 나타난 작가적 특성은 과학과 윤리로 정리할 수도 있을 것이다.

인간과 세상을 과학적이고 합리적이고 논리적으로 바라보고 사유하는 것, 인간 개개인의 진실함과 성실성을 중요한 가치로 여기며 이를 바탕으로 타인과 세상에 대한 배려와 존중의 태도를 갖는 것, 이 두 가지는 인간과 세상에 대한 근대적 태도의 핵심 부분이다. 그러나 이와 동시에 과학과 윤리가 식민지 시대 후반기의 핵심적인 지배이데올로기였음을 상기하지 않을 수 없다. 말하자면 김내성의 중요한 특질은, 바로 그의 첫 전성기의 지배이데올로기와 상당 부분 상통하고 있다는 것이다. 1930년대 후반, 특히 중일전쟁 이후의 문학에서 과학과 윤리가 새로운 화두로 등장한다. 과학과 윤리는 이 시기 일본의 새로운 통치 이데올로기였고 많은 작가들이 이를 수용하여 작품을 창작했다. 즉 과학기술과 합리성과 논리성, 실증을 중시하는 과학적 태도, 그리고 성실과 자기절제, 인고의 태도를 중시하는 윤리성은,『사랑』, 『순애보』,『청춘의 윤리』등 이 시기 대중소설 작품에서 두드러지게 드러나는 중요한 특성인 것이다.[44] 이렇게 보자면 김내성은 식민지 시대 후반기에 새로 활동을 시작한 식민지세대 대중작가로서 그 시대의 보수적 상식과 호흡하며 체득한 특성을 1950년대까지 유지하고 있었다고 볼 수 있다. 자신의 청소년 시절에 확립된 인식틀과 태도가 계속 유지되는 현상은 그리 낯선 것이 아닌바, 일제 말과 해방 이후라는 전혀 다른 시대 사이에서도 이러한 현상은 쉽게 찾아볼 수 있다.[45] 말하자면 과학적 논리성과 강한 윤리성 등은 한편으로 김내성 작품의 특질인 동시에 더 넓게 보면 그 세대들이 체득할 수 있었던 식민적 근대성의 질을 보여주는 것이다.

이 대목에서 김내성의 독특함은 좀 더 선명하게 드러난다. 김내성의 과학·합리성은 단지 과학의 표피에 집착하는 것이 아니라 논리적

---

44 정종현,「사실, 과학 그리고 '문학'의 신생」,『상허학보』23집, 상허학회, 2008.6; 정종현, 「식민지 후반기(1937~1945) 한국문학에 나타난 동양론 연구」, 동국대 박사논문, 2005.

45 정종현은 정비석의 일제 말기의 작품의 윤리감각이 1950년대 작품으로 이어지고 있음을 분석했고(「자유와 민주, 식민지 윤리감각의 재맥락화」,『아프레걸 사상계를 읽다』, 동국대 출판부, 2009) 이외에도 일제 말의 동양론과 역사 인식이 해방 후 오랫동안 지대한 영향을 미치고 있다는 분석도 많이 나오고 있다(한석정,『만주국 건국의 재해석』, 동아대 출판부, 2007, 15면). 1960년대의 박정희 정권의 정책이 식민지 시대 후반기의 정책과 그와 동일한 만주국의 정책을 계승하고 있는데(한홍구,『대한민국사』, 한겨레출판, 2003, 89~99면), 이 역시 같은 현상이라 할 수 있다. 1910년대 생들의 사고방식에 식민지 시대 후반기의 지배이데올로기가 적잖이 침윤되어 있었고, 이들 세대가 정권을 장악하는 1960년대에 그것이 지배이데올로기로 재등장하는 현상으로 볼 수 있는 것이다(박정희는 1917년생이다). 김내성과 관련해 흥미로운 지점은, 본 논문에서 그의 특성으로 정리한 '과학과 윤리'가, 1960년대에 정부가 제시하는 바람직한 가정상과 일치한다는 점이다(보건사회부,『부녀행정 40년사』, 보건사회부, 1987, 50면; 최미진,『1960년대 대중소설의 서사전략 연구』, 푸른사상, 2006, 73면 재인용.

시공간 인식과 인과적 합리성에 대한 존중으로 드러난다는 점, 윤리성 역시 적어도 비정상적이고 비합리적인 자학적 희생이나 인고의 태도로 나타나지 않으며 타인과 세상에 대한 합리적 배려의 선에 머물고 있다는 점은, 분명 김내성의 특성으로 보아도 좋을 것이다. 예컨대 이광수의 『사랑』이 혈액의 성분 분석으로 감정의 질을 판단할 수 있다는 다소 황당한 자연과학 실험을 설정하거나, 『사랑』과 박계주 『순애보』, 정비석 『청춘의 윤리』의 주인공들이 진정한 연애감정을 인고의 태도로 절제한 나머지 엉뚱한 사람과 결혼해 버리거나 희생정신이 과도하여 살인죄를 대신 덮어써서 합리적 법질서를 뒤흔드는 등의 지독하게 비합리적·자학적인 행동을 보여주는 것을 생각하면, 김내성의 보여주는 과학·합리·논리성과 윤리성의 질은 매우 합리적인 근대적 사유방식으로 볼 수 있는 것이다. 일제 식민통치 과정을 경유하며 학습한 근대성에서 비교적 건강하고 합리적인 측면을 받아들이고 발전시켰다는 점, 이것이야말로 작가 김내성의 품격을 말해주는 것임에 다름 아니다.

.

5. 맺음말

여태까지 장편소설을 중심으로 하여 작가 김내성의 작품세계의 흐름과 특성에 대해 살펴보았다.

거칠게나마 과학과 윤리로 대별되는 김내성의 특징은, 이 세대가 식민적 근대 속에서 무엇을 배웠으며, 그것을 바탕으로 1950, 60년 대의 세상과 인간을 어떻게 인식하고 재구성했는가를 생각하게 한다. 한편으로 극단적인 국가주의로 드러나기도 하고, 다른 한편으로는 근대적 시민정신으로 발현될 가능성도 있는 이러한 특징이, 김내성에게는 비교적 보수적이면서도 합리적인 상식을 크게 벗어나지 않는 수준에 머물고 있음을 알 수 있다. 이 건강성을 유지할 수 있었던 이유는 무엇일까? 좀 더 논구할 필요가 있으나, 과학의 껍질이 아니라 논리성과 합리성이라는 근대적 사고틀의 핵심을 받아들였다는 점이 아닐까, 그것이 윤리 역시 비정상적인 가학성으로 빠지지 않게 하는 힘이 되어준 것이 아닐까 하는 생각을 해 본다. 그런 점에서 김내성은 이시기를 대표하는 대중소설가임에 그치지 않고, 이 세대가 체득한 근대성의 중요한 지점을 보여준다는 점에서도 주목할 만한 작가라 아니 할 수 없다.

참고문헌

1. 기본자료

김내성, 『결혼전야』, 『부인』, 1949.1, 4, 7.

_____, 『김내성대표문학전집』(전10권), 삼성문화사, 1983.

_____, 『꿈꾸는 바다』, 한진출판사, 1978.

_____, 『도깨비 감투』, 한진출판사, 1978.

_____, 「매국노」, 『신시대』, 1943.7~9.

_____, 『백가면』, 평범사, 1953.

_____, 「붉은 나비」, 『아리랑』, 1955.3~9.

_____, 『비밀의 문』, 명지사, 1994.

_____, 『백가면』, 『동아일보』, 1937.11.1~1937.12.31.

_____, 『사상의 장미』, 신태양출판사, 1955.

_____, 『쌍무지개 뜨는 언덕』, 맑은소리, 2002.

_____, 『인생화보』 상하권, 선일문화사, 1973.

_____, 『진주탑』, 삼중당, 1957.

_____, 「태풍」, 『매일신보』, 1942.11.21~1943.5.2.

_____, 『황금굴』, 아리랑사, 1971.

_____, 『황금박쥐』, 학원사, 1957.

2. 단행본과 논문

권보드래 외, 『아프레걸, 사상계를 읽다—1950년대 문화의 자유와 통제』, 동국대 출판부, 2009.

김복순, 「해방 후 대중소설의 서사방식(상)」, 『인문과학연구논총』 19집, 1999.

김영희, 「제1공화국 시기 수용자의 매체 접촉 경향」, 『한국언론학보』 47권 6호, 한국언론
학회, 2003.12.

김학균, 「염상섭 소설의 추리소설적 성격 연구」, 서울대 박사논문, 2008.

대중문학연구회 편, 『추리소설이란 무엇인가』, 국학자료원, 1997.

리켄지, 「데뷔 시절의 김내성」, 『판타스틱』 봄호, 2009.3.

윤정헌, 「김내성 탐정소설 연구—『마인』을 중심으로」, 『문예비평연구』 4집, 1999.

이상우, 『이상우의 추리소설 탐험』, 한길사, 1991.

이순진, 「조선 무성영화의 활극성과 공연성에 대한 연구」, 중앙대 박사논문, 2008.

이영미, 『한국대중가요사』, 민속원, 2006.

이정옥, 『1930년대 한국 대중소설의 이해』, 국학자료원, 2000.

전봉관, 「『마인』 속 경성과 경성문화」, 『판타스틱』 봄호, 2009.3.

정종현, 「식민지 후반기(1937~1945) 한국문학에 나타난 동양론 연구」, 동국대 박사논문, 2005.

_____, 「사실, 과학 그리고 '문학'의 신생」, 상허학회, 『일제 말기 미디어와 문화정치』(『상
　　　허학보』 23집), 깊은샘, 2008.6.

정세영, 「김내성소설론」, 동국대 석사논문, 1992.

정혜영, 「김내성과 탐정문학—일제시대 창작 작품에 대한 서지학적 연구를 중심으로」,
　　　『한국현대문학연구』 20집, 한국현대문학회, 2006.

_____, 「방첩소설 「매국노」와 식민지 탐정문학의 운명」, 『한국현대문학연구』 24집, 한국
　　　현대문학회, 2008.

_____, 「근대를 향한 왜곡된 시선—김내성의 〈살인예술가〉를 중심으로」, 『현대소설연구』
　　　31집, 한국현대소설학회, 2006.

조성면, 『대중문학과 정전에 대한 반역』, 소명출판, 2002.

최미진, 『1960년대 대중소설의 서사전략 연구』, 푸른사상, 2006.

최애순, 「1930년대 탐정의 의미 규명과 탐정소설의 특성 연구」, 『동양학』 42집, 단국대 동
　　　양학연구소, 2007.8.

_____, 「30년대 모험탐정소설과 김내성 『백가면』의 관계 연구」, 『동양학』 44집, 단국대
　　　동양학연구소, 2008.8.

한석정, 『만주국 건국의 재해석』, 동아대 출판부, 2007.

한용환, 「통합된 문화적 현상으로서의 김내성 소설」, 『동악어문논집』 32집, 동악어문학회,
　　　1997.12.

한홍구, 『대한민국사』, 한겨레출판, 2003.

이론과 창작의 조응, 탐정소설가
김내성의 갈등_ 본격 장편 탐정소설 『마인』이 형성되기까지

| 최애순 |

1. 머리말

식민지 시기 국내의 탐정소설은 번안 · 번역 작품이 주류를 이루었다. 상대적으로 순수 창작 탐정소설은 극소수에 불과했다. 방정환의 『동생을 차즈려』, 『칠칠단의 비밀』, 최독견의 『사형수』, 채만식의 『염마』, 김동인의 『수평선 너머로』 등의 장편과 『별건곤』의 최류범, 류방의 단편 탐정소설 등을 다 합쳐도 손에 꼽을 정도이다. 더군다나 이들이 활동했던 시기는 20년대 후반부터 30년대 초반에 걸쳐 있다. 1934년(『별건곤』의 종간 시기와도 겹친다)을 전후로 하여 이런 탐정소설조차 자취를 감추었다. 탐정소설 비평 역시 1928년 이종명의 「탐정문예 소고」, 1931년 김영석의 「포오와 탐정문학」, 1933년 송인정의 「탐정 소설 소고」, 그리고 1934년 전무길의 「애드가 알란 포의 수기數奇한 생 애와 작품」을 끝으로 거의 찾아보기 힘들다. 김내성은 바로 이런 공백 기에 새롭게 등장하여 국내 탐정소설의 맥을 이었다. 물론 일본에서 1935년 『프로필』을 통하여 등단했었지만, 국내에서 그의 데뷔는 1937 년 중편 「가상범인」을 『조선일보』에 연재하면서부터이다. 현재까지 기록된 탐정소설 목록[1]에는 34년 이후부터 김내성이 등장한 37년까 지의 작품이 거의 전무하다. 1937년에 국내에서 탐정소설가로 데뷔한 김내성은 이후 홀로 국내 탐정소설 무대를 누볐다. 따라서 30년대 후 반 탐정소설은 과히 김내성의 독무대였다고 해도 과언이 아니다.

식민지 조선의 탐정소설사는 '김내성의 등장'을 계기로 하여 전 ·후반기로 나누어진다. 그렇다면, 국내 탐정소설의 소강상태에 등 장한 김내성의 작품이 다시 인기를 끌 수 있었던 요인은 무엇인지, 그 리고 '김내성의 등장'이 식민지 시기 탐정소설사에 끼친 영향은 무엇 인지가 궁금하다. 김내성이 데뷔한 1937년은 중일전쟁의 발발과 신체 제기를 전후로 하여 국내에서 기계, 이과, 토목기사 등을 주조로 하는 (자연)과학 붐이 일고 있었다.[2] (자연)과학 붐이 일자 이전의 문학 혹은 예술로 대표되던 것들은 퇴색되었다. 과학 지상주의의 유행과 함께 이성, 객관적(과학적) 증거 등을 내세우는 '탐정소설'이란 장르는 대중

---

1   탐정소설과 탐정소설론 서지 목록은 조성면(『대중문학과 정전에 대한 반역』, 소명출판, 2002, 285~290면)의 것과 김창식(「추리소설 형성기의 실상과 김내성의 『마인』」, 대중문학 연구회 편, 『추리소설이란 무엇인가』, 국학자료원, 1997, 167~170면)의 것을 참고하였다.
2   정종현, 「사실, 과학 그리고 문학의 신생」, 『상허학보』 23집, 2008.6, 47~82면 참조

에게 먹힐 수 있었다. 특히 이 시기에는 탐정소설 중에서도 반 다인의 것을 최고로 꼽았으며 그의 탐정소설 20칙을 신봉했다.[3] 이전까지 국내에서 주로 번역되던 탐정소설은 에드가 앨런 포우, 코난 도일, 모리스 르블랑의 것이 압도적이었다. 그동안 번역되지 않았던 반 다인의 탐정소설과 그의 탐정소설 법칙이 갑자기 세간의 이목을 받은 계기는 바로 일본에서 유학하고 돌아온 김내성의 영향 때문[4]이었을 것으로 짐작된다. 일본에서 1930년대는 '본격장편의 황금시대'라 부를 정도로 본격 탐정소설론이 적극적으로 개진되었는데, '본격 탐정소설'의 표본으로 반 다인을 의식했다.[5] 반 다인의 탐정소설은 다른 작가의 것

---

3 반 다인의 탐정소설은 국내에서 1937년 『조광』지에 연재된 『벤슨 살인사건』을 번역한 김유정의 유작 『잊혀진 진주』가 유일하다. 또한 안회남은 탐정소설론에서 코난 도일의 것보다 반 다인의 것을 높이 평가하고 있으며, 반 다인의 번역소설 김유정의 『잊혀진 진주』가 연재되고 있다는 사실 역시 국내 탐정소설사에서 고무적인 일이라 했다(「탐정소설론」, 『조선일보』, 1937.7.16). 『마인』의 유불란 탐정의 "탐정은 절대로 연애를 해서는 안 된다"라는 규칙과 주은몽과의 감정 사이에서 생기는 고민 역시 반 다인의 탐정소설 법칙의 영향 때문이었다. 엄밀히 말하면 그 전까지 한국 탐정의 면모는 방정환의 『칠칠단의 비밀』이나 채만식의 『염마』에서처럼 정 혹은 연애 감정에 이끌리는 유정한 탐정이었다. 국내에서 '유정한 탐정'의 면모를 강력하게 부인하게 된 계기 역시 반 다인의 영향 때문이다. 반 다인의 법칙에 얽매인 식민지 시기 후반의 탐정소설은 한국 탐정소설의 정체성을 상실케 하고 '서구의 고전적 유형'만이 남도록 하는데 결정적 역할을 했다.
4 김내성은 「광상시인」을 반 다인식의 퍼즐소설에 불만을 느끼고 인간성이 결여된 인형적 등장인물 대신 血과 肉을 가진 하나의 인간을 탐정소설적 수법과 분위기 속에서 다루려고 했다고 밝힌 바 있다(『괴기의 화첩』 작자해설, 청운사, 1952, 287면). 「광상시인」전에 그가 창작한 작품은 일본에서 발표했던 「탐정소설가의 살인」과 「운명의 거울」뿐이었다. 따라서 그가 반 다인식의 퍼즐소설에 불만을 느꼈다면, 그것은 이미 일본에서부터 요구되어 왔던 탐정소설의 법칙이었을 것이다.
5 일본에서 1930년대는 코우가 사부로우(甲賀三郎)가 본격탐정소설론을 적극적으로 전개시켜 나갔으며, 이에 따라 본격과 변격 사이의 뿔각논쟁(李建志, 「일본의 추리소설 – 反문학적 형식」, 대중문학연구회 편, 『추리소설이란 무엇인가』, 국학자료원, 1997, 115~137면 참조)이 벌어지던 시기이기도 했다. 본격 탐정소설론자인 코우가 사부로우는 1935년 1월부터 12월에 걸쳐 『프로필』지에 「探偵小說講話」에서 반 다인의 탐정소설론을 의식하면서 "いかに巧妙にその謎が組みられているか"이 탐정소설의 근본이라 주장한다. 더불어 게임식 탐정소설의 항에 반 다인과 녹스의 탐정소설 법칙들이 거론된

보다 '지나치게 통계적이다' 싶을 정도로 수학적 계산이 딱딱 들어맞아 과학적이다. 가령, 범인을 밝히는 과정도 시체의 위치와 총알이 날아온 곳을 연결한 삼각형의 마지막 꼭짓점이 범인의 키(183센티라는 정확한 수치까지 나올 정도로)라는 계산법을 사용한다. 이것은 마치 길이와 각도를 자로 재어 정확한 크기로 재단하는 토목기사의 작업과 흡사하다. 이런 반 다인의 탐정소설은 당시 국내의 과학주의와 맞아 떨어지면서 대중에게 흡입되어 갔다고 볼 수 있다. 자백을 위한 허위적 장치나 우연에 기대었던 이전까지의 탐정소설과 달리, 정확한 수치와 각도를 내세우는 과학의 세계는 생소했지만 바로 그 때문에 대중들은 본격 탐정소설에 대한 열망이 높았다. 반 다인식의 탐정소설 규칙을 잘 지키면 지킬수록 완성도 높은 탐정문학으로 인정받았다.

국내에서 반 다인의 게임식(퍼즐풀이) 탐정소설이 번역되고 탐정소설론에서 거론된 것과 동시에 '본격' 혹은 '변격'의 용어가 함께 따라다니는 것을 볼 수 있다. 김내성 등장을 전·후로 한 비평에서 눈에 띄는 차이점은 '탐정소설 장르'에 대한 용어 사용이다. 이종명, 김영석, 송인정(김내성 등장 이전) 등이 서구의 탐정소설 장르를 인식하고 있었던 반면, 김내성과 안회남(김내성 등장 이후)은 일본의 '본격과 변격'이라는 용어를 사용하고 있었다. 본격 탐정소설이니 변격 탐정소설이니 하는 용어가 일반적으로 통용되게 된 것은 30년대 후반, 즉 김내성이 조선에서 데뷔한 이후로 짐작된다.

일본에서 본격과 변격이라는 용어는 에도가와 란포의 소설을 두고 벌이던 논쟁이었다. 그러나 란포는 자신의 소설을 한 번도 변격이

___

다(吉田司雄 編, 『探偵小說と日本近代』, 靑弓社, 2004, 20면).

라고 간주한 적이 없었다.[6] 그것은 "탐정소설이란 주로 범죄에 관련된 난해한 비밀이, 논리적으로 서서히 풀려가는 과정을 주안으로 하는 문학이다"라는 그의 탐정소설론에서도 드러나듯, 그는 탐정소설을 창작했을 뿐이다. 그러나 그의 의도와는 상관없이 본격 탐정소설을 건전파라고 지칭하고 변격 탐정소설을 불건전파라고 지칭하는 논쟁이 벌어지게 되었다. 본격이 사건의 추리해부를 주안점으로 한 것이라면, 변격은 범인의 정신 병리적, 변태 심리적 탐색을 주조로 한 것이다. 전자가 점점 극단적으로 나아가 탐정소설 안에 '문학 불필요론'을 주창하였고, 후자는 극단적인 문학론을 주장하며 탐정소설이 최고의 '문학'이라고까지 주장하기에 이르렀다.[7] 따라서 일본의 본격과 변격이라는 용어는 서구의 형식적 차원을 벗어나서 전자가 '탐정소설'이라면 후자는 오히려 '문예소설'이라고 표현하는 것이 타당하다. 그러나 문예소설=변격 탐정소설이라는 논리가 자꾸 거슬려서 어디까지 탐정소설로 보아야 할 것인지의 문제가 끊임없이 제기되었다. 김내성 역시 본격(탐정소설)과 변격(문예소설) 사이에서 방황하며, 본격의 형식에 예술적 주제를 가미한 탐정소설을 창작하는 방법에 대해 끊임없이 고민했다. 이러한 방법은 당시 탐정소설에 가해지던 공격들―저급소설이니 범죄독물이니 하는 따위의 것―에 맞설 수 있는 대

---

6   란포는 탐정소설의 유형을 게임식 탐정소설, 비게임식 탐정소설, 그리고 도서형 탐정소설로 구분했다. 따라서 그의 탐정소설에 따르면 게임식 탐정소설만이 본격 탐정소설에 해당하고, 도서형 탐정소설을 변격 탐정소설에 넣는다고 하더라도 비게임식 탐정소설을 넣을 자리가 없다. 비게임식 탐정소설이란 모리스 르블랑과 같은 모험탐정소설 등의 스릴러 형에 가깝다. 따라서 본격과 변격의 구분은 탐정소설의 공식의 답습과 변주로 구분하는 서구식 유형과는 달랐음을 알 수 있다(『탐정소설과 일본근대』, 靑弓社, 2004, 27면).
7   위의 책, 15~22면. '변격과 본격' 부분 참조.

안이기도 했다.

　본격(탐정소설)과 변격(탐정소설) 사이에서 갈등했던 김내성의 고민 흔적들은 그의 초기작들에서 잘 드러난다. 김내성의 초기작들이 주로 범인이 누구인지를 밝히는 본격의 형식을 갖추었다면, 이후의 작품들은 범인의 내면 심리에 초점을 맞춘 변격 단편과 모험스릴러 양식의 장편이 주류를 이루었다. 연구자들이 빼놓지 않고 논의했던『마인』은 변격 단편과 모험스릴러 양식의 장편이 창작되고 있던 중에 등장했다. 김내성의 작품 목록에서『마인』은 예외적인 작품이다. 연구자들의『마인』에 대한 집중적인 관심은 이것이 김내성의 작품세계에서뿐만 아니라 식민지 조선의 탐정소설사에서도 유일한 본격 장편 탐정소설이기 때문이라 사료된다. 그렇다면, 김내성은 어떻게 하여 이 독보적인『마인』을 창작하기에 이르렀을까. 본 논문은 김내성의 문학세계 안에서『마인』이 어떻게 창작되었는지에 주목해 보고자 한다.

　논자들은 김내성의『마인』을 이전까지 국내 탐정소설의 한계를 극복한 '본격적인' 한국 탐정소설이라 의의를 부여했다.[8] 그러나 최근 김내성 문학에 대한 관심의 일환으로『마인』이외의 단편과 같은 다른 작품에 주목하는 경향이 일면서, '멜로물에 가까운 탐정소설'[9] 혹은 아예 '변격 탐정소설'[10]이나 '괴기소설'[11]로 구분하기도 한다. 본

8　김창식, 조성면, 이정옥은 김내성의『마인』을 채만식의『염마』와 비교 분석하면서, 전자가 후자의 한계를 극복했다고 한다. 김창식, 앞의 글, 161~200면; 조성면, 앞의 책, 13~123면; 이정옥, 「1930년대 대중소설의 서사구조」, 『1930년대 한국 대중소설의 이해』, 국학자료원, 2000, 105~145면.

9　조성면은 김내성의 탐정소설에 나타난 근대성을 '이상한' 근대성이라 지적한다. 또한 『비밀의 문』에 실린 그의 탐정소설이 멜로물에 가깝다고 하며, 『마인』역시 예외가 아니라는 관점에서 유불란의 주은몽에 얽힌 감정을 언급한다. 조성면, 위의 책, 78~92면.

10　윤정헌, 「한국 근대통속소설사 연구」, 『한국근대소설론고』, 국학자료원, 2001, 143~182면.

논문은 『마인』을 '변격 탐정소설'이나 '괴기소설'로 지칭하는 논의가 섣부른 판단일 수 있다는 전제로부터 출발한다. 그러한 논의들이 다른 시각에서 바라보고자 한 의욕적인 시도임에도 불구하고, 『마인』을 제대로 바라보는 균형적인 잣대를 제공했다기보다 왜곡된 시각을 초래하는 결과를 낳았기 때문이다. 이러한 논자들이 『마인』의 한계로 지적하는 것들은 탐정이 범인에게 애정을 품고 있다는 점, 논리적 추리보다는 가문의 복수 이야기에 치중하였다는 점, 마지막에 범인 주은몽을 쌍둥이로 설정했다는 점이다. 바로 이러한 한계점 때문에 윤정헌[12]은 『마인』을 변격 탐정소설로 분류하고, 정혜영[13] 역시 논리적 추리보다는 괴기가 압도적이 되어버렸다고 지적한다. 그러나 윤정헌은 『마인』에 대치되는 본격 탐정소설로 스파이소설의 일종인 『수평선 너머로』를 들고 있어 본격과 변격에 대한 구분 자체를 애매하게 하였다. 정혜영은 『마인』을 단편과 같은 선상에서 비교하고 있는데, 김내성의 작품세계에서 변격 형식인 단편과 본격 형식인 장편을 같이 논하여 '논리적 추리'를 운운하는 것은 무의미하다고 판단한다. 그것은 김내성이 변격 단편을 창작했을 때 "수수께끼의 제보도 없고 따라서 그것을 논리적으로 추리할 재료는 하나도 없다"[14]라고 밝혔기 때문이다.

　본 논문의 목적은 김내성의 문학세계에서 『마인』의 위상을 다시 한 번 정립해보고자 하는 데 있다. 따라서 『마인』과 단편 변격이 동

11　정혜영, 「김내성과 탐정문학―일제시대 창작 작품에 대한 서지학적 연구를 중심으로」, 『한국현대문학연구』 20호, 405~433면. 특히 422~425면 참조.
12　윤정헌, 앞의 글, 143~182면.
13　정혜영, 앞의 글, 405~433면. 특히 422~425면 참조
14　김내성, 「탐정소설론」, 『새벽』, 1956.3, 127면.

일한 시기에 어떻게 함께 창작되었는지, 김내성의 문학세계에서뿐만 아니라 한국 탐정소설사에서도 예외적인 본격 장편『마인』이 어떻게 탄생되었는지를 고찰해 보고자 한다.『마인』은 김내성이 이론과 창작 사이에서 시행착오를 거친 후에 완성한 작품이다. 따라서 고민의 과정이 담긴 초기작들과의 연계성 하에서 논의할 필요가 있다. 본 논문에서는 김내성의 가장 초기작으로 본격 탐정소설을 표방하는「가상범인」과「살인예술가」, 그리고 1936년도에 이미 집필했던『사상의 장미』(당시 미발표되었지만 사실상 그의 첫 장편소설)를 논의대상으로 삼고자 한다. 이 세 작품들은 김내성의 작품 중 그의 이론(본격이 장편에 변격이 단편에 적합하다)과 배치되는 모순된 작품들이다.『마인』은 바로 초기 이 세 작품의 과도기를 거치고 나서 형성된 작품이다.

2. 탐정소설가로서 김내성의 고민과 방황
―본격(탐정소설)인가 변격(문예소설)인가

"탐정소설은 예술작품이 될 수 없는가?"[15]에 대한 김내성의 지속적인 고민은 탐정소설가 김내성을 본격 탐정소설과 변격 탐정소설 사이에서 방황하도록 만들었다. 본격 탐정소설은 탐정소설로서의 묘

---

15 이는『사상의 장미』서문에서부터 단편집『비밀의 문』서문에까지 이어지던 작가의 고민이었다.

미(범죄, 추론, 의외의 결말)를 갖춘 반면 인물의 내면 묘사나 인간성을 드
러내기에는 역부족이었고, 변격 탐정소설은 한 인간의 변태적인 심
리나 행태 등의 묘사에 자유로운 반면 탐정소설 본연의 묘미를 잃어
버리고 자칫하면 지루해질 염려가 있었다. 이런 그의 고민들은 초기
작 「가상범인(탐정소설가의 살인)」, 「살인예술가(운명의 거울)」, 당시 미발
표 작품이었던 『사상의 장미』에서 엿볼 수 있다. 「가상범인」과 「살인
예술가」가 범인이 누구인지를 밝히는 본격 탐정소설의 면모를 갖추
었다면, 『사상의 장미』는 범인의 성격과 취향, 분위기 등에 치중하는
변격 탐정소설에 가깝다고 볼 수 있다. 그러나 전자의 작품들에서 범
인이 누구인지 밝히는 것과는 무관한 것들이 나타나기도 하고 후자
의 작품에서 범인이 밝혀지기까지의 긴장감이 유지되기도 하는 등,
본격과 변격의 특징들이 혼재되어 있는 것을 볼 수 있다. 본 장에서는
본격과 변격 사이에서 방황하는 김내성의 고민과 갈등이 『마인』 창
작을 계기로 정착되었다는 전제 하에 『마인』 이전의 초기작들을 중
심으로 살펴보고자 한다.

1) 본격 탐정소설의 면모 — 「가상범인」과 「살인예술가」를 중심으로

중편 「살인예술가」와 「가상범인」은 일본에서 발표했던 단편 「운
명의 거울」(『프로필』, 1935.3)과 「탐정소설가의 살인」(『프로필』, 1935.12)을
개작하여 조선에서 발표한 것이다. 두 작품 모두 제목을 변경했을 뿐 아
니라 분량을 늘려서 중편으로 발표했다. 본 논문에서는 이러한 변모 과
정 자체와 작품 내의 엉뚱한 플롯에서 김내성의 고민을 발견할 수 있다

고 본다. 따라서 본 장에서는 편의상 두 작품을 본격 탐정소설의 유형에 속한다[16]고 판단하고, 범인이 누구인가를 찾는 논리적 추론 과정이 어떻게 진행되고 있는지, 그리고 본격 탐정소설의 공식에서 벗어나는 엉뚱한 플롯에 숨어 있는 의미가 무엇인지에 대해 파악해 보기로 한다. 따라서 본격 탐정소설의 특성을 드러내는 절과 그것과는 무관한 플롯에 해당하는 절을 구분하여 논의를 전개하고자 한다. 개작 과정을 살피는 부분을 제외하고 텍스트는 조선에서 발표된 것(「가상범인」(『조선일보』, 1937.2.13~3.21), 「살인예술가」(『조광』, 1938.3~5))으로 한다.

(1) 감성적 탐정소설가와 트릭의 반전

　「가상범인」과 「살인예술가」는 모두 살인사건의 범인이 누구인지를 밝히는 것을 목적으로 하는 본격 탐정소설에 해당한다. 본격 탐정소설은 범죄, 추론, 의외의 결말이라는 세 요소를 기본적으로 충족시켜야 한다. 김내성의 초기 본격 탐정소설에서 강조되는 것은, 범죄나 추론보다 의외의 결말이다. 김내성은 「가상범인」과 「살인예술가」에서 마지막에 제시되는 '트릭'으로 인한 반전의 효과에 승부수를 두었다. 반면, 범죄나 추론 부분은 상대적으로 약하다고 볼 수 있는데,

---

16 김내성은 「가상범인」을 '본격 탐정소설'의 유형에 속한다고 밝힌 바 있다. "「가상범인」은 上記 분류에 있어서는 제二에 屬하는 소위 理智的 活動을 土臺로하는 正統的(本格的) 探偵小說의 하나이다. 따라서 여기에서는 人生自體를 그리는 것보다도 探偵小說의 生命인 '퍼즐'의 解決만이 主題로 되어있다"라고 언급하였는데, 그의 탐정소설 분류에 대해서는 제3장 『마인』 분석에서 다시 한 번 논의하기로 한다(『괴기의 화첩』 작자해설, 청운사, 1952, 286면).

탐정의 추론과정은 논리적이라기보다 감성적이며 객관적 증거보다는 가설로 채워진다.

「가상범인」은 '① 탐정극 ② 운명의 기로 ③ 살인유희 ④ 현장부재증명 ⑤ 의외의 결말'의 5장으로 구성된다. 본격 탐정소설의 주안점인 '범인이 누구인가'에 대한 해답을 찾는 것으로 서사가 전개된다. 퍼즐 풀이에 해당하는 장은 ①④⑤장이다. ①장에서 유불란이 해왕좌 박영민 살해사건에 대해 '탐정극'을 통한 가상범인(나용귀)을 내세우고, ④장에서 임경부가 한 장의 사진을 통해 나용귀의 알리바이를 입증하며 나용귀가 범인이 아니라 주장한다. 마지막 ⑤장에서 백검사는 그 사진이 '트릭'이었음을 증명하고 나용귀는 다시 범인으로 확정된다. '나용귀 범인설 → 나용귀 범인 부인설 → 나용귀 범인 확정'까지의 일련의 과정은 논리적 추론 과정으로 제시되지 않는다. 처음부터 유불란의 나용귀 범인설은 '가상'이었기 때문에 증거가 없었다. 나용귀가 체포되는 것 역시 증거가 아니라 '자백'에 의해서이다. 「가상범인」에서 나용귀 범인설을 무대에서 재현하는 유불란의 '탐정극'은 「살인예술가」에서 김나미 살인사건을 재현하는 탐정소설현상모집에 응모하는 유시영의 '희곡'으로 바뀐다. 「살인예술가」는 '① 추리소설현상모집 ② 유시영 현상응모 ③ 희곡 살인극─1막 ④ 공포경恐怖鏡'으로 구성된다. '유시영(김나미의 애인)은 범인이 아니다 → 범인은 외부인이 아니다 → 그러므로 범인은 모현철(김나미의 남편)이다'라는 결론에 도달하기 위해서는 중간에 모현철의 범행방식을 증명해야 한다. 여기서 사용되는 장치는 '연극'이다. 누군가가 김나미와 연극적 상황을 재현하고 있었다고 가정한다면, 식모가 들었던 '유선생'은 유시영을 말하는 것이 아니라 대본에 적힌 김나미의 상대역이었다고 설명할 수 있다. 이는 「가상범인」에서 용의자 이몽란의 목소리를 낼 수 있는 의성가능자 나용귀를 범인으로 설정한 것과 흡사한 방식이다. 이처럼 「살인예술가」와 「가상범인」에서 탐정의 추론 과정은 '연극'을 통한 '가설'에 의존한다.

탐정의 추론이 가설에 의존하는 것은, 유불란이 아직까지 감성 혹은 육감이 앞서는 소설가였기 때문이다. 따라서 탐정소설가로서 가설을 제시할 수는 있지만, 사건을 해결할 수는 없었던 것이다. 「가상범인」에서 '가상극'을 제시하는 유불란 대신 과학적 증거를 내세우는 인물은 임경부와 백검사이다. 결국 사건은 유불란이 아니라 백검사에 의해 해결된다. 탐정과 범인의 두뇌 게임은, 유불란(감성적 소설가)이 아닌 백검사(이지적 탐정)와 나용귀 사이에서 벌어진다. 「가상범인」에서 탐정 / 소설가, 탐정소설가 / 검사는 대립적인 관계에 놓이며, 탐정 역할을 하는 인물은 '검사'이다. 이는 『사상의 장미』에서 '천재작가' 백수와 대립적 관계에 놓이는 '검사대리' 유준에서도 이어진다. 탐정소설가 유불란은 나용귀가 왜 범인인지에 대해 논리적인 답변을 제시하지 못한다. 그가 나용귀가 범인이라고 주장하는 근거는 오직 이몽란(연인)이 범인이 아니라는 감성(인스피레이션) 뿐이다.

① 그렇다. 악마는 그놈이다. 박영민을 죽인 범인은 그놈이다. 애매한 몽란! 그것은 사랑하는 사람만이 알수있는 미묘한 인스피레이슌이다. 그러나 증거가 없다. 그놈이 죽였다는 증거가 어데 있느냐?[17]

---

17 『괴기의 화첩』, 170면. 1937년 『조선일보』에 연재되었던 「가상범인」과 1952년 청운사에서 발간된 『괴기의 화첩』에 실린 「가상범인」을 비교해 본 결과, 텍스트상의 변동이 없이 동일하였으므로 편의상 『괴기의 화첩』에 실린 「가상범인」을 텍스트로 하였음을

②나군, 나는 탐정도 아니고 아무것도 아니다. 나는 다만 나의 공상을 끝없이 사랑하고 있는 사람의 하나일 뿐이다(186면).

③나는 몽란을 사랑한다. 나는 몽란을 끝없이 믿는다. 누구 보다도 믿는다. 그것은 다만 사랑하는 사람만이 이해할수 있는 령의 속삭임이다. 비록 객관적으로 시계의 추가 멎어 있었단들, 나용귀가 박영민을 살해한 범인이 아니란들, 좌장을 죽인 범인은 결코 몽란은 아니다(267면).

이처럼 아직 설익은 공상가이자 탐정소설가인 유불란은 『마인』에서야 비로소 이지적인 탐정으로 거듭난다. 김내성의 초기작에서 범죄와 추론이 상대적으로 약한 것은, 바로 탐정이 감성적이었기 때문이다. 「가상범인」과 「살인예술가」에서 '트릭'은 탐정의 가설이 결론으로 도출되는 유일한 증거이다. 「가상범인」의 백검사는 나용귀의 알리바이를 증명하는 사진이 살인사건이 일어난 이후에 찍힌 것임을 사진 속 금붕어의 유무를 통해 밝혀낸다. 「살인예술가」의 유시영은 현상공모의 살인현장을 묘사한 도면 속의 거울을 통해 모현철이 범인이었음을 알아낸다. 살인사건 발생을 전후로 한 금붕어와 거울의 유무는 범인의 알리바이의 허점을 드러내는 '결정적 증거'로 채택된다. 이는 마치 오락실의 '다른 그림 찾기'와 흡사하다. 초기작에서 김내성은 마지막에 제시되는 트릭이 독자에게 얼마나 신선한 충격을 주는가의 여부에 주목했다. 따라서 작가는 마지막 트릭에 온 힘을 쏟아야 했고, 이러한 트릭에의 집착은 결국 다른 형식의 창작을 시도하게 했다.

밝힌다. 이후는 면수만 표시하기로 한다.

(2) 제목 변경의 의미와 탐정소설가의 정체성 혼란

「가상범인」과 「살인예술가」는 모두 일문소설과 제목이 다르다. 제목 변경은 작가가 겪었던 혼란스런 양상을 드러내는 본질적인 부분이다. '탐정소설가의 살인'이 탐정소설가의 행동 자체, 즉 정체성에 초점이 맞추어져 있다면, '가상범인'은 범인이 누구인가를 밝히는 것에 주목한다. 「탐정소설가의 살인」을 「가상범인」이라는 본격 탐정소설 제목으로 변경한 이후, 일본에서의 첫 번째 작품인 「운명의 거울」을 「살인예술가」로 바꾸었다는 것은 무언가 모순되는 것처럼 보인다. 「운명의 거울」이 살인사건의 결정적 증거 자체를 제목으로 내세운 본격 탐정소설의 냄새를 풍긴다면, 「살인예술가」는 오히려 김내성이 탐정소설에 예술성을 결합시키고자 시도했던 변격 탐정소설의 제목을 닮아 있기 때문이다. 그렇다면, 제목을 달리했을 경우 작품은 각각 어디에 초점이 맞추어지는지 살펴보기로 한다.

「가상범인」에서 플롯을 흩뜨리는 부분은 유불란을 살인자로 만들어버린 '살인유희'장이다. 안회남이 「가상범인」을 본격 탐정소설로 간주할 수 없었던 것[18]도 바로 이 생뚱맞은 장 때문일 것이라 짐작된다. 흥미로운 점은, 김내성이 범인을 밝히는 것과도 무관한 '살인유희'장을 일본에서 발표했을 때의 제목으로 내세웠다는 것이다. '탐정소설가의 살인'이란 제목은 분명 이 '살인유희'장으로부터 비롯된 것이다. 작가 김내성에게 중요했던 것은 유불란의 가상극도 아니고 유불란의 살인이었다. 김내성은 왜 유불란을 살인자로 만들어야 했을

---

18   안회남, 「탐정소설」, 『조선일보』, 1937.7.16.

까. '유불란의 살인'은 탐정 유불란이 정체성의 혼란을 겪고 있다는 것을 의미한다. 유불란은 자신의 가설이 사실이라고 확신하지 못한다. 풀려난 이몽란이 던지던 질문 "진짜 나용귀가 범인일까요?"에 대해 곰곰이 생각하던 유불란은, 자신의 내부로부터도 "진짜 나용귀가 범인이 아니라면?"이라는 의문이 제기되는 것을 애써 억누른다. 그러던 중 '자극증진회'라는 이상한 가면회합에 참여하게 된다. 제비뽑기에서 살인자로 당첨된 유불란은 혼란스런 상태에서 이몽란을 살인한다. 유불란의 이몽란 살해는 돈 호세가 카르멘을 죽여 버린 것처럼, 표면적으로는 옛날 자신의 사랑을 배신한 것의 대가이다. 그러나 그것은 결국 자신의 모습 중에서 연인 이몽란으로부터 비롯되는 감성적 면모를 죽여 버린 것이다. 「가상범인」에서 이몽란과의 애정에 얽혀서 사건을 제대로 바라보지 못했던 감성적 탐정소설가는 연인을 죽임으로써 『마인』에서 이성적 탐정으로 탄생할 수 있었다. 유불란이 겪는 정체성 혼란은 김내성이 겪는 '탐정(과학자 : 이성) 소설가(공상가 : 감정)'란 직업에 대한 갈등이기도 했다.

일본에서 발표한 것과 달리, 김내성은 「가상범인」을 조선에서의 첫 작품으로 발표하고 한국 탐정소설의 효시라 밝힌 바 있다.[19] 조선으로 돌아온 김내성이 「탐정소설가의 살인」을 「가상범인」이라는 제목으로 변경하고 첫 작품으로 발표한 것은, 이후 탐정 유불란을 내세운 본격 탐정소설을 창작할 의도였음을 엿볼 수 있다. 「가상범인」

---

19 "우리나라의 탐정소설의 연령은 어떤가 하면 아직 약관(弱冠)도 채 못되어 1937년 필자가 『조선일보』에 발표한 「가상범인」(이것은 1935년 일문으로 일본 잡지에 발표했던 것을 우리말로 번역·발표한 작품이다)이 한국의 **창작탐정소설의 효시**로 본다면 아직 19세 미만의 연령밖에는 아니 된다."(김내성, 「탐정소설론」, 『새벽』, 1956.3, 123~124면)

은 유불란이 최초로 등장하는 작품이면서 장편이 아니다. 이후 김내성 소설에서 유불란은 장편에만 등장하는 것을 감안할 때, 「가상범인」의 유불란은 아직 정체성의 혼란을 겪는 모색기의 인물이었다고 볼 수 있다. 그러나 「운명의 거울」(본격)을 「살인예술가」(변격)로 개작한 것으로 보아 '탐정소설가' 김내성의 고민은 계속되고 있었다. 이성적인 탐정 유불란이 탄생하기에는 시기상조였다.

「살인예술가」는 김내성이 단편 「광상시인」(1937)을 발표한 이후 같은 잡지 『조광』에 1938년 발표한 작품이다. 김내성은 개인적으로 「광상시인」이란 제목을 흡족해 했다.[20] 「탐정소설가의 살인」, 「광상시인」, 「살인예술가」, 「무마」 등의 제목에서 알 수 있듯, 김내성은 예술가의 광기에 대해 집착했다. 그의 작품들에서 범죄자는 주로 '예술가'로 설정되어 있는데, 이는 범인의 범죄를 밝히려는 것보다 '왜' 범죄를 저지르게 되었는가에 관심이 있었기 때문이다. 단편 「운명의 거울」과 「탐정소설가의 살인」을 중편으로 늘리면서 두드러지게 첨가된 부분은, 「가상범인」에서는 이몽란과의 재회 장면이라면, 「살인예술가」에서는 범인이 밝혀지는 마지막 장면이다. 「살인예술가」는 임경부에 범인을 고하는 것이 아니라 범인의 심경변화를 묘사하여 '自殺'하는 것으로 끝맺는다. 당시 自殺은 사회적 문제로 제기되었다. 그 중에서도 사랑하는 사람을 따라죽거나 사랑하는 사람과 함께 죽는 情死는 '사랑의 결합', '연애의 완성'으로 대중들에게 공감을 얻었다.[21] 「가

---

20 『괴기의 화첩』 작자해설, 청운사, 1952, 287면.
21 김진섭 「정사의 윤리」(『조광』, 1939.6, 164~169면)에서 정사(情死)가 대중에게 아름다운 낭만적 분위기를 주조할 수 있는 것은 '연애의 완성'이라는 인식 때문이라 한 것과는 달리 과학자는 정사를 정신이상이라 보았다(주종훈, 「과학자의 정사관」, 『조광』, 1939.6, 170~172면).

상범인」의 나용귀, 「살인예술가」의 모현철, 『사상의 장미』의 백수는 한결같이 '자살'을 택한다. 이는 마치 나용귀가 사랑하는 여자 이몽란을, 모현철이 아내 김나미를, 백수가 추장미를 따라죽는 것처럼 보여, 당시의 문화적 증상이었던 情死를 연상케 한다. '범죄자'로 처벌받는 것보다 '예술가(연인)'로 자살하는 것은 '낭만적' 분위기를 주조하며 대중과 소통하는 방법이었다.

그러나 '연애'라는 인간 최고의 감정에 기대어 당대 대중의 취향을 녹여내고자 시도했음에도 불구하고 초기 김내성의 탐정소설은 국내에서 큰 인기를 끌지 못했던 것으로 보인다. 김내성이 「가상범인」을 연재했던 『조선일보』에 안회남의 탐정소설론이 7월에 실린다. 안회남은 「가상범인」을 본격 탐정소설로 간주할 수 없어 유감이라 한다.

① 우리 조선에서는 아직 단 한 개의 탐정소설도 창작되지 않았다. 거의 전부가 번안 또는 기껏해야 남의 범죄독물(犯罪讀物) 프린트였고 최근 본지상(本紙上)에 발표되었던 김내성 씨의 「가상범인(假想犯人)」도 상론한 바와 같은 본격적인 탐정소설이라고는 간주할 수 없는 것이었다. 적잖이 유감이고…….[22]

② 그리고 최근에 와서 『조광』지상(誌上)으로 이헌구씨와 김환태씨가 각기 르블랑과 푸레싸의 것을 하나씩 소개하였으며, 방금 동지(同誌)에 연재중에 있는 고 김유정 씨의 『잊혀진 진주』는 그가 병상에서 집필한 반 다인의 처녀작 『벤슨 살인사건』의 이식인 것이다.[23]

---

22 『조선일보』, 1937.7.16.
23 『조선일보』, 1937.7.13.

더군다나 「가상범인」은 방인근의 『쌍홍무』와 같은 면에 나란히 게재됨으로써, 「광상시인」은 김유정의 『잃어진 보석』(1937.6~11)[24]의 연재 중간(1937.9)에 게재됨으로써 주목을 받지 못한다. 이처럼 국내 창작 탐정소설은 문예가들에게 인정받지 못하고 있는 실정이었다. 김내성의 '어떻게 하면 예술적인 탐정소설을 쓸 수 있을까'란 고민은 바로 당대의 요구로부터 비롯된 것이었다. 더불어 같은 본격 유형으로 분류되면서도 코난 도일보다 반 다인의 작품이 문예가들에게 인정받았는데, 이는 다인식의 '과학적 검증'이 30년대 후반 인기를 끌었던 것과도 연관된다. 김내성 역시 다인식의 '과학'을 내세우고자 하는데, 묘하게도 그 실험은 본격 탐정소설이라 보기 어려운 『사상의 장미』에서 가장 잘 드러난다.

2) 변격 탐정소설의 면모─『사상의 장미』를 중심으로

『사상의 장미』는 김내성의 작품 목록에서 가장 변칙적인 작품이다. 가령, 장편인데도 유불란이 등장하는 본격 탐정소설이 아니다. 그 스스로도 형식면으로는 탐정소설(본격)로 내용면으로는 문예소설(변격)로 볼 수 있다고 하며, 자신의 작품경향에서 이 작품이 예외적인 위치를 점유하고 있다고 『사상의 장미』 서문[25]에서 밝히고 있다. 그

---

24 반 다인의 유일하며 최초 번역인 이 작품은 조성면과 김내성의 탐정소설 서지 목록에서 모두 1936년으로 되어 있으나, 『조광』지 확인 결과 1937년에 게재되었음을 확인했다.

25 김내성, 『사상의 장미』 작자해설, 신태양사, 1955, 12면. 이 단락에서 김내성 언급은 모두 『사상의 장미』 서문에 담긴 내용임을 밝힌다. 이하 『사상의 장미』 인용은 이 책에 근거하며 본문에 면수만 밝힌다.

는 종래의 탐정소설이 탐정과 범인의 기발奇拔한 '트릭'에만 치중해 왔고(김내성 자신의 「가상범인」과 「살인예술가」도 포함되는 것으로 보인다), 문학 작품적인 주제인 인간성의 묘사에는 관심이 없었던 것을 안타까워 했다. 『사상의 장미』는 탐정소설의 묘미를 잃지 않으면서도 인간성의 주제를 구현하려 시도했던 작품이다. 탐정소설의 흥미와 문예소설의 예술성을 결합하려 한 이 작품은, 비록 1936년 당시 발표되지는 않았지만 탐정소설가로서 김내성의 고민을 고스란히 드러낼뿐더러 이후 그의 작품 행보를 결정해주는 데 중요한 역할을 한다.

(1) '백수＝범인'을 둘러싼 의문의 대립구도와 모의실험

『사상의 장미』는 문예작품의 주제인 인간성 구현을 시도했으면 서도, 여전히 탐정소설의 자장 안에서 살인사건을 둘러싼 지적 긴장을 놓치지 않고 있다. '범죄의 고백', '추장미 살인사건', '의혹의 인물들', '나는 범인을 알고 있다', '거울에 비친 범인의 얼굴' 등과 같은 소제목들에서도 탐정소설의 냄새를 풍긴다. 『사상의 장미』는 자칭 천재작가 백수라는 인물이 검사시보 유준과 만나 자신이 추장미 살인사건의 범인이라고 뜬금없이 '고백'하는 것으로 시작된다.

자신의 집에서 시체로 발견된 추장미 살인사건은, 알리바이가 없는 애인 안문학 범인설을 주장하는 유경부와 실제 상황과 흡사한 '아내를 죽이기까지'라는 영화를 제작한 남편 최낙춘 범인설을 주장하는 장검사의 의견이 엇갈리고 있었다. 여기에 유준의 백수에 대한 의혹이 겹쳐지며 사건은 미궁 속으로 빠져든다. 유경부와 장검사의 주장은 나름의 근거를 가지고 있었던 반면, 유준은 단지 최근 백수의 기이한 행적들이 추장미 살인사건과 묘하게 겹쳐진다는 '제육감'에 의존하고 있었다(이유는 없다. 소위 이것이 제육감이라는 것이다(247면)). 유준은 백수가 여급 나나에게 전화를 걸어 알리바이를 조작하는 현장을 목격하고 백수가 범인이라고 확신한다. 그러나 백수가 범인임이 거의 확실시되는 순간, 유준은 백수로부터 '범인을 알고 있다'는 말을 듣는다. 백수는 순식간에 '살인범'에서 '목격자'의 위치로 바뀐다. 『사상의 장미』는 '백수가 범인인가 아닌가'를 놓고 벌이는 검사대리 유준과 천재작가 백수의 대립관계로부터 긴장감을 형성한다. 유준은 의문을 해결하기 위해 '대립가설'을 세운다. 「가상범인」이나 「살인예술가」가 '누군가가 범인이 아니다 그러므로 범인은 누구다'라는 추론과정을 뛰어넘어 인스피레이션에 의존한 가설을 세웠던 반면, 『사상의 장미』는 그때그때 가능한 상황에 따른 '대립가설'을 세운다. 가령, 유준의 의문 추적과정을 따라가 보면 다음과 같다.

① 백수는 살인범이다 / 백수는 살인범이 아니다(친우이다).
② 백수는 범인이 아니다 / 최낙춘(추장미의 남편)이 범인이다(장검사) 혹은 안문학(추장미의 애인)이 범인이다(유경부).
③ 백수가 **범인이다** / 백수는 **목격자이다**.
④ 백수는 안문학 범행의 목격자이다 / 안문학이 범인이 아니다.
⑤ 안문학은 범인이 아니다 / 백수가 범인이다.

작품의 처음에 백수가 자신의 범행을 고백했으므로 사실 범인은 밝혀진 것과 다름없었다. 그런데도 『사상의 장미』는 백수가 범인인지 아닌지를 놓고 끊임없이 줄다리기를 펼친다. 갈팡질팡하는 유준에게 가장 결정적인 함정은 백수가 목격자의 위치로 전도되는 것이었다. 백수가 목격자라면 범인이 아니다. 범인=목격자=백수임을 밝혀내기 위해 사용되는 트릭은 '거울'이다. 거울에 비친 사진 속의 안문학이 백수의 범행을 목격했던 것이다. 백수는 자신의 범행을 밝히는 대신, 안문학이 살인현장에서 자신을 보았다고만 했다. 백수의 말에 담긴 트릭을 알아내기 위해 유준은 살인현장에서 '모의실험'을 한다. 『사상의 장미』에서 유준이 범인을 밝히는 결정적 증거 제시는, 순간적으로 반짝이는 아이디어의 기발함에만 치중하던 것에서 범인과 목격자의 위치 관계를 상황으로 설정하는 복잡하고 정교한 것으로 발전되었다.[26] 『사상의 장미』에서 범행이 어떻게 벌어졌는지를 밝히는 '모의실험'은 「가상범인」의 '가상극'이나 「살인예술가」의 '희곡'과 흡사한 설정이다. 그러나 단순 트릭이 아닌 거울, 사진, 창문(목격자)의 위치가 절묘한 타이밍을 이루어야 백수가 목격자가 아니고 범인으로 현장에 있었다는 것을 증명할 수 있다. 김내성은 반 다인식의 수수께끼 풀이형의 탐정소설에 지쳐 변격 탐정소설을 창작하기 시작했음에도, 반 다인식의 퍼즐이 일본유학시절부터 몸에 배었다고 볼 수 있다. 또한 그것은 당대의 요구이기도 했다.[27] 『사상의 장미』의 모의실험은

---

26 『사상의 장미』가 1936년 쓰여졌고, 「가상범인」이 1937년, 「살인예술가」가 1938년 발표되었지만, 실제 창작 년도로 보면 「가상범인」과 「살인예술가」는 「탐정소설가의 살인」과 「운명의 거울」이란 제목으로 이미 일본유학시절인 1935년 작품이다. 따라서 작품 내의 플롯의 발전순서라든가 김내성의 고민의 흔적들을 살피기 위해 「가상범인」과 「살인예술가」를 먼저 논의하고, 『사상의 장미』를 논의하는 순서를 따르기로 한다.

27 "물론 코난 도일과 에스 에스 반 다인의 제작들은 본격 탐정소설이다. 뿐만 아니라 도일의 것은 고전중의 최고봉이요, 반 다인의 것은 현대작가들의 손에서 되는 것 가운데의 가장 우수한 것 같은 느낌을 준다. 그러나 위에서 셜록 홈즈, 파이로 번스 두 탐정의 해박한 지식에 관하여 말한 바 있는데 홈즈보다도 번스가 훨씬 심원한 것과 같이 작

반 다인의 『벤슨 살인사건』에서 범인의 위치와 희생자의 총 맞은 위치를 고려하여 그린 삼각형의 마지막 꼭짓점이 바로 범인의 키라는 것을 알아내던 것을 연상시킨다. 거울, 창문(목격자), 사진(범인)으로 그려지는 지점에서의 백수의 위치와, 거울, 사진, 범인(장미 화분 옆 살인현장)으로 그려지는 백수의 위치를 대입시켜 보는 모의실험은 상당히 치밀하다. 변격 탐정소설을 의도한 『사상의 장미』에서 논리적 추론 과정이 「가상범인」과 「살인예술가」보다 오히려 진전되었다.

(2) 백수의 인간성 구현 실패와 변격 단편의 실험

『사상의 장미』에서 김내성이 승부수를 던진 것은 백수라는 인물의 인간성 구현이다. 그런데, 인간성을 구현하기 위해 작가가 마련한 백수의 기이한 습성은, 작품의 초반부에 묘사된 장미 취미과 기미적은 웃음 밖에 없다. 꽤 긴 장편에서 백수의 심리 묘사에 치중하려는 작가의 의도는 백수의 행동을 약화시켰다. 작품 전체에서 백수의 행동은 유준에게 하는 고백, 과거 추장미에 대한 집착, 그리고 여급 나나와의 동반자살 시도로 나타난다. 그런데, 백수의 행동이라고 할 만한 큰 사건들이 초반부에 제시된 장미 취미 혹은 기미적은 웃음과 긴밀하게 연결되지 못하고 추상적이다.

첫 번째 백수가 유준에게 '고백'하는 장면부터 살펴보기로 한다.

품을 놓고 따져보아도 도일의 것보다 금일의 반 다인의 것이 좀 더 진전된 것이라고 인정할 수 있다."(안회남, 「탐정소설」, 『조선일보』, 1937.7.16) 또한 김내성 역시 '반 다인식'의 본격 탐정물에 지쳐 자유로운 변격으로 눈을 돌렸다고 한다.

백수와 유준의 팽팽한 심리적 대치 공간은 명수대 낭떠러지와 장충단 공원이다. 이들은 모두 백수의 고백 공간이다. 전자가 살인범임을 고백한 곳이라면, 후자는 살인사건의 목격자임을 고백한 곳이다. 명수대에서 진실을 고백했던 백수는 장충단 공원에서 거짓을 고백한다. 사실 장충단 공원에서 백수는 자신이 범인이 아니고 목격자라고 고백하지 않았다. '범인은 나다'에서 '나는 범인을 알고 있다'로 언어를 바꾸었을 뿐이다. 백수와 유준의 사이를 가로막는 것은 짙은 '안개'이다. 명수대 낭떠러지에서 '안개' 때문에 유준은 백수의 얼굴이 보이지 않았으며 그로 인해 백수로부터 살의殺意를 느꼈다(사실 백수는 아무런 살의가 없었을 수도 있다). 장충단 공원에서도 유준은 '안개' 때문에 백수의 표정을 살피지 못하고 백수의 주머니 속이 안심되지 않았다(사실 백수의 주머니 속에는 칼이 아니라 잡동사니가 들었을 수도 있다). 이렇게 엇갈리면서 고백은 사라지고 분위기(안개)만 남게 된다. 『사상의 장미』는 백수와 유준의 입장이 서로 대치되는 것(범인／검사)에 대해 지속적으로 이야기한다.[28] 입장이 다르다는 것 자체가 범인 백수가 내세운 함정(트릭)이었다(탐정소설가 김내성이 인간성이라는 주제를 담은 문예소설을 쓰고자 하는 것 또한 함정이었다).

　　백수의 심경이 드러나는 두 번째 사건은 『사상의 장미』라는 원고 집필이다. 그러나 백수의 살인동기를 설명해주어야 할 『사상의 장

28　『사상의 장미』에서 범인과 검사의 대치는, 예술적 본격 탐정소설을 둘러싼 당대와 김내성의 갈등이기도 했으며, 그것은 「무마」에서 '정통파(본격)'와 '괴기파(변격)'라는 서로 다른 유형의 탐정소설가이기도 했다. 정통파와 괴기파라는 두 탐정소설가는 서로 다른 유형의 창작을 이해하지 못하며, 독자층 역시 갈리어 있다. 더불어 김내성의 창작의도에 대해서도 당대 사람들은 이해하지 못하고 탐정소설가인 그에게 예술작품을 요구했다.

미』는 백수와 추장미와의 실질적인 연애가 없어 구체성이 없다. 백수의 추장미에 대한 집착은 사랑이라기보다 그녀의 몸에 있었던 '장미 기미'에 대한 집착에 불과했다. 『마인』에서 주은몽의 어머니와 아버지의 연애가 '부부암'이라는 구체적 공간에서 좌절을 맛보았던 것과는 달리, 『사상의 장미』에서 백수와 추장미의 연애는 장미촌이라는 추상적 공간에서 살인동기가 아니라 이미지로 흩어진다. 이로써 원고 『사상의 장미』는 설득력을 잃어버리고 그야말로 그의 유작 '소설'이 되고 만다. 백수의 내면심리를 설명해주어야 할 살인동기가 설득력을 잃어버렸기 때문에, 쫓기는 백수의 심경을 그린 『사상의 장미』 후반부는 지루하다.

　그런 지루함을 만회라도 하듯, 백수는 뜬금없이 여급 나나와 '동반자살'을 꾀한다. 작품의 서사전개에서 뜬금없이 삽입되는 장면은 작가의 의도가 개입되었거나 당대의 취향이 반영되었거나 둘 중 하나이다. 이루어질 수 없는 사랑에 대한 보상을 함께 죽음으로써 받으려는 낭만적 설정[29]은, 자살에 대해서는 인색했던 대중들의 마음도 따뜻하게 녹였다. 그러나 백수와 나나는 동반자살을 꾀할 만큼 서로 열렬히 사랑하고 있는 사이가 아니었다. 나나가 동반자살에 동의하지 않은 것은 당연하다. 뜬금없이 삽입된 동반자살 장면은 전제조건 (두 사람이 서로 사랑해야 한다)이 마련되지 않아 진실성도 개연성도 부여

---

29 당시 사랑하는 사람과 함께 동반자살, 정사하는 기사가 마치 유행처럼 자주 실렸다. 이 때 상대여자는 대부분 기생이거나 카페 여급이었다. 이에 대해서는 『딱지본 대중소설의 발견』(민속원, 2009)에 부록으로 실린 1920년대의 유명한 정사사건인 강명화 자살사건을 소재로 한 「절세미인 강명화 설음」, 「강명화의 죽엄」을 참고하기 바란다. 또한 『조광』지에는 당시 사람들이 정사를 아름답게 미화하는 현상에 대해 다룬 기사가 실려 있다(성춘수, 「홍등실화(紅燈實話) 빠ー 백란(白蘭)홀의 정사사건」, 『조광』, 1935.12).

받지 못하고 만다.

탐정소설에 '인간성'이라는 주제를 구현하려 한 『사상의 장미』는 백수라는 인물의 성격이나 취향에 대해서는 서두에서 '장미 취미와 기미적은 웃음'이라는 단편적인 인상만 남긴다. 대신 도망중의 백수와 카페 여급 나나와의 관계라든가 원고『사상의 장미』를 전·후편으로 나누어서까지 장황하게 다루고 있다.『사상의 장미』에서 인물의 내면심리에 초점을 맞추려고 한 김내성의 시도는 백수의 고백이 안개에 휩싸여 유준에게 거짓으로 받아들여지고, 여급 나나와는 절실하지 않은 관계였는데 동반자살을 꾀하고, 살인동기로 삽입되는 추장미와의 관계에서는 구체적인 연애가 결여되어 실패로 끝난다. 결국 백수는 구체적이고 생생한 현장감을 부여받지 못하고 자살하고 만다.『사상의 장미』가 지루하게 느껴지는 것은, 바로 이 백수라는 인물 창조에 실패했기 때문이다. 그러나 김내성이『사상의 장미』에서 시도하고자 했던 예술적 탐정소설은 이후 「악마파」, 「무마」, 「광상시인」 등의 변격 단편 탐정소설로 이어진다.

김내성이 1939년 방송 강연에서 본격 탐정소설이 장편의 형식에, 변격 탐정소설이 단편의 형식에 적합하다[30]고 한 것은『사상의 장미』를 쓴 이후에 굳어진 것으로 짐작된다.『사상의 장미』이후 김내성은 다시는 장편에서 자유로운 예술성을 담아낼 수 있는 변격 탐정소설의 형식을 시도하지 않기 때문이다. 이후 그는 범죄자(예술가)의 내면심리를 그리는 것을 '단편'에서 시도했으며, 단편 「광상시인」(1937.9)을 쓰고 만족해한다.[31]

---

30   김내성, 「추리문학소론(1939년 방송 강연원고)」, 『비밀의 문』, 명지사, 1994, 337~350면. 340면 참조

이러한 명칭은 일반독자에게 상당한 착각을 주어왔다. 하나의 논거로 17년 전 『문장』의 편집자이던 정인택이 필자를 보고 하는 말이 예술적인 본격탐정소설을 한 편 『문장』에 써달라고 한 사실만 보더라도 가히 짐작할 수 있을 것이다. / 수수께끼를 푸는 협의의 탐정소설(본격)은 그 숙명적인 형식적 조작 때문에 예술적 작품의 제작에 거의 불가능한데 비하여 일반소설의 수법으로 될 수 있는 기타의 광의의 탐정소설(변격)로서는 작자의 역량에 따라 얼마든지 예술적 작품을 제작할 수가 있는 것이다. 그래서 당시 『문장』의 청탁을 받고 필자가 『문장 33인집』에 집필한 「시유리」(屍琉璃, 후일 '惡魔派'라고 改題함)는 편집자의 요청의 본의만을 이해한 **변격소설로서 일종의 괴기범죄소설** (怪奇犯罪小說)이라고 볼 수 있는 것이다. 거기에는 수수께끼의 제보도 없고 **따라서 그것을 추리할 재료는 하나도 없다.** 독자는 다만 일반소설에서와 마찬가지로 작자의 설명이나 묘사를 따라가면 그만인 것이기 때문이고 작가와의 지적 경쟁같은 것을 시도할 여유는 흔히 없는 것이다.[32]

당시 본격 탐정소설은 수수께끼의 제시와 풀기라는 협의의 탐정소설이라기보다 탐정소설의 과학미와 문예소설의 예술미를 결합한 것으로 인식되었다. 그러나 그는 『사상의 장미』 이후 '예술적인 본격 탐정소설'이란 말이 얼마나 불가능한지를 실감했던 것으로 보인다. 『사상의 장미』는 변격의 형식이면서 장편을 고수하고 있어 김내성의 창작 이론을 배반하고 있지만, 본격과 변격, 탐정(탐정소설)과 소설가(문예소설) 사이에서 방황하던 김내성의 행보를 결정해주는 작품이다.

---

31 "작자로서는 이 작품을 무척 사랑할뿐 아니라 어느 정도 성공한 작품이라고 본다."(『괴기의 화첩』 작자해설, 청운사, 1952, 287면)
32 김내성, 『새벽』, 1956.3, 127면. 강조는 필자에 의한 것임.

『사상의 장미』 이후 김내성의 작품경향은 '변격 단편 탐정소설'과 '본격 장편 탐정소설'로 갈리게 된다. 그리하여 본격 장편『마인』과 변격 단편은 나란히 함께 창작될 수 있었다. 그는 위의 지문에서 변격 탐정소설에는 본격 탐정소설에서와 같은 "수수께끼의 제보도 없고 그것을 추리할 재료는 하나도 없다"라고 한다. 변격을 쓰는 목적이 수수께끼의 제시와 풀기에 있지 않았기 때문이다. 따라서 논자들이 김내성의 단편 변격과『마인』을 같은 선상에 놓고 '논리적 추리'를 운운하는 것은 '탐정소설가'로서 그가 겪은 고민과 갈등을 배제한 탓이다.

3. 본격 장편 탐정소설 『마인』의 탄생

『마인』은 「가상범인」과 같은 지면인『조선일보』에 1939년 2월 14일부터 10월 11일까지 연재되었다. 김내성은『마인』연재 중에 「이단자의 사랑」(『농업조선』, 1939.3), 「무마霧魔」(『신세기』, 1939.3), 「시유리(악마파)」(『문장』, 1939.7) 등 여러 편의 단편을 발표한다. 김내성의 단편 대부분은 1939년『마인』과 함께 창작되었다. 이것은 김내성이 변격 단편과 본격『마인』을 각각 다른 양식으로 창작했다는 것을 증명한다. 김내성이 본격 탐정소설(수수께끼의 제시와 풀기)에 집착한 작가였다면, 전혀 다른 형식의 단편들을『마인』과 동시에 창작할 수 없었을 것이다. 이러한 그의 작가적 이력은 단편 「무마」에 등장하는 '괴기파와 정통파의 대표인 두 사람의 탐정소설가'에서 엿볼 수 있다. 소설 속에 서로 다른 양식의 대변자로 등장하는 '두 사람의 탐정소설가'는 바로 '한 사람의 김내성이 창작하는 서로 다른 양식의 탐정소설'이다. 그러면 본격 탐정소설이 장편에 적합하다(변격 탐정소설이 단편에 적합하다)는 김내성의 탐정소설론을 뒷받침해주는 『마인』에서 본격의 요소(수수께끼의 제시, 논리적 추론, 의외의 결말)와 장편의 형식이 어떻게 결합하고 있는지 고찰해보기로 한다. 중편(일문소설에서는 단편) 「가상범인」과 「살인예술가」가 장편 『마인』으로 넘어오면서 달라진 부분은, 전자가 마지막 단계인 의외의 결말에 중점을 두었다면, 후자는 수수께끼의 제시와 논리적 추론에 중점을 두었다는 것이다. 그 점을 염두에 두고 본격 장편 탐정소설 『마인』의 논리적 추리과정을 따라가 보기로 한다.

1) 이성적 탐정의 등장과 논리적 추리의 부활

「가상범인」에서 공상에 의존하던 '탐정소설가' 유불란은, 『마인』에서 여전히 '피가 도는 인간'이긴 하지만 논리적 추리를 밀고 나가는 '탐정' 유불란으로 변신한다. 「가상범인」에서 유불란은 사건을 해결해야 할 입장에서 오히려 사건에 휘말려든다. 반면 『마인』의 유불란은 주은몽과 연인 사이이면서도 사건을 해결할 때는 이성적 탐정의 면모를 보여준다. 『마인』에서 유불란은 여러 이름을 가지고 있다. 그가 입장을 달리할 때마다 바뀌는 이름은, 그를 이성적 탐정으로 거듭나게 하는 동시에 그 자체가 수수께끼의 역할을 하도록 한다. 주은몽과 연애할 때는 화가 김수일, 공작부인의 가장무도회에 참가할 때는 화가 이선배, 연쇄살인사건을 해결할 때는 탐정 유불란으로 등장한다. 살인사건이 발생한 이후부터 유불란으로 등장하다가 주은몽이 범인으로 밝혀지고 나서야 비로소 김수일이라는 이름으로 불린다. 따라서 「가상범인」에서 유불란이 이몽란과 사건해결에서도 감정이 얽혀 있었다면, 이몽란을 죽이고 『마인』으로 오면서 유불란은 주은몽과 객관적 거리를 확보할 수 있는 여유가 생겼다. '이름'을 달리함으로써 유불란은 '제육감'이나 '인스피레이션'에 의존하지 않고 '이성 혹은 객관적 근거'를 바탕으로 연쇄살인사건의 범인을 밝혀낸다. 혹자는 탐정과 범인의 연애를 들어 그것을 이 작품의 흠으로 지적하거나 그 때문에 변격에 가깝다고 지적하기도 한다. 그러나 김내성의 작품세계나 식민지 조선의 탐정소설을 살펴보면, 『마인』의 유불란은 공(사건해결)과 사(연애)를 구분한 이성적 탐정이었다.[33]

유불란의 여러 다른 이름은, 작품의 서두에서 호기심을 유발하는 수수께끼를 제시하는 데 중요한 역할을 한다. 수수께끼의 제시와 수수께끼의 해결에 초점이 맞추어지는 본격 탐정소설에서 중요한 것은 바로 '수수께끼 자체'이다.[34] 『마인』이 신문연재소설로서 「가상범인」보다 대중의 인기를 끌 수 있었던 요인은, 바로 호기심 유발의 서두 '수수께끼의 제시'가 성공했기 때문이다. 『마인』의 첫 장면인 공작

---

33 안회남은 김내성의 「가상범인」에 대해서는 유감을 표명했음에도 『마인』의 탄생에 대해서는 칭찬을 아끼지 않았다. 「가상범인」부터 등장했던 유불란이었지만, 안회남은 『마인』에서 유불란이 최초의 명탐정으로서 탄생된 것을 축하했다. 「김내성 저, 『마인』―명탐정 유불란 선생」, 『조선일보』, 1940.1.15.

34 김영석은 『죄와 벌』에서 라스꼴리니꼬프와 검사가 문답하는 장면이 탐정소설과 흡사하지만, 탐정소설이라 할 수 없다고 한다. 그 이유가 보통소설은 클라이막스가 흔히 스토리 말단 아니면 중간에 있지만, 탐정소설의 클라이막스는 앞에 있는 것이 보통이며 사건을 과학적・논리적으로 추리하여 해부・종합하는 것이 주제로 되어 있기 때문이라 한다. 조성면 편저, 「포오와 탐정문학」, 『한국 근대대중소설 비평론』, 태학사, 1997, 121면.

부인의 가장무도회장은 독자의 호기심을 이끌어낼 만한 수수께끼를 제시하기에 안성맞춤인 공간이다. 이색적인 가장무도회장과 '변장'이 주는 묘미는 사건이 발발하기도 전에 이미 수수께끼로 제공된다. 무도회장 안으로 들어서는 순간, 각각의 가장假裝 인물들이 누구인지를 알아맞히는 게임이 시작되기 때문이다. 불란서의 괴도 아르센 루팡(유불란의 변장), 톨스토이 『부활』의 카츄—샤(공작부인 주은몽)와 네프류—도프 공작(백영호)[35] 등 그들이 택한 가장 대상도 당대의 유행을 반영이라도 하듯 화려하다. 이들 중 가장假裝 아래의 정체가 드러나지 않는 자들이 바로 풀리지 않는 수수께끼가 된다. 가장무도회장에서 의혹을 불러일으키는 인물은 주홍빛 도화역자와 아르센 루팡 두 사람이다. 그들의 정체와 더불어 남겨진 수수께끼는 그들이 과연 어디로 사라졌는가 하는 점이다. 공작부인 주은몽을 습격한 해월은 밖으로 나간 사람이 아무도 없음에도 감쪽같이 증발해버렸고, 루팡으로 변장했던 이선배란 자는 경찰이 추적하는 와중 막다른 골목길에서 귀신같이 사라져버렸다. 사방이 경계망으로 둘러싸여 있거나 높다란 벽으로 막혀 있거나 하는 공간에서 인물들의 사라짐은 탐정소설에 자주 등장하는 '밀실'의 수수께끼이다.

대체 동서 고금을 통하여 무척 흥미 있는 사건은 거의 전부가 처음에는 신비(神秘)의 가면을 쓰고 나타나는 법이거든. 도저히 사람의 힘으로는—다시 말

---

35 1935년 11월호 『조광』에서는 톨스토이를 특집으로 다루었다. 그때 각각의 인사들이 톨스토이에 대한 간략한 의견을 쓰는 란에서 그들 대부분은 가장 즐겨 읽었던 톨스토이의 작품으로 『부활』을 꼽았다. 이것은 톨스토이의 다른 작품 『전쟁과 평화』 등과는 달리, 『부활』에서 보여주는 법정모티프가 탐정소설적인 요소를 내포하기 때문이 아닐까 한다. 당시 사람들은 법정 재판, 판결, 의혹의 살인사건 등에 관심이 많았다.

하면 과학으로는 넘겨다 볼 수 없는 유령의 탈을 쓰고 나타나는 것이다.[36]

위에서 유불란은 자신의 입으로 직접 수수께끼의 특징이 '신비의 가면'임을 말하고, 결국 이것을 푸는 힘은 '과학'이라고 한다. 작가 김내성은 '신비의 가면'과 '과학'이라는 정반대의 특질이 결합해야 탐정소설이 완성된다는 것을 알고 있었다. 당대 사람들이 탐정소설이 이성 혹은 과학의 문학이라고 간주하던 것과는 달리, 김내성은 '신비화와 추론'이라는 양 특징이 잘 배합되어야 한다고 생각했으며, 『마인』은 '신비의 가면'을 그리는 데 많은 공을 들였다. 『마인』은 「가상범인」과 「살인예술가」에서 마지막 반전(의외의 결말)에 주안점을 둔 것에서 클라이막스를 서두로 옮겨왔다. 당시 대중들은 '신비의 가면' 자체에 관심이 높았는데, 이는 풀리지 않을 것 같은 기이한 범죄일수록 그것이 풀리는 과정을 지켜보는 재미가 배가되기 때문이다. 『마인』 내에서도 공작부인 살인미수사건에 대해 "신비하고 무시무시한 사건", "전대미문의 일대괴사" 등의 흥분, 엽기, 자극을 불러일으키는 수식어들을 동반한 신문기사가 삽입된다. 이는 당시 신문기사에서 '의혹의 살인사건', '한강변에서 신원미확인 시체 발견', '탐정소설가 튼 살인사건' 등등의 문구를 종종 접할 수 있었던 것을 잘 반영한다. 『마인』은 바로 서두에서 의문의 수수께끼를 통한 독자의 호기심을 유발하고 있었다. 상대적으로 「가상범인」과 「살인예술가」의 서두에서 독자의 의문이 크게 파생하지 않는 것과는 대조적이다.

---

36 『조선일보』, 1939.3.10, 4면. 김내성 탄생 100주년 대중서사학회 학술발표회에서 김세헌은 삼성문화사(1983)에서 출간한 김내성대표문학전집이 해적판이라 밝혔다. 따라서 본 논문의 『마인』은 『조선일보』의 것을 참고하였음을 밝힌다. 강조는 필자에 의한 것임.

탐정소설에서 수수께끼(신비의 가면)와 논리적 추론(과학)은 시소의 양쪽처럼 균형을 이루려는 반동이 일어난다. 서두의 수수께끼가 신비하면 신비할수록 논리적 추론과정은 그것을 풀어내기만 해도 자연스럽게 상승효과를 맛볼 수 있다. 사실 『마인』에서 살인범 해월이 공작부인 주은몽임을 밝히는 과정은 지극히 평범한 과학의 원리에 입각한다. 탐정 유불란이 해월이 어디로 들어왔다가 어디로 사라졌는지를 밝히는 것은 오상억이 김수일과 이선배와 유불란이 동일 인물임을 밝혀내는 것과 다르지 않다. '밀실이었고 빠져 나간 사람은 없다'에서 상상할 수 있는 가장 기본적인 추론은 '사건현장에 있었던 사람이 곧 범인이다'라는 것이다. 이러한 유불란의 이성적 사고는 「가상범인」에서 '이몽란(사건현장에 있었다)은 절대 범인이 아니다!'라고 부르짖던 모습과는 상당한 차이를 보인다.

2) 전근대적 살인동기와 장편의 결합

『마인』의 지극히 평범한 논리적 추론 과정을 '비범함'[37]으로 바꾸는 것은, 살인사건이 발생할 때마다 얽히게 되는 인물들의 묘한 관계이다. 인물들의 관계를 파헤치기 위해서는 과거 백영호의 고향 X촌으로 거슬러 가야 한다. 홀에서 열리는 가장무도회, 미술관 수집실까지 딸린 백영호의 3층 저택 등의 서구적이고 근대적인 모습과는 달리, X촌읍의 부부암에 얽힌 백문호와 엄여분의 이야기는 그야말로 전근

---

37 김내성은 탐정이라는 명사를 탐정가의 가치를 가리키는 것이 아니라 '비범함에 대한 탐구탐이'라 정의했다. 김내성, 「탐정소설의 본질적 요건」, 조성면 편저, 앞의 책, 151면.

대적인 한편의 '전설'과 같다. 그러나 독자에게 '전설의 공간'은 그다지 낯설지 않다. 김내성 소설에서 '살인동기'로 제시되는 과거 공간을 이미 『사상의 장미』에서도 보았기 때문이다. 『사상의 장미』에서 백수는 과거 장미촌에서 사랑했던 여자 추장미가 자신을 받아주지 않자 살인하고, 『마인』에서 주은몽은 과거 X촌읍에서 부모(가문)의 원수를 갚기 위해 백영호를 살해한다. 『사상의 장미』에서 절실하게 다가오지 않았던 살인 동기는 『마인』에서 가문에 얽힌 피에 맺히는 원한이 되어 복수의 이유가 된다. 수수께끼의 제시에 공을 많이 들인 『마인』은 본격의 형식에 익숙하지 않았던 대중과 오히려 괴리될 수 있는 위험도 안고 있었다. 반 다인의 소설이 문예가들에게 호평을 받고 있고 그 때문에 본격 탐정소설을 갈망하였다고 하여도, 실제로 대중이 반 다인의 소설을 읽어내기는 쉽지 않았을 것으로 사료된다. 『마인』이 인기를 끌 수 있었던 요인 중 하나는 바로 대중에게 익숙한 '원한에 찬 복수' 코드를 적절하게 활용했기 때문이다. 몽테크리스토 백작의 모티프를 담은 『태풍』이 『마인』을 능가하는 인기를 끌 수밖에 없었던 이유이기도 하다. 『마인』의 수수께끼의 제시나 추리는 서구적인 것을 학습한 결과이지만, 살인동기로 제시된 부분은 당대 식민지 조선의 대중의 취향을 녹여낸 것이었다. 본격 탐정소설은 『마인』으로 그치지만, 전근대적 살인동기인 '복수' 코드는 이후 김내성의 작품에서 계속 이어진다.

　김내성 소설에서 살인동기로 제시되는 과거의 공간은 '장편'의 형식과 결합한다. 중편 「가상범인」과 「살인예술가」에서 과거의 전설적인 공간이 펼쳐지지 않는 대신, 『사상의 장미』와 『마인』에서 살인동기로 삽입되는 공간을 '과거'로 이동시킨 것은 '장편'이라는 형식 때문이다. '수수께끼의 제시와 풀기'라는 본격 탐정소설이 '장편'과 결합하기 위해서 분량을 첨가할 수 있는 부분은 바로 논리적 추론 과정 중에서도 '살인동기'에 해당한다. 따라서 『마인』이 집안 간의 복수와 애증의 이야기에 치우쳤기 때문에 논리적 추리가 약화되었다는 혹자들의 지적은, '그 서사가 왜 삽입되었는가' 혹은 '전체 플롯과 어떻게 얽히는가' 하는 점을 염두에 두지 않은 단편적인 발상이다. 범인의 '살인동기'는 시·공간을 달리하며 새로운 이야기로 독자의 흥미를 끌어당길 수 있는 본격 장편 탐정소설의 주요한 요소이다(지금까지도 장편 탐정소설에서 범인의 과거내력은 흥미 있는 이야기를 제공하는 주요요소이다).

화려한 도시의 한복판에서 벌어지는 살인동기가 '개인'이 아닌 '가문'에 얽힌 복수라는 것은 근대적인 것과 전근대적인 것이 함께 녹아있었던 30년대 식민지 조선의 모습을 연상케 한다. 30년대 식민지 조선은 탐정소설과 연애소설을 즐겨 읽으면서도 가정비극과 화류비련에 눈물을 흘렸고, 자유연애를 부르짖으면서도 여성의 정조를 무엇보다 중시했고, 자살自殺에 대해서는 냉정했지만 사랑하는 사람과의 정사情死는 아름답게 여겼다. 또한 살인사건, 법, 재판 판결, 과학 등과 같은 근대 법칙에 의존했으면서도 연애에 대한 낭만적 환상을 품고 있었다. 이런 공간이기에 전근대적 살인동기를 삽입한 본격 탐정소설 『마인』이 동시기의 『사랑의 수족관』, 『사랑』, 『순애보』 등과 같은 연애소설 틈바구니에서 창작될 수 있었다. 주은몽이 아버지 백문호(황세민 교장)에게 죽기 전 자신이 처녀라고 고백하는 뜬금없는 장면은 당대의 취향에서는 가능한 것이었다.

3) 의외의 선언과 대중 탐정소설로의 전환

『마인』의 유불란은 '의외의 선언'이라는 장에서 범인이 은몽이었고 오상억이 공범자였음을 밝힌다. 그리고 다음 장에서 '주은몽이 쌍둥이였다'고 터뜨린다. 전반부에서 이선배, 김수일, 유불란이 동일인물이라는 것, 후반부에서 범인이 주은몽 자신이었다는 것에 놀랐던 독자는, '주은몽이 쌍둥이였다'는 사실에 어안이 벙벙해진다. 유불란의 폭탄선언은 지금까지 팽팽하게 유지되던 긴장감을 무너뜨리며 그 어떤 반전의 효과도 거두지 못하고 논자들에게 '플롯상의 허술함'을 제공하는 구실만을 남긴다. 그렇다면, 김내성은 사전에 암시나 복선을 전혀 깔지 않다가 갑자기 '주은몽이 쌍둥이'라는 뜬금없는 플롯을 구성했을까. 이것은 그의 탐정소설론과도 연결된다.

> 탐정소설의 본질은 '엉?' 하고 놀라는 마음이고, '헉!' 하고 놀라는 마음이며, '으음!' 하고 고개를 끄덕이는 마음의 심리적 작용이다. 그렇다면 이들 '엉?', '헉!', '으음!'이라는 심리작용에 따라 생기는 것은 무엇인가? 그것은 현실적 분위기로부터 낭만적 분위기로의 비약적 순간인 것이다.[38]

김내성은 본격 탐정소설의 범죄(수수께끼), 추리, 의외의 결말이라는 요소 중에서 '의외의 결말'을 가장 중요하게 여겼던 것으로 보인다. 그는 초기 「가상범인」과 「살인예술가」에서 마지막 결말을 놀라운 반전으로 채운다. 마지막 결말이 보여주는 의외의 효과가 얼마나

큰지에 따라 탐정소설의 성패가 좌우된다고 믿었던 것으로 보일 만큼 '의외의 결말'에 집착했다. 그가 탐정소설의 본질로 꼽는 것 역시 놀라는 마음, 즉 기대를 배반한 반전의 충격 효과이다. 그러나 주은몽이 쌍둥이라는 설정은 '으음!'의 반응을 얻지 못한다. 따라서 앞의 '엉?'이나 '헉!'의 효과도 사라지고 만다. 『마인』에서 주은몽이 쌍둥이라는 설정은 플롯의 허점을 드러내는 부분이다. 그러나 이것 때문에 『마인』을 변격으로 간주하는 것은 무리이다. 오히려 본격의 요소인 의외의 결말에 대한 지나친 집착으로부터 비롯된 것이기 때문이다.

　　김내성은 일본에서 발표한 단편 「운명의 거울」과 「탐정소설가의 살인」, 그것을 개작하여 조선에서 발표한 중편 「가상범인」과 「살인예술가」, 그리고 장편 『마인』을 창작하기에 이른다. 『마인』에서야 비로소 그의 탐정소설론(단편이 변격에 적합하고 장편이 본격에 적합하다)을 창작으로 완성했던 것이다. 그러나 단편이나 중편에서 성공을 거두었던 '의외의 결말'은 장편의 형식에서는 효과를 발하지 못한다. 장편에서는 이미 앞부분에서 플롯상의 절정을 맛보았기 때문에, 뒷부분에서 그것을 잊을 만큼 강렬한 반전을 경험하기 어렵다. 대신 살인동기 부분을 첨가하여 서사의 재미를 더한다. 김내성이 의외의 결말에 집착한 초기 본격 탐정소설이 단편의 형식을 띠고 있었던 것은 우연이 아니다. 본격 탐정소설이 장편에 변격 탐정소설이 단편에 적합하다고 했던 김내성은 『마인』을 끝으로 더 이상의 본격 탐정소설을 창작하지 않는다.

　　김내성은 『마인』 이후, 『백가면』, 『황금굴』의 계보를 잇는 『태풍』, 『비밀의 문』 등을 창작한다. 이러한 유형은 앞에서 논의한 김내성의 본격 탐정소설과도 변격 탐정소설과도 거리가 멀다. 오히려 모리스 르블랑의 모험액션활극 유형에 가깝다. 수수께끼 유형의 본격이 아님으로 굳이 분류하자면 결국 그것을 벗어난 변격에 속한다고 보아야 마땅하다. 그렇지만 어떤 논자도 유불란이 등장하는 장편『백가면』과『태풍』등에 변격이란 칭호를 사용하지 않는다. 이것이 바로 일본에서 넘어온 본격과 변격의 구분과 서구의 고전적 유형과 하드보일드형, 스릴러 유형의 구분이 일치하지 않는다는 증거이다. 탐정 유불란이 등장[39]하는『백가면』,『황금굴』,『태풍』등의 김내성의 '장편' 목록에서도『마인』은 유일한 '본격 탐정소설'이다.

현재 우리가 使用하고있는 槪念에 있어서의 探偵小說은 大體로 세가지 種類로 區別해서 觀察할 수가 있는 것이니, 그 一은 '대중탐정소설'로서 例를 들어 말하면 '르블랑'의 '루팡·이야기'를 비롯하여 '월레스'의 諸作品 같은 것이고, 그 二는 '퍼즐 探偵小說'로서 理智的 活動만으로 '퍼즐'을 解決하는 理性文學의 代表作品들, 例를 들면 '도일'의 '홈즈·이야기', '따인'의 '봔스·이야기', '퀴인'의 '퀴인·이야기' 等이고, 그 三은 '文學的(藝術的) 探偵小說'로서 '포오'의 '앗샤一家의 沒落', '黑猫', '말하는 心臟', 그리고 '췌스터튼'의 諸作品等이라고 볼 수 있다.[40]

---

39 유불란은 김내성의 장편에서 등장하며, 이 법칙을 어기고 있는 유일한 작품이 바로 중편인데도 유불란이 등장하는「가상범인」과 장편인데도 유불란이 등장하지 않는『사상의 장미』이다.

40 김내성,『괴기의 화첩』작자해설, 청운사, 1952, 286면. 강조는 필자에 의한 것임. 김내성의 탐정소설 유형 분류는 에도가와 란포의 게임식(퍼즐) 탐정소설, 비게임식(대중) 탐정소설, 도서형(예술적) 탐정소설의 구분과 맞아 떨어진다. 이로써 김내성의 탐정소설론은 일본의 에도가와 란포의 영향을 받았다는 것을 알 수 있다. 그의 창작과정 역시 에도가와 란포의 창작과정과 궤적을 같이한다. 에도가와 란포가 이후에 소년탐정물류의 대중 탐정소설을 창작하기 시작한 것과 김내성이『백가면』,『황금굴』,『태풍』을 창작하기 시작한 것은 무관한 것이 아니었다.

『백가면』과 『태풍』은 그의 탐정소설 분류에서 '대중 탐정소설'에 속한다. 방정환의 『칠칠단의 비밀』, 채만식의 『염마』, 김동인의 『수평선 너머로』 등의 식민지 조선의 탐정소설이 모험스릴러 양식을 띠고 있었던 것은 그것이 당대 대중의 취향과 가장 잘 맞았기 때문이다. 또한 매회 독자에게 긴장감을 조성해야 하는 '신문연재장편'에서 매번 수수께끼를 제시하고 놀라운 반전의 효과를 노리는 것보다 도처에 위험이 도사리고 있다는 설정 - 추격 장면이나 육박전 - 이 훨씬 적합했을 것으로 사료된다. 김내성 역시 이를 인지하고 의외의 결말에 집착하는 퍼즐풀이 탐정소설에서 대중 탐정소설로 눈을 돌린다. 결국 김내성은 그가 분류했던 탐정소설의 양식들(퍼즐 탐정소설, 예술적 탐정소설, 대중 탐정소설)을 실제 창작으로 옮기려 노력한 작가였다.

4. 맺음말

김내성은 가슴(감성)으로 쓰는 작가가 아니라 머리(이성)로 쓰는 작가였다. 그는 자신의 탐정소설론을 실제 창작으로 옮기고자 애썼으며, 창작을 통해 또 다른 탐정소설론을 발전시켜 나갔다. 의외의 결말을 실험했지만 정체성의 혼란을 겪었던 「가상범인」과 「살인예술가」, '예술적 탐정소설'을 쓰고자 했지만 '장편'의 형식과는 맞지 않았던 『사상의 장미』를 거쳐 그는 변격 단편 「광상시인」 유형과 본격 장편『마인』을 창작하기에 이른다. 본격 장편『마인』에서 이성적 탐정 유불란을 탄생시켰던 김내성은, 이 한 작품을 끝으로 유불란의 탐정폐업을 선언한다.『마인』에서 유불란의 탐정폐업은 사실상 수수께끼의 제시와 풀기에 주력하는 본격 탐정소설의 종결이다. 작가는 '탐정은 결코 연애를 해서는 안 된다'며 감정이 아닌 강철로 무장되어야 한다고 유불란의 입을 빌어 말하고 있다. 그러나 그것은 실상 복잡한 수수께끼의 제시와 논리적 추리라는 본격 탐정소설의 형식이 더 이상 살아남기 힘들다는 것을 의미한다. 아무리 강철로 무장하려고 해도, 대중은 전근대적인 살인동기인 복수에 더 민감하게 반응하기 때문이다.

　자연과학의 유행에 따라 물적 증거와 논리적 추리의 본격 탐정소설을 열망했지만, 실제로 본격 탐정소설은 식민지 조선의 대중에게 익숙하지 않은 것이었다. 가령, 본격 탐정소설의 표본으로 제시되는 반 다인의 탐정소설이 문예가들의 비평에서 줄곧 언급되면서도, 당시 국내에 번역된 것은『잃어진 보석』한 편에 그치고 있다. 대중들은 이성적 탐정, 객관적 증거, 논리적 추리를 선망했지만, 연애하는 탐정, 원한에 찬 복수, 정면충돌의 육박전을 즐겼다. 이성과 감정의 끈질긴 줄다리기에서 승리한 것은 결국 감정이었다. 연애 감정 때문에 고민하는 탐정의 면모는『마인』을 끝으로 더 이상 볼 수 없다. 그러나 사라졌다고 믿었던 '감정'은『태풍』에서 몽테크리스토 백작의 원한에 찬 복수로 부활한다. 식민지 조선의 대중에게는 딱딱한 이성보다 뜨거운 감정이 더 절실했던 것이다. 그러면서『마인』은 김내성의 문학 세계 내에서도 식민지 조선의 탐정소설사에서도 논리적 추리의 짜임새를 갖춘 독보적인 작품으로 기억되기에 이른다. 김내성은 이론과 창작 사이에서 고민한 지식인이었으면서도 당대의 요구나 대중의 취향을 민감하게 읽어내는 소설가였다.

참고문헌

1. 기본자료

김내성,『괴기의 화첩』작가해설, 청운사, 1952.

_____,『사상의 장미』서문, 신태양사, 1955.

_____,「추리문학소론」,『비밀의 문』, 명지사, 1994.

_____,「탐정소설론」,『새벽』, 1956.3.

_____,「탐정소설론」,『새벽』, 1956.5.

2. 단행본과 논문

김주리,「탈식민주의의 관점에서 본 김래성의『마인』」,『한국현대문예비평연구』23호, 2007.

김창식,「추리소설 형성기의 실상과 김내성의『마인』」, 대중문학연구회 편,『추리소설이란 무엇인가』, 국학자료원, 1997.

오혜진,「1930년대 한국 추리소설 연구」, 중앙대 박사논문, 2008.

윤정헌,「한국 근대통속소설사연구」,『한국근대소설론고』, 국학자료원, 2001.

이건지,「일본의 추리소설-反문학적 형식」, 대중문학연구회 편,『추리소설이란 무엇인가』, 국학자료원, 1997.

_____,「金來成という歪んだ鏡」,『현대사상』, 1995.2.

이정옥,「1930년대 대중소설의 서사구조」,『1930년대 한국 대중소설의 이해』, 국학자료원, 2000.

장영균,「김내성의 포뮬라 연구」, 동국대 문화예술대학원 석사논문, 1999.

정세영,「김내성 소설론」, 동국대 석사논문, 1991.

정종현,「사실, 과학, 그리고 문학의 신생」,『상허학보』23, 2008.6.

정혜영,「김내성과 탐정문학-일제시대 창작 작품에 대한 서지학적 연구를 중심으로」,『한국현대문학연구』20집, 2006.

_____,「근대를 향한 왜곡된 시선」,『현대소설연구』31호, 2006.9.

조성면,『대중문학과 정전에 대한 반역』, 소명출판, 2002.

_____ 편저,『한국 근대대중소설 비평론』, 태학사, 1997.

최애순,「1930년대 탐정의 의미 규명과 탐정소설의 특성 연구」,『동양학』42호, 2007.8.

_____,「30년대 모험탐정소설과 김내성『백가면』의 관계 연구」,『동양학』44호, 2008.8.

吉田司雄 編,『探偵小說と日本近代』, 靑弓社, 2004.

'근대적 지식인 되기'를 향한 욕망의 서사_ 김내성 추리소설에 나타난 탐정 유불란의 정체

| 최승연 |

1. 김내성의 추리소설과 유불란

현대 미국의 범죄수사물 CSI 과학수사대 시리즈를 관통하는 '재미'는 도저히 풀릴 것 같지 않은 사건이 예측 불가능한 실마리들의 조합을 통해 해결되는 과정을 '보는 것'에 있다. 재미의 핵심은 사건이 '어떻게' 해결되는지에 놓여 있으며, 해결과정에서 사건이 벌어지던 시점의 국면들을 매우 리얼하게 노출시킴으로써 시청자를 현실에서는 불가능한 전지적 '목격자'로 전유한다. CG를 동원한 현란한 스펙터클은 시청자에게 전능한 목격자의 지위를 부여하기 위해 필수적인 요

'근대적 지식인 되기'를 향한 욕망의 서사 103

소로 요청된다.

그런데 이렇게 '시각적 자극'을 통해 시청자의 '이성'을 효과적으로 작동시키기 위해서는 사건의 퍼즐을 섬세하게 풀어가는 '반장'의 역할이 매우 중요하다. 그는 '씬시티sin city'를 정화하기 위해 나날이 지능화 되는 범죄자들과 싸우며, 각종 첨단과학을 이용하여 결정적 증거들을 복원하고 확보하고 종합한다. 이를 함께 수행하는 과학수사대의 팀원들이 있지만, 그들은 반장의 지위 아래 각자의 임무를 다하면 될 뿐이다. 따라서 반장은 '명석함'과 '포용력'을 캐릭터의 두 축으로 두고 시리즈에 따라 약간씩 모습을 달리하여 등장한다.

CSI 과학수사대의 반장은 현대판 탐정과도 같다. 논리적이고 이성적인 추리로 불가해한 사건을 해결하는 서사는 여전히 대중을 사로잡고 있으며 매체를 바꿔 영상물, 그것도 대중의 일상에서 소비되는 TV시리즈로 지속적인 생산이 이루어지고 있는 것이다. 다만, 반장이 국가적 기관에서 탐정의 역할을 수행하고 있다면, 탐정은 사적私的으로 사건을 해결하는 민간의 차원에 존재한다는 점에서 차이를 보인다. 그런데 이 차이는 사실상 탐정이라는 캐릭터 표현에 일정한 자유를 허락한다는 점에서 추리소설이 지닌 또 다른 매력의 원천이 된다. 이브 뢰테르가 지적한 바와 같이, "사건 조사자(탐정)는 흔히 이익과는 관련 없는 딜레탕트하고 식견 있는 애호가일 경우가 많다. 독창적이고 가끔은 한가하게 여겨지는 사건 조사자는 자주 경찰 제도의 틀 밖에서 활동한다. 그는 자신의 지적인 능력들을 이유로 우월하거나 혹은 그렇다고 느"[1]낀다.

---

1   이브 뢰테르, 김경현 역, 『추리소설』, 문학과지성사, 2000, 93~94면.

에드거 앨런 포우의 뒤팽, 코난 도일의 셜록 홈즈, 크리스티의 에르뀔 뽀와로, 엘러리 퀸의 엘러리 퀸 등은 딜레탕트한 탐정취미로 천재적 활동상을 보여주는 묘한 매력을 갖고 있다. 심지어 모리스 르블랑이 창조한 괴도怪盜 아르센 뤼팽은 간혹 스스로 탐정으로 변신해 공권력의 힘을 무화시키며 추리소설이 지닌 딜레탕트한 면을 강화시킨다. 이것이 '탐정'을 정점으로 한 추리소설의 매력이라면, 식민지 시기를 전후하여 한국에 추리소설[2]을 전파한 김내성의 명탐정 '유불란劉不亂'도 간과될 수 없는 조선적 탐정의 모델로서 그가 생산한 일련의 추리소설들에 대한 논의에서 흥미롭게 다루어져야 할 인물이다. 탐정이라는 직업이 전혀 일반화되어 있지 않은 조선적 상황에서 탄생한 유불란은 과연 어떠한 정체성을 갖고 있었는가. 그리고 그러한 정체성은 어떠한 환경에서 만들어진 것인가.

김내성의 추리소설에 대한 논의가 유불란이라는 인물에 대한 독립적 논의로 나아갈 수 있는 이유는 다음과 같다. 먼저, 유불란은 김내성의 추리소설 도처에서 발견된다. 김내성이 자신의 필명으로 사용하기 위해 '유불란'이라는 이름을 탄생시킨 이후,[3] 초기작 「탐정소설가

---

2 이 글에서는 탐정소설 대신 추리소설이라는 용어를 사용하도록 한다. 탐정소설이라는 용어는 추리소설이 일본에 처음으로 도입되던 메이지 말기에 일본인들이 만들어낸 용어이다. 우리나라에서는 1908년 12월 4일 『제국신문』에 연재된 이해조의 소설 『쌍옥적』에 '명탐소설'이라는 말이 붙여진 것을 시작으로 1930년대에 이르러 김내성이 '탐정소설'이라는 용어를 사용하면서 정착되었다(송덕호, 「추리소설의 유형」, 대중문학연구회 편, 『추리소설이란 무엇인가』, 국학자료원, 1997, 33면 참조). 전체적 서술에서는 보다 포괄적 의미를 지닌 추리소설이라는 용어를 사용하도록 하고, 김내성에 의한 명명법이 강조되는 지점에서는 '탐정소설' 내지는 '소년소녀탐정소설' 등 그의 용어를 따라 가도록 한다. 이는 특정한 지점의 '차이'를 드러내기 위한 서술방식이다.

3 김내성은 일본유학(와세다대학 법학부) 당시, 일문 추리소설 「楕圓形의 鏡」을 일본 추리소설 전문잡지 『푸로필』(1935.3)에 실어 데뷔한 이후, 그해 9월 『모던 일본』에 입선한 「奇譚戀文往來」라는 소설에 처음으로 '유불란'이라는 필명을 사용했다.

의 살인」(1935.12)[4]에서부터 소설 속 인물로 유불란을 전유하기 시작했다. 이후 김내성의 최고 걸작으로 인정되고 있는 『마인』(『조선일보』, 1939)에서부터 아동추리물 『백가면』(『소년』, 1937), 「황금굴」(『동아일보』, 1937), 『황금박쥐』(『학원』, 1955), 그리고 일제 말기의 스파이물 「태풍」(『매일신보』, 1942)과 「매국노」(『신시대』, 1943)에 이르기까지 유불란은 폭넓게 등장하고 있다. 이는 김내성의 전체 추리소설의 약 33퍼센트에 해당하는 양을 차지한다. 또한 내용적으로 모두 수수께끼의 제시-해결의 구조를 갖춘 '본격' 추리소설에 해당한다.[5] 김내성은 본격 추리소설이 인간성의 묘사를 배제시키는 특정한 틀을 서사의 기본구조로 취하고 있다며 상대적으로 그렇지 않은 변격에 대한 지향을 밝히기도 했으나, 실제로 대중은 유불란이 등장하는 본격 계열의 작품들에 반응했다. 『마인』, 『백가면』, 『태풍』 등의 폭발적인 인기는 이를 증명한다.[6]

---

4   「탐정소설가의 살인」은 당시 일본 잡지 『푸로필』에 일문으로 게재되었고 김내성 귀국 후 1937년 2월 13일에서 3월 21일까지 「가상범인」이라는 제목으로 『조선일보』에 연재되었다. 2009년 잡지 『판타스틱』 봄호에 김내성 특집이 기획됨에 따라 「탐정소설가의 살인」이 한국어로 번역·게재되었다. 따라서 1935년에 나왔던 원작의 전모를 쉽게 접할 수 있게 되었는데, 원작과 조선어본이 기본 서사는 공유하고 있지만 특정한 장면이나 인물형에 있어서는 큰 폭의 차이를 보인다. 두 텍스트는 이러한 점에서 완전히 같은 작품이라고 보기 어렵다. 보다 자세한 내용에 대해서는 정혜영의 논문 「김내성과 탐정문학-일제시대 창작 작품에 대한 서지학적 연구를 중심으로」(『한국현대문학연구』 20, 한국현대문학회, 2006, 405~433면)를 참고할 수 있다. 이 글에서는 조선적 상황을 전제로 각색된 「가상범인」을 주요 텍스트로 놓고 필요한 부분에 「탐정소설가의 살인」을 참고하도록 하겠다.

5   김내성, 「탐정소설론」, 『새벽』, 1956.3.

6   『마인』은 『조선일보』에 인기리에 연재된 후 1939년 12월 단행본으로 출간되었다. 이 단행본은 해방될 때까지 5년 만에 18판까지 팔렸으며 한국전쟁 직후에는 30판이 넘어설 정도였다. 또한 『백가면』은 『소년』지에 연재되어 큰 인기를 끌었는데, 연재가 끝나자마자 단행본으로 출간되었다. 『백가면』은 김내성의 첫 번째 단행본이다. 그런가 하면 「태풍」 역시 연재 당시에 대단한 인기를 끌었으며, 단행본으로 출간된 후 초판 8천

따라서 김내성의 작품에 등장하는 유불란은 대중들의 상상 속에서 어느 정도 구체적인 형상을 갖추고 있었다고 말할 수 있다. 대중들은 김내성이 이끄는 대로, 탐정 유불란의 탄생에서부터 명탐정으로 자리 잡는 과정을 지켜보았으며, 『마인』 사건을 계기로 하여 주은몽과의 연애로 '탐정폐업'을 선언한 이후 또 다시 이본느에게 끌려 백상도 사건에 개입하는 그의 은밀한 열정을 발견할 수 있었다.[7] 이에 걸맞게 서양식 모자와 안경, 단장은 그의 필수품이었으며 서양인처럼 '큰 키'에 동양인임을 자랑하는 '빛나는 눈'은 유불란이라는 인물형을 표상했다.[8] 1955년 『황금박쥐』 이야기 속 아이들은 이러한 유불란을 두고 "백가면 사건, 황금굴 사건, 마인 사건 같은 것을 척척 해결하신 선생님인데 박쥐같은 건 문제도 안 된"[9]다고 말할 정도였다.

이렇듯 김내성은 유불란이 등장하는 일련의 작품들을 그것 자체로, 유불란이라는 명탐정의 캐릭터 완성을 위한 전거로 삼았다. 각각의 작품들은 유불란을 매개로 하여 선형적linear인 질서를 만들고 있으며 하나의 작품이 끝날 때마다 유불란의 사건 해결력은 더욱 수위를 높여 갔다. 이렇게 명탐정을 주인공으로 둔 자신의 소설들을 모두 유기적으로 묶는 방식은 서양의 추리소설 작가들이 즐겨 사용하던 방법으로서, 특히 모리스 르블랑의 경우 아르센 뤼팽 전집을 통해 그의 출생과 비밀스런 수련의 과정, 괴도가 되고 난 이후의 행적들을 각각의

부가 1개월 만에 매진되기도 했다. 김내성은 「태풍」의 성공 이후 6,600원의 값을 치르고 성북동에 집을 샀다. 비로소 셋방살이를 면하는 순간이었다(조영암, 「아인 김내성 약전」, 『진주탑─김내성 번안 소설』, 현대문학사, 2009, 539면).

7   김내성, 「태풍」 2회, 『매일신보』, 1942.11.22.
8   김내성, 「태풍」 1회, 『매일신보』, 1942.11.21.
9   김내성, 『황금박쥐』, 학원사, 1957, 71면.

작품 속에 편린처럼 심어 놓아 그 전체가 하나의 뤼팽을 형성하도록 만들어 놓았다. 주지하다시피, '유불란'이라는 이름은 '모리스 르블랑'을 일본식으로 음차한 것으로서 이는 김내성이 『푸로필』에 데뷔할 무렵(1935) 이미 일본의 대표적인 탐정소설가로 활동하고 있던 '에도가와 란포江戶川亂步'가 '에드거 앨런 포우'를 일본식 이름으로 바꾸어 필명으로 삼았던 것을 벤치마킹한 것으로 보인다.

따라서 유불란은, 서구의 추리소설 작가에 대한 오마주로서 서양에 기원을 둔 일본적 명명법에 의해 탄생된 인물이라고 할 수 있다. 이 글은 한 조선인의 감각으로 만들어진 이러한 태생적인 이중성이, 일련의 작품들에서 종합되는 유불란 캐릭터가 지닌 정체성의 핵심이라고 보고, 그 이중성의 실체를 밝히는 것을 목적으로 한다. 「태풍」에서 묘사된 것과 같이 유불란은 외면적으로 서양의 장식품들로 치장된 서양인의 체구를 지니고 있었지만 '빛나는 눈'으로 상징되는 이성의 힘은 동양적인 것으로 소유하고 있었다. 이를 도식화한다면, 유불란은 서양적 외모에 동양적 기지를 갖춘 인물이었다. 자신의 탐정생활에 지장을 줄 정도로 자유연애 사상을 실현하고 박물취미를 갖고 있던 유불란은 딜레탕트한 천재의 이미지를 갖고 있었다. 이러한 이미지가 서양적인 면모의 핵심이라면, 아이들을 훈육하는 아버지 혹은 대동아 공영권을 실현하기 위한 국가기관의 대리자의 이미지는 의사-제국주체로서 동양적인 것을 구체화하는 면모를 보여준다. 유불란의 이와 같은 이중성은 김내성의 본격 추리소설 계열의 작품들에 내장되어 있는 "숨은 저의"[10]를 관통하는 요소라고 생각되며, 이는 곧

---

10 에르네스트 만델, 이동연 역, 『즐거운 살인』, 이후, 2001, 92면. 맑스주의 경제학자인 에르네스트 만델은 추리소설이 "숨은 저의가 있는 주사위 놀이"라고 정의한다. 추리소설

김내성의 시대를 향한 욕망이 가감 없이 관찰되는 장을 제공할 것이라 전망된다.

2. 유불란의 탄생—'취미'에서 '직업'으로

1) 탄생과 갱생

「가상범인」(1937)이 시작될 때 유불란은 아직 탐정이 아니었다. 그는 탐정취미를 가진 '탐정소설가'였다. 그리고 그는 소설 제목과 동일한 탐정극 「가상범인」 공연에 대한 기괴한 열정으로 가득 차 있었다. 자신이 직접 쓰고 직접 출연한 「가상범인」 공연은 단순한 공연이 아니었다. 남편 박영민을 살해한 범인으로 몰린 사랑하는 여인 이몽란의 무고함을 밝히는 대신 연적 나용귀의 유죄를 밝히는 목적의 공연이었기 때문이다. 자신의 추리로 만들어진 공연의 극본은 그러므로 단순히 극적 현실을 다루고 있는 것이 아니었다. 그것은 그대로 유불란과 연관된 소설 속의 현실을 반영하는 것이었고, 유불란에 의해 추리된 대로 정리된 이상적 현실이었다. 천재적인 의성擬聲 가능자인

의 공통적인 지향점은 탐정의 조사로 '정의'가 승리하고 '범인'이 패배하는 것인데 이것은 결국 추리소설이 사유재산과 법과 질서가 인간의 삶과 불행에 따른 대가와는 무관하게 반드시 승리를 거둔다는 "숨은 저의"를 보여준다는 것이다.

범인 나용귀가 이몽란의 목소리를 흉내 내어 그 남편인 박영민을 살해한 것처럼 꾸몄다는 탐정극의 극적 현실은, 대중이 보기에 놀랄 만큼 정교한 추리를 바탕으로 하고 있었다. 따라서 탐정극 「가상범인」이 끝날 즈음 나용귀가 결국 범인임을 자백하자, 대중들은 소설 속 현실과 극적 현실의 경계가 모호해지는 것을 느꼈다. 그리고 탐정소설가 유불란이 탐정 유불란으로 탄생하는 것을 지켜보았다.

김내성의 유불란은 이렇게 탐정이 되었다. 그가 소설가에서 탐정이 된 것은 사실 애인 이몽란 때문이었다. 애인이었던 자신을 버리고 배우에 대한 욕망을 채워줄 수 있는 해왕좌의 좌장 박영민을 선택한 이몽란이었지만, 유불란은 이몽란을 포기하지 않았다. 그리고 그녀를 되찾기 위해 자신의 추리로 현실을 재구성하고 나용귀를 범인으로 내세웠다. 유불란은 스스로를 의심하지 않았고 동시에 이몽란의 결백을 믿었기에, 확고부동한 자신의 '이성'에 의해 재구성된 극적 현실이 그대로 현실이라고 생각했다. 이러한 믿음에는 이성의 힘 이외에도 나용귀의 "괴인과 같이 흉악하고 짐승과 같이 더러운"[11] 외모가 작용했다. 인간의 악마성이 시각적인 것과 견고하게 결합되어 있다는 인식이 유불란을 지배했던 것이다. 탐정으로의 탄생 즈음의 유불란은 자신의 이성을 정점에 두고 보이는 것을 그대로 믿는 다소 치기어린 탐정이었다. 악이란 "자유로운 의식과 만나 그 의식에 의해 행해질 수 있는 위협적인 것의 이름"[12]임을 깨닫지 못했다. 따라서 유불란은 대중들의 지지를 받는 탐정으로 탄생했지만, 불완전한 탐정의 모습을 보여줄 뿐이었다.

11   김내성, 「가상범인」, 『괴기의 화첩』, 청운사, 1952, 174면.
12   뤼디거 자프란스키, 곽정연 역, 『악 또는 자유의 드라마』, 문예출판사, 2002, 12면.

유불란은 「가상범인」 공연 후 탐정으로서 대중들의 지지를 받게 된 자신을 스스로 "태서명작"에 소개되던 서양 명탐정의 반열에 올려놓는다. 뒤팽, 홈즈, 루콕 등의 이름을 떠올리며, 탐정이 된 자신을 그들의 이미지 안에서 상상한다.[13] 유불란의 이미지는 이렇게 처음으로 그 구체적인 형상 속에서 제시된다. 김내성은 유불란의 탐정적 정체성을 서양 추리소설에 등장하는 명탐정의 그것과 등가에 놓았다. '이성의 힘'을 표상하는 탐정은 그 당시 김내성에게 조선적인 것으로 연상될 수 없었고, 이에 대한 초월적 모델인 서양 탐정들이 그 자리를 곧바로 차지했다. 이성－근대－서양－탐정은 유불란의 정체성을 결정짓는 인자들이었다. 이러한 점에서 이 시기 유불란이라는 인물은 서양의 탐정을 모방한다기보다, 빈 공간으로 존재하는 '조선적' '탐정'의 자리를 채워버리는 서양의 탐정 그 자체라고 할 수 있다.

그러나 이러한 유불란은 아직 불완전한 탐정이었다. 그의 불완전성은 무엇보다도 탐정을 탐정'노릇'으로, 즉 '취미'로 생각했던 유불란의 태도에 있었다. 유불란이 나용귀의 사주를 받은 '○○복수단'[14]의 함정에 걸려들어 부지불식간에 이몽란 살해를 향해 나아가는 대목은 그의 탐정취미가 무엇을 지향하고 있었는지 보여준다.

---

13 "하여튼 유불란은 유쾌하기가 짝이 없었다. 마치 탐정소설과도 같이 흥미있는 탐정노리가 아닌가! 사실, 그때의 유불란으로 말하면, 한개의 탐정소설가라는 것 보담도 하나의 명탐정이라는 의식이 더한층 굳세였다. 태서명작에 나오는 유명한 탐정의 이름이 다음으로 다음으로 머리에 떠올랐다."(김내성, 앞의 책, 218~219면)

14 작품 안에서 ○○복수단은 "개인의 힘으로는 도저히 불가능한 복수를 서로서로 협력하여서 수행하"는 단체로 등장한다. 나용귀는 연적 유불란이 자신의 죄과를 연극으로 밝히며 전격적으로 싸움을 걸어오자, 몰래 ○○복수단에 가입하여 유불란이 이몽란을 직접 죽이는 복수의 방식을 의뢰했다. 사주를 받은 ○○복수단이 유불란의 탐정취미를 이용하여 그에게 접근하는 방식은 매우 흥미로운 지점이다.

그때 불란의 발머리는 누가 부르는듯이 책방「선영각」안으로 비틀거리며 드러갓다. 별로히 책을 사려고 드러간 것은 아니엿스나 대산가티 싸노흔 서적을 이것저것 뒤적거리는 것이 그의 버릇이며 또한 취미엿다.[15]

그 남자는 잠간동안 서적이 가득하니 끼여잇는 선반을 이리저리 휘둘러보더니 장갑낀 손을 외투주머니에서 ㄲ내여 그 아페 나란이 끼여잇는 전집물을 한책 빼내엿다.

「하하! 탐정소설에 취미를 가진 분이로군!」

하고 불란은 자기가 탐정소설가인만큼 일종의 호기심과 친밀한 정의를 마음속에 느꼇든 것이다. 그것은 일본탐정소설의 대가「애도가와, 람보」의「황금가면」이라는 무서운 탐정소설이엿다.[16] (강조-필자)

천정환 · 이용남의 논의에 따르면, 1920년대 중반 이후 '독서'라는 행위는 중요한 '취미'의 하나로 인식되어 있었고, 이러한 점에서 '교양'과 '취미'는 유사한 덕목으로 개발 · 보급되어야 할 가치였다.[17] 취미의 개념적 변천을 보면, 1900년대 잡지 등에서 '흥미, 관심'의 의미로 사용되었다가 1920년대 이후에는 "확대된 교양의 보급과 대중 문화에 의해 재맥락화"되었다.[18] 1930년대가 되면 취미가 계급 계층의 문제로 분화되며 사적 · 미적 · 내면적인 가치로 굳어진다. 이와 같은 현상을 전제한다면, 유불란은 독서를 일상에서 이루어지는 교

---

15 「가상범인」, 『조선일보』, 1937.3.2.
16 위의 글.
17 천정환 · 이용남, 「근대적 대중문화의 발전과 취미」, 『민족문학사연구』 30, 민족문학사학회, 2006, 250면.
18 위의 글, 263면.

양의 하나로 생각하고 있었으며 특히, 탐정소설 읽기를 독서행위의 중심에 놓고 있었다고 말할 수 있다. 탐정소설에 대한 취미는 자신을 교양인으로 표상하는 행위였다. 따라서 유불란에게, 동일한 취미를 보유하고 있는 타자ー'그 남자'는 그 취미를 매개로 공통된 교양을 갖춘 '친밀한' 대상이 될 수 있었다. 게다가 '그 남자'가 선택한 에도가와 란포의 소설은 유불란의 취미가 생성된 계층적·문화적 기반과 조응할 수 있었다. 나용귀를 대신한 ○○복수단의 복수는 이렇듯 유불란의 탐정취미를 이용한 주도면밀한 것이었다.

유불란은 탐정취미를 교양인의 우월감을 드러내는 것으로서 갖고 있었다. 여기에 겹쳐서 그의 불완전성을 가속화시킨 '연애'라는 감정적 맥락은 유불란에게 완벽한 추리와 이성적 행동을 불가능하게 만들었다. 연적 나용귀에 대한 질투는 결국 이몽란을 살해하는 근본 원인이었다. 몽환 속에서 자신과 이몽란을 돈 호세와 카르멘과의 유비 관계로 놓은 유불란은 몽환의 극점에서 ○○복수단의 협박을 받으며 결국 이몽란을 살해했고, 그 이후 완전히 혼란 상태에 빠진다. 나용귀의 범행을 정확하게 추리해 낸 작품 초반의 모습은 사라지고 점차 유불란은 사법처리를 피할 수 없는 지경에까지 빠진다.

이러한 유불란을 '구원'한 것은 백검사의 추리였는데, 이로써 박영민 살해와 ○○복수단의 살인유희 전체의 배후에 놓여 있던 나용귀의 범행은 완전히 밝혀진다. 작품의 후반에 등장하는 백검사는 유불란을 압도하는 완전한 탐정의 모습을 갖추고 있다. 그는 범죄 수사에서 '물증'을 사용하는 방식을 알고 있었으며 그 물증에 내재되어 있는 범인의 심리상태까지 파악할 수 있었다. 이로써 유불란이 취미로 즐겼던 탐정노릇은 종결된다. 이성을 발동시킬 줄 알았던 교양인 유불란은 연애를 삭제하고 자아분열 상태를 체험함으로써 취미가 아닌 직업적 탐정으로 거듭난다. 이후 유불란은 교양인으로서의 우월감보다는 직업적 냉정함을 갖추게 되고 그의 추리는 결론을 향해 더 정교하게 움직이게 된다.

유불란은 이렇게 「가상범인」에서 탐정으로 탄생하고 갱생한다. 그는 '혼종적'인 탐정이었다. 서양탐정의 정체성을 지향하는 동시에 그의 몸은 조선적인 문화 안에 놓여 있었다. 그러나 그의 탐정취미와 관련된 '취미'라는 개념도 서구나 일본에는 실재하지만 조선에는 없는 '문명'과 관련된 것으로서 시작되었기에, 완전히 조선적인 것이라고 하기 어려웠다.[19] 또한 그는 연애하는 탐정이었다. 르블랑의 괴도 루팡이 세련되고 섬세한 연애를 즐겼던 캐릭터였던 것처럼, 유불란을 따라다니는 연애의 에피소드는 그를 세련된 근대적(서양적) 캐릭터로 만들었다. 그러나 그와 동시에 연애는 '탐정' 유불란에게 치명적인 결함을 안겨주는 요소이기도 했다.

2) 과학과 이성, 그리고 연애

『마인』은 캐릭터와 서사의 특징 상, 유불란을 탄생시킨 「가상범인」과 같은 계열에 속한다. 두 작품에서 모두 유불란은 서사의 중심에

---

19 김내성은 『조선일보』에 「탐정소설가의 살인」을 「가상범인」으로 번역·각색하면서 유불란과 이몽란의 연애 에피소드를 강화했다. 정혜영이 지적한 바와 같이, 이 에피소드는 일본의 『금색야차』를 번안한 『장한몽』의 서사를 상기시킨다(정혜영, 앞의 글, 417~419면 참조). 유불란에게 새롭게 부가된 연애의 에피소드도 일본에서 수입된 이야기의 틀 안에서 취택되고 있다.

놓여 있고, 그에게는 애인이 있고(이몽란―주은몽), 서사는 유불란과 애인 사이의 애욕갈등으로 시작된다. 그리고 그 애욕갈등에는 유불란을 교란시키는 연적(나용귀, 오상억)이 존재하고 결국 그 연적은 악귀에 가까운 범인으로 판명된다.

그런데 『마인』에 오면 유불란은 갑자기 "조선이 낳은 세계적 명탐정"[20]이 된다. 물론 유불란은 탄생 이후 일련의 아동추리물을 거치며 캐릭터를 발전시켜 갔지만, 『마인』은 시작부터 직업적 탐정의 모습을 갖춘 유불란을 등장시킨다. 그리고 그의 뛰어난 활동영역을 '세계'로 확장시키며 그의 활약상을 '세계범죄사'가 주목해야 한다고 강조한다. 작품 『마인』에 대한 김내성의 욕망은 애초에 '세계'를 향한 것이었다. 따라서 『마인』에 등장하는 경성은 1930년대의 실제 경성이 아니라 서양의 추리소설에 등장할 법한 모더니티의 도시이며 인물들도 이국취미를 갖고 있다.[21] 그리고 식민지 조선에서 혼종적인 모습으로 탄생한 유불란은 『마인』에 오면 특정한 행동패턴과 이미지를 보여주며 김내성의 이러한 욕망을 반영한다. 김내성의 욕망은 작품의 배경인, 조선의 조선적인 것을 지우고 이국적인 틀을 이식하여 『마인』을 서양의 것과 필적할만한 조선의 새로운 탐정소설 모델로 만들어 놓고자 했던 것으로 보인다.

세계를 대타항으로 놓은 『마인』의 유불란은 「가상범인」의 유불란보다 서구적으로 진일보해 있으며 구체적이다. 그의 정체는 몇 가

20　김내성, 『마인』, 『김내성 대표문학 전집』, 삼성출판사, 1983, 6면.
21　서양 추리소설의 배경으로 등장하는 파리나 런던처럼 묘사된 『마인』의 경성을 논한 글로는 전봉관, 「『마인』 속 경성과 경성 문화」, 『판타스틱』 봄호, 2009.3, 210~229면을 참고할 수 있다.

'근대적 지식인 되기'를 향한 욕망의 서사　115

지 회로를 따라 묘사된다. 첫째, 타자의 시선을 통해서이다. 작품 속에서 유불란은 종종 타자의 시선에 의해 묘사되고 평가된다. 이들 타자는 유불란과 경쟁관계에 놓여 있는 사람들로서, 작품 안에서 유불란과 함께 사건에 뛰어든 탐정적 인물들 – 임세훈 경부와 오상억 – 이다. 유불란은 이들이 자신과 맺고 있는 관계의 차이에 따라 서로 다른 관점으로 묘사되고 그에 따라 유불란의 정체는 복합적으로 주조된다.

　　작품 속 임경부는 조선인으로서 경찰의 고위직에 오른 인물이다. 그는 유불란에게 직업적으로 강렬한 경쟁심을 갖고 있는데, 여기에는 둘 사이에 얽혀 있는 전사前史가 작용했다. 임경부는 『마인』 사건 이전에 이미 벌어졌던 '아파트 살인사건' – 'M 데아트'의 쇼걸 살인사건에서 유불란의 수사력에 졌고, 그것을 자신의 패배일 뿐만 아니라 사립탐정에 대한 공권력의 패배로 인식했다. 그런데 이 사건을 계기로 유불란에게 "탐정이란 결국 발을 놀리는 게 아니라 머리를 놀리는 것"[22]이라는 모욕을 듣자, 그 이후 임경부는 유불란을 '교만한 놈', '비상한 상상력과 민첩한 관찰력을 지닌 자'라고 언급하기 시작했다. 이러한 맥락에서, 임경부의 시각으로 묘사되는 유불란은 치밀함과 냉정함을 지닌 전형적인 탐정이다. 이러한 모습은 '이지적 활동'으로 안개에 싸인 사건의 퍼즐을 풀어가는 홈즈식 모델과 별반 다르지 않다.[23]

22　김내성, 『마인』, 『김내성대표문학전집 5』, 삼성문화사, 1983, 130면.
23　탐정소설의 이론과 창작의 양면을 모두 담당하며 그 둘의 유기적 결합을 도모했던 김내성은 탐정소설의 종류를 세 가지로 구분한 바 있다. 첫째, 대중 탐정소설로서 예를 들어 모리스 르블랑의 괴도 뤼팡 이야기가 이에 해당한다. 둘째, 퍼즐 탐정소설로서 김내성은 이를 '이지적 활동만으로 퍼즐을 해결하는 이성문학'이라고 정의했다. 이에 해당하는 작품으로는 도일의 홈스 이야기, 따인의 봔스 이야기, 퀴인의 퀴인 이야기 등이 있다. 셋째, 문학적(예술적) 탐정소설로서 포오의 「앗샤가의 몰락」, 「흑묘」, 「말하는 심장」 등

그런데 유불란의 또 다른 경쟁상대인 오상억은 유불란에 대하여 임경부와 전혀 다른 평가를 내 놓는다. 그는 임경부와 달리 유불란과 사적私的으로 얽힌 연적 관계에 놓여있다. 따라서 그의 시선은 연애 경쟁자로서의 '질투'를 매개로 초점화되고, 이러한 관점에서 묘사되는 유불란도 마치 연애소설의 주인공처럼 등장한다. 그는 '해월' 사건의 발단에서 사건을 교묘하게 비트는 역할을 했던 유불란의 다중적 정체성을 '△△일보'에 '논문'의 형식으로 고발한다. 그 논문 내용 속의 유불란은 주은몽과 열렬히 연애를 하다가 배신으로 괴로워하는 한 남자일 따름이다. 그리고 그러한 연애를 '가리기' 위하여, 정확히 말해서 '연애하는 탐정'의 정체성을 가장하기 위하여 유불란은 김수일－이선배로 '변장'한다. 변장된 김수일－이선배는 주은몽에 대한 순정으로 가득한 '예술가'들이다. 그리고 그'들'에게는 이중인격 취미로 표상되는 '탐정취미'가 있다. 변장을 지우고 예술가의 탈을 벗으면 유불란은 자신의 직업과 연애 사이에 놓인 간극으로 한없이 고민하는 나약한 남자가 된다. 따라서 이 맥락의 유불란은 가면무도회에서 뤼팡으로 변장했던 '이선배'의 지향이 보여주었듯, 연애를 인생의 화두에 놓고 탐정'직업'을 혐오하는 르블랑식 캐릭터의 모델과 닮아 있다.[24]

과 체스터튼의 작품들이 있다(김내성, 「해제」, 『괴기의 화첩』, 1952, 286면 참조). 김내성의 이러한 분류에 따르면 임경부의 시선에 의해 묘사되는 유불란은 두 번째 계열의 탐정소설에 존재하는 탐정 캐릭터와 닮아 있다.

[24] 따라서 김내성의 앞선 탐정소설 분류방식에 의하면, 이러한 이미지는 대중 탐정소설적인 주인공이라고 할 수 있다. 김내성의 『마인』을 논했던 다수의 연구자들은 연애와 연관된 작품의 감성적 측면에 주목하여, 이 작품이 김내성에게 변격 탐정소설로 나아가게 하는 매개물의 역할을 했던 것이라 주장한다(김창식, 「추리소설 형성기의 실상과 김내성의 『마인』」, 『현대문학이론연구』 7, 현대문학이론학회, 1997; 윤정헌, 「김내성 탐정소설 연구－『마인』을 중심으로」, 『한국문예비평연구』 4, 한국현대문예비평학회, 1999).

『마인』의 유불란은 이렇게 두 개의 서로 다른 극점—과학/이성 vs 연애—에 놓인 탐정 캐릭터이다. 그리고 그 극점을 왕복하면서 끝없이 갈등하고 고민한다. 그가 '해월' 사건이 상당 부분 진행된 후 대중의 요청에 의해 어쩔 수 없이 뛰어들면서 심지어 여타의 사건에 비해 스스로 해결력이 떨어진다고 느끼는 것은, 그의 다중적 정체성에 대한 갈등의 밀도를 반영한다.

유불란이 묘사되는 또 다른 회로는 작품 속 사건 안에서 행동하는 모습을 통해 마련된다. '해월' 사건은 유불란이 등장하여 본격적인 수사를 벌이기 전까지 '반복되는 수사학' 속에 던져져 있었다. 항상 피해자(처럼 그려지는) 주은몽과 함께 있는 듯하지만, 실체를 전혀 드러내지 않는 해월의 범행패턴 때문에 사건은 마술적이고, 기이하고, 신기하고, 유령적인 것으로 언급된다. 작품 속에서 이 사건이 언론의 폭발적인 관심을 받게 되자 '보도된' 범행 현장만을 경험하는 대중들의 호기심 속에서 사건은 더욱 부풀려진다. "사실 우리들은 이번 사건에서 과학과 이성을 완전히 잃어버리고야 말았습니다"[25]라고 고백한 임경부의 언술은 이 사건을 논평하기 위해 반복되던 수사학을 한 마디로 압축한다.

그러나 처음부터 유불란은 이와 정반대로 '해월은 하나의 인간이지 귀신이 아니다'는 전제에서 출발한다.[26] 그리고 결국은 초자연적인 것으로 언급되고 상상되던 해월 사건을, 백가와 엄가의 누대에 걸친 가족사에 얽힌 '복수'와 관련된 물리적인 사건으로 풀어낸다. 다시 말해, 현대의 문명과 과학을 유린하는 것처럼 보였던 사건은 주은

---

25 김내성, 『마인』, 『김내성대표문학전집 5』, 삼성문화사, 1983, 74면.
26 위의 책, 345면.

몽=해월과 오상억에 의해 사전에 철저히 '기획'된 범죄의 하나일 뿐임을 증명해 낸다. 이 과정 속에서 유불란은 자신이 믿는 과학과 이성의 힘은 결국 승리를 거둘 것이라는 신념을 철저히 실현시킨다. 그리고 "탐정은 모름직이 '리얼리스트'여야 한다. '로맨티스트'여서는 아니 된다",[27] "그렇다! 탐정이란 결코 연애를 해서는 아니 된다! 연애는 모든 사물을 정확히 내다보는 시력을 빼앗는 것이다"[28]라고 부르짖으며 또 다시 스스로에게서 낭만화된 공간 – 연애를 삭제한다. 이로써 유불란에게 내장되어 있던 홈즈식의 모델과 르블랑식의 모델 중 후자는 패퇴하게 되고, 세계는 이성과 과학의 힘으로 해석·이해될 수 있다는 근대적 세계관이 노정된다.

이 지점에서 유불란은 김내성이 애초에 내세웠던, '세계'를 향한 『마인』의 지향점을 구현하는 인물이 된다. 김내성은 서양의 초월적 모델들에 의해 이미 형성된, "이성과 과학의 힘으로 세계를 해석하고, 인간의 삶과 세계를 보다 나은 방향으로 발전시킬 수 있다는 근대적 신념을 내면화·공식화 하고 있는 대중소설로서의 탐정소설"[29]의 관념을 조선 땅에서 실험하고 실현하려 했다. 유불란은 초자연적인 사건을 물리적인 사건으로 전환시키는 동시에 자신의 연애를 다시 한번 삭제하는 고통스런 과정을 감내하면서, 이러한 관념을 실현시키는 명탐정이었다. 따라서 유불란이 자유자재로 미국의 사립탐정 존 피터와 연락을 주고받는다는 에피소드는 이러한 욕망의 질서 속에서 그다지 어색한 일이 아니었다.

---

27   위의 책, 266면.
28   위의 책, 327면.
29   조성면, 『대중문학과 정전에 대한 반역』, 소명출판, 2002, 107면.

3. 유불란과 아이들—대문자 아버지와 새로운 국민

　김내성은 「가상범인」을 『조선일보』에 연재한 후 연이어 두 편의
아동추리물을 내 놓는다. '탐정모험소설'이라는 장르명을 단 『백가
면』(『소년』, 1937.6~1938.5)과 '탐정소설'이라는 표제를 사용한 「황금굴」
(『동아일보』, 1937.11.1~1937.12.31)이 그것이다.[30] 『마인』 이전의 일이었다.
흥미로운 것은 두 작품이 각각 '스파이물'과 '보물섬류'로 경향을 다
소 달리하면서 거의 동시에 진행되었을 뿐만 아니라, 중일전쟁이 발
발했던 해에 함께 창작되었다는 사실이다. 또한 이 두 편의 작품은 공
히 '아동'을 주요독자로 하는 '소년소녀추리물'이었다. 이와 같은 외
적인 사실들 즉, 조선을 병참기지로 하던 시기에 국민학교 이상의 소
년소녀를 대상으로 한 탐정소설이 창작되었다는 것은 작품이 정치적
으로 긴박되어 있던 지점에 대한 독해를 필요로 한다. 결론부터 이야
기하자면, 두 작품에 모두 '탐정'의 외관을 입고 등장하던 유불란은 당
시 교육에 내장되어 있던 이데올로기를 소년소녀들에게 자연스럽게
내면화시키는 훈육의 주체, 대문자 아버지라고 말할 수 있다. 이는 앞
선 작품들에서 묘사되던 '연애하는 탐정'의 모습과 다른, '교육하는
탐정'으로서의 모습이다. 르블랑에게서 다소 벗어난 유불란의 이러
한 경직된 이미지는 대동아공영권의 수호자로 등장하는 이후의 계열

30　이 글에서는 원전을 바탕으로 하여 1951년에 평범사에서 출간된 『백가면』 판본과 1971
년 아리랑사에서 출간된 『황금굴』을 텍스트로 삼는다. 『백가면』은 『소년』지에 연재된
후 1938년에 한성도서주식회사에서 첫 출간되었고, 「황금굴」은 『동아일보』 연재 후
1944년 조선출판사에서 첫 출간되었다.

(「태풍」, 「매국노」)로 변화하기 전 단계에 놓여 있으며 특히 『백가면』은 '스파이물'이라는 점에서 뒤의 두 작품과 직접적으로 연관된다.[31]

1) 인자한 아저씨＝보호자, 해결사

유불란은 탄생 즈음 '탐정취미'를 갖고 있던 교양인 / 탐정소설 가였다. 「가상범인」과 커다란 시차를 갖고 있지 않은 『백가면』의 유 불란도 역시 탐정소설가로서 탐정노릇을 하고 있었다. 다만, 연애에 함몰되어 강렬한 정념으로 가득했던 모습 대신, 조선 외적인 유명세 를 갖고 있으면서도 소박한 옆집 아저씨와 같은 모습을 보인다는 차 이가 있다.

① 「수길아, 너는 유선생님을 언젠가 길거리에서 한번 뵈온 적이 있지?」

「저 유불란(劉不亂) 선생님 말인가?」

「그래그래 탐정소설가 유불란선생님 말이다.」

「알구말구! 접대두 라디오로 재미나는 탐정소설 이야기를 방송하셨지?」[32]

② 유불란 선생은 아직 독신이었습니다. 선생이 어찌나 재주가 있고 탐정을 잘하는지 그것은 저번 동경경시청에서 돈을 얼마든지 드릴터이니 와서 일을 좀 보아달라는 편지를 받은 것만 보아도 짐작할수가 있을것입니다.

---

31   1955년에 창작된 『황금박쥐』는 시기적으로 김내성 작품전반에서 돌출적인 작품이어서, 현 단계의 논의에서는 제외시켰다. 이후 결론에서 일정한 맥락을 따라 서술 · 보강될 것 이다.

32   김내성, 『백가면』, 『소년』, 1937.7, 38면.

그러나 선생은 실상으로 탐정노릇을 하는것 보다도 한가히 집에 앉어서 재미나는 탐정소설을 쓰는것이 더 취미있다고 생각하고 그것을 거절하였습니다.

선생은 또 어린 소년소녀들을 매우 귀여워하고 사랑하시어서 근방에 있는 아이들은 하나도 선생님을 몰으는애가 없었으며 공일날마다 선생은 아이들을 자긔 집에 모아놓고 서양, 동양 할것없이 재미나는 이야기는 무엇이던지 하여주는것이었습니다.[33](강조－필자)

인용문 ②에서 묘사되는 유불란은 『마인』의 유불란과 닮아 있다. 시작부터 명탐정으로 등극해 있던 『마인』에서처럼, 『백가면』에서도 유불란은 이미 그 유명세를 일본으로 알리고 있었다. 그러나 세계적인 요청에도 불구하고 유불란은 자신의 재능을 '실상'에 사용하지 않고 '소설'적 현실을 구성하는 데 사용하기를 즐겨한다. 소설적 현실은 그의 탐정취미를 자유자재로 발휘할 수 있는 공간이며 그가 원하는 대로 창조될 수 있는 '재미'있는 공간이기 때문이다. 흥미로운 것은, 조선에서는 이러한 그의 '취미'를 라디오와 같은 대중매체에서 흡수하여 판타지의 질서로 받아들이는 반면①, 일본에서는 그의 '탐정기질'이 '실상'에 흡수되길 원한다는 지점이다②. 여기에서 유불란의 탐정은 사실상 어떤 공적 질서를 확립하려는 일본에서 필요한 것이었지, 조선에서 확보될 필요는 없었던 것임이 이면에서 '발언'된다. 이때의 유불란은 따라서 중앙(일본)과 지방(조선)에서 각각 정체를 달리하는 탐정 / 소설가로 등장한다. 그런데 이러한 정치적 발언의 공간은 1951년 평범사본에서는 다소 다른 양상으로 전환되어 있다. 탐정 유

---

[33] 위의 책, 38~39면.

불란을 원하는 주체가 일본 대신 미국으로 바뀌어서 김내성의 시선이 일본 제국에서 세계─미국으로 확장·변화되어 있다. 이는 『마인』에서와 마찬가지로 유불란을 '태서'의 초월적 탐정모델들과 동등하게 창조하려는 김내성의 욕망을 반영하는 동시에, '태서─그들'의 요구를 거절함으로써 그들보다 좀 더 우월한 위치를 확보해 보려는 욕망의 반영으로 읽힌다. 이러한 이중적 욕망은 조선적인 탐정이 부재한 현실상황 앞에서 '상상'된 전제로서, 김내성은 이를 작품 중심 서사의 앞부분에 위치시킴으로써 유불란이 주인공 강수길과 박대준─소년들, 그리고 예상 독자층인 소년소녀들의 절대적인 신임을 받도록 만든다.

이러한 신임 속에서 유불란에게는 '어린 소년 소녀들'을 사랑하는 '인자한 아저씨'의 이미지가 부가되어 있다. 유불란은 미성년의 소년소녀들을 사랑한 나머지 각종 이야기들을 자주 들려주는 친구와 같은 대상으로 존재하며, 그들의 전폭적인 지지를 받는다. 따라서 유불란은 소설가로서 재미있는 이야기를 해줄 수 있는 대상인 동시에, 세계에서 인정받는 탐정으로서 존경되었다. 교양인／탐정이었던 탄생 즈음의 탐정취미는 이로써 이야기꾼／탐정의 의미를 내포하게 되며, 이는 이 작품에서 유불란이 아동물에 합당한 자질을 갖추는 요소가 된다.

「황금굴」의 유불란도 『백가면』의 유불란과 비슷한 자질을 갖고 있다. 유불란은 소년소녀들과 함께 백희 아버지의 유언─"부처상을 잘 공경하고 위하면 조선에서 제일가는 부자가 된다"─을 지키기 위해 인도양 적도 아래에 있는 (상상의 섬) '계룡도'로 떠난다. 유불란은 그들과 함께 위험한 모험을 수없이 감행하며 부처상의 지시에 따라 결국 보물을 찾고 사건을 완벽하게 해결한다. 이로써 '고아원'에서 불행하게 생활하던 소년소녀들의 일상이 전환되어 그들 안에서 삶에 대한 '희망'이 발견되고 그것이 가능태로 현현하는 순간이 도래한다. 절박한 상황을 소년소녀들과 함께 하는 유불란은 그들에게 역시 '인자한 아저씨'인 것이다.

이러한 자질을 공유하면서 「황금굴」의 유불란은 『백가면』에서와 다소 차이를 보인다. 「황금굴」의 유불란은 이전의 작품들과 달리 '취미'를 내세우기 보다는 직업적 탐정으로서의 모습을 우위에 두고 있기 때문이다. 물론, 여전히 유불란은 '변장'을 일종의 탐정취미로 갖고 있기는 하지만 그것은 『마인』의 경우처럼 일상의 취미라기보다 사건 해결을 위한 도구로 존재한다.

①백희는 참 놀라지 않을 수 없었습니다. 탐정은 변장을 잘 한다는 말은 들었으나, 그렇게 신통하게도 똑같이 변장할 줄이야 꿈엔들 생각했겠습니까. 유불란 탐정은 기필코 학준이를 구해 내리라 백희는 굳게 굳게 믿었습니다.[34]

②유 탐정의 설명을 들어 보니 학준이와 백희도 무척 재미가 있었습니다. 어쩌면 유 탐정은 저렇게도 지식이 많고 머리가 좋을까? …… 하고 부럽기 짝이 없었습니다.[35](강조-필자)

①은 유불란이 백희 아버지의 유품인 구리 부처상을 노리는 인도의 도적들과 대항하기 위하여 백희와 고아원 원장이 유불란을 방문하기 전부터 이미 인도인 '변장'을 연습한 결과를 보여준다. 느닷없이

---

34 김내성, 『한국소년소녀추리모험소설선집-황금굴』, 아리랑사, 1971, 36면.
35 위의 책, 63면.

유불란의 변장을 경험한 백희는 그 '완벽함'을 보고 유불란에게 절대적인 신뢰를 보내게 된다. 따라서 이때의 변장은 일정한 목적을 위해 일정 기간 동안 주체의 자발적 의사에 의해 수행되는 것으로서, "인간 중심의 경험적·합리적 사고"[36]를 명징하게 반영하는 방식으로 이루어진다. 변장은 유불란이 사건 해결을 위해 치밀하게 '준비'하는 과정의 일부였던 것이다.

또한 부처상의 귀 안에 들어 있던 암호를 해독하는 유불란의 능력은 학준이와 백희에게 또 한 번 신뢰를 가져다주어서, 그들은 유불란의 명석한 두뇌를 감탄하게 된다②. 이들이 감탄하는 것은 유불란의 탐정자질, 즉 이성의 활동 능력이다. 유불란의 그것은 학준이와 백희(소년소녀)가 소유하지 못한 것으로서, 감탄 이후 부러움을 자아낸다.[37] 유불란의 이와 같은 탐정자질은 그가 인도어를 자유자재로 구사하는 능력을 갖고 있다는 사실이 고아원 원장에 의해 확인되면서 더욱 강화된다.

1937년에 거의 동시에 창작된 소년소녀추리물에서 유불란은 이렇게 '인자한 아저씨'를 핵심 이미지로 두고 소설가 / 탐정 사이를 왕래한다. 이러한 차이는 유불란이 『백가면』과 「황금굴」에서 수행하는 기능상 구별되는 지점과 결부되어 있다. 유불란은 사건이 벌어지고 아이들에 의해 개입이 요청된 후, 전자에서는 '보호자'의 기능을 후자에서는 '해결사'의 기능을 강화하며 서사의 전면에 나선다. 두 작품은

---

36 정준식, 「초기설화의 변장 모티프 수용양상 — 삼국사기, 삼국유사를 중심으로」, 『한국문학논총』 14집, 한국문학회, 1993, 123면.

37 이러한 심정적 부러움이 발전하여, 1955년 『황금박쥐』의 주인공인 문철, 학길(소년들)은 유불란의 제자를 자처하면서 실제로 유불란을 모방하는 것 — 소년 탐정되기 — 으로 나아간다.

각각 '아버지 찾기'와 '보물찾기'를 서사의 핵심으로 하고 있는데, 유불란은 주인공 소년소녀들의 모험과 여행에 주도적으로 참여하여 '아버지'와 '보물'을 찾도록 도와준다.

『백가면』에서 유불란은 정치적 이유로 납치당한 강영제 박사(강수길의 아버지)와 어느 날 갑자기 인도양에서 해적에게 실종된 박지용(백가면, 박대준의 아버지)[38]을 찾기까지, 아이들의 아버지를 대신하다가 그들을 아버지들에게 인도한다.[39] 「황금굴」의 유불란은 보물섬류의 전형적 서사 장치인, 보물을 찾는 과정에 매복해 있는 각종 위기를 주도적으로 극복하는 주체로서 유능한 해결사의 모습을 보인다. 그리고 두 작품에서 공히 유불란은 이성의 힘으로 사건을 해결하는 것에 그치지 않고, 소년소녀들과 함께 '모험'하는 주체가 된다. 즉, 소년소녀들을 도와주는 '행동하는 탐정'이 된다. 행동에 차이가 있다면, 『백가면』의 유불란이 육박전에 다소 소극적인 반면, 「황금굴」에서는 직접 적을 살해하고 인도인으로 '변장'하여 '적'의 소굴로 들어가는 적극적인 행동패턴을 보인다는 것이다.

그렇다면, 이 지점에서 의문이 생긴다. '탐정'이 왜 모험소설과 결합된 것일까? 즉, 김내성은 어떠한 이유로 유불란을 소녀소녀들과 함께 모험하게 만들었으며, 모험의 결과로 찾았던 '아버지'와 '보물'

---

38 박대준의 아버지 박지용은 해외에서 상업 활동을 하다가 인도양에서 실종되어 소설에서 부재된 채로 있었다. 그러다 그는 적성국가의 스파이와 대결하는 희대의 영웅, 백가면으로 돌아온다. 백가면이 박지용으로 전환되는 순간은, 박대준의 잃어버렸던 아버지를 찾는 순간이 된다.

39 최애순 역시 이러한 점을 지적하며, 1930년대 국내 '모험탐정소설'의 특징은 잃어버린 누군가를 찾아나서는 것이라 주장한다. "잃어버린 가족 혹은 친구, 그도 아니면 애인을 찾는 것이 목적인 탐정소설 유형은 이미 방정환부터 시작하여, 채만식의 『염마』에까지 이어지는 한국 탐정소설의 특징"이라고 설명한다(최애순, 「30년대 모험탐정소설과 김내성 『백가면』의 관계 연구」, 『동양학』 44호, 단국대 동양학연구소, 2008, 14면).

은 소년소녀들에게 어떠한 미래를 견인하는 대상이었을까? 이 질문에 대한 대답은 작품에 내장되어 있는 판타지 이편의 세계, 즉 김내성의 현실인식을 환기하는 것에서부터 시작될 수 있다.

2) '국민'으로 호명하는 주체

위의 질문에 대한 대답을 마련하기 위해서는 김내성이 인식했던 '소년'에 대한 관념을 관찰할 필요가 있어 보인다. 왜냐하면 김내성은 '어린이' 혹은 '청년' 담론이 새롭게 등장하면서 기존의 '소년' 담론과 다층적으로 얽혀들던 1920~30년대의 미성년에 대한 근대 기획과 별개로, 최남선이 이끈 근대계몽기의 '소년' 담론에 발을 딛고 있는 것처럼 보이기 때문이다. 1900년대의 '소년'은 국가 존폐의 비상시국에 외세의 침탈을 막아내고 힘 있는 문명국가를 건설할 새로운 주체, '국민'의 한 분자로 '발견'되었다.[40] 따라서 이들은 "당대적 열망에 부합되는 새로운 인간형, 신인新人으로서의 강건하고 진취적인 자질들"[41] 속에서 가시화되었다. 그 자질들이란 강직한 의지와 진취적인 기상, 강인한 정신력, 육체적 건강함, 용기 등이었고, 소년은 이러한 자질을 갖춘 영웅으로 자주 묘사되곤 했다. 근대 국민국가 건설의 기획은 새로 발견된 국민ー소년에 대한 미래적 전망과 합치된 것이었다.

그러나 이러한 열망의 이미지들은 1910년대 합병 이후에는 거의 사라져서, '소년'이 '청년'과 분리되면서 더 어린 연령의 세대를 지칭

---

40 조은숙, 「한국 아동문학의 형성과정 연구」, 고려대 박사논문, 2005, 29면.
41 위의 글, 31면.

하는 용어가 됨과 동시에 강하고 힘찬 남성적 이미지들도 탈색되기 시작했다. 그리고 1920년대에 곱고 아름다운 미성년을 가리키는 '어린이'라는 용어가 등장하면서 아동의 세계 자체를 '미'로 보는 관점이 대두되었다. 그러나 여전히 '소년'은 근대계몽기의 맥락을 따라 대중적으로 자주 사용되는 용어였다. 김내성의 소년 관념은 바로 이 지점에 놓여있는 것으로 생각된다. 근대계몽기의 소년보다는 어리고 어린이와 비슷한 연령대에 놓인, 그러나 당대의 어린이와 달리 진취적 자질을 소유하도록 계몽되어야 할 존재가 김내성의 '소년' 관념이었다. 『백가면』, 「황금굴」의 주인공인 수길과 대준, 그리고 학준과 백희가 보여주는 불굴의 의지, 적진을 뚫고 들어가는 용감무쌍함과 용기, 부상을 참아내는 강인한 정신력, 목표한 바를 이루는 기상 등은 그러한 관념에 의해 만들어진 자질일 것이다.[42]

　　김내성의 소년소녀들은 가장 소중한 것─아버지, 아버지의 유품/보물─을 잃어버리는 사건을 겪은 후, 유불란에게 사건해결을 요청한다. 따라서 서사는 유불란이 등장한 이후 일정하게 '계획된' 방향

42　『백가면』과 「황금굴」 모두에서 김내성은 서술적 화자로 자주 등장한다. 『백가면』의 첫 문장은 다음과 같다. "나는 인제부터 무척 재미있는 이야기를 여러분께 하여 드리고자 합니다. 나는 여러분이 슬프고 눈물나는, 그런 불쌍하고도 가련한 이야기보다도 용감하고 무시무시하게 무섭고 자릿자릿하게 마음이 안타깝고 양손에 굳은 땀을 쥐어가면서 읽어야 할, 그런 이야기를 더 좋아하는 줄로 믿고 다음과 같이 재미있는 이야기를 하겠읍니다." 김내성은 소년소녀들이 재미를 느낄 법한 서사의 종류를 미리 한정지어 놓고 시작하고 있다. 즉, 용감함, 공포, 긴장 등의 정서가 들어 있는 서사가 그들에게 재미를 줄 것이라 생각한다. 이러한 서사의 틀 안에서 '소년'의 여리고 아름다운 자질은 들어올 여지가 없다. 또한 「황금굴」의 주인공인 학준에 대한 첫 번째 묘사를 보자. "그는 제가 옳다고 믿는 일은 제 몸을 돌보지 않고 용감히 싸울 뿐만 아니라, 약하고 옳은 자를 도와주고, 강하고 나쁜 자를 용서치 않고 부셔대는 의용심(義勇心)이 남보다 한층 더 굳세엿읍니다."(김내성, 「황금굴」, 『동아일보』, 1937.11.1)라고 되어 있다. 진취적 기상과 관련된 수사들로 가득하다.

으로 흐른다. '인자한 아저씨'의 이미지를 덧입은 탐정 유불란은 사건을 정확하게 꿰뚫어 보면서 소년소녀들에게 정보를 제공하고, 그들은 제공된 정보가 지시하는 방향에 따라 움직인다. 결국 아버지를 되찾고 보물을 찾는다는 결말은 서사의 장르적 본질에 의거하여 선험적으로 선취되어야 할 방향이 된다.

그런데 이러한 결말은 필연적으로 서사의 전면에서 삭제되는 대상 즉, 사건을 일으킨 주체들의 삭제를 전제로 한다. 그리고 그 이후 도래할 행복한 미래에 대한 전망이 결말까지 도달하는 과정 중에서 상상된다. 『백가면』의 경우 삭제되는 주체는 '스파이'이다. 주목해야할 것은, 1937년 『소년』에 실린 판본에서 이들은 '중국인'이었고, 1951년 평범사에서 출판된 개작본에서는 '적성국가의 외국인'으로 변모한다는 사실이다. 그 어느 경우도 그들이 '조선'에서 스파이 활동을 할 이유는 없어 보인다. 그런데 그들은 강영제 박사를 노린다. 정확히 말해, 강박사의 발명품인 '이상하고 신통하고 무서운 기계'의 원리를 적어 놓은 비밀수첩을 강탈하려 한다. 그 기계는 '지남철의 원리를 이용하여 쇠를 잡아당기는 기계'로서, 1951년 판본에서는 '아세아'에서 실현시키고 있는 그 기계의 가공할 파괴력을 두려워한 적성국가의 시선이 작품 안에 내재되어 있다. 따라서 이러한 서사구조에서, 소년소녀들에게는 조선인이 아닌 '제국의 주체'로서 세계를 바라보는 눈이 마련된다. 아버지를 찾는 행위는 잃어버렸던 자신의 가장 소중한 존재를 되찾는 행위이자, 전쟁에 사용될 무기를 보존하는 행위이며 동시에 그것을 파괴하려는 '적'을 무찌르는 행위가 되기 때문이다. 주지하다시피, 중국인과 적성국가의 외국인으로 설정된 '적'들은, 중일전쟁과 태평양 전쟁을 거치며 대동아의 신질서를 건설하려는 일본제

국의 적이었다.[43]

　이러한 관점에서 유불란은 그들을 이러한 제국의 세계로 인도하는 존재이며, '아버지'를 위협하는 적들에 대한 경각심을 불러일으키는 존재가 된다. 『백가면』에서 유불란은 실종되었던 박대준의 아버지인 박지용=백가면의 활약에 비해 육박전에서 미미한 활약을 보인다. 기실 유불란이 존재하지 않더라도 신출귀몰한 영웅 백가면만으로 스파이의 암약은 중단될 수 있었을 것이다. 그럼에도 불구하고 유불란이 존재하는 것은, 함께 모험을 하면서 그에 의해 해석되는 세계의 이데올로기가 소년들에게 매우 효과적으로 내면화될 수 있기 때문이다. 조선의 소년들은 이러한 점에서 적극적으로 계몽되어야 할 새로운 제국의 '국민'이었고, 유불란은 이들에게 '대문자 아버지'와 같았다.

　「황금굴」은 『백가면』보다 표면적으로는 정치적 색채가 다소 약화되어 있는 것처럼 보인다. 「황금굴」에서 제거되어야 할 주체들은 보물을 노리는 '인도인 도적들'이었다. 사실 보물이 숨겨져 있는 곳을 암호로 알려주고 있는 백희 아버지의 유품－구리 부처상－은 원래 인도인 왕족이 소유하고 있던 것으로서, 엄밀히 말하면 그 유품과 더불

43　『백가면』의 이러한 구도와 관련하여, 김효식의 「전쟁노름」(1941)이라는 아동물의 세계를 참고할 필요가 있다. 이 작품은 아동이 전쟁놀이를 통해 전쟁을 일상의 경험으로 받아들이게 하는 의도를 갖고 있다고 평가된다(김화선, 「대동아공영권의 전쟁동원론과 병사의 탄생」, 『인문학연구』 31권 2호, 충남대 인문과학연구소, 2004, 30면). 이 작품의 다음과 같은 장면은 『백가면』의 숨은 의도와 겹쳐지는 부분으로서 흥미롭다. "우리들은 매일 학교에서 돌아오는 산기슭에서 전쟁연습을 합니다. 우리동리에서 학교까지 십리인데 갈대에는 마라손을 하고 올때에도 마라손을 해서 오다가는 마을에서 이리가량 떠러진 산에서 연습을하는것입니다. …… 전에는 「닛뽕」과 「지나」라는 파를갈라서 싸웠는데선생님이 영국과미국에 선전포고를하엿다고 하야 우리들은 「지나」를 떼여버리고 「양코」라고일홈으로고첫습니다."(김효식, 「전쟁노름」, 『매일신보』, 1941.12.21. 위의 논문에서 재인용)(강조－필자)

어 보물까지 '인도인'의 것이었다. 그런데 유불란과 소년소녀들은 그 보물이 인도인의 손에 들어가는 것을 막기 위해 모험을 감행한다. 그들이 인도인이기 이전에 '도적'이라는 점, 즉 윤리적인 질서를 파괴하고 있는 존재이기 때문이다.

그렇다면, 「황금굴」에서는 인도인 도적에게 보물이 흘러 들어가는 것을 막고 그것이 조선인에게 발견되어야 하는 논리적 근거가 필요하게 된다. 김내성은 그것을 '착한 사람들'이 하는 '구휼사업'으로 설정해 놓는다. 작품의 소년소녀들이 고아인 것은 이러한 논리적 근거를 강화시킨다. 작품 속에서 보물이 '고아원 사업'에 사용될 것이라고 주인공─고아의 입을 통해 강조되는 순간은, 주인공이 자신의 처지를 바탕으로 하고 있어 일종의 동정을 자아내며 독자들에게 설득력을 갖는다.[44] 그러나 이러한 외피는 서술적 화자의 입을 빌린 김내성의 다음과 같은 발언에 의해 당시의 현실을 강력하게 환기하게 된다.

훌륭한 고아원을 세우자! 부모 없는 애, 배고픈 애, 학교 못가는 애─그런 애들을 죄다 데려다가 기르고, 공부를 시켜서 장래에 훌륭하고 씩씩한 사람들을 만들자! 아아, 얼마나 아름다운 일인가![45]

---

[44] 이러한 '정치적 발언'과 관련하여 1937년 『동아일보』 판본과 이후의 판본들에는 중요한 차이가 존재하고 있어 흥미롭다. 『동아일보』 판본에서는 위에서 논의한 바와 같이 보물이 '구휼사업'에 사용될 것이라 이야기되고 있다. 그런데 필자가 확인한 1971년 아리랑사 판본에는 여기에 '국방헌금'이라는 사용처가 추가되어 있다. 즉, 보물이 '국방헌금'과 '구휼사업'에 사용될 것이라 백희와 학준에 의해 이야기되고 있는 것이다. 김내성은 중일전쟁과 태평양전쟁을 거치며 작품에 '국방헌금'이라는 또 하나의 정치적 맥락을 첨가하며 의도를 노골화시켰던 것으로 추측할 수 있다. 실제로 중일전쟁 이후 조선에는 국방헌금에 대한 열기로 가득했다. 1937년 이후의 『조선일보』 기사를 확인해 보면, 읍내유지, 노파, 퇴직 순사 등 다양한 조선인들이 전국각지에서 끊임없이 국방헌금을 내고 있었던 사실을 확인해 볼 수 있다.

1930년대 고아에 대한 구휼담론은 민족주의 담론의 자장 안에 있었던 1920년대적 상황과 달랐다.[46] 그것은 식민지배의 한 양상으로서, 국가의 개입을 통한 규율과 통제 그리고 감화의 방식으로 추진되어갔다. 고아는 일련의 전쟁에 필요한 인적 자원으로 인식되었고, 이에 따라 그들은 일제의 강력한 행정력 아래 '국민'으로 강제 호명되었다. 따라서 그들을 장래에 "훌륭하고 씩씩한 사람들"로 만들자는 위의 구호는 장차 전쟁에 사용될 '국민'으로 전환된 후 부여될 그들의 자질을 가리키는 말과 같다. 김내성에게 이는 '아름다운 일'이었다. 그리고 유불란은 이러한 아름다운 일을, '탐정'의 옷을 입고 충분히 실현시킬 수 있는 존재였다. 백희에게 인도인 도적을 살해하는 방법을 가르쳐주고 직접 총으로 쏘아 죽인 후, "재미있지, 백희야?"라고 물어보는 「황금굴」의 유불란은 매우 과장된 포즈로 그들을 훈육하며 '국민 되기'를 강요하고 있다.

여기까지 논의를 진행시키면 김내성의 '소년관념'은 단순히 근대계몽기의 맥락에 머물고 있지 않음을 발견하게 된다. 그것은 일제의 식민지 아동에 대한 관념과 겹쳐지는 지점에 또한 서 있다. 두 작품에서 발견되는 소년소녀들의 의지, 용기, 정신력, 기상은 일제가 부여한 '교육된' 식민지 아동의 모델과 그리 다르지 않다.[47] 식민지 아동들에게 부여된 '좋은 일본인'의 상, 즉 새로운 '국민'의 상은 '모험'의 서사를 통해 이렇게 표상되고 있었다. 낭만으로 가득한 서사에 '계몽'을

45 김내성, 「황금굴」, 『동아일보』, 1937.12.31.
46 1930년대 구휼사업과 관련된 논의는 필자가 속한 세미나팀에서 수행되었던 고선희 선생님의 「황금굴」 발제문의 아이디어에서 도움을 받았다. 이 지면을 빌어 감사의 마음을 전한다.
47 이병담, 『한국 근대 아동의 탄생』, 제이앤씨, 2007, 324~334면 참조.

위한 교훈을 삽입하여 이상적 현실을 환기하는 방식이 아동서사물의 본질 중 하나라면, 유불란은 '일본적인 것'을 교훈으로 환기시키는 강력한 대문자 아버지였다. 그리고 이러한 일본적 정체성은 이후에 선보일 의사—제국주체로 진화하는 과정 위에 있는 것이기도 했다.

4. 유불란의 현실—의사—제국주체로서 살아가기

김내성은 일제에 의해 대동아공영권이 주창되던 1940년대 초반, 두 편의 '방첩防諜[48] 스파이소설'을 생산한다. 조선총독부의 기관지였던 『매일신보』에 연재된 「태풍」(1942.11.21~1943.5.2)과 잡지 『신시대』에 연재되었다가 중단된 「매국노」(1943.7~1944.4, 총10회)가 그것이다.[49] '방첩소설'이라는 장르 제명은 「매국노」에만 사용되고 있지만, 두 작품

---

[48] 1942년 8월 발간된 『춘추』지는 특별부록으로 내무성방첩협회에서 발행한 「국민방첩독본」을 게재했다. 여기에서 밝히고 있는 '방첩'의 의미는 다음과 같다. "'방첩'이라고 하면 그저 '비밀을 새지안는것' '외국인을 경계할것' 등으로만 생각하기 쉽다. 그러나 정말 방첩은 결코 그런 간단한 것이 아니다. 비밀을 지껄이지 안는것도 무론방첩의 하나이며 전시하의 국민으로써 특히 주의할 것이다. 그러나 그것으로써 방첩이 다 됐다고 안심하면 큰 실수다. '방첩'의 정의는 평시고 전시임을 묻지 않고 '외국의 비밀전에 대한 국가를 방위하는 모든 행위'이다. 즉 관헌의 취체와 같이 일반국민으로서는 외국의 스파이에 대해서는 국가의 비밀을 직히고 외국의 유해한 선전에 동함이 없이 모략에 싸와이이기는등, 무력전이외의 외국의 비밀전공세에 대해서 아국가를 방어할것이 필요하다."(「국민방첩독본」, 『춘추』, 1942.8, 207면)

[49] 중단된 「매국노」 10회의 마지막에는 "사정에 의해서 이하는 중단하기로 합니다. 필자와 및 독자 여러분께 미안하기 짝이 없나이다"(강조—필자)라는 문구가 적혀 있다.

은 내용상 연작으로 묶일 수 있다.[50] 따라서 두 작품은 작품의 전체 구조(사건의 발생−스파이의 암약−유불란의 등장−스파이의 제거)에서 서로 큰 차이를 보이지 않는다. 다만 스파이의 특성과, 관련되어 있는 인물들의 처지가 달라서 서사를 구성하는 에피소드의 양상에서 차이를 보일 뿐이다.

소년소녀탐정소설인 『백가면』에서부터 시작된 김내성의 방첩 스파이물 창작은 이렇게 40년대로 오면 집중적으로 이루어지고, 그 안으로 또 다시 유불란이 귀환하면서 정체성이 새롭게 만들어지거나 보강되는 양상을 보인다. 「日本探偵小說の系譜」라는 글에서 에도가와 란포가 설명한 다음과 같은 '일본의 상황'은 김내성의 이와 같은 모습을 이해하는데 도움을 준다.

> 당시[1941년 이후] 문학은 오직 충군애국, 정의인도의 선전기관이 되는 바, 유희의 분자는 완전히 배제됨에 이르렀고 세상의 독물은 무릇 신체제 일색이 되어 거의 재미를 잃게 되었다. 탐정소설은 범죄를 다루는 유희소설인 바 가장 구체제적인 것으로서 방첩의 스파이소설 외에는 각 잡지에서 사라졌으며 탐정작가는 각각 자기가 할 수 있는 다른 소설분야, 예건대 과학소설, 전쟁소설, 스파이소설, 모험소설 등으로 바꾸는 자가 대부분이었다.[51] (강조−필자)

---

50 두 작품에서 유불란과 매우 친밀한 관계로 설정되어 있는 일본인 아끼야마 대위는 「매국노」에서 다음과 같이 말한다. "그러니까 유불란씨, 삼년전 저 인도문화협회에서 우리들의 손으로 씨알없이 소탕하여 버렸던 적국의 간첩망이 그후 삼년간에 또 다시 그들의 마수를 펼쳤읍니다."(김내성, 「매국노」 7회, 『신시대』, 1944.1, 127~128면) 그가 언급하고 있는 '인도문화협회'의 간첩을 소탕하는 이야기는 「태풍」의 핵심서사로서, 「매국노」의 작품 속 사건은 그 뒤를 이어 같은 맥락에서 일어난 것으로 표현되고 있다. '연작'의 성격을 띠는 소설적 현실 속에서 「태풍」과 「매국노」 사이에는 3년이라는 시간의 간극이 존재하지만, 실제로는 「태풍」이 완결된 후 두 달만에 「매국노」가 집필되기 시작한다.

51 "文學はひたすら忠君愛國, 正義人道の宣伝機關たるべく, 遊戲の分子は全く排除せら

1940년 2차 고노에 내각의 출범과 함께 표방된 '신체제'는 총력전체제를 구축하며 2차 세계대전으로 치닫는 역사적 맥락을 만들었다.[52] 이에 따라 '유희'를 다루는 '구체제'적인 문학은 사라지고 오로지 신체제를 내면화한 방첩의 스파이소설만 명맥을 잇게 되었다. 이는 일본의 '특수한' 상황이었지만 김내성은 자신의 세계 안에서 이를 '특수'가 아닌 '보편'의 것으로 받아들였다. 유불란이 더 이상 '탐정취미'에 의한 변장을 즐기지 않고, 이에 따라 서사의 주인공이 되지 않으며, 오로지 객관적인 입장에서 수사를 진행하는 인물형으로 변화하는 것은 이러한 김내성의 입장을 반영한다. 그에게 '유희'의 요소가 삭제되면서, 유불란은 강력한 일원적 정치체제에 포획되어 죽음을 서서히 준비하고 있었다.

1) 아끼야마의 쌍생아

김내성의 작품 전반에서 유불란을 추적하다보면, 유불란과 경쟁 혹은 적대관계에 있는 인물을 함께 관찰하게 된다. 유불란이 범죄사건을 해결하는 과정은 결국 적대관계에 놓여있는 '무서운' 존재를 단죄하는 일이기 때문이다.[53] 그런데 이러한 '무서운' 존재를 함께 단

るるに至り, 世の讀物凡て新体制一色, 殆ど面白味を失うに至る。探偵小說は犯罪を取扱う遊戲小說なるため, 最も旧体制なれば, 防諜のスパイ小說のほかは, 諸雜誌よりその影をひそめ, 探偵作家は夫々得意とする所に従い, 別の小說分野, 例えば科學小說, 戰爭小說, スパイ小說, 冒險小說などに轉じるものが大部分であった"(江戶川亂步, 「日本探偵小說の系譜」, 『江戶川亂步 全集 第十九卷 續・幻影城』, 講談社, 1980, 223~224면)

52 정종현, 「사실, 과학, 그리고 문학의 신생─신체제기 한국 대중소설에 나타난 '기술적' 주체와 문학의 재편」, 『상허학보』 23집, 상허학회, 2008, 50면 참조

죄하면서 스스로 유불란과 경쟁관계를 형성했던 『마인』의 '임세훈 경부'는 유불란만큼 김내성 추리소설에 빈번하게 등장하면서 그의 주위를 맴돈다. 「가상범인」에서도 유불란이 이몽란을 살해한 이후 나용귀의 결백을 주장하며 의기양양하게 등장했고, 『백가면』에서도 공권력이 필요한 시점에 언제나 임경부가 있었다. 그러나 모든 작품에서 임경부는 유불란보다 신통치 못한 추리력을 보여주고 부하를 제대로 거느리지 못하여, 사립탐정 유불란의 유능함을 오히려 돋보이게 해 주는 인물이었다. 전봉관은 이를 두고, 일본의 앞잡이 노릇을 하고 있는 조선인 고위층 경찰이 독자들에게 별다른 거부감 없이 받아들여질 수 있도록 '꾸며진' 결과라고 말한다.[54]

이러한 의견은 『마인』을 단독으로 놓고 보면 타당하다. 그러나 김내성의 방첩 스파이물에 이르면 공권력을 갖고 같은 사건을 함께 수사하는 또 다른 인물이 등장하는데, 이로써 종합적으로 새로운 관점이 요청된다. 그는 헌병대의 '아끼야마 대위'로서, 일본인이다. 홍미로운 것은 유불란과 경쟁관계를 형성했던 조선인 임경부와 달리 일본인 아끼야마 대위는 그와 친분을 과시할 정도의 관계를 형성하고 있다는 점이다. 그가 김내성 탐정소설에 처음 등장할 때부터(「태풍」에서 처음 등장함) 유불란과의 친분은 소설 이전의 세계에서 이미 형성되어 있었다.

「태풍」에서 자신의 박물취미로 오랫동안 인도에 머물렀던 유불

---

53 김내성의 추리소설 계열에서 '무서운'이라는 수사는 범죄사건이나 범죄를 일으키는 존재(혹은 대상)에 무한반복적으로 붙어있다. '무서운'이라는 수사로 표상되는 '공포'의 심연을 분석하는 것도 김내성 연구에서 홍미로운 지점이 될 수 있을 것이다.
54 전봉관, 「『마인』 속 경성과 경성 문화」, 『판타스틱』 봄호, 2009.3, 220면.

란은, 갑작스런 귀국 후 아끼야마 대위의 미션을 제대로 수행하고 왔음을 알린다. 그 보고는 유불란의 구미각국 유람이 단순한 유람이 아니라 '세계 각국 첩보기관의 조직'과 '현재의 활동상태'를 조사해 달라는 아끼야마 대위의 미션을 수행하기 위한 것이기도 했음을 알려준다. 이때의 유불란은, 「태풍」의 시작 지점에서 '마인 사건'을 계기로 탐정폐업을 선언했던 그의 전사가 언급되며 '쓰원호'에서 일어나는 사건들에 대한 그의 무심함이 조명되던 것과는 사뭇 다른 모습을 보여준다.

「몸이 대단히 피곤하오니 오늘은 이만 실례하고 후일 다시 —」

「아, 그러시는것이 조켓습니다. 하여튼 유불란씨의 그 풍부한 상상력과 세밀한 관찰력은 유불란씨 개인의 것이 아니고 국민의 총력을 요구하고 잇는 국가의 것이니까 —」

「아찌야마 대위!」

하고 유불란은 대위의 손목을 두손으로 힘차게 잡앗다.

「절대적 후원이 잇기를 바라는 바입니다!」

「내 힘이 자라는 데까지 …… 서로 손을 잡고 …… 일로 스파이 단(團)의 박멸을 위하야 —」[55](강조 — 필자)

「태풍」 서사의 저변에는 전체적으로 기묘한 정열과 흥분이 깔려 있다. '태풍'이라는 제목은 영·미에 의한 구체제가 물러나고 동양— 일본에 의한 신질서가 "동아의 천지"[56]에 재편될 때의 새로운 에너지

---

55 김내성, 「태풍」 97회, 『매일신보』, 1943.2.27.
56 김내성, 「태풍」 마지막회, 『매일신보』, 1943.5.2. 여기서 '동아'는 '대동아'와 더불어 지

를 감각적으로 표상한다. 유불란이 아끼야마의 두 손을 '힘차게' 잡는 행위는 그러한 에너지가 아끼야마에 의해 촉발되어 감격적으로 표출되는 행위이다. 아끼야마에게 유불란의 천재적인 탐정상은 국가에 복속되어 총력전체제를 수행할 더할 나위 없는 '좋은 일본인'상으로 번역되었고, 유불란은 그러한 번역방식에 감격했다. 둘의 친밀함은 이러한 정치적 관계를 매개로 형성된 것이었다. 그러나 유불란에게 이러한 관계 맺기의 방식이 부정적으로 인식되지 않았던 것은, 스스로를 '일본인'으로 호명하고 인식했기 때문이었다.

유불란과 아끼야마 대위는 그 후 스파이 색출과 박멸을 위해 일사분란하게 움직인다. 「태풍」의 스파이들을 소탕한 이후, 그 둘은 「매국노」에 이르면 아예 '애국방첩협회'의 '협회장'과 '고문'으로 취임하여 제국의 현실적 지위를 갖게 된다.[57] 유불란의 의사─제국주체적 정체성은 이로써 상상된 것이 아닌, 현실적 근거를 얻는다. 그의 탐정은 이러한 현실적 지위를 근간으로 대동아공영권의 질서를 흐리는 매국노와 스파이를 색출하는 것, 즉 제국의 국가적 임무를 수행하는 것으로 완전히 고착된다. 따라서 사립탐정 유불란은 신체제의 공권력을 대표하는 아끼야마 대위와 서로 교환될 수 있는 정체성을 소유하게 되고, 아끼야마의 쌍생아로 재탄생된다.[58]

리적인 개념이 아닌 정치적인 개념이다. 이는 1937년 중일전쟁의 개시와 중국대륙 내부로의 전쟁 확대, 그리고 1941년 태평양전쟁의 발발과 남방지역으로의 확전과 더불어 '구성된' 개념이다(고야스 노부쿠니, 이승연 역, 『동아, 대동아, 동아시아』, 역사비평사, 2006, 85면 참조).

57 정혜영은 '애국방첩협회'가 1938년 8월 신민일체를 표방하며 실제로 설립된 '조선방공협회'를 모델로 하고 있다고 밝히고 있다(정혜영, 「방첩소설 「매국노」와 식민지 탐정문학의 운명」, 『한국현대문학연구』 24, 한국현대문학회, 2008, 292면).

58 김내성은 자신의 탐정소설 전반에서 '쌍생아 모티프'를 즐겨 사용한다. 탐정소설 작가

따라서 이와 같은 유불란의 관계 맺기 방식은 그의 탐정적 지위를 둘러싼 조선인, 일본인 사이의 위계 문제와 결부되어 있다. 조선인에게 유불란은 법질서의 최고 수호자로서 그 스스로 강력한 이성의 힘을 대변했다. 제국의 법을 대리한다고 해도 그 주체가 조선인이라면, 유불란은 언제나 그를 능가하는 능력을 보여주면서 조선인-대리자의 '결여'를 드러냈다. 그러나 작품이 초월적인 법을 표상하는 자리에 조선인-대리자 대신 일본인-제국의 주체를 위치시키면, 유불란은 자신을 의사-제국의 주체로 전환시키면서 일본인-제국의 주체와 동등한 지위를 확보하려고 했다. 그러나 그 어느 행위에도 심연에는 제국의 신민, 조선인의 근본적인 '결여'가 자리하고 있다.

2) 경계와 구획 짓기

「태풍」과 「매국노」에서 유불란에게 부여된 임무는 어떤 존재들을 '스파이'로 소환하는 것이다. 이것은 곧 그 존재들의 '가면'을 벗기고 '실체'를 드러내는 일이 된다. 이 불투명하고 모호한 존재들의 정

로날드 녹스는 '탐정소설 10계(Detective Decalogue)'에서 마지막 10번째 조항으로 "쌍둥이나 닮은 사람을 등장시킬 때는 각별히 주의를 해야 한다."(Julian Symons, *The Detective Story in Britain*, Longmans, 1962, p.22; 조성면, 『대중문화와 정전에 대한 반역』, 소명출판, 2002, 94면에서 재인용)라는 항목을 명문화했지만, 김내성에게는 오히려 쌍생아들이 복잡하게 얽힌 서사를 풀어주는 일종의 해결책이었다. 대부분의 연구자들이 『마인』의 결정적 한계라고 지적하는 '주은몽과 예쁜이'를 활용한 결말짓기, 「태풍」의 주인공 백남도와 그의 쌍둥이 동생 백상호의 원한관계, 또한 「태풍」의 주요 서사를 형성하는 오창세-고준모의 바꿔치기 등은 모두 쌍생아 모티프를 활용한 '바꿔치기'의 기법이 사용된 예들이다. 이로써 서사는 도저히 예측 불가능한 국면으로 전개되거나 초자연적으로 해결되는 양상을 보인다.

체를 '확정'짓는 일은, 부분적으로 드러난 정보를 조합·추리하여 종합적인 질서를 구축하는 탐정활동을 필요로 한다.

조선에서 스파이 담론은 1930년대 초반부터 유행했으나, 실제로 본격화된 것은 중일전쟁을 전후로 한 시기였다. 중일전쟁 이후 국민방첩의 문제가 중요 사안으로 대두된 것이 그 이유였다. 이 시기 스파이 담론은 첩보 모략 범죄와 관련된 집단을 색출하고 "나쁜 일본인들, 가면을 쓴 일본인들, 문제적 정체성 그룹을 구별해내면서 좋고/나쁜 일본인의 경계를 구축하는 이데올로기" 그 자체였다.[59] 아끼야마의 쌍생아, 유불란의 임무 수행 방향은 이러한 당대의 스파이 담론과 밀접하게 연관되어 있다. 따라서 앞선 소년소녀탐정물보다 작품에 반영되어 있는 제국의 현실은 훨씬 핍진하고 근본적일 수밖에 없었다.

「태풍」과 「매국노」에서 스파이들은 일본이 구상한 '대동아공영권'을 교란시키기 위해 움직인다. 작품 속에는 매우 다양한 국적의 스파이들이 등장하고 있고 표면적으로 강영제 박사의 '파괴광선'(「태풍」)과 오영세 박사의 '살인균', 그리고 '고성능폭탄'(각각 「매국노」) 발명을 위시한 일본의 모든 기밀과 온갖 시설을 감시한다는 목적을 갖고 있지만, 그 핵심에는 영국, 미국이 이끌어온 세계 구질서를 '대동아'라는 새로운 이념을 동원하여 재편하려고 했던 일본의 패권주의적 열망을 근본부터 무너트리려는 계획이 존재했다.

따라서 작품 속 스파이단은 주로 미국, 영국인들과 장개석 정권에 찬동하는 중국인들로 구성된다. 그들은 기본적으로 변장술에 능하고 자신의 정체를 절대로 노출하지 않는, 잘 훈련된 스파이들이다.

---

59 권명아, 「여자 스파이단의 신화와 '좋은 일본인' 되기」, 『동방학지』 130, 연세대 국학연구원, 2005, 307~314면 참조.

가령, 「태풍」의 수령 '비밀 제1호'는 처음부터 강영제 박사와 함께 파괴광선 연구 프로젝트에 협력하고 있는 독일의 베크만 박사로 변장하고 유불란에게 접근한다. 그러나 기실 그는 영국의 스파이로서, 실제 서사의 주인공인 백상도의 불행을 견인한 배후의 인물, 미국인 브라운 선교사와 연합하여 구체제의 질서를 강력하게 수호하려 한다. 유불란은 자신에게 접근한 베크만 박사의 정체를 알 수 없었지만, 그의 '눈초리'에서 정체를 '판별'할 실마리를 얻는다.

> 언젠가 「쓰원」호 난간에서 베크만 박사가 노안경을 버서 「헨켓취」로 문질른 적이 잇엇던것을 유불란은 생각하엿던것이다. …… 안경을 버슨 눈동자의 광채―그것은 「게르만」 민족의 그 인내성을 띤 광채라기보다도 차라리 「앵글로・색슨」인의 자존심의 과잉(過剰)을 말하는 그것과도 가탓다.
> 당연히 그때에 느꼇서야될 베크만 박사의 **눈초리**의 **민족성**(民族性)을 유불란은 비로소 다섯달 후인 오늘에 이르서야 깨달앗던것이다.[60](강조―필자)

유불란이 직감했던 것은 베크만 박사의 '기운'이 가감 없이 노출하고 있는 민족적 특징이었다. 유불란은 그가 발산하는 '눈초리의 민족성'이라는 생물학적 기운에서, 대동아의 신질서가 '합당'한 것임에도 불구하고 앵글로 색슨의 과잉된 자존심이 그것을 용납하지 않는다는 인식론을 끌어낸다. 그것은 '상상된 관념'이었다. 그러나 당시 동양인―일본인이 서양인보다 우월할 수 없다는 인종적 배치가 제국 일본 내에서 인정되고 있는 형편이었으므로, 작품 속에서 이 "모순되고

---

60   김내성, 「태풍」, 『매일신보』, 1943.3.8.

착종된 인종지도와 대동아공영권이라는 심상지리"[61]의 관계를 극복하려면 미·영의 민족성 내에 '나쁜 피'가 흐르고 있음을 인위적으로 만들어내야 했다. '나쁜 피'에 대한 설파는 대동아의 새로운 블록 안에 포함된 '인도'를 점령하여, 일종의 유희로 인간(인종)사냥을 해 왔던 영국인 마킨레경의 에피소드에서 절정을 이룬다.

「매국노」는 유불란이 사건에 투입되고 절정에 이를 때 서사가 중단되어서 '수령'의 정체가 완전히 드러나지 않은 채 끝나버린다. 그러나 '흑색복면을 한 수령'과 '암흑박사', 그리고 독일의 '니콜라이 신부'와의 연계는 어느 정도 짐작이 가능하다. 「매국노」는 사실 또 다른 간첩 미스 엘리자의 활동에 많은 분량을 할애하고 있는데, 그녀는 미국인 '여간첩'이라는 정체를 숨기고 조선에 들어와 이탈리아인 성악가(소프라노)로 행세하는 인물이다. 미스 엘리자는 여간첩의 전형적인 표상체계 안에서 묘사되면서, 여성에 대한 공포와 인종적 공포를 동시에 드러낸다.

아니, 그보다도 미쓰·엘리자의 꾀꼬리와 같은 소프래노를 아는 사람은 한칭더 강렬한 인상을 가지고 아직 삼십이 될락말락한 그의 방염한 육체를 연상할것이며 지금 한창 활작 피여난 한포기 다리아와도 같은 미모를 눈앞에 그림 그릴것이다. 이렇듯 여러가지 매력적인 청춘을 한몸에 지닌 이국여성 미쓰·엘리자—[62]

---

61 이상우, 「심상지리로서의 대동아(大東亞)」, 『한국극예술연구』 27집, 한국극예술학회, 2008, 185면.
62 김내성, 「매국노」, 『신시대』, 1943.7, 166~167면.

중일전쟁 후 집중되던 스파이 담론은 여성 스파이들을 "여러 국가를 돌아다니며, 외국어에 능하고 외국인과 친숙하게 지내며, 외국의 지식을 습득한 여성"으로, 또한 "미인이어서 세인의 주목을 받으며, 사교적이고, 성적 능력을 필두로 한 다양한 능력"을 갖춘 여성으로 묘사했다.[63] 미스 엘리자도 자신의 '미모'와 '사교성'을 무기로 조선인을 구체제에 순응하는 매국노로 만들기도 하고, 천연히 중상모략을 저지르기도 한다. 연재 중단으로 '적국 아메리카'의 여간첩 엘리자의 종말은 그려지지 않았지만, 역시 유불란에 의해 정체가 밝혀지면서 여자 스파이의 예정된 결말—처형, 학살, 투옥, 자살—로 처리될 계획이었을 것이라 짐작해 볼 수 있다.

　　유불란의 수사에 의해 외국인 스파이의 정체가 노출되는 과정은 동시에 '제국의 나쁜 신민'을 걸러내는 작업을 동반한다. 브라운 선교사 일당에 의해 포획된 「태풍」의 백남도와 홍만호는 그 대표적인 인물들이다. 그들은 강영제 박사를 물적으로 후원하는 광산왕 오창세의 행보를 결과적으로 저지하는 일에 가담하게 된다. 서로 치정관계와 장자권 강탈이라는 관계로 복잡하게 얽힌 백남도의 형 백상도를 제거하는 일을 공모하면서, 이 둘은 사적으로 긴밀하게 연합하고 서사의 '악의 축'을 대변하는 행보를 이어간다.

　　추축국 스파이들의 정체를 밝히고 매국적 행위를 일삼는 제국의 신민을 색출하는 일은, 불확실한 존재들에 대한 정확한 구획과 경계를 그려내는 작업과 같다. 유불란의 이러한 임무는 제국 일본이 설파했던 '근대초극론'의 양상을 보여주면서, 의사—제국주체의 상상된

63　권명아, 앞의 논문, 311면 참조.

미래로 향한다. 개인사가 소거된, 거대담론에 포획된 주체로서의 유불란은 '르블랑'의 옷을 벗고 동양적 – 일본적 인간으로 완전히 초점화된다. 백상도의 혼혈hybrid딸 이본느에게 본능적으로 매혹되면서도 '연애'의 공간을 아예 삭제한 유불란에게 죽음은 예정된 것이었다.

5. 유불란의 죽음과 추리소설과의 결별

김내성은 해방을 맞이하면서 추리소설과 점차 이별할 준비를 한다. 그리고 작품경향을 바꿔 연애소설, 세태소설로 나아간다. 서양의 추리소설을 번안하여 굵직한 작품을 남기기도 했지만, 유불란의 모습은 더 이상 발견되지 않는다. 물론 1955년에 창작된『황금박쥐』에 유불란이 재등장하지만, 작품 자체가『백가면』과「황금굴」을 절묘하게 섞어서 '귀환'한 것 같은 인상을 준다. 유불란은 또 다시 이 작품에서 한국전쟁 후 당대의 이데올로기를 소년소녀들에게 훈육하는 주체, 그들을 '국민'이라 호명하는 주체로 등장한다. 그 이데올로기는 '제국'의 것에서 '남한'의 것으로 바뀌었을 뿐이다.『황금박쥐』에서 발견될 보물은 소년소녀의 입을 통해, '전쟁고아'와 '상이군인' 구제에 사용될 것이라 이야기된다. 결국『황금박쥐』는 '보물찾기' 판타지 안에 전후 국민국가 건설의 정당성과 그에 합당한 '국민 되기'에 대한 계몽의 언설을 삽입한 아동물이 된다. 이것을 견인하는 유불란은 식민지 시기 소년소녀탐정물에 등장하던 유불란의 모습과 다를 바가 없다. 의사—제국주체로 살아가던 유불란이 그 정체를 바꾼 듯 보이지만, 언제나 그가 긴박되어 있던 것은 당대의 현실, 그것이었다. 그의 죽음, 직전의 일이었다.

에르네스트 만델은 추리소설에 대하여 "범죄나 폭력 그리고 살인을 다루지만, 사람들을 위로하고 사회적으로 통합해주는 문학"[64]이라고 말한다. 유불란이라는 한 탐정의 일생과 그의 정체를 놓고 볼 때, 김내성의 작품은 '사회통합'의 기능을 더 전면적으로 수행하고 있었다. 『백가면』, 「태풍」에 내면화되어 있던 이데올로기들은 당대인들의 폭발적 수요에 힘입어 자연스럽게 수용되었을 것이다.

김내성은 '대중문학'이란 '자인sein'이 아닌 '졸렌sollen'이 되어야 한다고 생각했다. "'자인'으로서의 대중문학은 어디까지나 독자대중의 문학적 위안을 위한 문학—'스토리'나 문장이나 묘사가 대중의 구미에 맞도록 평이하고 흥미본위로 제작되어 왔기 때문에 개중에는 독자의 문학적 교양보다도 뒤떨어지는 경우가 없지 않다. 대중이 앞서고 작자가 뒤서는 격이 되는 작품이 불무不無하다. 여기서 대중문학의 소위 '졸렌'이 문제로 되는 것이다. 대중문학이 가져야할 자태姿態 즉 앞으로의 대중문학은 어디까지나 '불행한 다수자' 속에서 생활을 하되 그들에게 뒤서지 말고 언제던지 일보 전진하여 (이보만 전진하여도 불행한 그들은 숨이 가빠서 따라오지를 못한다) 대중의 문학적 교양을 끌어올려야만 하는 문학이래야 될 것이다"[65]라고 설파했다.

---

64 에르네스트 만델, 이동연 역, 『즐거운 살인』, 이후, 2001, 91면.
65 김내성, 「대중문학과 순수문학—행복한 소수자와 불행한 다수자」, 『경향신문』, 1948.11.9.

김내성의 대중문학론은 대중들의 앞에 서서 그들의 '교양'을 선진화하는 관점에 놓여 있었다. 그가 자신의 추리소설에서 유불란을 등장시켜 그에게 '발언'의 공간을 배치하고, 서양의 초월적 모델의 정체를 덧입게 했던 것은 이와 같이 언제나 대중을 견인하는 입장에 있었던 지식인적 욕망에 기인한다. 여기에 당대와 교섭하는 '근대적' 지식인에 대한 욕망은 유불란에게 '사회통합'의 기능을 강하게 부여했던 동기가 되었다. 근대의 과학, 이성, 계몽, 정의(그것이 만들어진 것이라 할지라도), 제국의 이상 등은 그에게 수호되어야 할 테제들이었다.

그러나 유불란은 이러한 테제들과 강력하게 접속되자, 존재의 기반을 점차 잃어 갔다. 그의 가장 매력적인 얼굴은 연애와 변장을 즐기며 끝없이 고민하는, 르블랑을 닮은 얼굴이었기 때문일 것이다.

참고문헌

1. 기본자료

김내성, 「탐정소설가의 살인」, 『판타스틱』 20, 2009.봄.

_____, 「가상범인」, 『조선일보』, 1937.2.13~3.21.

_____, 「가상범인」, 『괴기의 화첩』, 청운사, 1952.

_____, 『마인』, 『김내성대표문학전집』, 삼성문화사, 1983.

_____, 『백가면』, 『소년』, 1936.6~1938.5.

_____, 『백가면』, 평범사, 1951.

_____, 「황금굴」, 『동아일보』, 1937.11.1~1937.12.31.

_____, 「황금굴」, 『황금굴』, 아리랑사, 1971.

_____, 「태풍」, 『매일신보』, 1942.11.22~1943.5.2.

_____, 「매국노」, 『신시대』, 1943.7~1944.4.

_____, 『황금박쥐』, 학원사, 1957.

2. 논문과 단행본

권명아, 「여자 스파이단의 신화와 '좋은 일본인'되기」, 『동방학지』 130, 연세대 국학연구원, 2005.

김내성, 「세계대극장가풍경」, 『조광』, 1938.6.

김창식, 「추리소설 형성기의 실상과 김내성의 『마인』」, 『현대문학이론연구』 7, 현대문학이론학회, 1997.

김화선, 「대동아공영권의 전쟁동원론과 병사의 탄생」, 『인문학연구』 31권 2호, 충남대 인문과학연구소, 2004.

대중문학연구회 편, 『추리소설이란 무엇인가?』, 국학자료원, 1997.

박진영, 「제국의 상상력에 대한 통쾌한 복수」, 『진주탑-김내성 탐정 변안 소설』, 현대문학, 2009.

오혜진, 「1930년대 추리소설의 존재방식에 관한 일고찰」, 『우리문학연구』 20, 2006.

윤대석, 『식민지 근대문학론』, 역락, 2006.

윤정헌, 「김내성 탐정소설 연구」, 『한국문예비평연구』 4, 한국현대문예비평학회, 1999.

이상우, 「심상지리로서의 대동아(大東亞)」, 『한국극예술연구』 27집, 한국극예술학회, 2008.

정종현, 「사실, 과학 그리고 문학의 신생」, 『상허학보』 23, 상허학회, 2008.

정혜영, 「근대를 향한 왜곡된 시선」, 『현대소설연구』 31, 한국현대소설학회, 2006.

_____, 「김내성과 탐정문학－일제시대 창작 작품에 대한 서지학적 연구를 중심으로」, 『한국현대문학연구』 20, 한국현대문학연구회, 2006.

_____, 「방첩소설 「매국노」와 식민지 탐정문학의 운명」, 『한국현대문학연구』 24, 한국현대문학연구회, 2008.

조성면, 『대중문학과 정전에 대한 반역』, 소명출판, 2002.

조영암, 「아인 김내성 약전」, 『진주탑－김내성 탐정 번안 소설』, 현대문학사, 2009.

천정환, 「한국적 근대는 어떻게 만들어졌나: 계몽주의 문학과 '재미'의 근대화」, 『역사비평』 6호, 2004.2.

천정환·이용남, 「근대적 대중문화의 발전과 취미」, 『민족문학사연구』 30, 민족문학사학회, 2006.

최애순, 「30년대 모험탐정소설과 김내성 『백가면』의 관계 연구」, 『동양학』 44호, 단국대 동양학연구소, 2008.

한용환, 「통합된 문화적 현상으로서의 김내성 소설」, 『동악어문논집』 32, 동악어문학회, 1997.

『판타스틱』 20, 2009.봄.

고야스 노부쿠니, 이승연 역, 『동아 대동아 동아시아』, 역사비평사, 2006.

뤼디거 자프란스키, 곽정연 역, 『악 또는 자유의 드라마』, 문예출판사, 2002.

에르네스트 만델, 이동연 역, 『즐거운 살인』, 이후, 2001.

江戶川亂步, 「日本探偵小說の系譜」, 『江戶川亂步 全集 第十九卷 續·幻影城』, 講談社, 1980.

김내성 소년탐정소설의 '바다' 표상*

| 김종수 |

1. 머리말

한국 근대 탐정소설의 선구자로 알려진 김내성은 1930년대 후반 동화작가로도 입지를 굳히고 있었다. 해외문학파 출신인 송남헌은 당시 조선의 아동문학 작가를 개관하면서『少年』,『아이 생활』과 일간신문 아동란에 글을 자주 쓰는 작가 중 한 명으로 김내성을 언급했다.[1] 하

---

* 이 글은 「김내성 소년탐정소설의 '바다' 표상」『대중서사연구』21호(대중서사학회, 2009)에 실린 글을 수정, 보완한 것이다.
1 "소년과 아히생활과 일간신문의 아동란에 글을 많이 쓰는 작가로는 김태오, 현덕, 함세

지만 동화와 소년소설[2]이 분화되었던 1930년대 후반의 아동문학 연구사에서는 김내성을 간단하게 소개하는데 그치고 있으며,[3] 김내성 연구사[4]에서도 그가 쓴 소년소설들은 제대로 조명되지 못하고 있는 실정이다.

덕, 전영택, 임원호, 최병화, 송창일, 강소천, 김내성 등이 있다."(송남헌, 「창작동화의 경향과 그 작법에 대하여」, 『동아일보』, 1939.6.30)

2   1924년 방정환이 『어린이』에 발표한 「졸업의 날」이 소년소설의 첫 작품으로 알려져 있다. 소년소설을 연구한 논자들은 동화가 환상적 · 시적인 문학형식이고 시공을 초월한 낭만적 문학이라면, 소년소설은 동화와는 달리 현실적 · 구상적인 문학형식이라고 규정한다. 소년소설은 사건과 인물을 다룰 때 현실적인 인물과 사건을 다루며, 소년소설의 주인공은 독자들과 같은 또래인 초등학교 고학년부터 중고교에 재학중인 소년들이다. - 김부연, 「한국 근대 소년소설 연구」, 건국대 석사논문, 1995, 19~25면 참조 한편 '소년' 개념의 형성, 소년소설의 전개와 형성에 관해서는 김부연, 앞의 글; 전명희, 「한국 근대 소년소설 연구」, 영남대 박사학위논문, 1998; 심명숙, 「한국 근대아동문학론 연구」, 인하대 석사논문, 2002; 조은숙, 「한국 아동문학의 형성과정 연구」, 고려대 박사논문, 2005 참조
    본 글은 소년소설 연구사가 설정하고 있는 '소년소설'의 개념을 따르며 여기에 '탐정'이 등장하고 있는 소설을 소년탐정소설로 설정한다. 김내성 소년탐정소설의 주인공들이 '소년탐정'은 아니다. 본 글의 연구대상인 『백가면』, 『황금굴』, 『황금박쥐』에서는 모두 탐정 유불란이 등장하는데 주인공 소년들은 유불란의 협조를 얻어 악당을 처치하고 목적을 실현한다. 이 과정에서 소년주인공들의 용기와 기지가 사건을 해결하는데 중요한 역할을 한다. 그러니까 김내성의 소년탐정소설에서 소년 주인공들은 유불란 탐정의 조수 또는 협조자이거나 유불란처럼 탐정이 되고 싶어 하는 '예비탐정'으로 등장한다.

3   1930년대 후반 소년소설을 개관하는 연구에서는 김내성의 『백가면』이 간략하게 소개되고 있으며(- 김부연, 앞의 글; 전명희, 앞의 글; 심명숙, 앞의 글) 1950년대 아동문학의 전개과정을 논의하는 연구에서는 김내성을 1950년대 통속 · 상업적 성격의 아동문학 작가로 분류하여 그 이름만을 소개할 뿐이다. - 선안나, 「1950년대 동화아동소설 연구」, 성신여대 박사논문, 2006. 아동문학 연구자들의 연구에서 김내성의 『백가면』이 주목받은 까닭은 아동문학 연구자들이 소년 / 아동잡지만을 연구대상으로 한정하였기 때문이다. 그래서 당시 『동아일보』에 연재되던 김내성의 『황금굴』은 조명되지 못한 것으로 보인다.

4   김내성 소설에 관한 연구는 대표적으로 다음과 같다. 김창식, 「추리소설 형성기의 실상과 김내성의 「마인」」, 『현대문학이론연구』 7, 1997; 조성면, 「탐정소설과 근대성」, 『민족문학사연구』 13, 1998; 윤정헌, 「김내성 탐정소설 연구」, 『한국문예비평연구』 4, 1999; 정혜영, 「근대를 향한 왜곡된 시선 - 김내성의 「살인예술가」를 중심으로」, 『현대소설연구』 31, 2006; 정혜영, 「방첩소설 『매국노』와 식민지 탐정문학의 운명」, 『한국현대문학연구』 24, 2008; 최애순, 「1930년대 모험탐정소설과 김내성 『백가면』의 관계 연구」, 『동양학』 44집, 2008. 김내성의 소년소설을 다룬 경우는 최애순의 연구가 유일하다. 그는 『백가면』을 모험탐정소설로 규정하고 세밀하게 분석하였다.

김내성은 동경에서 귀국한 이듬해 1937년부터 사망한 1957년까지 지속적으로 소년소설을 발표하였다. 김내성의 작가적 특성을 고찰하고 그를 체계적으로 조명하기 위해서는 그의 소년소설에 대한 본격적인 논의가 필요한 것이다. 이에 본 글은 김내성이 발표한 소년탐정소설을 개관하고 『백가면』, 『황금굴』, 『황금박쥐』를 연구대상[5]으로 하여 이 소설들에 등장하는 '바다' 표상을 분석하여 김내성의 작가적 특성을 고찰해보도록 한다.

2. 김내성 소년탐정소설의 개관과 '바다'의 발견

김내성은 대표작 『마인』을 발표하기 전인 1937년에 두 편의 소년탐정소설을 발표한다. 그의 첫 장편소설인 『백가면』은 『소년』(조선일보사출판부, 1937.6~1938.5)에 연재된 후, 1938년에 한성도서주식회사에서 단행본으로 출판하였고 1946년에 재출간되었다고 전한다. 같은 해 집필한 『황금굴』은 『동아일보』에 1937년 11월 1일부터 12월 31일까지 연재되었고 1944년에 조선출판사에서 단행본으로 출간되고 1945년 12월에 재출판되었다.[6]

---

5   김내성의 소년탐정소설 중 논의의 집중을 위해 번안소설을 제외하고 창작소설만을 연구대상으로 한정하였다.
6   1930년대 후반부터 김내성의 소년탐정소설은 대중적 인기가 높았다. 1930년대 후반 조

김내성의 소년탐정소설이 발표되던 1937년은 조선에서 소년소설의 생산과 소비의 구조가 변환되던 시기였다. 출판시장에서 아동물의 발간이 급증하던 1920년대[7] 후반을 지나 1930년대 중반, 소년소설을 연재하던 아동문학 잡지의 판도에 큰 변화가 생긴다. 1920년대 이후 카프와 연계하였던 아동 / 소년 잡지는 카프의 해산과 함께 1935년을 전후하여 대부분 폐간되고[8] 이를 대신해 『소년중앙』(조선중앙일보사, 1935), 『소년조선일보』(조선일보사, 1936~1940), 『소년』(조선일보사 출판부, 1937~1940)이 등장한다. 이 잡지들[9]은 이전 잡지와는 성격이 달랐다. 이 매체들은

선의 일간신문들이 상업화 전략의 일환으로 소설 연재에 힘을 쏟았던 점을 고려할 때, 1937년 『동아일보』가 김내성의 『황금굴』을 연재하였다는 점은 당시 김내성의 상품적 가치를 확인할 수 있는 좋은 예이다. 또한 『조선일보』에는 자사 출판부에서 발행하는 『소년』을 광고하면서 김내성의 『백가면』을 강조하여 소개하고 있는 것 역시 김내성의 소년탐정소설이 당시 매체에게 상업적으로 매력적인 존재였음을 알 수 있는 대목이다. 김내성의 인기는 단행본시장으로도 이어졌다. 1940년 이후 조선에서 출판사업령이 공포되고 용지보급제가 시행되며 출판시장이 급격히 위축되었던 점을 감안하면 출판계에서 김내성의 상업적 가치가 상당했음을 알 수 있다.

7   천정환, 『근대의 책읽기』, 푸른역사, 2003, 488~489면.

8   『어린이』(개벽사, 1923~1934), 『신소년』(신소년사, 1923~1934), 『별나라』(별나라사, 1926~1935) 등이 1934~1935년 사이에 폐간된다. 일제의 탄압이 주된 원인이었으나 1920년대 후반 이후 지속되어 왔던 계급주의 아동문학의 모순 때문이기도 했다. 일제의 탄압 때문에 조선에서 이전까지 활발하게 전개되었던 소년운동은 1937년 15회 어린이날을 기점으로 거의 소멸되고 소년운동과 연계되어 활발하였던 사실주의적 경향의 아동 / 소년 잡지들이 대거 폐간된다(심명숙, 앞의 글, 62면).

9   아동잡지들의 잇따른 폐간 이후 조선의 소년들은 일본에서 발행된 아동소년잡지를 주로 찾았다. 당시 잡지 『삼천리』에서는 아동과 소년의 읽을거리가 필요함을 역설하는 기사가 실렸다. "아동독물로는 요사히 퍽으나 쓸쓸하고 한적한 기분이 떠돌고 잇다. 녯 해 전까지는 『어린이』니 『신소년』이니 『별나라』니 하며 여러 가지 조흔 아동독물들이 만히 나오드니 요사히에 와서는 이 방면의 서적이라고는 『아히생활』 이외에는 이런종류의 책들을 차저볼수조차 업는 현상이다. 그런 관계로 소년들은 서점에들어 오면 으레히 현해탄을 건너온 그림책을 뒤지는 현상으로 이 방면에대한 일반의 관심이 너무 적은 듯 하다."(「서적시장조사기, 한성, 이문, 박문, 영창 등 서시(書市)에 나타난」, 『삼천리』 7권9호, 1935.10, 139면) 소년독물 시장의 새로운 변화를 예고하는 기사인데, 당시 이같은 분위기에서 새로운 소년잡지 『소년중앙』, 『소년』, 『소년조선일보』가 창간된 것이다.

소년운동을 목적으로 활동하던 잡지들과 달리 '독자'의 요구에 호응하는 창작−출판활동을 전개하였다. 연령별 특징을 고려하여 편집방향을 정했고 작가들도 작품을 쓸 때 독자연령에 맞춰 흥미를 고려하는 일이 정착되었다.[10]

나는 여러분이 슬프고 눈물나는, 그런 불쌍하고도 가련한 이야기보다도 용감하고 무시무시하게 무섭고 자릿자릿하게 마음이 안타깝고 양손에 굳은 땀을 쥐어가면서 읽어야 할, 그런 이야기를 더 좋아하는 줄로 믿고 다음과 같은 재미있는 이야기를 하겠습니다.[11]

인용문은 『백가면』의 첫 문장이다. 1920년대 소년소설이 애상적이고 감상적인 분위기를 주조로 하였고 1930년대 소년소설이 계급적 모순을 극복하려는 소년의 투쟁의지를 형상화하였다면,[12] 1937년 김내성의 소년탐정소설은 공포, 격정, 흥분의 감정으로 구성된 '재미'를 강조한다. 재미의 강조는 김내성만의 개성이라기보다는 1937년에 창간된 『소년』에 게재된 소년소설의 공통적인 특징이기도 하였다.[13] 1930년대 후반 『소년』의 매체적 특성은 소년들의 호기심과 감정을 자극하는 것이었으며 『소년』의 실제 소년독자들에게 호소력이 있었다.[14]

---

10 심명숙, 앞의 글, 63면 참조
11 김내성, 『백가면』, 평범사, 1951, 9면. 이하 이 책에서 인용할 경우 인용문에 면수 표시.
12 전명희, 앞의 글, 43~84면.
13 최애순, 앞의 글, 7면 참조
14 1930년대 후반 『소년』의 상업적 성공에 대해서는 윤정원, 「한국 근대정기간행물에 관한 서지학적 연구;1889~1945」, 이화여대 석사학위논문, 1997 참조
    한편 『소년』의 상업적 성공에는 적극적인 신문 광고도 중요한 역할을 한 것으로 보이

『소년』의 예처럼 1930년대 후반 아동잡지의 성격 변화는 정치·출판문화적인 이유뿐만 아니라 수요층의 확대에 견인된 것이기도 하였다. 1935년 이후 식민지 조선에 재학 중인 조선인 초중등학생은 100만 명을 넘어섰으며 1941년에는 200만 명을 넘어섰다.[15] 취학률의 증가와 그에 따른 문자보급률의 상승은 소년을 대상으로 한 인쇄매체의 수요와 직결되었으며 당시 적극적인 소비층인 소년 독자들[16]의 이해와 요구를 충족시켜줄 수 있는 인쇄매체가 필요했던 것이다.

그러니까 김내성이 28세의 나이로 귀국하였던 1936년 즈음 조선

는데 특히『백가면』의 첫 회가 게재된 1937년 6월호『소년』광고에서 김내성 소년탐정소설은 사회적 관심요소와 연관되어 홍보되고 있다.

"백백교와 한속? 종로복판에 나타난 백가면! 강박사를 말에 잡아실고 삼청동 쪽으로 사라지자 자동차로 그 뒤를 쫓는 강수길, 박대준의 두 소년! 조선의 처음 보는 대탐정 모험소설"(『조선일보』, 1937.5.13, 4면『소년』광고). 이 광고에서는『백가면』을 1937년 조선을 발칵 뒤집어 놓은 엽기적인 사건인 '백백교'와 연결하면서 대중적 호기심을 자극한다.

15　『소년』이 창간되었던 1937년을 전후한 시기 각 학교에 재학한 조선인 학생의 총수는 1935년에 초등교육기관 973,749명, 중등교육기관 46,454명이었고 1941년 통계에는 초등교육기관 재학생 수는 1,923,667명, 중등교육기관 86,906명이었다. 일제 식민지 시대 초중등학교에 재학 중인 학생의 수는 1945년 해방을 맞이할 때까지 계속 증가한다.

연도	조선인 아동의 취학률
1912	2.2%
1919	3.9%
1925	16.2%
1935	25.0%
1941	45.8%

옆의 표는 일제 식민시대 조선인 아동의 연도별 보통학교 취학률이다. 합방이후 4차례에 걸친 조선교육령을 공포한 총독부의 시책에 따라 조선인 아동의 보통학교 취학률은 증가한다. 식민정책에 동원할 수 있는 황국신민으로 사회화하기 위한 초보적 교육의 필요성이 취학률의 증가를 불러왔던 것이다. 여기에 학력과 학벌이 사회적 위계구조를 형성하는 중요한 기준으로 고착되면서 조선인은 학교교육의 중요성을 인식하게 되었다(오욱환,『한국 사회의 교육열: 기원과 심화』, 교육과학사, 2000, 215면 참조). 이 같은 취학 아동의 급격한 증가는 소년잡지와 소년독물 수요 증가의 직접적인 이유였던 것이다.

16　최배은의 분석에 따르면 1924~1927년까지『어린이』의 주 독자층은 13~18세(82%)의 소년들이었다(최배은, 「한국 근대 청소년소설의 형성 연구」, 『한국문학이론과 비평』 27집, 2005, 370면 참조). 이들의 흥미와 요구에 부합하려 노력이 아동 소년잡지의 변화를 견인하였던 것이다.

의 아동문학계는 사실주의적 경향의 아동 잡지가 쇠퇴하고 소년독자를 상대로 한 대중적 매체들이 자리를 잡아가기 시작하였던 것이다. 취학아동의 급증에 따라 소년층의 흥미와 호기심을 자극할 수 있는 소년소설의 수요가 증가되었던 것이며 이 같은 조선의 출판시장에서 김내성의 작품은 수요의 요구에 부합하였다.[17] 변장, 추격, 암호풀이 등으로 이루어진 긴박한 구성과 이국의 낯선 풍경, 바다 건너 존재한다는 보물섬의 신비, 학교에서 배운 과학 지식과 지리 상식의 등장은 식민지 시기 근대교육을 받는 소년독자들을 사로잡았다.

　　1930년대 후반 『백가면』과 『황금굴』을 발표하여 조선의 대표적인 소년탐정소설가로 입지를 굳혔던 김내성은 해방 후 소년소설계에서 더욱 빛을 발하였다. 1948년 7월에 창간되어 한국전쟁이 발발할 때까지 발행되었던 『소년』(문성당)에 『비밀의 가면』(『철가면』의 번안소설, 1949.3~11)과 『쌍무지개 뜨는 언덕』(1949.12~1950.6)을 연속적으로 게재하였고, 『걸리버 여행기』의 번안인 『꿈꾸는 바다』는 『새벗』(대한기독교서회 성서교재간행사, 1952.7~1953.2)에 연재하였다. 그리고 1952년에 창간된 『학원』(학원사)[18]에는 『검은별』(Black Star의 번안소설, 1953.9~1955.2.), 『황금박쥐』(1955.4~1956.5),[19] 『도깨비 감투』(1956.7~1957.4, 김내성 사후 염

17　김내성이 일본에서 귀국한 다음해(1937)에 쓴 첫 장편소설이 소년탐정소설이라는 점은 에도가와 란포의 소년탐정소설인 『괴인 20면상』(1936)의 유행에 영향을 받은 것이라 생각한다. 김내성이 에도가와 란포로부터 문학적 영향을 받은 것에 대해서는 조성면, 「탐정소설과 근대성」, 『민족문학사연구』 13, 1998, 351~352면 참조

18　1952년 11월 대구에서 창간된 잡지 『학원』은 1950년대 최대 베스트셀러였다. 『학원』 창간 1주년 기념호는 3만5천부를 발행하였고, 1954년 7월호는 8만부를 발행했다. 6·25직후 어려운 형편에 중고등학생 잡지로서는 상당히 많은 부수이다. 이 무렵 『동아일보』가 8만부를 발행한 것을 제외하고, 대부분 신문이 2~4만부를 발간했음을 고려하면 그 인기가 실로 대단했음을 알 수 있다(김영희, 「제1공화국 시기 수용자의 매체 접촉경향」, 『한국언론학보』 47권6호, 2003, 312면).

재만이 이어서 집필)가 연이어 연재되었다.

해방과 한국전쟁을 겪으며 한국 사회의 취학인구는 급격히 증가하였고[20] 전후 삭막한 사회분위기 속에서 별다른 여가활동이 없었던 당시 학생들에게 소년잡지와 소년소설은 학생층의 정서, 교양, 여가활동의 주 대상이었다. 식민지 시기 후반에 소년탐정소설 작가로 이름을 알렸던 김내성은 해방 후 1950년대 소년소설 시장에서도 여전히 인기 있는 소설가[21]였던 것이다.

김내성은 1930년대부터 1950년대까지 한국의 의무교육제도가 정착되는 기간 동안 학생 수의 급격한 증가와 맞물려 형성된 독서시장에서 지속적으로 인기를 얻으며 소년소설을 발표했다. 김내성의 소년소설은 1970년대까지 재출간[22]되면서 학생필독서로서 인기를 얻었다. 여기에는 1950년대에 학창시절을 보낸 세대가 그들의 유일한 여가생활이었던 독서체험에 대한 향수가 작용한 것으로 판단된다. 김내성의 소년탐정소설은 근대교육의 세례를 받는 소년독자들의 기호에 부합하는 흥미요소를 두루 갖추고 있을 뿐만 아니라 근대교육의

---

19 『황금박쥐』는 1957년 1월에 학원사에서 단행본으로 출간되었다.

20 제1공화국 시절 의무교육제도가 본격적으로 정착되며 취학률은 90%대에 육박하였다. 휴전이 되자 정부는 '의무교육 완성 6개년 계획(1954~59)'을 입안하여 의무교육제도의 본격적인 시행에 들어갔고 그 결과 1954년에 취학률은 82.5%, 1959년에는 96.4%였다. 학생 수로 따져본다면 해방된 1945년에 1,366,024명이던 초등생 숫자가 1954년에 2,678,374명으로 1960년은 3,621,269명으로 급격히 증가하였다(윤종주, 「해방 후 우리나라 인구 변동의 사회적 의미」, 『인구문제논집』, 역사비평사, 1998, 52면 참조).

21 해방 전 발표했던 『백가면』은 1946년에 조선출판사에서 재출판하였다가 한국전쟁기인 1951년에도 간행(평범사)되어 1952년에는 재판을 찍었다. 박진영이 작성한 연보에 따르면 『황금굴』(재출간, 1945.12)도 해방 후 지속적인 인기를 누렸다. 해방 후부터 1957년 사망 전까지 소년잡지에 연재한 소년소설들 모두 단행본으로 출간되었다(박진영, 「김내성 연보 및 작품목록」, 『판타스틱』 20, 2009, 167~183면 참조).

22 필자가 확인한 바로는 김내성의 『황금굴』과 『검은 별』이 포함된 '한국소년소녀추리모험소설선집'이 아리랑사에서 1973년에 간행되었다.

수혜자가 요구하는 이념을 포섭하고 있었기 때문에 대중적인 인기를 오랫동안 유지할 수 있었다. 즉 소년독자들은 감각적인 재미를 만끽하면서도 소설이 제시하는 표면적인 주제의 이상성理想性으로 그 재미의 정당성을 확보할 수 있었으며, 기성세대는 흥미요소를 활용해 교훈적 내용을 전달하고 있는 김내성 소설을 적극적으로 장려하였던 것이다.

　김내성 소년탐정소설이 구현하는 이 같은 서사적 흥미와 이상적인 주제의 결합은 '바다'라는 공간을 설정함으로써 가능하였다.[23] 그의 소년탐정소설은 바다를 배경으로 사건의 갈등이 심화되고, 바다에서 갈등이 해소되며 희망을 발견하는 결말구조를 공통적으로 구축하고 있다. '바다로의 모험'은 근대 교육 제도로 훈육되는 소년들의 심성을 자극하였고, 혼란한 격변의 시기에 정치사회적 요구를 실현하는 데에도 효과적이었다. 그의 소년탐정소설에 등장하는 '바다'는 단순한 자연물이나 지질학적 배경이라기보다는 정치사회적 공간인 것이다. 따라서 그의 소설에 나타난 '바다' 표상을 논구하는 작업은 김내성 창작방법의 특징과 작가의식을 규명할 수 있는 단초를 마련해 줄 것이다.

23　『몽테크리스토 백작』의 번안소설인 『진주탑』(1947), 『매일신보』에 연재한 『태풍』 (1942), 『신시대』에 연재한 『매국노』(1943)도 문물의 교류와 갈등이 내포된 공간으로서 바다, 항구를 배경으로 한다.

3. 영해領海로서의 바다와 안정된 질서의 희구

『백가면』은 용감한 소년 주인공을 내세워 소년독자들의 호기심과 흥미를 자극하는 이야기들로 구성되어 있다. 백가면의 변장과 속임수, 백가면의 예고 편지, 자동차 추격전, 과학상식으로 설명되는 "무서운 기계"의 발명, 이 기계를 노리는 스파이,[24] 비밀수첩과 암호풀이 등 『백가면』은 10대 소년들의 지적 관심에 부합하고 그들의 호기심을 충동할 모티프를 고루 갖추고 있었다. 이 같은 모티프를 활용해 형성하는 『백가면』의 서사적 논리는 표면적으로 납치된 아버지를 구출하는 데에 맞춰져 있다.

주인공 소년들은 아버지를 구출하기 위해 백가면과 추격전을 벌이고, "무서운 기계"를 탈취하려는 스파이들과 대결한다. 1930년대부터 '모험'을 다루는 소년소설[25]이 서사적 긴장을 유지하기 위해 '구출'의 모티프를 활용하였지만, 『백가면』은 구출의 대상이 '아버지'라는 점에서 주목을 요한다. 납치된 아버지를 구출하는 소년은 혼란스러운 가족의 질서를 회복하는 주체이며 그에 따라 소년의 긍지와 자부심은 극대화한다.[26] 그리고 소년들은 추격전의 와중에서도 집에 있는 어머

---

24 정혜영과 최애순의 논문에 자세하게 소개되어 있듯이 1935년을 기점으로 당시 조선에는 '스파이'에 관한 담론이 신문과 잡지에 자주 소개되었다. 1937년에 발표된 『백가면』에 스파이가 중요한 소설적 모티프로 활용되고 있을 만큼 스파이에 대한 대중적 인지도는 높았던 것으로 보인다. 1930년대 중후반 스파이 담론의 유행과 관해서는 정혜영, 「방첩소설 매국노와 식민지 탐정문학의 운명」, 『한국현대문학연구』 24, 2008, 281면; 최애순, 앞의 글, 10면 참조.

25 곡마단에 끌려간 남매가 주인공인 방정환의 「7 · 7단의 비밀」(1931)에서는 오빠가 여동생을 구출하는 이야기로 긴박감을 형성하고 있다. 전명희, 앞의 글, 55~56면.

니에게 현재적 상황을 설명하는 편지를 보낸다[27]는 점을 상기한다면, 소년들이 희망하는 바가 무엇인지 이해하기 어렵지 않다. 위험에 빠진 아버지를 구출하고, 염려하는 엄마를 안심시키는 소년은 가족의 주체로서 '가족의 안정'을 희구하는 것이다. 소설의 결말은 소년들의 바람대로 모든 것이 성취된다. 특히 대준이가 아버지와 해후하는 설정은 안정된 가정을 염원하는 소년들의 심리를 극적으로 반영하고 있다. 대준은 10년 전에 아버지와 이별하고 생사를 알지 못한 채 살아왔다. 대준은 강영제 박사를 납치한 백가면을 추격하다가 백가면이 자신의 아버지 박지용임을 알게 되고 강박사의 구출과 함께 아버지와 자연스럽게 상봉하게 된다. 납치된 아버지를 구출하고, 생사를 몰랐던 아버지와의 상봉으로 마무리되는 이 소설은 혼란스러운 사회적 격변의 시기에 안정된 가정의 염원을 표면적인 주제의식으로 제시하고 있는 것이다.

그런데 납치, 추격, 변장의 흥미요소가 형성하고 있는 소설적 결말은 아버지와의 해후로 마무리되지만 이 결말의 전개과정에서 국가의 이익을 내면화하는 서사적 논리가 『백가면』에는 결합되어 있고 그 논리의 형성이 "황해바다"를 경계로 구현된다는 점에 주목할 필요가 있다. 『백가면』의 중심 사건인 강영제 박사의 납치는 그가 발명한 "무서운 기계"를 둘러싼 국가 간의 갈등 때문에 생겨났다. 그가 발명하고

---

26 더구나 스파이들이 노리고 있는 수길의 아버지 강영제 박사는 "웃턱 아래턱 할 것없이 허연 수염이 길게 난", "육십이 가까운" 노인의 모습으로 등장한다. 육체적으로 노쇠한 아버지를 구출하는 10대 소년들은 부양의 의무를 실천하는 청년처럼 보인다.

27 수길은 백가면을 추격하며 아버지의 납치소식을 알리기 위해 엄마에게 편지를 보내고, 아버지를 구출하기 위해 여행을 떠난다고 소식을 알린다. 수길이 항상 데리고 다니는 비둘기의 발에 묶어 엄마에게 편지를 보낸다.

있는 거대한 전기자석 기계는 전 세계가 두려워하는 발명품으로 "이 무서운 기계"가 발명되면 "그들의 생명과 그들의 재산과 그들의 왕좌를 일조일석에 물거품과 같이 만들어버"리게 된다. 그래서 "세계 각국에서 파견된 스파이들이"[28] 경성에 잠입, 강박사의 비밀수첩을 빼앗고 그를 납치하려고 하는 것이다. 악당인 줄 알았던 백가면은 사실 강박사를 스파이들로부터 보호하는 애국적 인물이었다. 공포의 인물인 백가면과의 추격전으로 전개되던 소설은 '백가면과 유불란과 소년들'이 한편이 되어 적국 스파이들[29]을 상대로 강박사를 구출하고 무서운 기계의 해외유출을 차단하는 이야기가 서사의 틀을 이루는 것이다.

적국의 스파이들로부터 강박사를 보호하는 백가면이 강박사를 은신시킨 곳은 강박사의 "황햇가 연구소"이다. 강박사를 두고 백가면 일행과 적국 스파이들 간의 추격과 격투가 벌어지는 극적 갈등은 "진남포"[30] 부근의 "황햇가 연구소"에서 전개되는 것이다. 경성에서 24시간이나 떨어진 진남포는 일제시기 황해를 접하고 있는 항구 중에서도 전략적 요충지였다.[31] 바다로 잠입한 적국의 스파이들이 비밀무기

---

28 『소년』, 1938.1, 86면.
29 『소년』에 게재된 판본에는 적국 스파이들이 중국, 영국, 로서아 사람이라고 명시되어 있다. "중국사람의 뒤로 두 사람의 수상한 서양사람이 또 들어왔습니다. 그 서양사람 가운데 한 사람은 영국사람이오 또 한사람은 로서아 사람입니다."(『소년』, 1938.2, 70면) 1937년 당시 일본이 대립하고 있던 국가를 직접 제시, 현실세계의 정치적 갈등이 허구적 세계에 그대로 반영되고 있다. 김내성의 소설에서 등장하는 '모험'은 현실적 필요에 의해 구성되고 있는 것이다. 한편 1951년판 단행본의 경우는 "적성국가 스파이"로 간단하게 개정되어 있다.
30 『소년』의 판본과 달리 1951년 단행본에는 진남포가 아닌 인천행 기차를 타고 다시 자동차로 가는 곳으로 제시되어 있다.
31 진남포는 청일전쟁(1894~1895) 때 일본군의 대병력이 상륙하여 병참기지가 된 후 1908년 이후 진남포항이 설치되었고 1915년 조선 최초의 제련소가 건립되었다. 진남포는 무역항이자 군항으로 중국, 일본과의 무역거래가 활발했으며 1936년 장항제련소 건립 이전까지 조선 금속 생산의 중추적 역할을 담당한 곳이었다.

의 유출을 시도하는 곳이 진남포의 바닷가 연구소라는 설정은 바다를 경로로 전개되는 국가 간의 대립을 상징하고 있는 것이다.[32] 『백가면』에서 문물의 유입과 진출이 활발한 바닷가는 국가적 갈등을 내포하는 공간으로 활용되며 이때 바다는 국가의 경계, 영해의 의미로 한정된다. 근대 초기 최남선이 소년의 도전정신을 고취하기 위해 주목했던 바다가 무한한 가능성과 기회의 공간을 상징하는 것이었다면,[33] 그로부터 30년이 지난 후 김내성의 바다는 배타적 영해가 된다. '영해'는 국가 간의 갈등과 긴장의 전선인 정치사회적 공간인 것이다. 황햇가 진남포 부근에 위치한 강박사의 연구소는 다음과 같이 묘사된다.

> 절벽 위에 마치 무슨 고성과 같이 시껌멓게 솟아 있는 커다란 양옥 …… 끊임없이 껌벅껌벅하는 불빛의 신호를 내보내고 …… (174~174면)

"강박사가 연구해 놓은 기계"가 장치되어 있는 "황햇가 연구소"는 군사기지基地의 모습을 하고 있다. 국가의 전략적 요충지인 황해 진남포에 자리 잡은 군사기지에는 세계가 두려워하는 "무서운 기계"가 제작되고 있는 것이다. 이 "무서운 기계"를 쟁탈하기 위해 적국의 스파이들이 바다로 잠입해 들어오고 이를 막기 위해 전 세계를 떠돌던 백가면은 경성에 몰래 들어와 유불란 일행과 함께 적성국가 스파이들의 준동을 섬멸하는 이야기가 『백가면』인 것이다.

---

32 이 같은 설정은 김내성의 치밀한 계산에 따른 것으로 보인다. 이 소설이 발표될 당시 김내성은 29세였다. 인물의 행동, 심리와 연관해 시공간의 치밀한 논리를 구축하는 능력이 뛰어났던 그의 추리소설들을 염두에 둔다면 그의 첫 장편소설인 『백가면』에서도 시공간의 전개를 치밀히 계산하여 설정하였음을 유추해 볼 수 있다.

33 권보드래, 「『소년』과 톨스토이의 번역」, 『한국근대문학연구』 6권2호, 2005, 71면.

그러니까『백가면』은 미성숙한 소년들이 이별했던 아버지들과 해후하는 서사적 골격에 적성국가의 준동으로부터 국가 이익을 수호하는 갈등의 구조를 결합함으로써 '안정적인 질서의 회구'를 형상화하고 있다. 아버지와의 해후가 적성국가의 스파이들을 섬멸해야만 가능하다는 서사적 논리는 소년들에게 난해한 '국가 이익'이라는 개념을 자연스럽게 내면화시킨다. 해외를 떠돌다 강영제 박사를 보호하기 위해 국내로 잠입한 백가면이 자신의 아버지라는 것을 알게 되었을 때 대준이 "그 용감하고도 사내다운 성격을 가진 백가면을 아버지로 섬긴다는 기쁨이 용솟음침을 전신에 느끼는"(151면) 감동의 장면은 애국심의 내면화 과정을 보여준다. 아버지를 구출하기 위한 모험은 국가의 이익 수호와 직결된 애국적 모험이기도 한 것이다.『백가면』의 소년들이 펼치는 이 같은 정치사회적 모험은 안정된 가정과 국가의 수호가 "일체一體"라는 인식으로 완결된다.

> 파도높은 황해바다 위로 황금색 햇발이 늠실늠실 기어오르고 있을 때였습니다. …… 대자연이 짜아내는 이 커다란 사랑 앞에는 어둠도 없고 슬픔도 없고 싸움도 없고 시기도 없고 질투도 없습니다. 광명의 나라! 희망의 세계!(192면)

영해領海인 "황해바다"를 지켜내고 아버지와 해후한 주인공들이 '환희'를 체험하게 되는 것은 안정된 질서가 회복되었기 때문에 가능하였다.『백가면』은 황해바다를 배경으로 혼란스러운 국제 정세속에서 안정적 질서를 희구하는 당시의 정치사회적 요구를 반영하고 있는 것이다. 영해로서의 "황해바다"를 수호한 소년의 모험은 황해너머 바다로도 확장된다. 국내 정세의 안정뿐만 아니라 해외로의 진출을 위해서도 소년의 모험이 활용되는 것이다. 1930년대 후반 식민지 조선의 소년들을 흥분시킨 '바다로의 모험'은 식민 권력의 정치사회적 요구를 내포하고 있었다.

4. 공해公海로의 진출과 제국주의의 시선

『백가면』이 황해바다를 경계로 전개되는 소년의 모험을 통해 국가와 가족의 안정된 질서를 희구하고 있다면,『황금굴』은 고아 소년들을 황해너머 공해상으로 진출시켜 모험의 정치사회화를 구상한다. 유불란과 함께 고아소년들이 인천을 출발하여 동지나해, 대만해협을 지나 남지나해, 보르네오섬을 거쳐 도착한 곳은 인도 남해의 보물섬 계룡도이다. 황해 너머 모험의 종착지는 인도인 것이다. 보물의 암호풀이, 인도인 해적의 납치와 탈출, 거친 바다의 항해가 순차적으로 이어지며 소설의 흥미와 호기심이 배가되는『황금굴』에서 주목할 점은 '인도'와 '인도인'에 대한 구체적인 묘사와 설명이다.

"인도에서 제일 깨끗하고 신선한 강은 벤갈만(灣)으로 흘러내리는 간디스란 강입니다" 하고 대답하엿습니다. 유탐정은 "그렇다. 간디스라는 강이다" 하고 가장 유쾌한 듯이 외쳤습니다. 독자제군, 제군은 학교에서 지리시간에 가야라든가 베나레스라든가 아라하바아드라는 도시(都市)가 모두 이 간디스강변에 있는 것을

〈그림 1〉 『황금굴』 삽화, 『동아일보』, 1937.12.2.

배웠을 것이며 따라서 이 가야, 베나레스, 아라하바아드가 모두 인도교(印度敎)의 성지(聖地)라는 사실도 선생님께 배웠을 것입니다. 거기는 인도교의 절(寺)이 수천 개나 되고 그절에 기도하러 각처에서 모이는 사람이 연년 수백만이나 된다고 합니다.[34]

유불란과 소년들이 보물섬의 암호문을 해독하는 과정에서 인도의 지리와 문화는 학교의 지리시간처럼 소개되고 있다. 〈그림 1〉에서 보듯 당시 『동아일보』에 연재되던 『황금굴』은 인도의 지리적 이해를 시각적인 방식으로도 도모하고 있는데, 생경한 이국문화야말로 소년 독자들이 선호하는 관심거리였다. 물리적으로 먼 거리와 낯선 문화의 대표적 지역인 인도는 『황금굴』이 발표되기 10여 년 전부터 조선사회에서 관심을 갖던 지역이었다. 1920년대부터 조선의 신문과 잡지에서는 인도 여행기를 자주 소개하였다.[35] 식민지 조선에서는 인도를 "시, 종교, 철학의 나라"로 파악하고, "야자나무 그늘 아래 빈랑나무 향내

---

34 김내성, 『황금굴』 11. 풀리는 암호문(2), 『동아일보』, 1937.12.2.

35 당시 많은 기행문에 인도양을 여행한 내용이 소개되었다. 인도양은 조선에서 유럽으로 가는 뱃길이었다. 상해와 싱가포르를 거쳐 인도양을 지나며 경유하는 실론도는 기행문에 자주 등장하였다(이옥순, 『식민지 조선의 희망과 절망』, 푸른역사, 2006, 181~197면). 김내성은 자신의 소설에서 인도(인)와 인도양을 자주 등장시키고 있다. 『태풍』에서는 인도양을 경유하는 선박여행이 묘사되고, 『걸리버여행기』의 변안소설인 『꿈꾸는 바다』는 인도로 무역을 하러 나갔던 한국 상선 계림호가 풍랑을 만나 모험을 하게 되는 이야기이다. 『백가면』에서 대준의 아버지이자 백가면인 박지용은 세계 각국으로 장사를 하러 돌아다니다 인도 실론섬 부근에서 해적에게 납치되었던 것으로 나온다.

아래 파초씨 흘늘어진 그 땅"이라며 동경하였다. 그리고 "석가모니로 인하여 존중심을 가지고, 타고르로 인하여 많은 애착심을 가지고 간디로 인하여 동정심을 가지고, 동병상련하는 마음을 느"[36]꼈던 곳이 인도였다. 당시 조선에서는 이국적 자연환경과 종교적 독특함 때문에 인도를 호기심과 동경의 세계로 이해하고 있었던 것이다. 식민지 조선사회에서 지속적으로 관심을 가져온 인도를『황금굴』은 1937년에 소년독자들에게 자세하게 소개하고 있는 것이다.

한편 〈그림 2〉는 인도인을 바라보는 당시 조선인이 지녔던 시선의 정체를 확인해 준다.

〈그림 2〉는『황금굴』의『동아일보』12월 10일 연재분에 실린 삽화이다. 보물섬을 찾아가던 도중 태양호 선장이 건넨 망원경으로 유불란이 인도인을 바라보는 내용을 그린 것이다.『황금굴』에서 인도인 해적들은 "얼굴을 시컴어케" 하고 "머리에다 타반을 쓰고 긴 만또와 같은 의복을 몸에 둘은" "무서운" 사람으로 묘사되고 있는데, 이 묘사는 삽화에 그대로 반영되었다.『황금굴』에서 묘사되고 구체화된 인도인의 모습은 당시까지 조선의 지식인들이 상상하던 인도인의 모습과 크게 다르지 않았다. 조선 지식인들은 서구문학과 서구에서 기원한 지식을 통해 인도를 적도 부근의 뜨거운 나라로 상상하며 "인도라면 태양

〈그림 2〉『황금굴』삽화,『동아일보』, 1937.12.10.

36　『조선일보』, 1926.2.11.

적도 밑에 있는 제일 뜨거운 나라로 검둥이라면 무엇보다 그 나라 사람을 연상하게 되는 것만큼 그들은 세계에서 제일 검은 인종"[37]으로 생각했다. 동양의 유색인인 조선인이 피부색에 대한 백인 중심의 편견을 그대로 답습하고 있었던 것이다. 인도를 신비와 동경의 나라로 이해하면서도 인도인들을 검은 피부색의 무서운 인종으로 인식하고 있는『황금굴』의 내용은 유럽인들이 인도에 대해 가지고 있었던 호기심과 편견이 조선인들에게 전이되어 표상되고 있음을 보여준다. 그러므로 동양을 바라보던 유럽인의 이중적 시선을 추종하고 있는『황금굴』이, 미지의 보물은 먼저 발견한 자가 쟁취한다는 제국주의의 입장을 내세우고 있는 것은 자연스러운 논리적 귀결이다.

> 황금굴
> 그것은 누구의 것이냐.
> 발견하는 사람의 것.
> "황금굴이다! 황금굴이다!"
> "만세! 만세!"
> 사람들은 저마다 기뻐서 손뼉을 치며 부르짖었었습니다.[38]

조선의 고아들인 학준 일행은 인도인 해적들의 추격과 난파의 위험을 무릅쓰고 도착한 보물섬에서 황금굴을 찾았다. 보물은 어디에 있건, 보물이 무엇이건 용기 있게 발견하는 사람의 소유라는 인식은 근대문명을 무기로 식민지를 건설하고 이권을 강탈해간 제국주의

---

37 『조선일보』, 1930.1.3.
38 김내성,『황금굴』19. 황금굴(2),『동아일보』, 1937.12.25.

의 입장과 다르지 않다. 더구나 이들이 찾은 보물은 인도지역의 권위와 역사를 상징하는 "인도 왕족의 황금왕관"이었다. 이 같은 제국주의의 시선은 조선의 소외된 약자인 고아들의 용기 있는 모험으로 은폐되어 고아에 대한 동정적 시선을 가진 소년독자들에게 제국주의 논리를 내면화하도록 만든다.

> 옳지, 그 돈을 가지고 훌륭한 고아원을 세우자. 백화점처럼 커다란 집을 지어 놓구 그리고 전조선에서 불쌍한 아이들을 죄다 모아다가 공부도 시키고 운동도 시키고 ……[39]

난파의 위험과 인도인 해적의 위협을 감수하면서 인도의 계룡도에 묻혀있는 보물을 찾아 떠나는 학준 일행은 모두 고아였다. 모험에 참여하는 고아 소년들은 바다로 나아가 "부모의 사랑보다 한층 더 굳세인 힘을 이 대자연 속에서 느낀"다. 그들은 이 모험을 통해 자신들의 처지를 비관하거나 동정하지 않을 뿐만 아니라 보물을 얻기 위해 진취적인 모습으로 묘사된다. 애상적이며 동정의 대상이었던 과거

---

[39] 김내성, 『황금굴』 4. 무서운 인도인(1), 『동아일보』, 1937.11.11. 그런데 1973년 아리랑사판은 이 부분을 다음과 같이 개정하였다. "난 절반은 나라에 바치고 그리고 절반은 우리들과 같이 부모없는 불쌍한 아이들에게 나누어 줄테야." "옳지, 국방헌금을 하고 남은 돈을 가지고 훌륭한 고아원을 세우자. 백화점처럼 커다란 집을 지어놓구 그리고 전국에서 불쌍한 아이들을 죄다 모아다가 공부도 시키고 운동도 시키고 ……"(28면)『동아일보』본과 달리 밑줄 친 부분이 첨가되었는데『황금굴』이 단행본으로 처음 발간되었던 1944년 7월에 이 내용이 삽입되었을 것으로 추측된다. 밑줄 친 부분은 일제 말기 동원 체제를 의식한 내용으로 이해되기 때문이다. 그런데 삽입된 내용은 해방 후 간행되는 단행본에서도 삭제될 필요가 없었다. 식민지 말기와 1970년대가 집권세력의 성격이 다르고 정치체제도 판이하지만 '국가동원을 강요하는 체제'라는 공통점이 있었다. 한국전쟁 이후부터 1970년대까지 국가동원체제가 작동하는 사회에서 이 같은 내용은 지배 권력의 정치사회적 요구를 반영한 것이어서 환영받을 수 있기 때문이다.

고아의 이미지[40]와 달리 이 소설에서 고아는 적극적인 모험의 주체로 제시되어 소년독자들에게 희망적인 메시지를 전달하는데 효과적으로 활용된다. 이국적 지역을 답사하는 고아들의 흥미진진한 모험은 물질적 성취로 완결되고 공해公海 상 미지의 세계에서 획득된 부는 사회적 선행을 위해 사용될 것이 예고됨으로써 제국주의의 논리는 자연스럽게 은폐되는 것이다.

신비적 호기심으로 인도를 다루면서도 그 배면에 제국주의의 욕망을 실현하는 『황금굴』의 정치사회적 맥락은 식민지 후반 김내성의 『태풍』(1942)에서 보다 노골적으로 드러난다. "가엾슨 동양의 노대국" 인도의 찬란했던 고대 종교미술을 답사하는 유불란이 앵글로색슨의 악마성을 폭로하고 영국인에게 굴종하는 인도인의 무지와 야만성을 질타하는 『태풍』은 황해를 거점으로 인도양을 포괄하려는 대동아 단결의지를 노골적으로 드러내고 있다. 서구적 근대가 몰락하고 동양이 세계의 역사를 새롭게 열 것이라는 역사철학적 신념으로 구축된 대동아공영의 논리로 보자면 인도인의 야만과 무지는 적성국 앵글로색슨을 이롭게 할 뿐인 반역사적인 행태인 것이다. 뿐만 아니라 영국인의 하수인 역할을 할 뿐인 인도인들은 어리석은 악당이기 때문에 동양의 문명국 인도의 신비한 문화와 역사는 앵글로색슨과 대립하며 동양의 순수를 구축하려는 새로운 세력이 수호해야한다는 논리로 이어진다. 동

---

40 1930년대 '고아'는 사회적인 문제였던 듯하다. 『어린이』, 1932년 7월호에는 「전조선에 고아 이만명」이라는 제목의 글이 실렸다. 1931년 5월 기준으로 2천만 조선 인구 중 6백만 명이 어린이(19세까지)이며 그 가운데 2만 명이 고아였다. 이는 어린이 중 3%에 해당하는 수치이다. 전쟁이 없었던 점을 고려하면 생활의 궁핍함을 말해준다. 이런 시대를 반영하여 고아는 소년소설의 주인공으로 자주 등장하였다. 1920년대는 식민지 현실의 민족적 애상을 '고아'에 투사하여 표현하였지만, 1930년대 고아는 실제적인 사회 문제였다(전명희, 앞의 글, 47~48면 참조).

양의 거대한 문명국 인도를 정복하려는 정당성을 대동아공영론에서 찾고 있는 것이다. 김내성의『태풍』은 제국주의의 해양 확대 재편을 꿈꾸는 일본의 야욕에 대해 열렬한 환호를 보낸 것이었다. 인도를 신비와 야만의 이중적 시각으로 타자화하면서 정복의 논리를 내면화하도록 유도하는『황금굴』의 모험은 일본 제국의 정치사상논리를 토대로 구성되었던 대동아공영권의 환상으로 확장되었던 것이다.

5. 설화적說話的 공간으로서의 바다와 금전적金錢的 환상의 실현

김내성의 소년탐정소설에 나타난 모험의 정치사회적 요구는 8·15해방을 기점으로 소멸되고 만다. 제국주의적 환상의 몰각과 새롭게 재편되는 1950년대 국제 정세의 긴박감 속에서 김내성은 황해를 설화적 공간으로 변환함으로써 1950년대에 소년탐정소설을 안정적으로 창작할 수 있었던 것이다. 이제 그의 소년탐정소설에서 바다는 경제적 부를 실현하는 환상의 공간으로 기능할 뿐이며 소년들의 모험은 물질적 욕망을 충족하기 위한 것으로 변화한다.

해방 후 김내성의 대표적인 소년탐정소설인『황금박쥐』에서 갈등이 심화되고 해소되는 서사 공간인 '바다'의 표상은 앞선 작품들과 구별된다.『백가면』의 바다가 '영해領海'로 한정되어 안정적인 질서를 희구하는 소년의 심리를 반영하였고『황금굴』에는 '공해公海'로 진출하는 제국주의의 생리가 투사되어 있다면, 『황금박쥐』에서는 바다를 설화의 공간으로 환원하여 물질적 성취의 욕망을 실현하는 환상적 세계로 제시한다.

『황금박쥐』의 주인공 소년들이 보물을 찾아 떠나는 황해바다는 "심청이가 빠져죽은 장산곶 바다"[41]이다. 『황금박쥐』의 장산곶 앞바다는 해외 문물의 교류 경로도 아니고, 영해의 전략적 요충지도 아닌 심청이의 한이 서린 설화적 공간인 것이다. 장산곶 앞바다 중에서도 보물이 숨겨진 곳이 "도깨비섬"의 "벼락 맞은 나무" 속으로 제시되고 있음을 감안한다면, 소년들은 보물을 찾기 위해 현실적 공간에서 설화적 공간으로 이동하는 모험을 감행하고 있는 것이다.

김내성의 소년탐정소설이 설화적 공간으로 전환한 것은 공고한 이념의 기반을 상실한 그가 채택할 수 있는 작가적 선택으로 보인다. 식민지적 상황과 달리 해방 후 1950년대는 세계정세가 새롭게 재편되는 시기였다. 이승만 정권이 집권하며 반공국가로서의 자기 구성을 시도하고, 미국 헤게모니의 자장 내에서 국가적 위상을 확보하려는 의도가 국가적 자기 정체화의 기획으로 전개되던 시기가 1950년대의 상황이었다.[42] 일본 제국의 몰락과 함께 제국주의적 환상은 몰각될 수밖에 없는 것이며 제국주의의 해양적 확대 재편을 열렬히 환호하였던 김내성의 소설은 그 방향성을 잃었던 것이다.

즉 1950년대 김내성의 소년탐정소설에서 등장하는 황해바다는 영해로서 규정되기 위험한 곳이었다. 강력한 식민제국의 몰락으로 해

---

41 김내성, 『황금박쥐』, 학원사, 1957, 304면. 이후 인용문에 면수 표시.
42 김예림, 「냉전기 아시아 상상과 반공 정체성의 위상학」, 『상허학보』 20집, 2007, 311~338면 참조.

외 진출의 거점이었던 황해바다를 둘러싼 지역은 이제 이념적 대치의 초긴장 상태에 빠진다. 남한 / 북한의 대립과 황해바다 건너 중공의 존재 역시 황해를 안정된 질서가 유지되는 영해로 규정하기에는 큰 부담이 존재하였다. 뿐만 아니라 황해바다를 근거로 해외로 진출할 수 있는 기회조차 봉쇄되었고 그것을 가능하게 할 현실적인 세력도 소멸되었기 때문에 『황금박쥐』의 황해바다는 설화의 공간으로 환원되었던 것이다. 황해바다에서 정치사회적 모험을 펼치기란 사실상 불가능하였던 것이며, 이제 황해바다는 설화의 공간으로 환원되어 물질적 욕망을 환상적으로 실현하는 곳으로서 당시 대중적 기호에 부합하도록 재조정된다.

설화적 공간으로의 모험은 소년주인공들이 현실적 공간인 서울에서는 충족할 수 없는 물질적 부에 대한 환상을 실현가능하게 한다. 바다 한가운데 보물섬에서 발견하는 보물이란 현실에서는 존재하지 않는 환상이며 설화적 공간에서나마 욕망하는 대로 발견할 수 있을 뿐인 것이다.

보물상자를 여니 황금, 다이아몬드, 비취, 진주목걸이가 가득 (360면)

황해바다에서 찾아낸 보물 상자에는 다양하고 화려한 보석이 가득 담겨 있다. 소설 속 소년들이 발견한 화려한 보물상자는 소년독자들의 물질적 환상을 반영하고 있는 것이기도 하다. 『황금굴』에 등장하는 인도 왕족의 황금왕관과 달리, 『황금박쥐』에서는 보물에 얽힌 내력이나 역사의 상징성은 찾아볼 수 없다. 소년들의 물질적 부에 대한 환상을 충족시키는 것이 중요하기 때문이다. 한국전쟁 후 가치와 윤리가 붕괴된 폐허의 한국 사회에서 금전적 욕망은 필연적이었다. 1950년대에 미성숙한 소년들조차 금전적 부의 필요성을 절감하였음을 『황금박쥐』는 보여준다. 금전적 부에 대한 욕망은 현실 공간에서 성취되기 불가능하였기 때문에 모험을 무릅쓰고 도달한 설화적 공간에서 실현될 수 있어야 하는 것이다.

김내성은 식민지 후반 정치적 상황과는 판이하게 전개되는 1950년대 사회적 상황이 혼란스러웠던 듯하다. 전후 소년소설 시장의 수요 때문에 소설의 집필을 중단할 수 없었던 김내성으로서는 정치사회적 맥락과 연결된 치밀한 구성력을 1950년대 소년탐정소설에서 발휘할 수 없었다. 그래서 식민지 시기 발표했던 작품들의 주요 모티프를 활용하여 소설을 구성하고[43] 명료하게 파악하기 힘든 국내외 정세의 혼란 때문에 "황해바다"는 정치사회적 맥락을 탈각시킨 채 설화의 세계로 제시되는 것이다.

그러나 설화적 공간에서나마 모험으로 성취한 금전적 부를 사회적 선행에 사용되어야 한다는 당위를 제시함으로써 김내성은 소년탐정소설의 서사적 흥미를 이상적 주제와 조합한다.

헤일 수 없을 만큼 수많은 돈이 우리의 손에 들어온다. 그것을 나라에 바치자.

---

[43] 해방 후 김내성의 소년탐정소설은 식민지 시기 발표한 『백가면』과 『황금굴』의 주요모티프들을 혼합하여 창작되었다. '보물을 얻기 위해 바다로 떠나는 모험' 이야기가 김내성 소년탐정소설의 구성적 관습으로 정착되었음을 보여주는 작품이 『황금박쥐』이다. 『황금박쥐』는 중학생인 문철과 학길이 고아인 이쁜이와 함께 황해바다에 숨겨진 보물을 찾아가는 이야기이다. 부모와 살고 있는 소년들과 고아인 소녀가 함께 바다의 보물섬을 향해 모험 여행을 떠나며, 보물의 암호를 풀기 위해 소년들의 기지가 발휘된다는 점에서 앞선 소설의 주요모티프가 혼합되었음을 확인할 수 있다. 또한 보물을 두고 악당인 황금박쥐와 경합을 벌이는 모험담과 획득한 보물을 사회적 약자들을 위해 사용한다는 설정 역시 낯익다.

…… 그 돈으로 커다란 훌륭한 고아원을 지어서 수많은 전쟁고아를 수용하여 우리들처럼 공부를 시키면 얼마나 좋으냐! …… 전쟁고아원도 좋지만, 나는 그보다 먼저 상이군인과 그의 가족을 먹여살리는 훌륭한 기관을 만들고 싶다(87면).

『황금박쥐』는 소년독자들에게 전쟁 후의 경제적 궁핍과 고단한 상황에서도 공동선公同善의 유지가 중요하다는 점을 강조하고 있다. 여기에는 비록 설화적 세계에서 강화되고 실현되는 금전적 욕망이라 하더라도 사회적 요구와 윤리를 고려하지 않을 수 없다는 관념이 내포되어 있다. 경제적 궁핍의 해결이 지상과제였던 1950년대에 사회적 요청에 충실한 이상적인 소년상을 제시하여 소년독자의 흥미와 시대적 요구를 절충하고 있는 것이다. 환상의 세계에서조차 사회적 요구와 지배적 이념은 소년들의 욕망을 제어하며 소년들에게 내면화되었던 것이다.

6. 맺음말

한국 근대추리소설의 선구자로 알려진 김내성은 식민지 시기부터 1950년대까지 많은 소년소설을 창작하였다. 그의 소년소설은 근대적 의무교육제도의 시행과 확대로 증가한 소년독자층에게서 폭넓은 인기를 얻었다. 김내성의 소년소설은 통속적이고 상업적이라고 평가되어 그동안 연구사에서 소외되었으나, 김내성 작품의 체계적인 인식과 작가적 특질을 이해하기 위해서는 조명되어야할 연구대상이다. 따라서 본고는 김내성의 작가의식 규명을 위해 그의 소년탐정소설에서 중요한 공간으로 설정된 '바다' 표상을 분석하였다.

김내성의 첫 번째 장편소설인 『백가면』(1937)은 표면적으로는 소년 주인공이 부친과의 상봉을 위해 모험을 감행하고 있는 것으로 묘사되고 있으나 그 이면에는 국가 이익의 수호를 내면화하는 과정이 중첩되어 있다. 황해바다를 사이에 두고 적성국가 스파이들과 대결을 벌이는 소년들의 모험은 소년의 성숙으로 귀결되기보다는 국가이익의 수호를 완수하는 정치사회적 성격을 내포한다. 『백가면』은 황해바다를 국가 영토의 일부분으로 인식하고 혼란스러운 국제정세 속에서 안정적 질서를 희구하는 당시의 정치사회적 요구를 반영하고 있는 것이다.

『백가면』이 안정된 질서를 염원하는 국내적 요구를 형상화하고 있다면 『황금굴』(1937)은 고아 소년들을 주인공으로 제국주의적 욕망을 실현하고 있다. 황해를 거점으로 인도양으로 진출하는 이 소설에서는 동양의 문명국인 인도를 바라보는 식민지 조선의 시선에서 제국주의적 입장을 확인할 수 있다. 특히 인도를 이중적인 시각으로 타자화함으로써 정복의 논리를 내면화하도록 유도하는 『황금굴』의 기저에서는 식민지후반 일본 제국주의의 신념이었던 대동아공영론을 발견할 수 있다. 식민지 시기 김내성의 소년탐정소설은 당시 소년독자들에게 흥미진진한 서사의 재미를 제공하면서 그 이면에 당시 일본 제국주의의 정치사회적 요구를 모험의 방식으로 실현하고 있었던 것이다.

하지만 김내성의 소년탐정소설에 나타난 모험의 정치사회적 요구는 해방을 기점으로 소멸되고 만다. 제국주의적 환상의 몰각과 새롭게 재편되는 국제 정세의 긴박감 속에서, 김내성은『황금박쥐』(1955)의 황해를 설화적 공간으로 변환함으로써 소년소설의 창작이라는 대중적 요구를 충족시켰다. 이제 그의 소년탐정소설에서 바다는 경제적 부를 실현하는 환상의 공간으로 기능할 뿐이며 소년들의 모험은 물질적 욕망을 충족하기 위한 것으로 변환된다. 여기에 사회적 요청에 복무하는 이상적 소년상을 조합함으로써 김내성의 소년소설은 당시의 소년 독자층의 흥미와 시대적 요구를 절충할 수 있었다.

참고문헌

1. 기본자료

김내성, 『백가면』, 평범사, 1951;『소년』, 조선일보사 출판부, 1937.6.~1938.5.

_____, 『황금굴』, 아리랑사, 1973;『동아일보』, 1937.11.1~1937.12.31.

_____, 『황금박쥐』, 학원사, 1957.

_____, 『태풍』,『매일신보』, 1942.11.21.~1943.5.2.

2. 단행본과 논문

권보드래, 「『소년』과 톨스토이의 번역」,『한국근대문학연구』6권2호, 2005.

김부연, 「한국 근대 소년소설 연구」, 건국대 석사논문, 1995.

김영희, 「제1공화국 시기 수용자의 매체 접촉경향」,『한국언론학보』47권6호, 2003.

김예림, 「냉전기 아시아 상상과 반공 정체성의 위상학」,『상허학보』20집, 2007.

김종수, 「일제 강점기 경성의 출판문화 동향과 문학서적의 근대적 위상 – 한성도서주식회
　　　사의 활동을 중심으로」,『서울학연구』35, 2009.

리켄지, 「데뷔시절의 김내성」,『판타스틱』, 2009.봄.

박진영, 「김내성의 연보 및 작품목록」,『판타스틱』, 2009.봄.

선안나, 「1950년대 동화아동소설 연구」, 성신여대 박사논문, 2006.

심명숙, 「한국근대아동문학론 연구」, 인하대 석사논문, 2002.

오욱환,『한국 사회의 교육열: 기원과 심화』, 교육과학사, 2000.

윤정원, 「한국근대정기간행물에 관한 서지학적 연구; 1889~1945」, 이화여대 석사논문, 1997.

윤종주, 「해방 후 우리나라 인구 변동의 사회적 의미」,『인구문제논집』, 역사비평사, 1998.

이옥순,『식민지 조선의 희망과 절망』, 푸른역사, 2006.

전명희, 「한국 근대 소년소설 연구」, 영남대 박사논문, 1998.

정혜영, 「방첩소설 매국노와 식민지 탐정문학의 운명」,『한국현대문학연구』24, 2008.

조성면, 「탐정소설과 근대성」,『민족문학사연구』13, 1998.

조은숙, 「한국 아동문학의 형성과정 연구」, 고려대 박사논문, 2005.

천정환,『근대의 책읽기』, 푸른역사, 2003.

최배은, 「한국 근대 청소년소설의 형성 연구」,『한국문학이론과 비평』27집, 2005.

최애순, 「1930년대 모험탐정소설과 김내성『백가면』의 관계 연구」,『동양학』44집, 2008.

'백가면', '붉은 나비'로 날다

— '해방 전후' 김내성 스파이 – 탐정소설의 연속과 비연속

정종현

1. 잊혀진 연대의 대중서사 — 1940년대의 김내성 소설

최근 순수문학 / 대중문학의 위계화에 의해 본격적인 문학 연구에서 배제되어 왔던 작가 김내성의 문학 세계를 종합적으로 고찰하려는 시도가 있었다.[1] 김내성에 대한 재인식은 한국문학 연구의 심화를

---

[1] 대표적인 작업이 2009년 대중서사학회에서 김내성 탄생 100주년을 기념한 학술회의 후 마련한 특집으로, 이 단행본에 함께 수록된 글들이다. 이 글은, 이 책에 함께 수록된 글이 발표된 이후에 이 성과를 토대로 하여 집필되었고, 따라서 이후 이 책에 수록된 바 있는 선행연구를 인용할 때에는 부득이하게 첫 발표 지면에 의거했음을 밝혀둔다.

위해서 바람직한 것임에 틀림없지만, 최근의 성과를 포함한 김내성 연구사를 일별하면 여전한 공백을 발견하게 된다.[2] 1940년대에 김내성은 당대 최고의 베스트셀러인 「태풍」과 『청춘극장』을 발표하였다. 「태풍」은 1942년 11월 21일부터 1943년 5월 2일까지 총 160회 동안 『매일신보』에 연재된 소설이다. 연재 후 1944년 매일신보사에서 단행본으로 간행되었고 발매 1개월 만에 초판 8천부가 매진되어 그 인세로 김내성이 성북동에 집을 샀을 정도로 인기가 있었다고 알려져 있다.[3] 『청춘극장』[4]은 해방 이후의 대표적인 베스트셀러의 하나로 총 15

---

2   위의 최근 연구 이외에 기존의 김내성 연구들을 적시하자면, 본격문학 중심의 문학사에 대한 반성을 제기하며 김내성의 『마인』을 읽고 있는 한용환(「통합된 문화적 현상으로서의 김내성 소설」, 『동악어문논집』 32집, 동악어문학회, 1997.12) 이래 김창식, 「추리소설 형성기의 동향과 김내성의 『마인』」, 대중문학연구회 편, 『추리소설이란 무엇인가』, 국학자료원, 1997; 윤정한, 「김내성 탐정소설 연구 —『마인』을 중심으로」, 『문예비평연구』 4집, 1999 등 『마인』에 집중한 연구들이 있었다. 2000년대 이후에 김내성 문학에 대한 다양한 측면에서의 연구가 축적되고 있다. 간략히 연구서지를 소개하면, 이정옥 『1930년대 한국 대중소설의 이해』, 국학자료원, 2000; 조성면, 『대중문학과 정전에 대한 반역』, 소명출판, 2002; 정혜영 「김내성과 탐정문학—일제시대 창작 작품에 대한 서지학적 연구를 중심으로」, 『한국현대문학연구』 20집, 2006; 「방첩소설 「매국노」와 식민지 탐정문학의 운명」, 『한국현대문학연구』 24집, 2008; 최애순, 「1930년대 탐정의 의미 규명과 탐정소설의 특성 연구」, 『동양학』 42집, 2007.8 등이 있다.

3   이에 대해서는 조영암의 『한국대표작가전』(수문관, 1953) 참조. 그렇지만 정작 이 작품에 대해서는 그 인기에 대한 언급 이외에는 본격적인 연구를 찾기 어려웠다. 가령, 정혜영은 「김내성과 탐정문학」(『한국근대문학연구』 20, 2006.12), 「방첩소설 「매국노」와 식민지 탐정문학의 운명」(『한국현대문학연구』 24, 2008.4) 등에서 이 작품의 존재를 언급했지만 실제 내용을 분석하지 않아 아쉬움이 남았는데, 최근 「제국과 식민지, 그리고 탐정문학—김내성의 「태풍」을 중심으로」(『한국현대문학연구』 30, 2010)를 통해 전근대적 식민지 조선에서의 탐정소설 창작이 직면한 딜레마, 즉 탐정이 현실 세계에 등장하는 순간 밀정(스파이)으로 화하여 방첩소설이 되는 문제를 「태풍」을 통해 해명하며 제국주의적으로 도착된 김내성의 시선을 분석하고 있다.

4   박진영, 「연보 및 작품목록」, 『판타스틱』 20, 2009.봄, 171~175면과 청운사판 초판발행의 독후감들을 참조하여 정리해 보자면, 『청춘극장』은 주요한의 권유로 1949년부터 『태양신문』(『한국일보』의 전신)에 연재되기 시작했다. 같은 해 말부터 단행본으로 간행되기 시작했고, 1952년에 이르러 총 5권이 완간되었다. 이 소설은 1939년 2월부터 1945년 8월까지를 서사의 시간적 배경으로 한다. 그리고 해방 전부터 구상되었고, 해방과 정부수립

만 질이 팔린 것으로 알려졌다.[5] 물론 많은 판매부수가 곧 텍스트의 작품성을 반영하는 것은 아니지만, 이 두 작품에 대한 한국 문학 연구의 무관심은 의외이다. 아마도 「태풍」은 작품이 지니고 있는 '친일성'과 더불어 단행본 텍스트를 구하기 어려운 사정 때문에, 『청춘극장』은 그 대중적 파급력에도 불구하고 통속소설이라는 통념이 연구를 가로막은 요인이 되었으리라 판단된다.[6] 그렇지만 이들 작품은 추리에서 연애로 이행하는 김내성 작품세계의 변화의 단층을 보여준다는 점에서도 중요하지만, 더 나아가 식민 / 탈식민이 겹쳐지는 1940년대 한국 문학의 연속과 비연속의 양상을 대중서사의 차원에서 보여준다는 점에서 더더욱 주목해야 할 텍스트들이다. 본 연구에서는 「태풍」, 『청춘극장』의 비교를 중심으로 식민지 – 탈식민지 시기가 이어져 있는 1940년대 김내성 작품세계의 연속과 비연속의 맥락을 구명하는 데 집

을 거친 뒤 집필되기 시작했으며, 한국전쟁 중에 완성되었다. 본 논의를 구성하면서 총 5권 중 2, 3, 4권의 초판본을 찾았지만, 1, 5권을 구하지 못했다. 이 글에서는 『한국장편문학대계 17~19 : 청춘극장 – 상, 중, 하』, 성음사, 1970을 인용하였다(이하 『청춘극장』의 인용의 경우 상, 중, 하 등 권호와 면수를 본문에 표기하기로 한다). 첫 간행된 2, 3, 4권과 1970년 성음사판을 대조해 본 결과 차이가 없지만, 원래의 초판본들에는 말미에 당대의 문필가(구체적으로 2부 곽종원, 노천명, 3부 조연현, 4부 주요한)들의 소설 독후감과 추천사가 덧붙여져 있다.

5   양평, 『베스트셀러 이야기』, 우석, 1985, 51면 ; 이호걸, 「김내성의 『청춘극장』과 한국액션영화」, 『대중서사연구』 21, 2009.6, 159면 각주 2번 재인용.

6   가령, '침식을 잊게 하는' 이 작품의 재미를 언급하며 이 재미에 덧붙여서 얼마만한 지속성과 보편성을 갖는가, 즉 작품성이 갖추어져야만 문학이 된다는 초판 3부 말미의 서평「소설의 예술성과 대중성」에서 조연현이 내리는 평가는 해방 이후 김내성 소설에 가해지는 본격문학적 잣대의 기원이라고 할 터이다. 김내성 대중소설의 '대중성'을 나름대로 평가하면서도 여전히 리얼리티와 결별된 이상주의, 진부한 윤리관, 극성으로 충만되어 있는 사건의 구성 등의 이유로 본격문학에 미치지 못한 작품임을 암시하고 있는 홍기삼의 해제에서의 평가도 이 작품이 그 동안 한국문학사에서 배제된 이유를 설명한다(홍기삼, 「김래성과 『청춘극장』」, 『청춘극장(하) – 한국장편문학대계 18』, 성음사, 1970, 387면).

중하고자 한다.

그 동안 식민지 시기의 김내성 작품에 대한 연구는 주로 1939년에 발표된 『마인』에만 집중되었다. 그렇지만 식민지 시기의 김내성 작품을 일독해 보면 돌출한 『마인』에 대한 연구만으로는 설명하기 어려운 측면이 대두한다. 김내성이 한국어로 창작한 최초의 장편인 『백가면』(1937)을 시작으로 『마인』(1939), 「태풍」(1942), 「매국노」(1943~1944)는 반복되는 등장인물들과 서사모형을 통해 자기 참조적인 맥락을 형성하며 하나의 계열체를 이룬다. 특히 중요 인물인 '유불란'이 이전 작품의 서사와 연결되면서 반복 등장함으로써 이러한 자기참조적 맥락을 강화하는 역할을 하고 있다.[7] 필자는 『마인』에만 집중되었던 식민지 시기 김내성 소설에 대한 연구 관행을 반성하고, 중일전쟁 이후의 탐정소설인 『백가면』(1937), 『마인』(1939), 「태풍」(1942~1943), 「매국노」(1943~1944)의 일련의 대중소설을 하나의 계열체로 파악하여 검토한 결과를 발표한 바 있다.[8] 식민지 후반기에 유행하였던 스파이 담론과 일본 제국의 이데올로기였던 대동아공영권론에 부응하는 김내성의 스파이·탐정소설은 식민자에 대한 모방과 새로운 주체 형성의 욕망이 투영된 대중서사이다. 특히 기존 논문에서 중점적으로 분석한 「태풍」은 식민지 조선만이

---

7 『백가면』에서부터 등장하는 유불란은 『마인』에서 주은몽과 연인 관계로 설정되며 냉철한 탐정으로서의 소질 부족을 탄식한 후 '탐정폐업'을 선언한 후 대미를 장식하는데 「태풍」에서는 『마인』에서의 상심을 직접 거론하며 유불란이 마음을 달래려 구주를 여행하는 것으로 언급된다. 또한 「매국노」에서는 '인도문화협회'를 거점으로 하는 국제 스파이단을 일망타진한 『태풍』의 사건을 언급하며 새롭게 등장한 국제 스파이단을 유불란 등이 검거해 가는 서사로 구성되어 있다. 강영제 박사도 『백가면』, 「태풍」, 「매국노」 등 세 작품에서 각각 고성능 폭탄, 파괴광선, 살인균 발명자로 반복하여 등장하고 있다.

8 정종현, 「'대동아'와 스파이 ― 김내성 장편소설 「태풍」을 통해 본 '대동아'의 심상지리와 '조선'」, 『대중서사연구』22, 2009.12 참조

아니라 영국, 프랑스, 인도, 중국 상해 등의 세계 도처를 배경으로 조선인 (일본인), 중국인, 서구인 등의 다채로운 인물이 등장하여 신무기를 둘러싼 첩보전을 벌이는 이야기이다. 이 소설을 통해서 전쟁이 확대시킨 지정학적 상상력과 대동아 전쟁의 이념이 탐정(스파이)과 추리라는 대중서사 코드를 통해서 어떻게 대중과 접속하게 되는가를 확인할 수 있었다. 진주만 공습, 싱가포르 함락 등으로 이어지는 이른바 '서전緒戰의 승리'의 열기 속에서 창작된 「태풍」은 '대동아'의 이념을 그대로 재현한다는 점에서 '친일적'이라고 비판받아 마땅하지만, 동시에 '대동아'의 중심, 세계 재편의 물리력의 핵심에 조선과 조선인 과학자를 배치함으로써 조선을 새로운 세계의 주체로 기입하고자 하는 식민지인의 제국적 주체로의 신생의 욕망을 읽을 수 있다는 점에서 식민지 말기 한국문학의 제국적 주체 형성의 문법을 공유하고 있는 소설이다.

이 글의 문제의식은 김내성 문학이 구성했던 제국적 주체가 해방 이후 민족적 주체로 변형, 재구되어 가는 과정과 방식을 밝히는 데 있다. 잘 알려져 있듯이, 해방 이후 김내성은 연애소설의 대가로 새로운 명성을 획득했는데, 그 첫 번째 작품이 『청춘극장』이다.[9] 이영미는 김내성의 전체 장편소설을 중심으로 작가론을 시험하면서 식민지 시기

---

[9] 『청춘극장』을 단일 주제로 삼은 학술적 논의는 거의 없다. 다만, 김내성 작품 전반에 대한 연구나, 해방 후 대중소설에 대해 논의하는 중에 부분적으로 『청춘극장』이 다루어진 사례들이 있다. 『청춘극장』에 대한 최초의 본격적인 논의로는 3권으로 간행된 성음사판 『청춘극장』 하권에 실린 홍기삼의 앞의 글을 언급해야만 한다. 이외에 정세영, 「김내성 소설론」, 동국대 석사학위논문, 1991; 김복순, 「해방 후 대중소설의 서사방식(상)」, 『인문과학 연구논총』 19, 1999 등의 연구가 있다. 김내성 장편소설 전체를 도해하며 『청춘극장』의 위치를 명료하게 맥락화한 이영미의 논의와 『청춘극장』에 대한 최초의 본격적인 작품론을 실험하며 한국의 1960~70년대 액션영화와의 유비관계에 대한 논의를 진행한 이호걸의 논의는 강조해야만 하는 연구들로, 이 글을 쓰는 데 중요한 참조가 되었음을 밝혀둔다.

의 추리물에서 해방 이후 연애의 서사로 변화되어가는 김내성 소설의 특징을 포착하며 이 두 계열을 구분한 바 있다.[10] 김내성 작품세계의 전체적인 변화 양상에 대한 경청할 만한 지적에도 불구하고, 이영미의 지적은 수정되거나 보충될 필요가 있다. 우선, 1950년대 이후 김내성 소설에서 추리물이 사라졌다는 진술은 수정되어야 한다.[11] 김내성의 작품세계를 제1기 추리와 첩보, 제2기 추리서사와 애정서사의 결합, 제3기 윤리와 애욕의 연애물로 구분하면서 이행기인 제2기 이후인 1950년대의 3기에 이르러서는 추리의 세계와 결별한 것처럼 암시되어 있다. 그렇지만, 1955년 3월부터 동년 9월까지『아리랑』에 연재된「붉은 나비」의 존재는 이러한 계보화의 수정을 요구한다. 이 작품은 김내성 최초의 한국어 소설『백가면』에서 그 모형이 마련되고「태풍」,「매국노」로 이어지는 김내성 스파이 대중소설이 해방 이후『청춘극장』의 독립운동과 관련된 스파이전의 서사를 거쳐 1950년대까지 지속되고 있다는 사실을 보여주는 증거이다. 김내성은 연애소설을 통해 대중작가로서 부동의 입지를 구축한 1950년대 중반의 죽음 직전까지도 식민지 시기의 스파이─탐정서사를 변형한 작품을 번안하여 재창작하고 있었다.『청춘극장』의 핵심은 연애서사에 있다는 점은 부정할 수 없지만, 여전히 지속되는 스파이─탐정소설적 특성에 대해서도 주의를 기울일 필요가 있다.

또 하나 지적할 것은 이영미의 논의에서는『청춘극장』,『쌍무지

---

10 이영미,「추리와 연애, 과학과 윤리─장편소설로 본 김내성의 작품세계」,『대중서사연구』21, 2009.6, 24~28면 참조
11 이영미는 2009년에 발표된 논문을 이 책에 수록하면서, 이 대목을 수정하였다. 이후 연구 과정에서「붉은 나비」를 새로 발견했기 때문이다. 본 논문은 불가피하게 수정 이전의 첫 발표 논문을 기준으로 논의를 전개했다.

개 뜨는 언덕』,『인생화보』 등에서 식민지 시기 제1기의 추리와 첩보의 서사가 여전히 활용된다는 측면을 적절하게 지적했음에도 불구하고, 이러한 식민지와 이행기의 김내성 작품에 나타난 지속과 변형, 그리고 과거와의 단절을 전제로 한 새로움이 무엇인가에 대한 입체적인 조망이 부족하다는 점이다.『청춘극장』에 대한 이호걸의 흥미로운 논문에서도 이 작품의 여러 특질이 잘 드러나 있지만, 그것이 이후 한국의 액션영화와 맺고 있는 관계, 즉 기원으로서의『청춘극장』의 면모에 특히 중점이 두어져 있어 식민지−탈식민지의 연속과 변형의 문제는 간과된 측면이 있다. 대략 6년여의 시간차를 두고 집필된 이 두 소설은 거의 동일한 시간대를 서사시간으로 하여 제국하의 식민지 조선과 대한민국이라는 '해방 전후'의 한국 사회를 기반으로 한 세계인식을 투사하고 있다는 점에서 흥미로운 비교의 대상이 된다.『청춘극장』의 중심서사 중 하나가 북경의 조무장 '용궁'을 배경으로 하는 스파이−탐정의 서사로 구성되어 있으며, 그것이 식민지 시기 스파이 탐정소설의 전도를 통해 구성되어 있다는 점은 쉽게 포착할 수 있는 대목이다. 이후 북경에서의 스파이전은「붉은 나비」에서도 중심 서사로 재생된다.

『백가면』−「태풍」−「매국노」−『청춘극장』−「붉은 나비」로 이어지는 스파이−탐정서사적 특성의 연속은 식민지 말기 김내성 소설의 중심적 경향이었던 파시즘 이데올로기에 기반한 스파이물의 구조와 장치가 해방 이후 제국적 정체성을 조정하여 민족적 정체성으로 재구성할 때에도 여전히 유용하게 활용되었고, 1950년대 중반까지도 영향을 미치고 있다는 사실을 일러준다. 이 글에서는 해방 전후 소설에서 반복 / 변형되는 특징을 특히「태풍」−『청춘극장』사이의 연속 /

비연속의 양상에 중점을 두어 고찰하고자 한다. 이 두 소설을 중심적으로 다루는 이유는 이것이 식민지 말기와 해방 이후라는 각각의 분절된 시대를 대표하는 작품으로, 완결된 장편이고 서로 직접적으로 연접되어 있어 연속/비연속의 양상을 가장 풍부하게 담고 있기 때문이다. 한 가지 강조해 두어야 하는 것은 이 글이 '식민지 시기의 소설들―『청춘극장』―「붉은 나비」'라는 스파이―탐정소설의 계보를 구성하여 『청춘극장』을 이 계열의 소설로 규정하려는 작업은 아니라는 사실이다. 『청춘극장』에서 조무장 용궁의 스파이전을 매개로 한 스파이―탐정소설적 특성이 연속되는 측면에 주목하면서도 스파이―탐정서사를 넘어서 『청춘극장』이 식민지 시기의 인물 설정, 작품 구조를 어떻게 변주하는가, 동시에 이를 통해 어떻게 과거와 단절하며 새로움의 기원을 구성하는가의 문제에 더욱 주목하고자 한다. 이러한 논의를 통해 김내성 문학 연구의 공백지대라고 할 수 있는 1940년대 전반기와 후반기를 연속/비연속의 '겹눈'의 관점으로 파악할 수 있을 것으로 기대한다.

2. 제국/민족의 변검술 變臉術 ― 반복되는 모형, 달라지는 이데올로기

「태풍」에 대해서는 기존 논문에서 상세히 분석하였기에 여기에서는 『청춘극장』을 중심으로 논의를 진행하면서 「태풍」과의 비교의 관점을 취하고자 한다. 홍기삼에 따르면, 김내성은 1944년 심장병으로 함남 석왕사 부근에서 정양을 하던 중 『청춘극장』의 집필에 착수하였다고 한다.[12] 이 시기는 대략 김내성이 『신시대』에 방첩소설 「매국노」를 연재하다가 중단한 때와 겹친다. 기록들이 전하는 『청춘극장』의 집필 시기에 대한 술회가 김내성의 것이라면 그는 이 작품의 구상과 집필을 1944년 어간으로 제시함으로써 식민지 시기 자신의 행적에 대한 알리바이를 마련하고 있는 셈이다. 『청춘극장』에서는 소설가 신성호(콘사이스)가 식민지 말기에 구상하여 집필하고 있는 「흘러가는 청춘」이라는 작품이 언급되거니와, 이 작품은 일본이 망해야만 발표할 수 있는 대작이라고 제시된다(하, 353면). 해방 이후 출간된 윤동주의 유고시집이나 청록파의 『청록집』 등은 조선어 사용이 금지된 이른바 '암흑기'에 쓰였기에 그 도덕적, 정치적 가치가 배가되는 측면이 있다. 동일한 시기에 한글로 「태풍」, 「매국노」 등의 친일의 대중서사를 구성해 냈던 김내성에게 이 시기 자신의 행적은 삭제하거나 혹은 변경하고 싶은 기억이었을 것이다. 이런 점에서 김내성은 「매국노」의 중단 시점[13]과 『청춘극장』의 구상 및 실제 집필 시기를 겹쳐지게 술회함으로써 친일소설 창작의 부채의식을 탕감하고 자신의 민족적 아이덴티티가 식민지 시기부터 지속되고 있는 것이라는 알리바이를 구성하고 있다.[14] 이러한 언술을 통해서 김내성이라는 작가적 자아의

---

12 홍기삼, 앞의 글, 386면. 조영암의 앞의 책 중의 〈김내성〉에서도 석왕사면 학익리에서 이 작품이 구상되었고, 300매의 집필 이후 해방을 맞아 서울로 돌아왔다고 밝히고 있다.

13 「매국노」는 1943년 7월에 연재가 시작되어 1944년 4월호를 끝으로 중단된다.

14 김내성은 『백민』 1947년 5월호에 「여인애사」라는 작품을 발표한다. 이 단편은 이후 '희망의 대해'로 표제를 바꾸어 『청춘극장』의 도입부로 사용된다. 1947년 5월호에 그 도입부를 발표한 후 1949년에 신문연재를 시작하는 셈이다. 이 작품이 해방 이전에 쓰였는지는 확증할 수 없지만 그 게재의 시작은 1947년부터라고 추정할 수 있겠다. 또한 그 내용이 '삼총사'

민족적 정체성이 식민지 시기부터 해방 이후의 대한민국까지 일관된 것이라는 연속성의 감각이 마련된다. 그렇다면, 이제부터 이러한 작가적 자아에 부합하는 민족적 정체성을 식민지 시기의 제국적 정체성을 변형시키며 구성해가는 맥락을 검토해 보자.

1) 서구문학의 영향과 '해방 전후' 김내성 작품의 구조

김내성 소설에서는 서구 대중서사의 영향을 어렵지 않게 확인할 수 있다. 김내성 탐정소설의 트레이드마크가 되는 유불란이 「괴도 루팡」으로 유명한 모리스 르블랑의 음차에서 비롯되었다는 것은 잘 알려진 이야기이다.[15] 주목할 것은 김내성이 르블랑의 음차만이 아니라 「괴도 루팡」의 설정을 번역하여 자기 소설의 기본 구도로 차용하고 있다는 점이다. 모리스의 소설은 뒤를 쫓는 탐정보다는 쫓기는 괴도 루팡에게 호의적이거니와 김내성은 이 '괴도' 루팡의 이미지를 연상시키는 가면의 괴인물과 탐정 유불란을 동시에 등장시켜 정의의 편에 서게 하고 그 대척점에 '스파이'단을 배치하여 현실을 선/악의 멜로드라마로 재구축한다. 식민지 시기에 국한해서 보자면 『백가면』의 '백가면', 「태풍」의 '백상도(대동아주의자)', 「매국노」의 '화이트

의 중학졸업식의 장면임에도 불구하고 '여인애사'라 표제한 데에서 이 작품의 초기구상이 허운옥을 중심으로 하는 여성수난사와 그 극복에 있었음을 짐작할 수 있다.

15 김내성은 일본 체재시 활발한 창작활동을 하였고 이것을 계기로 일본의 대표적인 탐정 소설가인 에도가와 란뽀(江戶川亂步)의 관심을 끌어 그에게서 사사했다. 에도가와 란 포는 추리소설의 비조인 애드가 앨런 포우를 음차한 이름이다. 김내성도 모리스 르블 랑을 너무나 좋아하여 그의 이름을 음차한 '유불란'이라는 이름을 자신의 필명 혹은 주 인공 탐정의 이름으로 사용하였다.

이글'은 모두 이 괴도 루팡의 이미지가 투사된 신비한 민간 영웅이다. 이들은 법률을 기준으로 보면 탈법자들이지만, 도덕적으로는 의인들이다. 식민지 시기 김내성의 스파이·탐정소설에서 이들은 공권력 밖의 인물이지만 결과적으로는 체제의 이데올로기를 체현한 제도 내의 영웅으로 수렴된다.

『청춘극장』은 주인공의 성격 부여에서 이러한 식민지 시기의 루팡적 구조를 지닌 스파이·탐정소설과 공통 모형을 공유하면서도 동시에 다른 양상을 보인다. 『청춘극장』의 루팡적 인물은 바로 '밤의 대통령' 장일수이다. 식민지 시기 스파이·탐정소설에서 민간 영웅들은 대동아를 위협하는 서구의 국제스파이단과 대립하며 공권력을 도와 그들을 분쇄하는 역할을 하였거니와, 『청춘극장』은 스파이단과 민간 영웅의 대립이라는 모형은 그대로 유지하면서 그 내용을 전도시킨다. 일본 스파이단의 수령 '상하이 도라'를 식민지 시기 악의 역할을 수행했던 영미 스파이단의 위치에 두고, 과거 식민지 시기 '대동아'라는 선의 위치에 조선인 독립운동 조직과 수령인 '밤의 대통령 Dark President'을 배치한다. '밤의 대통령'은 그 정체가 알려지지 않았다는 점에서 식민지의 민간 영웅들을 계승하고 있다. 특히 『백가면』에서 '백가면'이 세계 유수의 대도시에서 보물들을 감쪽같이 훔쳐간다는 설정이 『청춘극장』에서는 경성의 삼엄한 경비를 뚫고 전쟁 동원을 독려하는 친일파를 방문하여 조선 민중을 전쟁으로 몰아넣는 언행을 중지하라는 경고를 남기고 감쪽같이 사라지는 설정으로 변주된다.[16]

---

16 오창윤의 집에서 장일수가 최달근의 권총을 맞은 후 택시를 잡아타고 경성 시내로 도주하다가 운전기사에게 돈을 주어 자신의 옷을 입혀 가게로 들어가게 하여 최달근과 경찰들을 따돌린 후 택시를 타고 유유히 사라지는 장면은 「태풍」에서 앵글로 색슨계의

식민지 시기의 루팡적 인물들은 그 정체가 밝혀지기 전까지는 법과 질서를 교란하는 선/악의 경계에 있지만 서사의 종국에서 제국의 법질서 및 공권력과 모순 없이 화해하고 협력하는 것을 중요한 특징으로 한다. 식민지 법질서와의 미묘한 불화와 화해는 『백가면』에서부터 그 기원을 엿볼 수 있다. 이 작품에서 국가의 공권력을 상징하는 경찰들은 무질서를 바로잡지 못하는 무능력한 집단으로 표상된다. 임경부의 무능과 판단착오 때문에 그 부하인 김순사부장이 죽거니와 이후 『마인』에서도 『백가면』에서의 임경부의 실수가 재론되면서 공권력에 대한 불신이 지속된다. 그렇지만 서사의 종국에서는 가면 너머 영웅들의 정체가 밝혀지고 체제내로 수렴된다. 이후 「태풍」에서는 경찰력 대신 헌병대가 등장하고 아예 처음부터 공권력에 대한 불신은 사라진다.[17] 이에 비해 『청춘극장』에서는 식민지의 법 자체가 부정된다. '밤의 대통령' 장일수는 독립운동 단체의 수장으로 일본 제국주의의 법질서 자체를 전적으로 부정하는 위치에 있다. 장일수는 단순히 일본의 법질서를 거부하는 인물일 뿐만 아니라 향후 새롭게 건설될 신생 국가의 법을 창출해 내는 기원적 장소와 관련된 인물이

스파이들이 택시를 이용하여 접선하거나 백상도, 유불란, 아끼야마 등과 벌이는 택시 추격전을 변형한 것이다.

17 일본의 추리소설에 대한 이건지의 연구(「일본의 추리소설 — 反문학적 형식」, 『추리소설이란 무엇인가?』, 국학자료원, 1997)에 따르면 김내성이 영향 받은 에도가와 란포의 많은 작품이 "시국에 맞지 않았기 때문에" 삭제되었고, 1942년경에는 전 작품이 발행되지 못했다고 한다. 국민끼리의 살상사건을 그리는 것이 국내불안을 조성하기 때문에 정보국에 의해 추리소설이 검열되거나 압력을 받았다는 지적(126면)은 김내성이 국내인끼리의 치정복수극인 비시국적 작품 『마인』으로부터 외국인 스파이탐정물로 소재를 바꾸어간 외적인 맥락을 이해하는 데에도 참조점을 제공한다. 『마인』까지 보였던 공권력에 대한 불신을 대신하여 헌병이 직접 등장하는 이후의 변화도 이에 상응한다 할 것이다.

기도 하다. 이에 비해 주인공인 백영민이 제국의 법을 공부한 후 제국 체제 내의 변호사로서 시민적 가치를 지향하는 인물로 설정된다는 점은 의미심장하다. 이러한 법의 문제와 두 인물형의 차이는 이 작품의 정치적 의미를 결정하는 것이거니와 이는 뒤에서 상술하도록 하겠다.

김내성의 작품에서는 모리스 르블랑 외에도 다른 서구 작가와 작품들의 영향이 확인된다. 식민지 시기 스파이·탐정소설에서는 모두 주변의 음모나 불가항력에 의해 해적에게 납치되거나 절해고도에 갇혀서 오랜 세월을 보내다가 다시 조선으로 돌아와 자신에게 위해를 가한 자들에게 복수하거나 정의를 위해서 힘쓰는 인물들이 등장한다. 『백가면』의 박지룡, 『마인』의 쌍둥이 자매의 아버지 백문호, 「태풍」의 백상도 등은 모두 「암굴왕」의 '몽테크리스토 백작'을 차용한 인물들이기도 하다. 「태풍」은 작품의 구조적인 차원 자체가 암굴왕적인 설정 위에 다시 알렉산드르 뒤마의 『철가면』의 루이14세 쌍둥이형제 이야기의 설정을 결합시킨 서사구조에 기반하고 있다. 달안섬月內島 지주의 적장자인 백상도는 쌍둥이동생 백문도와 동향 소작인의 아들 홍만호 및 마약 밀수에 관여하는 스파이 선교사 브라운 부자에 의해 마약밀수선 허드슨호에 팔려가 노역하다가 인도양 상의 백골도에 감금되어 청춘을 흘려보낸다. 그의 재산은 동생인 백남도가 차지하고 그의 정인 신음전은 홍만호와 결혼한다. 백골도를 탈출한 백상도의 사적 복수와 국제 스파이단의 격멸이라는 공적 영역의 서사가 결합된 것이 이 소설의 기본 구성이다.[18]

---

18 '암굴왕'과 '철가면'적 이야기 요소가 종합된 이러한 설정의 기본적인 얼개는 이미 『마인』에서 등장한 바 있다. 「태풍」의 백상도, 백남도 쌍둥이 형제의 이야기는 『마인』에서 재산과 형의 정인을 탐낸 사촌동생 백영호에 의해 낭떠러지에서 떠밀려 바다로 흘러가

식민지 시기의 스파이·탐정소설에서 발견되는 뒤마의 영향은 『청춘극장』을 통해서도 확인된다. 『청춘극장』의 서두는 군국주의적 일본인 교사 야마모도, 그의 주구 '땅개' 최달근과 백영민(꼬마), 신성호 (콘사이스), 장일수(대통령)가 중학 졸업식에서 벌이는 대립 장면으로부터 시작하거니와 이들 세 남성 주인공은 '삼총사'로 명명된다. 이들 삼총사가 각각 성장하면서 '민족', '인류', '사랑'이라는 이상의 쟁취를 위해 벌이는 모험과 활극, 애정의 서사로 구성한 것 자체가 뒤마의 『삼총사』의 영향을 연상시킨다. 뒤마적인 대중서사를 김내성이 탐독했으며 그 서사적 구조와 특징을 『마인』, 「태풍」, 『청춘극장』 등에서 한국 대중독자들의 정서에 맞게 적절하게 변용하여 구사하고 있다고 정리할 수 있을 것이다. 김내성은 1955년부터 죽을 때까지 대중잡지 『아리랑』에 「삼총사」를 번역하여 연재하고 있다.[19] 이처럼 뒤마는 식민지 시기부터 죽기 직전까지 김내성 일생 전체에 걸쳐서 영향을 끼친 작가였다. 이외에도 그는 에드가 앨런 포우의 작품도 탐독하고 그것을 작품에서 활용하고 있다. 『청춘극장』 중에는 백영민이 소학교 학생의 가감승제 및 분수식을 가지고 한글의 자모를 만들어서 암호문을 만들어내는 장면이 등장한다. 이러한 암호문의 창조의 계기가 포우의 「황금충」을 소개한 영어교사의 이야기에서 자극받은 것으로 묘사되거니

해적 생활을 하다가 조선으로 돌아와 전문학교를 경영하는 백문호의 서사와 백문호의 딸들인 공작부인 주은몽과 소경 여동생의 쌍둥이 자매 이야기가 종합된 것이다.

19 김내성은 『아리랑』 1955년 11월호부터 「삼총사」의 연재를 시작하여 1956년 11월까지 1부를 연재한다. 삼총사 이야기는 1부에서 끝나고 달따냥을 포함한 사총사의 이야기가 이어질 것이라는 연재 예고 이후 1956년 12월호부터 「무적 달따냥」이라는 이름으로 "제2부 이십년후"라는 부제를 달고 연재된다. 이후 1957년 4월까지 연재되다가 김내성의 갑작스런 죽음으로 중단된다. 김내성은 『실락원의 별』을 연재하던 1956년 2월 19일에 사망하거니와 그의 사후인 4월호까지 실린 것은 김내성이 죽기 전에 번역해 놓은 원고가 게재된 것이다.

와, 이러한 장면은 서구문학의 영향이라는 차원에서도 중요하지만 이 시기 김내성에게 세계 심상지리에 대한 재편이 어떻게 이루어졌는지를 보여준다는 점에서 상술할 필요가 있다.[20]

2) '대동아'의 중심 '조선'에서 미국 헤게모니 하 신생 '대한민국'으로

영민이가 중학 삼(三)학년 때였다. 그즈음 대판 외국어학교를 갓 나온 다츠노구찌라는 스마―트한 영어교사가 있었다. 어딘가 아메리카 풍이 풍긴 그의 스마―트한 자태며 영어의 발음도 일인들의 그 곧은 혀로 하는 「잇또」, 「잣또」식이 아니고 중학생들의 귀에는 아주 양행이나 하고 온 것 같은 유창한 발음이기 때문에 학생 간에는 인기가 있었다. 그 다츠노구찌 선생이 수업시간을 절반쯤 잘라먹고는 곧잘 이야기를 하여 주곤 한 것이 더 한층 인기였다. 그리고 그 이야기란 대개가 태서 명작에 대한 내용 소개였고 그 중에서도 즐겨 이야기해 준 것은 탐정소설이었다. 그 중에는 「하무렡」이나 「레·미제라불」 같은 이야기도 끼어 있었으나 그 태반은 「코난·도일」을 위시하여 「알란·포오」의 탐정소설이었다. 일본의 「에도가와·람보오」라는 탐정소설의 이름이 「에드가·알란·포오」에서 땄다는 이야기를 하여 준 것도 그 선생이었다. 그런데 그 다츠노구찌 선생이 「포오」의 「골드 벅」(黃金蟲)이라는, 암호를 테마로 한 소설을 이야기하여 준적이 있었다(중, 289면, 강조―인용자).

---

20 이외에도 『청춘극장』의 요소요소에는 서구 혹은 일본 문학의 잔영이 짙게 남아 있다. 가령 나미에가 장일수와 조국 사이에서 갈등하며 읊고 있는 뒤마의 또 다른 작품 『춘희』, 최달근에게 버림받은 숙희가 폐병에 걸려 죽어가며 창가에 비치는 잎새가 떨어지는 것을 자신의 죽음과 연결시키는 장면에서 활용되는 오 헨리의 「마지막 잎새」, 백영민과 오유경의 일본 아타미 온천장에서 언급하는 「금색야차」 등은 그 사례들이다.

백영민이 암호문을 개발하게 된 동기를 설명하는 인용 부분은 해방 이후 세계 심상지리의 재편과 선/악의 드라마가 어떻게 전도되었는가를 보여주는 인상 깊은 장면이다. 「태풍」에서는 앵글로 색슨을 세계악의 표상으로 주조하는 과정에서 그 문화의 중요한 핵심인 기독교와 영어 등에 대한 관점도 부정적으로 속류화되어 제시된다. 선교사에게 마약 밀수와 스파이의 이미지를 결부시킨다든가,[21] 광산왕 오창세를 죽음으로 몰고 간 폭파사건 현장에 있는 암호문이 '가감승제'를 통해 성경의 글자를 조합한 지령문이라든가, 로버트 브라운이 상해로 발송한 성경 등이 비밀 통지문이라는 설정 등등은 모두 '반앵글로색슨=반기독교'로 치환시키고 있는 삽화들이다. 또한 인도문화협회의 스파이 회합에서 왕룡 등 동양인들까지 영어를 사용함으로써 영어는 스파이의 언어로 이미지화된다.[22] 「태풍」이 구성한 세계 심상지리는 앵글로색슨적인 악의 세계와 이에 대적하는 '대동아'라는 선의 세계 사이의 인종적 대립이다. 동양 내부의 각각의 민족들도 앵글로 색슨적인 것과 연결된 장개석 및 국민당 정부의 '항일지나'와 대동아의 이상을 공명하는 왕조명의 '친일지나'로, 혹은 영인정청英印政廳 관리인 아버지의 '친영인도'와 그에 반대하는 아들 존 마하모의

---

21 「태풍」에서 확인되는 김내성의 반기독교적 태도는 1950년대 중반까지도 지속된다. 「붉은 나비」(5회, 『아리랑』, 1955.7, 67면)에서는 중국 쪽에서 배를 타고 신의주로 잠입해 들어가는 밀정 노무라가 천주교 신부 복장으로 변장을 하는데 사소해 보이지만 악한과 기독교를 결합시키는 이러한 무의식적 설정은 김내성에게 특유한 식민지 시기부터의 반기독교적 인식이 드러난 것으로 볼 수 있을 것이다.

22 이외에도 광산폭발 사건 때 폭발로 망가진 얼굴을 이용해 이미 죽은 '파괴광선' 개발의 후원자인 광산왕 오창세와 옷을 바꾸어 입고 오창세 행세를 하다 체포되는 스파이 고준모는 미국 유학 후 보성전문 경제학 교수를 거쳐 동양무역 지배인을 하고 있는 인물로 미국적(앵글로색슨적) 지식과 연계됨으로써 적국에 회유되기 쉬웠다고 암시되기도 한다. 앵글로 색슨적인 문화, 언어, 지식은 모두 악의 표상으로 제시되었다.

'반영인도'로 양분된다. '앵글로색슨 / 대동아'의 어느 편에 서는가에 따라 세계와 동양, 동양 내부의 각각의 민족의 성원들이 구분된다.

그에 반해 위의 인용에서는 "어딘가 아메리카풍이 풍긴 그의 스마트한 자태와 영어의 발음"이라는 참신함과 산뜻한 감각과 함께 미국문화가 배치되고 있다. 이러한 미국 표상은 「태풍」의 앵글로색슨에 대한 부정적인 표상과 대척적이다. 이 짧은 구절은 변화한 세계의 심상지리를 전제로 발화된 것이다. 세계가 냉전체제로 접어드는 1947년의 트루먼 독트린을 거쳐 단정이 수립된 1년 후인 1949년의 남한 사회에서 발화되고 있는 이러한 서술에는 이른바 미국 헤게모니 하 '자유진영'에 편재된 대한민국 사회의 미국 표상이 드러나 있다. 여기서 백영민이 자신의 암호문을 만들게 된 동기와 그 의미에 대한 강조는 눈여겨 볼 필요가 있는 대목이다. 백영민은 세계적 명작이라는 「황금충」의 암호문이 암호가 아니라 일종의 약속이라고 비판하며 체계와 질서, 과학적 원리가 있어 명민한 두뇌를 가진 이성적 인간이 그 원리를 발견하면 해독할 수 있는 암호문이 진정한 암호라고 주장한다. 이러한 그의 말을 회의하는 친구 장일수와 신성호에게 훈민정음의 자음과 모음을 분자와 분모로 만들어 사용하는 암호문을 발명하여 보여주며 그들에게 내재해 있는 사대사상에 대하여 "큰 것만이 위대하고 작은 것은 아무 가치도 없고, 먼 것만을 존경하고 가까운 것은 경멸"하며 "보이지 않는 것은 그 어떤 신비감으로서 숭배를 하고 눈앞에 보이는 것은 천박한 인식을 가지고 얕잡아"(중, 294면)보는 사대주의적 인식을 비판한다. 암호문을 통해 만든 첫 번째 문장은 "① 사대주의를 청산하고 마음을 맑게 가져라. ② 맑은 심경에 진리는 비친다"이다. 이 암호문 발명의 장면에는 '대동아'에서 '태평양'으로 새롭게 재편된 세계

지리 속에서 '대한민국'이라는 주체성을 구성하려는 소설 창작 당대의 열망이 투사되어 있다.

「태풍」에서 주조한 '대동아' 심상 지리를 새로운 세계 지리로 재편하고, 그 안에서 '대한민국'이라는 주체의 신생을 모색하는 이 소설의 공간의 문화정치학은 한반도 내의 공간 재현에도 드러나 있다. 식민지 시기의 장편인 『마인』이나 「태풍」 등의 소설에서는 'X촌'이나 '달안섬月內島'과 같은 시골 마을이 등장하거니와 이곳에서 전체 서사를 추동하는 원한과 갈등의 기원적인 사건이 발생한다. 『청춘극장』에서도 이러한 근원적 공간이 등장한다. 소설의 주인공 백영민과 허운옥의 서사가 시작되는 공간이 바로 탑골동이다. 탑골동이 전체 서사를 추동하는 기원적 공간이라는 점에서는 『마인』이나 「태풍」과 동일하지만, 그 공간을 민족적 표지와 관련된 장소로 구성한다는 점에서는 식민지 시기의 작품들과 변별된다. 특히 수난의 여인 허운옥의 서사와 겹쳐지며 탑골동의 민족적 표지는 강화된다. 탑골동은 '조선적인 것'들의 집합처이다. 탑골동의 지명들은 '대한민국'과 연결되는 태극령, 태극사로 제시된다. 허운옥이 소년 백영민에게 사랑이라는 관념을 알려주며 들려준 애절한 전설은 소녀 '도라지'의 사랑 이야기이며 이러한 전설의 증거가 '도라지탑'이다. 그 도라지탑 앞에서 민족지사의 딸 허운옥이 헌병보조원 박대길의 위해를 물리치는 것도 흥미롭다. 태극과 도라지로 상징되는 탑골동이라는 공간은 과거 『마인』과 「태풍」에서 서사의 발단이 되는 근원적 실마리가 간직되어 있는 공간과 유사하면서도 그 민족적 성격의 강조라는 점에서 새로운 공간으로 탈바꿈된 것이다. 이호걸이 적절히 지적했듯이,[23] 그렇다고 『청춘극장』의 공간 구성이 완전하게 제국의 지리에서 벗어난 민족적

공간으로 재구성된 것만은 아니다. 탑골동과 평양, 경성, 동경, 북경이
라는 제국의 지리들이 병존하고 있는 이 소설의 공간 감각에서 놀라
운 점은 와세다 학원이 있는 동경과, 아타미 해안 등 일본 '내지'가 백
영민, 오유경 등의 청춘의 찬란함이 꽃피는 그리움의 공간으로 재현
되고 있다는 것이다.[24] 지울 수 없는 제국의 기억은 공간에도 각인되
어 있다.

3) 인물 설정의 유사성과 악인의 입체화

「태풍」과 『청춘극장』은 그 인물형의 설정에서도 비교가능하다.
「태풍」에서 지주의 아들이자 선량한 인물인 백상도는 『청춘극장』에
서는 탑골동 소지주의 아들 백영민으로 변화한다. 『청춘극장』에서 백
상도와 대척점에 있는 악의 표상인 소작인의 아들 홍만호에 대응하는
인물형은 탑골동 소작인의 아들이었다가 헌병보조원이 되는 박대길
과, 백영민의 중학 동창으로 헌병군조가 된 최달근 등 두 인물로 분리

---

23 이호걸, 앞의 글, 186~191면.
24 『청춘극장』에서 백영민은 일본 와세다대학의 법학과를 다니고 졸업하여 변호사가 된
다. 백영민의 일본에서의 유학생활은 김내성 자신의 와세다 유학 시절의 경험이 반영되
어 있다고 할 수 있다. 홍기삼이 해설에서 지적하였듯이, 『청춘극장』의 백영민의 이력
은 김내성의 그것과 방불한 대목이 있다. "김내성과 백영민의 일치점은, 첫째 두 경우가
모두 조혼이었다는 점, 둘째 그들의 고향이 모두 같고 학교를 다닌 과정이나 지리적 환
경이 같다는 점, 셋째 조혼이면서 아내의 나이가 모두 연상이라는 점, 넷째 그들은 결국
본처와 헤어지고 재혼을 하였다는 점, 다섯째 그들이 모두 와세다대학을 다녔다는 점
등"(『청춘극장』 下, 384면)에서 그 이력의 방불함을 찾고 있거니와 허운옥과 백영민의
관계가 일종의 조혼과 이혼의 변형된 양상으로도 볼 수 있다는 점에서 흥미로운 지적이
다. 백영민을 그대로 김내성으로 병치시켜서는 안 되겠지만 와세다대학과 하숙 생활 및
일본에 대한 감각은 김내성의 감각이라고 해도 비약은 아닐 것이다.

되어 구성된다. X촌에서의 '백상도-신음전-홍만호' 간에 펼쳐지는 사랑의 삼각형의 갈등에서 신음전의 역할을 『청춘극장』에서는 '백영민-허운옥-박대길'의 구도 속에서 허운옥이 맡고 있는 셈이다.

이처럼 유사한 인물구도에도 불구하고 『청춘극장』의 인물 설정은 「태풍」의 선／악의 선명한 이항대립 구도보다는 더욱 입체적인 양상을 보인다. 그 구체적인 사례는 최달근을 통해서 확인할 수 있다. '달안섬' 소작인의 아들로 평양의학강습소를 다니며 고학으로 의사가 되는 「태풍」의 홍만호는 식민지 근대를 헤쳐 온 입지전적인 인물로 달안섬의 주민들에게도 영웅시되고 있다. 홍만호는 김내성 직전 세대인 카프 문학의 맥락에서 보면 계급소설의 영웅일 수 있다. 이러한 홍만호를 브라운 선교사와 마약밀매로 연결시키고, 기생첩과 미두를 통해서 빚을 떠안고 있으며 개인의 안위와 권력을 위해서는 어떤 부도덕한 짓도 서슴지 않는 인물로 제시한다.[25] 『청춘극장』에서는 백상도-홍만호-신음전이라는 사랑과 애욕의 삼각구도라든가 지주-소작인 관계에 기반한 성장배경에서의 대립구도와 이후 대동아-앵글로색슨／민족-제국이라는 대립구도 등의 측면은 백영민-박대길-허운옥의 구도로 재생하고, 홍만호의 계급적 출신에서 비롯된 힘에 대한 열망은 최달근이라는 문제적 인물을 통해 재현하고 있다.

『청춘극장』에서 '땅개' 최달근은 친일파이지만 겉과 속이 다른 인간으로 그려지고, 그렇게 될 수밖에 없었던 근거 있는 이유가 제시

---

25 이런 점에서 그러한 홍만호의 이력의 가치를 부정하는 것은 그 자신 소지주의 아들인 김내성의 반계급적 성격에서 기인하는 듯하다. 지주의 아들이자 와세다 출신의 지식인 엘리트인 김내성에게는 교양주의와 결합된 미묘한 귀족주의적 취향이 엿보인다. 백영민은 이러한 측면에서 김내성의 이력에 기반한 인물이라고 하겠다.

된다.[26] 최달근이 헌병군조가 되고 악한 행동을 하는 이유는 백정의 자식이기 때문에 입은 상처와 신분의 한계를 극복하기 위해서이다. 사람들에게 천대받는 직업을 가졌던 백정 아버지와, 세도가 김참봉의 아들에게 능욕당하고 자살한 어머니를 지닌 소년 최달근은 자신의 설움을 극복하기 위해 '힘'을 욕망한다. 그는 자신을 짓밟은 조선사회에 대해 "뭇사람의 머리를 진흙 발로 짓밟고 올라서야만 합니다! 그것이 내 인생의 최대의 욕망인 동시에 유일한 기원"(중, 130면)이라고 말하고 있다. 학병 징집을 도피해 국외로 탈출하려는 동창 백영민을 체포하여 학병으로 내보낸 최달근이 부상을 입고 돌아온 백영민을 찾아가서 나누는 아래의 대화는 작가가 최달근을 통해서 구성하려는 바가 무엇인가를 보여준다.

소대가리를 까고 돼지 먹을 따는 백정의 아들로 태어났어도 백영민이가 그처럼 세상에 대해서 관대했을까? 이유 모를 냉대와 흰 눈동자의 멸시 가운데서 자라난 소년 최달근의 유일한 기원은 권력의 소유였다. 사람 위에 올라 서자! 모든 것을 출세의 사다리로 생각하자! 이리하여 나는 양심을 비웃고 정(情)의 발로(發露)를 억제하였다. …… 자아, 꼬마! 분명히 내 앞에서 대답을 하라! 군의 그 눈초리는 항상 나의 인격을 무시해 왔고 나의 인생관을 비웃어 왔다! 나는 군처럼 많이 배운 훌륭한 사람은 못된다. 그러나 이때까지 나는 군에게

---

26 해방 이후 3.1운동을 형상화한 영화에서는 조선인 헌병보조원 등을 형상화하면서 생계 때문에 민족을 배반하지만 개심하여 만세를 부른 후 민족이라는 동일자로 죽어가는 서사가 자리를 잡는다. 이에 대해서는 이순진, 「식민지 경험과 해방 직후의 영화만들기 — 최인규와 윤봉춘의 경우를 중심으로」, 『대중서사연구』 14호, 2005.12를 참조할 것. 어쩔 수 없이 식민지 체제에 협력하지만 내면에는 민족적 의식을 지니고 있다는 이러한 형상화의 아키타입은 해방 직후에 마련된 것으로 보인다.

대한 인생의 부채(負債)는 없다. 대답을 하라! 군의 그 비웃는 듯한 눈초리는 대체 나에게서 무엇을 요구하는가? 그 눈초리가 나에게 항의하는 바를 솔직히 말해 주게! 군이 동경유학을 하여 거침없이 대학을 나오는 동안에 나는 만주 벌판에서 관동군의 한낱 끄나풀이 되어 밥을 찾아 헤매이었다. 출세의 사다리를 찾아 헤매이었다. 군이 부유한 집 무남독녀와 연애삼매에 빠져 있을 때, 나는 만주 벌판에 흩어져 있는 매춘부들을 주워 먹었다. 대답을 하라! 그래 그것이 과연 군이 나의 인생을 얕잡아 보는 유일한 이유인가?(하, 210~211면)

김내성은 이상과 윤리만으로 설명할 수 없는 인생의 풍파라는 현실을 최달근의 거친 삶을 메타포로 활용하여 제시하고 있다. 이 장면에 이어지는 "영민이가 한낱 애정의 세계 속에서 고민하고 헤매고 있을 무렵에 최달근은 벌써 이 거치러운 세상을 상대로 싸우고 있었던 것이다"라는 진술은 백영민의 생각이면서 동시에 내포작가의 서술이기도 하다. "너그러운 마음으로 용서를 하게! 군이 걷는 길이 결코 안이安易한 그것이 아니었다는 사실을 나는 분명히 깨달았네!"라는 백영민의 사과에 최달근은 "그렇지 가장 험준한 길 ― 자칫하면 가장 추악한 구렁지 속으로 굴러 떨어질지도 모르는 인생의 곡예사"라고 답하며 다음과 같이 결론을 짓는다. "그러나 백군, 땅개 최달근의 완전한 탈피는 아직도 먼 장래의 일이야! 이 술 좌석 밖에는 나는 다시금 땅개의 껍질을 뒤집어 쓸 수밖에 없는 거야!" 최달근에 의해 학병으로 끌려갔던 백영민이 부상을 입고 돌아와서 자신을 전장으로 몰아넣은 최달근의 거친 삶의 이야기를 듣고 오히려 자신의 이상주의적 삶의 태도에 대해서 용서를 구하는 이러한 모순된 장면은 무엇을 의미할까. 설움에서 출발하여 생존을 위해 달려온 삶이라는 알리바이를 통해 만주벌판에서 5년 동안 관동군의 밀정으로 활약하고, 헌병군조로서 살고 있는 최달근의 삶은 복잡한 인생의 부면으로 이해되고 있는 것이다. 백정의 아들로 설움 많은 '인간' 최달근과 '땅개의 껍질'을 뒤집어 쓴 친일파 최달근, 내면의 진실과 '땅개'라는 외면을 대립시킴으로써 작가는 '친일' 혹은 체제에의 협력을 식민지 현실에서의 생존과 연결시킨다.

　　땅개 최달근을 통해 제시되는 내면과 외면이 다른 인간형의 제시와 그를 통한 '친일'에 대한 윤리적 탕감의 맥락은 백영민의 장인이자 실업가인 오창윤을 통해서도 반복적으로 확인된다. 오창윤은 광산으로 치부한 자산가로 사회적 명사 반열에 오르면서 친일을 하고 학병 권유를 하지만 실제적인 현실인식을 가지고 있으며, 독립투사 장일수의 방문을 받은 이후 자신의 삶에 대해서 반성한 인물로 그려진다. 이러한 인식의 변화에 의해 딸의 연인 백영민을 만주로 도피시키는 등 외면적인 친일 행보에도 나름의 민족적 양심을 지닌 인물로 그려지고 있다. 대구역에서 백영민과 담화하던, 학병으로 징집된 학생들이 탈출을 결심하고 백영민에게 알리는 것을 옆에서 지켜보며, "자네 내가 우수한 친일판 줄은 알지? ─그래 그러한 우등생 친일파 앞에서 그게 무슨 짓이야? 오소레・오오꾸모・오오기미노・세끼시쟈테!(황송하게도 대군의 적자야!) ······ 허, 허, 허 ······"(중, 206면)라며 웃어넘기는 오창윤은 '겉 친일파 속 민족주의자'라는 형상을 획득한다. 이른바 '친일파'를 인정 있는 인간, 입체적인 인간으로 재현하면서 친일의 죄를 탕감해내는 구도는 『청춘극장』이 구사하고 있는 중요한 서사의 정치학이다. 백영민의 탈출을 돕는 오창윤의 면모는 소설에서 전통세대의 윤리의식을 대표하는 완고노인 백초시의 입을 빌려서 "음, 걸출은 걸출이야! 삼국지만 읽어 보더라도 영웅호걸은 대개가 다 그런 위인이었어. 우리처럼 수신제가修身齊家만을 일삼는 작은 인물이 아니고 그이야 말로 치국평천하治國平天下 할 인물인걸!"
(중, 246면)이라며 동양적 윤리의 차원에서도 긍정되고 있다.

4) 제국 / 민족의 젠더정치학

『청춘극장』의 여성인물들인 오유경, 허운옥, 나미에(방월령) 등
은 「태풍」의 여성 인물들의 성격 및 배치와 비교 가능한 측면을 지니
고 있다. 「태풍」에 등장하는 혼혈아 스파이 이본느, 강영제 박사의 딸
로 백상도와 결연되는 소화여전 교사 강성혜, 젊은 의사 홍일표를 사
모하는 간호부 김추련 등은 스파이 담론과 관련된 젠더정치학을 보여
주는 흥미로운 사례이다. 이본느는 영국계 밀수입선 허드슨호의 화
부인 백상도(로이드 화이트)와 몽테크리스토 클럽의 줄리아 사이에서
태어난 '아이노코(혼혈)'로 미술에 조예가 깊고 외국어를 구사하는 유
능한 여성으로 제시된다. 흔히 여자 스파이는 팜므파탈적 성격과 성
적 개방성을 통해 사회체에 '아비 없는 의붓자식'의 재생산을 초래할
지도 모른다는 공포를 불러일으키는 존재로 각인된다. 이본느의 경
우는 이러한 팜므파탈적 성격에 완전히 부합하는 인물은 아니지만 그
의 혼혈성이 천황의 '적자'가 아닌 기원을 알 수 없는 정체불명의 집
단의 표지로 작동하는 측면이 있다.[27] 머릿결과 눈동자는 흑색으로

---

27 "여자스파이란 여러 국가를 돌아다니고inter-national, 외국어에 능하고, 외국인과 친숙
하게 지내며, 외국의 지식을 습득한 여성들이다. 또 그녀들은 미인이어서 세인의 주목
을 받으며, 사교적이고, 성적 능력을 비롯한 다양한 능력을 갖고 있다. 이것은 여자 스
파이에 대한 담론이 근본적으로 국경을 넘어 이동하는 국제적이거나 초국가적인 집단
으로서의 여성에 대한 공포, 근대적 지식과 권력을 지닌 여성에 대한 공포를 동반한다
는 것을 보여준다."(권명아, 『역사적 파시즘─제국의 판타지와 젠더 정치』, 책세상,

동양적이고 코와 살결은 서양인인 혼혈의 외모는 그대로 정체가 모호한 스파이의 특성과 유비관계를 형성한다. 고아인 이본느는 브라운 선교사에게 포섭, 스파이가 되어 활동한다. 이후 그녀는 스파이라는 사실이 드러나 투옥되지만 백상도의 자식이라는 것이 밝혀지며 아버지의 피의 세계에 편입됨으로써 적성국의 스파이로부터 천황의 적자로 갱생한다. 『청춘극장』의 나미에(방월령)는 이본느와 같은 혼혈은 아니지만, 「태풍」에서 이본느가 수행하는 역할을 담당하고 있는 인물이다. 관능적인 여성 스파이인 나미에는 남편 야마모도, 상하이 도라(문정우) 등의 일본인과 장욱(장일수), 백영민 등의 사이에서 사랑과 애욕으로 고민하고 정체성의 혼란을 겪다가 장일수와의 대화를 통해 일본이라는 조국을 매개로 자신의 정체성을 정리하는 인물로 제시된다.

「태풍」의 긍정형 여성인물인 소화여전 교사 강성혜는 감정적이기보다는 이지적이며 '대동아주의자' 백상도와 결연됨으로써 제국이 요구하는 젠더상으로 자리 잡는다. "'그리샤'의 조각처럼 단려하고 차거워 보이는" 강성혜의 성격은 특히 브라운 선교사와의 채플 논쟁에서 두드러진다. 채플 시간에 참석하지 않은 것에 대해 '주께 사죄하라'는 브라운에게 강성혜는 "채플 시간을 보이콧한 것은 주께 죄를 지은 것이 아니고 다만 학교의 규율을 깨트린데 지나지 못하다"고 항변한다. 브라운은 이러한 강성혜를 "영원히 구원받지 못할 래셔널리스트"[28]라고 명명하거니와 이러한 합리성과 이성이 강성혜 성격의 한 축을 형성한다. 강성혜의 이지적이고 능동적인 합리적 주체의 면

2005, 214면)는 지적은 이본느라는 인물의 이력과 더불어 나미에(방월령)와 관련해서도 참조할 만한 관찰이라 할 것이다.

28 김내성, 「태풍」,(49회), 『매일신보』, 1943.1.7.

모는 『청춘극장』의 오유경의 성격과 연결된다. 오유경은 메지로 역전 산부인과 의사에 의해서 "메지로 여자 대학생 가운데서 가장 현대적인 감정을 가진 총명하고도 어여쁜 학생"(상, 307면)으로 명명되거니와, 행복의 그림자를 잡기 위해서 적극적으로 행동하는 능동적인 주체이기도 하다. 또한 "전부냐 무냐"라는 양자택일적인 질문을 던질 만큼 사랑에 대한 극단적이고 낭만화 된 윤리의식을 가지고 있는 인물로, 백영민에 대한 오해 때문에 혼자서 아이를 낳고 숨어서 기를 만큼 결곡한 성격이기도 하다. 백영민을 오해한 후 "불신不信한 사나이의 피를 받은 태아가 역시 불신한 인간으로서 세상에 나온다면 그것은 사회정책적으로나 또는 우생학적優生學的으로 보아서 그대로 내버려 두어서는 아니될 중대문제가 아니예요?"라며 "한 개의 사회악社會惡을 없애기 위해서는 불신한 피를 제거해야만 될 것"(중, 53~54면)이라며 산부인과 의사와 논쟁하고 있는 오유경에게서는 파시즘적 우생학의 흔적조차 엿볼 수 있다.

「태풍」의 김추련은 적국 스파이와 연계된 홍만호가 운영하는 병원의 간호부로 홍만호의 아들인 홍일표를 사모하는 동양적인 외모와 품성을 지닌 여인으로 제시된다. 그녀의 아름다움은 '서양의 노출된 감정세계'에서 살다 돌아온 광산왕 오창세의 아들인 프랑스 미술 유학생 오영훈에 의해 "고즈넉한 아름다운 동양적 미"[29]로 발견된다. 사랑하는 홍일표가 강성혜를 사모하는 것을 지켜보면서 그 옆을 지키며 동양적인 인종忍從이라는 부덕을 보여주는 김추련은 "남방진출의 커다란 야망을 한아름 품고 이윽코 대동아의 일익을 형성할 남쪽나라에서

---

29 김내성, 「태풍」, 54회, 『매일신보』, 1943.1.15.

202 김내성 연구

자기의 인술에 일생을 바치고저"[30] 떠나는 홍일표와 함께 남양(베트남)으로 진출하는 사랑의 서사를 통해서 이상적인 여성성의 한 축을 형성하게 된다. 이러한 김추련의 인물 설정은 오유경을 사랑하는 백영민을 지켜보며 가슴앓이 하면서도 인종하고 종국에는 개인적인 애정을 뛰어 넘어 민족이라는 대의에 투신하는 허운옥의 면모로 재생된다.

「태풍」에서 강성혜, 김추련은 파시즘이 요구하는 여성 젠더상의 두 가지 축, 인종忍從 등의 '동양적인' 부덕과 관련된 가정 내부에서의 수동적인 여성상과 함께 제국의 국책에 적극적으로 부응하는 현대적이고 능동적인 여성상이라는 일견 모순되어 보이는 두 가지 차원을 분유하고 있다. 이는 전통적인 부덕을 파시즘의 여성윤리로 소환하면서도 동시에 전시체제에 적극적으로 협력하는 능동성을 결합시켜야만 하는 데에서 기인한 것으로 식민지 말기의 또 다른 대중서사에서도 발견되는 특징이기도 하다.[31] 이러한 「태풍」의 여성 젠더상을 기반으로 『청춘극장』에서는 동양적이고 인종적인 여성상을 민족적인 여인상으로 변형시킴으로써 민족국가에 부합하는 새로운 젠더상을 구성하고 있다. 『청춘극장』의 영민은 "자기 어머니나 또는 운옥에게서 발견하지 못하던 가장 중요한 것을 유경이에게서 발견하였다. 그것은 감정의 자연스러운 노출이며 정확한 표현이었다. 어머니와

---

30 김내성, 「태풍」 156회, 『매일신보』, 1943.4.28.
31 「태풍」의 여성 인물들에게서 발견되는 이러한 특성은 김내성과 동세대 작가인 정비석의 식민지 말기 대중소설 『청춘의 윤리』의 여성상과 유사한 것이다. 공적 대의를 위해 개인의 행복을 희생하는 전통적인 여성상인 현주와 사랑의 쟁취를 위해 모든 것을 무릅쓰는 능동적이고 현대적인 정열을 지닌 영옥을 두 차원의 젠더상으로 제시한 후 이 둘 모두가 시대적 대의를 위해서 나아가는 것으로 결말이 맺어지고 있다. 이에 대해서는 정종현, 「미국 헤게모니 하 한국문화재편의 젠더정치학」, 『한국문학연구』, 2008.12를 참조할 것.

운옥에게는 자기의 감정을 억제하는 데 아름다움이 있었건만 영민은 그것을 발견하지 못한 채 그 세계에서 뛰쳐나왔다"(상, 260면)라고 술회하거니와, 백영민에게 오유경은 허운옥이 갖지 못한 현대적인 여성의 감정과 감각을 갖춘 대상이었다. 1944년을 전후한 시대상 속에서 허운옥과 오유경이라는 인물의 대비는 흥미로운 측면이 있다. 수난이 연속되면서 허운옥이 보여주는 면모는 백영민에 대한, 혹은 주변 사람에 대한 끝없는 헌신이자 인종이다. 허운옥은 전통적인 부덕과 연결된 품성을 지닌 인물로 형상화되며 그러한 그녀의 면모는 간호부와, 고아원의 보모로서의 역할을 통해 여실히 드러나고 있다. 이에 비해서 오유경은 능동적이고 현대적이며 사랑과 개인의 행복에 삶의 가치를 두고 있는 여성으로 사회적인 관심은 부재한 인물이다.[32] 『청춘극장』에서 오유경은 가장 생생하고 매력적인 캐릭터임에 틀림없지만, 이 소설의 공적 이데올로기에서 중심인물은 허운옥일 수밖에 없다. 허운옥은 민족지사 허상진의 딸이자 야학에서 애국가를 부르고, 겁탈하려는 헌병보조원 박준길의 눈을 찌른 후 도망하여, 북경의 용궁에서 일본의 스파이단 두목 '상하이 도라'를 죽이는 데 일조하는가 하면, 다시 경찰이 된 박대길을 죽여서 식민지 법정에서 사형을 언도받고 해방을 맞는, 그녀의 이야기 자체가 민족의 수난과 저항, 극복을 상징하는 메타포적 인물이다. 개인의 차원에서는 부모가 정한 아내인 자신을 받아들이지 않는 백영민을 위해 생을 살아가는 열烈의 여인이며, 이러한 개인의 차원을 넘어서 민족이라는 대의에 투신하고자 자신의 마음의 고향이자 독립운동 단체가 있는 '중국 대륙'으로 가고

---

32 흥미롭게도 허운옥은 정비석 소설에서 여성젠더들의 공적 대의에 대한 헌신을 강조하는 두 차원의 직업, 즉 간호부와 고아원 보모라는 직업을 한 몸에 구현하고 있다.

자 한다는 점에서 「태풍」의 공적 대의에 투신하는 강성혜, 김추련의 종합판 같은 인물이다. "유경 씨를 잃어버리고 절망 속에서 헤매던 나는 참다운 아름다움과 거룩한 사랑의 길을 운옥 씨에게서 발견하고 광명을 찾아 나왔읍니다. 소생하였읍니다! 오유경을 잃어버림으로써 나는 한 사람의 거룩한 여인, 우리 조선 3천만 민족이 다같이 우러러볼 수 있는 위대한 여인 허운옥을 발견하였읍니다"(중 93면)라는 의사 김준혁의 발언은 의미심장하다. 『청춘극장』의 서사는 결국 친일파의 딸이자, 메지로대학에서 가장 총명하다는 격찬을 받는 제국의 근대성과 연결되어 있는 오유경의 죽음을 통해, 허운옥이라는 민족적 윤리와 성격을 지닌 젠더상을 대립적으로 강화할 수 있었다. 오유경의 죽음은 이러한 측면에서 이 소설 안에서는 서사적인 필연성을 지니고 있는 셈이다.

3. 제국 / 식민지의 기억과 민족이야기로서의 학병 서사

김내성의 『청춘극장』은 '학병'을 본격적으로 재현한 거의 최초의 장편소설로도 기억되어야 할 것이다. 식민지 시기 학병은 물론 기본적으로는 강제동원의 차원에서 이해되어야 할 사건이지만, 그 심층에는 동원과 피해의 형상만으로 단선화할 수 없는 여러 차원의 문제가 중첩되어 있다.[33] 가령, 일반지원병과 학병은 식민 지배에서의 계급적 분절과 관련되어 있다.[34] 해방 이후의 기억에서는 이것이 모두 민족적 수난의 기억으로 균질화되지만, 학병은 전문학부 이상의 엘리트들로서 자신들을 일반 지원병과 변별하는 의식을 지니고 있었다. '대동아 전쟁'의 참여와 수행은 조선인 학병에게 향후 황국의 남성 엘리트들 간의 남성적 연대의 감각을 구성하는 체험이기도 했다. 그렇지만 해방 이후 학병의 서사는 민족의 서사로 탈바꿈된다. 식민지 시기 학병으로 일본 제국의 '대동아전쟁'에 동원되었던 조선인 청년 학생들은 자신들의 학병 출정을 향후 독립되었을 때의 군사적 준비를 위한 참전이었다는 알리바이를 만드는가 하면, 조선인의 우수성을 증명하기 위해 열심히 군사훈련을 받았다는 등의 일련의 학병 서사를 만들고 있다.[35] 해방 직후의 학병들은 자신들을 '문'과 '무'를 겸전한 청년 엘리트로 구성하면서 해방된 '신조선'의 주체라는 아이덴티티를 구성했다. 특히 해방기의 '학병동맹' 사건을 통해 알 수 있듯이, 이 시기의 학병 아이덴티티는 좌파적 맥락도 지니고 있었다. 김내성의 『청춘극장』은 이러한 해방기의 복잡한 '학병' 아이덴티티를 민족의 이야기로 구성하고자 시도한 소설이다.[36]

---

33 최근 한국문학 연구에서 민족/제국을 가로지르는 학병 아이덴티티의 문제에 대한 논의가 있었다. 이에 대해서는 최지현, 「학병의 기억과 국가」, 『한국문학연구』32, 2007; 황종연, 「조선 청년 엘리트의 황국신민 아이덴티티 수행」, '한일, 연대21' 엮음, 『한일 역사인식 논쟁의 메타히스토리』, 뿌리와이파리, 2008; 최영욱, 「해방 이후 학병 서사 연구─학병의 '기억'과 '정체성'을 중심으로」, 연세대 석사논문, 2009 등을 참조할 것.

34 학병거부 후 도피생활의 수기를 적은 하준수(「新版林巨正─학병거부자의 수기」, 『신천지』, 1946.4, 97면)는 고이소(小磯) 총독이 고시문을 통해 학병지원을 거부하면 '징용으로 보내어 노역에 종사시키겠다'는 고시를 포고했으며, '같은 교실에서 공부를 하는 동류는 빛나는 사관후보생으로 전지에서 공을 세울 때 너희들은 하잘것없는 노역부로서 그들에게 호령 받고 멸시당할 수치를 생각하라'는 협박을 했다고 증언하고 있다.

35 「귀환학병진상보고좌담회」,(『신천지』 창간호, 1946.2)에는 '학병동맹'원 20여 명의 학병체험과 학병을 거부하고 도피했던 체험 등이 나와 있다.

『청춘극장』의 학병 서사에서 두드러지는 특징은 그것이 식민지 시기 체제 협력에 대한 알리바이와 관련된다는 점이다. 이와 관련하여 과거 저명한 민족주의자였던 교육자 M과 백영민의 장인인 사업가 오창윤이 도쿄에서 행한 학병독려연설회와 그 이후 숙소에서 이루어지는 대화는 시사적이다. 1943년 12월부터 조선총독부는 사회명사와 학교선배들을 학도병 권유차로 일본 각지로 파견하였다. 소설에서는 학도들이 그 강연회를 들은 이유를 "그들도 젊은 몸이다. 아무리 오랫동안 전쟁이라는 것을 모르고 안일하게 자란 그들의 혈관에도 죽엄의 참된 의의만 발견한다면—오로지 그것만 발견한다면 한낱 우모羽毛처럼 목숨을 가볍게 바쳐버릴 용솟음치는 청춘의 피는 돌고 있었다"(중, 175면)라며 전쟁을 낭만화 한다. 또한, 소설에서는 "그러나 그들은 보통 지원병들과는 달랐다. …… 적어도 그들은 개론槪論만이라도 철학哲學의 세계 속에서 호흡을 한 인간들이다. 삶의 가치, 죽엄의 가치를 규정해 놓지 않고는 그처럼 홀홀히 목숨을 바칠 수는 없는 일이 아닌가"(중, 175면)[37]라며 무의식적으로 제국 안에서 학병이 위치하는 계급적 맥락을 드러내고 있다. 이들이 받아들일 수 있었던 그나마 죽음의 가치를 의미화할 수 있었던 논리란 무엇인가?

---

36 김내성의 『청춘극장』의 학병서사는 이후 학병 체험자들의 수기 및 소설 등과의 비교를 통해서 그 시대적 맥락과 정치적 문면이 드러나리라 판단된다. 그 자신 학병 출신인 한운사의 방송극 〈현해탄은 알고 있다〉, 이병주의 소설 『관부연락선』 및 장준하의 수기 『돌베개』, 김준엽의 『장정』 등이 각각의 특정한 시대에 과거 학병의 기억을 어떠한 가치로 소환하여 서사화하고 있는가에 대한 면밀한 비교가 필요하다. 단일하지 않은 학병서사의 계보학을 세밀하게 재구하는 것은 추후의 과제로 미룬다.
37 이것은 그 자신 지주의 아들이자, 와세다 출신의 지식인 엘리트인 김내성이 가지고 있는 엘리트의식과 이상주의의 반영이라고 할 수 있을 듯하다.

나는 이 자리에 서기에는 너무나 초라한 사람입니다. 어째 그러냐 하면 솔직히 말해서 나는 정치도 모르고 철학도 모르고 문학도 모르는 사람이기 때문이요. 나는 실업가입니다. 그러니까 내가 다소나마 알고 있는 것은 장사속 밖에 없다는 말입니다. 나는 단지 여러분보다 나이를 좀 더 먹었기 때문에 세상 풍파를 좀더 많이 겪었을 따름이요. 어떻거면 나에게 이익이되고 어떻거면 나에게 손해가 오는지, 그저 그런 정도 밖에 모르는 하나의 현실주의자입니다. 어떻거면 우리 민족이 이롭고 어떻거면 우리 민족이 해로우냐? — 원래 장사라는 것은 주고 받는 것입니다. 상품을 주고 대금을 받는 것입니다. 여러분이 오늘 날 피를 **흘려 주면 그 피의 대가를 우리의 후손이 받을 것입니다. 우리가 먼저 주기 전에는 받지를 못한다**는 이 지극히 속된 한 마디를 여러분이 잘씹어 생각하여 몸을 그르치지 않도록 선처해 주기를 바랍니다(중 179면, 강조 – 인용자).

실업가인 오창윤은 제국 / 식민지의 관계 위에서 학병 출진의 문제를 장사의 논리를 통해 설파하고 있다. 이 시기 학병 권유의 친일문장을 모아 엮은 정운현의 『학도여 성전에 나서라』[38]를 검토해 보면, 일련의 징병제와 관련한 조선인들의 당대적 사고의 맥락이 생생이 드러나 있다. 실제로 이 시기의 학병 권유문들은 징병제로 인해 피식민자에게 무기를 주는 상황을 이전까지의 차별을 폐지하겠다는 메시지로 받아들이면서, 완전한 국민적 평등이라는 대가를 위해서 고귀한 희생(피)이 필요하다는 주체화의 논리를 제시한다. 상기한 인용의 오창윤의 논법은 그대로 김성수의 논법과 겹친다.[39] 김성수(혹은 김병규)

---

38 정운현 엮음,『학도여 성전에 나서라』, 없어지지 않는 이야기, 1997.
39 『매일신보』상의 학병 기고문이 모두 명기된 명사들이 직접 쓴 것인가는 물론 섬세하게 따져야 할 문제이다. 유진오는 회고록 『養虎記』(고려대 출판부, 1977, 116면)를 통해

는 현재 벌어지는 '대동아 전쟁'에 참여하지 못하면 "대동아의 일분자는 그만두고 황민으로서 훌륭히 제국의 1분자가 될 수도 없다"고 언급하면서 "이 반도를 위하여 희생됨으로써 이 반도는 황국으로서의 자격을 완수"하게 된다고 서술한다. 학생들에게 너희가 나가 죽음으로써 그 피 값으로 '동생과 누이'들이 제국의 국민으로 살아가게 될 것이라고 설득하고 있다.[40] 어차피 제국 안에서 살아가야 한다면, 제국에 적극적으로 부응함으로써 제국의 중심으로 신생할 수 있다는 일종의 주체화의 논리가 이러한 논법 안에는 개재해 있다. 이것은 김내성이 「태풍」에서 유불란, 백상도 등 제국의 청년들을 모두 '일본인'이라 명명하고 그들이 세계의 중심에 서는 대중서사를 구성했던 욕망과도 직접적으로 연관된다. 김내성은 오창윤의 논리를 통해, 자신이 식민지 말기에 구성했던 주체화의 욕망과 관련된 '친일'의 불가피성을 환기시키고 있는 셈이다.

피해와 수난의 상징으로서의 학병 서사는 연설회가 끝난 뒤의 풍경을 통해 극대화된다. 학병 권유연설이 끝난 후 숙소로 찾아온 학생들과 담화하던 중에 교육가 M은 무릎을 꿇고 "벙어리가 되어 버린 약삭빠른 이 가짜 애국자의 입이 열리도록 호되게 한번 갈겨 주시요!"라고 절규하고, 백영민은 M의 손을 맞잡고 통곡하는 장면을 배치한

경무국에서 김성수, 송진우, 여운형, 안재홍, 이광수, 장덕수, 유진오 등을 구체적으로 거론하며 신문에 '학병지원 독려문' 작성을 지시했으며 이들 중 일부는 이를 거부했고, 김성수도 쓰지 않았기 때문에 『매일신보』 기자 김병규가 마음대로 썼다고 회고하고 있다. 이러한 진술의 진위 여부도 따져야 하겠지만, 이 글에서는 오창윤의 논법이 당대의 스테레오 타입이라는 사실에 주목하였다.

40 김성수(혹은 김병규), 「대의에 죽을 때―황민됨의 책무 크다」(『매일신보』, 1943.11.6) 당대에는 징병제를 병역의 의무가 아닌 '권리'로 선전했다. 또한, 많은 조선인 명사들이 믿었을 피 값에 대한 보상, 즉 의무를 수행한 이후의 헌법적 권리의 확보(구체적으로는 참정권)는 이루어지지 않았다.

후 "절절한 민족의 오열嗚咽이여, 민족의 고달픔이여!"(중, 186면)라고 묘사함으로써 학병의 권유자와 그 대상자 모두가 일본 제국주의의 폭압 밑에 놓여있던 어쩔 수 없는 피해자라는 서사가 구성된다. 연설회 이후 백영민은 학병을 거부하고 도주하기로 결심하고 장인인 오창윤의 비서로 가장하여 현해탄을 건넌다. 백영민은 서울로 향하는 기차 안에서 학병 통지를 받고 부모를 위한 효성 때문에 징집에 응하려 하는 두 명의 청년과 이야기를 나누면서 그들의 잘못된 윤리의식을 깨우쳐 준다. 학병 징집에 대한 민족적 울분을 토하고 논란하여도 아무도 공분하지 않는 기차안의 조선인들을 보며 청년들은 "우리들에게는 개인이 있을 뿐 민족은 없습니다! 아니, 민족은커녕 린인隣人도 없읍니다!"라고 비판한다. 이를 이어서 백영민이 설파하는 고슴도치론은 의미심장하다. "그렇습니다! 있는 것은 다만 몸에 바늘을 심어 놓은 고슴도치뿐입니다. 고슴도치는 그 바늘로 자기 일신을 보호도 하거니와 린인隣人을 찌를 줄도 압니다. 그 바늘이 없어질 때 우리는 비로소 린인을 가질 수 있고 민족을 가질 수 있을 것입니다. 하나의 민족을 가질 줄 아는 민족은 만방인萬邦人을 또한 가질 수 있습니다. 오늘날 이와 같은 민족의 비극은 어디서 왔습니까? 한 사람의 린인을 갖지 못한데서 온 것입니다. 모두가 다 고슴도치였기 때문에 생긴 비극입니다!"(중, 205면) 일견 개인－민족－세계로 확장되어 가는 일종의 사해동포주의적인 언술처럼 들리는 백영민의 발화는 자신의 이해에만 몰두하는 '이기주의'를 '고슴도치'로 비유하며 집단의 운명을 이야기한다는 점에서 아주 낯익은 담론체계를 연상시킨다. 서구적 '개인'에 대한 강조를 '이기주의'로 비판하며 개인과 전체의 운명을 합치시키고 공익을 내세우는 논법은 이 시기 제국 일본의 다양한 근대비판론, 동양론의 스테레오 타입이거니와 백영민이 발화하는 '고슴도치'론은 이러한 식민지 말기의 담론을 해방 이후의 사회적 맥락에서 민족의 담론으로 변형시키는 발화라고 할 수 있다.[41] 전체와 집단의 윤리에 대한 강조는 식민지 시기 동안 『백가면』─「태풍」 등의 소설을 통해서 지속되었다. 이러한 제국 시대의 개인과 전체가 맺고 있는 윤리 감각이 새로운 민족국가의 수립이라는 대의와 함께 『청춘극장』의 학병 서사에서 재현되고 있다고 하겠다.

이후 백영민은 최달근과 박대길에 의해 기차에서 발각되어 중국 회양 전장으로 끌려간다. 소설에서는 전장에서의 조선인 학병들을 크게 세 부류로 나누어서 묘사하고 있다. 황칠성, 백영민과 같은 민족주의적 사고를 지닌 학병 그룹, 가나즈와 같이 자유주의적인 개인주의의 사고를 지닌 인물, 그리고 마지막으로 경성제대 출신 학병 야스다와 같은 이른바 일종의 친일파적 사고를 지닌 학병이 그것이다. 그중에서도 경성제국대학 출신의 조선인 학병인 야스다(창씨개명)의 형상화에 주목할 필요가 있다.

내가 어머니 배에서 사파에 떨어져 나왔을 때 나에게는 하나의 어휘상(語彙上)의 조국은 있었으나 나를 인도하고 나에게 정신적인 양식을 준 정치적인 조국은 없었소 이십육(二十六)년 동안 나에게 조국의 역사를 살뜰히 가르쳐준 교

---

41 이호걸은 김내성이 추리와 연애를 통해 근대적 이성과 윤리를 통속화했다는 점에서 그를 개인주의적 성향의 작가로 간주하고 『청춘극장』에서 강조하는 전체와 집단에 대한 감각과 윤리를 예외적인 것, 해방기의 격동 속에서 발출한 괴물과 같은 텍스트라고 암시한 바 있다(이호걸, 앞의 논문, 198~199면). 이 텍스트가 지니고 있는 다성성의 측면과 다채로운 균열의 지점을 읽어내는 그의 독법에 동의하지만, 김내성에게 개인과 사회, 개인과 전체의 윤리라는 것이 명료하게 대립적이었는가에 대해서는 여전히 논의의 여지가 있다고 생각한다.

사라고는 단 한명도 없었소 내가 조국에 관한 약간한 역사적 지식이 있다면 그 것은 모다 구비(口碑)나 전설에서 배운 단편적인 것 밖에는 없었소 나는 조국의 역사보다도 일본의 역사를 더 많이 알고 더 잘 아오 철이 들어 十여 세를 넘었을 무렵까지 나는 나의 조국이 일본인 줄만 알고 있었소 그것을 나의 부모도 별로 탓하지를 않았고, 나를 둘러싸고 있는 이 사회도 그것을 막아 주지를 않았소 총독부의 하급관리였던 나의 아버지는 집으로 돌아오기가 바쁘게 한 벌 밖에 없는 출근 양복을 벗어 놓고 유카다를 입고 게다를 신었소 우리집에는 돈이 드는 한복을 작만할 여유가 없는 탓도 있었겠지요 당신네들은 조선말을 국어라 부르겠지만 나에게는 국어라면 곧 일어를 의미했소 일어를 국어라고 부르는데 있어서 나의 감정은 조그만 항의도 없었고 나의 부모는 가정에서도 일어를 사용했고 앉을 때도 까치다리를 하는 것 보다는 끓어 앉는 것이 단정하다 하여 모다 끓어 앉었소 하여간 나는 아니 우리 부모들까지도 모다 하루 바삐 충실한 일본인이 되기를 꺼린다기 보다도 도리어 원했었소 그것이 우리의 생활면에 있어서 항상 우리에게 이익을 가져 왔기 때문이오 나는 이 자리에서 솔직히 묻겠소 우리 삼천만 가운데서 당신네들처럼 완고한 민족적 감정을 가지고 그 날 그날을 민족의 이익과 번영을 위하여 살아 온 사람이 과연 몇 퍼센트나 되는지 그것을 묻고싶소(하, 31~32면, 강조-인용자).

자신을 스스럼없이 친일파라고 규정하는 야스다의 입으로 설명되는 그의 가족의 현실이 당대 대다수의 조선인의 현실이었다는 인식이 이 소설에는 깔려 있다. 태어날 때부터 이미 나라가 없었고, 국어가 일어였던 상황 등 야스다가 언급하고 있는 현실은 바로 대한제국이 사라진 1910년대에 태어난 김내성 자신의 세대 이야기이기도 하다. 야스다를 확고한 인생관과 세계관에 기반한 의식적인 친일분자라고 비판하는 듯하면서도, "아니꼬운 친일파이긴 하였으나 그 공리적인 체념諦念 가운데는 백영민과 황칠성의 이상주의적 민족주의나 가나즈의 개인주의적 자유주의로서는 그리 쉽사리 산출해 낼 수 없는 하나의 냉혹한 현실이 포함되어 있는 것 같았다"(하, 33면)고 말하고 있는 서술자의 논평은 김내성이 식민지 시기를 바라보는 관점을 드러낸다. "죽음의 가치를 억지로라도 발견해 보려면 훌륭한 내 선배들이 권하는 바와 같이 나의 부모형제로 하여금 내가 흘린 피의 댓가라도 청구해 보라는 것 뿐이요"(하, 35면)라는 야스다의 진술은 그대로 당대 학병출진을 독려한 명사들의 프로파간다에 대한 화답이기도 하다. 이들 각자가 부대에 배치된 이후 황칠성과 백영민은 실제 탈출을 감행하거니와, 초병에게 발각되어 황칠성 등의 탈출을 먼발치로 바라보며 백영민은 막사로 되돌아온다. 소설에서 더 이상 그려지지 않는 황칠성 등의 탈출 학병들의 이야기는 향후 장준하의 『돌베개』, 김준엽의 『장정』 등과 같은 학병 체험의 수기로 이어질 터이거니와, 탈출에 실패한 백영민을 둘러싼 학병 서사의 끝에서 우리는 야마모도라는 인상적인 인물을 만나게 된다.

민족의 서사를 구성하는 『청춘극장』의 학병 서사에는 그러나 감출 수 없는 제국의 경험과 기억이 남아 있다. 그 편린은 백영민의 스승이자 동시에 전선에서의 동료였던 야마모도를 통해 발견할 수 있다. 평양의 졸업식으로부터 시작하는 이 소설에서 야마모도는 대통령 등의 조선인 학생에게 조선인에 대한 차별의식을 드러낸 교사로 야유를 받은 것에 충격을 받고 교사를 그만두고 귀향하던 중 관부연락선에서 '특고'에게 대항하다 봉변을 당하는 백영민을 구해준다. 원래 자유주의적인 문학도이기도 했던 야마모도는 관부연락선에서의 사건을 통해 백영민과 친해진다. 동경에서의 야마모도의 형상은 문제적이다. 가령 백영민과 함께 일본 동경에서 택시를 타고 가다 황거皇居를 보고 남기는 다음의 장면을 보자.

> "저기 보이는 저 다리 말이야." "아, 저건 …… 저건 이중교(二重橋)가 아냐요?" 국정교과서나 혹은 잡지 비화(扉畵)에서 너무나 흔히 보아 온 이중교였다. "그렇다. 저 안엔 이끼따 가미사마(산 귀신)가 있다. 자네, 귀신이 밥먹구 애 낳구 하는 걸 본 적이 있나?" "에엣? ……" 하고, 영민은 무척 놀라면서 선생의 옆얼굴을 처다보지 않았던가.
>
> 아무리 인생관의 변모(變貌)를 일으키었다 하여도 선생의 입으로서 이러한 대담한 한 마디가 튀어 나올 줄은 정말 뜻밖이었다.
>
> "동화(童話)다! 이십(二十)세기의 극채색(極彩色)을 베풀은 한 토막의 어여쁜 동화다. 그 산 귀신이 언제 어느때 나한테 초대장을 보낼지, 생각만 해도 무시무시 하이!"
>
> 하던 야마모도 선생의 호탕한 모습이 지금도 눈 앞에 알알하다."(상, 213면)

야마모도는 천황을 산귀신으로 표현한다. 그는 귀신으로부터 오는 초대장(징집영장)에 대한 두려움을 드러내고, 더 나아가 전쟁 자체를 회의하는 비판적인 일본인의 초상이다. 이처럼 전시체제의 중심인 이중교 너머 황거에 거주하는 천황을 비판하던 야마모도는 중국 중부의 회양 전선의 일선 부대장으로 부임하여 다시 학도병 백영민과 조우한다. 그렇지만 이곳에서 만난 야마모도는 탈출을 모색한 백영민을 징치하지 않고 눈감아 주긴 하지만 일본에 충심을 다하는 황군으로 그려지고 있다. 중국군을 맞아 싸우다가 폭탄이 터지고 그로 인해 백영민은 시력을 잃는 부상을 당하고 야마모도는 혼절했다가 깨어나서 '어머니'를 찾은 후 "헤이까 유루시데 유루시데 이다다 끼마쓰 아다구시와(폐하! 용서하여 용서하여 주십시요! 저 저는……) 헤이까 반자이!(폐하 만 만세)"(하, 74면)를 유언으로 남기고 죽는다. 천황을 귀신이자 20세기의 동화라고 비판하던 리버럴리스트 야마모도가 결국 '헤이까 반자이'를 외치며 국가주의자로 죽어가야만 한 사정은 무엇일까? 야마모도와 백영민은 죽음을 맞아서(혹은 직면하여) 각자의 종족으로 회수된다. 그것은 이 소설이 해방 이후의 민족으로의 귀환이라는 맥락위에 있는 대중서사라는 점을 다시 상기시킨다. 백영민과 야마모도는 중학의 사제지간이며, 과감하게 해석하자면 이는 제국/식민지의 메타포처럼 보이기도 한다. 사제관계를 넘어서 이제 그들은 목숨을 함께 하는 전우이기도 하다. 굳이 푸코를 언급하지 않더라도 군대라는 장치는 그 소속원들을 계급과 지역을 넘어서는 국민국가의 구성원으로 균질화하는 용광로와 같은 것이거니와, 그 안에서의 불합리성에도 불구하고 강한 연대의식을 만들어내는 공간이기도 하다. '대동아'를 위한 성전에 함께 참여하는, 더구나 엘리트 출신이라는 자부심이 학병 아이덴티티의 한 축으로 작용했음을 살펴보았거니와 이 소설의 전체에서 지속되는 야마모도와 백영민의 묘한 공감과 연대감이 지니는 서사적 의미를 이해하기 위해서 「태풍」의 설정을 잠시 떠올려 보자. 「태풍」에서 유불란과 일본 헌병 대위 아끼야마는 중학 이래의 동창으로 설정되거니와 유불란의 구라파 여행도 아끼야마의 모종의 미션에 의한 것으로 묘사된다. 「태풍」의 이러한 설정은 내선일체 이데올로기를 발화하는 것인데, 『청춘극장』에서는 이러한 일본인/조선인의 관계에 대한 기억이 변형된 형태로 제시되고 있다고 말할 수 있을 것이다. 회양의 전장에서 백영민도 죽었다면, 야마모도와 백영민은 함께 야스쿠니에 합사되었을 것이다. 해방 이후, 일본 제국의 붕괴와 함께 일본 열도만의 일본 국가와 대한민국이라는 새로운 민족국가를 구성하면서 야마모도와 백영민의 제국 / 식민지의 관계들, 즉 사제관계와 전우관계의 기억이 소거되고 각각의 민족으로 수렴되는 순간을 『청춘극장』의 학병 서사는 보여주고 있다.

4. 개인(사랑)의 패배와 (민족)국가의 승리

반복되는 감이 있지만, 『청춘극장』은 허운옥이라는 민족적 메타포의 수난에서 시작하여 그 극복에 의해 마무리되는 소설이다.

종로 삼(三)가 네거리까지 왔을 때, 영민은 돈화문 쪽으로부터 긴 행렬이 지나가는 것을 보았다. 영민은 걸음을 멈추고 행렬이 끝나기를 기다렸다.

그러는데 서대문 쪽에서 트럭 한 대가 달려오다가 행렬이 끝나자 네거리를 건너 영민이가 끼여 섰는 군중 앞으로 스름스름 움직여 왔다.

"만세!"

추럭 위에서 먼저 손을 번쩍 들었다.

"만세!"

군중도 호응하여 손과 기를 들었다.

영민은 그때 트럭 위에서 낯익은 얼굴 네 개를 보았다. 춘심이와 신성호, 그리고 장일수와 어깨동무를 하고 두 손을 번쩍 하늘 높이 쳐든 것은 운옥이었다.

"자유 조국 독립 만세!"

장일수의 폭 넓은 목소리가 창공을 뒤흔들었다. 운옥은 군중을 향하여 '동해물과 백두산'을 소리 높여 부르고 있었다.

뛰어가면 올라 탈 수 있고 부르면 대답할 수 있는, 그러한 간격을 가지고 트럭은 지나가건만 영민은 부르지도 않고 뛰어 오르지도 않은 채 꿈결처럼 멍하니 트럭의 뒷모양을 바라보면서 중얼거렸다. ……

무서운 고독과 허탈의 세계가 영민을 완전히 지배하였다. 파동치는 군중속에서 영민은 사막(沙漠)을 갔고 울부짖는 함성 속에서 영민은 유곡(幽谷)을 걸었다. 영민은 지금 완전히 한 사람 군중 속의 '로빈손 쿠루소'가 되어 죽음의 오솔길을 터벅터벅 걸어 갔다(하 379~380, 강조―인용자).

비극의 출발과 영광의 정점에 애국가가 있다는 점도 흥미롭지만, 보다 주목할 것은 '뛰어가면 올라 탈 수 있고 부르면 대답할 수 있는, 그러한 간격'이다. 이 소설에서 이 간격은 절대의 거리이다. 그것은 제국과 민족이 양립할 수 없는 시대로 접어들었음을 단적으로 보여주는 장면이기도 하다. 「태풍」에서 앵글로색슨에 의해 감금된 왕유호 박사를 구하기 위해 출범하는 '태양환' 위에서 민족을 초월한 대동아 청년들이 맛보는 감격과 함께 막을 내리는 장대한 클라이맥스와 비교해 보면, 이 소설의 마지막은 유사하게 해방의 감격으로 끝나는 것 같으면서 동시에 사막과 같은 백영민의 절대적인 고독이 대비된다는 점에서 인상적이다. 민족 수난의 은유인 허운옥이 백영민과의 애정의 세계에서 벗어나 장일수로 대표되는 민족과 혁명의 세계로 진입하며, 박춘심과 신성호와 같이 퇴폐와 무위한 삶을 산 사람들도 신생하고 있는 해방의 감격 속에서 오로지 백영민과 오유경만이 죽는다. 그들이 죽을 수밖에 없는 이유는 오유경이 단지 친일파의 딸이었기 때문만이 아니라, 그들이 제국의 질서 속에서 구축한 교양 및 이성과 관련되는 일종의 식민지적인 근대성을 상징하기 때문이다. 식민지에서 형성한 제도와 가치가 변형되어 지속된 것이 역사적 사실이지만, 탈식민이 시대의 의제였던 해방 직후의 서사에서는 식민지적인 것과의 결별이 선언되어야만 했다. 백영민과 오유경의 죽음은 이러한 결별의 선언과 같은 것이다.

백영민은 이상주의에 경도되어 있는 인물로 그의 생의 목표는 인격의 완성에 있다. "보라! 폭풍우가 쏟아져 내리는 황야에 홀연(忽然)히 서 있는 한 그루의 구부러진 노송(老松)을 보라. 참 되고 굳세인 인간의 자태가 바루 거기 있어야 할 것이며 거기서 비로소 인격은 완성되는 것이다!"(중, 206면)라며 인격의 완성을 인생관으로 제시하고 있거니와, 중학시절 유도를 배운 동기도 "정의가 정의로서의 가치를 발휘하려면 단지 관념의 외침만 가지고는 아니 된다. 그 관념의 외침을 보장하는 체력이 있어야 한다. 무력이 있어야 한다. 그렇지를 못한다면 정의는 단지 하나의 관념상의 어휘(語彙)일 따름이요, 구체적으로 실천될 기회는 영영 없을 것"이라고 언급된다. 백영민의 인생관이 식민지의 맥락에서 의미하는 것은 무엇일까. 인격의 완성을 목표로 삼고 정의를 실현하기 위해서 '힘'을 욕망하며 식민지에서 제국의 법에 근거한 법률가의 길을 지향하는 백영민이라는 이상주의자가 의미하는 것은 무엇인가? 백영민의 사유에서는 다이쇼, 쇼와 연간의 인격주의와 교양주의의 흔적이 느껴지거니와 더불어 정의를 구현해내기 위해서 힘을 길러야 한다는 일종의 준비론적 사상의 편린이 감지된다. 인격의 도야와 수양을 내걸었던 이광수를 비롯한 많은 민족주의자들이 걸어간 이 길의 끝을 우리는 잘 알고 있다. 그 자신 와세다 독법과 출신인 김내성이 이 소설에서 묘사하고 있는 "법률적 양심"이라는 어휘는 이와 관련하여 시사적이다. 백영민의 법률적 양심이라는 것은 "건전한 한 사람의 시민으로서의 의무를 다한 후에 권리를 주장하는 데 있"는 것으로 제시된다. 이러한 백영민의 "법률적 양심"은 최달근의 그것과 비교하여 이상적인 양심으로 고평된다. 즉, 최달근에게 "법률적 양심"이란 현존하는 법망(法網)에만 걸리지 않으면 모든 것이 양심적이라는 뜻으로 백영민과 구분되는 결정적인 자질의 한 근거로 제시된다. 백영민은 시민이라는 인류의 보편적 교양을 기반으로 한 법률적 양심을 체현한 자로 제시되는데, 그렇지만 식민지 체제에서 이러한 법률적 양심이라는 것이 역사적 맥락을 제거하고 보편적으로 정립 가능한 것인가에 대한 질문은 빠져 있다.[42] 이 소설에서 백영민은 부모가 정해주는 배우자와 결혼해야 한다는 전근대적인 인습에 항거하고 개성의 가치를 구현하는 "현대적인 모랄"과 "개성에의 인식"을 지닌 근대주의자의 면모를 지니고 있지만, 제국의 현실(질서)를 그러한 근대성으로 수락하고 지향함으로써 민족을 배신하는 결과에 다다르게 된다는 점에서 식민지 시기의 부르주아 민족주의 운동의 정신구조와 친연성을 지니고 있다. 그것은 오유경의 경우 역시도 마찬가지이다. 민족

---

42 이것은 이광수가 『무명』에서 보인 자가당착, 즉 식민지 법 체제에 대한 부정과 식민지 법에 근거한 감옥 안에서의 질서의 위반자에 대한 경멸의 시선이 보여주는 모순과 유사하다. 나는 최근에 한국 근대문학에서, 특히 식민지 시기의 소설에 나타나는 법과 질서에 대한 감각에 주목할 필요가 있다는 생각을 하고 있다. 이에 대해서는 기회가 되면 작업의 결과를 발표하도록 하겠다.

과 조국의 현실과 무관한 개인의 삶을 산 근대적인 개인으로써의 친일파의 딸 오유경의 세계 역시 해방 직후 대중의 정서에서는 받아들일 수 없는 것이었다.

이러한 백영민 / 오유경의 세계와 대비하여 살아남은 가치로 구성된 것은 무엇인가? 그것은 장일수와 허운옥이 대표하는 세계이다. 그러한 가치는 제국의 법역法域 밖에 존재해야 하며 식민지적인 불결함에 오염되지 않은 것이어야 했다. 대한제국의 멸망과 함께 만주에서의 독립운동을 수행한 허상진이라는 기원을 지닌 허운옥과 북경과 서울을 배경으로 레지스탕스적인 낭만적 정열을 불태우는 장일수는 바로 식민지적 근대성과 무관한 그 이전의 순정한 것과 연결되어 있는 가치의 표상들이다. 소설에서 소환되는 만주 혹은 중국이라는 공간도 바로 그러한 식민지적 가치로부터 자유로운 장소이다. 중국은 "운옥에게 있어서는 마음의 고향"으로 표상되거니와 어머니와 동생의 유골이 묻혀 있으며 동시에 "조국의 한 개 조그만 주춧돌이 되어 그 거룩한 운명 속에 이 한 몸을 바치자! …… 아, 아 아버지!"(하, 270~271면)라고 호명되는 조국과 아버지의 땅이다. 애국가를 부른 사상범으로서 그리고 현직 경찰관을 살해한 살인범으로서 운옥을 받아줄 수 있는 식민지의 법 너머의 세계가 바로 만주이자 중국이다.[43] 김내성 자신이 식민지적 근대에 대해서 여전히 미련을 갖고 있더라도, 이 소설이 쓰인 대한민국 단정 수립의 전후에 백영민 / 오유경의 세계는 장일수 / 허운옥의 세계와는 양립하기 어려운 것이었다. "거대한 한 민

---

43 이호걸은 이러한 측면에서 중국과 만주라는 독립운동의 시공간을 '창세기'의 시공간으로 명명한 바 있다. 중요한 지적이다. 이 글에서는 여기에 더해서 백영민이 상징하는 것이 무엇일까라는 차원에서 그가 지닌 민족주의 부르주아 정치사상의 구조와의 친연성에 대해서 논의를 보강해 보았다.

족이 존망存亡의 위기에 처해 있는 이 엄숙한 마당에서 개체個體의 주장과 의욕이 그대로 허용될 수는 없는 일이요. 민족의 생리와 개인의 생리, 민족의 운명과 개인의 운명이 결코 별개의 것이 아니요"(중, 370면)라고 장일수가 나미에(방월령)에게 하는 설교는 그대로 백영민/오유경의 세계와의 결별을 의미하는 것이기도 하다. 이제 새로운 민족의 법이 만들어져야 했으며, 새로운 입법자들로 제국의 외부에 위치했던 주체들이 소환되어야 했다.

> "이 사람아, 조선이 뭐냐? 조국의 국호도 몰라 본다는 말인가? 대한민국 임시정부가 지금 중경에서 김구 선생을 주석으로 하고 귀국의 날을 기다리고 있는 거야." "오오 대한민국!" 한줄기 전율이 신성호의 육체 속을 흘러갔다. 36(三六)년 동안 공공연하게는 한번도 들어 보지 못하던 이 국호, 온갖 서적으로부터 자취를 감추어 버렸던 이 국호, 오직 뜻있는 늙은이들의 한낱 구비(口碑)로서 밖에는 더 들어 보지 못하던 이 국호가 다시금 청천백일하에 살아나는 것이다(하, 354면).

이 장면이 연재 당시 제5부에 포함되어 있다는 사실을 감안하면, 적어도 이러한 발화는 1951년이라는 상황 속에서 이해해야 한다. 김구도 이미 암살되었거니와 이승만을 대통령으로 하는 남한 단정의 수립 이후, 김내성이 대한민국이라는 국호와 김구 중심의 임시정부를 연속시키면서 구성하고자 한 것은 민족적 정통성을 식민지 법역 밖에서 우파적 정통성을 견지하고 있는 김구의 상해 임시정부로 소급시키는 것이었다. 이런 의미에서 대한민국은 새로 만들어진 것이 아니라 과거부터 지속되었던 것이다.

5. 결론을 대신하여 ─김내성의 마지막 스파이 ─탐정소설 「붉은 나비」

　　지금까지 「태풍」으로부터 『청춘극장』으로의 연속/비연속의 여러 층위에 대해서 검토해 보았다. 마지막으로 이 두 소설만큼 장대하고 웅장한 규모의 서사는 아니지만, 김내성이 1955년에 『아리랑』에 연재한 「붉은 나비」[44]를 통해 식민지 시기의 장치가 어떻게 지속되고 더불어 식민지에 대한 기억이 어떤 방식으로 새롭게 재현되는가를 살펴보자.[45] 이 소설은 『청춘극장』에서 중국 북경을 배경으로 한 일본 스파이단과 조선인 독립운동 단체의 대립 구도를 재연한다. 이 소설에 대한 기존 연구가 전무한 형편이므로 소설에 대한 소개를 겸하여 분석을 진행하겠다. 우선 작가 자신이 연재 중간까지 정리해 놓은 줄거리를 읽어 보자.

　　우리 민족의 박해가 극심했던 삼일운동 직후의 이야기다. 일제의 총검을 피하여 애국자들이 해외로 몰래들 빠져 나갔다. 그 태반은 중국으로 망명하였다.

---

[44]　1955년 3월 『아리랑』 창간호부터 9월호까지 연재된 '연재탐정소설'이다. 작가의 설명에 따르면, 이 작품은 "바로네스 올츠이의 '스칼렛 핌퍼넬' 총서 중에서 가장 재미있는 것을 골라 따분하고 지루한 것을 적당히 어레인지하여 우리나라의 사정에 맞도록 옮겨 쓴 것"(「붉은 나비」(1회), 『아리랑』 1호, 삼중당, 1955.3, 58면)이다. 즉, 이 작품은 영국작가 바로네스 엠마 올츠이(Baroness Emmuska Orszy)의 『붉은 별꽃(Scarlet Pimpernel)』(1905)의 틀에 한국독립운동의 서사를 덧입힌 번안소설이다. 원작에 대한 정보와 「붉은 나비」 1회의 내용은 박진영 선생님의 도움으로 확인할 수 있었다. 후의에 감사드린다.

[45]　최종회에 "「붉은 나비」는 독자제현의 절대적인 성원과 요망에 의하여 머지않아 단행본으로 간행됩니다(편집부 근고)"라는 편집부의 안내가 있었지만, 이후 이 작품이 연재된 『아리랑』에서조차 단행본 광고를 확인할 수 없었다. 같은 시기 김내성의 『애인』 단행본 광고가 실리고 있는 점을 감안한다면 이 작품의 단행본은 실제 간행되지 않았을 가능성이 크다고 할 수 있다.

여기에 '붉은 나비'라고 불리우는 중국인의 한 비밀의 단체가 있었다. 붉은 나비의 단체는 한국의 애국자들을 실로 교묘한 수단과 방법으로 일본 관헌을 비웃으면서 중국땅으로 자꾸만 탈출시켰다. 일본의 우수한 밀정 '노무라'는 '붉은 나비'의 수령을 체포하고자 북경으로 가서 갖인 노력을 다한다. 중국 사교계의 명성인 백운아(白雲兒)와 주목란(朱木蘭)의 부부가 있었다. 목란은 한국인으로서 백운아와 연애 결혼을 하였으나 서로 사랑하고 있으면서도 **목란의 과거에 조그만 실책**으로 남편의 애정을 잃고 있었다. '노무라'는 목란의 오빠 주춘석을 구해 준다는 댓가로서 목란을 매수하여 '붉은 나비'의 정체를 붙잡았다. 목란 자신도 「붉은 나비」의 수령이 바로 자기 남편인 백운아인 줄은 꿈에도 모르고 있었던 것이다. 남편이 한국의 애국자 이수영 선생을 탈출시키고자 다시금 천진에서 배를 타고 신의주로 향하여 출발한 그 뒤를 따라 '노무라'도 출발하였다. 목란은 사실을 알고 깜짝 놀라서 '붉은 나비'의 단원인 장진호와 함께 남편의 위험한 운명을 구제하고자 '노무라'의 뒤를 또 따라서 천진으로 자동차를 무섭게 몰았다.[46]

주목란은 삼일운동 한 해 전 총독부 하급관리인 오빠 주춘석이 애국자 최일만의 딸을 좋아하여 결혼하고자 했으나 최씨로부터 매국노라고 욕을 듣고 거절당한 것을 분하게 생각하고 있었다. 그러한 이유로 최일만의 이야기를 여러 친구에게 했는데 그 친구 중 하나가 당국에 고발하여 본의 아니게 최일만이 옥고를 치르게 하였다. 서술자는 이에 대하여 "한일합방 십년 후의 일이었다. 이미 세상은 일제에 협력하지 않고는 살 수 없던 시절인 만큼 목란의 분노도 무리는 아니

---

46   김내성, 「붉은 나비」(5회),『아리랑』, 1955.7, 188~189면(강조 – 인용자).

었다"[47]고 동조의 시선을 보이는데, 이러한 인식은 앞서 살펴본 『청춘극장』의 학병 야스다의 견해를 잇고 있는 것이다. 여하튼 이러한 자신의 과거 실수에 대해서 결혼 초기 남편에게 이야기하게 되고 그로 인해 남편 백운아의 애정이 식어 주목란은 고심한다. 오빠 주춘석의 안위를 인질로 삼은 노무라의 협박에 못 이겨 붉은 나비의 정체를 밝히는 데 조력한 주목란은 남편 백운아가 붉은 나비단의 수장이었음을 깨닫고 남편의 부하인 조선인 청년단원과 함께 남편을 구하기 위해 신의주로 쫓아간다. 이후 백운아의 기지로 밀정 노무라와 일본 헌병대를 따돌리고 애국자 이수영과 오빠 주춘석 모두가 무사히 탈출하게 되며 백운아와 주목란의 오해도 풀려 사랑이 굳건해지면서 소설은 결말을 맺는다.

이 소설의 인물 설정도 식민지 시기 김내성 소설의 연장 속에서 이해할 수 있다. 우선 여주인공 주목란은 『마인』의 주은몽과 「태풍」의 이본느의 설정이 종합되어 있는 인물이라고 할 수 있다. "세계적인 미인이요, 세계적인 재원이라고 찬사를 아끼지 않는 한국 여성 주목란"은 "미모와 그의 음악적 재능은 벌써 열여덟 살의 목란을 세계적 존재로 만들고 있었다"[48]고 설명되거니와 이러한 설정은 『마인』의 공작부인 주은몽의 인물 설명을 연상시킨다. 여기에 더해서 오빠와 남편, 친일과 항일, 애국과 매국 사이의 경계에 위치하게 되었다는 점에서 「태풍」에서 백상도의 딸이자 앵글로 색슨의 스파이인 이본느의 측면이 덧붙여지고 있다. 「붉은 나비」의 수장인 중국인 백운아도 흥미로운 인물 설정이다. "중국 사교계의 대표적 신사인 백운아, 중국의

---

47 김내성, 「붉은 나비」(2회), 『아리랑』, 1955.4, 286면.
48 위의 책.

제1류급의 금만가요 고관 대작들도 선망의 념을 가지고 우러러 보는 점잖은 신사 백운아는 삼십의 고개를 두 서넛 넘어 선 연배로서 그의 장대한 체구와 남자로서는 다소 지나친 미모의 소유자였다. 그러나 봄 바다처럼 해탕한 눈동자는 언제나 졸고 있는 것 같았고 입술에는 항시 바보 같은 웃음을 띠고 있기 때문에 어딘가 머리의 나삿 못이 하나 빠져 나간 것 같은 인상을 사람들에게 주었다"[49]고 묘사되고 있거니와 이러한 인물 설정은 아주 익숙한 대중서사의 인물 '쾌걸 조로'를 연상시킨다. 캘리포니아를 배경으로 지배자들에 맞서 아메리카의 피식민자들의 편에서 싸우는 귀족 조로처럼, 백운아는 "시간과 재산이 남아 돌아 가는 것을 이용하여 한국의 불행한 사람들을 위하여"[50] 활동하는 영웅이다.[51] 특히 '붉은 나비'는 "복면의 영웅"[52]으로 제시되어 그 정체가 밝혀지지 않다가 서사의 중반에서야 그 가면 너머의 정체가 밝혀진다는 점에서 '백가면'―'백상도'―'화이트 이글'―'밤의 대통령'의 계보를 충실하게 잇고 있다고 할 수 있다.[53]

「붉은 나비」에서는 북경 사교계를 배경으로 한, 조선총독의 특명전권인 밀정 노무라로 대표되는 일본 공권력과 조선인 독립운동가

---

49 위의 책.
50 김내성, 「붉은 나비」(4회), 『아리랑』, 1955.6, 45면.
51 존스턴 매컬리의 「카피스트라노의 재앙The Curse of Capistrano」이라는 제목으로 1919년에 처음 발표된 조로 이야기는 한국에도 소개되었으리라 추정할 수 있다. 김내성은 서구의 추리물 혹은 대중서사물에 지속적인 관심을 가지고 있었고 그것을 자신의 작품에 적절하게 활용했다는 점을 지적했거니와, 「붉은 나비」에 보이는 조로적 구성도 원작과의 연관성을 추론해 볼 수 있겠다.
52 김내성, 「붉은 나비」(2회), 『아리랑』, 1955.4, 21면.
53 이외에도 이 작품의 식민지 시기와의 연속성을 보여주는 사례로 신의주에서 애국자 이수영을 구출해오는 등 '붉은 나비' 단의 활동선으로 활약하는 백운아의 배가 '백조호'로 명명되는 것을 거론할 수 있다. 「태풍」에서 백상도가 끌려가 노역한 앵글로 색슨의 스파이 활동과 마약밀매에 활용된 '스완호'가 백조호로 신생한 것이다.

를 중국으로 망명시키는 중국 사교계의 명망가 백운아를 두령으로 하는 '붉은 나비'단의 대결이 서사의 중심 구조를 이룬다. 『청춘극장』의 장일수(장욱)—상하이 도라의 대결구도가 백운아—노무라의 대결구도로 변형된 것이다. 『청춘극장』의 장일수도 중국인 '장욱'으로 변성명하거니와 김내성의 해방 이후 소설에서 조선인 독립운동가와 중국인의 경계는 미묘하게 겹쳐진다. 「붉은 나비」에서는 아예 중국인 '백운아'를 수령으로 내세우고 있다. 중국인 수령에 조선인 단원으로 구성된 이러한 '붉은 나비'단은 독립운동사에서 상해 임시정부와 국민당과의 관계라는 정치적인 맥락과도 유비관계를 형성하는 듯하다. 이와 관련하여 이 소설의 배경이 1919년의 3.1운동을 전후한 시기의 중국 북경이라는 점도 시사적이다. 잘 알려져 있듯이 1930년대 일본의 중국 침공 이후 만주와 중국의 전선에서 조선인의 항일투쟁을 지원한 것은 국민당이라기보다는 중국공산당이었다. 이러한 당대 대중들에게 남아 있을 복잡한 기억들을 소거하고 그것을 3.1운동이라는 당대 남한에서 우파적 기억으로 단일화된 기원적 사건을 배경으로 하여 탈이념적인 조선인(중국인)의 민족주의적 레지스탕스 활동으로 구성하고 있는 셈이다.[54]

---

54 여기에 이 소설이 한국전쟁 직후의 반공 냉전 체제 하에서 쓰인 소설이라는 점도 고려해야 할 것이다. "부인 간첩이라고 …… 그런 몰상식한 말은 그만 두시오 붉은 나비는 일본의 적이 아닙니까? 나는 부인에게 간첩이 되기를 원하지 않으오 애국자가 되기를 원하지요"라고 말하는 노무라에게 "그렇지만 이 나라에서는 당신과 같은 일을 하고 있는 사람을 가리켜 간첩이라고 부른답니다"(2회 26면)라고 대응하는 장면은 흥미롭다. 김내성은 「태풍」 등의 식민지 시기의 방첩소설에서 '스파이'라는 용어는 사용했어도 '간첩'이라는 용어는 사용하지 않았다. 3·1운동 이전의 식민지 민족운동이 사회주의를 포함한 여러 계열로 분화하기 이전의 시대를 시대적 배경으로 한다든지, '간첩'이라는 당대적 용어를 통해 일본군 밀정을 표상한다든지 등은 이 소설이 쓰이고 있는 지금—여기의 상황을 투사하고 있는 것이다.

'총독부의 말단 관리'로 민족지사의 딸을 사랑했지만 총독부의 주구라는 이유로 혼인을 거절당하는 주춘석이 사실은 독립운동 단체 '붉은 나비'단의 조직원이라는 설정도 흥미롭다. 이것은 『청춘극장』에서 친일파 명망가 오창윤이 학병 징집의 위기에 처한 백영민을 구한다는 서사가 보다 극대화된 것이다. 『청춘극장』에서 친일을 했지만 속에는 인간적인 진실을 가지고 있는 것으로 묘사되는 오창윤의 서사는 이제 위장된 친일 이면에서 독립운동을 했다는 적극적 서사로 변형된다. 과문한 탓에 총독부 관료가 독립운동으로 나아간 사례가 실제 식민지의 역사 중에 있다는 말은 들어본 적이 없다. 역사적 사실의 유무와 무관하게 「붉은 나비」에서 총독부 관료를 내면은 독립투사, 외면은 친일파로 묘사하는 것은 식민지 시기 자신의 행위에 대한 윤리적 부채의식을 탕감할 수 있는 상상력이면서 동시에 보다 스릴 있는 스파이물로 대중의 기호에도 부합하는 것이었다. 1990년대 이후 붐을 이루는 영화 〈모던보이〉, 텔레비전 드라마 〈경성 스캔들〉 등의 이른바 '경성물'들에서 내면과 외면이 다른 식민지 인간의 진실이라는 상상력의 변주를 보게 된다. 이런 점에서도 김내성의 소설들은 6~70년대의 액션 영화뿐만 아니라 현재의 독자와 관객들이 소비하는 식민지 기억을 재현하는 대중서사의 상상력의 기원으로 재조명될 필요가 있을 것이다.

참고문헌

1. 기본자료

김내성, 『백가면』, 『소년』, 1937.6~1938.5.

_____, 『백가면』, 평범사, 1951.

_____, 「태풍」, 『매일신보』, 1942.11.21~1943.5.2.

_____, 「매국노」, 『신시대』, 1943.7~1944.4.

_____, 『청춘극장』 2~4, 청운사, 1949~1952.

_____, 『한국장편문학대계 17~18 : 청춘극장―상,중,하』, 성음사, 1970.

_____, 「붉은 나비」, 『아리랑』, 1955.3~9.

_____, 「삼총사」, 『아리랑』, 1956.11~1957.4.

2. 논문과 단행본

권명아, 『역사적 파시즘―제국의 판타지와 젠더 정치』, 책세상, 2005.

김복순, 「해방 후 대중소설의 서사방식(상)」, 『인문과학 연구논총』 19, 1999.

김종수, 「김내성 소년탐정소설의 '바다' 표상」, 『대중서사연구』 21, 2009.6.

김창식, 「추리소설 형성기의 동향과 김내성의 『마인』」, 대중문학연구회 편, 『추리소설이란 무엇인가』, 국학자료원, 1997.

김현주, 「김내성 후기소설 『애인』에 나타난 욕망과 윤리」, 『대중서사연구』 21, 2009.6.

이건지, 「일본의 추리소설―反문학적 형식」, 대중문학연구회 편, 『추리소설이란 무엇인가?』, 국학자료원, 1997.

이선미, 「연애소설과 젠더질서 재구축의 논리―김내성의 『실낙원의 별』을 중심으로」, 『대중서사연구』 22, 2009.12.

이영미, 「추리와 연애, 과학과 윤리―장편소설로 본 김내성의 작품세계」, 『대중서사연구』 21, 2009.6.

이정옥, 『1930년대 한국 대중소설의 이해』, 국학자료원, 2000.

이호걸, 「김내성의 『청춘극장』과 한국액션영화」, 『대중서사연구』 21, 2009.6.

정운현 편, 『학도여 성전에 나서라』, 없어지지않는이야기, 1997.

정종현, 「미국 헤게모니 하 한국문화재편의 젠더정치학」, 『한국문학연구』, 2008.12.

_____, 「대동아와 스파이―김내성 장편소설 「태풍」을 통해 본 '대동아'의 심상지리와 '조

선'」,『대중서사연구』22, 2009.12.

정혜영, 「제국과 식민지, 그리고 탐정문학－김내성의 '태풍'을 중심으로」,『한국현대문학 연구』30, 2010.

_____, 「김내성과 탐정문학－일제시대 창작 작품에 대한 서지학적 연구를 중심으로」, 『한국현대문학연구』20집, 2006.

_____, 「소년 탐정소설의 두 가지 존재 양상」,『한국현대문학연구』27, 2009.4.

_____, 「방첩소설「매국노」와 식민지 탐정문학의 운명」,『한국현대문학연구』24, 2008.4.

조성면,『대중문학과 정전에 대한 반역』, 소명출판, 2002.

최승연, 「'근대적 지식인 되기'를 향한 욕망의 서사」,『대중서사연구』21, 2009.6.

최애순, 「1930년대 탐정의 의미 규명과 탐정소설의 특성 연구」,『동양학』42집, 2007.8.

_____, 「30년대 모험탐정소설과 김내성『백가면』의 관계 연구」,『동양학』44집, 2008.6.

_____, 「이론과 창작의 조응, 탐정소설가 김내성의 갈등」,『대중서사연구』21, 2009.6.

최지현, 「학병의 기억과 국가」,『한국문학연구』32, 2007.

최영욱, 「해방 이후 학병 서사 연구－학병의 '기억'과 '정체성'을 중심으로」, 연세대 석사 논문, 2009.

황종연, 「조선 청년 엘리트의 황국신민 아이덴티티 수행」, '한일, 연대21' 편,『한일 역사인 식 논쟁의 메타히스토리』, 뿌리와이파리, 2008.

김내성의 『청춘극장』과 한국 액션영화

— 민족국가의 상상력과 식민지의 시공간

| 이호걸 |

1. 머리말

조무장(跳舞場) 용궁의 밤은 화려한 일루미네이슌이 물결처럼 흐르는 사랑의 전당이며, 칠색의 찬연한 무지개인 양 가지각색의 사랑이 매매되고 있는 연애시장이다. 그러나 그 무한히 매혹적인 빨간 입술들은 사랑만을 속삭이지는 않았다. 화려한 야회복 속에 탐스럽게 감추어진 젖가슴 밑에는 조국의 운명을 걸머지고 건곤일척, 먹느냐 먹히느냐의 조국애에 불타는 새빨간 심장이 무섭게 뛰놀고 있기도 하였다.[1]

시라소니는 상해의 한 화려한 카바레에서 꼬냑을 주문한다. 마침 중국인 여가수는 붉은 색 조명 아래에서 에라이샹(夜來香)를 부르고 있다. 시라소니는 웨이터에게 자신의 생일이니 음악을 연주해 달라고 부탁한다. 그 때 야쿠자 일행들이 그곳에 들어온다. 그들은 천장절이니 모든 사람들을 내쫓으라고 웨이터에게 명령한다. 물론 시라소니는 황급히 그 곳을 빠져나가는 다른 사람들과 달리 계속 버티고 앉아 있다. 이제 야쿠자와의 대결은 피할 수 없게 되었다.

첫 번째 인용문은 김내성의 소설 『청춘극장』(1952) 중의 북경의 카바레 용궁에 대한 묘사이다. 두 번째는 영화 〈시라소니〉(1979)에서 상해의 한 카바레를 배경으로 하는 한 시퀀스의 일부를 글로 옮긴 것이다. 둘 사이에는 소설과 영화라는 매체의 차이, 그리고 30년의 시간 차가 존재하지만, 그 상상력은 의외로 유사해 보인다.

둘은 모두 식민지 시대를 배경으로 하고 있으며, 각각이 그리고 있는 북경과 상해의 카바레는 이국적인 매혹의 공간인 동시에 민족적인 대립과 투쟁의 공간이다. 이러한 상상력은 해방 후 여러 종류의 대중적 재현을 통해 쉽게 만날 수 있는 것이다. 그렇다면 이러한 식민지의 시공간의 재현은 어떤 의미를 가지는 것일까? 그것이 주는 쾌락의 질은 어떤 것이며, 그것은 실제 식민지의 시공간, 그리고 그것을 재현한 탈식민지의 시공간과는 어떤 관계를 가지는가? 이 글은 이러한 의문으로부터 출발했다.

『청춘극장』은 20세기를 대표하는 베스트셀러 중 하나이다.[2] 지

---

1   김내성, 『청춘극장(중) - 한국장편문학대계 17』, 성음사, 1970, 304~305면. 이하 『청춘극장』의 인용은 성음사 판본을 사용하며, 본문에 권수와 면수를 표시한다.

2   『청춘극장』은 총 15만질이 팔렸다. 양평, 『베스트셀러 이야기』, 우석, 1985, 51면(김영희, 「제1공화국 시기 수용자의 매체 접촉 경향」, 『한국언론학보』 47권 6호, 한국언론학

금의 육십 대 이상의 세대에 있어서 이 소설을 읽지 않은 사람은 그리 많지 않을 것이다. 이는 한 번 잡으면 도저히 놓을 수 없어서 "침식을 잊게 하는" 강력한·흡인력을 가진 대표적인 대중소설이었다.[3] 하지만 『청춘극장』에 대한 진지한 비평은 그리 많지 않다.[4] 그 외면의 이유는 이 소설이 가지는 통속성에 다름 아닐 것이다.

하지만 관점을 바꾼다면 이 소설이 가지는 중요성은 매우 크다. 수많은 독자들의 승인을 받은 이 소설은 그것을 소비했던 대중의 심리에 접근할 수 있는, 그럼으로써 그들의 시대에 대해 이해할 수 있게 해 주는 주요한 통로이기 때문이다. 이는 다름 아닌 수많은 대중들의 '침식을 잊게 했던' 통속성의 차원에 착목함으로써 가능할 것이다. 이 글은 『청춘극장』의 통속성과 그것이 가지는 정치적, 사회적 의미들에 대해 논의하기 위한 것이다. 논의의 시작에 앞서서 몇 가지의 방법론에 대해 먼저 밝히고자 한다.

첫째, 『청춘극장』을 보다 확장된 맥락 속에 위치 짓고자 한다. 먼저 이는 그것이 만들어진 시대의 정치·사회적 상황들 속에 위치 짓는 것이 될 것이다. 『청춘극장』은 해방 이후 민족국가 건설을 중심으로 새롭게 재편된 정치, 사회적 지평 하에서 남성성을 재규정하는 과정에 위치해 있다. 그리고 이와 함께 『청춘극장』을 소설 장르를 넘어서는 대중적 재현이라는 보다 넓은 맥락 속에 위치 지을 것이다. 구체

회, 2003, 314면에서 재인용).

3 홍기삼, 「김래성과 『청춘극장』」, 『청춘극장(하) - 한국장편문학대계 18』, 성음사, 1970, 381면.

4 『청춘극장』을 단일 주제로 삼은 학술적 논의는 거의 없다. 단, 김내성 작품 전반에 대한 연구나, 해방 후 대중소설에 대해 논의하는 중에 부분적으로 『청춘극장』이 다뤄진 사례들은 있다. 정세영, 「김내성 소설론」, 동국대 석사논문, 1991; 김복순, 「해방 후 대중소설의 서사 방식(상)」, 『인문과학연구논총』 19, 1999.

적으로 『청춘극장』과 1960~70년대 액션영화 사이의 관계에 주목하고자 한다. 이는 논의의 과정에서 작가의 맥락이나, 소설사의 맥락에 대한 고려는 약화될 것임을 뜻한다.

둘째, 『청춘극장』이 가지는 특정한 요소로서의 식민지 시공간의 재현과 민족주의적 남성성의 문제에 주목할 것이다. 액션영화와의 관계가 문제가 되는 것은 바로 이 지점에 대한 관심 때문이다. 그 속에서 식민지 시대는 고통스러운 민족적 상실을 의미함으로써 민족의 의지를 담금질하게 만드는 재료이지만, 한편으로는 자랑스러운 민족국가의 창세기를 구성하기도 한다. 또한 그것은 민족국가의 궁극적 모델로서의 제국의 과거 / 미래의 시공간인 동시에, 개인적인 욕망을 향하는 탈-국가적 상상력의 시공간이기도 하다. 식민지 시공간과 민족주의적 남성의 주제를 중심으로 해서, 『청춘극장』에서 액션영화로 이어지는 텍스트의 계열이 생산하는 의미와 감정의 성좌를 그려보고자 한다.

셋째, 텍스트 분석에 있어서 표층의 논리 이상으로 심층의 논리에 주목하고자 한다. 『청춘극장』은 매우 복잡한 서사와 모순적인 의미구조를 가지고 있다. 이러한 불균질성은 대중적 재현물에서 흔히 볼 수 있는 특성으로 액션영화들 또한 마찬가지이다. 이는 작품의 표층뿐만 아니라, 심층의 의미에도 관심을 기울이며, 그것의 전치되거나 압축된 징후들을 적절히 해석해 내는 것을 요구한다. 이 글에서는 먼저 표층의 논리들을 추적한 뒤, 그것과 모순되는 심층의 논리를 찾아나가는 식으로 논의를 전개했다.

본문은 크게 세 부분으로 이루어진다. 2장은 액션영화의 서사관습과 『청춘극장』의 서사를 비교하기 위한 것이다. 그 과정에서 『청춘극장』의 서사구조에 대해 비교적 자세히 기술하고자 했다. 3장은 식민지의 시공간이 민족국가의 정치적 상상력과 결합하는 양상을 다루었으며, 4장에서는 그러한 표층의 논리 이면에 있는 탈 - 민족국가적 의미들의 징후를 해석하고자 했다.

2. 액션영화의 서사관습과 『청춘극장』

1) 액션영화의 서사관습과 그 원천들

1960~70년대 한국영화의 주요한 경향 중 하나로 '액션영화'로 통칭될 수 있는 영화들을 들 수 있다.[5] [6] 정의롭고 강한 남성주인공의

---

5 이 글에서 사용하고 있는 장르명 중에는 당대에 사용되었던 것들도 있지만, 서술의 편의성을 위해 내가 자의적으로 명명한 것들도 있다. 이는 영화장르 연구에 있어서 주요한 논점 중 하나인 '구체적으로 어떻게 특정한 장르가 구성되는가'의 질문을 중심으로 한 논쟁을 유발할 수 있는 문제이다. 무엇보다도, '액션영화'라는 명칭부터가 논쟁적인데, 당대에 그보다 더 즐겨 사용되었던 명칭은 '활극영화'였기 때문이다. 따라서 이러한 질문에 대한 답을 담고 있는 보다 정교한 논의의 전제가 필요하다. 하지만 사실 이는 1960~70년대의 '액션' 혹은 '활극영화' 전반에 대한 보다 본격적이고 심도 있는 탐구에 의해서만 가능한 것으로 현재의 역량을 벗어난다. 또한 이 글은 '액션영화' 장르 자체에 주목했다기보다는 '액션영화'로 묶일 수 있음직한 일련의 영화들이 가지는 특정한 경향을 문제시하고 있다. 즉 이는 이 글에서 '액션영화'는 단지 기능적인 범주에 지나지 않음을, 그 영화들이 굳이 '액션영화'로 묶이지 않아도 무방함을 의미한다. 따라서 엄밀한 장르규정의 문제는 사실 이 글의 관심사를 벗어나는 것이기도 하다. 이 글에서 사용하는 '액션영화'는 다음과 같이 느슨한 수준에서 정의된 것이다. 이는 '남성성의 위기를 중심으로 한 서사패턴과 강력한 육체적 대결의 모멘트를 그 속에 담고 있는 1960~70년대 한국의 영화'

과장된 '액션'을 특징으로 하는 이 영화들은 이 시기 한국영화산업의 주요한 흥행원으로서 지속적으로 제작, 소비되었다.

액션영화는 다양한 양상의 하위 장르들로 이루어졌다. 이영일은 '스릴러 액션'의 하위 장르로 '범죄 스릴러 영화', '전쟁소재의 액션영화', '대륙물'과 '마도로스물'로 이루어진 '구형활극', '스파이 활극영화' 등을 제시한다. 그리고 사극의 하위 장르로 분류된 '사극액션물'을 여기에 더할 수 있다.[7] 이를 통해 1960년대 한국 액션영화의 상을 대강은 그릴 수 있다. 그리고 1960년대 후반에서 1970년대 초에 많이 만들어졌던 당대 도시의 암흑가를 배경으로 하지만, 국적을 알 수 없는 표현적인 미장센을 보여주었던 영화들을 추가해야 한다.[8] 1970

를 뜻한다.

6   김소영은 액션영화가 가지는 탈식민적 트라우마와 이를 관통하는 지배적인 민족담론의 작동과 그것의 내파를 동아시아라는 확장된 관점에서 이미 지적한 바 있다. 이 논의는 그러한 문제설정과 기본적으로 동일한 지반 위에 있다. 나는 이전의 논의를 통해서 액션영화에 대해 여러 차례 주목해 왔다. 이를 통해서 액션영화의 분류, 액션영화의 서사관습과 주제에 있어서 남성성, 민족주의, 그리고 그것으로부터의 이반의 징후가 동시에 포착되는 양상들을 지적해 왔다. 이 글은 그러한 상상력이 해방 직후의 시점에 기원을 두는 것임을 그 시기의 가장 유명한 대중소설인 『청춘극장』과의 관계에 주목하여 밝히고자 한 것이다. 박유희는 '만주웨스턴'이라는 범주를 통해 1960년대 액션영화의 한 하위 장르를 새롭게 규정하고 설명한 바 있다. 그 논의를 통해 지적되고 있는 '만주웨스턴'을 관통하는 개인적 반항으로서의 탈주는 이 글을 통해 포착하고자 하는 『청춘극장』과 액션영화의 표면의 결을 거스르는 심층의 의미들과 동일한 계열일 것이다. 김소영, 「콘택트 존들로서의 장르: 홍콩 액션과 한국활극」, 『한국영화의 미학과 역사적 상상력』, 연세대 미디어아트센터 편, 소도, 2006; 이호걸, 「조폭영화의 성찰성과〈넘버 3〉」, 『쌈마이 블루스─〈넘버 3〉』, 연세대 미디어아트연구소 편, 이가서, 2004, 66~73면; 「1970년대 영화」, 이효인 외, 『한국영화사 공부: 1960~1979』, 이채, 2004, 104~110면; 「신파양식연구─남성신파영화를 중심으로」, 중앙대 박사논문, 2007, 164~183면; 박유희, 「만주웨스턴 연구」, 『대중서사연구』 20, 대중서사학회, 2008.

7   이영일, 『한국영화전사』(개정판), 소도, 2004, 365~378면, 384~387면. 이 중 사극액션물은 '무협물'과 동일한 것으로 보아도 무방할 듯하다.

8   이 영화들은 제목에 주로 '홍콩' '동경' '명동', '남포동' 등과 같은 도시적 지명들을 포함하는 경향이 있었다. 당대의 암흑가를 배경으로 했지만, 그 이미지들은 실재하지 않는 과도하게 화려한 것들인 경우가 많았다.

년대에는 '김두한'과 '시라소니'라는 암흑가의 민족주의적 영웅들을 등장시키는 영화들 또한 다수 만들어졌다.

액션영화가 이처럼 다양한 하위 장르들로 이루어졌던 것인 만큼, 이는 여러 계열의 서사관습을 가졌다. 그러나 이들을 하나로 묶어주는 공통의 관습 또한 존재했다. 먼저 남성서사의 대표적인 플롯 유형인, 남성성의 위기를 제시한 뒤 그 위기를 극복하는 전개방식을 들 수 있다. 그리고 강력한 육체적 대결, 즉 '액션'의 순간이 그 서사의 궤적 위 주요 지점들에 위치되었다. 이를 중심으로 해서 각 하위 장르들에 고유한 서사관습들이 구축되었다. 여러 관습들이 있겠지만, 그 중에서도 반복적으로 발견되는 두 가지에 주목해 볼 수 있다.

첫 번째는 많은 하위 장르들에서 나타나는 서사관습 중 하나로, 남성인물에 민족주의적인 시각을 부여하는 것이다. 이는 액션영화에서의 남성의 위기와 극복이 민족적인 것이기도 함을 의미한다. 이러한 민족주의적인 남성인물의 존재는 매우 자주 서사의 시간대에서 식민지 시기를 포함하는 것을 수반한다. 어떤 경우에 식민지 시기는 남성인물들이 가지는—주로 민족적인 것과도 연루되는—원한이 형성되는 시간대이다. 물론, 식민지 시대를 전체배경으로 삼는 경우에는 그 원한을 해소하기 위한 실천이 이루어지는 시간대이기도 하다. 이처럼 액션영화에서 식민지 시대는 민족적 고통과 저항의 시대로 그려지고 있다.

두 번째는 확장된 공간적 감각이다. 액션영화는 한반도 내에 국한되지 않는 폭넓은 공간적 배경을 가지는 경향이 있다. 대륙물에서의 대륙의 들판과 도시들, 마도로스물에서의 바다와 항구들이 그러하다. 첩보영화에서도 서울(혹은 경성), 홍콩, 동경 등과 같은 동아시아의 여러 도시들이 주요한 공간적 배경이 되며, 1970년을 전후해서 만들어진 국적 불명의 액션영화들 역시 유사한 공간 감각을 보여준다.

이 두 가지 특징은 다음과 같은 양상으로 결합한다. 〈북경열차〉(1969)에서 경성의 독립운동가들은 비밀장치가 갖춰진 독립운동가들의 아지트를 거점으로 암약하고, 〈소만국경〉(1964)에서 여러 만주의 도시들의 댄스홀은 첨예한 첩보전이 이루어지는 공간이며, 〈시라소니〉(1979)에서의 상해는 시라소니가 중국인들과 연대하여 일본 야쿠자와 대결하는 공간이다. 이 모두는 식민지 시대의 확장된 시공간을 일제의 억압에 대한 민족적 투쟁을 중심으로 구축한다.

그렇다면 이러한 액션영화 장르의 서사관습들은 도대체 어떤 원천으로부터 비롯한 것일까? 횡적으로는 당대의 수입영화들이 주요한 원천이 되었을 것이다. 널리 알려진 바와 같이 대륙물은 서부극의 영향을 크게 받았으며 첩보물 또한 '007 시리즈'로 대표되는 당대의 냉전적 첩보영화의 영향을 받았다.^{9 10} 분명치는 않으나 1970년을 전후한 국적불명의 액션영화들은 1960년대 일본의 무국적 액션영화와 영향관계를 가지는 것으로 짐작해 볼 수 있다. 그렇다면 이 액션영화들과 종적으로 관계를 맺는 이전의 전통에는 어떤 것들이 있을까?

액션영화의 먼 기원은 식민지 시기의 대표적인 한국영화인 〈아리랑〉(1926)일 것이다. 한국영화사 초기의 이 유명한 활극영화는 남성

---

9   액션영화와 서부극과의 영향관계에 대해서는 다음을 참조. 박유희, 「만주웨스턴 연구」, 『대중서사연구』 20, 대중서사학회, 2008.

10   냉전의 상상력 또한 국제적인 것이다. 이는 당대를 배경으로 하는 많은 액션영화들이 보여주는 국제적 감각이 반공의 상상력과도 관련된 것임을 알 수 있게 한다. 그러나 이 글에서 주목하는 것은, 당대의 그 첩보영화에서조차도 끊임없이 끼어드는 식민지의 기억과 그것이 수반하는 국제적 감각이다.

의 위기의 결정적 순간에 강력한 액션 장면을 위치 짓는다는 점에서 액션영화의 선조임에 틀림없다. 하지만 이 영화는 민족의식을 전경화하지 않았으며, 따라서 식민지 시대를 민족적 억압과 저항의 시대로 그리지도 않았다. 1920년대의 시대적 조건 하에서 액션영화들이 전경화하고 있는 항일의식을 재현하는 것은 불가능했기 때문이다. 또한 액션영화들이 제공하는 '국제적' 감각 또한 〈아리랑〉에서 찾아볼 수 없다. 이 영화는 경성 근방의 한 농촌을 배경으로 하고 있다. 식민지 시대의 확장된 시공간을 민족적 고통과 저항을 중심으로 구축하면서, 남성적 위기와 극복의 서사를 '액션'과 함께 제시하는 액션영화류의 관습은 해방 이후에야 비로소 나타나기 시작한다.[11] 『청춘극장』은 그 중에서도 결정적인 순간에 해당한다.

갑자기 사방이 캄캄해졌다. 달이 구름 속으로 얼굴을 감춘 때문이다. 이리하여 때 아닌 난투극이 캄캄한 어둠 속에서 벌어졌던 것 …… 다만 영민의 귀에 들리는 것은 어지럽게 얽히어지는 발자국 소와 함께 툭탁툭탁 부딪치는 힘과 힘, 살과 살, 정열과 정열이 난무하는 희미한 음향뿐이었다(상, 21~22면).

『청춘극장』의 앞부분에서 중학을 갓 졸업한 백영민, 신성호, 장일수의 민족주의적 삼총사는 학창시절 일인선생의 꽁무니를 쫓아 다

---

11 물론 〈아리랑〉은 민족주의적인 영화의 계보의 기원을 이루는 작품이다. 그러나 이 영화의 민족주의는 단지 암시된 것이거나, 혹은 관객들에 의해 해석된 것일 뿐이다. 작품의 표면에서 민족은 다루어지지 않았으며, 다루어질 수도 없었다. 또한 식민지 시대의 영화들은 종종 만주를 배경으로 한다. 그러나 만주를 민족주의적 투쟁의 공간으로 그리는 것은 역시 불가능했다. 오히려 이는 제국주의적 개척의 공간으로 그려졌으며, 〈복지만리〉는 그 대표적 사례이다.

넜던 최달근과 대동강변에서 마주친다. 마침 최달근은 덩치 좋은 청년 세 명을 대동하고 있다. 이들은 달빛 아래에서 긴장감 넘치는 대결을 펼친다. 장일수야 말 할 것도 없지만, 유도 2단인 백영민 또한 완력에서 밀리지 않는다. 힘이 약한 신성호도 기세에서만큼은 밀리지 않는다. 결국 이 싸움은 삼총사의 승리로 끝나고, 백영민은 최달근에게 "권력은 짧고 정의는 길다"고 일갈한다(상, 22면).

이 부분은 전체 소설을 관통하는 구도를 설정하고 있다는 점에서 매우 중요하다. 그것은 이 소설이 재현하는 식민지의 시공간에 있어서 민족적 고통과 저항을 중심으로 하는 남성적 투쟁이 중요한 의미를 가지게 될 것임을 뜻한다. 이후 이러한 투쟁은 평양, 경성, 그리고 북경을 비롯한 화북지역에 이르는 동아시아의 확장된 공간적 배경 속에서 펼쳐지게 된다. 이러한 『청춘극장』의 상상력은 이전에는 찾아보기 힘든 새로운 것인 동시에, 액션영화로 대표되는 이후의 대중적인 남성서사에서 반복적으로 재생산된 것이다. 그런 점에서 『청춘극장』은 액션영화의 매우 중요한 서사적 원천이라 할 수 있다.

2) 『청춘극장』의 서사와 대중성

『청춘극장』은 1949년부터 『태양신문』에 연재되기 시작했다. 같은 해 말부터 단행본으로 간행되기 시작했고, 1952년에 이르러 총 5권이 완간되었다. 이 소설은 1939년 2월부터 1945년 8월까지를 서사의 시간적 배경으로 한다. 그리고 해방 전부터 구상되었고, 해방과 정부 수립을 거친 뒤 집필되기 시작했으며, 한국전쟁 중에 완성되었다.[12]

즉, 이는 격동의 시대에 대해, 격동의 시대에 쓰인 소설이다.

그 '격동의 시대'는 작가로 하여금 '모든 것을 말하는 것'에 도전하려는 욕망을 갖게 한 모양이다. 소설 속에서는 수많은 인물들이 등장하고, 수많은 사건들이 일어난다. 그리고 서로 충돌하거나, 혹은 그 자체 내에서 모순을 일으키는 여러 주제의식들을 만나게 된다. 이처럼 『청춘극장』은 식민지 말부터 한국 전쟁에 이르는 넓은 시기에 걸친 여러 다양한 삶의 양상과 그것에 대한 다소 혼란스러운 성찰들을 담고 있다. 그렇다면 그 폭넓은 삶의 양상들을 따라가는 동시에 혼란스러운 성찰의 의미들도 읽어낼 수 있어야 할 것이다.

크게 보았을 때 『청춘극장』은 몇 개의 주요한 서사의 선線들을 가지고 있다. 이는 어떤 지점을 중심으로 놓고 보는가에 따라서 이 소설이 여러 다른 유형의 서사로 규정될 수 있음을 뜻한다. 각 서사의 선들은 매우 복잡하고 풍부한 여러 하위 서사들로 이루어져 있다. 그럼 먼저 이 주요한 서사의 선들에 대해서 살펴보도록 하자.

먼저 '청춘서사'라 할 만한 선을 발견할 수 있다. 기성세대가 중심이 되는 '세계와의 불화'라는 문제를 다루는 것은 청춘서사의 보편적 특성이다. 역시 『청춘극장』에 있어서도 이러한 특성들은 어김없이 발견된다. 영민의 애정관은 그의 아버지인 백봉학과 충돌한다. 신성호의 문학에 대한 열정은 세속의 처세법에 역행한다. 식민지배와 충돌하는 장일수는 청춘서사 특유의 불화를 가장 강력하게 보여준다. 최달근의 경우 세계와 불화하지 않는 듯 보이지만, 그 역시 백정인 자신의 아버지에 대한 분노와 세계에 대한 복수심으로 인해, 민족과의

---

12 박진영, 「연보 및 작품목록」, 『판타스틱』 20, 2009.봄, 171~175면.

불화를 선택했다는 점에서 역시 청춘 특유의 면모를 보여준다.

이러한 세계에 대한 태도는 극중의 주요 아버지들과 구별된다. 백봉학과 허상진은 비록 식민 지배와는 불화하지만 그들이 원래 속해 있었던 전통적인 세계와는 그렇지 않다. 오창윤은 당대의 세계에 가장 성공적으로 융합한 존재이다. 그는 불화를 일으키지 않는 것이 삶의 원칙이 되는 기회주의자다. 야마모도 역시 청춘들과 대립되는 아버지들 가운데 포함시킬 수 있을 터인데, 그 역시 기회주의적이라는 점에서 오창윤과 같다.

청춘 특유의 불화는 종종 서사를 이끌어가는 인물들의 죽음으로 귀결되곤 한다. 『청춘극장』 역시 마찬가지의 결론을 내고 있는 것을 볼 수 있다. 어떻게 보았을 때 죽음의 결말은 청춘 그 자체가 근원적으로 죽음을 함축하고 있는 한시적인 것이기 때문이기도 하다. 청춘의 죽음을 통해서만 삶은 지속될 수 있는 것이다. 이러한 청춘서사는 식민지 시대에 그리 흔하지 않았다. 이것은 식민지 시대에 있어서의 청춘이란 주로 정치적 기획의 주체인 '청년'으로 표상되는 경향이 강했기 때문으로 보인다.[13] '청년'에게는 짧은 젊음이 주는 좌절에 사로잡히기보다는 능동적이고 생산적인 실천이 주로 요구되었던 것이다. 그러나 『청춘극장』 이후에 이러한 서사유형은 더 이상 낯선 것이 아니다. 1960년대 이후 이는 한국에서도 청춘서사의 대표적인 패턴이 되었기 때문이다.[14]

---

13 식민지 시기에 '청년'이 다양한 정치적 기획의 주체로 호명되었던 양상들에 대해서는 다음을 참조. 이기훈, 「일제하 청년담론 연구」, 서울대 박사논문, 2006.

14 〈맨발의 청춘〉(1964), 〈바보들의 행진〉(1975), 〈비트〉(1996), 2000년대의 〈비열한 거리〉(2006) 등 시대와의 불화 끝에 죽음을 맞게 되는 청춘을 다룬 서사의 계보를 그려 볼 수 있다.

『청춘극장』의 서사를 구성하는 또 하나의 선은 '애정'을 중심으로 한다. 여기에는 대부분의 인물들이 결부된다. 이 소설은 이전의 대중서사가 상상해 온 애정관계의 거의 모든 것을 보여준다. 남성을 기준으로 보았을 때에 백영민의 신여성과의 자유연애와 구여성 아내에 대한 의리의 정, 신성호의 기생에 대한 순정, 장일수의 동지애적 사랑, 박준길의 육욕, 그리고 최달근의 여성에 대한 무감정을 들 수가 있다. 여성을 기준으로 보았을 때, 오유경의 신여성적 자유연애, 허운옥의 의리의 정, 박춘심의 화류비련적 기생의 순정과 물욕으로서의 애욕, 하세가와 나미에의 자유로운 애욕 등을 들 수 있다.

수많은 인물들은 서로 얽혀서 복잡한 애정의 관계망을 만들어낸다. 오유경을 둘러싸고 백영민과 김준혁이 대립관계에 놓이는 것이나, 장일수를 둘러싸고 나미에와 허운옥이 대립관계에 놓이는 것, 박춘심을 둘러싸고 신성호와 오창윤이 대립관계에 놓이는 것 등 수많은 삼각, 사각, 오각의 애정관계가 구축된다. 삼각관계가 대중적인 애정서사가 만들어내는 쾌락의 주요한 원천이라면, 『청춘극장』은 삼각관계의 대향연을 제공함으로써 그 역할을 충실히 수행한다. 이러한 애정서사는 식민지 시대 수많은 대중서사가 재현했던 것이다. 『청춘극장』은 그러한 애정서사의 총결산이라고 할 수 있을 만하다.

서사전개의 선을 젠더를 중심으로 추적해 볼 수도 있다. 한편으로 이는 다양한 여성서사의 패턴들을 포함한다. 여러 인물들을 중심으로 한 여러 종류의 패턴들이 있지만, 이들은 공통적으로 여성성의 위기와 그것의 복원을 기본적인 틀로 가진다. 운옥을 중심으로 보았을 때, 우리는 전형적인 여성 수난사를 만나게 된다. 피치 못할 상황에서 살인을 저지른다는 설정은 〈사랑에 속고 돈에 울고〉(1936) 이후 통속적인 여성수난사에서 흔히 보아왔던 서사적 요소이다. 한편, 유경이 등장하는 대목은 신여성이 주인공이 되는 연애소설의 서사적 패턴을 볼 수 있게 한다.

춘심을 중심으로 했을 때, '팔려가는 딸'의 서사를 발견할 수 있다. 대중극의 전통과 관련짓는다면, 운옥의 서사는 가정비극적이고, 춘심의 이야기는 화류비극적이다. 나미에가 중심이 되는 '여간첩 서사'는 이전에는 쉽게 찾을 수 없었던 것이다. 공적 영역에 존재하고 훼손된 정조를 특징으로 하는 나미에가 조국 때문에 자신의 사랑을 어쩔 수 없이 포기해야 한다는 이 여간첩 서사는 크게 보았을 때 화류비극과 상동관계를 가진다.

그러나 『청춘극장』은 무엇보다도 남성서사이다. 이 소설이 구축하는 여성성이란 전적으로 가부장제적 논리 하에 있기 때문이다. 이 소설의 세계는 남성의 시점을 통해 포착된 것이며, 이는 남성의 윤리, 욕망, 고통, 쾌락, 그리고 환상을 중심으로 한다. 백영민이 그 가운데에서도 중심이라고 할 수 있겠지만, 사실 작품 속의 여러 남성인물들을 각각 중심으로 하는 여러 하위의 남성서사들이 구축된다. 각각은 서로 다른 삶의 원칙을 가진다. 백영민에게는 자아, 신성호에게는 문학, 장일수에게는 정치, 최달근에게는 출세가 가장 중요한 삶의 문제이며, 이는 서로 다른 서사 패턴들을 만들어낸다.

그러나 이 모두에게 있어서 공통적인 것은 남성성의 성취를 지상과제로 가진다는 점이다. 이는 남성성의 위기로부터 극복에 이르는 일종의 '외디푸스적 궤적'을 공유하는 것으로 나타난다. 이 때 남성성은 각자가 가지는 고유한 삶의 원칙과 결부되는 동시에, 자신으로부터 가족, 민족으로 확대되는 자기 정체성에 있어서의 능동성을 확보할 수 있는가의 여부와 관련된다. 이는 가족, 민족 등의 위기가 곧 남성성의 위기를 의미하는 것일 수 있음을 의미한다.

『청춘극장』의 서사를 '민족'을 중심으로 볼 수도 있다. 식민지 말을 배경으로 하는 이 소설은 민족적 대립의 구도를 큰 틀로 가진다. 일제의 억압과 차별이 주는 고통, 그것을 극복하고자 하는 노력이 전체 서사의 주요 궤적을 형성한다. 그리고 이는 다른 일련의 서사들을 그 부분으로 포섭한다. 다른 수많은 다른 재현에서와 마찬가지로, 『청춘극장』에서도 허운옥을 중심으로 하는 여성수난의 서사는 '민족의 수난'을 은유한다. 학병 소집의 분노와 슬픔, 탈출의 긴장과 환희를 포함하는 '학병서사' 또한 주요한 민족 수난의 서사 중 하나일 것이다. 이 소설에서도 백영민을 중심으로 한 학병의 서사가 매우 고양된 감정과 함께 많은 분량의 지면을 통해 제시된다.

수난의 서사 못지않게 극복의 서사 또한 중요한 부분이다. 이는 '독립운동의 서사'라고 부를 수 있음직한 것으로 강력한 민족주의적인 영웅의 투쟁을 중심으로 한다. 『청춘극장』에서도 장일수를 중심으로 한 독립운동의 서사를 확인할 수 있다. 흔히 그러하듯이 탐정, 혹은 방첩의 서사가 이와 결부된다. 비밀의 아지트, 숨겨진 무기, 가명과 변장, 총격전, 자동차 추격전 등과 같은 모티프들이 여기에 수반된다. 단 이는 식민지 말의 사정이 전도된 양상으로 나타난다. 관심은 이제 탐정의 주체가 아니라 대상이다. 이제 잡는 것이 아닌 잡히지 않는 것이 문제가 되는 것이다. 같은 맥락에서, 총후의 공포는 매혹으로, 첩자는 영웅으로 전도된다.

마지막으로 『청춘극장』은 강력한 젠더화된 특유의 눈물을 중심으로 구축되는 '신파적 순간'들을 서사의 중요한 지점에 위치시킨다는 점에서 신파적 서사이기도 하다. 이 소설에 등장하는 주요한 인물들은 한 번 이상 이러한 신파적 순간들에 개입한다. 신파적 눈물이란 자신의 젠더를 지킬 수 있는가의 문제를 중심으로 하게 마련이다. 이는 항상 그것의 어려움을 호소하는 것이지만, 동시에 그럼에도 불구하고 그것을 실천하고자 하는 의지를 추동하는 것이기도 하다. 나는 남성적 눈물을 중심으로 하는 사례를 남성신파, 여성의 신파적 눈물을 중심으로 하는 경우를 여성신파로 규정한 바 있다.[15] 이에 따랐을 때 『청춘극장』은 남성, 여성신파의 다양한 사례들을 매우 풍부하게 포함하고 있다고 볼 수 있다. 신파적인 것은 종종 정치적인 것과 결부된다. 이는 가족적인 것을 공동체에 은유함으로써 이루어지며, 그러한 공동체의 대표적인 경우는 민족이다. 그렇다면, 『청춘극장』은 이러한 신파의 민족주의적 정치화의 대표적인 사례라 할 수 있다.

　『청춘극장』은 매우 많은 인기를 얻었던 소설이다. 이러한 인기의 이유는 무엇보다도 재미있기 때문이다. 이는 일단 한 번 붙잡으면 '침식을 잊게 하는' 작품인 것이다. 이러한 재미의 요인 중 하나는 이 소설이 대중서사의 관습들을 망라하고 있기 때문일 것이다. 이는 기존의 대중서사적 관습을 총정리하는 동시에, 달라진 정치, 사회, 문화적 조건 속에서 새로운 대중서사의 방향을 제시하고 있다. 『청춘극장』은 이후 소설뿐만 아니라, 여러 다양한 대중서사 장르, 특히 1960년대 이후 대표적인 대중서사의 영역이 되는 영화와 방송극에 영향을 주었던 것으로 보인다.

　실제로 이는 영화로 세 번, 방송극으로 세 번 만들어졌으며 그 때

15　'신파'의 개념에 대해서는 이전의 논의를 통해서 자세하게 다룬 바 있다. 이호걸, 앞의 글.

마다 많은 관심을 불러일으켰다. 홍성기 감독의 1959년 작과 강대진 감독의 1967년 작은 각각 그 해의 최고 흥행작이 되었다.[16] 오유경의 역할은 항상 곧 최고의 위치에 오르게 될 여배우들의 몫이 되었다. 1959년 김지미에 의해서 연기되었던 오유경의 배역은 1967년에는 전국 신인공모를 통해 채워졌다. 그 매력적인 배역을 맡게 된 행운의 여인은 이후 오랫동안 톱스타의 자리를 지키게 될 윤정희였다. 1975년의 〈청춘극장〉의 오유경은 이후 소위 '신트로이카'를 이루게 될 정윤희에 의해 연기되었다.

　『청춘극장』의 이후 대중서사에 대한 광범위한 영향 가운데에서도 이 글이 주목하는 대목은 1960, 70년대 액션영화에 대한 것이다. 특히 양자 모두가 식민지 시대의 시간과 한반도를 넘어서는 확장된 공간을 배경으로 해서 민족적인 고통과 저항을 다루는 남성서사라는 점에 주목할 것이다. 그리고 이러한 재현이 담고 있는 여러 사회적 의미들을 추적하고자 한다. 구체적으로 이는 『청춘극장』과 액션영화에서 나타나는 식민지 시대에 대한 재현이, 해방 이후의 가장 지배적인 이데올로기로서의 '민족-국가주의'를 절합하는 동시에 위반하는 양상들을 살펴보는 것을 의미한다.

16　『서울신문』, 1959.12.9(4); 박진영, 앞의 글, 178면.

3. 민족국가의 상상력과 식민지의 시공간

식민지 시대를 일제의 억압과 이에 대한 민족적 투쟁의 시대로 재현하는 것은 해방 이후에야 비로소 가능했던 일이다. 해방 직후 몇 년 동안 식민지 시대의 시공간을 새롭게 쓰는 작업이 매우 활발하게 이루어졌으며, 이 시기에 구축된 식민지의 시공간에 대한 상은 이후 지속적으로 반복 재생산되는 원형이 되었다. 이는 『청춘극장』과 1960~70년대 액션영화 사이에 10~20년의 시차가 있음에도 불구하고, 식민지 시대에 대한 재현이란 점에 있어서는 동일한 시대적 배경을 가지고 있음을 의미한다.

해방 이후 오랫동안 계속된 식민지 시대 재구성의 결정적인 맥락은 바로 '민족국가'일 것이다. 이 장에서는 민족국가의 정치적 상상력이 식민지 시대를 의미화하는 논리들에 대해서 살펴보고자 한다. 이는 크게 세 가지 양상으로 나눌 수 있다. 첫 번째는 '배신'의 기억을 지우고자 하는 시도이다. 두 번째는 '무능'의 기억을 상기하는 동시에 극복하고자 하는 시도이다. 세 번째는 '생성'의 기억을 창조하고자 하는 시도이다.

1) '친일'의 기억 지우기

해방 직후는 식민지 시대를 새롭게 쓰고자 하는 욕구가 강하게 일어났던 시기이다. 이는 식민지 시대에는 불가능했던 것으로, 주로 식민지 시대를 일제의 민족에 대한 억압과 수탈, 그리고 이에 대한 저항을 중심으로 규정하는 식으로 나타났다. 무엇보다도 역사서술의 영역에서 그러했다. 예컨대 최남선은 1946년에 발간된 『한국독립소사』에서 "삼십칠년간의 눈물겨운 해방전과解放戰果가 태화신운泰和新運의 중中에 성숙하야 조선독립이 두렷이 현전現前"했음을 주장했다.[17]

이는 당시의 조선인들이 봉착했던, 과거를 반성하거나 부정해야 하는 상황과 관련된 것이다. 해방은 우리의 손으로 쟁취한 것이 아니라, 주어진 것이었다. 해방을 위한 투쟁에 대다수의 조선인들은 참여하지 않아왔던 것이다.[18] 더 심각한 문제는 조선인들이 식민지 체제에 어떤 식으로든 연루되어 있었다는 사실이다. 그 연루가 적극적이었건 소극적이었건 간에, 그들은 '친일'로부터 완전히 자유롭기가 쉽지 않았다. 과거의 기억들은 어떤 식으로든지 손질되어야 했다.

식민 지배에 협력했던 문학인들은 이러한 상황을 가장 두드러지게 보여주었던 경우일 것이다. 한 대담에서 김남천은 자신의 죄에 대해서 쓰고 싶다고 말하는 채만식에게 자신들은 예수가 아니며, 십자가를 질 필요가 없다고 말한다.[19] 이는 곧 "전날의 과오에서 비롯한 죄의식에 언제까지나 포박당해 있을 수 없"음을 의미한다.[20] 협력은 어

---

17 최남선, 『조선독립운동소사』, 동명사, 1946(임종명, 「탈식민 남한, 3·1의 표상과 경쟁, 그리고 설립초기 대한민국」, 『1919년: 동아시아근대의 새로운 전개(성균관대 동아시아학술원 국제학술회의 자료집)』, 2009.2, 130면에서 재인용).

18 이는 민족국가 건설의 자격을 의심받을 수 있게 할 만한 부적절한 과거일 뿐만 아니라, 미·소군이 점령했던 해방 직후의 시점에서는 공포를 불러일으키는 것이기도 했다. 〈자유만세〉에서 관중이 봉기를 주장하면서, 아무것도 하지 않는다면 전쟁에 협력한 우리들을 연합군이 학살할 수도 있다고 말하는 대목에서도 이는 확인된다.

19 「창작합평회」, 『신문화』, 1946.6, 158면(김윤식·정호웅, 『한국소설사』(개정증보판), 문학동네, 2000, 341~342면에서 재인용).

20 김윤식·정호웅, 『한국소설사』(개정증보판), 343면.

쩔 수 없는 선택이었으며, 무엇보다도 너무 오래 붙잡고 있어서는 안 되는 것이었다. 새로운 건설의 시대이기 때문이었다. 그리고 그 건설에 있어서 민족국가는 가장 주요한 목표 지점이었다.

최남선의 역사서술은 이것이 개인적인 문제인 동시에 집단적인 문제이기도 했음을 웅변한다. 그것은 최남선 자신을 위해서나 한민족을 위해서나 공통적으로 필요한 작업이었던 것이다. 그리고 이는 과거를 빨리 정리하는 것뿐만 아니라, 새롭게 재구성하는 것이 절실했음을 의미하는 것이기도 하다. 그 결과 민족국가 건설의 시대에 식민지의 역사는 민족적 억압과 저항의 구도를 중심으로 새롭게 쓰이게 되었다.

이러한 재구성은 본격적인 역사서술 뿐만 아니라, 역사에 대한 허구적 재현에 이르기까지의 넓은 폭의 외연으로 나타났다. 특히 허구적 재현에 있어서는 윤봉춘 감독의 영화 〈윤봉길 의사〉(1947)나 〈유관순〉(1948) 등이 보여주는 항일투사들에 대한 관심에 그치지 않았다. 종종 이는 개연성을 무시하는, 역사적 왜곡을 수반하기도 했다. 부민관에서 열린 친일행사에 대한 폭탄투척을 담고 있는 박종화의 소설 『청춘승리』(1947)나 식민지 말 경성에서의 항일 레지스탕스의 총격전을 담고 있는 최인규 감독의 영화 〈자유만세〉(1946)는 식민지 시대에 불가능했던 것을 재현하고 있다. 이러한 양상은 개인과 집단 모두의 차원에서 이루어졌던, 과거의 기억들을 적절히 처리하고자 하는 시도를 의미하는 것에 다름 아니었다. 모두들 한마음이었다.

이 글이 논의의 대상으로 삼고 있는 『청춘극장』도 이러한 해방 직후의 사정과 무관치 않다. 앞에서 살펴보았듯이 『청춘극장』에서도 일제 치하의 억압과 차별, 동원의 문제가 전경화되고, 이에 대한 거부의 실천이 중요하게 다뤄진다. 이는 특히 가장 민족주의적인 남성인 장일수를 중심으로 한다. 그는 헌병오장이 버티고 있는 내로라하는 친일파의 집에 출몰하며, 경성의 밤거리에서는 일경과 자동차 추격전을 펼친다. 북경에서는 더 전면적인 대립구도가 만들어진다. 이는 장일수가 '암흑의 대통령'으로 군림하며, '상하이 도라(호랑이)'와의 치열한 첩보전을 펼치는 곳이다.

김내성은 식민지 시대 말기에 「매국노」, 「태풍」 등의 소설에서 '방첩'의 논리를 구사함으로써 식민지 지배 체제에 협력한 바 있다.[21] 그런 점에서 김내성은 최남선, 최인규 등과 마찬가지로 친일의 과거를 손질해야 할 상황에 처해 있었다. 『청춘극장』은 그러한 상황의 결과물일 것이다. 한편으로 이 소설은 출간 이후 매우 오랫동안 최고의 베스트셀러의 지위를 유지했다는 점에서, 식민지 시대 다시 쓰기에 대한 가장 강력한 대중적 승인의 사례로서의 의미 또한 가진다고 볼 수 있다.

식민지 시대에 대한 이러한 재구성은 1960~70년대의 액션영화에서는 물론 현재에 이르기까지 계속된다. 개인의 차원에서 친일의 과거를 정리하는 것 이상으로 집단적 차원에서도 민족적 배신의 기억을 지우는 것이 중요했기 때문이다. 이는 민족국가의 시대에 필수적인 과제인 것이다. 물론 '친일'이 민족국가의 정체성을 규정하는 담론적 논리 내의 타자로서 존재할 필요는 있었으며, 실제로 그래왔다. 그러나 이는 결코 타자의 위치를 벗어나지는 않아야 하는 것이었다.

---

21 이에 대해서는 다음을 참조. 정혜영, 「방첩소설 「매국노」와 식민지 탐정문학의 운명」, 『한국현대문학연구』 24, 한국현대문학회, 2008.

2) 민족적 무능無能의 상기

식민지 시기는 '민족사'에 있어서의 훼손을 의미한다. '배신'과 함께 '무능'은 민족적 훼손의 주요한 요인에 해당한다. 그런데 배신에 비해 무능은 상대적으로 덜 숨겨지는 경향이 있다. 물론 무능의 과거 역시 때로 날조된 영웅적 투쟁들에 의해 숨겨진다. 하지만, 그러한 투쟁들 사이에서도 무능은 여전히 자신의 자리를 지키고 있다.

이 때 무능은 남성적인 것이다. 즉 민족적 남성 주체의 무능이다. 이는 여성적인 것으로 은유되는 민족적 고난의 원인이 된다. 가부장제 서사의 한 양상이기도 한 민족서사는 이처럼 남성적 주체화와 여성적 대상화를 중심으로 스스로를 젠더화한다. 그리고 민족서사로서의 『청춘극장』에서 역시 이는 잘 나타난다.

앞서 지적했던 바와 같이, 허운옥은 조선을 의미한다. 그는 독립운동가의 딸이고, 순사의 눈을 찔러 쫓기는 몸이며, 북경의 댄스홀 용궁에서 일본 스파이들과의 총격전에 참여하기도 한다. 결국 그는 순사를 죽여 법정에 서게 되며, 장일수와 함께 독립운동에 뛰어들 것을 결심한다. 조선 여인을 대표하는 그는 어느 누구도 좋아하지 않을 수 없는 존재이다.[22] 그런 그의 고난은 백영민, 장일수, 김준혁, 신성호, 심지어 백봉학까지 모든 남성들의 근심이 된다. 그들은 허운옥의 고난에 대해 깊은 책임감을 느낀다.

액션영화에 있어서도 이와 유사한 설정들을 흔히 볼 수 있다. 예컨대 〈실록 김두한〉(1974)에서 김두한은 야쿠자들의 손에 아내를 잃는

---

22 김준혁은 허운옥을 "거룩한 여인, 우리 조선 3천만 민족이 다같이 우러러볼 수 있는 위대한 여인"으로 규정한다. 김내성, 『청춘극장(중) – 한국장편문학대계 17』, 93면.

다. 마찬가지로 〈시라소니〉에서도 주인공은 야쿠자의 손에 아내를 잃는다. 야쿠자들이 아내를 죽인 것은 그들의 남편이 김두한이고 시라소니였기 때문이다. 이처럼 여성의 고난의 책임은 남성에게 있으며, 그 고난은 항상 남성의 무능함을 환기한다.

이처럼 남성적 무능함의 고통은 해방 이후 식민지 시대를 재현하는 서사에서 지속적으로 귀환해서 남성인물들을 괴롭힌다. 왜 '배신'과 달리 '무능'의 기억은 억압되지 않는 것일까? 그것은 무능의 기억이 민족적 남성의 트라우마를 구성하기 때문이다. 트라우마는 반복적인 귀환과 함께, 그것을 극복하려는 행위 또한 수반한다. 다시 말해, 트라우마로서의 식민지 시대의 무능했던 기억은 반복적으로 귀환하며, 반복적인 극복의 대상이 된다. 이는 어떤 민족적 남성의 실천을 자극하는 것이다.

사실, 민족담론에 있어서 고통스러운 기억이 중요한 의미를 가지는 것은 보편적이다. 에른스트 르낭은 민족에게 있어서 고통스러운 기억의 중요성을 역설한 바 있다.[23] 이처럼 민족주의는 매우 자주 민족의 위기가 초래한 고통을 환기하며, 이를 근거로 강력한 민족주의적 실천을 요구한다. 그렇다면 식민지의 무능했던 기억은 잊혀지지 않아야 하는 것이다. 그것은 반복적으로 상기되어야 한다.

이는 스스로를 약소민족으로 규정하는 담론에서 매우 잘 나타난다. 이는 특히 1960년대 이후 공식적으로 담론화되었다. 박정희의 『우

---

23 르낭은 "함께 하는 고통은 기쁨보다 훨씬 더 사람을 단결시킵니다. 민족적인 추억이라는 점에서는 애도가 승리보다 낫습니다. 애도의 기억들은 의무를 부과하며, 공통의 노력을 요구하기 때문입니다"라고 주장한다. 에른스트 르낭, 신행선 역, 『민족이란 무엇인가』, 책세상, 2004, 81면.

리 민족의 나아갈 길』의 반 이상은 조선시대 이후 민족의 수난사를 다룬다. 박정희는 "설움과 슬픔과 괴로움에 시달리던 이 민족의 앞길에는 반드시 갱생의 길이 있을 것이다"고 일갈한다.[24] 이처럼 공식적으로 민족적 무능함이 소환되었던 것은 그것이 민족국가 체제에 대해 보다 강력한 동의를 추동할 것이라고 보았기 때문일 것이다.

식민지 시대에 대한 재현 속에서 이는 실제로 어떤 실천을 불러온다. 때로 이 실천은 식민지 시대에 이루어지는 것이다. 『청춘극장』이 그러하며, 김두한과 시라소니는 즉각적으로 행동에 나서 야쿠자를 일망타진한다. 한편으로 이는 식민지 이후의 시대에 있어서의 실천을 동기화하는 것이기도 하다. 마도로스물인 영화 〈남〉(1968)에서 장동휘는 식민지 시대에 자신의 아내와 재산을 빼앗아 간 황해에게 복수하기 위해 삼십여 년을 기다린다. 민족국가 시대에 민족국가의 정당성을 확인하고 강화하기 위해 환기되었던 무능함의 기억이기에 그것의 실천이 식민지 시대가 아니라 현재에 이루어지는 것은 더 환영할만한 일이었을 것임에 틀림없다. 그것은 분명 민족의 산업전사로서의 남성노동자들의 실천을 자극했을 것이다.

모든 역사가 그러하듯이 민족국가의 정치적 상상력에 있어서도 과거는 현재와의 대화이다. 민족적 '훼손'으로서의 식민지의 역사 또한 현재의 민족국가의 정체성의 유지에 연루되어 있다는 점에서 현재적이다. 그렇다면 이러한 관점을 계속 연장해서, 민족과 국가의 문제에까지 적용해 볼 수 있을 것이다. 민족국가가 구성하는 민족사는 일종의 전도를 포함한다고 볼 수 있다. 그것의 논리 속에서 민족은 국가에

---

24 박정희, 『우리 민족의 나아갈 길』, 동아출판사, 1962, 13면.

선행하는 것이지만, 실제로 민족은 국가에 의해서 사후적으로 구성된 것이다. 그렇다면 일제 식민지의 시공간에 대한 상상력에 있어서, 더 중요한 기준이 되어야 할 것은 '대한민국'일 것이다.

대한민국을 기준으로 보았을 때, 식민지의 시공간은 훼손이 아닌, 미형성의 단계이다. 이는 민족이 일시적으로 상실된 시공간이지만, 한편으로는 민족국가가 시작되기 이전의 시원적 상태이기도 한 것이다. 이 때 그것은 소멸의 시공간이 아니라, 생성의 시공간이 된다. 그렇다면, 해방 직후부터 식민지 시대가 각별한 민족주의적 의미들을 부여받으며 반복적으로 재구성되어 왔던 데에는, 그것이 민족의 일시적 훼손을 의미하는 동시에, 민족국가가 탄생하는 시공간으로서의 의미 또한 함께 가지고 있었기 때문으로 보아야 한다. 여기에도 주목할 필요가 있다.

3) 민족국가의 창세기

수잔 벅 모스는 근대적인 국민주권popular sovereignty은 "정당성에 대한 초법규적이거나 아마도 전법률적인 형태로 정확히 독단의 야만지역인 폭력적인 권력을 또한 소유"한다고 지적한다.[25] 국민주권은 입법할 권리를 국민이 가지는 것, 즉 국민으로 하여금 스스로 다스릴 수 있는 권리를 가짐을 의미한다. 따라서 이는 법에 의한 문명화되고 평화로운 권력을 뜻한다. 그렇다면 국민주권이 야만적이고 폭력적이라

---

[25] 수잔 벅 모스, 윤일성·김주영 역, 『꿈의 세계와 파국─대중 유토피아의 소멸』, 경성대 출판부, 2008, 21면.

는 것은 무슨 뜻인가? 이것은 '주권'에 근원적으로 내재한 어떤 성격을 지시하는 것으로 보아야 한다.

구체적으로 이는 국민주권에 의해서 제정되는 법의 내부와 외부를 구분함으로써 파악 가능하다. 국민주권은 국민에게 두 가지의 위상을 부여한다. 법을 제정하는 자로서의 국민과 법적 적용의 대상으로서의 국민이 그것이다. 전자가 법의 외부에 위치한다면, 후자는 법의 내부에 위치한다. 스스로 제정한 법에 의해서 통치되는 영역으로서의 법의 내부는 문명적이며 평화롭다. 그러나 이를 위해서 법의 제정이 이루어지는 영역으로서의 법의 외부는 야만적이고 폭력적이다.

이 두 영역은 외부와 내부에서 서로를 규정함으로써 다음과 같은 역설을 만들어낸다. 법을 제정하기 위해서는 탈법적일 수밖에 없으며, 문명과 평화를 위해서 야만과 폭력은 필수적이다. 주권자로서의 국민 또한 마찬가지로 역설적인 존재일 것이다. 그리고 민족국가의 시대에 등장한 국민주권의 개념에서 국민people은 곧 민족nation을 의미한다는 점에서, 역설은 민족에 있어서도 근본적이다. 법의 외부에 위치하는 한 국민, 혹은 민족은 주권자로서 군주와 다를 바 없는 폭력적이고 야만적인 존재인 것이다.

민족의 폭력적이고 야만적인 상태가 명확하게 인정되는 영역은 민족국가 간 관계, 즉 국제관계다. 그러나 실상 그것은 민족국가 내부에서도 상존하는 것이기도 하다. 즉, '내란'에 대해 법 제정권이 수호되어야 한다. 그래서 시위를 진압하는 경찰의 목적은 위법 행위에 법을 적용하는 것뿐 아니라, "법을 제정하기 위한 권리의 독점을 보호하기 위한 것"으로서의 성격 또한 가지는 것이다.[26]

이처럼 민족국가의 상상력에 있어서 법 외부의 시공간은 필수적이다. 그래서 민족국가는 끊임없이 이러한 상태를 환기함으로써, 자신을 존속할 수 있게 한다. 당대를 배경으로 했을 때, 이는 전쟁과 내란에 대한 공포와 이에 대한 항전의 의지와 관련된다. 과거를 배경으로 했을 때, 이는 법 외부에 해당하는 어떤 시원적인 시공간의 소환으로 나타난다. 이 태초의 영역은 법이 작동하는 영역이 아니라, 법을 제정할 수 있는 초법적인 힘이 작동하는 영역이다. 그것은 초인간적인 무력을 행사하는 민족적 남성주체들의 영역이다. 그리고 이 영역에서 벌어지는 투쟁의 서사는 민족국가의 현 상태로서의 폭력을 자연화, 신성화하고 그럼으로써 민족국가의 존속을 정당화한다는 점에서 일종의 건국신화이다. 아마도 미국의 서부극은 이러한 건국신화의 대표적인 사례일 것이다.

근대적인 민족국가로서의 대한민국 역시 항상 폭력과 야만에 기반해 왔다. 특히 해방 이후부터 1980년대에 이르는 독재의 시대에, 폭력과 야만은 평화와 문명을 압도해 왔다. 국가폭력이란 법 제정권을 지키기 위한 것이며, 전쟁과 내란의 위협을 향한 것이기에, 이 시기 국민국가의 상상력은 항상 전쟁과 내란에 결부될 수밖에 없었다.[27] 이는 『청춘극장』에서 액션영화로 이어지는 식민지 시대를 회고하는 민족주의적 서사에 의미심장한 맥락을 부여한다. 즉, 『청춘극장』과 액션영화가 구축하는 식민지의 시간과 확대된 동아시아의 공간은 대한민국의 건국신화적 시공간이라 할 수 있을 것이다. 법의 외부의 시간적 표현은 건국 이전이며, 공간적 표현은 영토 바깥이기 때문이다.

---

26 위의 책, 21면.
27 내란은 언제나 혁명으로 규정될 수도 있다.

여기에 만일 황색인종 하나가 중국 옷을 입고 달밤의 黃浦江 공원이나 혹은 불야성의 '캐피탈 땐스 홀' 같은데 나타났다고 가정할 때, 우리들은 그 인물을 단순한 한 사람의 중국인으로 생각해서는 아니 되었다 …… 게다가 주의와 국제관계를 달리하는 백색 인종들이 한데 뒤섞여 …… 전쟁중에 있어서의 중국의 대도시는 실로 착잡한 국제관계로 말미암아 얽힐대로 얽크러진 글자 그대로 난마와 같은 혼란상태 속에서 그의 독특한 생태를 영위 …… 이와 같은 독특한 생태가 가장 현저히 영위되고 있는 데가 소위 대도시의 암흑가……(중, 301면)

『청춘극장』에 있어서 가장 명시적인 법적 외부의 표상은 중국의 대도시들이다. 이곳에서는 특정한 민족국가의 법이 영향력을 행사하지 못한다. 이곳은 법 제정을 둘러싼 민족 간의 투쟁의 공간이다. 이곳을 지배하는 것은 법이 아니라, 민족주의적인 남성주체의 원초적 폭력이다. 액션영화가 즐겨 재현하는 식민지 시기의 대륙의 평원과 도시, 대양과 항구들 역시 이와 마찬가지의 의미를 가진다.

이러한 법제정의 시공간으로서의 식민지 시대는 훼손과 같은 부정적인 의미를 가지지 않는다. 그것은 생성의 시공간이라는 점에서 활력에 넘친다. 심지어 이는 대한민국의 시원으로서 신성하기까지 하다. 이러한 점에서 식민지는 예찬되고 환호되어야 했다. 요컨대, 『청춘극장』과 액션영화를 포함한, 식민지를 민족국가를 향한 영웅적인 폭력의 시공간으로 묘사하는 이 재현물들은 대한민국의 건국신화라고 할 수 있다. 대한민국은 스스로의 유지를 위해 행사되는 폭력의 정당성을 확보하기 위해, 적자생존의 원칙이 지배하는 당대의 국제관계를 환기하는 동시에 신화적 시공간으로서의 식민지를 이와 병치시켰던 것이다.

마지막으로 이러한 관점 하에서 『청춘극장』에서 법의 문제가 다루어지는 방식에 대해 한 번 생각해 보도록 하자. 백영민은 와세다에서 법을 전공하고 변호사가 된다. 그런데 백영민은 단 한 순간도 제국의 법에 대한 불신을 드러내지 않는다.[28] 이는 그가 법의 외부를 보지 못함을 의미한다. 백영민은 법 제도를 신뢰하고, 법이 잘 유지되길 원한다는 점에서 법의 내부에 위치한다.

그러나 다른 인물들은 그렇지 않다. 최달근은 법에 대해서 백영민과는 대립되는 입장을 취한다. 그에게 법은 형식적인 것이며, 본질적인 것은 힘의 논리이다.[29] 그에게 법이란 출세하기 위한 수단에 지나지 않는 것이다. 최달근이 법의 내부와 외부에 동시에 위치하는 존재라면, 장일수는 전적으로 법 바깥에 위치한다. 그의 투쟁은 바로 법의 제정권을 쟁취하기 위한 것이다.

『청춘극장』의 뒷부분을 구성하는 주요한 사건으로 '운옥의 재판'을 들 수 있다. 이는 식민지 하의 '법'이 어떤 의미를 가지는지를 잘 보여준다. 운옥은 자신에게 씌워진 누명이 구성하는 유죄를 기꺼이 받아들이는데, 그 이유 중의 하나는 그것이 자랑스럽기 때문이다. 그는 심지어 자신이 그렇게 자랑스러운 누명을 써도 되는 것인지에 대해 걱정하기까지 한다. 이러한 상황은 식민지의 법에 대한 근본적인 부정의 태도를 함축하고 있다. 그렇다면, 운옥에게 있어서 법정 투쟁은 법을 둘러싼 투쟁이라기보다는 법 제정을 둘러싼 투쟁이다.[30]

---

28 그는 "민중으로 하여금 도덕률에 선행하는 법률적 양심을 깨우쳐 주"기 위해서이다. 그는 백성들이 "권리와 의무를 명확히 구별할 수 있"기를 바란다(하, 272면).

29 "'힘을 길러야 한다'는 하나의 야망이 최달근의 가슴 속에서 불붙고 있었다. 그 힘이 옳으냐, 그르냐를 생각할 필요는 전혀 없었다. 현하의 법률이 그것을 저지하지 않는 이상, 이 힘은 최달근에게 있어서 마땅히 하나의 정의를 의미하였다."(상, 111~112면)

대한민국이라는 민족국가의 정치적 상상력 속에서 식민지 시대는 법이 제정되기 이전을 의미한다. 그렇다면, 식민지에 대한 재현에서 법 자체에 대한 의문과 거부가 중심이 될 수밖에 없다. 이는 액션영화에서도 흔히 볼 수 있다. 1970년대 '실록 김두한 시리즈'를 대표하는 '일경에게 체포되는 김두한의 이미지' 역시 식민지 법에 대한 거부를 함축하고 있다. 그는 범법자여서 매혹적인 것이 아니라, 법 자체를 부정하는 존재이기에 매혹적이다. 이처럼 식민지 시대는 민족국가로서의 대한민국의 법의 외부를 표상한다.

4. 탈─민족국가의 욕망과 식민지의 시공간

지금까지 『청춘극장』과 그것의 후예로서의 1960~70년대의 액션영화들이 구축하는 식민지 시대의 시공간의 의미를 살펴보았다. 그것은 민족적 훼손의 시공간이자 민족국가 형성의 시공간으로, 민족적 트라우마를 구성하는 동시에 민족국가의 건국신화를 구성하는

---

30 허운옥의 살인은 일제의 법체계 하에서는 유죄이지만, 민족국가의 상상력에서는 유죄도 무죄도 아니다. 식민지란 법 제정 이전의 시공간이기 때문이다. 정당방위임을 주장하는 백영민의 논리가 공허한 것은 그러한 이유에서이다. 그는 결코 민족주의에 고취된 허운옥을 이해할 수도 도울 수도 없다. 결국 백영민은 허운옥을 살릴 수 있는 유일한 사람은 법의 외부에 위치한 장일수임을 깨닫게 된다. 그리고 허운옥은 해방, 즉 법 제정권을 획득하게 되는 순간에 이르러서야 비로소 풀려날 수 있게 된다.

시공간이었다. 이는『청춘극장』과 액션영화에 있어서 '민족'과 '민족국가'라는 주제를 중심으로 구축되는 표층적 논리의 결을 따라 읽은 결과일 것이다. 그러나 모든 재현은 탈중심성을 불가피하게 함축한다. 이제 그 탈중심의 힘들에 주목해 보도록 하자.

이는 크게 세 가지로 요약된다. 첫 번째는 친일의 기억을 부정하려는 시도와 충돌하는 친일에 대한 변명이다. 두 번째는 민족국가의 상상력과 충돌하는 동시에 이를 확장하는 제국주의, 혹은 식민주의적 지향이다. 세 번째는 민족국가의 상상력으로부터 이탈하려 하는 개인적 욕망이다. 이 모두는 일관된 논리로 제시되기 보다는 표면상의 민족—국가주의적 서사의 표면에 모순을 만들어 내면서 불규칙하게 틈입한다. 따라서 그것의 실체는 그것의 징후인 표면의 흔적들로만 확인할 수 있다.『청춘극장』과 액션영화의 주요한 특징 중 하나인 남성적 우울증은 그 중에서도 가장 결정적인 사례에 해당할 것이다.

1) 친일에 대한 변명

백영민과 함께 전장으로 끌려가는 학병 지원자들 중에는 야스다라는 인물이 있다. 그는 경성제대 출신의 엘리트이다.[31] 그는 민족주의적 태도를 강력하게 드러내는 백영민과 황칠성에게 냉소를 보내며 다음과 같이 말한다.

---

31 백영민이 '제대(帝大)'에 대해서 그리 호의적이지 않다. 백영민이 와세다에 진학할 때, 아버지인 백초시가 관립에 진학하느냐고 묻자 그는 딱 잘라서 아니라고 대답한다(상, 43~44면). 이는 저자의 태도가 반영된 것으로 보이며, 저자 자신도 그런 이유에서 와세다에 진학했던 듯하다.

나에게는 하나의 어휘상의 조국은 있었으나 나를 인도하고 나에게 정신적인 양식을 준 정치적인 조국은 없었소…… 나에게 조국의 역사를 살틀히 가르쳐준 교사라고는 단 한명도 없었소…… 조국에 관한 약간한 역사적 지식이 있다면 그것은 모다 구비나 전설에서 배운 단편적인 것 밖에는 없었소…… 십여 세를 넘었을 무렵까지 나는 나의 조국이 일본인 줄만 알고 있었소…… 우리 부모들까지도 모다 하루 바삐 충실한 일본인이 되기를 꺼린다기 보다도 도리어 원했었소…… 우리 삼천만 가운데서 당신네들처럼 완고한 민족적 감정을 가지고 그날 그날을 민족의 이익과 번영을 위하여 살아 온 사람이 과연 몇 퍼센트나 되는지 그것을 묻고 싶소…… (하, 32면)

화자는 그를 최악의 구제불능의 친일파로 규정하고, 분노한 황칠성은 그의 따귀를 친다.[32] 하지만 사실 그의 말이 어떤 다른 인물들의 말보다도 더 정연하고 설득력 있다. 그를 최악으로 규정하고, 그의 따귀를 치는 것은 어쩌면 그 설득력이 주는 공포와 불편함의 징후일 것이다. 혹은 야스다의 입을 빌어서 친일의 불가피성에 대한 변명을 하기 위한 일종의 속임수일 것이다.

동경에 강연을 온 '과거의 열렬한 민족주의자' M씨와의 사건에서도 친일에 대한 이와 유사한 태도를 찾을 수 있다. 그는 오창윤과 함께 동경에 와서 학병 지원을 선동하는 강연을 하다가 학생들의 반발을 산다. 그 날 밤 숙소에서 그는 학생들에게 "진정한 애국주의자

---

32 "친일파에도 여러가지 분류가 있다. 최달근이 같은 출세를 위한 자도 있고, 박준길이 같은 무지에서 오는 자도 있고, 오창윤이 같은 일종 명예욕 때문에 그러한 이도 있는 반면에 이 야스다와 같이 확고한 인생관 내지 세계관 밑에서 움직이는 소위 의식적인 분자도 있었던 것 …… 다른 분자들에게는 반성의 기회가 있을 수도 있었지만 이 야스다에게는 도저히 그것이 있을 수 없었다. ……"(하, 35면)

가 된다는 것이 얼마나 어려운 일인가를" 깨달았으며, 자신이 생각하던 애국주의는 "일신이 안일하고 여유가 있으면 하겠다는" "도락"에 지나지 않았음을 고백한다(중, 185면). 그리고 백영민에게 자신의 뺨을 쳐주기를 청한다. 이에 M씨와 학생들은 함께 부둥켜안고 목을 놓아 운다. 이는 "민족의 고달픔"에 따른 "처절한 민족의 오열"이라 규정 된다(중, 186면).

　『청춘극장』은 이처럼 여러 대목에서 친일의 불가피성에 대한 공감을 드러낸다. 그것은 종종 친일할 수밖에 없었던 '민족의 고달픔' 에 대한 공감으로 미화된다. 사실 이 '불가피한 친일'이라는 문제는 주인공인 백영민에게 있어서 가장 뚜렷하게 드러난다. 그는 군국주 의자 야마모도 선생의 가장 사랑하는 제자이고, 제국의 법에 동의하 는 변호사이며, 친일파 오창윤의 사위이다. 이는 자신의 민족관과는 무관하게, 직업을 구하고 결혼을 하는 과정에서 불가피하게 행해지 는 친일의 측면을 보여준다. 백영민은 M씨에게 공감할 수밖에 없었 던 것이다.

　저자는 이처럼 은근히, 혹은 자신도 모르는 사이에 친일에 대한 변명을 늘어놓고 있다. 그리고 그것의 논리는 모두가 그랬으며, 또 그 럴 수밖에 없었다는 것이다. 김남천이 '우리가 예수가 아니라'고 역설 했던 것도 유사한 의미일 것이다. 모든 사람의 잘못인데, 왜 자신들이 그 죄를 대속해야 하느냐는 것이다. 그러니까 M씨도 뺨을 내밀 것까 지는 없었던 것이다. 그래서 백영민도 그의 뺨을 치지 못했다. 야스다 의 말처럼 이는 지식인 차원의 문제가 아니라, '삼천만'의 대부분에 해당하는 문제였다. 그리고 이는 『청춘극장』과 그 변명을 유사한 양 상으로 재생산하는 액션영화들에 대한 열렬한 대중의 호응으로 입증

된다.

『청춘극장』에서와 같이, 액션영화에서도 친일의 불가피성이라는 주제는 여전히 다뤄진다. 〈불붙는 대륙〉(1965)의 주인공 강지석은 처자를 버리고 떠난 아버지에 대한 원한 때문에 일본군 장교가 된 케이스이다. 물론 결국 그의 아버지를 이해하게 되면서, 독립군 활동에 본격적으로 참여하게 된다는 이야기지만, 이 영화는 강지석이 왜 일본군이 될 수밖에 없었는지에 대해 설득력 있게 묘사하고 있다. 〈황야의 독수리〉(1969)에서 훈도 소위는 일본인 아버지 밑에서 자신이 조선인이라는 사실을 모른 채 키워진다. 늠름하게 자라난 이 아들은 자신의 아버지와 조국 일본에 대해 충성스럽기 그지없다. 결국 그의 일본인 아버지가 자신의 친모를 죽인 사악한 살해범이며, 자신을 재미삼아 사육한 것임을 알게 된다는 이야기지만, 결국 이 또한 친일행각이 불가피한 것에 대한 진술의 징후로 해석될 수 있다.

이처럼 민족적 배신의 기억을 부정하고 새롭게 과거를 재구성하는 작업은 그리 깔끔하게 마무리되지 않았다. 그것은 오랫동안 구구한 변명들로 부연되어 왔다. 그것의 핵심은 다음과 같다. 누구도 진정으로 친일을 하지 않았다. 모두가 생존을 위해서 선택한 길이었다. 물론 실제로도 어느 정도는 그랬을 것이다. 그러나 항상 그런 것은 아니었다. 때로 제국에 대한 강력한 매혹과 동의도 있었기 때문이다.

2) 제국의 매혹─식민지적 의식과 식민주의적 무의식

그림엽서로서만 보던 대동경의 한 토막 한 토막이 드높은 삘딩들을 배경으로 마치 파노라마인 양 눈앞에 전개된다. "아아, 동경! 문화의 도시 동경!" 영민의 가슴이 고무풍선처럼 부풀어 오른다. ……(상, 86면)

때마침 영민과 동행하던 야마모도는 〈동경행진곡〉을 부르며, '사랑의 마루비루'를 소개해 준다. 동경으로 향하는 여행은, 비록 현해탄에서의 조선인 차별이 다소 흠이 되긴 했지만, 어쨌든 매혹적이다. 침대칸의 짧은 로맨스, 차창에서 느껴지는 시원한 바람, 배 식당칸에서 맛보는 치킨라이스와 삐루까지. 그리고 동경에 도착했을 때 영민은 그만 탄성을 지르고 만다. 『청춘극장』에서 묘사되는 동경의 이미지는 놀랍게도 단 한 번도 부정적이지 않다. 백영민에게 동경은 항상 그리운 곳이다. 무사시노 사진관과 미스코시 백화점을 지나 신궁외원을 거닐었던 신주쿠의 기억은 상큼함 그 자체이다.

동경에서 아주 멀리 떨어진, 그러나 연락선과 급행열차로 연결된 북경은 이와 다른 식으로 매혹적이다. 하루 일이 시작되기 전 한적한 카바레 '용궁'에서 나미에는 그랜드 피아노 앞에 앉아 '조국이냐, 사랑이냐?'를 고민하며, 〈시나노 요루(중국의 밤)〉와 〈라 팔로마〉를 연주한다. 나미에의 비서 목단은 음악소리에 맞춰 어린 보이 한 명을 붙잡고 흐느적거리며 춤을 춘다. 용궁은 한편으로는 각국의 제5열의 눈초리가 번득이는 곳이지만, 한편으로는 데카당하고 위험한 로맨스의 공간이며, 그래서 매혹적이다.

『청춘극장』이 재현하는 식민지 말의 시공간이 매혹적인 것은 무엇보다도 그것이 청춘의 시공간이기 때문일 것이다. 하지만 단지 이유가 그 뿐일까? 동경과 북경, 그리고 양자를 연결해주는 급행열차의 경험은 모두 일본제국의 존재에 의해 가능해진 것이다. 게다가 백영민이 동경에 대해 느끼는 감정은 풍요와 번영에 대한 '향수'이며, 장일수가 북경에 대해서 느끼는 것은 이국취향이자, 새로운 실천의 가능성이다. 그렇다면 혹시 식민지 말의 시공간에 대한 그리움은 제국적인 것에 대한 매혹 또한 담고 있는 것 아닐까?

최근에 이루어진 식민지 말에 대한 최근의 논의들은 조선인들이 제국의 상상력에 매혹되고 제국의 지배에 동의하는 것에 이르는 과정의 논리를 잘 보여준다. 이는 특히 대륙으로까지 일본제국의 영역이 확장되는 것과 관련된다. 만주를 비롯한 새롭게 '개척'되는 대륙의 식민지에 대해서 조선인들은 "의사—제국주의자"가 될 수 있다는 믿음을 갖게 되었기 때문이다.[33] 이 과정에서 좁은 조선이라는 범주는 '대동아'라는 확장된 제국의 범주 속으로 해체되었으며, 반도가 아닌 대륙이 중심이 되는 제국주의적 심상지리가 부상했다. 이는 바로 고모리 요이치가 지적한 '식민지적 무의식과 식민주의적 의식'이 조선에서도 반복되는 시점이었다.[34]

그렇다면 이러한 제국에 대한 매혹과 동의가 탈식민의 시공간에서도 그렇게 쉽사리 사라질 수는 없었을 것이다. 해방과 함께 조선인들은 일종의 폐소공포증에 시달려야 했을 것이다. 이는 귀환민들의 유입과 38선의 구획으로 인한 것이지만, 더욱 근본적으로는 동아시아를 범주로 삼던 제국이 각각 반도와 열도를 범주로 하는 범주로 하는 민족국가들로 축소되는 것에 따른 것이었다.[35] 특히 해방 직후의 상황은

---

33 김철, 「몰락하는 신생: 만주의 꿈과 「농군」의 오독」, 『90년대 한국문학의 동향』, 상허학회 편, 깊은샘, 2002, 157면.
34 윤대석, 「식민지 국민문학론—1940년대 전반기 '국민문학'의 논리와 심리」, 『근대를 다시 읽는다 1』, 역사비평사, 2006, 186면.
35 장세진, 「해방기 공간 상상력의 전이와 '태평양'의 문화정치학」, 『1945년 8·15 해방의

해방 전에 비해 경제적으로는 훨씬 더 궁핍했으며, 사회적으로는 훨씬 더 혼란스러웠다.[36] 이는 차라리 식민지 말을 그리워하기에 충분한 조건이었던 것이다. 그렇다면 백영민의 법에 대한 생각은 당대의 혼란스러운 생각에 대한 반응일 수 있다. 법이 안정적으로 작동하던 시절로 되돌아가고 싶었던 것이다. 이처럼 제국에 대한 그리움이 『청춘극장』을 휘감고 있다. 물론 이는 작품의 표면상의 논리와는 충돌하는, 징후로만 짐작할 수 있는 심층의 논리이다.

'동아시아를 무대로 놀았던' 추억에 대한 그리움은 1960, 70년대의 액션영화에도 그대로 나타난다. 누차 지적했듯이 이 시기의 액션영화들은 대륙과 대양을 배경으로 했다. 이 또한 『청춘극장』과 마찬가지로 제국에 대한 매혹을 담고 있다고 해야 할 것이다. 그러나 액션영화에 나타나는 이러한 매혹은 『청춘극장』의 그것과는 다소 다른 질을 가진다. 한편으로 그것은 분명 과거의 기억에 대한 매혹이다. 그러나 이는 과거보다는 미래에 더 방점을 찍고 있는 듯하다.

오랫동안 민족주의는 제국주의에 대한 거부의 논리로 기능했다. 그것은 민족주권을 부정하는 것으로서의 제국주의와 논리적으로 충돌하는 것이며, 실제로 제국에 대한 약소민족의 독립을 정당화하는 논리로 기능해왔다. 하지만 한편으로 유럽 민족국가들이 제국으로 성장해온 역사적인 궤적을 간과해서는 안 될 것이다. 실제로 민족주의는 제국의 팽창에 있어서 근간이 되는 논리를 제공했기 때문이다.

"공간권력 구성체"로서의 민족국가의 상상력에 있어서 "모험과

드라마』, 상허학회 학술대회 자료집, 2008.11, 1~3면.
36 "1946년 10월의 서울은 '왜정 때보다도 못하다'는 실망과 분노를 곱씹으며 그날그날의 의식주 문제를 해결하기 위해 발버둥치는" 공간이었다. 위의 책, 2면.

항해를 통해 신세계의 육지를 취득하는 것"은 근원적인 요소이다.[37] 민족주권을 둘러싼 원초적 투쟁의 영역에 대한 민족국가의 상상은, 만국공법체제에도 불구하고, 국제관계에 있어서의 투쟁을 불가피한 것으로 만들었다. 무엇보다도 초역사적으로 정당화되는 민족주의의 강력한 자기동일성이 민족적 타자에 대한 강력한 배제로 이어졌다. 그 결과 민족주권은 일부 국가들 간에서만 서로 존중되는 것이 되고 말았다.

따라서 강력한 민족국가주의의 시대로서의 1960~70년대에 만들어진 액션영화가 보여주는 확장된 공간적 감각은 과거를 그리워하는 것이라기보다는 차라리 미래를 향하는 것, 혹은 미래를 위해 과거를 참조하는 것이라고 해야 할 것이다. 그런 점에서, 액션영화에서의 대륙과 해양은 법의 외부에 존재하는 신화적인 민족적 투쟁의 공간인 동시에, 언젠가 확보되어야 할 확장된 민족국가로서의 제국의 영역으로서의 의미 또한 가진다고 할 수 있다.

그렇다면, 이는 『청춘극장』이 보여주는 과거에 대한 태도와는 대립된다. 그것은 민족의 소멸로서의 과거의 제국이 아니라, 확장으로서의 미래의 제국을 지향하기 때문이다. 그러나 액션영화는 『청춘극장』의 반대방향으로만 온전히 향하지 못한다. 이 역시 식민지의 시공간을 소환해야 하기 때문이다. 이는 일본이 제공한 차관을 기반으로 추진되어야 했던 1960~70년대 한국의 근대화가 처한 역설적 상황과도 동일한 것이다.[38] 궁극적으로는 제국에 이르러야 할 민족의 발

---

37 위의 책, 3면.

38 이러한 역설은 식민지 시대에 이루어진 근대화가 해방이후 경제성장의 기반이 되었다고 보는 식민지 근대화론과, 식민지 시대의 수탈이 근대화에 결정적 장애가 되었다고 보는 식민지 수탈론이 내밀하게는 '민족주의'라는 논리를 공유하는 이형동질의 관계를 가지는 것에서도 발견된다.

전에 있어서 일본은 극복의 대상인 동시에 항상 결정적인 참조의 대상, 혹은 스승이기도 한 것이다. 식민지 민족주의자의 그 서글픈 역설 속에서 미래는 항상 과거의 또 다른 이름일 따름이다.

이런 점에서『청춘극장』의 야마모도는 대단히 흥미로운 인물이다. 그는『청춘극장』에서 가장 혼란스러운 인물이다.[39] 백영민은 끝까지 그를 이해하지 못한다. 그러나 그 심층의 차원에서 진정 혼란스러운 것은 야마모도가 아니라 야마모도를 바라보는 백영민의 시선일 것이다. 그는 민족을 억압하는 타자로서의 제국의 표상인 동시에, 궁극적으로 도달해야 할 동일자로서의 민족, 그리고 그것의 확대된 외연으로서의 제국의 모범인 것이다. 주인공들의 민족주의는 불가피하게 스승의 그림자 아래에 있다. 소설의 앞부분에서 삼총사는 친일파 최달근과의 싸움에서 그들을 멋지게 제압한다. 하지만 그들을 승리할 수 있게 해 주었던 것은 다름 아닌 '중학'에서 배운 '유도'와 '검도'인 것이다.

그렇다면 백영민의 문제가 무엇인지 분명해진다. 그는 야마모도의 충실한 제자이다. 심지어 그는 야마모도와 전장에서 생사를 거는 위기를 함께 나눈 전우이기도 하다. 그가 좌절에 빠지게 되는 것은 모든 것을 배운 대로 했음에도 불구하고 제대로 되는 것이 하나도 없었기 때문이라고도 말할 수 있다. 하지만 그는 사실 배운 대로 하지 않았으며, 배운 것을 제대로 실천했던 것은 장일수였던 것이다. 이런 점에서 백영민이 야마모도를 이해하지 못하겠다고 말한 것은, 바로 이러한 모범적인 식민지인이 봉착할 수밖에 없는 좌초에 대한 당혹감의

---

39 그는 군국주의 선생이었다가, 모던보이이자 기회주의자로 변신하고, 나중에는 일본군 장교가 되어 '천황폐하만세!'를 외치며 장렬하게 전사한다.

징후를 드러내는 것에 다름 아니다. 역시 진짜 모범생은 장일수였다.

『청춘극장』과 액션영화에서, 식민주의 혹은 제국주의는 민족과 대립되는 '나쁜 것'이다. 그러나 표면의 아래에서 이는 열망되고 있는 것이기도 하다. 식민지 말이 조선인들이 식민지적 무의식과 식민주의적 의식을 내면화했던 시기였다면 해방 이후는 이것이 전도된 형태로 기능하기 시작했던 시대라고 할 수 있을 것이다. 이 시기는 다시 식민지배의 기억이 강렬하게 재구성된다. 하지만 식민지 말기에 가질 수 있었던 식민주의는 무의식으로 침잠한다. 식민지적 의식과 식민주의적 무의식. 이것이야말로『청춘극장』과 액션영화의 결정적인 콘텍스트이다.

3) 개인의 욕망

일제 식민지는 민족이 훼손된 시공간인 동시에, 민족국가가 부재했던 시공간이다. 이러한 민족(국가)적 훼손(부재)의 시공간으로서의 식민지가 한편으로 그것의 시원으로 신성화되는 동시에, 훼손을 복원하는 열망을 생산함은 이미 앞에서 살펴본 바와 같다. 하지만, 그것은 항상 중심으로부터의 이탈을 수반하는 것이기도 하다. 그 이탈의 방향으로 먼저 살펴보았던 것은, 제국에 대한 매혹이었다. 이제 그 반대 방향의 이탈로서의 '개인'의 차원에 주목하고자 한다. 양자 모두는 탈−민족의 시공간으로서의 식민지의 재현이 필연적으로 수반할 수밖에 없는 이탈의 방향이라 할 수 있을 것이다.

『청춘극장』에서 식민지는 '기회주의'의 시공간이다. 오창윤은 원래 사회문제에 관심이 많은 인물이 전혀 아니다. "총독부의 산금정책에 순응하여 금광에 손을 댄 것이" "일확천금"으로 이어져 "저도 모르게 장안의 명사가 되고 보니," "신문사의 권유에 못 이겨 몇 마디" 외쳤을 뿐이다(상, 140~141면). 그가 학병지원에 동참할 것을 주장할 수 있는 결정적인 이유는 그에게 딸만 있기 때문이다. 그는 전형적인 기회주의자다. 최달근 역시 비슷한 생각이다. 그가 진심으로 일본제국에 충성하는 것은 아니기 때문이다. 그는 단지 출세하기를 원할 뿐이며, 이는 상황이 달라진다면 얼마든지 충성의 대상을 바꿀 준비가 되어있음을 의미한다.[40]

화자는 의외로 오창윤과 최달근에 대해서 호의적이다. 화자의 논리에 따랐을 때, 이들은 진정으로 일본에 충성하지 않았기 때문에 면죄부를 얻을 수 있다. 차라리 기회주의자가 나은 것이다. 이처럼 민족(국가)적 훼손(부재)의 식민지 시공간은 어떤 개인적 욕망의 추구의 차원에 대해 호의적인 경향을 가진다. 이는 민족(국가)적 훼손(부재)의 시공간으로서 식민지가 한편으로는 복원과 건설의 열망을 환기함으로써 민족국가의 정당성을 재확인해 주기도 하지만, 한편으로 이는 탈-민족(국가)적 상황을 상상해 볼 수 있는 기회를 제공해 주기도 함을 의미한다. 그렇다면 민족(국가)이 그것의 정당성을 강화하기 위해 식민지 시대로 회귀하는 것은 항상 그것에 대한 전도의 위험을 감수해야 하는 일일 것이다.

'국가의 지배에 대한 거부'라는 차원에서 그들의 기회주의는 백

---

40 소설의 후반부에 그는 일본인 아내에게 싫증을 내면서 분이에게 관심을 돌린다. 그리고 다음과 같이 말한다. "게다짝 냄새에는 이제 구역이나!" "하얀 버선에다 흰 고무신을 신은 발 모양만 보아도 끝없는 향수를 느끼곤 해." 그에게 민족이나 국가는 별로 중요한 것이 아니다(하, 215면).

영민의 학병에 대한 태도와도 맞닿아 있다. 『청춘극장』 전체를 통틀어 보았을 때, 백영민이 가장 강력하게 분노하는 대상은 학병지원제이다. 현해탄을 건널 때 당한 치욕에도 그는 그렇게까지 강하게 반응하지는 않았다. "어째서 내가 일본제국을 위해서 죽지 않으면 안된다는 말이냐" 철학을 공부한 사람으로서 백영민은 "내 발로 내 자신의 의사로 내 스스로가 걸어 나가고 싶다. 그러려면 나는 어떠한 일이 있어도 죽음의 가치를, 죽음의 의의를 발견하여야 한다"고 생각한다(상, 175면).

　물론 백영민의 '일본을 위해 죽을 수는 없다'는 말에는 조선을 위해서는 죽을 수 있음이 함축되어 있다. 그러나 부재하는 정치적 공동체인 조선을 위한 죽음에 이르기까지의 현실적 거리는 상당하다. 바로 양자 사이의 간극, 자신이 속한 국가를 부정하는 동시에 자신이 속해야 할 국가에는 이르지 못하는 틈새에 개인을 위한 자리가 마련된다. 비록 그 공간이 좁고, 불안정하며, 모순적이지만 이는 분명히 실재한다. 그래서 백영민에게 가장 큰 문제가 되는 것은 그것이 '조선을 위한 죽음이 아니라는 점'이 아니라, '스스로 선택하지 않은 죽음이라는 점'이다. 영민은 독재의 무서움에 치를 떨며, "국가는 쓰러지고 민족은 멸망하여도 인류는 영원히 존재할 것입니다"라고 외친다(상, 320면).

　탈－민족(국가)적의 상상력의 이러한 틈새가 더 크게 벌어지는 곳은 대륙이다. 식민지배자의 국가적 권력이 약화된 대륙이라는 공간은 개인적인 욕망을 추구할 여지를 더 크게 남겨두기 때문이다. 『청춘극장』은 물론, 1960~70년대의 액션영화가 구축하는 대륙은 민족(국가)의 복원과 건설의 차원보다는 강력한 남성 주인공의 욕망의 성취로 채워진다. 법 제정을 둘러싼 투쟁의 공간에서, 개인의 욕망은 법 이전의 원초적 자유를 누리는 것이다.

〈소만국경〉에서 권춘조는 동지들의 오해를 사고 그들에게 쫓기는 몸이다. 그의 진심은 계속에서 미스터리로 남겨지며, 따라서 서사가 진행되는 과정에서 그가 행하는 것들이 민족적인 것인지 알기 어렵다. 그럼에도 관객들은 그에게 매료될 수밖에 없는데 이는 그가 매우 강력한 남성이기 때문이다. 물론 서사의 끝에 이르면 그의 모든 행동이 민족을 위한 것이었음이 밝혀진다. 이로써 민족의 훼손을 극복하고, 민족국가를 건설하고자 하는 식민지의 민족영웅이 된다. 그렇지만 여기에서 간과하지 않아야 할 것은 압도적으로 스크린을 지배하며 관객을 몰입하게 했던 그의 무법적인 행동들이다. 그의 민족주의적 진정성을 알려주는 것을 끝까지 미루었던 것은 바로 그의 개인적 욕망의 원초적 자유를 위한 간극을 만들어주기 위해서였을 것이다.

〈쇠사슬을 끊어라〉(1971)에서 서사의 주된 논리는 보물을 독립운동 자금을 대기 위해서 반드시 찾아야 한다는 것이다. 그러나 심층에서 이 영화는 결코 민족주의적이지 않다. 이 영화를 압도하는 것은 남성 무법자들의 사적인 이익의 추구이며, 이를 위한 유희로서의 폭력들이다. 그 속에서 민족은 사실상 사라지고 없다. 심지어 그 속에서는 일본군 장교조차 단지 한명의 무법자일 뿐이다. 이 영화는 민족을 핑계로 탈−민족의 상상력을 펼치고 있다. 〈쇠사슬을 끊어라〉가 일본인을 단지 한 명의 개인으로 그리고 있는 대목은 『청춘극장』에서 유일하게 중요한 비중을 부여받는 일본인인 야마모도와 나미에 커플의 이미지와 맞닿는다.

현해탄을 건너는 배 안에서 만난 과거의 국수주의자 선생 야마모도는 모던보이이자 기회주의자가 되어 있다. 그는 자신이 원래 그랬으며, '황국신민'은 단지 '가면'일 뿐이었다고 말한다. 동경에 도착하자

야마모도는 황궁을 살아있는 귀신이 사는 곳이라 말하며, 천황제를 현대의 동화로 비웃기까지 한다(상, 212면). 나미에 또한 마찬가지이다. 나미에는 북경의 조무장 용궁에서 국가와 개인사이의 심각한 갈등에 사로잡힌다. 물론 나미에는 '격렬한 전률'과 함께 조국애를 인식하고 '야마토 나데시코'로서의 자신을 되찾기는 하지만, 그가 동백꽃, 장미꽃, 패랭이꽃을 오가며 민족적(국가적) 정체성의 혼란을 느끼는 것이 매우 박진감 있게 묘사되고 있음을 간과해서는 안 될 것이다. 이러한 일본인의 이미지 또한 식민지를 탈ー민족적 공간으로 보고자 하는 시선의 징후이다.

민족국가의 관점에서 식민지 시대는 법 제정을 위협하는 전쟁과 내란의 위협에 대한 그것의 폭력성을 정당화하기 위해 소환되었다. 하지만 이는 동시에 민족국가의 현재를 부정하는 개인적인 이탈의 욕망, 더 나아가서는 새로운 법제정에 대한, 즉 내란에 대한 욕망의 장 또한 함께 열어놓았다고 보아야 할 것이다. 그곳에는 민족(국가)의 힘이 미치지 않는 자유가 있다. 물론 그것의 존재는 오직 징후를 통해서 확인할 수 있겠지만.

4) 민족과 우울증

액션영화의 결말은 언제나 우울하다. 〈소만국경〉에서 권춘조는 영웅적 실천 끝에 죽음을 당한다. 김두한은 야쿠자를 제압한 뒤 일경에게 체포된다. 야쿠자 두목을 때려죽이고 상해를 떠나는 시라소니의 뒷모습은 쓸쓸하기 그지없다. 그의 손에는 야쿠자에게 죽음당한 아내의 유해가 담겨 있다. 〈황야의 독수리〉에서 훈도는 힘들게 만난 친아버지와 함께 하지 못한 채 죽어간다. 가장 중요한 서사의 관심사이던 일제와의 대결에서 승리했는데 대체 왜 이렇게 우울한 것일까?

『청춘극장』의 후반부는 백영민의 눈물로 점철된다. 백영민은 자신이 이등변 삼각형의 꼭지점에 위치한 것을 깨닫는다. 허운옥와 눈물의 하룻밤을 보내면서 허운옥이 원래부터 오유경과 같은 거리에 있었음을 알게 되는 것이다. 그리고는 허운옥과 오유경의 사이에서 어느 쪽도 선택하지 못한 채 괴로워하기 시작한다. 그 결과 이 민족주의적인 작품은 놀랍게도 해방의 흥분이 조선을 휩싸고 있는 바로 그 순간에 절망하며 죽어가는 주인공의 모습으로 마무리된다.

『청춘극장』과 여러 액션영화들 각각에 있어서 그 결말의 우울함은 서로 다른 이유를 가진다. 하지만, 이 모두에게서 우울함이 공통적으로 나타나고 있음은, 그 개별적인 차원과는 구별되는 공통의 이유가 있음을 짐작케 한다. 그 개별적인 차원의 이유들은 공통의 이유의 대체물이기도 한 것이다. 그렇다면 그 이유가 대체 무엇인지 밝힐 필요가 있다. 사실『청춘극장』은 그것의 이유를 매우 명료하게 보여주는 사례이다.

『청춘극장』에서 백영민이 처한 사정은 표면적으로는 참으로 기구한 연애상의 문제이다. 그러나 여기에는 은유적 의미가 있다. 누차 언급했던 바와 같이, 허운옥은 명시적으로 조선을 표상한다. 이것이 분명하게 드러나는 장면은 허운옥이 야학을 졸업하는 날일 것이다. 그는 결혼불가의 선언을 듣고 난 뒤의 절망을 눈물을 흘리며 '애국가'를 부르는 것으로 표현한다. 이는 그의 아버지인 허상진이 정말 힘든 일이 있을 때 애국가를 부르라고 했던 것을 충실히 따른 결과다. 허운옥에게 있어서 사적인 것으로서의 개인적 차원과 공적인 것으로서의 민족적인 차원은 서로 잘 구별되지 않는다. 비평도 그 논리를 따라 갈 필요가 있다.

그렇다면 오유경이 의미하는 바가 무엇인지도 짐작할 수 있다. 그는 친일파의 딸이며, 백영민과는 동경과 아타미의 추억을 공유한다. 물론 이것이 그가 일본을 상징하는 것이라고 말할 수 있는 근거는 아니다. 하지만 분명한 것은 오유경은 허운옥으로부터의 일탈을 의미한다는 사실이다. 즉 이들의 삼각관계는 사적인 것인 동시에 공적인 것이다. 그리고 이러한 삼각관계는 그들에게만 국한되지 않는다.

백영민, 장일수, 김준혁은 물론 시아버지 백봉학까지 모든 남자들이 허운옥을 끔찍이 여긴다. 하지만 동시에 허운옥은 모두에게 지독한 근심거리이기도 하다. 모두가 허운옥에 대해서 죄책감을 느낀다. 그리고 각자에게는 허운옥과 대립하는 다른 무엇이 있다. 백영민에게는 오유경이, 김준혁에게는 오유경과 영주가, 장일수에게는 나미에가, 백봉학에게는 손자인 금동이가 있다. 아마도 그들은 모두 허운옥만 없었더라도 자신의 파트너와 함께 행복했을 것이다.

그렇다면, 『청춘극장』의 남성들이 겪는 우울증은 운옥 혹은 민족 때문에 잃어야 했던 것에 기인한다. 민족이란 이런 것이다. 그것은 지독한 억압의 원천인 것이다. 이제 『청춘극장』의 결말이 왜 그토록 우울한지 알 수 있겠다. 그것은 민족이라는 이름으로 엄청나게 많은 것들을 희생해야 할 순간―해방의 순간이 도래하고 있기 때문이다. 그렇다면 액션영화의 우울증도 마찬가지로 민족과 결부된 것이라고 할 수 있을 것이다. 물론 여러 액션영화들의 우울증의 원인은 서로 다른 것이지만, 그것은 민족과 국가 때문에 잃어버린 무엇이라는 점에서는 공통적이다.

5. 맺음말

식민지의 시공간에 대한 재현은 계속된다. 그것은 여전히 민족주의적 실천의 재현을 통해 친일의 기억을 삭제하고, 과거의 무능함을 환기함으로써 민족의 의지를 담금질하게 만들며, 원초적인 민족적 투쟁이 이루어지는 자랑스러운 민족국가의 창세기를 구성한다. 최근 식민지를 다룬 일련의 문화사 대중서들이나, 식민지기를 다루는 일련의 영화들은 식민지의 시공간이 민족적인 대립만을 중심으로 구축된 것은 아니었음을 보여주기도 한다. 그러나 이것이 식민지기에 대한 대중의 관점을 근본적으로 전환하는 데 성공하고 있는 것 같지는 않다. 그건 민족국가가 계속 유지되는 한 결코 쉽지 않은 일이다. 일본과의 국가대표 축구나 야구경기가 앞으로도 계속 대부분의 한국인들을 흥분시킬 것과 같은 이치다.

그러나 비평이 이러한 지배 이데올로기의 반복적인 관철에만 주목한다면 이는 일면만을 보는 것이 될 것이다. 지배 이데올로기에 연루된 것으로서의 지배적 재현의 상상력은 항상 그것을 근원적으로 훼손할 수 있는 의미와 감정들 또한 대상으로 한다. 그것을 특정한 이데올로기적 방향으로 코드화하는 것이 바로 지배적 재현의 작동방식이다. 따라서 이는 항상 실패를 수반하며, 코드화되지 않은 잔여물을 남긴다. 그러므로 그것을 읽는 것이야말로, 지배 이데올로기에 투항한 듯 보이는 대중적 재현물들에 대한 비평이 수행해야 하는 작업의 중요한 부분이다. 또한 그 실패의 잔여물은 징후적으로만 독해될 수 있는 것일 터, 징후를 통해 원래의 의미를 복원하는 것은 대중적 재현에 대한 비평이 익혀야 하는 주요 기술일 것이다.

　정치가 부재하는 경제의 시대로서의 오늘날, 민족주의는 거의 유일하게 작동하는 정치담론인 것으로 보인다. 이에 대해 비판의 잣대만을 들이댄다면, 그것은 일면만을 보는 것이 되며, 무책임한 엘리트주의적 우월감을 드러내는 것에 불과할 것이다. 대중의 민족주의적 열망 속에서 민족주의가 코드화하지 못한 잔여들을 발견해내고, 민족주의의 뒤에 기생하는 전복적인 열망을 읽어내는 것이야말로 진정한 비평가의 임무이다. 『청춘극장』과 액션영화에 대한 이 글은 그러한 시도의 일환으로 쓰인 것이다.

　마지막으로 이 글이 시종일관 배제하고 있었던 『청춘극장』의 작가 김내성의 차원에 대해서 몇 마디 덧붙이고자 한다. 해방 전의 탐정물에 있어서나, 전후의 연애물에 있어서나 김내성의 관심은 '집단'보다는 '개인' 쪽으로 기운다. 탐정물이 개인적 능력으로서의 과학적 이성에 매료된다면, 연애물의 사랑은 개인적 자유이자 윤리이다. 이처럼 그의 소설에서 집단은 개인 다음에 위치한다. 그렇다면 『청춘극장』은 분명 독특한 위치를 가진다. 여기에는 아마도 해방과 건국이라는 민족사적 전환의 시대적 배경이 변수가 되었을 것이다.

　개인주의자 김내성 또한 강렬한 민족사적 전환의 순간에 개인의 위치를 고수하기란 쉽지 않았던 것이다. 당대 사회의 일원으로서 그는 분명 어떤 민족적인 고양감에 사로잡혔을 것이며, 작가로서 시대를 증언하며 또 논평하고 싶었을 것이다. 그 결과물이 바로 『청춘극장』인 것으로 보인다. 개인주의자의 민족주의적 흥분은 개인, 민족, 제국, 그리고 그것의 역사에 대해 각종 모순되는 내용들을 동시에 담고 있는 작품의 생산으로 이어졌다. 그것이 이 작품을 매우 다성적인 것으로 만들었다. 『청춘극장』은 심층을 드러내는 균열의 상처를 이후의 어떤 후예들보다 크게 벌려 보여준다. 그리고 이는 매우 풍부한 비평의 가능성을 제공했다.

이후 김내성은 민족주의적 태도를 더 이상 보여주지 않는다. 그는 개인적인 욕망의 실현인 동시에, 개인적 욕망을 스스로 제어하는 윤리적 실천으로서 '사랑'에 매료된다. 그것은 수단방법을 가리지 않고 자신의 이익을 추구하는 방종으로서의 '자유'의 시대인 1950년대에 대한 그의 논평이었다. 이는 타인의 자유를 해치지 않는 한도 내에서 자신의 자유를 허락하는 자유주의적 입법의 태도를 보여준 것에 다름 아니었다. 이러한 태도는 결국 해방 이전의 탐정소설에서 그가 보여주었던 이성주의적 태도의 연장선상에 있다. 탐정소설이 이성주의적 인식론의 통속적 표현이라면, 그의 연애소설은 이성적인 시민적 윤리학의 통속적 표현일 것이다. 이처럼 격렬한 흥분과 혼란의 시기를 거치면서 『청춘극장』이라는 괴물을 써낸 뒤, 그는 다시 원래의 자리로 되돌아갔다.

참고문헌

1. 기본자료

김내성, 『청춘극장-한국장편문학대계』 제16~18권, 성음사, 1970.

2. 논문과 단행본

권명아, 『역사적 파시즘-제국의 판타지와 젠더정치』, 책세상, 2005.

김복순, 「해방 후 대중소설의 서사 방식(상)」, 『인문과학 연구 논총』 19, 1999.

김소영, 「콘택트 존들로서의 장르: 홍콩 액션과 한국 활극」, 『한국영화의 미학과 역사적 상상력』, 소도, 2006.

김영희, 「제1공화국 시기 수용자의 매체 접촉 경향」, 『한국언론학보』 47권 6호, 한국언론학회, 2003.

김윤식·정호웅, 『한국소설사』(개정증보판), 문학동네, 2000.

김 철, 「몰락하는 신생-만주의 꿈과 〈농군〉의 오독」, 『90년대 한국문학의 동향』, 상허학회 편, 깊은샘, 2002.

박유희, 「만주웨스턴 연구」, 『대중서사연구』 20, 대중서사학회, 2008.

박정희, 『우리 민족의 나아갈 길』, 동아출판사, 1962.

박진영, 「연보 및 작품목록」, 『판타스틱』 20, 2009.봄.

윤대석, 「식민지 국민문학론-1940년대 전반기 '국민문학'의 논리와 심리」, 『근대를 다시 읽는다 1』, 역사비평사, 2006.

이봉범, 「해방공간의 문화사-일상문화의 실연과 그 의미」, 『1945년 8·15 해방의 드라마』, 상허학회 학술대회 자료집, 2008.11.

이영일, 『한국영화전사』(개정판), 소도, 2004.

이영재, 『제국 일본의 조선영화』, 현실문화, 2008.

임종명, 「탈식민 남한, 3·1의 표상과 경쟁, 그리고 설립초기 대한민국」, 『1919년: 동아시아근대의 새로운 전개』, 성균관대 동아시아학술원 국제학술회의 자료집, 2009.2.

장세진, 「해방기 공간 상상력의 전이와 '태평양'의 문화정치학」, 『1945년 8·15 해방의 드라마』, 상허학회 학술대회 자료집, 2008.11.

정세영, 「김내성 소설론」, 동국대 석사논문, 1991.

정혜영, 「방첩소설 「매국노」와 식민지 탐정문학의 운명」, 『한국현대문학연구』 24, 한국현

　　대문학회, 2008.

고모리 요이치, 송태욱 역, 『포스트콜로니얼』, 삼인, 2002.

미르치아 엘리아데, 강응섭 역, 『신화, 꿈, 신비』, 숲, 2006.

수잔 벅 모스, 윤일성 · 김주영 역, 『꿈의 세계와 파국 ─ 대중 유토피아의 소멸』, 경성대 출
　　판부, 2008.

에른스트 르낭, 신행선 역, 『민족이란 무엇인가』, 책세상, 2004.

지그문트 프로이트, 윤회기 역, 「슬픔과 우울증」, 『정신분석학의 기본개념』, 열린책들, 2003.

토마스 샤츠, 한창호 · 허문영 역, 『할리우드 장르의 구조』, 한나래, 1995.

프래신짓트 두아라, 한석정 역, 『주권과 순수성 ─ 만주국과 동아시아적 근대』, 나남출판사,
　　2008.

김내성 연애소설과 전후의 망탈리테

| 고선희 |

1. 김내성의 변모—탐정소설가에서 연애소설가로

등단 후 십년 이상 탐정소설가로 정상의 자리를 지켜온 김내성은 왜 연애소설 작가로 변신하게 되었을까? 해방 후 특히 한국전쟁 직후 김내성이 연애소설가로 변신했다는 사실은, 단지 한 작가의 사적인 변모 이상의 사회문화사적 함의를 지닌다. 그의 변신이 8·15 해방과 6·25 전쟁이라는 현대사의 결정적 시기에 거쳐 이루어졌다는 사실, 그리고 1950년대 중반 대중소설사에서 그가 차지하는 위치는 결코 무시할 수 없는 것이기 때문이다.[1] 주지하다시피 대중작가의 작품은 당대 대중의 정서와 취향, 나아가 가치관·세계관 등과 매우 밀접한 관련 하에 창작되고 수용된다. 김내성은 스스로도 언급했듯 대중작가다. 1947년 경향신문에 밝힌 바와 같이 그는 '문학을 위한 문학이 아닌 대중을 위한 문학', 대중 추수적인 문학이 아니라 대중과 함께 발전해가는 문학[2]을 지속적으로 추구해왔다. 그러므로 김내성이 선택한 변화는 김내성 개인의 선택만이 아닌, 시대적 변화에 따른 당대 대중의 의식과 감각의 변화와 깊은 관련이 있다고 봐야 할 것이다.

그의 변신은 해방 이후 중산층의 현실적 삶을 묘사한 일련의 단편소설들을 통해 이미 시작되고 있었다. 1949년 연재를 시작해 1950년 전쟁 중에 완성한 장편 5부작 『청춘극장』의 후기에서 그는, '인간성의 탐구'라는 문학 본연의 요소를 추리소설이 감당하기엔 한계가 있다고 밝혔으며[3] 1952년 피난지 부산에서 쓴 『인생화보』에서는 탐정소설적 요소보다 세태소설적이며 연애소설적인 면모를 보다 강화하게 된다. 그리고 1954년 『애인』에 이르러서는 연애소설의 완결된 형태를 선보였다.

요컨대 그는 전쟁과 피난의 체험을 통해 그 어느 때보다 독자 대중과의 소통에 대해 진지하게 의식하고 있었던 것으로 보인다. 물론 그것이 곧 연애소설로의 전환 이유였다고만은 말할 수 없겠지만, 전쟁으

1　1950년대 본격문학은 '대중들의 욕구를 만족시키지 못한 것'으로 고등교육을 받은 학생들도 '모더니즘 시의 난해함이나 실존주의 계열의 소설에 대한 불만을 토로하고' 있었으며 '당대문단에서는 독자와 문학의 괴리라는 간극을 뛰어넘을 수 있는 방법을 찾으려 고심'하는 상황 속에서, '김래성, 정비석, 김광주 등의 신문소설은 독자들의 뜨거운 호응을 받았'다고 평가되고 있다. 장민지, 「김래성의 『애인』 『실락원의 별』 연구」, 『어문론총』 제36호, 경북어문학회, 2002, 125~126면.

2　김내성, 「통속소설과 대중문학」, 『경향신문』, 1948.11.19.

3　김내성, 『청춘극장』, 문성당, 1957. '작품후기'에서 그는 인간의 모순성 곧 '생리와 윤리의 부조화'를 본격적으로 다루고 싶다고 밝히고 있다.

로 인한 인간과 사회의 변모가 그로 하여금 보다 더 현실적인 문제에 천착하게 만들었으며 그것이 전보다 더 대중적인 양식의 작품을 생산하게 된 이유인 것은 분명해 보인다. 1953년 4월 피난지 부산에서 출간된 단행본『인생화보』제1부 '암흑의 장'[4] 서문에서 김내성은, "현대 작가란 현대에 생존하고 있는 작가를 말하는 것이 아니고 현대가 지니고 있는 새로운 모랄과 생리 속에서 가급적 적절한 표현 형식을 모색"할 필요성을 느낀다고 하였다. 탐정제도 자체가 존재하지 않는 우리 사회에서 탐정소설 쓰기는 이미 한계에 부딪혀[5] 있었을 뿐 아니라, 해방 이후 한국 전쟁으로 인한 인간과 사회의 급격한 변화상을 대중 친화적 작가 김내성은 결코 외면할 수 없었음을 밝히고 있는 것이다. 문학사 연구에서 소외되어 온 전후 김내성의 연애소설들은 이러한 의미에서 중요한 사회문화사적 텍스트가 될 수 있다고 생각한다.

사회학자 김동춘은 '한국전쟁기의 피란은 일회적인 사건으로 그치지 않고, 만성적인 정치사회 현상으로 구조화되어 한국 사회를 '피난사회'로 만들었으며, 이는 단순한 개인의 행동에 그치지 않고 이후 휴전 상태하의 모든 구성원의 구조화된 행동으로 확대되었다'[6]고

---

4   『인생화보』는 1부 '암흑의 장' 2부 '투쟁의 장' 3부 '분노의 장'의 3장으로 구성돼 있으며 이 책의 서문은『평화신문』에 연재중인 4월 23일 작성되었다.
5   「태풍」, 「매국노」 등에서 탐정 유불란이 불안정한 캐릭터로, 혹은 역할의 축소로 드러나고 있는 것에서부터 이미 김내성 탐정소설의 한계가 발견된다.
6   김동춘은『전쟁과 사회』개정판(돌베개, 2006, 121면)에서 이렇게 덧붙이고 있다 '피난 사회에서는 모두 떠날 준비를 하고, 모두가 피란지에서 만난 사람처럼 서로를 대하며, 권력자와 민중들 모두 어떤 질서와 규칙 속에 살아가기보다는 당장의 이익 추구와 목숨 보존에 여념이 없다. 버스에 먼저 타기 위해 밀치면서 다투고, 차를 앞질러 가기 위해 경적을 요란하게 울려 대며 상대방 차를 향해 상소리를 내뱉는 오늘날 남한 사람들의 행동은 서울발 마지막 열차를 타기 위해 아우성치거나, 1·4후퇴 당시 흥남부두를 떠나는 배를 필사적으로 매달리던 50년 전 피란민들의 행동과 과연 얼마나 다를까?'

말한다. '한국전쟁기의 국가와 국민의 관계, 그리고 민중들의 위기 극복을 위한 행동방식 등은 모두 오늘날 일종의 피난사회인 한국 사회의 기원을 이루고 있다'는 것이다.[7] 한국전쟁을 지나간 '역사'가 아니라 '현재진행형인 사건'으로 보고, 전쟁을 계기로 형성된 사회문화 구조 및 가치체계가 오늘날까지 지속되는 '지배질서'[8]를 이루고 있다는 시각은 결코 새로운 것이 아니다. 그런데 이러한 견해들이 주로 기록된 역사와 관 주도 하의 통계, 주류신문의 기사 및 개인적 기억의 재구성 등을 통해 논증되거나, 아예 구체적 논거도 없이 상식적·심정적 차원에서 논의되어 왔다는 점에 대해서는 아쉬움이 크다. 주류 매체의 기록과 기억의 성긴 그물로는 모두 건져 올릴 수 없는 무수한 잉여의 요소들, 특히 당대인의 실제적 삶과 정서는 그러한 자료의 분석을 통해서는 온전히 드러나지 못할 것이기 때문이다.

대중소설 연구가 대중과의 소통이라는 문제를 외면한 채 이루어질 수 없다고 볼 때, 대중소설의 텍스트를 그 작품의 생산을 가능케 한 콘텍스트와 함께 읽어내는 역사학적 방법론은 필수적인 것이며, 그러한 관점에서 볼 때 역사학의 '망탈리테' 개념은 적극 참조해 볼 만하다. 당대적 삶의 실체, 당대감각은 일정하게 정의하거나 분석 가능하게 구조화하여 제시하기 힘든 복합성과 모호성을 지닌다. 이렇게 모호하지만 유의미한 특정 사회 집단의 의식 / 무의식적인 가치관, 개

---

7 김동춘 외에도 여러 학자들에 같은 견해를 제시한 바 있다. 최봉영(『한국문화의 성격』, 사계절, 1997), 한원영(『한국현대신문연재소설연구』 하, 국학자료원, 1999) 등을 참조할 수 있다.

8 우리는 한국전쟁을 지나간 '역사'가 아니라 '현재진행형인 사건'으로, 그리고 1950년 이후에도 지속되는 '지배질서'로 재조명할 수 있을 것이다. 김동춘, 『전쟁과 사회』 개정판, 2006, 121~122면.

념, 태도, 취향 등이 역사학에서는 '망탈리테'라는 개념으로 논해진 바 있다.[9] 그러한 의미의 망탈리테가 가장 자연스럽게 담지 되어 있는 텍스트 중 하나가 바로 대중소설이다. 그렇기 때문에 대중소설은 작가론이나 작품론 자체에 치중하기보다 당대의 망탈리테를 담지하고 있는 역사적 텍스트로 보아야 한다. 대중소설이야말로 당대 사회 구조와 가치 체계를 가장 자연스럽게 담아내고 있는 텍스트이기 때문이다. 전후 김내성의 장편 연애소설들은 모두 신문 연재소설의 형식으로 독자를 만나고 있었으며 추후 단행본과 영화로 만들어져 지속적인 사랑을 받았다. 50년대 대중매체의 폭발적 증가와 본격적인 대중사회 개막이 김내성의 연애소설 창작을 부추기는 만만찮은 동력이 되고 있었고, 그러한 대중의 정서와 취향, 나아가 세계관·인생관 등을 적극 반영한 가장 대중적인 장르가 바로 연애소설이었던 것으로 보인다.

이제까지 김내성 연구는 탐정소설에 치중되어왔지만, 본고에서는 바로 이러한 시각에서 한국전쟁 발발 이후의 연애소설들에 주목해보고자 한다. 텍스트 생산 조건으로서의 전후 한국 사회의 망탈리테

---

9   프랑스 아날학파의 루시앙 페브르가 제안한 역사학의 용어로 흔히 '집단 심성'으로 번역되며, 오랜 세월에 거쳐 사회구성원의 의식 / 무의식에 자리하고 있는 의식과 감각 등의 복합체를 의미한다. 페브르는 물질문화사 혹은 물질문명사와는 구분되는 정신사 탐구를 위해 즉 과거의 문화를 해석하고 재구성하는 역사탐구방식으로 '망탈리테 (mentalite)'라는 용어를 개념화하였다. 망탈리테 연구의 시각에서는 개인적 태도보다는 집단적 태도를 강조하며 명시적 이론보다는 암묵적 가정들, 즉 '상식' 혹은 특정 사회에서 공통된 생각으로 간주되는 것에 주목한다. 관성적이며 불명료하고 무의식적인 요소들을 포함하는 이러한 '집단 심성'을 포착하고자 하는 이러한 작업은 사실상 매우 모호한 작업이다. 그러나 대중의 집합적 세계관과 감성이란 애당초 일목요연하게 구조화할 수 없다는 점에서, '망탈리테'야말로 가장 그 실체에 가까이 다가갈 수 있는 개념일 수 있다고 생각된다. 김응종(『아날학파의 역사세계』, 아르케, 2001), 조한욱(『문화로 보면 역사가 달라진다』, 책세상, 2000), 피터 버크(조한욱 역, 『문화사란 무엇인가』, 길, 2005) 등 참조

에 주목해 볼 때, 한국전쟁 이후 현재까지 우리의 삶을 의식 / 무의식적으로 지배하고 있는 사회문화적 가치체계들에 대해 좀 더 깊이 이해해 볼 수 있을 것이다.

2. 1950년대 대중사회와 김내성 연애소설

김내성이 본격적으로 연애소설을 선보이기 시작한 건 1952년 장편 『인생화보』에서부터였다. 그러나 이 작품은 연애소설의 요소로 흔히 거론되는 '사랑의 본질 추구'를 전면화하고 있지는 않으며, '사회적 관습으로서의 연애와 결혼의 양상'을 드러내는 데 초점을 맞추고 있지도 않다. 그보다는 오히려 전쟁으로 인해 피폐해진 인간의 내면과 폐허에서의 치열한 삶의 양상을 현실적으로 묘사하고 있는 세태소설적 면모가 두드러진다. 피난길에서 집안의 전 재산이 든 가방을 잃은 후 양공주 일도 마다하며 거칠게 살아가고 있는 이애림과 지식인 소설가 신형우의 뒤엉킨 인연을 중심으로, 피난지 부산에서의 인간 군상이 파노라마처럼 펼쳐지고 있다. 이 소설을 통해 김내성은 전쟁으로 인해 급변한 당대인의 가치관과 세계관, 인생관을 정면으로 다루고 있는 것이다. 그러나 1954년 작 『애인』에서는 전쟁의 흔적을 빠르게 제거한 채, 영원한 사랑의 본질을 추구하는 본격 연애소설의 면모를 드러내고 있으며, 1957년 『실낙원의 별』에 이르러서는 제도로서의 결혼과 가족의 문제를 다루는 가운데 인간 애욕을 결코 부정적이지만은 않은 시선으로 바라보고 있다.

1957년 갑작스런 사망으로 인해 중단되기까지 이어진 김내성의 길지 않은 연애소설가로서의 행보는, 이러한 작품들의 내적 변화를 통해서도 짐작해 볼 수 있듯이, 전후 대중사회의 변천과 밀접한 관련이 있을 것으로 짐작된다. 정비석, 방인근, 박계주, 김광주 등과 함께 1950년대의 대표적 대중소설가로 손꼽히는 김내성[10]은 『인생화보』에서 『실낙원의 별』에 이르는 전후의 장편소설을 모두 신문 연재의 형식으로 발표했으며, 모두 남녀의 사랑이야기를 모티프로 하는 연애소설이었다. 따라서 그의 작품들은 1950년대 한국 사회의 대중화와 그에 따른 대중문화의 급격한 발달이라는 시대상과 관련하여 살펴볼 필요가 있다.

전후의 폐허 속에서도 대중매체가 폭발적으로 증가한 것이 1950년대 우리 사회의 두드러진 특징 중 하나이며 그만큼 대중문화의 양적인 성장도 급격히 이루어지고 있었다. 1954년 8월 현재 공보처에 등록된 정기간행물의 숫자는 일간신문 56, 주간신문 124, 월간지 177, 기타(격일간, 순간, 계간) 54 등 총 411개였으며, 잡지의 경우 지식인을 주 독자층으로 하는 『사상계』와 『신천지』 같은 시사종합지뿐 아니라, 학생교양지 『학원』, 종합대중지 『신태양』, 대중오락지 『야담』 등이 존재했고, 50년대 중반에는 대중오락지 『아리랑』과 여성교양지 『여원』이 창간되는 등 다양한 계층을 소구 대상으로 하는 대중매체가 연이어 등장하고 있었다. 대중 매체의 양적 증가가 곧바로 질적인 발전으로 이어진다고 보기는 어렵지만, 분명한 것은 대중문화의 생산과

---

10   이정옥, 「대중문학과 독자」, 『대중서사연구』 제10집, 2003, 15면.

수용의 소통체계가 폭넓게 형성되어 가고 있었다는 사실이다. 전후의 극심한 빈곤과 사회 혼란에도 불구하고 대중적 소통체계를 통해 전후의 한국 사회는 근대적 대중사회로 빠르게 진입해가고 있었던 것이다.

신문연재소설은 그러한 시대상을 반영한 대표적인 대중 텍스트였다. 1954년 정비석의 『자유부인』이 그 기폭제였다. 당시 서울신문 발행부수는 6만 3천부였는데, 정비석의 『자유부인』을 연재하는 동안에 서울신문의 부수가 기하급수적으로 불어나다가 연재가 종결됨과 동시에 5만 2천부 이상이 일시에 격감[11]되었다고 한다. 신문연재소설의 인기가 신문의 판매량에 결정적인 역할을 하고 있었던 것이다.[12] 물론 우리 문학사에서 대중의 로망을 충족시키는 '대중소설'이 폭발적 인기를 끈 것은 1930년대였다. 그러나 '소설 독자들의 취향의 차별화가 곧 대중소설 내적 형식의 차별화와 맞물리는 경향은 1950년대에 들어서 보다 뚜렷해졌'으며, 이러한 현상은 '신문연재소설이 잇달아 영화로 상영되고 '신문연재 → 단행본 → 영화화'의 상업적 경로를 통해 더욱 활성화'[13] 되면서 대중문화의 폭발적 성장이 이루어지고 있

---

11 최영석, 「1950년대 한국신문의 구조적 성격에 관한 연구」, 연세대 석사논문, 1989, 41면.
12 한원영, 『한국현대 신문연재소설 연구 상』, 국학자료원, 1999, 61~62면
    1954년 10월말 현재 일간지의 총 발행부수는 50만부였으며 150만 인구를 가진 서울에서 발행되는 중앙지의 발행 부수는 『동아일보』 8만부, 『서울신문』 6만3천부, 『조선일보』 6만 부, 『경향신문』 4만3천부『한국일보』 3만8천 부 등이었다.
    강준만에 따르면 이는 당시의 경제 사정에 비추어 볼 때 10만 부는 넘어야 안정적인 경영이 가능한 정도였는데, 서울 소재 14개의 일간신문 가운데 발행부수가 10만을 넘는 신문은 하나도 없는 실정이었다. 강준만, 『한국현대사 산책, 1950년대편 2』, 인물과사상사, 2004, 216면.
13 또한 1930년대와는 달리 대중소설을 질적으로 저급한 문학으로 보지 않고 독자의 대중성에 초점을 둔다는 점과 '통속소설'이란 용어보다 '대중소설'이란 용어를 일반적으로 사용하게 되었다. 이정옥, 앞의 글, 15~16면 참조.

었던 것이다. 신문소설은 시작부터 미리 영화화 될 것을 예상하고 쓰이는 경우가 많았던 것으로 보이는데,[14] 김내성의 소설도 예외는 아니었다. 이 시기 김내성의 소설은 연재가 끝나기 무섭게 단행본으로 출간되고 영화로 제작돼 대중의 사랑을 받았다. 1956년 6월 『경향신문』은 "현대인의 생활감정을 예리하게 분석하고 있는 이 작품의 전형적인 인간상들이 …… 생생하게 묘사될 것인 바……"[15]라며 소설 『애인』의 영화화에 기대감을 표했으며, 이듬해 6월의 기사에서는 김내성 원작의 영화 『애인』이 『자유부인』 등과 함께 관객 동원에도 성공한 것을 언급하고 있다.[16] 김내성 연애소설은 당대 대중문화의 킬러 콘텐츠 중 하나였으며, 그만큼 대중과의 소통이 효과적으로 이루어지고 있었음을 짐작할 수 있다.

당시의 미디어 환경과 대중 독자에 대한 김내성의 인식은, 동시대의 대표적 작가로 어깨를 나란히 한 정비석과의 비교에서 보다 선명히 드러난다. '신문연재 소설의 특성상 대중적 통속성은 불가피하다'[17]면

---

14 "영화 1본 제작에 평균 3천만환은 들게 되는 셈인데, 전 제작비의 약 8할을 간접비가 점하게 된다는 것이 큰 애로의 하나라고 한다. 또한 신문연재물을 영화화 한다는 것-신문독자의 수를 미리 계산한다는 경향의 사정이 엿보인다." 「전반적 재검토가 요망되는 국산 영화계의 현황」, 『동아일보사』, 1957.6.28.

15 "본지에 9개월에 걸쳐 연재되어 애독자의 절찬을 받은 바 있는 김내성씨 작 『애인』이 영화화되고 있다 …… 현대인의 생활감정을 예리하게 분석하고 있는 이 작품의 전형적인 인간상들이 …… 생생하게 묘사될 것인 바……" 「신영화 소개, 애인」, 『경향신문』, 1956.6.21.

16 "개봉 후 서울에서 5만 명 동원되면 성공이라고 한다. 지금까지 소위 '수지가 맞았다'고 항산에 들리던 영화가 허다한데, 막상 이득을 본 영화를 추려보자면 『춘향전』 『자유부인』 『애인』 『처녀별』 『사랑』 등제 작품 정도인 듯하다. ……『자유부인』은 서울에서 14만 관객을 동원했다고 하는데 ……" 「전반적 재검토가 요망되는 국산 영화계의 현황」, 『동아일보』, 1957.6.28.

17 "근본적인 원인은 소설을 감상하는 독자 대중의 문학적 수준이 서양보다 저열한 때문이리라 믿지만, 다른 하나의 원인은 우리의 장편소설들이 거의 전부가 신문을 토대로 하고 발달한 데 있을 것이다." 정비석, 「통속소설 소고」, 『소설작법』, 민음사, 1975, 179면.

서 '신문 기업주의 요구 조건에도 어느 정도로는 응해야 한다'[18]라고 작품의 상업적 의도를 공공연히 밝히고 있던 정비석과 달리, 김내성은 '한 작품이 지닌 사회적 영향력이 지극히 크다는 사실을 과소평가하여서는 아니 될 것'이며 '평론가 제씨도 신문소설의 새로운 성장과 탈피에 도움이 될 수 있는 성실한 조언을 아끼지 말'[19] 것을 당부했다. 대중을 여전히 계몽적 대상으로 인식하고 있는 한계가 엿보임에도 불구하고, 평론가와 작가가 함께 협력해 신문소설의 수준을 향상시켜 보자 하는 건강한 지향성을 견지하고 있었던 것이다. 이는 김내성이 줄곧 추구해온 성실성과 합리성, 그리고 윤리의식과 일맥상통하는 것이기도 하다.

3. 김내성 연애소설의 근대 자본주의적 욕망

1) 『인생화보』에서의 돈과 육체

한국문학사에서 50년대는 전쟁과 폐허로 요약된다. "6 · 25를 다

---

18 위의 책. '전체 독자가 공통적인 흥미를 가지고 읽게 해야 한다는 사실과, 신문 기업주의 요구 조건에도 어느 정도로는 응해야 한다는 사실 등등이 있으므로, 그 모든 것이 한데 응결되어 하나의 특수한 문학 장르를 이룬 것이 신문소설의 성격.'

19 김내성, 「신문소설의 형식과 그 본질」, 『현대문학』, 1957.2, 62~63면. 이글은 1956년 12월에 작성된 것으로 명시돼 있으며, 『현대문학』은 같은 호에 김동리의 「사반의 십자가」와 황순원의 「내일」이 연재중이었다.

룬 소설 대부분은 전쟁의 압도적 압력에 휩쓸려 한갓 비극적 순간의 포착에 머무르거나 또는 설익은 고발이나 소박한 휴머니즘의 수준에 맴돌았으며, 아니면 이념적 이분법의 틀에 갇혀 경색된 추상적 관념의 세계를 구성하는 데 그친" 것으로 평가되어 왔고,[20] "한국의 전후 문학은 전후 현실의 황폐성과 삶의 고통을 개인의식의 내면으로 끌어들이고 있지만, 이데올로기의 허구성을 정면으로 파헤치지 못한 채 정신적 위축 상태를 벗어나지 못"하고 있었으며, "1950년대 중반을 지나면서부터 전쟁의 충격과 사회적 혼란에서 점차 벗어나 관점과 방법의 균형을 되찾게"[21] 되었다는 것이 일반적 평가다.[22] 이러한 관점에서 보면 김내성의 1952년작 『인생화보』는 '전후 현실의 황폐성'을 단순히 기록한 것이거나 '한갓 비극적 순간의 포착에 머무른' 경우에 지나지 않을 수도 있다. 하지만 망탈리테 연구의 시각에서 보자면 매우 주목할 만한 텍스트다. 1952년 전쟁이 채 끝나기 전에 쓰였다는 점, 그리고 피난지 부산에서 신문연재의 형태로 발표되어 동시대인과 소통하고 있었다는 사실에서, 당대인의 집합적 세계관과 감성을 상당 부분 담지하고 있을 것으로 짐작되기 때문이다.

---

20   김윤식 · 정호웅, 『한국현대소설사』, 문학동네, 2000, 354면.

21   권영민, 『한국현대문학사』, 민음사, 2002, 104~105면.

22   "전후파의 등장과 함께 한국 문단은 오늘날과 같은 든든한 뼈대를 갖추기 시작했다"고 보는 김병익의 경우와(김병익, 『한국문단사 1908~1970』, 문학과 지성사, 2001, 281~282 면) "국적불명의 허무 극단주의 문학으로 '모더니즘'과 '실존주의' 문학으로 정신의 공백이 더욱 탈색되어 버렸다"고 보는 박태순의 경우(한수영, 『문학과 현실의 변증법』, 새미, 1997, 359면)처럼 상반된 시각이 존재하는데, 1950년대 전반의 소설 가운데선 손창섭 장용학 등의 실존주의적 경향이, 그리고 1950년대 후반엔 김성한, 선우휘, 최인훈 등의 이데올로기적 갈등이 드러난 작품들이 주목받아왔다.

작품 세계가 다소 가혹한 데가 있을지 모른다. 그것은 명일주의(明日主義)와 금일주의(今日主義)의 대결에서 오는 인생관의 불꽃이기도 하겠지만, 요는 **오늘의 암담한 시대적 현실성**에 있을 것이다. 무대가 흘러간 시대가 아니고 오늘의 현실이기 때문에 필자도 좀 더 **절실감**을 가지고 집필 중이다.[23](강조─인용자)

그 절실감과 현실성은 소설의 도입부에서부터 바로 확인된다. 여주인공 애림은 "양갈보"라고 놀리며 돈을 요구하는 거리의 소년을 쫓아주었을 뿐 아니라, 자신에게 차까지 대접해준 신사의 돈가방을 몰래 훔쳐 달아난다. 하지만 그녀는 결코 죄책감을 느끼지 않는다. 전쟁 전 부유한 가정의 딸로 대학에 다니던 그녀는 피난길에서 집안의 전 재산이 든 가방을 분실한 뒤, 가족을 먹여 살리기 위해 온갖 일을 다 해왔다. '담배장사 빈대떡 장사, 유치원 보모, 국제시장 장사치, 레이션 깡통 장사, 미군부대 타이피스트, 가정교사, 바아의 여급, 유엔군 댄스홀의 댄서 ……'(상, 106면) 등을 전전하면서 그녀의 겉모습은 물론이고 내면까지 빠르게 변질돼 버렸다. "삶을 위하고 번영을 위해서는 인간을 상실해도 좋다"(상, 145면)고 당당히 말할 수도 있는 여자가 되어 있다. 결정적 터닝 포인트는 전쟁 전 결혼을 약속했던 남자가 국제시장 장사치로 나선 그녀를 눈앞에서 외면해 버리는 순간이다.

---

23 이는 1953년 김내성이 이 소설의 첫 출간을 맞아 책머리에 수록했던 글(「나의 창작태도─『인생화보』를 중심으로」, 『인생화보』 상권, 청운사, 1953, 3면)의 요지이다.
『인생화보』는 1950년대에만도 두 차례 걸쳐 출간된 바 있는데, 1953, 54년에 최초로 상권(제1부 '암흑의 장'), 중권(제2부 '투쟁의 장'), 하권(제3부 '분노의 장')이 청운사에서, 그리고 1957년 문성사에서 재출간되었으며, 1964년 진문출판사에서 상·하 2권으로, 1973년 선일문화사에서 다시 상·하 2권으로 출간한 바 있다.
본고에서의 본문 인용은 1964년 진문출판사 판을 기준으로 하였으며, 이하 권수와 면수만을 본문에 표기하기로 한다.

미군부대에서 빼돌린 옷감을 숨기느라 아이 밴 여인처럼 배를 불린 채 서성이고 있는 그녀를, 약혼자는 못 본 척 그냥 지나가 버린다. 그것을 본 애림은 이튿날 아침 약혼반지를 동봉한 마지막 편지를 보낸다. "당신의 약혼자는 1950년 12월 25일 오후 여섯 시에 마포강변에서 동란의 희생이 되어 불귀객이 되었으니 그리 알라."(상, 154면) 그것은 세상을 향한 최후통첩이기도 했다. 그녀는 이제 전쟁 전과는 판이하게 다른 한 사람의 피난민, 먹고 살기 위해 무슨 일이든 할 수 있는 존재가 되어있을 뿐인 것이다.

경제학자 강준만은 우리의 오랜 망탈리테인 '정신주의'와 새로운 망탈리테인 '경제주의'가 한국전쟁기에 극렬히 부딪게 되는데, 이때 자신에게 유리한 선택을 하면서 그것을 합리화하는 '기회주의'가 강화되었다[24]고 말한다. 그가 언급한 '기회주의'란 바로 그 두 개의 상반된 망탈리테가 부딪게 될 때 발휘되는 특유의 유연성, 즉 자기합리화의 기제라고 생각된다. 6·25는 대다수 한국인을 살아남기 위해 자기합리화를 일삼는 경제제일주의형 인간으로 만들었다. 폭격을 피해 목숨만을 건져 피난해오던 그때부터 생존은 무엇보다 중요한 유일한 선택이었으며, 삶의 모든 기반을 잃어버린 피난지에서 생존은 가장 우선적인 목표일 수밖에 없었다. 따라서 이 시기 가장 중요한 것, 모두가 바라는 것, 그래서 모두를 지배한 것은 '돈'이었다. 그리하여 '그전까지만 하여도 강한 비난의 대상이었으며 음성적으로 행해졌던

---

[24] 그는 전후 한국인을 지배하는 망탈리테로 경제주의와 기회주의, 그리고 정신주의를 얘기하고 있다. 특히 경제주의 망탈리테는 전후의 가장 강력한 집단 심성으로 자리했다고 보는데, 그보다 훨씬 오랜 기원을 지닌 '정신주의'와 새롭게 강화된 '경제주의' 이 두 종류의 망탈리테가 한국전쟁기에 극렬히 부딪고 있었다고 분석한다. 강준만, 『역사는 커뮤니케이션이다』, 인물과사상사, 2005, 88~90면.

편법주의 즉 '얌체' '사바사바' '적당주의' '요령주의' '모리배' 등과 같은 권술이 생존을 위한 최후의 수단으로 당당히 선택되었다. 이제 사람들은 예의염치란 불필요한 것이며 삶을 구속하는 방해물이라고 생각하게 되었을 뿐 아니라 '출세를 위해서는 무슨 방법이든 가능하게 되었고, 돈을 벌기 위해서는 어떠한 수단이든 가능하게 되었'[25]던 것이다. 물론 자본주의가 유입되기 시작한 것은 이미 오래 전의 일이고 일제 식민지 시대에도 소비적·향락적 대중문화는 존재했다. 그러나 결정적으로 대다수 사회구성원의 내면에서 물질만능의 경제 제일주의가 정당성을 획득하게 된 것은 한국전쟁을 기해서였으며, 그러한 삶을 당연시하는 자기합리화의 기제가 강력히 발동하기 시작한 것도 바로 이 시기부터였던 것이다.

애림을 비롯한 『인생화보』의 거의 모든 등장인물들에게서 우리는 그러한 망탈리테를 어렵지 않게 발견할 수 있다. 우연히 다시 마주치게 된 돈가방의 주인 형우는 피난지 부산에서 유일하게 애림을 한 인간으로 존중해주는 남자였다. 그녀는 일순 미안해진다. 하지만 그런 감정은 그야말로 한 순간에 지나지 못한다. "마음이 약해지는 건 패배의 징조다! 강한 자만이 현실을 극복하는 것이다. 전쟁에 있어서도 기적은 없다. 강한 자만이 생활을 극복하는 것이다!"(상, 96면) 애림은 그렇게 되된다.

형우의 부친인 신용석 또한 그에 못지않다. 6·25 직전까지 중학교 교장으로 존경받으며 20여 년간 청렴한 교육자의 길을 걸어온 그는, '가난한 마음의 소유자가 곧 행복을 누릴 수 있는 것'(상, 60면)이라

---

25 최봉영, 『한국문화의 성격』, 사계절, 1997, 238~239면.

고 자식들에게도 늘 훈시해왔다. 그러나 전쟁을 겪으며 그의 인생관은 '백팔십도 변화를 일으켰다.' 우연히 주운 돈가방을 놓고 가족회의가 열렸을 때, 가방의 임자를 찾아주자는 장남 형우의 주장에 맞서 그는 이렇게 말한다. "살기 위해서는 돈이 필요하다!"(상, 61면)

형우는 그동안 아버지를 존경해 왔다고 항변해 보지만, 그는 이렇게 반론한다.

> "너의 어머니가 금비녀를 꽂았다 뽑았다 하던 기쁨, 형옥이가 금강석 반지
> 를 꼈다 뺏다 하던 희열, 그것을 보는 순간 나는 아직 한번도 느껴보지 못하던
> 극히 화려한 행복 같은 것을 불현 듯 느꼈어. …… 죽기 전에 한번 선악의 기반
> 에서 벗어나 마음대로 한번 살다 죽고 싶어졌어. 청빈이란 결국 욕망의 포기
> 에서 오는 일종의 무기력을 말하는 것이니까!"
>
> "아버지 언제부터 그런 생각을 하시게 됐습니까?"
>
> "해방 후부터지만 내 생각이 몹시 흔들린 건 이번 육이오부터다."(상, 179
> 면, 강조-인용자)

자신의 인생관은 해방 후부터 변하기 시작했지만 "몹시 흔들린 건 이번 육이오부터"라고 하는 신용석의 말은 매우 의미심장하다. 전통적으로 물질보다는 정신의 고귀함을 숭상해온 한국인이, 물질만능의 경제주의에 급속히 경도되었으며 스스로 그것을 합리화하는 호모 이코노미쿠스적 면모를 전면화하게 되는 것이 바로 한국전쟁기였음을 그는 분명하게 말해주고 있는 것이다.

집안의 막내인 형옥마저도 "경제적 토대 없이 건설되는 결혼은 여성에게 있어서는 영원한 불행이요 영원한 비극일 수밖에 없다"(상,

46면)고 당당히 얘기할 만큼, 가족 다섯 명 중 장남인 형우를 제외한 모든 식구는 삶의 가장 중요한 조건으로 물질경제를 내세우고 있으며 그러한 생각을 당당하게 밝히고 있다. 차남인 형식은 그들 중 가장 자기합리화에 능한 인물이다. 피난길에서 우연히 손에 넣은 재물로 사업을 크게 일으킨 그는 사랑의 감정마저 경제적 가치로 저울질한다. 그는 "애림의 이야기가 무척 교양적인 무게를 가진 것을 발견하자 삼백만원이라는 정가표를 살그머니 떼버리고 오백만원이라는 새로운 정가표를 마음속으로 붙여"본다(상, 54면).

돈 즉 물질의 문제는 필연적으로 육체와 만나고 있다. '꼭 누르면 터져나갈 것 같이 팽팽하게 팽창해 있는 애림의 사지가 자주빛 수영복에 감싸이며 나타나던 그 순간' 형식은 애림에게 기습 키스를 감행한다. 그리고 그는 당당히 말한다, "인간은 짐승의 일면을 갖고 있는 거야. 그렇기 때문에 사람이 식물에 속하지 않고 동물에 속하는 것"이며, "물질이 그것을 보장하지 않는 한, 현대의 행복은 모래 위의 다락처럼 허무한 것"이라고.

그에 대한 애림의 반응 또한 전 시대와는 사뭇 다른 것이었다.

> 자기 회사 사무원의 볼 한 쪽을 건드리는 것쯤은 이 부산거리에선 당연하지 뭐야요 …… 과히 걱정말아요 그만한 각오두 없이야 어떻게 남의 회사의 사무원 노릇을 한담?(하, 89면)

형식이 형우의 동생인 줄 알게 됐을 때 잠시 갈등하지만, 결국 그녀는 형우에 대한 사랑의 감정보다는 형우의 물질을 택하기로 한다. "아침저녁으로 변하는 인심, 도리어 물질을 믿는 편이 좀 더 확실한 신뢰가 되는지 모르지요"라는 형식의 말에 대해 애림은, '형식의 인생관을 전적으로 부인할 수 없는 자기 자신을 차차 발견해 가고 있'었던 것으로 서술되고 있다. 전쟁을 겪으며 그들은 그렇게 변화해가고 있었던 것이다.

2)『백조의 곡』에서의 자유와 평등

김내성이 전쟁 전에 썼던 것을 1954년에 다시 개작해 발표한 장편『백조의 곡』은 전쟁 이후의 변화상을 더욱 선명히 보여준다. 잡지 기자인 영훈과 그의 약혼녀 은주, 그리고 십 년 만에 다시 나타난 영훈의 첫사랑 연숙 세 사람의 애정갈등이 서사의 기본 축인 이 작품은 1949년 잡지『부인』에 연재되었던『결혼전야』와 동일한 갈등 구조를 지니고 있다. 그러나『결혼전야』에서의 첫사랑 여인은 해방 후 남편이 친일혐의자로 몰리고 토지개혁으로 인해 재산을 몰수당한 뒤 월남해 왔던 반면,『백조의 곡』에서 그녀는 수복 후의 서울을 무대로 오직 첫사랑과의 재회만을 꿈꾸며 월남해온 것으로 설정돼 있어 전쟁으로 인한 엇갈린 운명을 극적 배경으로 삼고 있을 뿐 아니라, 남주인공 영훈의 연인에 대한 태도와 그녀의 신분에서 큰 차이가 존재한다.『백조의 곡』에서의 은주는 대학 영문과 출신으로 영훈과 같은 잡지사에 근무하기도 했던 인텔리 여성이며 "사랑은 자유!"라고 당당히 얘기할 줄도 아는 발랄한 여성이다. 그러나 1949년『결혼전야』에서 그녀의 학력은 중학 중퇴에 그치고 있으며 사랑하는 남자를 "선생님"이라고 부르는 여자다. "발랄하고 귀여운 여성"이긴 하지만 남주인공은 그녀에 대해

"아직 결혼까지는 생각해보지 않은 사이"라고 고백한다. 『백조의 곡』의 은주가 이미 영훈과 약혼한 사이인 상태로 첫사랑 연숙의 유혹을 받게 되기 때문에 느끼게 되는 갈등이 『결혼전야』에서는 그만큼 심각하지도 않고, 세 사람의 관계도 그만큼 팽팽히 유지되기 어려운 상황인 것이다. 아쉽게도 1949년 작 『결혼전야』는 현재 1회와 3회를 제외하고 모두 소실돼, 인물들의 설정의 차이가 어떠한 서사의 변화로 이어지는지 확인할 길이 없다. 그러나 분명한 건 여주인공의 학력을 중학 중퇴에서 대졸로 5년 만에 급격히 승급해야 했을 만큼 전쟁 전과 후 여성의 위치와 그녀들에 대한 당대인의 인식이 변화했을 가능성을 배제하기 어렵다는 사실이다. 이 시기에 김내성은 식민지기에 썼던 작품 여러 편을 잡지에 다시 게재하거나 단행본으로 출간하고 있었는데, 『백조의 곡』처럼 제목은 물론 주인공을 비롯한 등장인물의 이름부터 전면적으로 개작한 경우는 없었다. 1949년에서 1954년 사이의 한국 사회는 그만큼 큰 변화를 겪었으며 그러한 변화의 요인이 전쟁이었던 것은 더 말할 필요도 없을 것이다. 주지하다시피 전쟁은 여성의 사회진출에 결정적 동인이 되어주었다. 전쟁으로 인한 부족한 노동력을 그녀들이 대신해 줄 수 있었을 뿐 아니라, 봉건적 질서의 붕괴와 함께 확산된 민주주의가 그녀들 삶에도 자유와 평등의 가치를 부여하게 된 것이다. 전쟁으로 모든 것이 황폐화된 상황에서 살아남기 위해 무슨 짓이든 할 수 있는 '자유'와, 신분과 계급과 남녀의 차이도 불식하는 '평등'이란 그야말로 매혹적인 것이었다.

　　대학 영문과 출신인 은주는 같은 잡지사 동료인 영훈과 약혼을 하게 되면서 결혼 후의 경제적 토대를 마련하기 위해 충무로 양재점의 재단사 보조로 일하고 있다. 당시로선 드문 인텔리 여성이 재단사

보조에서부터 다시 시작한다는 것은 쉽지 않은 선택이었다. 그럼에도 불구하고 파괴된 건물들이 아직 복구되지 못한 채 해골처럼 널려 있는 수복 직후의 서울에서, 은주의 선택은 지극히 합리적인 선택이었다. 그러나 상하이 마담은 그녀에게 좀더 '합리적'이어야 한다며 영훈과의 결혼을 다시 생각해 봐야 한다고 충고한다.

> 남녀의 관계도 소박한 애정 그것만 가지고는 주위와 어울리지 않는 쑥스러움과 초라함과 고립감을 면할 도리가 없어. 그러한 감정이 자꾸만 쌓이고 쌓이면 남처럼 화장을 하지 못한 자기네의 사랑에 불만을 느끼게 되는 거야. 화장을 하려면 돈이 필요해. 화장품을 사야만 하니까 말이야.[26]

은주도 그 말에 수긍한다. "돈이라는 말에 은주는 일종의 혐오의 감정을 느꼈으나 찬찬히 생각하니 마담의 이야기가 지극히 당연하기도 했다"(576면)는 것이다. 은주의 연적인 연숙 또한 돈에 대한 혐오 같은 건 애당초 없는 여인이었으나, 십년 만에 다시 만난 첫사랑 영훈을 유혹하는 수단으로 기꺼이 재력을 동원하게 된다. 전쟁으로 급속히 확산된 물질만능의 풍조는 일상적 삶을 의식 / 무의식적으로 지배하는 망탈리테로 그렇게 굳어져가고 있었던 것이다.

전쟁으로 인해 급속히 변화한 삶의 조건들이 의식 / 무의식적인 가치체계를 형성해 갔음을, 즉 물질만능의 자본주의적 욕망이 사회 구성원 다수의 세계관 가치관을 지배하는 전후의 망탈리테로 굳어져가고 있었음을 이 시기 담론들을 통해 다시 확인해 볼 수 있다. 1956년

26　김내성,『애인, 백조의 곡』, 동국문화사, 1962, 576면. 이하 이 작품 인용은 면수를 본문에 표기하기로 한다.

1월 한 잡지사가 개최한 좌담회[27]에서도, 평론가 백철은 "본래 '아메리카니즘' 자체가 나쁜 것도 있겠지만 그것을 오전해서 받아들이는 점이 우리 해방 후의 여성계에 악영향을 끼쳤다"고 하여, 역시 미국문화와 여성을 연결하고 있다. 작가 정비석은 "명동이나 종로에 나와서 화려하게 입고 다니는 여자를 아무나 잡아가지고 집에 가보면 그옷이 화려하면 화려할수록 집안은 엉망"이라며 "(여성들의) 계(모임)은 저는 반대입니다. 잘 돼야 자유부인밖에 될 것이 없으니까……"라며 두 해전 세상을 발칵 뒤집어 놓았던 자신의 소설 『자유부인』의 계몽성을 새삼 강조했다.[28] 다시 말해 전후의 소비적이고 향락적인 물질만능의 풍조는 '미국문화'에 대한 '여성'들의 그릇된 인식이 배태한 것이라는 것이 당시 지식인 사회의 진단이었다.

우리나라에 있어서의 생활양식의 변천은 소위 양마담들이 선봉을 서고 있으며 일부 여대생들이 그 뒤를 용감하게 따라가고 있다 …… 그들 여대생들이 배우자 선택에 있어서 실업가 정치가 순으로 희망하고 있다는 것은 확실히 아메리카니즘에서 본받은 영향일 것이다. 그들에게 이상이 있다면 가정을 이루는 데 있어 평생의 식주에 대한 근심에서 면하려고 하는 것일 것이며 그 다음은 생활을 호화스럽게 장식할 수 있는 지위를 얻고저 하고 있음이 엿보이는 것이다.[29](강조—인용자)

---

27 이 좌담은, 한국일보 주간 오종식, 영화작가 오영진, 평론가 송지영, 평론가 백철, 배우 이해랑, 작가 김영수, 작가 정비석, 아세아재단고문 조풍연 등이 참여한 좌담회로, 1956년 1월 10일 진행되었다. 좌담, 「요즈음 세태와 전후 각국여성을 말하는 좌담회」, 『여원』, 1956.3, 227~234면.
28 위의 글, 234면.
29 이삼술, 「현대여자대학생의 생활편모」, 『신태양』, 1954.9, 85면

그러나 이는 여성들만의 일로 치부할 수 없는 범사회적 현상이었다. 물질만능의 배금주의를 선택하고 그것을 당당히 내세울 수 있었던 것은 미국식 실용주의의 그야말로 '실용적' 수용을 통해 가능했던 것으로 보인다. 이는 '민주주의'와 '자유'라는 말을 당연한 듯 수반하고 있었다. 1952년 사상계의 전신 『사상』의 창간호에서 경제학자 배성용은 "건실한 경제사상 수립"과 "아울러서 정치의 민주주의적 발전이 있음으로서만 뒤늦게 생긴 혼란은 급속히 수습되면서 국민경제의 안정과 발전은 비로소 기대할 수 있을 것"[30]임을 역설하고 있었다. 경제 혼란 수습의 방책으로 민주주의를 들고 나오고 있다는 점이 주목되는데, 여기서 민주주의는 자본주의와 동반하는 민주주의로, 미국식 자유민주주의를 의미한다.

해방 이후 우리는 줄곧 미국식 자본주의와 민주주의의 영향 하에 있었는데, 1950년대 대중사회에서 그것은 '자유'와 '평등'이라는, 때로는 양립하기 어려운 두 개의 개념으로 받아들여지고 있었다. 전쟁으로 모든 것이 황폐화된 상황에서 살아남기 위해 무슨 짓이든 할 수 있는 '자유'와, 봉건적 질서를 타파하고 남녀의 차별도 불식하는 '평등'은 그야말로 매혹적인 것이었다. 그러나 노엄 촘스키의 지적처럼 자본주의와 민주주의는 결코 양립하기 힘든 것이었다. 자본주의 경제체제에서 누구나 이익을 추구할 자유가 있지만, 그렇기 때문에 생겨나는 빈부의 차이는 평등의 원칙을 위협하기도 한다.

경제주의 망탈리테가 급속히 전면화 된 1950년대 전반, '자유'와 '평등'은 모든 것에 적용될 수 있는 무소불위의 가치 개념이었다. 『백

---

30 배성용, 「한민족의 경제관─동양식 정체성(停滯性)과 빈락(貧樂) 경제관」, 『사상』 창간호, 1952.9, 54면.

조의 곡』에서 은주가 약혼자 영훈에게 "애정은 자유예요, 약혼은 애
정의 자유를 속박해서는 아니 된다고 생각해요"(412면)라고 한 것이나,
십년 만에 나타나 영훈을 유혹하는 연숙이 마침내 그를 정복한 뒤 "나
는 다만 나의 아름다운 이상을 실현시켜 봤을 따름이어요. 내 행동에
단 한 가지도 거짓은 없었으니까요. 장난이라든가 누구를 일부러 유
혹한다든가 그런 허위의 감정은 추호도 없었어요. 모두가 다급하리
만큼 진실한 감정문제였으니까요"(521면)라고 한 것도, '자유'와 '평등'
이 당대의 보편적 가치 개념이었음을 대변해주는 예가 될 것이다.

　　연애소설가로의 변신을 꾀하면서 대중과의 소통에 관심을 기울
일 수밖에 없었을 김내성은 그러한 집단 심성에 주목할 수밖에 없었
으며, 『인생화보』가 연애소설을 표방한 세태소설이 된 것은 따라서
당연한 결과였다고 보인다. 1949년 작 『결혼전야』가 1954년 『백조의
곡』으로 개작될 수밖에 없었던 까닭도 거기에 있었을 것이다. 또한 김
내성의 이 시기 소설이 영화와 드라마로 각색되어 지속적인 대중의
사랑을 받았다는 사실에서도, 한국전쟁기의 집단 심성이 이후 우리
사회의 지배적 망탈리테로 굳어져 갔음을 알 수 있다. 『인생화보』의
경우, 1953년과 1957년 그리고 1964년에 단행본으로 출간되었고,
1957년 이창근 감독에 의해 영화화되기도 했다. 전후 김내성의 연애
소설들은 거의 다 영화와 드라마로 각색되어 대중의 지속적 호응을
얻었다.

　　1956년 이창근 감독이 연출한 영화 〈인생화보〉에서는 애림의 사
랑이 더욱 강화되고 있으며, 형우 역시 애림을 사랑하는 것으로 설정
돼 있다는 사실 또한 주목할 만하다. 형우와 남숙 간의 사랑이 매우 간
단히 처리되고 만 것은 한정된 시간 내에 장편소설의 긴 서사를 모두

담아낼 수 없는 영화 매체의 특성 때문이었을 터이지만, 소설에서는 애림에게 애욕에 가까운 충동을 잠시 느낄 뿐 남숙에 대한 애정을 끝까지 간직하고 가는 형우가 영화에서는 애림과 비슷한 강도의 사랑의 감정을 드러낸다. 특히 마지막 장면에 이르러서 그는 애림과 동등한 정도의 애정을 표현하고 있다. 살아남기 위해 오직 물질만을 좇아왔던 그들이었지만 물질적 행복의 가능성이 완전히 제거된 상태에서의 사랑은, 이제 현실의 삶이 욕망할 수 있는 가장 위대한 대상이며 미래로 가는 유일한 통로가 되고 있는 것이다. 이는 소설보다 더욱 대중적 매체인 영화의 특성에 맞추어 보다 단순하고 감각적인 서사로 각색하였기 때문이기도 하겠지만, 원작 소설이 씌어진 1952년과 영화가 개봉된 1956년 사이의 시대적 변화가 반영된 것이며 동시에 당대 대중의 정서와 취향이 적극 고려된 결과로도 볼 수 있다. 모든 것이 파괴되어 버린 상황에서 '사랑'만이 유일한 희망이었으며 그런 사랑이 전후 한국 대중의 '로망'으로 존재했음을 말해주고 있는 것이다.

"애정은 자유예요, 약혼은 애정의 자유를 속박해서는 아니 된다고 생각해요"(412면)라고 말하는 『백조의 곡』의 여주인공 은주는, 사랑과 자유를 당연한 듯 결합시키면서 그 두 가지의 가치가 모두 규범적으로 옳은 것이라 주장하고 있다. 이러한 사고는 사랑은 '근대 초기의 발명품'이며, 개인의 자립과 자의식 즉 개성에 가치를 두기 시작한 현대에야 '낭만적 사랑'이 대두되었다는 앤서니 기든스[31]의 언설을 상기시킨다. 전쟁으로 인한 공포, 그리고 전후 재건을 위한 급속한 산업화 도시화의 추구는 구성원 개개인을 극도의 혼란과 소외를 느끼게 하고 있

---

31 앤서니 기든스, 배은경·황정미 역, 『현대사회의 성, 사랑, 에로티시즘: 친밀성의 구조 변동』, 새물결, 1995 참조

었으며, 너나없이 물질적 행복을 추구하는 가운데 느끼게 된 정신적 공허는 개인의 존재를 온전히 인정받을 수 있는 '사랑'이라는 사적 관계를 열망하게 했다. 사랑의 관계를 통해서만 개인은 세상에서 가장 소중하고 유일한 존재가 될 수 있기 때문이다. 사랑과 자유가 결합된 관념 복합체로서의 낭만적 사랑은 다시 말해 전후의 급속한 산업화 근대화로 인해 그 신화적 생명을 얻게 되었으며, 1950년대 대중이 연애소설에 열광한 것은 바로 이러한 시대적 특성 때문이었던 것으로 보인다. 낭만적 사랑의 신화는 영화와 음악 등 대중 매체들을 통해 생산되고 유포되었는데 전후 우리사회에서 신문연재소설과 라디오드라마, 영화는 그 중요한 매개로 존재했다. 김내성은 그러한 자유와 평등의 문제를 '사랑'의 서사를 통해 조명함으로써 폭넓은 대중성을 획득하고 있었다. 물질에 경도된 전후 대중의 삶과 그들의 '로망'을 그는 자신이 지속적으로 견지해온 윤리의식을 통해 들여다보고 있었는데, 이에 대해서는 다음 장에서 자세히 논구해 보도록 하겠다.

4. 전환기의 윤리와 전후의 사랑

『인생화보』의 형우라는 인물을 통해 제시되고 있는 도덕과 윤리는 오랫동안 우리의 삶을 의식 / 무의식적으로 규제해온 망탈리테 중 하나다. 강준만의 용어로 말하자면 그것은 '정신주의 망탈리테'에 해당되는데,[32] 망탈리테란 본질적으로 새로운 것에 대한 거부감을 보일 수밖에 없는 속성을 지닌다. 한 사회 구성원들의 의식과 무의식을 지배하는 집단적 세계관과 가치관, 혹은 정서구조란 사실상 하루아침에 형성되는 것이 아니라 오랜 시간 서서히 굳어지는 것이기 때문이다. 한국전쟁기에 급속히 내면화되는 배금주의와 그것에 대한 자기합리화 기제로서의 실용주의도, 실상은 개항 이후 유입되기 시작해 일제 식민치하에 이식된 자본주의화의 과정을 거쳐 오랜 기간 정신주의의 저항을 받아왔다. 그런데 전쟁으로 인해 그나마 있던 삶의 토대들마저 모두 파괴되기에 이르자 우선 먹고 살아야 한다는 배금주의의 자기합리화가 급격히 진행되었고, 언제 죽음을 맞이할지 모른다는 일상화된 긴장 속에서 일회적 향락주의마저 빠르게 확산되어 갔던 것이다.

『인생화보』의 서술자 시점을 제공하고 있는 형우를 통해 우리는, 오랜 세월 우리의 내면을 지배해온 정신주의, 즉 물질적인 것보다는 정신적인 것을 중시해왔던 집단 심성이, 전쟁으로 인해 급속히 강화된 물질주의 망탈리테와 여하히 갈등하고 있었는지 확인할 수 있다.

돈, 돈, 돈! 그렇다. 부산 항구는 돈에서 해가 뜨고 돈에서 해가 진다. …… 돈이 이 세상에 생을 받은 후, 이 부산항에서처럼 귀여움을 받아본 적은 없었을 것이다. 한 줄 흙탕물 속에서 발버둥치는 송사리떼의 강인한 생명력과 처마 끝에서 아우성치는 하루살이 벌레의 오만한 긍지를 가지고 사람들은 돈에서

---

32 강준만, 『역사는 커뮤니케이션이다』, 인물과사상사, 2007, 88~90면.

자고 돈에서 깼다. 그러나 오늘도 돈벼락은 내리지 않았다(상, 65면).

보는 것마다 형우는 기가 탁탁 막혔다. 있는 것은 오로지 생존의 경쟁뿐이요, 명일에의 당위라고는 약재로 구할 수가 없다. '영원'이라는 어휘를 상실한지 이미 오랜 이 거리, 있는 것은 다만 오늘뿐인 이 거리. …… 아아 모든 것이즐겁지 않다. 연애조차 나는 즐겁지가 않다(상, 65면).

그런데 형우는 이를 '전쟁'이라는 현실보다는 보다 근본적인 '인간'의 문제로 인식하고 있다. 자신의 가족이 피난길에서 주운 돈가방의 주인이 바로 애림이었으며, 그 후로 애림의 삶이 곤두박질쳐왔다는 사실을 알게 된 형우는, 그것을 '전쟁과는 아무런 관련도 없는 인간대 인간의 문제'라며 고민한다. 그것은 '전쟁의 불가항력이 아니고 인간의 욕망의 문제'이며 '오늘의 암담한 현실을 형성한 원인이 전쟁에만 있다고 생각하는 것은 너무나 피상적'(상, 65면)인 사고라는 것이다.『인생화보』에서 등장인물 중 유일하게 피난지 부산의 타락한 세태를비판하고 고뇌하는 지식인인 형우는, 참담한 현실에 도덕과 윤리의잣대를 들이댄다. 심지어 그는 십여 년 전의 우발적 사고까지 되뇌며스스로를 괴롭힌다. 어린 시절 참새잡이를 갔다가 동생 형식이 실수로 발사한 공기총이 부친의 벗 한흑조 선생에게 날아갔고, 그로 인해눈이 먼 한 선생은 현재까지 이 집안에서 더부살이를 하고 있다. 그런데 피난지 부산의 혼란상을 보며 그는 새삼 십여 년 전 그 사고를 떠올리고 있는 것이다.

"나는 불행해지고 싶습니다. 아니 나는 불행해져야만 하겠습니다. 나는 행복하게 되어서는 아니됩니다. 나의 행복은 열두 살 때 그 낡아빠진 공기총이 빼앗아 갔습니다. 스물한 살 때 그 여자 약학 전문학교 학생이 가져갔습니다. …… 이제 와서 다시금 행복을 추구한다는 것은 말하자면 일종의 **부당이득**일 수밖에 아무 것도 아니지요 ……"

"내가 행복해져야 된다는 것은 무서운 일이다! 내가 행복하게 되는 것을 세상이 허용한다는 것은 부당한 일이다. 내가 행복하게 되는 것을 세상이 허용한다는 것은 무서운 일이다!"(상, 203면, 강조—인용자)

자신의 행복을 '부당이득'이라고 규정하는 형우의 내면은 물질주의와 싸우고 있는 정신주의의 망탈리테를 표상하고 있다. 전쟁 전에는 일상에 묻혀있던 한흑조의 불행과 그 불행의 원인제공자로서의 자신의 과오가, 피난지 부산의 지식인 소설가이자 대학교수인 형우를 새삼스럽게 괴롭히고 있다는 사실은, 물질이 정신의 자리를 그만큼 강력히 위협하고 있다는 사실을 반증해 주는 것이기도 하다. 먹고 사는 데 급급한 피난지에서 이처럼 관념적이고 이상적인 지식인의 고뇌는 대다수 구성원에게 비현실적인 것으로 받아들여질 수밖에 없었을 터이다. 그럼에도 불구하고 실제로 당시 지식인 담론 장에서도『인생화보』의 형우처럼 전쟁 직후의 사회적 혼란과 타락상을 인간의 기본적 정서 복구를 통해 치유하고자 하는 언설들이 쏟아져 나오고 있었다. 1952년 9월『사상』에 개재된 「주체성과 전환기의 윤리사상」에서는 "'휴맨이티'의 타락상에 대한 급박한 경종을 고"하는 등, 윤리와 도덕이 새삼스럽게 강조되고 있었던 것이다.

김내성의 소설은 지식인의 그러한 윤리의식에 따른 문화적 실천의 일환으로 볼 수도 있을 것 같다. 그가 기존의 탐정소설이 아닌 연애소설이라는 보다 대중적인 양식을 선택한 것은, 그러므로 전쟁을 계기로 급속히 타락한 세태에 계몽적 메시지를 던지기 위함이었다고 말하여질 수 있다. 『인생화보』의 형우가 과거의 잘못들을 되짚어가면서까지 '사람다운 길'을 가려고 했으며, 그 과정이 서사의 중요한 한 줄기를 이루고 있다는 점에서도 그의 계몽적 성향은 부정하기 어렵다.[33] 그러나 지식인의 윤리의식 자체가 도전받고 있다는 점에서, 단순히 계몽적이라거나 지배이데올로기 수호적이라고만 할 수도 없다. 소설의 말미에서 형우의 '정신적인 삶의 가치'가 최종 선(善)으로 선택되고 있지 않다는 점 또한, 이 작품을 단순한 계몽적 서사로만은 읽을 수 없게 만드는 단서가 된다. 형우의 윤리의식은 결말에 이르러 뜻밖의 도전을 받는다. 어렵사리 찾아낸 첫사랑 경주는 형우가 자신을 찾아 헤맨 것이 어쩌면 그로 인해 불행한 삶을 살고 있을지 모를 자신에 대한 인간적 도리 때문이 아니며, 그것은 다만 당신 자신을 위한 것이었다고 말한다. 형우의 윤리의식 자체에 이의를 제기한 것이다.

> "형우씨의 성실한 그러한 신념을 나쁘다는 것은 결코 아니예요. 아니 이 암흑과도 같은 혼란과 부채와 야박한 세상에서는 좀처럼 있을 수 없는 훌륭한 신념임을 저도 잘 알아요, 그렇지만 그것은 어디까지나 형우씨의 성질을 말하는 한 개의 도의적인 신념일 뿐─그리고 그 신념의 실천을 위한 행동일뿐이예요 그렇게 함으로써 누구보다 구원을 받는 것은 형우씨 자신일 거야요 ……"
> ……

---

[33] 동시대의 인기 작가로 어깨를 나란히 했던 정비석과 비교해 보면 그의 계몽적 성향은 더욱 두드러진다. 1954년 전국을 뒤흔들어 놓았던 정비석의 『자유부인』과 같은 해 출간된 김내성의 『백조의 곡』이나 『애인』을 비교해 보면 윤리 도덕의 문제에 그가 얼마나 천착하고 있었는지 알 수 있다.

"당신은 지금 자기 신념에 희생을 당하고 있는 사람이야요. 관념에 농락을 받고 있을 따름이지요 …… 저를 이대루 가만히 놔 두어 주세요. 저를 이 이상 더 어지럽게 하시지 마세요. 저를 이 이상 더 불행하게 만들어 주지 마세요!" (하, 187면)

경주의 이러한 발언은 오직 살아남기 위해 모두가 혈안이 되어 있는 피난지 부산에서, 형우와 같은 지식인의 이러한 윤리의식은 지나치게 관념적이며 비현실적인 상념에 불과한 것임을 지적하는 것이기도 하다. 뿐만 아니라 이 소설 속의 애림과 형식 등 다수의 인물이 드러내는 물질에의 노골적 욕망이 오히려 현실적이며 사실에 가까운 것이었음을 당대의 관련텍스트를 통해 우리는 확인할 수 있다. 휴전 협정 이듬해인 1954년 11월 대중지 『신태양』에서는 '도덕'이나 '윤리'가 '자유'에 밀려 급속히 폐기되어지고 있었음을 보여준다. "자유란 놈의 한계는 대체 어디까지인가?"라고 반문하며 '자유결혼', '자유연애'의 풍조를 우려하고 있는 이 칼럼에선, 이 시기의 청년들에게 '도덕'이란 '케케묵고 썩어진 말'에 불과한 것이 되어있음을 언급하고 있다.

"도덕이란 사람으로서는 반드시 행하여야 할 바로서는 바른 것을 말함이다" 하고 정의를 내걸어노면 지금의 청년 아니 노년까지도 "픽" 하고 웃을 사람이 대부분이 아니겠는지? 또는 봉건적 케케묵고 썩어진 말이라고 욕설 비슷한 것을 듣지나 않을는지?[34]

---

34 한창동, 『신태양』, 신태양사, 1954.11, 83~84면. 같은 해 2월 『신태양』에 소개된 당시 여학생들의 대화도 유사한 예가 되겠다. "얘 요새는 사회적 지위나 권력을 도무지 믿을 수가 없어. 저 우리 동내에 바루 모장관이 있었는데 …… 부인이 어떻게 거드럭대는지

이러한 언설들을 통해 우리는, 전쟁으로 인해 물질만능의 풍조가 팽배해 감에 따라 기존의 도덕과 윤리만으로는 모두 다 해결할 수 없는 문제들이 늘어갔으며, 그로 인해 갈등하던 당대인들은 기존의 도덕과 윤리의식 자체에도 의문을 품게 되었음을 알 수 있다. 당시 지식인 담론 장에서도 "가장 시급한 것이 민족의 새로운 기풍을 일으키는 일이요 여기에 의하여 민족의 새로운 도덕을 세우는 일입니다"라고 하면서, 기존의 도덕과 윤리만으로는 전쟁으로 새롭게 제기된 삶의 제 문제를 해결할 수 없음을 역설하고 있었다. "우리들은 민주주의의 평등의식에 의거해 민족주의를 살리고 민족주의의 전체의 의에 의하여 민주주의를 살려야 할 것"[35]이라며 민족주의적 민주주의라는 새로운 이데올로기를 대안으로 제시하는 이들도 있었으며, 민족주의와 민주주의가 전후 한국 사회를 이끌어가는 지배이데올로기가 되었음은 주지의 사실이다. 김내성 역시 그러한 문제로 갈등하고 고민하던 지식인 중 하나였다고 보인다. 그러나 기실 대중은 훨씬 더 현실적인 삶의 조건들에 몰두해 있었으며, 김내성의 이 시기 소설들은 그러한 대중의 현실에 보다 주목함으로써 지식인 지배층의 고민을 역설적으로 담아내고 있었던 것이기도 하다.

이제까지 『인생화보』는 "김내성의 작품 중 비교적 본격문학과의 조화가 잘 이루어진 작품"[36]으로 평가받아 왔다. 그러나 이 작품이 "정

정말 구역이 날 지경이었는데 고만 별안간에 떠러졌단다." "하여튼 우리는 자미있는 세상에서 살어. 이 세상의 성쇠흥망이 우리가 살고 있는 목전에서 결판지어진다는 것은 참 자미가 있지 않어?" 김은우, 「여학생 대화에 나타난 세태」, 『신태양』, 신태양사, 1954.2, 64면.

35 김기석, 「신세대의 도덕」, 『사상』 4호, 1952.12, 58면.
36 홍기삼, 「김내성과 청춘극장」, 『한국장편문학대계』, 성음사, 1970, 386면.

신적인 삶의 가치를 추구하는 신형우와 물질적 가치를 지향하는 신형식을 중심으로 올바른 삶의 태도와 가치는 어떤 것인가를 보여주고자 한다"는 이유로 "본격문학과의 조화가 잘 이루어진 작품"이라고 평가되는 데에는 전적으로 동의하기 어렵다. 이 작품의 중심은 어디까지나 여주인공 애림과 형우의 가치관 대립에 있으며, 애림의 경우 단순하게 물질적 가치만을 추구하는 것이라고만은 말할 수 없다는 점에서 보다 복합적인 당대의 망탈리테 자체에 초점을 맞추고 있다고 봐야 할 것이다. 즉 무엇이 옳고 그르냐, 어떤 것이 더 도덕적인가를 얘기하고 있는 것이 아니라 물질주의와 정신주의의 극렬한 충돌이 우리의 삶을 그리고 정서를 이전과는 어떻게 다르게 급속히 변화시키고 있는지, 그 자체를 적나라하게 들추어 보임으로써 작가는 우리 자신과 우리의 사회를 다시 돌아보게 만들고 있었다. 특히 지식인들이 오랜 세월 다지며 간직해온 고귀한 정신이란 것이 물질의 폭격과 향락의 공습 앞에서 얼마나 쉽게 무너지거나 혹은 비현실적 이상주의로 회피해버리는가를 잘 보여주고 있다.

형우에게 '관념에 농락'당하고 있을 뿐이라며 그를 용서하지 않은 경주는, 전쟁통에 헤어진 어린 아들을 만나기 위해 어떻게든 살아남아야 했다. 형우와 만나기 전 그녀는 '세상 사람들이 손가락질하는' 양공주 생활 끝에 이미 육신을 추스르기 힘들만큼 병들어 있었다. 그럼에도 불구하고 그녀는 형우의 도움을 거절한다. 어린 아들의 장래를 위해 아이만은 형우를 따라 보내지만, 자신은 서울의 병원에 홀로 남는다. 경주와 함께 양공주 생활을 한 여인 애라는 형우에게 "생활을 위하여 우리들이 육체적인 정조를 파는 것과 생활을 위하여 그들이 정신적인 정조를 파는 것이 무엇이 다르겠냐"며 "잘난 정치가", "잘난

교육가"들의 생태를 신랄히 비웃기도 한다(하, 164면).

연애소설이라는 양식 자체가 당대의 지식인 / 지배층에 대한 역설적 문제제기의 의미를 지니기도 한다. 부르스 커밍스는 "전쟁으로 사회가 혼란스러워지고 많은 고통이 따랐지만" "남한의 급속한 발전 요소는 역설적으로 전쟁으로부터 비롯되었다"고 하면서, 한국전쟁이 "기존의 계급구조와 사회구조를 바꾸어 놓았다는 점"[37]에서 긍정적 측면도 있다고 지적한 바 있다. 봉건적인 기존의 모든 것들은 개항 이후 지속적으로 비판과 극복의 대상이 되어왔지만, 전쟁은 그 모든 것을 어느 때 보다도 빠르게 그리고 완벽하게 그것들을 폐기하는 계기가 되었다는 것이다. 김내성은 『인생화보』를 통해 그러한 급격한 변화 자체에 대해 탐구하고 있었던 것으로 보인다. 정신주의와 물질주의의 극렬한 충돌과 그로 인한 망탈리테의 변화상을 보다 많은 대중과 소통할 수 있는 연애소설 양식에 담아냄으로써, 그는 결국 우리가 누구이며 전쟁은 우리에게 무엇이었는지, 그리고 이후의 삶은 어떻게 이루어져야 할 것인지를 함께 생각해 보고자 했던 것이다.

그렇기 때문에 『인생화보』를 필두로 한 전후의 김내성 연애소설들에 대해 이 자리에서 함께 언급해보지 않으면 안 될 것이다.

갑작스런 변화의 시대, 강력한 이데올로기가 밀려올수록 가장 기본적인 삶의 가치, 가장 근본적인 인간의 본성이 그에 대한 저항의 양상으로 전보다 더 강하게 이끌어져 나온다. 그것이 망탈리테의 특성이다. 기존의 망탈리테는 새로운 망탈리테와 대결해 이기기도 하고 타협하기도 하며 서서히 변질되어 간다. 전쟁으로 급속히 내면화

---

37 『KBS특별기획, 자본주의 100년』 제4편 중 부르스 커밍스의 인터뷰. KBS1(ch9), 1991.12.12.

되고 전면화된 물질만능의 경제주의 망탈리테와의 대결에서 유일하게 살아남은 비물질적 요소로서의 '사랑'은, 다시 가부장제와 가족이데올로기에 이렇게 빠르게 흡수되어 갔다. 『인생화보』과 『백조의 곡』이후 김내성은 진정한 사랑의 의미를 추구하는 『애인』, 그리고 사랑과 결혼 그리고 가족제도를 다시 돌아보게 하는 『실락원의 별』 등의 본격 연애소설을 통해 그러한 변화의 과정을 지속적으로 탐구해갔다.

앤서니 기든스가 적시한 바와 같이 '낭만적 사랑'은 산업화에 매몰되어 가는 근대의 주체가 스스로를 온전히 인정받고자 하는 욕구에서 탄생시킨 근대의 산물이며, 대중소설과 영화는 그러한 '낭만적 사랑'의 신화를 끊임없이 전파해 온 매개였다. 각자 이미 결혼한 몸이었으나 운명적 사랑을 좇아 동반 자살하는 『애인』의 결말에서는 그러한 낭만적 사랑의 신화를 읽어낼 수 있다. 자유와 사랑이 결합한 이상적 형태의 사랑, 계급 차이와 가족 전통을 뛰어넘는 낭만적 사랑은 50년대 우리 대중의 로망이었다. 그러나 그것은 현실에서 결코 이루기 힘든 것이었기에 그들은 목숨을 걸어 자신들의 사랑을 지킨다. 죽음의 순간 모든 세속적 욕망과 애욕은 성스러운 것으로 승화되고 낭만적 사랑은 신화로 남게 된다. 김내성의 『애인』은 그렇게 낭만적 신화를 생산, 전파하고 있었다.

하지만 『실낙원의 별』에 이르면 낭만적 사랑은 결혼이라는 제도의 장벽을 끝내 넘어서지 못한다. 대신 거기에는 남편과 아이를 돌보는 아내와 가족을 위해 성실히 일하는 남편이라는 이상적 가족 모델을 지향하는 가족이데올로기가 자리 잡게 된다. 부르주아 산업사회는 가족이데올로기가 아니면 존재하지 못했을 것이라는 사실을 김내성의 연애소설은 역설적으로 드러내 주고 있다. 전후 폐허의 복구로 시작된

국가재건, 사회통합을 위한 공동체 담론은 낭만적 사랑과 행복한 가정이라는 상반된 두 개의 판타지를 매개로 진행되고 있었다. 사랑은 자유와 결합된 낭만적인 것이어야 하며, 그 완성은 결혼이어야 했다.[38] 그러나 낭만적 사랑은 종종 결혼제도와 불화하는 속성을 지닌다. 중년의 기혼자가 젊은 여성과 사랑하게 된다는 전형적인 불륜드라마를 연출하고 있는 『실낙원의 별』은, 당시 대중의 로망인 낭만적 사랑이 결혼제도와 가족이데올로기와 여하히 부딪히고 있었는가를 잘 보여주고 있다.

전쟁이 끝남과 함께 가족의 복구는 빠르게 추진되고 있었으며, 가장의 권위는 새롭게 강화되어 갔다. 『애인』의 임지운과 오영심은 사랑을 위해 목숨을 걸 수밖에 없었을 만큼 결혼이라는 제도의 벽이 더욱 높고 확고해졌으며, 『실낙원의 별』의 강석운이 영림과의 사랑의 도피 끝에 결국 집으로 돌아올 수밖에 없었던 것도 가족제도와 가정의 울타리가 그만큼 견고해졌기 때문이다. 가정은 국가 재건을 위한 사회통합의 기초 단위로 호명되고 있었으며, 따라서 결혼은 사회

---

38 1954년 『신태양』 10월호에서는 미군부대 내의 비밀 댄스홀에 대한 르포를 게재하면서, 양공주와 같은 이른바 직업여성보다 가정주부의 일탈이 가장 큰 사회문제임을 고발하고 있다. "지금 사회풍기가 극도로 문란해지면서 허영에 허덕이고 거리를 방황하는 여인이 적지 않다. 동시에 부모를 잃었거나 남편을 잃고 호구지책을 모색하던 끝에 끝내는 이곳에까지 흘러빠진 여인들이 결코 한두 사람은 아니다. …… 그들은 남편을 속이고 아버지 어머니를 속이고 어린 자식들을 속이고 그래가면서 말못할 그의 허영을 즐기고 있는 것이다. …… 가정을 지키고 모도(母道)를 다해야 할 유부녀들의 패륜은 도시 적게 평가할 수 없는 일이다."(박동일, 「특수 댄스홀 탐방기」, 『신태양』, 1954.10, 60~69면)
대중지 『신태양』의 성격을 고려해 볼 때, 이는 가정주부들에 대한 계몽적 효과보다 오히려 대중의 관음증을 자극하기 위한 기사로 볼 수 있다. 그러나 전쟁미망인의 존재를 사회불안 요소로 규정하고, 전쟁을 기화로 사회진출을 꾀한 여성들을 다시 가정으로 돌려보내자는 가부장 이데올로기와 같이 당대 지식인 담론장의 지배적 담론들이 여과 없이 수용되고 있다는 사실이 주목된다.

적 계약으로서의 의미를 더욱 강력히 부여받고 있었다.

　　주지하다시피 공동체로부터 분화된 개인의 내면서사는 근대소설의 핵심적 특징 중 하나다. 개인의 비밀을 통해서만 떨어져 나온 공동체의 경험이 고백되며, 가족구성원 간의 무의식적 관계에서 생겨나는 로맨스가 근대의 사회적 정치적 차원의 서사와 연계되어 있는 것이다. 가족은 사적 영역인 동시에 가족로맨스의 무의식을 통해 직접적으로 공적 영역의 일부가 되는 것이다.[39] 혼란기의 대중이 낭만적 사랑에 대한 판타지를 만족시키는 연애소설에 탐닉하는 현상에 대해, 단순한 오락의 차원에서 그러한 서사를 소비하고 있다거나 힘겨운 현실을 외면한 채 판타지의 세계에 안주하게 만든다는 비판에 대해서도, 이런 관점에서 재고해 볼 필요가 있다고 판단된다. 자본주의 산업화가 빠르게 추진되고 있던 전후의 한국 사회에서 김내성의 연애소설은 단지 달콤한 사랑이야기로만 읽혀졌던 것이 아닐 수도 있다. 독자 대중은 『실낙원의 별』의 주인공 석운이 결국 가정으로 돌아오게 되리라는 사실을 알면서도 낭만적 사랑에 투신하는 모습에 매혹을 느끼고, 그러한 남편에 대한 저항으로 집을 나가버리는 아내 옥영의 도발적 행위에서 대리만족을 느꼈을 수 있다. 옥영은 다시 아이들 곁으로 돌아오고 말지만 "모성애는 위대할는지 모르지만 뭇 아내들이 진심으로 바라는 것은 부부애"고 "부부애를 상실한 아내들이 모성애의 위대하고 숭고함을 떠메고 나오는 것은 일종의 허세일 것"이라며 모성신화에 과감히 도전장을 던져보는 그녀의 발언[40]에, 적지 않은 상쾌감을 느꼈을 것이다. 자신들이 차마 저지르지 못하는 일들을 과감

39　나병철, 「이광수 성장소설과 가족 로맨스」, 『비평문학』 25호, 2005, 217면, 219~220면.
40　김내성, 『실낙원의 별』 221회, 『경향신문』, 1957.1.12.

히 저지르는 등장인물들의 행위에 대리만족을 느끼는 것이다.

따라서 김내성의 연애소설이 '가부장제로 회귀'하고 있다는 점을 지적하며 그것이 한계[41]라고 말하는 것은 그다지 생산적인 작업이 아니라고 생각된다. 작가의 개성과 예술성에 가치를 두는 본격문학의 경우와 달리 김내성의 연애소설은 신문 연재의 형식으로 당대 대중과 소통해온 대중소설이다. 지배 이데올로기에 저항하고 부딪히는 순간 그것은 더 이상 대중소설이 아니다. 따라서 결과적으로 가부장제에 복무하게 되는 서사임에도 불구하고 그 과정에서 그러한 제도에 얼마나 강하게 부딪히고 있는가, 어떠한 균열을 일으키고 있는가 하는 점에 주목하는 것이 보다 중요하다.

그런 의미에서 『인생화보』의 주인공 신형우가 자신의 신념을 지키기 위해 부친의 사회적 매장마저도 불사하고 있는 태도는 새롭게 주목되어질 수 있다. 신형우는 부친 신교장의 타락을 냉소적 시선으로 바라보며, 자신의 가족들이 벌이는 욕망의 향연을 객관적으로 분석 비판하는 역할을 맡고 있다. 그런데 그는 그러한 문제의식을 스스로의 삶에 대한 반성을 통해 실천하고 있다. 그는 자신이 버린 첫사랑 경주를 찾아 사죄하기 위해 현재의 연인 남숙과도 헤어진다. 자신의 양심선언이 가족 모두가 바라는 바와 상반되는 길이었지만 그는 끝내 자신의 주장을 굽히지 않는다. 청렴한 교육자이자 존경스러운 아버지였던 신용식은 하루아침에 물질의 노예가 되었을 뿐 아니라 자신의 아들에 의해 사회적으로 '사망선고'를 당하게 되는 것이다.

---

41 정세영(「김내성 소설론」, 동국대 석사논문, 1992, 20~26면, 36~40면), 장민지(「김래성의 『애인』『실락원의 별』 연구」, 『어문론총』 제36호, 경북어문학회, 2002, 125~126면) 등의 기존 연구에서 이러한 점이 지적되어 왔다.

작가가 의도했던 그렇지 않았든 전후 국가 재건을 위한 사회통합의 이데올로기에 온전히 봉합될 수 없었던 그러한 균열과 잉여의 지점은 전후 김내성 연애소설의 가장 큰 매혹의 지점이었다고 보인다. 결혼제도에 저항하고 가족 공동체를 해체하는 방향으로의 균열, 가족이데올로기와 가부장제에 미처 다 포섭되지 못한 그러한 잉여의 지점들은 김내성 연애소설을 사회문화사적 관점에서 바라볼 때 비로소 그 의미와 가치를 읽어낼 수 있다. 그러한 저항과 도발의 판타지는 '낭만적 사랑' 못지않은, 전후의 '로망'이었으며 김내성 연애소설은 바로 그러한 망탈리테를 적극 담지하고 있었던 것이다.

5. 김내성 연애소설의 사회문화사적 의미

한국전쟁은 기존의 봉건적 계급구조와 사회구조를 빠르게 무너뜨리고 본격적인 근대화, 산업화의 출발을 가능케 했다. 그러나 그 폐허 위에서 일단 살아남기 위해 우리는 물질경제를 최우선으로 하는 자본주의적 삶에 급격히 경도되어갔다. 살아남기 위해 무엇이든 하게 되었으며 스스로 그렇게 할 수밖에 없었다고 합리화하기에 이른다. 이 시기 한국 사회의 지배이데올로기는 민족주의와 민주주의, 그리고 반공주의였던 것은 틀림없다. 그러나 기실 대중은 훨씬 현실적이고 절박한 삶의 조건들에 몰두해 있었다. 기존의 도덕과 윤리로는 밀어내기 힘든 강력한 물신주의와 그에 대한 자기 합리화 기제가 한국전쟁기에 급속히 내면화, 전면화 되었으며 그것은 이후 현재까지 우리 삶을 의식 / 무의식적으로 규제하는 망탈리테로 자리했다. 추리소설가 김내성은 바로 그 시기에 연애소설가로 변신하였으며, 전후보다 본격화된 그의 연애소설은 당대의 그러한 망탈리테의 변화 형성 과정을 보다 사실에 가깝게 담아내고 있다는 점에서 특별히 주목되는 텍스트들이다.

전후 김내성의 연애소설은 전쟁으로 급속히 내면화되고 전면화된 물질만능의 경제주의 망탈리테와의 대결에서 유일하게 살아남은 것이 '사랑'이었음을 보여준다. 정신적 가치가 물질적 경제적 가치에 모두 밀려나 버린 전후의 황폐한 가슴에 유일한 희망으로 남겨진 '사랑'은 가부장제 이데올로기와 같은 당대의 지배이데올로기에 빠르게 흡수되어 갔다. 결과적으로는 지배담론에 봉합되어 가는 서사 속에서도, 낭만적 사랑의 신화와 결혼제도, 가족이데올로기에 균열을 일으키고 있다는 것이 전후 김내성 소설의 특징이다. 특히『인생화보』와『백조의 곡』에서 기존의 봉건질서와 정신주의의 가치관은 과감히 내파되고 있으며, 자유와 평등, 그리고 실용주의가 새로운 의미와 가치를 획득하고 있다.

『실낙원의 별』에 이르러서는 가부장제와 가족이데올로기에 이끌려 들어가고 있는 것으로 보이지만, 그것을 '작가 김내성의 한계'로 보기보다는 오히려 그것을 통해 전후 대중사회의 실상과 대중의 정서 및 가치관을 보다 현실적으로 짚어내는 것이 중요하다고 생각된다. 그가 의도했건 혹은 미처 의식하지 못했건 그의 소설은 당대의 망탈리테를 폭넓게 담지하고 있었으며, 그의 그러한 변화 자체가 전후의 망탈리테를 얘기해주고 있다. 그리고 그것은 최근까지도 우리를 지배해온 근대 자본주의적 가치체계에 대해서, 또한 그것들을 의식 / 무의식적으로 추구해온 우리 자신에 대해서 다시 생각해 보게 만든다.

그러므로 한국전쟁기와 그 이후의 김내성 소설은 오히려 그 이전의 추리소설보다 더 주목되어져야 할 것이다. 김내성은 선구적이며 독보적인 탐정소설가임에 틀림없지만, 사회문화사적으로 볼 때 전후 그의 연애소설이야말로 우리가 누구인지, 우리에게 문학이 무엇인지, 대중소설은 왜 존재하는지 돌아보게 해 주기 때문이다.

참고문헌

1. 기본자료

김내성, 「통속소설과 대중문학」, 『경향신문』, 1948.11.19.

_____, 『인생화보』 상, 청운사, 1953.

_____, 『인생화보』 상·하, 진문출판사, 1964.

_____, 『애인, 백조의 곡』, 동국문화사, 1962.

_____, 『실낙원의 별』 전·후, 정음사, 1957.

_____, 『청춘극장』, 문성당, 1957.

_____, 「신문소설의 형식과 그 본질」, 『현대문학』, 1957.2.

김기석, 「신세대의 도덕」, 『사상』 3, 1952.11.

김은우, 「여학생 대화에 나타난 세태」, 『신태양』, 1954.11.

박동일, 「특수 댄스홀 탐방기」, 『신태양』, 1954.10

배성용, 「한민족의 경제관―동양식 정체성(停滯性)과 빈락(貧樂) 경제관」, 『사상』, 1952.9.

이삼술, 「현대여자대학생의 생활편모」, 『신태양』, 1954.9.

한창동, 『신태양』, 1954.11.

좌담, 「요즈음 세태와 전후 각국여성을 만하는 좌담회」, 『여원』, 1956.3.

「신영화 소개, 애인」, 『경향신문』, 1956.6.21.

「전반적 재검토가 요망되는 국산 영화계의 현황」, 『동아일보』, 1957.6.28.

2. 단행본과 논문, 그외

강준만, 『한국현대사 산책, 1950년대편 2』, 인물과사상사, 2004.

_____, 『역사는 커뮤니케이션이다』, 인물과사상사, 2005.

권영민, 『한국현대문학사』, 민음사, 2002.

김병익, 『한국문단사 1908~1970』, 문학과지성사, 2001.

김동춘, 『전쟁과 사회』 개정판, 돌베개, 2006.

김윤식·정호웅, 『한국현대소설사』, 문학동네, 2000.

김응종, 『아날학파의 역사세계』, 아르케, 2001.

나병철, 「이광수 성장소설과 가족 로망스」, 『비평문학』 25호, 2005.

이정옥, 「대중문학과 독자」, 『대중서사연구』 제10집, 2003.

장민지, 「김래성의『애인』,『실락원의 별』 연구」,『어문론총』 제36호, 경북어문학회, 2002.

정비석, 「통속소설 소고」,『소설작법』, 민음사, 1975.

정세영, 「김내성 소설론」, 동국대 석사논문, 1992.

조한욱,『문화로 보면 역사가 달라진다』, 책세상, 2000.

최영석, 「1950년대 한국 신문소설의 구조적 성격에 관한 연구」, 연세대 석사논문, 1989.

최봉영,『한국문화의 성격』, 사계절, 1997.

한원영,『한국현대 신문연재소설 연구』상, 국학자료원, 1999.

홍기삼, 「김내성과 청춘극장」,『한국장편문학대계』, 성음사, 1970.

린 헌트, 조한욱 역,『프랑스 혁명의 가족로망스』, 문학과사상사, 1999.

앤서니 기든스, 배은경·황정미 역,『현대사회의 성, 사랑, 에로티시즘-친밀성의 구조변
    동』, 새물결, 1995.

피터 버크, 조한욱 역,『문화사란 무엇인가』, 길, 2005.

M. 로베르, 김치수·이윤복 역,『기원의 소설, 소설의 기원』, 문학과지성사, 1999.

KBS, TV다큐멘터리〈KBS특별기획, 자본주의 100년〉제4편, 1991.12.12.

김내성 소설 『애인』에 나타난 욕망과 윤리의 문제

| 김현주 |

1. 머리말

한국전쟁 이후 출판 시장은 극단적으로 위축된다. 전쟁으로 경제적 토대가 붕괴되어 수용자의 구매능력이 감소했기 때문이다. 1954년 무렵 일반적인 서적 출판은 발행 종수도 크게 줄었고, 3천부 이상 판매되면 베스트셀러로 평가될 정도의 규모였다.[1]

---

[1] 전후 출판사와 서적상들은 독자들의 구매력 감소로 할인 경쟁을 하다가, 문을 닫는 경우가 많았다. 양평, 『베스트셀러 이야기』, 우석, 1985, 14면; 이임자, 『한국출판과 베스트셀러—1883~1996』, 경인문화사, 1998, 98면; 백운관·부길만, 『한국출판문화변천사: 도서유통의 성립과 발전』, 타래, 1992, 169~170면.

1950년대 중반부터 신문은 오늘날의 크기로 1일 4면씩 발행되고 일부 중앙 일간지들이 조석간제를 실시함에 따라, 신문이 제공하는 정보의 양과 속도가 급증하게 된다. 특히 '야당지'로 분류되던 『경향신문』이 10만부, 『동아일보』가 17만부가 발간될 정도로 신문 매체는 광범위한 독자 기반을 다지게 된다.[2] 이처럼 신문 시장이 서서히 회복되면서 문화적 명맥을 잇고 독서 시장을 확대하는 역할을 담당하게 된다. 이런 신문 매체의 소비 확대는 라디오 수신기 등 다른 대중 매체의 보급이 아직 미약했던 당시 사회 문화적 배경과 관련된다.[3]

김내성은 해방 이전에는 탐정소설로 독자층을 확보했지만, 해방 이후에는 정비석과 마찬가지로 연애소설로 대중적 독자층을 광범위하게 확보한다.[4] 해방 이후 그는 연애소설을 통해 "생리와 윤리의 부조화",[5] 사회적 윤리와 욕망의 문제를 작품의 전면에 배치한다. 신문이 광대한 발표지면과 발행부수를 갖고 있어 광범위한 독자층을 확보할 수 있는 대중 매체이며, 출판경기의 저하에도 불구하고 가장 많은 발표지면을 작가에게 제공해 줄 수 있다고 보았기 때문이다.[6] 그는 대중성과 지면 확보 차원에서 뿐만 아니라 문학 수련의 도장으로 신

2　대중교양잡지 『사상계』 역시 1955년 6월 이후 발행부수 8천부를 돌파할 정도로, 1950년대는 문자매체의 급성장기라 할 수 있다. 강인철, 「한국전쟁과 사회의식 및 문화의 변화」, 윤해동 외, 『근대를 읽는다』, 역사비평, 2006, 407면.

3　1959년에야 비로소 국내에서 라디오 수신기가 조립·생산되기 시작하면서 전국적으로 보급되었기 때문에, 인구 1,000명당 라디오 보급대수가 1957년 1월에 6.43대였던 것이 1959년 12월에 15.07대, 1961년 9월에 27.44대로 증가한다. 김영희, 「제1공화국시기 수용자의 매체 접촉경향」, 『한국언론학보』 47권6호, 2003.12, 315~316면.

4　1954년 『서울신문』에 연재되었던 정비석의 『자유부인』은 단행본 출간 1년 만에 상·하권 합쳐 약 8만부 정도가, 1949년 『한국일보』에 연재되었던 김내성의 『청춘극장』(5권)의 단행본이 15만질 판매되었다. 양평, 앞의 책, 51면.

5　김내성, 「작품후기」, 『청춘극장』, 문성당, 1957.

6　김내성, 「신문소설의 형식과 그 본질」, 『현대문학』 26호, 1957.2, 61~62면.

문을 활용하였던 것이다. 따라서 이 당시 신문에 연재한 『청춘극장』은 해방 전후를 배경으로, 『인생화보』, 『백조의 곡』, 『애인』, 『실낙원의 별』 등은 전쟁 후의 일상적 생활 세계를 배경으로 사회적 윤리와 생리 욕구의 문제를 진지하게 탐구하고 있다.

특히 김내성의 후기소설에 해당되는 『애인』은 1954년 신문에 연재되었으며, 영화로도 제작되어 대중적 인기를 얻는다.[7] 이 작품이 연재된 『경향신문』은 당시 "도시의 비판적 지식인과 젊은 층"을 광범위한 독자층으로 확보했던 야당지라는 점[8]에서 그의 창작의도와 부합하는 매체이다.

일반적으로 소설은 사회적 상상력으로 사회적 현실을 재현representation 하지만, 사회적 현실을 단순히 재현한 공간이 아니라 문학적으로 재생산reproduction한 표상 공간이다. 이런 의미에서 『애인』은 해방 이후 유입된 '미국문화'에 대한 지향과 이를 주체적으로 수용하는 문제, 그리고 개인의 욕망과 사회적 윤리의 문제를 진지하게 성찰하면서 새로운 윤리관을 정립하고자 욕망했던 작가의 문학적 상상력으로 재현된 표상 공간이다. 그 결과 윤리와 욕망을 '자유', '민주주의', '남녀평등', 또는 '인권', '결혼제도'라는 이름으로 호명하면서, 연애를 중심으로 인간의 욕망과 생리, 남녀의 관계, 가족제도, 그리고 사회적 윤리의 문제를 탐색하고

---

7 변재란에 따르면 『애인』은 1956년에 홍성기 감독이, 신신영화사의 후원으로 화려한 캐스팅과 오천만환에 이르는 일반영화제작비의 2배에 해당하는 비용을 들여, 주제곡 및 배경 음악의 출연악사가 100명이 되는 대작 영화를 만들어 흥행에 대성공을 거둔다. 1967년과 1982년에 영화로 다시 제작될 정도로 대중적인 사랑을 받는다. 변재란, 「1950년대 감독연구」, 『영화연구』 20호, 2002.12, 187면.

8 당시 야당지와 중립 비판지로 분류되던 『동아일보』, 『조선일보』, 『한국일보』, 『경향신문』은 여당지나 친여당지보다 훨씬 발행 부수가 많았으며 독자의 호응도 높았다. 김영희, 앞의 글, 311~312면.

있다. 따라서 본고는 김내성의『애인』에서 개인의 욕망과 윤리를 형상화하는 방식을 고찰하고자 한다.

2. 개인의 욕망과 사회적 윤리의 충돌

세계 질서가 냉전체제로 재편되는 과정에서 겪은 전쟁은 남한의 미국에 대한 의존도를 심화시켰다. 미국문화에 대한 강한 매혹과 함께, 그들의 일상적인 삶과 그들의 욕망을 욕망하는 것도 증대되었다. 그로 인해 미국문화를 지향하는 것이 교양인이나 문화인의 척도가 되는 사회적 풍조를 낳았고, 이러한 태도에 대한 반성으로 '전통'과 서구문화의 주체적 수용을 모색하는 등 주체 내적으로 극심한 혼란을 겪게 된다. 이 시기에 발표된『애인』은 이런 혼란된 세계상을 반영하고 있으며 주체의 위기감이 감지되는 가운데 새로운 윤리와 질서를 정립하고자 하는 작가의 욕망이 엿보인다.

이러한 지적 주체에의 욕망은 한편으로는 미국이라는 타자의 제도나 윤리에 대한 전유의 욕망으로 투사되기도 하고, 다른 한편으로는 그것의 주체적 수용 욕망으로 반추되기도 한다. 소설의 서두에서도 해방 이후 개인의 인권, 남녀평등의 헌법 제정 등 자유민주주의의 토대가 마련되었지만 개인의 교양과 사회적 윤리가 이에 부합되지 못함을 지적한다. 즉, 새로운 사회적 윤리에 대한 모색 없이 전쟁 이후 연애의 자유로움과 방자함, 개인주의와 이기주의가 혼동되어 중대한 사회적 문제를 야기하고 있다고 토로한 것도 이런 이유에서이다. 이런 발언을 통해 작가는 새로운 연애와 윤리, 가족제도의 모색이 이 작품의 지향점임을 제시하고 있는 셈이다.

그리하여 이 작품은 국가의 기강마저 뒤흔드는 사회적 문제, 즉 개인의 욕망과 사회적 윤리의 충돌 지점을 세 인물 유형의 연애관과 결혼관으로 압축하고 있다. 즉 미국문화를 자유민주주의로, 개인주의를 이기주의로 혼동하고 있는 인물들의 혼란상을 재현함으로써, 당대적 삶과 그들이 겪는 문제를 깊이 있게 탐구하고 있다.

1) 애욕의 철학자의 생활철학

『애인』에서 유민호는 변호사 사무실을 운영하는 한편 덕흥상사라는 물류사업도 병행하는 성공한 법률가이자 기업인이다.

> "호적에 오르나 안 오르나 마찬가지의 결과를 가져온다. 한 사람의 여자를 상대로 일생을 보낼 그런 미련한 인간은 아니니까. 공연히 이혼 수속만 귀찮아지는 거야. 그대들이 결혼계(結婚届) 한 장으로 내 자유를 속박해 보려는 것은 이미 그대들의 애정도 아니고 성실도 아니다. 그것은 다만 그대들의 의식주를 보장 받으려는 하나의 상행위(商行爲)니까, 그런 위험들이 많은 상행위에 내가 동의를 할만큼 무식하지도 않고 미련하지도 않다. 결혼계 한 장으로써 결혼이 지속되는 것이 아니고 애정의 유무가 결혼을 결정짓는 것이다. 그러니까 법률 상의 아내라야만 된다면 나는 절대로 동의할 수가 없다. 어째 그러냐 하면 그대

들에 대한 나의 애정의 지속을 나 자신도 예측할 수가 없으니까 말이다."

그것이 싫다고 본처는 나가버린 것이다. 그리고 중학교 교원이던 이 김옥영은 유민호의 이론을 승인함으로써 삼 년에 걸친 동거생활을 계속해온 것이다.[9](286면, 강조―인용자. 이하 동일)

유민호는 "잰틀맨십"(287면)을 지닌 시민적 교양의 소유자라고 자처하면서도, 여러 여성들과 성적 관계를 맺을 수 있는 것이 자신의 능력이며 남성의 특권이라고 과시한다. 결혼은 단지 여성에게는 "의식주를 보장 받으려는 하나의 상행위商行爲"이고, 남성에게는 일시적인 애정 관계를 해소하거나 "정복감"(286면)을 채워주는 비싼 비용이라고 간주한다. 그는 오히려 영혼과 정신의 대화 속에 생활과 육체의 교섭을 갖는 낭만적 사랑의 이상을 비웃고 철저히 자기 본위의 목적을 위해 상대방을 대상화한다. 결혼제도와 남녀의 만남을 철저히 교환가치의 관계로만 파악하고 있기에 자신을 "자비로운 애욕의 철학자"(290면)로 자처한다. 그러므로 그는 연애는 향유하면서도 정조의 독점권을 법적으로 요구하는 결혼관계(호적)는 거부한다. 그에게 "도덕이라든가 성실이라든가 양심이라든가 하는 말"은 오히려 "적개심을 일으키는"(313면) 부정적인 발언이 된다.

박준모 역시 결혼을 상거래로 인식한다. 미국유학비를 얻기 위해 결혼을 약속한 정임에게 자신에게는 성적 독점권을 요구하지 말되, 아내의 정조는 지켜야 한다고 말할 정도로 뻔뻔스런 인물이다. 그러므로

---

9 김내성, 「애인」, 『경향신문』, 1954.10.1~1955.6.30. 본고에서는 1983년 삼성문화사에서 간행한 『애인』을 텍스트로 삼았다. 이하, 본고에서 인용할 때는 본문에 면수로 표시하기로 한다.

그는 결혼한 석란을 "창부를 대하듯이 애정의 표시가 뻔뻔스러울이만큼 노골적"으로 대하면서, 오히려 '자기감정을 노골적으로 표현'하는 솔직한 행동가라고 자처한다. "자유주의를 가져오고 민주주의를 내세우고 마침내는 한길 가에서 키스를 한다는 서양 사람들의 개방주의"(467면)로 자신의 남성중심의 욕망을 포장하는 이기적 인물이다. 만약 상대 여성이 연애가 결혼으로 이어지는 구조변동을 기대하거나 요구하면, 그는 그 요구를 무시하고 "애욕의 과정"(468면)으로만 여성과 교제하는 것이 남성의 특권이자 문화인의 특권이라고 주장한다. 그는 유민호와 달리 일부일처제의 결혼제도를 이용하지만, 그 제도의 규제에 영향 받지 않는 몰염치한 인물이다. 결혼제도가 남성에게는 "참된 의미에서 민주주의가 되기에는 인간의 생리조직生理組織"(488면)에 부합하지 않는 제도라고 여기기 때문이다. 그는 가정 밖의 세계에서는 '현대적 감각'에 따라 행동하는 것처럼 보이지만, 가정에서는 남자는 다른 이성을 만날 수 있으나 아내는 정조를 지켜야 한다는 '봉건적 감각'을 고수하는 이중적인 태도를 생활철학으로 내세운다.

이처럼 유민호와 박준모는 젠틀맨십을 표면에 내세우기에 현대 교양인의 전형처럼 보이지만, 참된 교양인과는 거리가 먼 "악의 즐거움을 사냥하는 두 개의 타이프"(636면)이다. 그들에게 차이가 있다면, 유민호가 "계획성을 지닌 기회주의"를, 박준모는 "뻔뻔스런 바아바리즘野蠻主義"을 생활철학으로 삼는다는 점뿐이다.

석란의 어머니인 마담로우즈도 악의 즐거움을 즐기는 유형이다. 그녀는 일부일처주의에 토대를 둔 결혼제도를 속박으로 여긴다. 자신의 딸에게도 성적 자유를 즐기되, 성적 배타성을 요구하는 결혼제도를 부정할 것을 권유할 정도로 개방적이고 적극적인 여성이다. 그러나 그녀 역시 당시의 다른 여성들과 유사하게 남편의 폭력에도 불구하고 가정을 지키기 위해 헌신하며 살던 소극적인 여성이었다. 남편 사망 이후 가족의 생계를 책임지면서, 그녀의 인생관이 완전히 반전된 것이다. 그녀는 '식도락'이라는 음식점을 차리고 가정 경제를 담당하게 되는 과정에서, "희망과 욕망은 있어도 이상"(277면)이 없는 자신의 삶을 합리화시키는 생활철학을 선택한다.

> "말하자면 그것은 아버지가 이때까지 지니고 온 철학의 전부를 포기하게 되는 것이니까요. 마담로우즈에게도 철학은 있겠지만 그것은 어디까지나 **생활에 관한 철학**일 뿐, **인생에 관한 철학**은 아니지요. 그들에게는 희망과 욕망은 있어도 이상은 없으니까요."
>
> "희망과 이상은 뭐가 다르니?"
>
> 부인이 옆에서 입을 열었다.
>
> "다르지요. 생활에 대한 희망이나 욕망을 진선미(眞善美)의 입장에서 비판을 받는 것이 이상이니까요. 그러니까 아버지가 마담로즈우와 같은 적극성을 띠인 생활태도에 매력 같은 것을 느낀다는 것은 인생에 대한 이상을 순수 포기하고 단순한 욕망을 그대로 발휘하면서 살아보시겠다는 징조인데 …… 대단히 위험한 징조야요."(277면)

마담로우즈는 "배가 고프면 자존심으로 요기할 생각은 아예 말고 쌀 먹을 생각"(339면)을 하라며, 이상이나 자존심보다 생존과 욕구 충족을 더 중요하게 여기게 된다. 이런 인생관은 "뒷구멍으로 딴 간판을 여러 개 걸고 있"(304면)는 "애욕의 철학자"이면서도 겉으로는 정치가나 문화사업가라고 떠들고 다니는 세태의 경험에서 자연스럽게 형성된 생활철학이다. 이러한 표리부동한 인간들에 비하면, 자신과 같이 "술과 웃음"을 파는 사람이나 유민호와 박준모처럼 노골적으로 생리 욕구대로 사는 인간들이 진정한 '생활철학'을 가진 인간이라고 확신한다.

이들 외에도 중학교 교원인 김옥영, 덕흥상사 박주임의 아내 등도 자신들의 젊은 육체와 유민호의 경제력을 맞교환한다는 점에서 애욕의 철학자와 동일한 생활 철학에 기대 사는 인물들이다.[10]

애욕의 철학자들은 현실은 타락했고 이상 추구는 가치 없는 행위라고 여긴다. 이들은 자신의 욕망과 생존에의 본능에는 충실하지만, 현실에 존재하지 않는 바람직한 사회적 제도나 윤리는 소망하지 않는다. 근대 이후 법제화된 일부일처제의 결혼제도[11]를 남성의 욕망이나 본능을 옭죄는 법적 제도라는 점에서 거부하는 대신, 혼인상태에서도 다른 이성을 만나는 것은 자신의 능력이며 특권이라고 합리화

---

10 이임하는 1955년 배우자가 있는 여성이 4,109,262명으로 배우자가 있는 남성보다 205,119명이 더 많았던 것을 근거로, 이 초과된 수의 여성을 첩으로 추정한다. 또한 1956년 전국의 15세 이상 39세 미만의 여성인구가 4,115,475명임을 감안할 때, 성매매 행위를 하고 있는 여성의 수를 공식자료에 나타난 유엔군 상대의 접대부와 사창을 합한 320,000명으로 한정하더라도 80% 정도의 성인여성들이 성매매를 했을 것으로 추정한다. 이임하, 「한국전쟁과 여성」, 윤해동 외, 앞의 책, 462~465면.

11 일부일처제는 1912년 '조선민사령'이 제정된 이래 몇 차례의 개정을 거치면서 일본 가족법이 조선에 적용되어 "혼인은 남녀동권을 기본으로 하고 혼인의 순결과 가족의 건강은 국가의 특별한 보호를 받는다"(유숙란, 「광복 후 국가건설과정에서의 성불평등구조 형성 - 보통선거법과 제헌헌법 작성과정을 중심으로」, 『한국정치학회보』 제39집 2호, 2005, 293면)며 남녀동권을 근본원리로 삼고 있지만, 특히 1953년 9월 18일에 남녀평등원칙에 의해 간통한 남녀 모두를 처벌하도록 규정하는 형법(법률 제293호)이 제정되면서 축첩의 관습을 제거할 수 있는 법적 근거가 마련되었다. 그러나 현실에서는 축첩이 암묵적으로 용인되었음을 『여원』의 독자투고란에서 자주 발견할 수 있다. 정광현, 『한국가족법연구』, 서울대 출판부, 1967, 21~22면; 정지영, 「근대 일부일처제의 법제화와 '첩'의 문제 - 1920~1930년대 『동아일보』 사건기사 분석을 중심으로」, 한국여성사학회, 『여성과 역사』 9집, 2008.12, 88면.

한다. 이들은 상거래에 기초한 축첩제도를 개인의 욕망의 자유와 민주주의의 권리를 보장하는 생활의 논리로 수용하고 가부장적인 가족제도를 사회적 윤리로 인정한다. 요컨대 이들은 자신의 욕망과 자본축적을 보장해주는 한에서만 미국문화 내지 자유민주주의를 수용할 뿐이다.

2) 명동형 인물의 일부일처제에 대한 항거

이석란은 애욕의 철학자처럼 개인의 욕망 실현과 성적 자유를 서구적 교양이나 근대적 감각의 습득으로 인식하지만 일부일처제의 부정성을 비판한다. 석란은 온천장의 주인을 '주인 아주머니'라고 지칭하면서도, 머릿속으로는 '마담'이라고 사고할 정도로 미국문화에 경도되어 있다.[12] 석란처럼 전쟁 후의 비루한 일상세계와 어울리지 않게 '의식' 속에서 서구적 용어로 일상을 재구성하여 사고하는 행위는 서구문화를 향유할 수 있는 특권적 지위를 과시하는 행위이며 서구적 교양을 지닌 문화인으로 스스로를 규정하려는 의도적인 행위이다. 이는 석란만의 특징적인 행동이 아니라 전쟁 이후 한국 사회의 일상적인 단면이기도 한데, 이런 의식과 행동의 불일치는 현실 인식의 미숙성과 결합될 때 극단적인 행동 양태를 보이게 된다.[13]

---

12 지운 역시 신혼여행지인 온천장을 "호텔이니까, 서양식을 본따서 여존 남비의 의를 채려야 하는 거야. 마담 플리즈!(부인, 자아, 어서)"(410면)라고 신부 석란에게 서양식 예를 갖춘다. 백철, 「오인된 미국문화: 부박과 퇴폐가 과장되다」, 『신태양』 제7권제9호, 1958.9, 196~201면.

13 전쟁 이후 도시인의 언어생활에 영어가 깊숙이 침투될 정도로, 미국식으로의 문화 변

석란은 교양 강좌를 수강하고, 자신의 의지에 따라 지운을 결혼의 상대자로 선택하고 결혼 제의도 먼저 할 정도로 적극적인 현대 여성이다. 경제적 고통에 맞서 생활 전선으로 나설 필요가 없는, 전쟁의 고통과는 일정한 거리를 두고 자신의 의지나 욕망을 여과 없이 표출할 수 있을 정도의 경제적 토대를 갖춘 부유계층의 행동 양태를 보여준다. 그러므로 경제적 풍요와 지적 습득 과정을 거친 여대생이며, "지식이나 교양의 깊이는 없으되 현대적인 센스"(95면)를 갖춘 명랑성을 지닌 '명동형 인물'로 불려진다. 이러한 명동형 인물을 비평계에서는 아프레걸로 지칭하는데,[14] 이들은 석란처럼 성적으로 방탕한 여성이나 혼란기에 잠시 등장한 "불량형"의 인물로 인식되기도 하지만, 전통적 윤리관으로부터의 자유와 성적 자기결정권을 주장할 정도로 똑똑한 여성[15]으로 인정되기도 한다.

석란은 신혼여행에서 "한 사람의 아내라는 관념은 전혀 무시하고"(429면) 박준모와 거리낌 없이 교제할 정도로 자유분방하게 행동한다.[16] 그런 석란의 행동을 제지하는 지운의 행동을 체면이나 예술가적

동이 급속하게 진행되었다. 강인철, 「한국전쟁과 사회의식 및 문화의 변화」, 한국정신문화연구원 편, 『한국전쟁과 사회구조의 변화』, 백산서당, 1999, 417~418면.

14 1950년대 여성교양잡지인 『여원』에서는 전후파 여성인 아프레걸은 성적으로 방종한 여성 또는 자신의 재량에 따라 성을 기획할 수 있는 세세대 여성으로, 양가적으로 규정하고 있다. 최정희, 「어느 여대생의 이야기―지성을 갖추자」, 『여원』, 1957.4, 134~137면; 「새로운 세대를 위한 윤리와 생리의 대화」, 위의 책, 74~85면.

15 김현주, 「'아프레 걸'의 주체화 방식과 멜로드라마적 상상력의 구조―정연희의 『목마른 나무들』을 중심으로」, 한국현대문예비평학회, 『한국문예비평연구』 21집, 2006.12, 316면.

16 조연현은 『실낙원의 별』의 영림을 "성적 생활의 자유를 구가하는 여성", 즉 아프레걸로 지칭한다. 석란은 『인생화보』의 예림, 『실낙원의 별』의 고영림와 유사한 인물 유형이다. 그러므로 석란이나 예림 역시 아프레걸로 지칭되는 여성이다. 김내성은 이들의 행동이나 주장을 새로운 시대의 윤리를 수용하고자 하는 것으로 그림으로써 단순히 비난하거나 부정할 수 없는 것으로 형상화한다. 조연현, 「해방 후, 윤리적 기초의 연애」, 『여

인 자존심을 내세우는 "독재주의"(428면)이며 "민주주의 체제"(443면)에 맞지 않는 행위로 간주한다. 대신 자신의 행동을 그러한 고난 속에서 "민주주의를 옹호하고 아내의 자유를 봉건적인 남편의 손으로부터 획득"해야 할 "중대한 사회문제"(458면)를 제기하는 진보적 행동으로 인식한다.

그녀는 사랑을 "에티켓"(491면)의 일종으로 여기고, "남편을 참되게 존경하든가 남편에게 참된 애정"(443면)에 의해 결혼한 것은 아니기 때문에 석란은 "조금만 행복해 봅시다"(450면)라는 박준모의 제의에 흔쾌히 육체적인 접촉을 한다. 따라서 성적 독점권을 주장하는 남편의 요구가 개인의 자유를 억압하는 행위이며, 남편의 이혼 요구와 폭력이 자신의 부적절한 행동 때문이 아니라 일부일처주의 결혼제도의 모순 때문에 유발한 행동이라고 간주해 버린다.

> 그렇지요. 애정이나 애욕에 대한 인간의 욕망을 무제한 허용하는 결혼 형태가 개인적으로나 사회적으로 많은 폐단을 가져올 수밖에 없으니까요. 그것을 봉건적 사회에 있어서는 일부일처주의의 윤리로서 억압을 했었고 오늘과 같은 민주주의 사회에서는 윤리 이외에 한 가지 더 당사자들이 바꾼 약속의 존엄성으로서 억압을 하고 있지요. 그러니까 오늘의 일부일처주의의 결혼은 애정과 윤리와 약속의 세 가지 유대(紐帶)로서 형성되고 또한 지속되고 있는 것이요(508면).

위 인용문에서 보듯, 석란은 일부일처주의 가족제도는 애정, 윤리, 약속이라는 세 요소로 유지되는 결혼제도이지만, 현실에서는 여

원』, 1957.7, 176~179면.

성에게 일방적인 정조의 윤리를 강요하고 당사자 간의 믿음 없는 약속만으로 유지되는 불합리한 제도라고 비판한다. 또한 인간으로서의 운명이나 한국여성으로서의 운명보다 "제 삼의 운명"(510면) 즉 아내로서의 운명을 강요하는 여성의 현실에 분노한다. "일부일처주의의 미덕을 충실히 지켜나가는 것은 세상의 아내들뿐이고"(513면) "사회적 비판을 마련하고 형성하는 주체"(514면)와 "오늘의 모든 문화의 추진력이 되고 도덕의 기준을 세우는"(514면) 주체 역시 모두 남성이기에 규율의 제재조차 받지 않는다고 판단한 것이다.

요컨대 그녀는 일부일처주의 결혼제도가 남성중심주의 체제를 존속시키고 남성의 생리적 욕망을 해소하기 위해 여성을 '운명'이라는 굴레로 속박하는 사회적 제도이자 윤리라고 인식한다. 그 결과 해방 이후 자유민주주의를 입으로는 외치면서도 일상생활에서는 가부장적 이데올로기를 근대적 규율이자 가족 제도로 여기는 "한국적 모랄"(441면)의 이중성에 대해서 격분한다.[17] 그러나 결혼제도에서 요구하는 성적 자유의 제한을 "한 사람의 자유의 한계"(510면)로 문제 삼는 급진적인 모럴리티만을 제시할 뿐이다. 이처럼 석란은 서구문화를 전유하되 그것을 관념으로 전유하였기 때문에, 결혼제도의 모순을 정당하게 비판했음에도 불구하고 현실적 대안을 구하지 못하고 자기만의 세계에 갇혀버린다.

따라서 이혼 후 석란은 사회적 윤리로부터 타자화되면서 심적 갈

---

17 정비석의 『자유부인』과 김내성의 『애인』은 해방 후 급속하게 파급된 자유민주주의의 이념에 따라 욕망의 자유를 분출하려는 인물들을 다루고 있다. 『애인』과 달리 『자유부인』은 봉건적 윤리에의 순종으로 귀결된다. 즉 "통속소설의 사회 교화적 역할"을 수행하며 당시 지배담론의 한 측면인 반공의 담론을 내재한 가부장적 담론으로 귀속되는 허약한 인간상을 다루고 있다. 정비석, 「통속소설소고」, 『소설작법』, 선문사, 1953, 173면.

등을 겪는다. "뜨내기 애정은 모르지만 여자의 참다운 애정은 역시 남자의 탐탁한 속박과 보호에서부터 생기는 게 아냐요?"(305면)라고 자책하고, "허술한 자유보다는 탐탁한 속박이 갑자기 좋아졌어요"(715면)라고 토로하는 허약한 면모를 보인다.

이때 작가가 남성중심 세계로부터의 일탈과 성적 결정권의 자유를 소망했던 그녀의 명랑성을 그대로 유지하면서 긍정적으로 묘사하고 있다는 점에 주목할 필요가 있다. 빈약한 철학적 토대와 미숙한 현실인식으로 인해 비주체적으로 미국문화의 영향을 받은 석란의 태도는 비판적으로, 가부장제를 유지하려는 남성들을 비판하는 석란의 태도는 긍정적으로 묘사하고 있다.

석란의 행위를 서구문화에 대한 맹목적 추수와는 다른 시각으로 형상화하고 있는 셈이다. 석란이 서구적 보편성에 기대어 개인의 욕망과 그 자유를 토로하는 것이며 자신의 추체험으로 현실을 인식하고 행동한 것이지, 서구문화를 맹목적으로 추수한 것만은 아니라는 점이 강조된다. 다시 말해 그녀의 어머니는 경제적인 무능과 비판적 시선 때문에 남편의 폭력을 고스란히 수용해야 했지만 아버지의 사망 후 경제적 풍요와 개인의 욕망 실현이 가능했다. 그녀는 가부장적 제도의 폭력성을 그런 어머니를 통해 추체험하고, 그런 폭력으로부터 자신을 보호하기 위해 성적자기결정권과 남녀평등권을 소망했던 것이다.

3) 성실한 도덕주의자의 인생철학

6·25전쟁은 대규모의 민족 이산을 가져옴으로써, 사회질서와 일상의식을 규제하던 전통적 질서나 생활 윤리를 급격히 와해시키는 데 결정적인 역할을 한다. 이에 따라 전통적인 윤리는 그 사회적 규제력을 상실하게 되고, 그 자리에 재빨리 서구문화가 대체되어 버린다.[18] 주인공 임지운의 아버지인 임학준 교수는 전쟁과 미국문화로 인해 "일반 대중의 생활신조에 커다란 변모를 일으키게 되었"고 "그 변모의 근본적인 원인은 철학의 빈곤에 있"다고 판단한다. 그는 일반 대중이 생활기반을 송두리째 뺏긴 후 생존을 위해서 이상을 내던지는 현실에 개탄하면서, 생존이나 욕망을 쫓는 생활철학보다는 이상을 추구하는 인생철학을 지향하고자 한다.

『없으면 없고 있으면 있고, 있는 그대로의 모습으로 살다가 죽자!』
 이것이 임 교수의 **인생 철학**이었다. 그리하여 이러한 철학 위에서 영위되어 온 오십 삼년 동안의 임 교수의 생활은 소박과 성실과 겸양과 근엄과 극기(克己)의 도덕률 밑에서 지배되어 왔다(50면, 강조—인용자).

극기복례라는 전통적인 수양과 서구의 내면적 교양의 힘을 결합한 세계관을 간직한 임 교수는 전통적인 윤리관이나 결혼관을 현대적으로 재해석한다. "허영심의 만족을 위한 연애, 또는 취미내지 장난을 위한 연애 혹은 시험적인 연애 같은 경박한 연애"를 하지 말고, "진실

로 한 번 빗맞으면 피를 보고 목숨을 건드리는 진검승부眞劍勝負"(20면)의 연애를 해야 한다고 주장한다. "자연 발생적인 생리적 욕구를 인간만이 가진 지성으로서 통솔하는 노력이 요청"(23면)되며 지성, 교양, 수양을 강조한다는 점에서 생리적 욕구만을 쫓으면서 애욕의 철학자로 자처하는 유민호, 박준모, 마담로우즈와 대비된다.

그는 자식이나 아내도 자신과 동일한 인격체로 인정하고, 소통을 통해 자신의 삶의 지표마저 변화시킬 수 있는 인생의 동반자로 대우한다. 또한 연애를 "청춘의 심볼"(20면)로, 참된 의미의 행복을 "욕망의 이상화理想化"(279면)로 주장할 정도로 개방적이면서도 진보적인 사고를 지녔다. 그러나 결혼에 무관심한 아들에게 "임씨의 대가 끊어져도 너는 좋"(93면)으냐고 언성을 높이는 행동에서 추론해 볼 때, 그가 주장하는 "소박과 성실과 겸양과 근엄과 극기克己의 도덕률"(50면)은 전통적인 가족제도의 습성에 그 토대를 두고 있음을 알 수 있다. 서구 문화를 수용하고 그것을 생활지표로 전유하려 하면서도, 가족제도와 "보배로운 아내와 가정"(279면)을 유지하기 위해서 전통적 윤리를 기꺼이 수용한다는 점에서 이중적 윤리관을 소유하고 있는 셈이다.

오영심과 결혼하는 군인 허정욱 역시 "자기 감정에 의해 새로운 도덕, 새로운 질서를 만든다"는 생각은 공상이며, "개인과 더불어 인류전체를 구제하는 유일한 길"(615면)은 자신이 살고 있는 세계의 사회적 윤리와 질서를 존중하는 것이라고 주장한다. 그는 결혼 생활에서 성실한 부부애를 강조하는 한편, 배우자가 아닌 이성에 대한 감정은 이성적으로 제어해야 하며 인류를 구제하기 위해서는 늘 이성, 교양, 수양의 길을 인생철학으로 삼아야 한다고 여긴다.

임 교수나 허정욱은 인생철학의 내적 논리인 성실, 교양, 수양의 길을 남녀 모두가 수행해 할 덕목으로 여긴다. 그러나 이러한 덕목이 남성중심사회에서는 여성의 인내와 권리 포기, 주장의 억제를 요구한다는 사실을 간과하고 있다.

　　채정주는 석란처럼 자신의 의사를 명백하게 표현할 줄 알면서도 "자존심을 옹호하기 위해서는 연애를 포기할 수 있"는 현대적인 여성이다. 하지만 당대 여성 "태반이 수동적"(337면)이듯 그녀 역시 남녀관계나 가족관계에서는 수동적인 태도를 고수한다. 박준모의 약혼자인 정임 역시 경제적 자립 능력을 갖춘 현대적 여성임에도 불구하고, 약혼자인 박준모에게 처녀성을 상실하고는 그에게 포박되어 버린다. 그의 이기적인 성적 개방성마저 모두 포용하는 것이 여성의 숙명이라고 여긴다. "임지운이라는 이 점잖은 남편이 자꾸만 불쌍해졌다. 습성으로 정임은 남자의 방탕성을 허용은 하고 있지만 여자의 무절조는 용서하지 않았다(453면)"라는 구절에서 알 수 있듯이, 그녀 역시 채정주처럼 자신의 삶을 스스로 결정할 수 있는 현대 여성이라고 자처하면서도 남녀관계나 가족관계에서는 남성중심의 권력관계를 인정하는 보수적 태도를 취한다.

　　생활철학자들이 자신의 욕망 실현을 위해 미국문화와 제도, 결혼제도 등을 이용하였다면, 석란은 남성중심의 가부장제에 저항하기 위해 결혼제도마저 부정하였다. 반면에 성실한 도덕주의자들은 현대적 교양과 감각을 존중하면서도 가부장적 결혼제도도 사회적 제도와 윤리로서 준수해야 한다는 인생철학을 지니고 있다.

3. 욕망의 이상화

근대적 개인은 자신의 이성으로 자신을 정의하되 타자와의 관련 속에서 자신을 돌아볼 줄 알며 현실에 기반하여 미래를 전망하는 개인으로 정의된다.[19] 또한 사회적 집단들에 관한 속성들이 모두 개인들의 속성으로 환원될 수 있는 자유를 지닌다고 간주한다. 그러나 개인들의 정체성과 그들이 추구하는 가치들은 대부분 그가 속한 공동체의 가치들을 사회화 과정을 통해서 획득한다. 또한 자아는 스스로 자신의 정체성을 구성해 나가는 것처럼 보이지만, 실은 자신이 사회화된 공동체 안에서 구성해 나가며, 그 안에서 자신에게 주어진 역할에 의해 정해진다.[20]

연애와 결혼은 남녀 간의 사적인 관계 맺기 방식이지만 사회적·계층적 조건 속에서 이루어지는 제도적 차원이며 공동체적 가치의 문제와 관련된다. 따라서 개인들은 성적 자유를 구가하지만, 결혼 제도와 사회적 윤리에 기대어 자신의 욕망이나 감정을 조정한다. 그런데 전쟁 직후 정신적 공황panic 상태로 사회적 제도가 약화된 데다가, 미국문화와 자유민주주의 이념이 확산되면서 자아의 이기적인 욕망 실현이 자유 또는 민주주의에 기초한 삶의 태도로 오인하는 경우도 있었다. 이 시기에 김내성은 개인의 욕망과 사회적 윤리의 부조화, 그 사이에서 균열된 자아의식을 세 가지 인물 유형에서 압축적으로 보여줌으로써, 오히려 타자에 대한 헌신과 성실함에 기초한 욕망 실현이

---

19 나병철, 『한국문학의 근대성과 탈근대성』, 문예출판사, 1996, 16면.
20 권용혁, 「세계화와 보편 윤리」, 사회와철학연구회, 『사회와 철학』 제1호, 2001.4, 118~119면.

사회적 윤리로 정립되기를 소망하는 작가의식을 간접적으로 드러내고 있다.

요컨대 첫 번째 유형은 애욕의 욕망을 향유하지만 애정의 친밀도나 성실한 부부애를 부정하는 인물 유형이다. 경제력과 사회적 권력을 소유하였기에, 일부일처제에 기초한 사회적 윤리를 무시할 수 있다고 자만하고, 결혼제도나 연애를 개인의 욕망 실현에 이용하는 속물적 욕망을 지닌 인물 유형이다. 두 번째 유형은 애욕의 욕망을 향유하지만 그것이 애정의 친밀도나 성실한 부부애에 근거한다는 사실을 부정한다. 이 유형의 인물들은 서구적 이론으로 무장되었다고 자처하지만 미숙한 현실인식으로 말미암아 자신의 물적·정신적 토대인 사회적 윤리나 제도마저 어설프게 부정한다. 세 번째 유형은 연애가 지상선을 구현하는 것이며, 그것이 일부일처제에 기초한 결혼제도로 자연스럽게 구조 변동되는 것이 합리적이라고 믿는다. 이들은 성실성과 애정의 친밀도를 토대로 하지 않는 애욕적 욕망은 부정하는 대신, 가부장적 관습은 용인한다.

첫 번째 유형인 유민호, 박준모 등과 같은 인물은 개인의 이기적 욕망만을 추구한다. 이들은 성적 욕망과 교환가치로 치환할 수 있는 경제적 토대나 애욕의 철학만을 소유하고자 한다. 또한 이상 추구를 가치 없는 행위라고 여기는 천박한 문학적 교양을 지녔으며, 자기 또는 자기 행동에 대한 성찰을 기대할 수 없는 인물 유형이다.

두 번째와 세 번째 유형은 사회적 윤리나 사회적 이상에 가치를 두고 있는 인물 유형이다. 즉 두 번째 유형에 속하는 석란의 미숙한 행동이 현실의 제도와 윤리에서 용납되지 않는다는 사실을 재현하면서도, 그녀의 행동에 공감하는 여성들과 자매애로 유대하면서 이상적 가치를 끝까지 포기하지 않는다는 사실을 긍정적으로 포착하고 있다. 또한 세 번째 인물 유형에 속하는 임지운과 오영심은 석란과 다른 방식으로 자신의 욕망을 이상화시킨다. 이들은 성실한 도덕주의자의 인생철학을 가지고 있으면서도, 애정의 친밀도에 기초한 애욕의 욕망을 영원까지 추구한다. 지운과 영심의 사랑은 당대의 사회적 윤리에서는 용납 받지 못한다고 여기고 판타스마고리아phantasmagoria[21]의 환영을 쫓는 듯하지만, 실제로 자신들의 욕망을 이상화시키기 위해 기꺼이 낭만적 사랑의 순교자가 되는 결단성을 보인다.

1) 남성의 횡포에 대응하는 자매애

6·25전쟁은 윤리적 가치나 공동체적 가치보다 실용적 합리성과 개인주의적인 능력을 정당화하면서 남녀의 관계망이나 새로운 가족망의 구성을 급속히 진전시킨다. 전후 미국의 원조와 함께 들어온 대중문화, 성윤리의 문란, 여성의 경제적 자립을 통한 사회적 위상의 상승 등에 따라 사회적 윤리의 파괴와 새로운 윤리의 창조라는 이중적 욕망의 충돌은 격화된다.[22] 이러한 충돌 지점에서 실존적 위기를 겪는 여성들 사이에서는 자연스럽게 자매애sisterhood가 형성된다.[23]

---

21 벤야민은 상품물신성 개념을 확장하여, 현대가 부여하는 매혹 이면에 고통의 환각을 판타스마고리아(phantasmagoria)란 용어로 설명한다. 그램 질로크, 노명우 역, 『발터벤야민과 메트로폴리스』, 효형출판사, 2006, 237면.
22 이정덕·박허식, 「한국 가족윤리변천사 4 – 1950년 6·25동란이후부터 1960년대 말까지」, 『대한가정학회지』 37권7호, 1999, 47면.
23 『실낙원의 별』의 고영림, 김옥영, 한혜련도 자매애를 형성하는 여성군이다.

"자꾸만 슬퍼요. 난 이제 처녀가 아냐요. 그것이 자꾸만 슬퍼요. 내가 지녔던 모든 금지는 이미 없어지고 말았어요. 임 지운이가 뭐가 그리 잘 났기에 아주 뻗대는 거예요. 내 실수에 대한 **남성들의 비판이 지나치게 가혹하다**는 말이예요. 나를 용서 못하겠다는 임 지운의 감정은 임 지운 개인을 떠난 뭇 남성들의 감정을 대변하는 거지요. 그것이 분해요. 내 행동에 대한 형벌이 너무 가혹해요."

뭐라고 말을 하여 석란의 비애를 위로해 주고 싶었으나 정주는 적당한 말을 고르지 못했다. 남녀의 확집(確執)에서 **궁극의 피해를 받는 것은 여성들이라**고, 그 점만은 정주도 수긍하지 않을 수 없었다(553면).

석란은 미숙한 현실 인식 미숙함 때문에 이혼했다는 사실을 인정하면서도, 여성의 행동만 규제하는 남성 본위의 현실에 대해서는 분노한다. 전자의 태도는 자신이 일부일처주의의 결혼제도와 가부장적 이데올로기를 모두 부정했던 것에 대한 반성에서 비롯된다. 반성의 결과 성실한 부부애에 기초한 일부일처주의의 결혼제도를 인정하게 된다. 반면에 후자의 태도는 축첩을 용인하는 남성들의 뻔뻔스런 욕망과 가정 내에서 남녀의 위계화를 유지시켜주는 사회적 윤리에 대한 강렬한 저항의식에서 우러나온 것으로 이에 대한 비판의식은 상황의 변화에도 고수한다.

석란의 말처럼, 남성중심적 사회에서 남성은 인격적 독립성과 자유로운 보편성을 인지하고 실현해 나갈 수 있고 이를 국가나 사회를 통해 현시할 수도 있다. 반대로 여성은 국가나 사회를 통해 헌신할 수 있는 통로가 제한되어 있기 때문에 감정적 자의성이나 감성적 헌신을 그 특성으로 삼을 수밖에 없다.[24] 그러므로 여성은 자기 경험에 기초하여 다른 여성의 고통에 공감하고 가족처럼 보호해 주려는 심성이 생긴다.

채정주는 석란이 겪는 심적 고통에 대해 "남녀의 확집"이 분명한 남성중심사회에서 겪는 여성 일반의 비애로 이해하고 공감한다. 여학교 시절부터 석란과 정주는 "남성에 애정을 필요로 하지 않"을 정도로 "열렬한 동성애"(74면)적 유대감이 있던 사이이다. 그러나 배우자를 선택한 이후 이들의 유대감은 젠더적 차원에서 우러나온 애정으로, 감정적 합일, 사랑, 배려 등의 자매애로 전환된다.[25] 이러한 자매애는 유민호에게 농락당한 여성들 사이에서 극명하게 드러난다.

⑦ 옥영은 같은 여성의 불행을 진심으로 동정하였다(288면).

⑭ 보통 여자로서는 감히 토하지 못할 한 마디를 박미경은 했다. 여성대 여성의 질투의 감정을 선망의 념으로서 표현한다는 것은 아름다운 행동의 하나이다. 그 순정하고 고운 마음씨가 영심의 마음을 솔직하게 쳤다. 어딘가 영심 자신과 비슷한데가 있는 여성이라고 영심은 박미경의 불행을 진심으로 동정하였다(352면).

⑦는 경쟁 심리와 정복욕에서 비롯된 영심과의 결혼식은 거행하되 그녀를 자신의 호적에는 올리지 않겠다는 유민호의 말에 김옥영이 반응하는 대목이다. 김옥영은 중학교 교원으로 경제적 필요에 의해 유민호의 첩으로 살아가는 여성이지만, 자신과 달리 유민호의 진위를 파

---

24 이정은, 「헤겔『법철학』에서 여성적 자매애와 사회적 우애의 관계―여성의 가족애와 남성의 직업단체적 배려를 통해」, 한국여성철학회, 『한국여성철학』 제3권, 2003.11, 62면.

25 위의 글, 60면.

악하지 못하고 농락당한 박미경이나 오영심의 처지에 대해서 가족과 같은 심정으로 동정한다. 남성의 축첩 행위가 법적으로는 제한된 행위이지만 전후 경제적 궁핍 속에서는 법적 제재 없이 여성의 육체를 돈으로 교환되는 상황이 일반화된다. 이러한 현실의 속내를 이미 간파한 김옥영은 다른 여성의 불행을 "같은 여성"의 불행으로 여기고 동정한다. ⓐ에서도 영심이 유민호의 뻔뻔스러움을 체험했기 때문에 유민호에게 농락당한 박미경의 불행을 "자신과 비슷한" 여성의 불행으로 여기고 동정한다.[26]

채정주, 김옥영, 오영심 등은 서로 다른 삶의 태도를 지녔지만, 가부장적 모순에 피해당한 자신의 처지와 유사한 여성들을 '우리'라는 자매애로 포용한다. 이러한 태도는 동병상련의 심적 동조가 아니며, 여성의 자유와 가부장제 이데올로기의 변혁을 소망하는 동시에 자신의 사회적 위상을 확인하고 자신의 정체성을 구축하고자 하는 근대적 개인의 태도이다. 이는 가부장적 억압으로부터 여성들이 보호받을 수 있는 현실적 대안으로 일부일처주의의 결혼제도를 긍정하는 태도에서도 유추할 수 있다.

그건 사장이 남성의 횡포를 변명하는 괴변이예요. 우리들 여성은 그러한 남성의 부동적(浮動的)인 애욕보다도 좀더 조용하고 고정적인 애정을 원하기 때문에 자연히 결혼이라든가 가정이라든가 하는 일정한 형식을 필요로 하는 것

---

26 자매애는 여성문제를 해결하기 위해 서구 중심의 페미니스트들이 지녔던 하나의 이념인 동시에, 여성해방투쟁의 과정에서 그들이 몸으로 체험했던 유대감의 표현이라 할 수 있다. 강선미, 「자매애에 대하여」, 한국여성연구소, 『여성과 사회』 11호, 2000.4, 66면.

이지, 결코 실리 만은 아니예요. 남성들의 애욕의 세계에는 그러한 악마적인 때가 있는지 모르지만 여성들의 애정에는 성스러울 만큼 이쁘고 아름다운 데 가 있는 줄을 알아야 하실 거야요(300면).

위 인용문을 보면, 박미경이 유민호에게 여성의 육체를 교환가 치로만 환산하려는 남성의 악마성을 지적한다. 유민호처럼 연애는 하되 법적인 결혼을 거부하거나 결혼은 하되 남녀 동권을 거부하는 남성들의 악마성에 대응하기 위해서는 법적인 보호 장치인 결혼제도 가 반드시 필요하다고 발언한다. 유민호가 그녀의 육체를 유린해 놓 고 결혼 요구에는 "애욕의 순수한 예술성을 모독하는 행위"(300면)라 고 뻔뻔스럽게 대응했기 때문이다. 그녀의 발언은 단순히 사회적 윤 리와 타협하는 순응적인 자세가 아니라, 애욕 때문에 여성을 농락하 는 남성의 잘못된 성 습관을 강력하게 담론화하는 장치이다. 또한 남 성에게 "성스러울 만큼 이쁘고 아름다운 데"가 있는 "우리들 여성"이 함께 대응해야 한다는 자매애적 연대감이 깔려있다.

작품의 결말에서 석란 역시 박미경처럼 일부일처주의 결혼제도 를 수용하는 것도 이런 담론화의 결과라 볼 수 있다. 이혼 후, 석란은 법적 제재에도 불구하고 남성의 경제력으로 여성의 육체를 교환하는 세태를 자각하면서, 여성의 인권과 지위를 법적으로 보장하는 일부 일처주의 결혼제도를 필요악으로 수용하고 기꺼이 "여권운동가"(605 면)가 된다. 그러므로 석란의 심경 변화는 자신의 욕망을 억제하고 사 회적 윤리나 현실과 타협하는 과정에서 발생한 것이 아니라,[27] 한국

---

27 장민지는 석란의 심적 갈등이 현실과 타협하는 태도라고 설명하지만, 이는 단선적으로 작품을 이해한 결과이다. 장민지, 「김래성의 『애인』, 『실낙원의 별』 연구」, 『어문론총』

'여성'으로서 자신의 정체성을 확인하고 자신의 미래를 설정하고자
하는 문제적 개인으로 성장하는 과정에서 나타난 현상이다. 이러한
맥락에서야 비로소 석란이 자신의 문제로 심적 갈등을 겪으면서도 유
민호의 비열한 여성편력을 폭로하여 채정주의 결혼을 막았던 행동을
이해할 수 있다. 이는 같은 처지의 여성, 즉 채정주의 인권을 적극적으
로 보호하려는 행동이며, 겉으로는 자유민주주의를 외치면서도 가부
장적 삶을 유지하려는 남성에 의한, 남성을 위한 지배담론에 대한 문
제 제기이다.

이러한 석란의 태도는 "전후의 실업난 속에서 사회는 우선적으
로 남성들에게 일자리를 제공하려 하며 그래서 여성들을 생산영역이
아닌 가정이라는 재생산 영역으로 귀환시키고자"[28]했던 당대의 지배
담론과 배치된다. 가족 내에서 남녀의 성별 위계화와 성적 영역의 분
할을 기획하려는 지배담론과의 배치는 새로운 질서와 윤리에 대한 지
향 욕구를 의미한다는 점에서 이들 여성들의 언행은 문제적이다.

2) 낭만적 사랑의 순교자

일반적으로 사랑은 "나와 타자의 통일의 의식"이며, 독립적인
두 인격체가 자신을 완전하지 못한 인격체로 인식하고, 서로에게서
서로의 타당성을 확인하는 능동적인 활동이다.[29] 분리된 두 남녀가

36호, 2002.6, 141면.
28 김소영, 『근대성의 유령들』, 씨앗을뿌리는사람, 2000, 143면.
29 G. W. F. Hegel, "Die Famile §158", *Philosophie des Rechts*; 황태연 편역, 『주인과 노예의 변증법』,

불완전한 인간임을 깨닫고 '합일의 감정'을 획득하는 과정이며, 두 인격체의 개방성과 민감성, 그리고 신뢰와 권력의 균형을 전제한다.[30] 또한 미래에 대한 장기적인 삶의 궤적을 제공해주므로 필연적으로 구조변동을 수반하기에, 성적 욕망을 유발하고 가정 또는 가정에서의 자신들의 역할을 구상하게 한다. 이처럼 사랑은 개인의 감정이나 성적 욕망만 관여되는 것이 아니라 사회적인 윤리나 제도가 관여하게 되기에 생물학적 성과 사회적 성의 경계 지점이 된다. 또한 배타적인 성 독점권을 전제하기에 상대에게 제한적 성적 자유를 요구한다.

낭만적 사랑은 근대 이후 사회적 윤리에 대한 도전적 의미를 갖지만, 이 작품에서는 사회적 윤리의 파괴와 창조의 전략적인 거점이 된다.

> 연애는 **진검승부**라고요. 잘못하면 목숨을 건드리는 그런 종류의 사랑만이 진실하고 아름다운 연애라고요(176면).

지운과 영심은 연애를 '진검승부'로 여기는 성실한 도덕주의자들이다. 연애를 지상선으로서 추구하려는 욕구는 연애를 애욕으로만 환치시키는 제도를 파괴하고 지상선으로 구현할 수 있는 결혼 제도를 창조하려는 욕망이다.

지운은 석란의 자유분방한 행동을 이론적 차원에서는 이해하고 공감하지만, 사회적 윤리의 차원에서는 "모럴리티의 붕괴"(150면)로

지양사, 1983, 216~217면.

30 앤소니 기든스, 배은경 외역, 『현대사회의 성·사랑·에로티시즘─친밀성의 구조변동』, 새물결, 1999, 165면.

인식하는 이중적 태도를 보인다. 그는 "포옹을 동경하는 의욕"(140면)을 가진 현대적 남성이기에, 자신들의 포옹에 "미풍양속의 파괴"(150면)라고 비분강개하는 신사의 고루한 윤리관에 동정심을 갖는다. 그러면서도 포옹의 열정을 드러내는 석란의 행동에는 당혹해 하는 등 "혁명에의 동경과 전통에의 애착", "파괴와 보수"(151면) 등 사회적 윤리의 파괴와 창조 사이에서 갈등하는 젊은 지식인의 혼란을 고스란히 드러내고 있다.

이러한 면모는 석란과 영심, 두 여인 사이의 갈등에서도 유사하게 드러난다. 현재의 연인인 석란을 향한 성적 욕망을 "인간의 운명"(106면)으로, 과거의 연인인 영심에 대한 사랑의 감정을 "정열을 분열시키는 불행한 의식"(166면)으로 인식한다. 영심에 대한 기억은 석란과의 포옹, 그로 인한 황홀감이나 행복감을 죄의식으로 느끼게 하는 요인으로 작용한다. 다시 말해 행복감 속에서 불행을 의식하는 판타스마고리아로 갈등을 겪는다. 이런 판타스마고리아를 현대 지식인이 겪는 비극이라고 일반화시키지만, 그 기억으로부터 쉽사리 벗어나지 못한다.

지운은 연애가 "인생의 필수품"이 아니지만, 결혼은 인생의 필수품이라고 간주하면서, 현재의 황홀감과 기억의 죄의식으로부터 벗어난다. 그는 영심 / 석란, 사랑의 감정 / 성적 욕망 사이에서 갈등하다가 후자를 인생의 운명이라고 스스로 규정한다. 사랑을 전제한 것이 애욕이고 "이론의 투쟁이 아니고 감정의 조화"(432면), "성실한 부부애"(234면)가 토대가 된 결혼을 습성 또는 가족 윤리이자 사회적 윤리라고 확신한 후에야 석란과 결혼할 정도로 이성적 인간이다. 사랑의 감정과 성적 욕망이 자연스럽게 결혼으로 구조 변동하는 것이 낭만적 사랑의 일반적인 공식이며, 이 공식에 지운이 이성적으로 동의한 것이다.

　　지운의 표정이 갑자기 굳어지며 등골에 냉수를 끼얹은 것 같은 일종의 전율을 느꼈다.
　　"이 전율은 도대체 어디서 오는 것일까?"
　　논리적인 전율은 확실히 아니었다. 논리적으로는 이미 하나의 지식으로서 박 준모나 석란의 세계를 이해하지 못하는 지운은 아니었다. 분명히 그것은 습성(習性)의 전율이었다(455면).

　　그의 기대와 달리 신혼 여행지에서 석란이 그에게 욕망의 자유와 독립적 인격체로서 자신을 인정해 줄 것을 요구한다. 그는 이러한 요구에 "성적 배타성을 지닌 결혼습성의 전율"로 대응하고 결국은 석란과 이혼한다.

　　오영심 역시 내면에는 강렬한 사랑에의 욕망을 가진, 사회적 윤리의 파괴와 창조에 대한 욕망을 잠재적으로 지닌 여성이다. 그녀는 사랑하는 연인의 인격 속에 흔쾌히 자신을 헌신할 용기가 있는 "사랑의 순교자"(28면)가 될 수 있는 내면의 소유자이다.

　　영심은 어린 시절 남몰래 창경원에서 만났던 남학생(지운)을 마음의 초록별로 삼고 있으면서도, 성년이 된 후에는 그 사랑의 영원성에 의지하여 조용히 생을 영위한다. 그러므로 "행실이 방탕하면 방탕할수록 그것과 보조를 맞추듯이 마음의 초록별을 마음대로 그리워해도 무방할 것만 같은 자유"(357면) 때문에, 성실한 허정욱보다 비도덕적인 유민호와 결혼하려 한다. 그녀는 자신의 인생을 "오직 한 길 현실에의 타협을 끝끝내 거부함으로써 참되고 아름다운 이상의 추구 속에서 고독한 영혼 하나를 끝끝내 붙들고 살려는 가열하고도 처참한 투쟁의 자세"(357면)로 살고자 한 것이다.

그러나 영심은, 허정욱의 성실한 구애에 감화되어 유민호와의 결혼을 포기하고, 마음의 초록별도 깨끗이 잊고 허정욱의 "정열 속에서 행복을 찾"(383면)기로 작정한다. 평범한 결혼을 하여 평범한 행복 속에서 살다가 죽을 결심으로 정욱과 결혼한다.

지운과 영심은 다른 배우자와의 결혼을 계기로, 일부일처주의 결혼제도를 사회적 윤리로 용인하고 '자인'[31]적 인물처럼 삶을 영위하고자 한다. 둘의 해후 이후 자신들이 선택한 결혼이 점차 균열하고 있음을 감지한다. 지운은 영심이 친구의 부인이기에 내적 갈등을 겪으면서 그녀에 대한 사랑을 『애인』이라는 소설 작품으로 담아낸다. 영심은 작품으로 형상화된 자신을 향한 사랑도 수용하지 못하고 갈등한다. 성실하고 헌신적인 남편 허정욱, "일부종사의 미덕을 가르쳐 주신 할머니", "삼강 오륜의 길을 깨우쳐 주신 아버지"(723면)에 대한 가족으로서의 의무감 때문이다. 아니 "결혼한 부인의 도를 지켜야 한다는 사회적 윤리 역시 그녀에게는 거역 못할 지상 명령"(683면)이기 때문에 지운을 향한 자신의 감정을 간신히 추스른다.

유민호의 간계로 영심과 지운과의 관계가 두 집안에 폭로되자,

---

31 김내성은 「대중문학과 순수문학 ― 행복한 소수자와 불행한 다수자」에서 대중문학은 독자의 문학적 교양의 수준을 염두에 두되 대중의 수준과 타협해야 한다고 주장한다. 즉 대중독자에게 문학적 위안을 주는 '자인'(sein, '존재한다'는 의미의 독일어)의 문제와 대중독자의 교양을 고양시킬 수 있는 '졸렌'(sollen, '있어야 한다'는 의미의 독일어)의 문제를 동시에 담아야 한다고 주장한다. 본고가 분류한 첫 번째 인물 유형은 "자인"의 문제를, 두 번째와 세 번째 인물 유형은 '졸렌'의 문제를 담고 있다고 볼 수 있다. 김내성, 「대중문학과 순수문학 ― 행복한 소수자와 불행한 다수자」, 『경향신문』, 1948.11.9.

오히려 이들은 내적 갈등에서 해방된다. 그러나 사회적 윤리이자 제도를 파괴했다는 죄의식 때문에 고민하다가 자살을 결심한다. 각자 상대방의 죽음을 막기 위해 가출한 후, 창경원에서 해후한 두 사람은 낭만적 "사랑의 승리"를 충족하였다는 사실을 인지하면서도, 현실 윤리가 자신들의 사랑을 용납하지 않는다는 "인간의 패배"(777면)를 토로한다. 두 사람은 서로의 사랑을 "신화"(179면), "성녀 마리아"(686면)로 호명함으로써 애욕의 충족을 규제한다. 낭만적 사랑의 감정을 신의 영역에 귀속시키는 대신 애욕의 충족을 연기시킨 것이다.

결국 두 사람은 북한산을 오르면서도 "자기의 말과 관념대로 영심을 끝끝내 성녀로서 대하기에는 지운이가 지닌 현대식 감각과 의식의 항거"(686면)를 느끼지만, "절실한 애무에의 충격"(793면)을 영원 속에 동여매고서, 죽음의 동반자가 된다.

> 사랑의 극치는 주는 것도 아니고 소유하는 것도 아닌 성 싶었다. 사랑 그 자체 속에서의 개체(個體)와 함께 전실재(全實在)의 용해(溶解)를 의미하고 있을 뿐이다. 주는 것을 생각하고 소유하는 것을 의욕할 수 있다는 것은 이미 사랑의 순수한 자태는 아닌 것이다. 줄 수도 없고 받을 수도 없다. 있는 것은 오직 사랑 그 자체일 뿐이다. 사랑 그 자체가 가치(價値)체(體)일 따름이다. **사랑에는 효용(效用)**이라는 것이 있을 수 없다(793면).

소설의 결말에서 지운과 영심이 성적 욕망을 동여맨 채 죽음의 길을 동반하는 행위는 결혼을 전제하지 않은 성적 욕망은 용납하지 못하는 태도의 반영이다. 결혼제도라는 사회적 윤리와 제도가 그들의 사랑을 용납하지 못하기 때문에, 성적 욕망을 "용해"해 버린 것이다. 낭만적 사랑이란 소유할 수 있는 물질이나 교환가치가 아니며, "그 자체가 가치체"라고 치부한다. 이처럼 성적 욕망을 사유 속에 용해해 버리는 행위는 현실 윤리를 파괴할 수 없다는 무력감에 기대 있다. 두 사람은 새로운 윤리를 창조할 수 없는 현실에 대한 비판의식을 동여맨 채, 서로를 "서구적西歐的인 로맨티시즘을 동양적인 모랄리즘으로 감싸고 있는 여성", "중세기적 로맨티시즘을 임 교수의 근엄한 성실로서 캄플라즈하고 있는 작가"³²(798면)로 규정하고 기꺼이 낭만적 사랑의 순교자가 된다.

사랑을 충족하려는 욕망이 자연스럽게 성적 욕망으로 구조 변동하지 못하고 성적 욕망을 동여맨 채 죽음을 선택한다는 것은 표면적으로는 일부일처주의 결혼제도의 용인처럼 보이지만 이면적으로 사회적 윤리와 욕망의 부조화의 극단을 보여주는 셈이다. 두 사람의 가출에 지운의 아버지 임학준이 "좀더 재치있는 삶의 방도를 못 가르쳤던"(744면) 자신의 잘못을, 영심이 아버지 오진국이 "시대가 나쁘다"(773면)라고 잘못된 시대를 한탄하는 이유도 여기에 있다. 이 한탄은 자유민주주의를 외치면서도 내적으로는 성적 욕망을 교환가치로 인식하는 애욕의 철학자가 헤게모니를 잡고 있는 시대에 대한 비판이며, 사회적 제도의 폭력성에 재치 있게 대응하지 못하는 현대 지식인의 미숙함에 대한 동정이다. 그러므로 둘의 죽음은 사랑의 감정과 성적 욕망을 억제해야 하는 현실의 지배담론, 사회적 윤리와 제도에 대한 비판적인 담론화의 장치이다. 또한 사랑이 애욕으로 오인 받고, 애

---

32 지운은 『백조의 곡』(1954)에서 중세기적 로맨티스트로 자처하는 박인혜와 대비된다. 사랑을 쟁취하려는 의지를 표출한 지운과 달리, 박인혜는 자기의 내면을 은폐하고 한은주와 고영훈의 사랑을 연결시켜 준 후 허무감에 빠지는 인물이다.

욕이 사랑으로 꾸며지는 현실 세계를 성찰하게 하는 장치인 것이다. 이러한 현실 세계에서는 일부일처주의 결혼제도가 결코 법적 보호망이 될 수 없다는 사실에 대한 역설이다.

4. 맺음말

1950년대는 전쟁이라는 물리적인 악조건 외에도 실존의 불안, 미국문화의 급속한 유입에 따른 향락적 이기주의의 팽배 등으로 사회적 윤리와 개인적 욕망의 부조화가 극심했던 시기이다. 이 시기 창작된 『애인』은 철학이 빈곤한 시대에 연애를 통해 인생철학을 세워야 한다는 소설 서두의 임 교수의 말은 가족이나 윤리, 욕망의 담론화로 작동된다. 즉 전쟁과 미국문화의 유입 등으로 인한 정신적 혼란 상황의 수습은 가족제도를 통한 그것의 주체적 수용에서 찾아야 한다는 의미이다.

『애인』은 현실의 가치나 규범에 순응하는 애욕의 철학자, 명동형 인물, 성실한 도덕주의자 등의 인물을 재현하여, 전후 젊은 지식인 사이에 싹트던 연애에 대한 욕망을 개인의 자유 의지와 사회적 윤리라는 측면에서 흥미롭게 다루고 있다. 그런데 연애나 성적 욕망을 가족을 구성하는 중요한 요소로 인식하고 있으면서도, 가족을 둘러싼 제도나 사회적 윤리의 불합리성에 대해서는 비판적 거리를 유지하고 있다. 이 소설에서 이러한 비판적 거리는 현실의 가치나 윤리에 자신의 삶을 뿌리내리지 못하는 인물들의 몫으로 할당하고 있다. 소설의 결말에서 이들 인물들은 자매애를 형성하거나 낭만적 사랑의 순교, 즉 "두 사람은 영혼의 불멸을 체험하기 위하여 일부러 위태로운 낭떠러지를 비틀거리며 걸었다. 이윽고 백설로 담요 삼고 이불을 삼은 두 개의 육체에서 한 쌍의 영혼의 나비가 창공을 향하여 나불나불 승천昇天"하는 것으로 자신들의 삶에 대한 비판적 성찰을 마무리한다.

일반적으로 대중소설의 결말구조는 대중독자의 감정구조와 맞닿아 있는데, 이 소설도 예외는 아니다. 일상으로부터의 일탈, 그리고 복귀, 안착이라는 대중소설의 서사구조는 쾌감 불안을 해소한다. "사회적 관습으로부터 해방된 자유를 보다 확장하려고 하는 한편, 사회적 관습을 유지하려는 욕구 때문에 '쾌감 불안'을 느끼는 대중 독자를 의식하기 때문이다. 작가는 '쾌감 불안'을 해소하고 자유로운 감정을 확장하기 위한 소설적 안정 장치를 배치"하게 된다.[33] 김내성 역시 당대 독자들의 감정구조와 소통하기 위해 이기적 욕망을 추구하는 속물적이고 부정적인 인물 유형과, '낭만적 사랑의 순교'나 '자매애'라는 욕망의 이상화를 추구하는 긍정적인 인물 유형을 병치하는 방식으로 타협적 균형을 모색하고 있다.

이 작품의 대중적 인기는 당대 독자들이 한편으로는 지배담론의 강고함을 수긍하면서도, 다른 한편으로는 그것으로부터 일탈하려는 욕구를 동시에 팽팽하게 대치시키고 있다는 증거이기도 하다. 즉 개인의 욕망 충족 욕구, 그것을 남성만의 전유물로 인식하는 가부장적 사회

---

33 김현주, 「1970년대 대중소설 연구」, 연세대 박사학위논문, 2003, 154면.

적 윤리와 그것을 유지하려는 남성의 허위성에 대한 부정 등 서로 상반된 감정구조가 당대 독자들의 감정 구조이자 작가의 의식 구조임을 유추할 수 있다.

그러나 『애인』의 결말 구조는 축첩이나 남성의 애욕만을 용인하는 가부장적인 사회 윤리에 대응한다. 가부장적 사회 윤리의 모순을 경험한 여성들이 자매애로 유대하거나 사회적 제도에 편입되지 못한 남녀가 죽음을 선택하기 때문이다. 이는 동시대의 대중소설 정비석의 『자유부인』, 작가의 마지막 작품인 『실낙원의 별』[34]이 전통적인 가정 복귀론에 안착한 것과도 다른 결말구조이다.[35] 요컨대 『애인』은 근대적 가치의 분열과 혼란을 겪는 당대 젊은 지식인들이 비판적이고 회의적인 세계인식에 기대 있음을 포착하는 동시에, 그러한 세계를 변혁하고자 하는 젊은이들의 의지를 재현하고 있다. 개인의 욕망을 가부장적 제도라는 지배담론의 틀 속에 귀속시키지 않으면서도 그 시대를 성실하게 살아가는 인물들의 이상을 다양하면서도 심층적으로 형상화하고 있는 것이다. 이처럼 절대적인 것을 부정하고 사물화되고 파편화되어 있는 현상을 세계 파악의 중요한 단서로 삼고 있다는 점에서, 『애인』은 1950년대 대중소설의 새로운 지평을 여는 작품임에 틀림없다.

---

34 김우종은 『애인』의 후속작이자 김내성의 유작인 『실낙원의 별』(『경향신문』, 1956.6.1~1957.4.19)을 "사랑하는 사람을 쫓는 의지와 윤리적 파탄을 묘사하고 참된 인생의 낙원이 어디인지를 말해준 작품"이라고 평하는데, 이는 성급한 판단이다(김우종, 「심훈 · 김내성 · 함대훈」, 『현대문학』 166호, 1968.10, 343면). 비록 작가 사후에 김내성의 딸인 김문혜가 아버지의 작품 노트를 참조하여 소설의 결말 부분(1957.3.19~4.19)을 마무리하였다고 하지만, 딸의 창작의도와 독자들의 요구 등이 복합적으로 반영되었기 때문이다.

35 김내성의 유작인 『실낙원의 별』에서도 강석운과 고영림이 사랑의 도피 행각 후 가정으로 복귀하는 서사구조, 정비석의 『자유부인』에서 오선영이 욕망을 추구하다가 가정으로 복귀하는 서사구조를 취하고 있다.

참고문헌

1. 기본자료

김내성, 『애인』, 삼성문화사, 1983.

『여원』, 1954~1960.

2. 논문과 단행본

강인철, 「한국전쟁과 사회의식 및 문화의 변화」, 한국정신문화연구원 편, 『한국전쟁과 사
　　　회구조의 변화』, 백산서당, 1999.

구재진, 「한국 현대 소설의 무의식과 욕망 연구－1950년대 소설을 중심으로」, 『한국현대
　　　문학연구』 제14집, 한국현대문학회, 2003.12.

권용혁, 「세계화와 보편 윤리」, 『사회와 철학』 제1호, 사회와철학연구회, 2001.4.

김내성, 「대중문학과 순수문학－행복한 소수자와 불행한 다수자」, 『경향신문』, 1948.11.9.

김상준, 「성찰성과 윤리」, 『사회와이론』 제10집, 한국이론사회학회, 2007.5.

김은경, 「1950년대 여학교 교육을 통해 본 '현모양처'론의 특징」, 『한국가정과교육학회지』
　　　제19권 4호, 한국가정과교육학회, 2007.12.

김일환, 「성적자기결정권의 헌법상 도출근거에 관한 비판적 검토」, 『헌법학연구』 제12권
　　　제2호, 한국헌법학회, 2006.

김진기, 「반공에 전유된 자유, 혹은 자유주의」, 『상허학보』 제15집, 2005.8.

김현주, 「1950년대 여성잡지 『여원』과 '제도로서의 주부'의 탄생」, 『대중서사연구』 18호,
　　　대중서사학회, 2007.12.

＿＿＿, 「'아프레 걸'의 주체화 방식과 멜로드라마적 상상력의 구조－정연희의 『목마른 나
　　　무들』을 중심으로」, 『한국문예비평연구』 21집, 한국현대문예비평학회, 2006.12.

백　철, 「김래성론－그의 후기작품을 중심」, 『새벽』, 1957.4.

＿＿＿, 「오인된 미국문화－부박과 퇴폐가 과장되다」, 『신태양』, 1958.9.

유봉영, 「해방 후의 사회상과 그 성격」, 『신세계』, 창평사, 1956.

유영익, 「1950년대를 보는 하나의 시각」, 『한국근현대사론』, 일조각, 1992.

이동희, 「전통 윤리와 현대의 가족 윤리 문제」, 『철학연구』 제54집, 대한철학회, 1995.5.

이선미, 「'미국'을 소비하는 대도시와 미국영화」, 『상허학보』 18집, 상허학회, 2006.10.

이시은, 「전후 국가재건 윤리와 자유의 문제－정비석의 〈자유부인〉을 중심으로」, 『현대문

학의 연구』 26호, 2005.

정비석, 「통속소설소고」, 『소설작법』, 선문사, 1953.

홍원경, 「전후소설에 드러난 욕망의 양상」, 『어문론집』 33집, 중앙어문학회, 2005.6.

홍정완, 「전후 재건과 지식인층의 '도의(道義)' 담론」, 『역사문제연구』 제19호, 역사문제
연구소, 2008.4.

이블린 폭스 켈러, 민경숙·이현주 역, 『과학과 젠더』, 동문선, 1996.

1950년대 연애의 주체, 그 새로움에 대하여_『실낙원의 별』을 중심으로

| 이선미 |

1. 1950년대 연애소설과 『실락원의 별』

1919년 3·1운동 이후 '자유'가 논의되기 시작할 때, '자유연애' 는 중요하고도 새로운 이슈였다. 연애는 개인적 감정에 기반하여 생 겨나는 남녀관계이기에 개인성이 가장 극명하게 드러나는 사건으로 서 주목받았다. 하지만 이 시기 연애는 발생하는 즉시 극심한 갈등 상 황에 처하는 사회적 터부이기도 했다. 그리하여 연애는 그저 사랑의 연서나 문학청년들의 창작 소재로서, '담론'으로 떠돌았다. 그리고 무 수한 연애편지는 눈물의 편지이며, 연애의 끝은 죽음인 경우가 대부

분이었다.[1]

또 다시 해방 후의 사회적 분위기 속에서 자유연애는 대중문화적으로 이목을 집중시킨다. 그러나 이때 연애는 눈물의 연애편지나 비극적 죽음을 의미하지 않았다. 이 시기 연애는 남녀가 만나서 같이 놀고, 감정을 나누고, 서로의 욕망을 발산하는 육체적 욕망에 훨씬 가까운 것이었다.[2] 자유나 민주주의는 연애라는 구체적 행동의 양식이나 섹슈얼리티의 내용을 담론화하면서 남녀가 사랑할 수 있는 의식의 터전을 제공한다. 해방 후의 문화적 환경은 급속도로 성문화를 중심으로 재편됨으로써 이런 경향을 부추긴다. 미군부대를 중심으로 소비용품의 시장이 생겨나면서 미제용품이나 미국문화가 흘러나오게 되는데, 이는 주로 군인중심의 성문화였다. 특히 '양공주'로 불리는 성매매 여성들이 미국문화를 매개하면서 성문화는 도시문화의 주류로 부상한다. 게다가 급격히 증가한 미국영화 광고 화보들은 선정적인 장면으로 인해 시선을 끄는 도구로 활용되어 영화 화보는 물론이고 만화에 이르기까지 성적 상상을 자극하면서 성을 알리는 중심 매체로 활용된다. 선정적이고 자극적인 영화 화보나 만화로 성문화는 일반적인 거리의 문화로 자리잡고 있었다. 이런 세태를 우려하는 비판의 소리도 만만치 않았지만, 연애와 한 묶음으로 따라다니는 성적 욕망, '애욕'의 문제는 가장 빈번히 취급되는 문화현상으로 자리잡는다. 이제, 애욕의 문제는 해방 후 한국 사회 대중문화의 중심 코드로 부상하고, 근대적 주체 형성에 개입한다.

1　권보드래, 『연애의 시대』, 현실문화연구, 2003 참조
2　"옛날의 사랑의 이야기는 죽음, 번민, 분발 그러한 것이었다. 오늘날의 사랑의 이야기는 「댄스홀」, 여관방, 요리집이다." 이건호, 「처녀순결론」, 『여원』, 1955. 11, 30면.

그렇지만 이런 변화들에도 불구하고, 1950년대에 섹슈얼리티와 한묶음이 되는 연애란 그다지 자연스러운 것이 아니었다. 성교육은 전혀 이루어지지 않았고,[3] 성 지식을 알 수 있는 자료도 거의 없는 상황에서 연애로서의 애욕이 무엇인지를 알기는 어려웠다.

거리마다 나붙은 미국영화 포스터는 연애를 구체화하는 실물로 역할 했지만, 세세한 연애의 행동이나 상황, 언어 등은 한 장의 사진으로 감당할 수 없는 구체적인 서술 속에서나 가능한 것이었다. 요컨대, 무작정 끌어안고 키스를 나누며 서로의 몸을 더듬는 것이 연애일 수는 없는 것이다. 무수한 외국영화 포스터의 키스 장면이[4] 타락한 퇴폐의 상징으로 폄하되었던 것은, 한 장의 이미지에는 서사가 없고 그리하여 '애욕'을 낭만적으로 미화할 성적 판타지가 개입될 여지가 없었기 때문이다. 어떤 상황에서 어떻게 행동하고, 어떤 말을 하고, 어떻게

---

3 1956년 11월호 『여원』에 '성교육'이 특집기사로 다루어지고 있다. 미국에서 화제가 되고 있는 "킨제이 보고서"와 관련된 논점을 제시하면서 한국에서 성교육 실태를 조사하고 있다. 성교육 경험을 서술한 필자들은 대부분 성교육이라는 것을 받아본 적도 없고, 그런 생각을 해본 적도 없음을 고백한다. 성을 말해서는 안되는 금기의 영역이거나 부정적인 것으로 인식하고 있었기 때문이라고 한다. 1950년대 중반의 성교육 경험도 이러한데, 해방 후는 더 찾기 어려웠을 것이며, 실제로 성교육에 대한 사회적 인식이나 성교육 자료가 개발된 것은 최근 1990년대 이후의 일이다(앤소니 기든스의 책을 번역한 배은경과 황정미는 책을 내는 번역자의 말을 빌어 1990년대에 들어 비로소 한국 사회에서 성이 공적으로 담론화되기 시작한다고 말하면서, 자료나 인식의 척박함 때문에 그 수준은 극히 저급한 상태에 머물러 있다고 진단한다. 앤소니 기든스, 배은경·황정미 역, 「이 책을 펴내면서 ─ 현대사회의 성, 사랑, 에로티시즘─현대사회의 그림자 혹은 탈출구?」, 『현대사회의 성, 사랑, 에로티시즘』, 새물결, 1996 참조). 유교적인 정조관념과 보수적인 성인식이 팽배해있었기에 성을 공적으로 담론화하는 것이 긍정적으로 인식되기는 어려운 문화풍토가 성교육이나 성을 공론화 할 수 없도록 만들었다고 할 것이다.
4 실제로 1950년대 대중지 『명랑』 1956년 6월호에는 잡지 첫머리에 「명작영화 키쓰·씬 특집」이라는 제목으로 30개의 외국영화 키스 씬이 영화배우 이름과 함께 수록되어 있다. 영화의 이야기와는 별 상관없이 게재된 이 장면들은 잡지의 시각적 이미지를 위해 고안된 장치 이상으로 평가하기 어렵다. 이 화보들은 연애로서의 키스를 배우는 시각적 이미지로 활용되었으며, '연애'는 이런 방식으로 계몽되었다고 할 수 있다.

감각하는가라는 상세정보가 제시되는 서술을 통해 사랑의 환상을 만들어낼 때, 키스나 포옹을 비롯한 섹슈얼리티에 해당하는 행위들은 아름다워지고, 정당화된다. 연애소설과 섹슈얼리티의 노골적인 결합은 이런 변화 속에서 급속하고도 자연스럽게 이루어진다.

　시각적 장면묘사가 많은 박계주의 장편소설인 『지옥의 시』는 이런 애욕을 포함한 연애가 어떤 낭만적 판타지를 가져야 하는가를 알려준 대표적 소설이다.[5] 소설의 기본 서사는 식민지 시기의 학병의 경험을 '기억'으로 재구성하는 형식을 취하고 있지만, 전체 서사를 가로지르는 중심축은 오히려 해방 후 대중적 관심사로 떠오른 연애와 섹슈얼리티의 문제인 듯 성묘사가 두드러진다. 소설은 애욕을 동반하는 연애를 설명하는 것에 주력하기 때문에 장면묘사나 세세한 감각묘사가 주를 이루며, 이 연인들이 무슨 이유로 서로 사랑을 하게 되었는지는 별로 설명해주는 바가 없다. 사랑하는 마음이 육체적인 욕망을 불러일으키고 서로를 감각할 때 어떤 절차와 과정을 거쳐 낭만적인 판타지를 구성하면서 육체적인 탐닉에 이를 것인가 만을 서술한다. 즉 이 연인들이 사랑하는 마음을 육체적 욕망으로 전이하기 위해 서사가 만들어진다. 성욕은 자연스럽고 아름다운 것일 수 있다는, 그리하여 사랑하는 사람들 사이에서는 그럴 만한 감정적 절차를 거치기만 한다면 당연한 수순이라는 설득에 이르는 '매개적 디테일'로 가득 차있다. 소설을 읽다보면 독자들은 어느덧 이 연인들의 육체적

5　이 작품에서 연애의 감정을 미화하는 낭만적 판타지는 빈번하게 사용되는 서정시의 인용을 통해서도 한층 강화된다. 작품에서 서구문학의 유명한 시들과 김소월의 서정시 등이 연애의 감정을 낭만화하기 위한 장치로서 활용되는데, 연애의 감정을 시로 전달하는 효과를 발휘함으로써 주인공들의 연애를 은유적으로 상상하게 하여 판타지적 요소를 강화한다.

결합을 원하게 되고, 그것을 당연한 것으로 받아들이게 된다.[6] 소설은 이 간단한 과정을 기나긴 인고의 세월이나 이루어야 할 과제로서 제시한다.[7] 이렇듯 박계주의 소설을 비롯한 1950년대 연애소설은 성적 판타지를 자극하는 섹슈얼리티를 연애의 한 축으로 설정하는데 많은 부분을 할애한다. 그리고 이에 따라 연애와 애욕의 문제는 6·25 전쟁을 거치면서 보다 자극적인 대중문화적 코드로 부상하고, 문화풍속의 쟁점 사안으로 떠오른 것이다.

그러나 연애는 '여성'의 것으로 젠더화되면서, 퇴폐 / 불온으로 비판되기도 한다. 전후의 여성들이 사회에 진출하면서 여성들 스스로 사랑의 주체라는 자의식이 강화되고 성적 주체라는 자각이 생겨나자 이런 상황은 더 가속화된다. '아프레걸 / 전후파'라는 말의 유행은 이를 단적으로 드러내는 예이다.[8] 애욕, 즉 섹슈얼리티를 고민하지 않

---

6 박계주 소설의 위상은 이 '애욕'의 매개성과 디테일적 의미를 미적으로 구체화한 것과 연관된다. 소설들은 '애욕'을 소설적 재제로 삼으면서도 애욕을 인과적으로 배치하기 위해 여러 가지 디테일이 동원된다. 자연스러운 육체적 접촉을 위한 환경으로서 연인들이 어쩔 수 없이 함께 있게 되는 상황을 활용하여 일반적인 연애의 형식을 제안하는 듯하다. 등산과 같이 신체 접촉이 자연스럽게 이루어지는 상황이나 자연재해를 만나게 되는 상황의 설정이 이에 해당한다. 『지옥의 시』는 학병이라는 식민지 경험을 서사화한 표면 구조 속에서 애욕을 본격화한 대표적 경우이다.

7 성욕은 연애의 필수적인 요인이지만, 남성의 영역으로 표상되는 것이 일반적이다. 애욕의 낭만화는 성욕을 남성의 것으로 젠더화하는 과정이기도 하다. 남성을 사랑하는 여성은 자기의 사랑을 확인하는 방법으로 남성에게 정조를 바침으로써 사랑을 승화시켜야 한다는 식으로 애욕을 젠더화하는 것도 이 때이다. 비로소 성 정치가 본격화된 것이라 할 수 있다.

8 '아프레걸 / 전후파'는 1950년대에나 현재 1950년대를 연구하는 논의나 쓰는 필자에 따라 다양하게 의미화되는 말이다. 자기주장이 강한 당당한 태도의 여성을 의미하기도 하고, 소비적이고 향락적인 물질문화, 서구문화의 수용자로서 현대의 성문화를 주도하는 도시여성을 의미하기도 하며, 여대생의 지식인적 취향과 주체적 태도를 의미하기도 한다(「상식콘사이스−아프레게르」, 『여원』, 1957.4, 95면 참조). 최근에 여러 논문에서 '아프레걸' 담론이나 표상과 관련된 1950년대 문화연구가 진행되고 있다. 김은하, 「전후 국가근대화와 '아프레걸(전후여성)' 표상의 의미」, 『여성문학연구』 16, 2006; 최미진, 「1950

는 연애는 진정한 연애가 아닌 시대가 되어버리고, 진정한 사랑을 갈구하는 많은 여성들이 진정한 애욕에 대해서도 끊임없이 질문해야 하는 상황을 맞이하여 '아프레걸'은 모든 여성에게 잠재된 여성성이 되기도 한다. 1950년대 여성은 아프레걸을 적대시하면서 언제든 아프레걸로 변신할 준비를 해야 하는 모순적 정체성으로 표상되기도 한다. 아프레걸의 이중적 의미는 이런 시대상의 한 반영이다. 아프레걸은 가장 앞서나가는 여성의 진취적인 면을 의미했지만, 이 진취적인 면이 주로 자유연애로 표상됨으로써 도덕이나 사회윤리와 불화하는 '불온'의 의미를 구성한다.

6·25 동란 이후의 사태는 이미 지난 날의 그것이 아니었다. 모두가 돌변했다. 「생활태도」도 그러하였고 「윤리」도 「문화」도 「사랑」도 변해 버렸다. 말하자면 6·25동란은 우리의 외부와 내부에 커다란 두가지 변화를 일으키게 한 것이다. 즉 한국의 고유한 문화는 급작히 「아메리카나이즈」 되고 우리들의 마음은 불안과 허무감에 사로잡혔다. 이러한 변천 속에서 「크로즈엎」 되어 나타난 것이 바로 「아푸레」의 생태다.

특히 그 「아푸레게에르」의 풍조가 한국의 여성들에게 끼친 힘은 참으로 놀라운 것이었다. 우선 한국의 여성들은 8·15의 해방과 6·25의 전란을 통하여 감금된 「방」에서 넓은 「거리」로 해방되었다. 봉건주의의 굳게 닫힌 성문이 열리자 그들은 여성으로서의 자아를 찾게 되었고 또 자기자신의 「권리」와 「자

년대 신문소설에 나타난 아프레걸」, 『대중서사연구』 18호, 2007.12; 김현주, 「'아프레걸'의 주체화 방식과 멜로드라마적 상상력의 구조」, 『한국문예비평연구』, 2006; 유지영, 「전후 멜로드라마 영화에 재현된 '아프레걸' — 범죄와 고백의 양상을 중심으로」, 연세대 석사논문, 2008; 김복순, 「아프레걸의 계보와 반공주의 서사의 자기구성 방식」, 『어문연구』 37권, 2009.3 참조.

유」를 마음껏 향유하게 된 것이다. 그러나 그 반면에 그들은 전화 속에서 아름다운 「장미밭」을 상실했으며 또한 젊음과 꿈과 내일에의 희망을 상실하였다. 순진성은 전쟁생활의 참고로 하여 짓밟혔고 우아한 서정의 영토는 슬픈 주검들에 의해서 몰락되었다.

그리하여 「아푸레」의 여성들은 보다 직접적이고 보다 관능적으로 현실을 향유하려 든다. 그 결과로 외부적인 사치, 유행에의 추종, 육의 개방생활의 구속과 「책임」으로부터의 도피, 이러한 곳에 피로한 정신의 지점을 두고 온갖 「값어치」와 「행위」의 규준을 설치하였다.

그러므로 「아푸레」의 여성들은 「칸트」나 「토스토엡스키이」보다는, 하나의 「부롯치」유행하는 의상이 필요했고, 평범한 「아내」나 착한 「어머니」가 되기보다는, 인끼있는 사교계의 「스타」가 되길 원하는 것이다.[9]

전쟁 후의 사회변화를 성욕만을 위한 일시적인 사랑과 아프레적인 타락으로 꼽는 글이다. 이 타락은 아메리카나이즈, 사랑, 여성을 타겟으로 삼아서 이것들을 비판하는 구실이 되기도 한다. 아메리카나이즈와 연애는 '애욕'으로 수렴되면서 '여성'의 문제로 젠더화된다. 아메리카나이즈와 연애는 여성과 결합하여 아프레적인 것, 즉 나쁜 것으로 젠더화되는 동시에 위계화되는 구조가 형성된다. 전쟁 후 연애와 애욕의 문제는 전후적 허무주의나 소비주의에 편승하여 전사회적인 문제로 퍼져나감에 따라, 한층 세목화되어 나쁜 여성을 규정하는 목록으로 재정비된 것이다.

가부장적인 가족윤리를 중심으로 전후의 사회를 재편하는 지배담론의 통제전략은 연애와 애욕을 해방과 자유의 사회분위기로 용인

---

9   이어령, 「6·25 이후—「사랑상실」에의 항변」, 『여원』, 1957.7, 180면.

하지 않는다. 여성의 영역으로 젠더화된 연애와 애욕은 직접적인 사회적 통제 아래 놓이게 되고, 연애와 애욕을 통제하는 담론과 표상은 젠더 정치에 포획될 수밖에 없는 시대가 된다. 연애소설은 성과 애욕을 공론화하지만, 한편으로는 이것을 여성의 것이어서 경계하고 비판할 것으로 만든다.

1954년 『서울신문』에 연재되어 장안의 화제가 되었던 정비석의 『자유부인』은 연애와 애욕을 젠더화함으로써 타자화하는 담론 정치의 문학적 형상화라 할 정도로 가부장적 지배담론의 재현양상이 두드러진 작품이다.[10] 정비석은 당시의 부패한 정권이나 정치인을 신랄하게 비판하면서 카타르시스를 유발하는 것과 대조적으로, 대유행처럼 번지는 '댄스' 바람을 여성들의 문화인듯이 비아냥거림으로써 여성을 비하하고 가부장적 여성관으로 여성을 재규정한다. 이는 변화하는 여성들의 문화를 낯설어하며 불안해하는 남성 독자 대중의 욕망을 대변하여 대중적 카타르시스 효과를 발휘한다. 『자유부인』의 대중적 인기는 현실사회를 비판하는 전위적인 태도의 진보성과 가부장적 전통으로 회귀하고자 하는 보수성의 절묘한 접점에서 생긴 성과인 것이다. 한편의 진보성과 한편의 보수성은 한 지점에서 행복하게 결합하여 대중적 욕망을 두 배로 자극하는 문학적 효과를 낳는다. 이 작품을 통해 연애와 애욕의 문제는 여성들의 타락이라는 문제로 해소됨으로써 젠더 표상의 세부 항목으로 배치되었다.[11]

---

10 소설 『자유부인』이 국가 재건의 윤리를 내면화하는 방식으로 가부장적 가족윤리를 내세워 여성을 통제하는 면모에 대해서는 이시은, 「전후 국가재건 윤리와 자유의 문제 — 정비석의 〈자유부인〉을 중심으로」, 『현대문학의 연구』, 2005.7 참조.
11 당대 최고의 베스트셀러였던 정비석의 『자유부인』은 이 진보성과 보수성이 결합하여 최대치의 성과를 낸 경우이다. 그러나 정비석은 이 균형감각을 오래 유지하지 못한다.

1956년『경향신문』에 연재되어 인기를 끌었던 김내성의『실락원의 별』도 이 대중적 관심사인 애욕을 동반하는 연애의 문제를 정면으로 건드린 작품이다. 그러나 연애와 애욕을 젠더화하는 지배담론적 경향을 띠지 않는다는 점에서 주목할 만한 작품이다. 특히 연애와 결혼과 애욕(섹슈얼리티)의 문제에서 개인의 주체성을 가장 중요시여기는 인물들을 창조했다는 점에서 사랑과 결혼, 섹슈얼리티를 매개로 새로운 인간, 합리적 개인을 제안한 작품으로 볼 수 있다. 이렇게 본다면, 김내성 소설에서 연애와 애욕은 '현대적인 세계'의 주인공인 새로운 인간을 탄생시키는 매개물, 혹은 그것을 판별하는 바로미터로 평가하는 것이 가능해진다.

1950년대의 대중문학은 주로 정비석의『자유부인』을 중심으로 논의된다. 그러다 보면, 자연스럽게 가부장적 가족윤리로 여성을 통제하는 지배담론의 젠더 정치에 대중문화가 포획된다고 평가하게 된다.[12] 그러나 본격 연애소설로 대중문화적 감수성에 영향을 끼친 김

이후 곧바로 발표된『민주어족』과『산유화』는 보수적인 민주의식, 보수적인 여성관으로 삶의 새로움을 거의 반영하지 못하는 퇴행적 면모를 보여주기 때문이다.『민주어족』의 정비석식 '민주' 인식이 결국 전통적 윤리의 회복 그 이상이 되지 못하기 때문이다. 정종현은 정비석의 해방 후 자유나 민주주의 의식의 수용이 해방 전 식민지 시기 파시즘적 문화논리의 재판이라고 해명한 바 있다. 정종현,「자유와 민주, 식민지 윤리감각의 재맥락화 — 정비석 소설을 통해 본 미국 헤게모니 하 한국 문화재편의 젠더 정치학」, 권보드래 외,『아프레걸 사상계를 읽다』, 동국대 출판부, 2009 참조.

[12] 정비석의 소설『자유부인』은 소설의 인기와 영화의 인기가 워낙 파격적이었던 탓에 1950년대 대중문화의 젠더 표상을 대표한다는 데 이의를 제기하기 어렵다. 그러나 당대적 문화환경 속에서 고찰해보면, 소설의 인기와 영화의 인기가 같은 원인에서 나온 것이 아님을 알 수 있다. 소설은 1950년대 정치권력에 해당하는 관료나 국회의원과 같은 지배계층을 겨냥하고 있으며, 이렇게 비판되는 범주 안에 '자유부인'들도 놓여있다. 그리고 마지막에는 자유부인이 모든 것을 다 뒤집어쓰고 참회하는 구조를 지닌다. 그러나 영화는 당대 댄스문화나 양품문화의 시각적 볼거리가 중심이다. 이 문화를 비판하든, 옹호하든 새로이 밀려들어와 대중적 욕망을 자극하는 이 문화가 카메라의 시선에 포착된 중심

내성의『실락원의 별』만 하더라도『자유부인』과는 다른 젠더 표상을 구성하고 있다. 그리고 이 젠더상은 기존의 근대적 주체와는 다른 면모를 지닌다는 점에서 새로운 세계를 향한 상상일 수 있다. 김내성의 연애소설은 정비석의 입지로서 1950년대 대중문학의 젠더 표상을 보수성으로 평가할 수밖에 없는 기존 연구를 재론할 수 있게 한다는 면에서 흥미로운 텍스트라 할 것이다.[13]

2. 근대 여성의 판타지 — 연애결혼과 낭만적 사랑의 주체 '강석운'

"제가 그이와 결혼한 것은 단지 밥이나 벌어다 주는 경제적 보호를 받기 위해서 한 것도 아니고, 또 자식을 낳아서 모성애를 발휘하고 그 모성애 속에서 행복을 구하고자 한 것도 아니었어요. 오직 한 가지 영원히 변함이 없는 남편

적 이미지이며,『자유부인』은 이 이미지를 제공하는 출처인 셈이다. 이 새로운 문화를 보기 위해 많은 여성과 남성들이 각자의 동상이몽적 이해관계를 갖고 영화관으로 몰려들었던 것이다. 따라서 영화〈자유부인〉으로 집중되는 대중의 관심과 욕망을 가부장적 젠더 인식으로 획일화하기는 어려운 것이다.『자유부인』에서만도 다양하게 분석해낼 수 있는 1950년대 대중적 욕망과 열망은 정비석 작품 내의 질적 차이를 넘어 김내성과 정비석의 차이로도 검토될 다양한 양상임을 염두에 두어야 할 것이다.

13 정비석에 비해 김내성에 대한 연구는 별로 많지 않다. 식민시기 대표적 추리소설『마인』을 중심으로 한 추리소설 작가로서의 면모가 집중적으로 연구되었다. 2009년 대중서사학회에서 마련한 탄생 100주년 기념 학술대회를 통해 전체적인 작품세계가 조명되기 시작했다(『대중서사연구』, 2009.6). 장편소설 전체에 대한 연구는 이영미의「추리와 연애, 과학과 윤리 — 장편소설로 본 김내성의 작품세계」를 참조할 것.

의 애정이 소중해서 결혼을 한 것이었어요."[14]

『실낙원의 별』의 주인공 소설가 강석운의 부인 김옥영이 절규하듯이 부르짖는 자기 정체성에 대한 발언이다. 이 여성은 남편을 내조하고 헌신적인 모성애를 발휘하며 가정을 돌보는 전형적인 현모양처형 여성이다. 혼신을 다해 알뜰하게 가꾸고 관리하는 자기 삶의 근거가 남편의 사랑임을 밝히고 있다. 이 여성의 정체성은 바로 이 '사랑'에 있는 것이다. 남편과의 사랑 때문에 한 가정의 주체이면서 한 사회의 주체라는 자기의식을 가질 수 있는 여성이다. 이 여성에게 사랑은 자기를 확인하는 유일한 것인 셈이다. 따라서 그것을 잃었을 때, 이 여성은 자연스럽게 자기 상실을 선언할 수밖에 없다.

"미련하고 못나서 그런지는 몰라도 저는 아무리 기를 써도 마음을 단단히 먹을 수가 없어요 저로 하여금 마음을 단단히 가지도록 한 원인이 남편의 애정에 있었는데, 그것을 잃어버린 오늘, 무엇을 가지고 마음의 기둥을 삼으라는 말씀이신지 …… 원인 없는 행동을 저는 취할 수가 없어요 그런 의미에서 저는 열녀도 되고 싶지 않고 현모양처도 되고 싶지 않아요."(321면)

이 자기상실은 역설적으로 자기를 지키고자 하기 때문에 인정할 수밖에 없는 자기 상실이다. 옥영은 원인 없는 행동을 취할 수 없기 때문에 자기상실을 선언하는 것이며, 열녀나 현모양처는 과정의 결과일 뿐이지 자기가 원하는 자기의 정체성은 아니라고 선언하는 것이

---

14   김내성, 『실락원의 별』, 민중서관, 1959, 322면. 이후는 면수만 표기.

다. 자신에게도 세상 여자들이 갖고 있는 정도의 모성애는 있지만 "세상의 아내들이 모두가 다 그렇게 한다고 해서" 자신이 따라할 수는 없다고 당당히 말한다. 따라서 "남편의 애정을 잃었다는 데서 오는 허무와 비굴의 감정보다도 가정을 지키고 어떤 생명들을 보호 양육하는 문화사적文化史的인 사명과 숭고한 모성애 속에서 자기 자신의 가치를 지극히 높이 평가"해야 한다며 모성애를 지니고 가정을 지킨 자들이 바로 "인류의사의 실천자들"이며, "인생의 수단인 소아적인 결혼의식을 지양하고 그의 목적인 대아적인 사명을 다해 온"(328면) 것이라고 며느리를 설득하는 시아버지의 말에도 아랑곳하지 않는다. 도리어 그냥 관습으로서의 결혼이 아니고, 애정결혼인 '나'는 다르다고 항의한다.

> "아냐요, 제가 드리는 말씀은 처음부터 애정 없는 결혼을 말하는 것이 아냐요 …… 이러한 애정 결혼에서 과연 자식을 낳고 가정을 이룩하는 것을 주목적으로 생각하시고 애정을 다한 경험을 말씀드리면 저는 남편의 애정 그 자체가 목적이었어요 그 애정의 결과로서 오는 결혼이라든가 출산이라든가 가정이라든가 하는 따위는 결코 목적이 아니었으니까요 다만 그러한 결과로서 오는 결혼, 출산, 가정이라는 것이 남편의 애정을 독점하는 좋은 유대(紐帶)가 되고 울타리가 될 수 있는 것이니까 그것을 구태여 거부하지 않고 허용했을 뿐이었어요."(324면)

출산이나 가정이 여성의 결혼에 가장 우선적인 가치라는 결혼관은 현모양처나 모성, 내조 등과 같은 젠더 역할을 떠받치는 근본이념이다. 그러나 인용문에 제시된 옥영의 말은 한 남성의 애정을 받아들이는 여성이 그 과정에서 얻게 되는 것으로서 결혼을 정의하고 있다. 그리고 그 애정을 잘 지켜나가는 수단으로서 출산이나 가정이 중요하게 된다고 한다. 이것은 기존의 결혼관과는 전혀 다른 새로운 결혼관이며,[15] 결혼에 임하는 새로운 여성의 탄생이라 할 만한 급진적 변화이다. 김옥영은 이전에는 상상할 수 없었던 결혼에 대한 생각을 피력하고 있으며, "결혼이 인생의 목적이 아니고 수단"이라고 말하며 "세상에는 도덕이라는 것이 있"다며 나무라는 시부모님들과 대적하며 자기를 주장하는 새로운 인간, 신인류인 것이다.

그런데 김옥영이라는 1950년대 여성이 '애정'의 결실로서 결혼에 이르게 되었기에 애정이 없는 결혼은 유지할 수 없다고 말함으로써 '신인류'로 정체화될 수 있는 근거는 바로 연애결혼에 이르게 된 상대 파트너인 남편 강석운의 사랑관, 결혼관 때문이다.

결혼이란 상대편의 애정을 독점하면서 해로 동혈을 약속하는 인생의 행사였다(11면).

남편의 지론인 가정제일주의에는 결혼 당시부터 옥영은 전적으로 찬의를 표했을 뿐 아니라, 옥영 자신 그러한 가정 속에서라면, 그리고 그러한 남편 밑

15　식민지 시기까지도 가족의 주체는 부부가 아니었다. 가족은 자녀양육과 가문의 계승을 중심으로 인식되었으며, 여성의 역할은 '모성'을 중심으로 논의되었다. 따라서 이 시기 생겨나기 시작한 '주부'의 정체성도 아내보다는 어머니의 역할로 정의되었다. 김혜경, 『식민지하 근대가족의 형성과 젠더』, 창비, 2006, 79~83면 참조 근대 초기의 가족론의 중심을 이룬 '조혼타파' 논의는 기본적으로 부부중심의 결혼관 정립에 기여하지만, 잡지매체의 여성 인권과 관련된 논의의 한 흐름일 뿐이지 가족의 구조나 삶의 방식에 영향을 줄 만큼 사회적 공감대를 형성하지는 않는다. 전미경, 『근대 계몽기 가족론과 국민 생산 프로젝트』, 소명출판, 2005, 65~68면 참조

에서라면 심산 유곡의 단간 두옥에서라도 일생을 뉘우침없이 살 것 같았기에 그토록 빗발처럼 쏟아져 오는 구혼자들의 애소의 염서(艶書)를 모조리 물리치고 강석운과의 결혼을 단행했었던 것이다. 신뢰감을 넘어선 존경의 염까지를 옥영은 이 남편에게 대해서 품고 있었다(14면).

강석운은 결혼을 상대편의 애정을 독점하면서 늙어가는 "인생의 행사"라 여기고, 가정을 낙원이라고 생각하면서 옥영에게 신뢰를 주었다. 이 '부부'는 이런 신뢰를 바탕으로 연애결혼한 사이다.

'연애'가 리얼리티로 실감되지 않고 하나의 '읽을거리'로 통용되던 1950년대에 연애를 통해 결혼에 이르는 것은 극히 드문 일이었다. 김옥영과 강석운의 관계에서 짐작할 수 있듯이, 여대생 출신의 지식인 여성들이나 겨우 꿈꿀 수 있는 일이었다.[16] 게다가 결혼을 상대편을 향한 독점적 사랑을 바탕으로 한 남녀의 관계로 인식하는 것은 더욱 흔한 일이 아니었다.

강석운의 이런 결혼관은 작품 초반에 추리소설 작가의 면모가 한껏 발휘된 아내 옥영을 미행하는 장면을 거쳐 내면화된 것임을 확

---

[16] 1950년대의 여대생은 여러 방면에서 새로운 사회적 상황이나 문화를 만들어내는 새로운 집단이다. 그 중에서도 연애 풍속과 패션을 가장 많이 변화시킨 주인공들이다. 여대생과의 연애는 모든 남성들이 꿈꾸는 것이었고, 여대생은 구체적인 여성의 신분을 넘어서서 하나의 삶의 양식으로서 상상되는 존재였다. 1950년대 『여원』은 여대생을 대상으로 창간된 잡지였으며, 창간 초기의 기사는 대부분 여대생을 둘러싸고 새로이 생겨나는 삶의 문제나 문화적 현상을 중심으로 구성되었다. 여대생은 연애의 풍속을 바꾸는 데 그치지 않고, 연애의 끝으로서 결혼에 이름으로써 결혼의 형식, 부부가 살아가는 삶의 방식까지도 바꿔낸다. 나아가 부부의 윤리, 가족의 윤리가 변화하는 데에도 직·간접으로 영향을 끼치는 새로운 삶의 매개체로 역할한다. 이선미, 「1950년대 젠더 인식의 보수화 과정과 '왈순아지매'―『여원』 만화의 여성캐릭터를 중심으로」, 『여성문학연구』, 2009.6 참조.

인할 수 있다. 집에 있어야 할 부인이 서울 도심거리를 걸어가는 것을 우연히 목격하게 된 강석운은 추리소설처럼 박진감 넘치는 긴장감을 유발하면서 부인을 미행하지만, 결국 자신의 오해임이 밝혀짐으로써 안도한다. 그리고 곧바로 역지사지의 관점으로 사회적 약자로서의 '아내'라는 여성들의 입장을 생각한다.

강석운은 아내를 오해하고서 뒤따라갔던 짧은 순간의 경험을 "현실적 가정을 파괴함이 없이 그 뼈저리고 가슴 아픈 감정의 풍경을 경험했다는 사실은 인간적으로나 작가적으로나 하나의 성장을 의미"한다고 해석한다. 그리고 남성과 다른 약자로서의 여성의 고통을 통찰한다. 남편은 아내의 불륜을 처벌하기 위해 왕자의 권위로서 가정을 파괴할 수 있고 그런 행동에 대해 사회적으로 당당할 수 있지만, 아내는 남편의 불륜을 처벌할 수 없을뿐더러, 그러기 위해서 권위를 갖고서 가정을 파괴할 권리는 더구나 갖고 있지 못하다고 생각하며, 젠더 불평등의 사회구조를 분석해낸다. "사회는 쌍벌죄의 원고인 아내들에게 동정을 보내기 전에 먼저 비웃음으로 대"하기 때문이라며 당대 쟁점 사안인 '쌍벌죄'까지 언급한다. 한 남성으로서 강석운은 아내를 오해한 작은 경험을 통해 아내들이 처한 사회적 위상을 적나라하게 분석하고 남성이 지배하는 사회구조를 인정하고 비판하는 것이다. 강석운은 "아내들의 입장이 약한 줄을 비로소 느끼는 강석운은 물론 아니었다. 다만 오늘에 와서야 느낀 강석운의 그 비참한 감정 체험을 살림으로써 약자로서의 아내의 입장을 이해하는 데 좋은 약이 되기를"(50~51면) 절실히 원하는 마음으로 이 사건을 성찰의 계기로 삼는다.

이렇게 역지사지의 관점으로 아내의 입장을 생각하는 강석운은 남편과 아내라는 역할관계로 부부를 인식하는 것이 아니라, 인간 대

인간의 관계로 부부를 인식한다.

　　이른바 부부라는 사회적인 위치를 떠나서 김옥영 대 강석운이라는 인격과
인격 앞에서 느끼는 범죄의식이 좀 더 강하게 왔다. 남편이 아내를 모욕했다
는 것이 아니고 강석운이 김옥영을 모욕했다는 데서 출발한 양심의 가책을
말하는 것이다. 그리고 이것은 아내 김옥영의 사고 방법이기도 하였다. 떠들
지도 않고 발악도 않고 조용한 눈물 속에서 원망의 시선만을 보내온 옥영의
심정을 석운은 너무도 잘 이해하고 있는 것이다. 옥영은 지금 남편에게 침범
당한 아내의 위치보다도 더 절실히 강석운이라는 인간에게서 훼손당한 자기
의 인격을 골똘히 생각하고 있는 것이다. 그것을 강석운은 지금 두려워하고
있는 것이다. 석운과 옥영의 부부생활은 언제든지 내외라는 사회적 위치로써
형식적으로 영위되어 오기보다도 먼저 애정을 기초로한 인격의 존중으로써
영위되어 왔었기 때문이었다(296면).

　　강석운의 생각이다. 강석운과 김옥영은 남편과 아내라는 사회적
위치가 아니라, 인격 대 인격으로서 부부를 이루고 살아가는 사람들이
다. 따라서 이들은 서로를 배반했을 때 남편과 아내의 관계를 위반한
것으로 인식하지 않는다. 한 사람이 상대방의 신뢰를 배반한 것으로
받아들인다. 이 관계의 기초는 애정이며, 이들은 이렇게 맺어진 관계
를 부부라고 명명한다. 이들의 부부관계는 남편과 아내라는 위계적 젠
더 역할을 전제하고 있지 않다. 개인적인 신뢰가 무너지면 여지없이
무너질 수밖에 없는 개인적인 관계인 것이다. 따라서 서로 간의 애정
과 신뢰만이 이 관계를 버티는 힘이다. 가정의 윤리나 관습, 또는 모성
애와 같은 윤리도 이 관계를 유지하는 요인이 되지 못한다. 이 '부부'

관계는 인격적 신뢰를 바탕으로 한 개인적 관계이며, 수평적 질서로 유지되는 새로운 남녀관계이다. 김옥영의 결혼관은 파트너인 강석운 때문에 실현된 것이다.

1950년대는 해방과 전쟁을 겪으면서 정치적인 면에서 문화적인 면에 이르기까지 전면적으로 개인의 삶이 변화하는 시기이다. 그 과정에서 가장 급격한 변화를 체감하는 것은 여성들이다. 여성들은 사회활동 영역을 넓혀가면서 직장여성이 되기도 하고, 연애결혼의 주체가 되기도 하지만, 결혼이나 가족제도는 8·15 이전과 별로 달라지지 않았던 탓에 심한 문화적 격차와 갈등을 겪기도 한다.

변화한 여성들은 새로운 지식과 정보를 빠르게 습득한 여성들로서, 새로운 삶의 방식을 내면화하고 실천하며 살아간다. 이 여성들은 주로 근대적 교육을 받았거나, 그를 바탕으로 사회활동을 하는 여성들이다. 그렇지만 결혼이 선택이 아닌 필수적인 것으로 인식되는 사회에서, 이 여성들은 자기를 이해해주는 남자를 만나서 결혼하는 것을 통해서만 사회적으로 인정받을 수 있다. 그래서 많은 지식인 여성들은 낭만적 사랑과 연애결혼을 꿈꿀 수밖에 없다.[17] 연애결혼은 하나의 인격적 주체로 인정받고자 하는 사회적 실천이 되는 셈이다. 그

---

17 『여원』은 '여자대학생의 소원 세 가지'라는 주제로 설문조사를 해서 여대생을 탐구하는 기사를 마련한다. 이 설문조사에서 소원 1위와 2위는 코믹하게도 '남북통일'이었다. 전후의 전쟁감각과 반공이데올로기가 전면화된 사회분위기를 짐작할 수 있는 대목이다. 다음 순위로 가장 많은 여대생의 소원은 "이상적인 남성, 혹은 좋은 배우자"(132면)였다. 이 여대생들은 '호흡이 잘맞고' '자기를 이해하고' 있는 남성을 배우자로 원하고 있으며, 스스로 '그것이 실현될지요'라는 의문을 표현함으로써 그저 소원일 뿐 현실적이지 않은 일이라고 생각하는 경향이 드러나 있다. 많은 젊은 고학력의 여성들이 남성과 동등한 인격적 관계로서 결혼생활을 하고자 하지만, 그런 결혼이 가능하리라고는 별로 생각하지 못하는 현실인식이 드러나는 대목이다. 이미 이 현실관에는 여성들의 변화와 이 변화를 수용할 수 없는 사회구조, 사회의식, 혹은 문화풍토가 전제되어 있다.

런데 그것은 여성 혼자 실현할 수 있는 일이 아니다. 즉 결혼을 인생의 한 절차처럼 거쳐야 하는 1950년대 사회에서 여성의 주체화는 관계 속에서 같이 실현할 수 있는 남성이 있어야 가능한 것이다. 결국 새로운 삶의 변화 속에서 의식의 변화를 받아들인 남성이 있어야 이 여성들의 새로움은 비로소 현실화될 수 있는 것이었다.

그러나 여성들이 새로운 삶의 변화를 문화적으로 빠르게 습득하고 새로운 삶을 꿈꾸는 것만큼 상대편 남성들도 그러한 경우는 흔하지 않았다. 열렬한 연애 끝에 결혼한 여성들도 얼마 지나지 않아 술집 여자를 찾는 남편을 감시해야 하는 상황에 처한다.[18] 1950년대는 새로운 삶의 변화를 받아들이는 새로운 여성들이 출현하였지만, 이에 부응하는 새로운 남성들은 흔하지 않았다. 즉 '부부'는 연애결혼을 통해 구성되는 경우가 많아졌지만, 새로운 젠더 질서, 새로운 부부윤리를 만들어내지는 못하는 경우가 대부분이었다. 1950년대 사회에서 남성과 여성의 인식의 격차는 상당히 벌어져 있었던 것이다.[19]

이런 시대에 소설 『실락원의 별』의 강석운은 결혼을 독점적 사랑이라 여기며, 부부를 남편과 아내의 관계가 아닌, 인격 대 인격의 관계로 인식하는 남성이다. 이 남성은 당대의 젠더적 현실을 반영하기보다는 여성들의 변화와 상상에 부응하는 남성상에 가깝다. 여성도 인권의 주체로 법적 권리를 갖게 되고, 남성과 같은 대학교육을 받고

---

18 이 시기(1950년대 후반에서 1960년대 초반) 대중문화의 정점에 있는 영화는 주로 바람 난 남편을 응징하고 감시하는 내용으로 웃음을 유발하는 경향이 대세였다. 이영일, 『한국영화전사』, 소도, 2004 참조

19 『여원』은 결혼적령기의 여성들만으로, 또 남성들만으로 '우리는 이런 신랑감을 원한다', '우리는 이런 신부감을 원한다'라는 제목으로 좌담회를 연다. 가정을 이루어야 할 동시대의 여성들과 남성들의 사회인식이나 원하는 삶의 형식이 상당히 다르다는 것이 잘 드러나 있다. 「결혼특집 좌담회」, 『여원』, 1956.2 참조

사회활동을 하며, 낭만적 사랑에서 출발하여 결혼에 이르러, 인격 대 인격으로서의 부부를 희망할 수 있게 된 사회변화를 반영하듯, 여성들이 가장 원하는 남성으로서 창조된 인물이다. 아담의 상대역을 위해 이브가 창조되었듯이, 새로운 여성들, 즉 자유연애를 통해 결혼에 이르고자 하는 여성의 희망에 상응하여 창조된 인물인 것이다. 가부장적 사회에서 성장하고 그 삶의 윤리를 내면화한 현실의 남성들에게서 쉽게 실현되기 어려운 남성상이지만, 여성들의 삶의 변화를 담아내기 위해서는 가장 필요한 남성인 것이다. 이 인물이 존재함으로써 여성들의 삶의 변화나 원하는 삶이 구체성을 얻을 수 있으며, 이 인물이 존재함으로써 사회의 변화를 따라잡지 못하는 전근대적인 남성문화가 무엇인지 명확해진다. 강석운은 돈을 이용해서 여성들을 노리개로 삼는 고영해의 악성을 폭로하는 매개물이면서, 성을 상품화하여 사회적 성공을 꿈꾸는 '악녀'로 표상된 이애리의 진심을 매개하는 인물이기도 한 것이다. 해방 후, 또는 전후의 삶의 변화를 젠더적으로 표상하기 위해 꼭 필요한 상상적 인물, 즉 '여성적 판타지'가 반영된 남성상으로 평가할 수 있다.[20] 1950년대적 '현실성'이라는 측면에서 볼 때, 김옥영의 새로움보다 강석운의 새로움이 더 두드러지는 것은 이런 '판타지'성 때문이다.

---

20 대중문화가 본격화되었다고 보는 1970년대 문학의 여성인물들은 '남성적 판타지'의 반영물이다. 특히 경이적인 판매고를 올린 『별들의 고향』이나 『겨울여자』의 여주인공인 경아와 이화는 남성들을 위무하는 대표적인 여성으로서 현실적이라기보다 낭만적인 비유적 표상이다. 이는 현실에서 실제 이런 여성들이 존재하는가와 상관없이 변화한 남성들의 삶의 문제를 상상적으로 재현한 미학적 형상이라는 점에서 판타지로 분류되는 것이다. 강석운 역시 경아나 이화처럼 1950년대의 급격히 변화된 여성의 삶과 그것을 따라잡지 못하는 남성과의 불협화를 해소하고자 하는 여성들의 판타지가 반영된 젠더 표상이라 할 수 있다.

그런데 이 작품은 현대적인 삶의 변화로서 또 하나의 문제를 제기한다. '사랑'의 감정적 속성과 애욕의 문제이다. 사랑의 감정적 속성이라는 문제는 제도로서의 결혼이 보장하는 독점적 사랑에 대한 질문, 즉 제도가 사랑이라는 감정을 온전히 보존해낼 수 있을 것인가를 질문한 것이며, 애욕의 문제는 결혼제도 바깥의 애욕을 인정할 수 있을 것인가의 문제이다. 이는 강석운이 사랑한 또 다른 여성 인물 고영림을 통해 구체화된다.

3. 젠더와 근대성의 임계점 — 고영림

고영림은 영문과 졸업반인 여대생이다. "튀어니 퍼머가 조촐"한 "흰 나일론의 하이넥크 블라우스, 검은 곤색 사지의 투피스"를 즐겨 입으며, 화장을 하지 않은 얼굴로 다니는 "얼핏 보면 아쁘레 같기도 했지만 그렇지도 않"(22면)은 여대생이다.

전차의 차장이 짐이 많아서 쉽게 내리지 못하는 손님에게 함부로 구는 것을 못 참아 따귀를 갈기는 용감한 여성이며, 많은 사람에게 놀림을 당하면서도 집의 식모를 언니라고 부르며 하대하지 않고, 바람난 오빠에게 무시당하며 병석에 누워있는 올케 한혜련을 친언니 대하듯 살뜰히 보살피며 오빠의 부도덕에 항거해야 한다고 올케 편에서 오빠를 비난하는, 정 많고, 윤리적이며, 합리적인 성격의 소유자이다.

고영림은 "이름이라든가 신분이라든가 하는, 그런 종류의 편의상의 명칭이나 세속적인 환경"(28면)에 기대지 않고 드러나는 바로 그대로의 모습으로 정체화되기를 희망하는 여성이며, '나는 나다'라고 말할 수 있는 주체적 여성이다. 올케인 한혜련은 이런 고영림을 자신의 전전파戰前派적 성격과 대조되는 전후파戰後派적 성격이라고 지칭하면서 남편의 외도를 부정하지 못하고 굴종적으로 살아가는 자신의 삶과 고영림을 구별짓는다. 고영림의 주체적이고 합리적인 태도는 새로운 것, 현대적인 것으로 담론화되는 전후파적인 면모라 할 수 있으며, 화장기 없이 검은 곤색 양복만을 고집하는 외모 상으로는 아프레걸과 다른 여성으로서, 당대의 여성을 구별짓는 방법에 잘 적용되지 않는 혼종적 여성이다.

고영림은 어릴 적부터 강석운의 소설을 읽으면서 그를 열렬히 사랑해온 여성이다. 주체적인 만큼 사랑과 결혼의 주체성을 강력히 주장하지만, 가장 가까운 남성인 아버지와 오빠의 여성편력을 보고 자라면서 남성중심적 결혼생활을 혐오하고, 남성까지도 혐오하는 여성이 되었다. 따라서 아버지와 오빠를 혐오하고 부정하는 만큼, 그들과 짝이 되어 노예적인 결혼생활을 영위하는 어머니와 올케언니도 인정하지 않는다. 결국, 애정을 느끼는 남성이 나타나지 않으면 결혼하지 않아도 상관없다는 결혼관을 갖게 된 여성이다. 고영림은 가장 급진적으로 주체화된 여성이지만, 이 여성과 짝이 되어 결혼생활을 이룰 만큼 여성적 주체성을 인정하는 남성을 만나지 못하면서 강석운을 연모하게 된다. 그리고 부인이 있는 유부남인 줄 알면서도 강석운에게 적극적으로 사랑을 고백하고, 사랑의 도피행각을 벌인다.

아프레걸로도 평가받을 수 있는 자기주장이 강하고 의욕에 찬

여대생 고영림과 유부남 강석운의 사랑은 그 형식으로만 보면, 1950년대 많은 대중소설의 소재였던 '여대생과 유부남의 불륜'이라는 테마와 다를 바 없다. 그러나 이 사랑의 주체들은 사랑을 받아들이고, 사랑을 떠나보내는 과정에서 다른 소설의 불륜과는 전혀 다르게 대응한다. 그럼으로써 사랑을 근대적으로, 혹은 탈근대적으로 인식하는 새로운 유형의 남녀로 거듭난다.[21] 이 사랑 역시 강석운의 새로움을 계기로 구체화된다.

강석운은 "영림의 옆에 있을 때는 옥영의 기억이 희미해지고, 옥영의 옆에 있을 때는 영림의 생각이 흐려"진다고 고백하면서 "그 어느 것이나 다 같이 인간 강석운에게는 추호도 거짓 없는 진실하고도 절실한 애정의 자세"라고 여긴다. 그리하여 석운의 변심을 목도하며 비통해하는 아내 앞에서 "이러한 욕망이 인간에게 허용될 수가 있다면, 신의 노여움을 살 말이지만 옥영과 영림을 나는 다 함께 갖고 싶을 뿐"(295면)이라고 간절히 고백한다. 당연히 이 말을 들은 옥영은 대꾸도 없이 조용히 석운의 곁을 떠나 자기 방으로 사라진다.

그렇지만 이 대목에서 강석운의 사랑에 대한 인식은 기존의 관습이나 윤리에 항거하는 '인간'적인 것으로서 의미화되어 있다는 점에서 문제적이다. 김옥영과의 관계를 주도했던 강석운의 사랑만 하더라도 부부의 사랑을 독점적이며 영원한 것이라고 절대화하기에 돋보였다. 그러나 고영림은 강석운을 사랑하지만 이런 숭고한 사랑의

---

21 근대적인가, 탈근대적인가는 근대관에 따라 다르게 정의할 수 있을 것이다. 근대주의자인 기든스는 탈근대적인 면모를 '성찰적 근대성'으로 명명한다. 이런 점을 고려할 때, 관점에 따라 고영림의 면모는 근대를 넘어선다는 의미에서 탈근대적이기도 하고, 근대의 완성단계로서 더 근대적인 것이기도 하다.

신화를 아랑곳하지 않으며, 자신의 사랑관을 주장한다. 그리고 강석운 역시 이런 사랑의 파트너로서 자기 사랑을 다시 구성하기도 한다. 고영림의 고백을 듣고 동요하는 강석운은 간지러운 사랑의 속삭임과 밀회를 즐기지만, 곧바로 부인 김옥영에게 돌아가서 그녀의 고통을 진심으로 가슴아파하며 참회한다. 그러나 또 곧 영림에게로 가면 그녀 없이는 살 수 없다고 생각한다. 이런 혼란을 겪으며 자신의 욕망을 쫓아서 사랑의 도피행각을 벌이게 되는 것이다. 어찌 보면, 우유부단하고 변덕스러운 사랑을 하고 있는 듯하지만, 강석운의 이 마음은 오히려 사랑의 속성을 간파하는 인식일 수 있다. 사랑은 감정의 영역이고, 감정은 시간의 힘을 버티지 못한다는 것을 인정한다면,[22] 강석운의 이 변덕스러운 사랑은 오히려 자연스러운 것으로 받아들여질 수 있는 것이다.

고영림 역시 강석운의 사랑을 약속이나 결혼으로 제도화하지 않는다. 그리고 스스로의 감정 변화에 솔직하게 반응한다. 고영림은 강석운에게 적극적으로 사랑을 고백한다. 그러나 "연애의 결말은 애욕을 가져오는 것"이라고 말하며 가까워지기를 두려워하는 강석운에게 "제 역사는 제가 만들테니까 선생님의 역사는 선생님이 만들"(238면)라고 말하며, 과감히 결혼으로 수렴되지 않는 연애와 섹슈얼리티를 인정한다. 그리고 자신의 의지에 따라 강석운과 사랑의 도피행을 시도하고, 두 달여 동거생활을 이어간다. 고영림은 개인을 규제하고 통제하는 방식으로 존재하는 관습이나 법, 문화풍속에 의해 개인의 행, 불행이 정해질 수 없다고 생각하며, "행 불행은 주관적인 문제니

---

22 니클라스 루만, 정성훈 · 권기돈 · 조형준 역, 『열정으로서의 사랑』, 새물결, 2009 참조

까 걱정 너무 마시고 선생님이 좋으실 대로 사랑해"(283면)달라고 강석운의 주체적 사랑을 요구할 뿐이다. 사랑은 개인적인 영역이며, 관계의 주체에 의해 행, 불행이 결정되는 주관적인 것임을 자각하고 있는 것이다.

따라서 강석운과의 헤어짐이나 헤어지고 나서 돌아와 자기 과거를 정리하는 방식에 있어서도 전통적 관습이나 제도, 또는 사람들의 시선에 구애받지 않는다.

그러나 지금의 칸나에게 중요한 것은 그렇게 세상의 소식이 궁금해진 석운의 일이 아니었다. / 「칸나는 언제나 칸나의 세상을 걸어가는 거야……」 / 문제는 석운보다는 자기에게 있는 것이라고 / 「그렇다면 나는……」 / 영림은 송림 그늘에서 발딱 일어서 천천히 걷기로 했다. 걸으며 자기를 좀 더 정리해보고 칸나를 이처럼 좀먹어 들어가는 요소들을 뽑아 버리자. / 「들창을 넘어서까지 선생님의 곁으로 달려오든 정열이 …… 지금은?」 / 지금은 석운의 곁에서 한 번 떨어져서 혼자서 산보라도 해보고 싶을 만큼 정열에 틈서리가 생긴 것은 아닌가. / 그렇기 때문에 석운의 호흡 속에서 무럭무럭 자라고 숨 가쁘게 살아갈 수 있었던 영림의 영혼이 이렇게 수목과 하늘을 찾으며 울먹울먹하는 것이 아닌가(381면).

고영림은 유부남 강석운과 정신적, 육체적으로 사랑을 나누고 두 달여의 동거생활을 하면서도 정조를 잃었다는 상실감이나 죄의식을 갖지 않는다. 다만 자기의 욕망을 실현하면서 즐길 뿐이다. 대구와 경주를 전전하는 이 연인들의 사랑행이 다소 향락적으로 묘사되는 것도 자기 욕망에 충실한 면모 때문이다. 위 인용문에서처럼 고영림은 사랑을 절대화함으로써 자기를 상실한다기보다 사랑을 반성적으로 사유함으로써 주체화되는 인물이다. 마냥 절대적이었던 사랑의 마음이 서서히 엷어지고 틈서리가 생겨난 것을 발견하면서 자기 사랑을 의심하는 고영림의 자의식은 부부 간의 독점적 사랑을 주장하는 김옥영과는 구별되는 '또 다른 사랑'을 제시한다. 게다가 같이 지내는 시간이 더할수록 자기의 정열이 "파리를 날리는 구멍가게들처럼 쓸쓸해져"(385면) 간다고 느끼면서 "괴로운 환멸의 때가 오기 전에 칸나는 즐거운 추억을 안고 돌아가리라고 생각"하며 강석운을 두고 떠나며, 돌아가서는 "강석운과는 떨어져 왔지만 강석운이라는 인간을 통해 성장할 수 있었던 칸나의 인생은 소중한 푸러쓰다"(389면)[23]라고 자기의 사랑을 성장의 계기로 정리한다. 고영림의 사랑은 철저히 자기중심적인 관계로 의식된다. 사랑을 절대화함으로써 자기상실을 기꺼이 받아들이는 낭만적 사랑의 연애소설이 여성의 사랑을 희생으로서 미화한다는 점을 생각해 볼 때, 이 고영림의 사랑은 새로운 것으로 발견될 수밖에 없을 것이다. 고영림의 새로움, 혹은 근대(이후)적인 면모는 바로 사랑을 통해 주체화되는 이 자기인식에서 찾을 수 있다.

낭만적 사랑을 계기로 독점적 사랑을 약속하는 일부일처의 결혼으로 끝이 나는 사랑은 산업화를 받혀주는 근대사회의 사랑방식이다.[24] 처첩제도가 혼인제도, 가족제도의 한 형식으로서 용인되던 조선시대를 지나 여성의 인권이 법적으로 보장될 수 있었던 해방 후 사회에서 여성들은 이 낭만적 사랑과 근대적 결혼제도를 여성적 주체화

---

23 '칸나'는 고영림의 예명이다. 강석운을 만나기 전부터 강석운을 존경하였고, 『칸나의 의욕』이라는 소설을 써서 보낸 바 있다.
24 앤소니 기든스, 배은경 · 황정미 역, 앞의 책 참조

의 유일한 출구로서 인식했다. 순결과 정조의 논리를 금과옥조처럼 내면화하고서 결혼할 남자에게 모든 것을 바치기 위해 정조를 목숨처럼 여기는 논리도 이 낭만적 사랑과 일부일처 결혼제도의 약속이 경이로운 것이었기 때문이다.

그러나 고영림은 주체화를 지향하는 가장 급진적인 여성들조차도 사랑의 결말이라고 생각하는 결혼제도를 상관하지 않고, 자기의 욕망에 따라 사랑한다. 그리고 영원한 사랑을 약속하지 않는데도 섹슈얼리티에 개방적이다. 사랑의 가변성을 인정하면서 욕망을 따라서 사랑하고, 사랑이 정신적이면서 육체적인 감각이라는 것을 인정함으로써 섹슈얼리티의 금기를 벗어나기도 한다. 사랑의 주체가 됨으로써 여성의 주체성을 지향한다는 점에서 근대적이지만, 낭만적 사랑의 신화와 몸의 신화에서 자유로움으로써 탈근대적 연애관 / 결혼관을 지니고 있기도 하다. 특히 결혼과 같은 제도로 제한되지 않는 사랑, 결혼제도 바깥의 섹슈얼리티를 자기정체성으로 인정한다는 점에서 근대를 넘어서 근대 이후를 전유하는 젠더 표상이라 할만하다. 김옥영과 강석운이 1950년대의 젠더 인식의 변화를 반영한 새로운 부부관계를 형성했듯이, 고영림과 강석운의 연애 역시 사회윤리로 승화되는 정조관념이나 일부일처의 관념에 반反하는 '연애관'을 제안한다는 면에서 새로운 연애라 할 것이다.

4. 결론

1957년 7월호『여원』에 실린 글에서 조연현은 구체적인 작품으로는 유일하게『실락원의 별』을 예로 들면서 세태와 여성의 관계를 조망한다.[25] 조연현은 고영림의 사랑 방식을 "우리나라의 전통적인 처녀의 사고방식과는 전혀 다르다"고 함으로써 "연애 문제에 있어서 그 윤리적 기초가 전적으로 변경되어 가고 있음을 볼 수 있다"고 해석한다.『실낙원의 별』이『경향신문』에 1956년 6월 1일에 연재가 시작되어 1957년 4월 19일 284회로 마쳤으니,[26] 이 글은 연재가 끝나고 곧바로 쓰인 셈이다. 이 글에서 조연현은 '영림'을 아프레걸로 비난하지 않고, 새로운 윤리의식을 지닌 연애의 주체로 평가한다. 자아가 강한 여성의 주체적 선택을 방종이나 퇴폐적인 성문화로 비판부터 해놓고 보는 당대의 여론에 비하면, 상당히 현실적이고 객관적인 평가이다. 『실락원의 별』은 발표되던 당시에 대중적으로 인기를 끌었을 뿐만 아니라, 평론가들에 의해서도 새롭게 등장한 새로운 여성상으로서 호의적으로 해석된 듯하다.

---

25 조연현, 「해방 후: 윤리적 기초의 戀貌」,『여원』, 1957.7, 178면 참조.

26 김내성은 이 연재를 다 마치지 못하고 연재 도중 갑자기 뇌일혈로 사망한다. 1957년 2월 16일 253회를 끝으로 연재가 중단된다. 이후 친한 동료 작가들의 도움을 받아 그의 딸인 김문혜가 1957년 3월 19일부터 4월 19일까지 추가로 연재하여 연재를 마친다. 김동윤은『신문소설의 재조명』(예림기획, 2001)에서 연재중단과 재연재의 상황을 상세히 기록한 바 있다. 그러나 필자가 확인한 바로는 2월 25일로 연재가 중단되었다는 것은 사실과 다르다. 연재는 2월 16일에 중단되며, 이후 2월 18일자에 김내성의 발병으로 연재를 중단하였고, 2월 20일부터 중견작가의 단편소설 릴레이 첫 번째로 임옥인의 소설을 연재한다고 공지한다. 그리고 2월 20일자에 19일 아침에 김내성이 별세하였다는 기사가 실린다.

고영림은 유부남과의 사랑을 주저하지 않으며 자신의 선택을 확신한다는 점에서 여타의 대중소설에 등장하는 '아프레걸'이나 신파적 여주인공과 다르다. 또 사랑을 정신적인 것과 육체적인 것의 조화로 보는 점, 변덕스럽고 이중적일 수도 있는 사랑의 감정적 속성을 인정한다는 점, 섹슈얼리티에 대해서 솔직하고 개방적이라는 점, 남성과의 이별을 철저히 자신의 감정의 흐름을 통해 예감한다는 점 등에서도 다른 연애소설의 여주인공과 확연히 구별된다. 물론, 이렇게 구별되는 점은 상대편 남성인 강석운의 개성적 면모 때문이기도 하다.

고영림과 강석운과 김옥영이 변주해내는 사랑은 '자유'의 시대에 인간의 주체성이란 어떤 방식으로 사유되고 획득될 수 있는지, 이전의 관습과 제도가 얼마나 주체성을 억압 / 통제하는 것이었는가를 본격적으로 제시한다. 이것이 『실락원의 별』의 인물들을 1950년대 대중의 자발적인 욕망 속에서 해석할 수 있는 젠더 표상으로 보고자 하는 이유이다. 자유가 지배담론의 전략에 포획되어 타락 / 방종 / 퇴폐로 전유되어가는 시대에, 담론정치의 변방에서 자발적으로 주체화되어가는 삶의 국면이 이 한편의 소설에서 여실히 확인된다. 그리고 이들의 연애가 남녀관계의 위계구조가 아닌, 인격 대 인격의 관계를 통해 실현된 것이라면, 여기서 새로운 젠더 질서와 가족윤리를 상상할 수 있을 것이다.

1950년대는 정치적 자유가 성적 자유로 연동되면서 새로운 주체를 구성하는 대중의 욕망이 여러 가지 방식으로 표현되었던 시대이다.[27] 성적 자유는 인간의 가장 내밀한 면과 연관되기 때문에 새로운

---

27 해방 후, 또는 전쟁 후의 새로운 질서에 대한 요구와 자유에 대한 열망은 성적 풍속이나 젠더 인식에 직접 영향을 끼쳤으며, 이는 대중의 자발성으로 자유롭게 분출되어 여

삶의 변화들에 더 민감할 수밖에 없다. 가장 주체적이고자 열망했던 두 여성, 김옥영과 고영림, 그리고 진정한 사랑을 추구했던 강석운은 남녀가 젠더적으로 만나는 것이 아닌, 인간 대 인간으로 만나는 관계로서 새로운 결혼, 새로운 연애를 표상하는 열망과 실천을 보여준다. 이는 자연스럽게 기존의 제도 / 관습 / 문화의 여성 억압적인, 혹은 젠더 불균형의 관계를 평등한 인격적 관계로 재조정하고자 하는 시도로 드러난다. 그저 사적인 감정에 충실하고 관계의 원칙에 충실하고자 했던 이 남녀들의 관계는 그것 자체로 새로움의 한 극단, 전혀 경험하지 않았던 남녀관계를 상상하게 한다는 면에서 전위적일 수 있지만, 지극히 상식적인 것의 구현이라는 점에서 당대의 보수성과 부조리를 폭로한 현실비판적 소설이기도 하다. 『실락원의 별』은 당대의 상식선에서 최첨단의 전위적 면모를 지니지만, 법과 제도가 민주적으로 변화해간 '해방' 이후의 상황 속에서 지극히 상식적인 면모로 평가할 수밖에 없는 다원적 의미를 지닌다. 이것은 법과 제도가 변하더라도 관습적 도덕의식이나 문화풍속은 여전히 유지되는 당대의 복합적 성격이 이 한 편의 소설에 반영된 것으로 볼 수 있다. 특히 이 복잡성은 여성이 처한 극단적인 삶의 상황과 관련되어 있기에 젠더 구조와 직접 연관되어 있으며, 『실락원의 별』이 남성 주체의 변화를 담고 있으면서도 여성적 삶의 문제로 특화될 수 있는 이유이다.

<hr />

성문화에 영향을 끼친다. 이런 대중문화의 연애 / 성 풍속의 개방적 · 자율적 면모는 1958년을 기점으로 전환되는 듯하다. 이 대중문화적 경향이 어떤 방식으로든 1960년대 성 담론까지 이어지기는 하지만, 많은 경우 퇴폐나 향락이라는 명분을 앞세운 지배 담론을 매개로 통제되기 시작하는 시기가 1958년경인 듯하다. 특히 '여성'의 소비 향락주의를 통제하는 논리가 내세워지면서 젠더 정체성과 관련된 다양한 대중문화는 더욱 위축되고 가부장적 규범이 강화된다. 이선미, 『젊은 『여원』, 여성상의 비등점」, 권보드래 외, 앞의 책 참조

1950년대 대중문화는 다양한 지식을 수용 / 갈망하는 세계적 상상력과 서구사회의 물질문화가 유입되는 가운데 근대화의 경향들이 혼합되어 새로운 문화를 생성 / 퇴행시키는 역동성을 지닌다. 젠더 표상과 관련하여서도 다양한 양상의 욕망을 포괄하는 상상적 시도들이 존재했다. 김내성의 『실락원의 별』은 이런 복합적 문화충돌 / 융합의 과정에서 새롭게 제안된 젠더 표상을 읽어낼 수 있는 대중문화 텍스트로 평가할 수 있으며, 1950년대의 문화적 지평, 혹은 젠더 인식의 지평을 한 단계 진작시킬 수 있는 작품인 것이다.

참고문헌

1. 기본 자료

『경향신문』, 『여원』, 『명랑』
김내성, 『실락원의 별』, 민중서관, 1959.
박계주, 『지옥의 시』, 박영사, 1959.
정비석, 『고원』, 백민문화사, 1946
_____, 『자유부인』, 정음사, 1954.

2. 논문과 단행본

강인철, 「한국전쟁과 사회의식 문화의 변화」, 한국정신문화연구원 편, 『한국전쟁과 사회
    구조의 변화』, 백산서당, 1999.
김복순, 「아프레걸의 계보와 반공주의 서사의 자기구성 방식」, 『어문연구』 37권, 2009.3.
김은하, 「전후 국가 근대화와 '아프레걸(전후여성)' 표상의 의미」, 『여성문학연구』 16, 2006.
김현주, 「'아프레걸'의 주체화 방식과 멜로드라마적 상상력의 구조」, 『한국문예비평연구』, 2006.
앤소니 기든스, 배은경 · 황정미 역, 「이 책을 펴내면서 — 현대사회의 성, 사랑, 에로티시즘 —
    현대사회의 그림자 혹은 탈출구?」, 『현대사회의 성, 사랑, 에로티시즘』, 새물결, 1996.
유지영, 「전후 멜로드라마 영화에 재현된 '아프레걸' — 범죄와 고백의 양상을 중심으로」,
    연세대 석사논문, 2008.
이봉범, 「해방공간의 문화사」, 『상허학보』, 2009.6.
이선미, 「1950년대 젠더 인식의 보수화 과정과 '왈순아지매' — 『여원』 만화의 여성캐릭터
    를 중심으로」, 『여성문학연구』, 2009.6.
_____, 「젊은 『여원』, 여성상의 비등점」, 권보드래 외, 『아프레걸 사상계를 읽다』, 동국대
    출판부, 2009.
이시은, 「전후 국가재건 윤리와 자유의 문제 — 정비석의 〈자유부인〉을 중심으로」, 『현대문
    학의 연구』, 2005.7.
이영미, 「추리와 연애, 과학과 윤리 — 장편소설로 본 김내성의 작품세계」, 『대중서사연구』,
    2009.6.

이혜령, 「'해방기' 식민기억의 한 양상과 젠더」, 『여성문학연구』, 2008.6.

정종현, 「자유와 민주, 식민지 윤리감각의 재맥락화—정비석 소설을 통해 본 미국 헤게모니 하 한국 문화재편의 젠더정치학」, 권보드래 외, 『아프레걸 사상계를 읽다』, 동국대 출판부, 2009.

주창윤, 「1950년대 중반 댄스열풍: 젠더와 전통의 재구성」, 『한국언론학보』, 53권 2호, 2009.

최미진, 「1950년대 신문소설에 나타난 아프레걸」, 『대중서사연구』 18호, 2007.12.

권보드래, 『연애의 시대』, 현실문화연구, 2003.

김동윤, 『신문소설의 재조명』, 예림기획, 2001.

김혜경, 『식민지 하 근대가족의 형성과 젠더』, 창비, 2006.

이영일, 『한국영화전사』, 소도, 2004.

전미경, 『근대 계몽기 가족론과 국민 생산 프로젝트』, 소명출판, 2005.

니클라스 루만, 정성훈 · 권기돈 · 조형준 역, 『열정으로서의 사랑』, 2009.

앤소니 기든스, 배은경 · 황정미 역, 『현대사회의 성, 사랑, 에로티시즘』, 새물결, 1996.

케이트 밀렛, 김전유경 역, 『성 정치학』, 이후, 2009.